# 拨云寻径

## 古典中国实用文类美学

柯庆明　著

生活·讀書·新知　三联书店　生活書店出版有限公司

**图书在版编目（CIP）数据**

拨云寻径：古典中国实用文类美学／柯庆明著.
—北京：生活书店出版有限公司，2021.4
ISBN 978－7－80768－334－6

Ⅰ.①拨…　Ⅱ.①柯…　Ⅲ.①应用文－文学美学－古典文学研究－中国
Ⅳ.①I206.2

中国版本图书馆 CIP 数据核字（2020）第 231406 号

策划编辑　冯慧敏
责任编辑　冯语嫣　冯慧敏
装帧设计　Pallaksch
责任印制　常宁强
出版发行　**生活書店出版有限公司**
（北京市东城区美术馆东街 22 号 100010）
图　　字　01-2020-0276
邮　　编　100010
经　　销　新华书店
印　　刷　北京隆昌伟业印刷有限公司
版　　次　2021 年 4 月北京第 1 版
2021 年 4 月北京第 1 次印刷
开　　本　145 毫米 × 210 毫米　1/32　印张　16.375
字　　数　397 千字
印　　数　0,001－6,000 册
定　　价　78.00 元
（印装查询：01064002715；邮购查询：01084010542）

献　给

张淑香教授

——我的生活伴侣、
我在学问上的畏友与知己

# 谢　词

首先得感谢台大出版中心项洁主任接受我的投稿，使我在退休将届五年之际，终于可以有一本自己比较满意的著作留在台大，以志在台大受业与服务已逾半世纪的感激。

同时要感谢两位审查人，他们对本书的肯定，使我确认了本书所处理议题的重要性；而他们的修改建议，亦使得本书的内容形制更加完整。

另外，本书正文共九章，皆曾获台科会研究计划补助，虽然各章皆以不同名目申请，结果相当于是得到长期的资助，特此致谢！

最后，本书得以补充编辑成书，全赖我在台大“新百家学堂”计划助理陈涵书小姐之超出其分内的各种协助，以及台大出版中心纪淑玲编辑之费心安排，盛情铭感。本书的出版，即是她们努力与贡献的见证，谢谢！

柯庆明

# 目　录

# 代序　不实用的大用

## ——读《拨云寻径：古典中国实用文类美学》

多年前，当我知道柯庆明教授开始在写一系列实用文类的研究时，我确实感到有点意外。这当然也是因为一般人都会觉得传统的实用文类似乎离我们很遥远，这些冷门的实用书写，再也不实用了。而且，实用与审美不是也隔得很远吗？虽然明知他从事这个研究计划必有他的想法，也必然像以往的著作一样，恒能开人耳目，见人之所未见，言人之所未言。不过要分析诸多实用文类而为其归纳出普遍有效的审美原则，肯定是一大挑战，我不免由意外而转为好奇，不知道这回他又会发现什么反意外的意外之论出来，遂由好奇又转为期待。

阅读这本颇为厚重的书之后，由我多年来对著者的文学理念的了解，乃完全清楚他写作这本书的初心与深意。柯教授多年来一直在台大教授文学理论的课程，他的教法，同时出入古典与西方、传统与现代，让学生阅读原典，就重要的系列主题展开中西理论之间的对话，通过比较、厘清、沟通与反思，务求使学生对中西文化与文学观念有广延明确的认识。而且他也曾为台大外文系开设中国文学史课程，必也有感中西不同文化与文学观念的异同不能一概而论，而传统古典文类范畴与西方模子之间也不免有错落参差。譬如在抒情传统成为学界对中国文学研究的强势论述之际，纵使他本人也发表过这方面的论著，他还是会一再提醒对于叙事传统发展的关注。而这本书为古典实用文类美学发声，就如他在书中所言，果若受限于现行西方文类分属观念，有些传统古典文类将因无所归属而被忽略漠视，没有机会得到正确的认识了解，将会成为古典文学领域的损失。所以他对古典实用文类美学的探讨，并非是一偶然的独立个案的研究，其背后是基于多年来他浸淫于中西文学理论的研究与反省，从而以古典文学与文类观念为主体本位出发的一种思维。作为古典文学的研究者，他主张从现代看古典文学，更须通达开放，既需具备现代文学知识，也需尊重包容来自传统文化产地的原生文学观念。即使是在面临全球化趋势的现代，对古典文学的认知亦必须有所判别而制宜，否则不免盲目圈地自限，自失而不自知。他之为古典实用文类美学辩护，似有声援弱势文类之态，其实是源自他一向以来独特的文学理念与实践的一种观点。远在他写作《文学美综论》这本书时，他就曾在所附录的学生访问稿里提出来这个相关的问题："一封信一样可以包含很多生命的感受。用语言的观点区分，也包含相当程度的生命感受的意识化；因此也有可能超越了实用的功能，而可以转变为一件文学作品。……因为文学是追求生命意识之意义的了解，以及其感受之更为自由的表达。那么也可以根据这样的标准，区分其为好文学与不好的文学。"所以，缘于他一向以来自己独特的文学理念与实践的一种观点，优秀的实用文类作品自是具有文学的审美价值的，这也是古典文学固有的认知。此外，他在写作《项羽本纪的悲剧意识》一文时，就曾深入讨论到《太史公自序》《报任少卿书》《汉书·司马迁传》这些文章的重大意义，使他深切体验到其可观可感、撼动人心的巨大力量，这非其他文类所可取代。认为司马迁经由自己遭李陵之祸身毁的苦难而能以超绝的精神“发展为一种普遍的悲剧性的著作理论”，以悲怆的心情体认到古来贤圣发愤之作，都是“意有所郁结，不得通其道”，欲垂空文以自见，由是深悟“古者富贵而名摩灭，不可胜记，唯倜傥非常之人称焉”的价值信念。因而影响太史公自己之创作《史记》，特开创以人物的主体生命情调为纪传体主题的史书传统，并“欲以究天人之际，通古今之变”，稽考人在不测的命运中成败兴坏之理所展现的人文精神与人性价值。柯教授确信是源于这种高卓的悲剧意识，“遂使《史记》不仅是一部世袭史官的载记，更是一部充满了内心的呼号，人性的挣扎，因而成为一种人文精神彰显与发扬的伟大著作”。由此看来，他当时应该已经意识到实用文类的美学意涵了。因而，从他过去所发表的这些与实用文类相关的文学观点与实际的诠释来看，本书的写作应是他蓄之已久的一种抉发，有他对古典文学研究的一种深远的用心与寄意。

然而，传统实用文类的研究，在我看来，其实甚为烦琐纷纭。由于历史的衍绎发展，每个时期文体分类不同，越来越细密，同类异名甚多，互有出入，且每类之下又分多种条流，或演化为若干次文类。此书对从中古而近古以迄清代的各种文体相关著述细加比对，检视整理了论说、序跋、书笺、表奏、吊祭、碑铭、传状、游览记与山水记、修造记与器物记九章十八种实用文类，而每一文类之下又有主题条目的分述，都各有依据。对于实用文类的整理认识，要从其前后衍化绪乱丝繁，盘根错节相勾连的状态，不畏烦琐，通过综合、分析、厘清与归纳，核实十八种清晰显著的实用文类，全书这种旁征博引用苦力去追寻校理的功夫，着实不易，足以见出著者治学向以富独创启发为特色之外的另一面修为。而除了辨体不易之外，首先是说明每一文类的传统理解，这部分由于中古的文论率多是骈俪文体写成，语义多端不易掌握，著者都能从现代的理解加以疏通解说，对读者的帮助很大。举例来说，陆机《文赋》分辨“论”与“说”的审美规约不同：“论精微而朗畅”“说炜晔而谲诳”，前者清楚易懂，后者显然较难立即明晓。所以连刘勰也因从道德立场有意或不解而质疑“陆氏直称‘说炜晔以谲诳’，何哉？”，而著者则认为“谲诳”是一种美学意义上的风格的描述，与《毛诗序》风刺谲谏之说有关，重在罕譬而喻，出以寓言或滑稽为游“说”风格。这是一种为了避免直说冲撞，却又为了提高对方注意力与兴趣而出以夸张奇特的迂回说话策略，与平直而出的说话对照，在文辞风格上就表现为力求“光辉亮丽，多彩多姿”而具“炜晔”的特质。经过如此一解说，果然明达可感。又如《典论·论文》所言“奏议宜雅”，表面清楚明白，其实有特别指涉，著者引用了多种出处深入诠释“雅”的层层勾连相照的含义，才显现出“雅”与王政兴废的关系来。而到了陆机《文赋》则引申“奏议宜雅”为“奏平彻以闲雅”，著者以“平平道来，贯通明达”为解，认为重在就事议事，说情言理只要平允通达为宜，不必如“论”之穷理精微。而“闲雅”着一“闲”字，意更入微，与“平”字相偕应合，是以“从容”的文辞，使议事能得其情之“平”、其理之“彻”，即达到了“奏”的文体美感规约。依我看来，实用文类的传统论说，中古用语极为简约，常须经过深入钩沉，对于文字高度敏感，参酌语境才能得到周延的理解，所以此书每章以颇多篇幅致力于各实用文类的传统理解，这又是著者的另一番功夫。

著者对于实用文类从中古到近古的书写发展，也有颇为精到的见解。他认为中古实用文类美学在传统“文”或“文章”这个前题概念之下，可以《昭明文选》所表述的“综辑辞采”“错比文华”“事出于沉思，义归乎翰藻”这个具有普遍性的美文观点为准则。而从中古到近古，古文运动崛起，是一枢纽的转折，文章书写方式的发展，遂由骈俪的“复文”转为古文的“散笔”，自然也因此影响到实用文类的书写。对于这一大变化，作者做了两方面醒豁的解析。其一，从古文运动的宣言，首先指出近古“文与道”的关系大异于中古，不复以“文”为“道之文”，转而主张“文以明道”，以人本为中心，讲求伦理关怀、经世致用的主要诉求。同时，又分辨了古文家对“文”与“气”关系的论述是一种“修养论”，演绎发展自孟子“养气”之说，与中古曹丕从“风格论”论“气”的说法不同。作者透析提揭出这两大主旨，直达古文书写的内核，是直接影响到古文书写策略与风格表现的重点。其二，从主题与形式的表现来说，由于以人为本的“文以明道”、经世致用的主张，注重人类生活中的伦理关怀与相生养之道，乃大大扩充了写作的生活素材与实用文类的开发，叙事、写物、言志、抒情，无所不至，越来越接近生活，真正成为名副其实的实用文类的自由书写。而由“文”与“气”的“修养论”，则强调书写反映个性真诚的表现才能从内在发为鼓动人心的文辞，所以讲求务去陈言与创新的自由。于是，综合这两方面，乃发展出古文独特的修辞策略与美学风格的表现，一面发挥“说”“炜晔而谲诳”的特色，改以散笔巧为中古“综辑辞采”“错比文华”的修辞外，又创构神话、虚拟寓言，幻设叙事情境，诙诡奇妙，恣肆宕放，富于各种想象性与戏剧性的美感效果。私意认为著者对古文运动此一转折的阐析，指出这是新的艺术观与文学观，极为关键，虽然见说于第一章“论”“说”的语境之中，却可以涵盖所有古文实用文类美学的品赏。尤其是指出古文这种“去陈言”、自由开放又清新的文体书写策略足以平衡其恒以仁义道德、经世致用为写作的固定目的与主题，以“气”援“道”，依然是从美学观点着眼，甚为精要。这种古文论说，使人联想到中唐古文运动复古又开新，是时势变动潮流促成的必然，不仅是标记文学的，也是文化的大转折；另一方面，又系乎此后文学文化的辗转递变，古文家变道学家，唐诗变宋诗，小说、戏曲的崛起，明代的浪漫反动，这种连环作用，是不是也与古文运动有若干远端丝连呢？

此书每章基本体例统一，除了探索理解每一种实用文类美感特质的传统规约之外，最主要的部分，就是进而综合重要选本，贯穿时代，从每一文类的选文中抉取代表作品，依其内容主题分立若干条目，再融合现代的美学观点展开对作品实际的审美诠释，是著者最为用心之所在，为全书的核心主体。其对实用文类美感特质的实际探求，既重视《昭明文选》所标示的美文原则与古文的创意美学，更特别进一步提出罗曼·雅各布森的语言沟通理论六因素：信息发出者、信息、信息接受者、语境、接触、符码，作为分析一些相关文类的基本架构，以之作为指标或索引，用以辨别各种文类的书写倾向，掌握重点偏向所规约形成的意指诠释与解读，以及相应于不同偏向所表现的或议论叙事、或言志抒情、或写物寄意的各种美感特质。这个理论架构的显著作用，可从著者针对“表”“奏”这种特例的基本情况来说明。由于“表”“奏”是面对君主的特殊文体，“信息发出者”与“信息接受者”之间的绝对不对等情势使其写作后果可能涉及死生命运，则“语境”的严重性与危险性会赋予“信息”特殊感人的力量，从“符码”解读，文辞富于抒情性，但从情境与结局看，则往往富于变数难测的戏剧性。实用文类基本就具有沟通互动的特质与作用，或有直接的受讯对象，或有“隐含的读者”，著者以语言沟通理论观照古典实用文类的写作倾向，灵活运用，从而掌握其审美表现的特质，此一取径，在实例的解析中确然发挥了有效的导向与诠释的功能。

那么，此书究竟为读者提供了怎样一个对于古典实用文类美学的认识呢？首先，是对于此一文类性质的了解。古典实用文类之所以特异于其他文类，主要在于它是应生活需要所产生的各种文体，其书写的范围，就如古文家所意图的那样，深入人的存在生活的整体全面，所以此书对于古典实用文类的探讨所揭露的就是一个与人的存在情境息息相关的生活世界，其所书写的，恒是人生活动的百情百态：如论说、序跋、表奏、传状各类都不乏历史盛衰与君臣之事、家国伦理之思、人物的特写；序跋、书笺多是宴集、饯别或别集序的人际互动，求企否拒的人情微妙，亲朋生离死别的情愫、家书的应答；吊祭、碑铭莫非亲属师友间哀夭伤亡，也有吊古祭神、自祭与祭飨无名的国殇及于陌路之人，而昭德纪功的碑铭也不免有涉哀悼的叙事；山水游览、修造器物之记并非纯粹写物，亦有个人情志寄寓的抒发。综观十八种文类深入存在的幅地，所书写反应的往往是生活中突发的变故、人生中重大的情事、人际交游的动态，或对于存在情境种种的因应思维。再则由于人生常态不如意者十之八九，大部分文类遂皆蕴含着不同比例偏向忧患感伤的质素，多着墨于死生新故之感、盛衰荣辱之变、聚散无常之情、世替时移之慨，或叙事议论，或抒情写物，皆从生活实感中直接自然流露，深刻动人，俨然汇集呈现为一人性经验之大观。使人读之而发忧生伤世的共鸣，以至不免对于人类命运深沉的观想而不能喻之于怀。正因人人有此生生之情，所以莫不感荡人心。诚如《老残游记·序》所说，人有灵性则生感情，感情生哭泣，生而为人，自有各种感情而生各种哭泣，人人难免。古典实用文类既从生活中出，更是古人生活各种哭泣之所寄，从存在与生活的本质看，其实这样的生活世界，看来一点也不遥远隔阂，正是我们生活其中人人可知可感的世界，也是人类生活普遍的写照。虽然古今往来世殊事异，但人的存在生活基本之道，人性人情有其恒常之理，人类生命情境与反应也相互映照，正因人我同具生命本质，所以对其中所书写的人生百态、人情事理，自然兴发感动，为之戚戚，直如《兰亭集序》所说，古今“若合一契”，“所以兴怀，其致一也”。此外，再从实用文类多具话语的沟通性质而言，往往是信息发出者有所告说或回应而作，所涉情事或公或私，诉诸一特定对象的情形，如序跋、书笺、表奏、吊祭，甚至部分碑铭，乃具有某种沟通的私密性，而实际上是信息发出者单方面的独白，于是这种沟通中微妙的私密独白，又不免映漾着一种互动状态的指涉，遂在表达上产生一种动力的效果，抒情、叙事特活跃着一种沟通状态中强烈动人的力量。于是当我们读这些私密性的文章时，乃产生一种如无意偷听到抒情诗的效果，深受感染吸引而兴发同样强烈的感动。至于读到其他实用文类如论说、序跋、碑铭、传状、山水游记、修造器物记等作品，虽非必信息发出者与信息接受者之间直接沟通的情况，但其中皆有作者的自我介入，对历史传记的叙事、生死人物的特写、器物景观的铭记，无不感怀述志，兴寄多端，对我们之为隐含的读者来说，读起来同样富于多种美感特质与文学兴味。

关于书中所收各种文类的选文内容，必然包罗历代耳熟能详千古名文，如《报任少卿书》《出师表》《陈情表》《兰亭集序》《自祭文》《祭十二郎文》《金石录后序》《项脊轩志》等等，人所皆知，著者自有深入的审美诠说，此不必一一叙列。特可注意的是由于是生活应用的文类，从不同文类选文中可以了解到一些文人集群交游互动的一般情况，如建安文人，韩愈与柳宗元周边的文人，白居易与元稹的往来，以及欧阳修与梅尧臣、苏舜钦、苏轼、江邻几等人的师友关系，大多是死生零落的怆痛悲情。另外，表现夫妇、兄妹、昆仲伦理之情的，也可见一斑，如曹植、潘岳、陶潜、韩愈、元稹、王缙、袁枚、归有光等亲情骨肉死别追思，分外沉痛抱憾。唯有陶潜、鲍照、马援、郑燮等家书俱见叮嘱悬念温暖之情，感人弥深。柳宗元的山水游记自是其人生际遇的注记，袁宏道、张岱等的游览美学与世情的辩证也引发人文的自然化或自然的人文化之有所思。而亭台楼阁都有王勃、范仲淹、苏轼、欧阳修、归有光等人的兴寄感怀，发人幽思。器物玩赏也不乏人事际会或味象悟德之意。此外，比较别异的是如谢惠连《祭古冢文》、王守仁《瘗旅文》二文，分别为暴露的古冢墓主与死于道途的陌生人营葬祭拜，叙事富戏剧性，描写诡异阴森，离奇又感伤，因为不知名姓，王守仁更有一种同是天涯沦落人的自伤，读来特有一种浓厚的哀感与文学兴味。张说《吊国殇文》与李华《吊古战场文》写的也是无名者不同的集体性的苦难，对于战场战争的描写是实用文类少见的。至于奇人异士的传记，实令人印象深刻。苏东坡的《方山子传》以帽名为陈慥写传，突出其由驰骋任侠而变为山中人不解的神秘传奇，叙事又议论、抒情，其实是反映作者自我犹疑的烟波生色笔法。韩愈《圬者王承福传》写宁操贱业而自得者，奇在其竟有社会分工相生养的意识与言论。自传中郑思肖的《一是居士传》与杨廷桢《自状文》，前者以表达忠贞宋朝为一是，其以老子的理念将大宋形上化自我为真的论说，妙不可言；而后者历尽深情灭性之极苦仍自诩“生死以僻”为自得知命的自我真理，也僻得有思致。此等异人之奇特皆在其深具强烈生命自觉意识进而能发为“于我唯是”的论说理据之知，才不平浅而深刻。同时，著者也不忘那些传写女性英姿秀异的选文，除了部分见诸多篇悼亡之作，为其个别立传者有：唐李翱《杨烈妇传》写一女子以智勇双全的军师之才指挥项城官民退贼成功的故事；元王恽的《烈妇胡氏传》则写妇人毙虎救夫的勇烈行动；清李良年《廖氏传》写一江湖色艺女子，夫死遁深山，救旱施糜，焚香诵佛化及猛虎的传奇，作传者许为“英杰”。而此书著者则以艺术家经历“美感的”“伦理的”“宗教的”三阶段人格开展的变化诠释之，这是灵视之见。由是可知此书收录以上这些世所罕知甚至有姓无名的奇僻异人的传记，与书中那些世所皆知的名士名文并存、对照、呼应与辉映，颇具耐人寻味的意趣深味。盖人生途旅多艰，生活不免患难苦恨，唯有能够从其中超拔，深化个己的自觉意识而洞察其对于生命的意义，甚而达到普遍人生的观照者，则人无贵贱男女轻重，皆是足以称焉的“倜傥非常之人”，这是著者与为传者“倜傥”的会心共识。此书选文视野阔大，一如人际生活本身之繁复多面，足以征著古典实用文类美学之包罗万象与人文之美。

而我作为一个读者，阅览此书，游观于这些古典实用文类之间，由于前述所说这种文类的特殊性质，竟产生了一种奇妙的效应，使我每每在阅读的过程中，当读到一些熟悉的诗人才士之作，就感觉有如遇到熟识的故人现身告语，对我述说他们的故事，吐露他们心里的情曲，使我为之嗟悼不已，难以为怀。其中有些作品，自然是人所皆知的，但整合置放在这特殊文体的整体图框中，与其他相关而未知的作品连带互文并看，就增益了对他们更多的了解，更深的同情感动，这与平常的阅读经验和观感是非常不同的。尤其此书以文类分章，往往一人之事，错落见于不同文类篇章之间，来回翻动书页之际，人事即已瞬息万变，这种时间感觉，固然是非现实的，在心理上已成为人生倏忽的暗喻。譬如在不同的实用文类中读到关于曹氏父子与建安文学集团文人的种种情事，就有这种感觉。先说曹操在一般印象中是何等一个主宰时势的英雄人物，从书中所引《曹瞒传》与《祀桥太尉文》可知其从小放荡不羁而机警多谋，桥玄早已看出他不同凡响。而读到阮瑀《为曹公作书与孙权》一文，其时赤壁新败，曹操还是野心勃勃，令作书巧言威胁利诱，说服孙权联合攻打荆州，结果还杀了关羽。但这样一个叱咤命世的大英雄，由陆机《吊魏武帝文》叙述在秘阁见到魏武帝遗令，揭露其面临死亡陨坠的命运之际，所显现英雄气短儿女情长的悲凉情景，竟有“托孤泣下”、“分香夫人”、舍中“学作履组”之事，以是招致“爱物恋事”的讥评，英雄末路悲怆无助有如常人的景况，此时此际，什么英雄事业，何足道哉！怎不令人慷慨叹息。而著者认为魏武临终的作为，回归为一个“人性的、太人性的”凡庸生命，在痴迷中表现了人类永恒的“死生亦大矣，岂不痛哉！”的实情，是一种启示。这种持论，又足见著者个性情怀，我亦与焉。其次关于曹丕，他所作的《典论·论文》一直是文体论述的肇始源头，种种卓见开风气之先。当时建安文人宴游赋诗风习，“怜风月，狎池苑，述恩荣，叙酣宴”，何等欣乐。生活中有《与钟大理书》求玉之事，也有《与钟繇九日送菊书》人情趣味的寄意，这些生活微情细事，具见他性情的一面。再而读到《与吴质书》，在表达思念之劳，难忘往昔宾主游处相欢之外，重论建安七子的文章，此时徐、陈、应、刘已因疾疫一时俱逝，遂充满伤悼零落之情。自言“追思昔游，犹在心目”，而故人“已为鬼录”，“化为粪壤，可复道哉”！凄恻悲戚，兴慨万端。如此真挚流露，只有在故旧书笺往还中，才得见此深情告白，真性毕露。至于才高八斗的曹植，从陈琳《答东阿王笺》极言其天然异禀，非人力所庶几，使人想象建安诸子之间品评文藻，玩赏清辞妙句的雅事。但翻眼之间，读其《求自试表》，极尽卑抑自贬，恳求试用，摇尾乞怜，却仍不得举用，只能郁悒以终，如此天纵之才，何等悲凉！继而再读到他的《金瓠哀辞》与《行女哀辞》，一再失去夭折子女，直道“三年之中，二子频丧”，“天盖高而无阶，怀此恨其谁诉”。命运多舛如此，夫复何言！这种人性的哀号，真使人回肠荡气，为之心酸，斯人斯命，曹植人生中饱受命运摧折之伤之痛，非此等篇什又岂是其诗赋能尽其情，文学史历史叙事所能尽其致？想建安之世，三曹父子，雄才武略，堪称盖世，叱咤风云，辉煌荣显至极，七子羽翼，贵游雅集，赋诗品文，意气风发。然而抵挡不住命运无常，人生有极，风流云散，化为尘土，其悲怀慷慨，惨淡咨嗟，余情无尽。这种人性的生活的感情唯于实用文类篇什得见一二，其情其境，若在翻页顷刻之间，即见证一个帝室英雄家族的悲剧，果如亚里士多德所言，帝王之家的悲剧，从高贵坠落苦难更加撼动人心，生发悲悯与恐惧。而梁朝皇室的命运，同样使人哀叹。当阅读萧统《答湘东王求文集及诗苑英华书》之时，喜见其昆弟情密，以交感文艺品藻与德行互勉为乐事，至为难得。然而翻页之间，至萧纲《上昭明太子集别传等表》一文，则萧统已逝矣，再而从徐陵作《劝进表》一事，知侯景之乱，简文帝见弑，为之赫然。天变地动，帝室崩坠，人物俱亡，也仿佛就在这翻动书页的刹那之间，读之真使人怵惕心惊，悲悯与恐惧交作，不知如何了了！这种流览于书页间前后造成的奇突心理时间感与震动，应是阅读这些实用文类才有的经验吧。但是，在不同的情形下，也会产生另一种心理时间感。就如一再在书中读到韩愈种种遭际，也率皆使人兴叹。这个文起八代之衰的大文学家，其实自小孤苦，幼养于兄嫂，继而少年兄亡，由寡嫂勉力扶持成人，与侄子十二郎一起长大，亲同母子昆弟骨肉之情。但当寡嫂逝去、十二郎夭亡之时，他却为宦游无法随侍照护这种永世不能磨灭的憾恨追悔，夺魄骇神，痛彻心髓，是以才有了《祭郑夫人文》与《祭十二郎文》千古激荡人心的力量。而韩愈的悲情人生不仅于此，他为了《论佛骨表》被贬潮州，家人被迫遣离京师，却不得随行。一家流离，致使弱年挐女病死途中，五年之后才得归葬。其表达于《祭女挐女文》与《女挐圹铭》的伤痛愧疚，情绪动荡，频频自责："人谁不死，于汝即冤！""使汝至此，岂不缘我？"因谏迎佛骨而被贬，致使家人流离，幼女病死道途，野葬流落异方，这一串连环因果，韩愈何尝不冤呢？家庭天伦骨肉之情，人之根本，永世无法弥补，当他书写佛骨表之时，又岂会想到因此使女儿也成了此篇上表的牺牲品？祭文中的抒情与叙事透露出沉重的罪咎感与无法言说的冤屈，使人深入于作者家族人生的创伤，读之忉怛不忍；又痛感于王权的专制妄作，一言决人生死，伴君如伴虎，人臣随君主宰割的命运实在太悲哀又难平。虽然也有像《出师表》之屡称先主之殊遇的，或如魏征《谏太宗十思疏》与《十渐不克终疏》之遇明主能直言而不死的，但实在少有。故而像韩愈这种人生的苦难悲情，对照苏轼《乞常州居住表》《谢量移汝州表》《到昌化军谢表》，也如出一辙。以葵藿之心，屡屡被贬，至于“举家重病，一子丧亡”“二十余口，不知所归。饥寒之忧，近在朝夕”。悲惨一至于此，尚要摇尾求乞，诚惶诚恐，歌功颂德，卑屈上表谢恩，人生如此，真是“恨恨那可论”！无怪乎著者感叹一代名臣，千古风流人物，也只能自“譬之蠕动”。呜呼，如此人生，天之报施于人，其何如哉？而太史公司马迁的无辜受难，岂不更甚于此？人之读《太史公自序》与《报任少卿书》者，无不惊心动魄，血脉贲张，千百年而不绝，著者致意特深，已如前述。于是每读到来自这些受难的灵魂自我的独白呼号，痛其生命之深悲沉恨，悠悠天地，无有绝期，今昔之感，于我又有绵绵无尽之意。如此出入于阅读时不同的心理时间，人生有尽，悲哀无垠，无论修短悠暂，皆为之低回不已，此岂非正是存在之感本身真实的写照！诚如著者所再三强调的，这一切都是“人性的，太人性的”，而这种感兴何尝不也反映了著者其人之情性、志意与识见？

此外，流览阅读之间，也不免注意到颇多文学理论与批评竟都出于这些实用文类，这的确是特别值得注意的重要现象，可历述如下：《诗·大序》有“诗言志”发轫之说。《太史公自序》是司马迁由自身遭遇而悟，自古重要著述都是出于“意有所郁结，不得通其道”“发愤”之所作，与所谓“文学是苦闷的象征”相互发明。曹丕《典论·论文》提出“盖文章，经国之大业，不朽之盛事”，为千古文人找到认同，使其能够托身翰墨文林之域；又主张“文以气为主”，以体气评说建安七子文章的风格，也并见于《与吴质书》；而其分论各文体之所“宜”，更是文类美学规范的发端。陆机《文赋》亦论十种文类的审美特质，尤以“诗缘情而绮靡”引发有关“抒情传统”的最多讨论。王羲之《兰亭集序》则体认写作是出于“修短随化，终期于尽”“死生大矣”存在的焦虑而诉诸古今“若合一契”的感通认同。萧统《昭明文选·序》以“能文为本”标榜“事出于沉思，义归乎翰藻”的美文准则。韩愈、柳宗元的古文运动主张“文者以明道”“文者气之所形”皆见于《原道》《答韦中立论师道书》《答李翊书》等文章；韩愈更在《送孟东野序》中提出“物不得其平则鸣”的创作论，与其在《柳子厚墓志铭》“文穷而后工”之说相互呼应。白居易《与元九书》也有“文章合为时而著，歌诗合为事而作”的倡言。由此观之，这些杂陈于不同古典实用文类之间的关于文学本身的论说，彼此声息互通，交相呼应，其实是对于古典文学至为重要的表述，足以说明文学的创作、观念的认知、理论的建构主要都是从人生与生活体验实践中来，而不是纯粹思智理念或想象的演作，这是了解中国文学的本质与特色主要的关键。而见著于实用文类中的这些关于文学的理论，无异于对其本身文类最切当的辩护，富有后设的意味，盖书中种种文情思想，莫不多为郁结苦闷、焦虑不平之鸣作。这些理论实际上影响了自传统长久以来对于文学本身的认识、创作与发展，成为文学史上不可或缺的重要述作，这种事实更说明了古典实用文类在文学上的重大意义与价值。

所见如此，作为一个读者，我相信此书的美学探讨足以更新对于古典实用文类的了解，改变过去一般的刻板印象。入乎其内而言之，对照诗歌、小说、戏剧各文类，古典实用文类之特异在其既具有更高的历史个别性的真实而又同时具有人性经验普遍性的真实，是人生生活直接的写真，深契抒情传统文化精神感发的真谛，因而富有不同的特殊亲和力与吸引力，往往以话语独白诉诸沟通的交流动能，使读者接触到实际生活中的作者，走入作者的内在世界，如与之晤对，同情交感，兴发共鸣。书中所涵盖人类生活中的种种情实事变，弥满人性，意蕴隽深。阅读全书，使人恍如游乎世途世情之大观，透过著者的会心洞明，经历一番淬炼，若雨后晴光微微，映回于今古一契的感荡，如受涤洗。由是观之，正如著者所提示，此皆足以征示“一种深层的生命意识的自觉，使人沉思人类的个别或集体命运，观照潜隐其间的人性挣扎”，有所启悟，扩充灵魂的成长。这种实用文类篇什所具有的特殊文学审美感兴与意义，应该就是著者要传达给读者的信息。再超乎其外从其荦荦大者言之，文学是一个文化灵魂的表现，一个独特的文化是一条脉脉流动的长河，文学传统的发展也是一个有机的进化历程，在时间中不断经过淘洗，高度提炼积淀以形成优质丰厚的实存。而时代质文代变，文学传统的进化成长，自当与时俱进，在面临现代的冲激时，不可避免需要吸收新知与异质元素，但这种融合转化必须在传统的基础上应机制宜，踵事生华，才足以壮茁开拓生生不息的文学生命。现代与传统的本是同根生，可从艾略特《传统与个人才具》的论述举一反三通而知之。故而若反道而行，一以现代时流的观念去规范框削传统文学，不事现代与传统的协商对话，则不免落入自贫、消减、窄化的囹圄。如必以现行的诗歌、小说、戏剧三大主流文类观念为准绳尺度替古典文学“瘦身”，这种制约将是一种罔顾传统事实、专横的妄作殖民，结果会致使某些为传统所重视的文学作品流离无所归属，而有弃而不论的危机，古典实用文类的存在即面临这种被忽略而漂流于文学门外的处境。在此之际，著者认知到介于传统与现代之间的这种矛盾的严重性，乃当起不让，呼吁这是一个必须予以正视的问题。他不辞吃力不讨好，在公务繁重之余，甘以长年岁月投入此不为世重的古典实用文类美学的整理阐发，揭竿而起，从美学的观点，标扬此一文类在文学上的独特意义与价值，应是古典文学领地重要的一畦，不能视而不见而被忽略。著者诉诸写作此书的实际行动，为古典实用文类发声，实是冲破现代文类迷思的第一高音。他的呼吁与主张矻矻乎有超乎现实的理想精神，而他的美学视角实际的析解却是充分而具体的，其理想与方法恰是如何使传统进化更新的一种切实的示范。在对古典实用文类美学作了深入的实例的研讨之后，他秉持审美的结论是：“文体反而不是问题，重要的是如何利用种种特殊的文体做艺术与美感的表现。”确然，即使从现代看来，文体不是障碍，古典实用文类并非再也不实用，其中尽是具有普遍意义的种种人生生活实境的书写，其所传现的人性经验，人文意蕴无限，于文学的审美观照、生命意识的深化、灵性的淬澡，正是至为真实而成大用。而这本书的意义与贡献，就在于著者一生矢志从事文学事业，他站立在现代，提倡现代，又反思现代。就如他在书末所言：“我们必须因而重新检讨我们所以界定艺术、界定文学的基本假设，以及将美感与实用、艺术与生活，加以区隔的专业化倾向，重加反省。”如此视境，以生前最后一书为古典实用文类美学登高疾呼，发不平之鸣，非关保守迂迷，唯是先锋明察秋毫，一片苦心孤诣而已矣。

此书原是九年间每年以一实用文类为申请研究计划的独立单篇论文，集合成书时，柯教授已知罹患罕见疾病，乃奋力整理存稿，决定保持原稿原样，特点是每篇都是深思熟虑的独见，但也不可避免地为了前后照应偶有要旨重提之事。柯教授去年已逝，此书中不仅吊祭碑铭之文，其他各文类亦率多死生新故、郁结忧患之情事，且每章末了，往往有“未尽之意，当俟来日”之语，使我读之震悼惨恻，痛不可支，斯人斯情，文里文外，内外交加，悲恸难忍，几度泪崩搁笔，难以为继。想我知音已逝，而我独对其作，字字句句，如晤平生言语，情难以追，岂不痛哉！当其写作之时，成书题献于我之日，又岂曾想到我今日为作此文凄切心摧、追想神迷？！悲夫，众庶冯生，斯人独憔悴！人生实难，死生之感，其何如哉？！其何如哉？！凡读是书者亦将有感于其作者欤？

张淑香

2020 年 8 月于台北

# 导　言

晚清以降，整个东亚、华夏文明，以吸收效仿西欧、北美为务，积渐成习，我们渐渐忽略了，“文学”与“literature”不但分属两种语言系统，而且是两个不同文化传统的产物。当西方人逐渐以 poetry、fiction、drama 为 literature 的指涉物时，我们亦理所当然地以为：文学指的就是诗歌、小说、戏剧，它们不但是特殊的语言形式所构成的文体，而且必须是想象的、虚构的、纯粹为了美感需要而创作的产物。从康德以降，我们或者以为美感只是形式，或者以为美感与实用的作为不相容。

因而中国文学的领域，就不知不觉遭到大幅的删汰。于是中国文学就仅限于《诗经》《楚辞》以降的诗、赋与志怪、传奇等以下的小说，然后是宋元才开始的戏曲，《庄子》《史记》等相关著作，则自然被排除在外，推给哲学与历史等领域。这是利用别人的系统，作自家的系谱时，必然会有的张冠李戴、削足适履的现象。于是《昭明文选》（下简作《文选》）里的泰半作品，除了诗赋之外，都成了“行迹可疑”的存在；更别提汉唐以降，众多的古文写作了。

研究“文学史”，最大的困难，不仅是在中外的异类文化下，大家并没有共通的文类区分与使用规范；即使以古今而论，历代的文体、文类亦迭有变迁。汉魏六朝以降的古诗，迥异于《诗经》《楚辞》之作，而唐宋以后方有词，元明以后乃有曲，其体制、美学形态各不相同，勉强求同，了无益处；不妨先以同情的了解，各顺其异，来加以接受，加以欣赏。同样，《文选》以降的古典实用文类亦有许多篇章，传统社会皆以“文”视之。西方并无所谓“以软笔写硬字”的书法，我们是否就得否定书法是一种艺术？我们不妨重新面对这类作品，探索其作为各别“文类”是否有其美感特质，使得古人以其为美“文”，而我们亦不妨考虑，重新将它们纳为“文学”之一部分。

由此一念，由“论”“说”开始，我连续九年的台科会研究计划都以相关的两个“次文类”为题材，探讨它们作为“文学类型”的美感特质——我真正的意图是，综集成册，或许可以提出一种“古典中国实用文类美学”。但在教学与行政双重压力在肩的情形下，进展甚为缓慢，而我倏忽已届退休之龄。原以为退休后可以整理改写成书，但又接了一个台大“新百家学堂”计划的任务，加以教学仍未终止，因而四年已过，仍然全无进展。后来想功成未必得在我，仅只此类尝试，或许亦可号召有志的学者，在踵事增华中，发展为完整的体系，做更为博大精深的呈现。书中各篇的分析，选文重在知名之外，亦在凸显类型，以此喻示其种种的可能性。综集而观，则略可显现我对此一文学传统之各种名文、美文的择取。

少时立志遍读中国文学名著，结果志大才疏，涉猎仍然有限，但是文中讨论所及的各种篇章亦可略示多年来浸润其中的喜悦！

野人献曝，曝在野人之外，亦非野人所有。野人所献，终究只是自家体验的喜悦罢了。唯愿有心的读者自可于冬阳之曝中，各有更深、更广的体会也！

2015 年仲夏于台大澄思楼 308 室

# 第一章
# “论”“说”作为文学类型之美感特质

## 一、前　言

论说文是不是一种“文学”的类型？假如回答“是”，那么还有什么“文体”或“文类”，可以不算是“文学”？因为所有科学的研究报告、政治的辩论劝说，正都可以归类于此。我们明明看到，它显然与诗歌、戏剧、小说等这类——一方面是外在具有各别特殊的写作形式，一方面是内容与皆具抒情、想象性质的文体——截然不同！论说文，凭什么可以和它们放在一起归为“文学”的同类？

近乎同样的思维，亦可在由克林斯·布鲁克斯（Cleanth Brooks）、约翰·珀泽（John Thibaut Purser）、罗伯特·华伦（Robert Penn Warren）所编撰之著名的《文学入门》（*An Approach to Literature*）一书中看到，其1964年的第四版上，除了“Fiction”“Poetry”“Drama”之外，还选入了“Discursive Prose”一项，包括“The Personal Essay”“The Essay of Idea and Opinion”“The Critical Essay”“Biography”等；但在后来修订的

版本中却删去了。[1]其他同类的著作甚多，[2]但也都不约而同般，只选介小说、诗、戏剧，而散文不与焉，遑论论说文！

不管这样的发展是否妥当，毕竟散文是“非文学”写作中亦在使用的文体形式；而论说文的日常应用又总是与现实目的关系紧密，我们确实得探察：以说理为主的“论”“说”文，为什么可以因其所具的美感特质，而可以当作“文章”或“文学作品”来欣赏？那都是属于何种美感特质？出于何种修辞或表现策略？也许通过对历代文论与重要选本的细密考察，我们可以获得若干线索。由于篇幅的限制，目前先只就中古与近古文学的现象，加以考察。

## 二、中古文论的见解

### （一）曹丕《典论·论文》

曹丕也许是最早注意到文体的美感规范显然有别的评论家，因而他在《典论·论文》中强调“文本同而末异”，并且做了说明：“盖奏议宜雅，书论宜理，铭诔尚实，诗赋欲丽，此四科不同，故能之者偏也；唯通才能备其体。”虽然他论述的重点原在强调才性有偏——“文以气为主，气之清浊有体，不可力强而致”，但已经提供给我们最早的文体区分以及相应美感要求的蓝

〔1〕 Cleanth Brooks, John Thibaut Purser, Robert Penn Warren, *An Approach to Literature*, 4th edition, New York: Meredith Publishing Company, 1964.

〔2〕 *The Norton Introduction to Literature*; Sylvan Barnet, Morton Berman, William Burto, *An Introduction to Literature*.

图，后来更加细密的划分与规定，大体都是由此繁衍，踵事增华而成。

其中和我们论旨相关的是，首先他强调，一切的“书写”，也就是他所谓的“文”，都因为它们特定的目的与功能，而有一定的美感规范上的要求，即各有其“宜”、“尚”或“欲”；而其中仅“诗赋”是纯粹以美感为目的、“欲丽”的文体，即相当于后世狭义或纯粹的“文学”或“美文”的文体。至于其他的三科，虽然未必以美感欣赏为主要写作目的（因为另有其他目的，如“奏议”“书论”，“盖文章，经国之大业”，原是属于他所谓以“经国”为主要目标的写作；而“铭诔”则正是他所谓的“不朽之盛事”的一种近于“良史之辞”的文章），但是它们仍具有其特殊的美感特质，即“宜雅”“宜理”“尚实”等文体风格上的要求。以“尚实”而论，正如今日我们仍然要求“新闻报道”不可等同于“小说写作”：这里所牵涉的不仅是可否“虚构”或“虚美”的问题，更是行文可否“艺增”（王充，《论衡·艺增》）、“夸饰”（刘勰，《文心雕龙·夸饰》）的问题，因而在“诗赋”则可的修辞表现，在“铭诔”则未必适当（虽然“铭诔”原来亦同样具有整齐排比的外在形式）。其次，是“书论”归为一类，由“唯干著论，成一家言”，以及其《与吴质书》中所谓“而伟长……著《中论》二十余篇，成一家之言，辞义典雅，足传于后，此子为不朽矣！德琏常斐然有述作之意，其才学足以著书，美志不遂，良可痛惜”对照看来，所谓“著书”，其实正是“著论”，只是其篇数众多，能“成一家之言”而已。所以，曹丕不但“论撰所著《典论》诗赋，盖百余篇；集诸儒于肃城门内，讲论大义，侃侃无倦”，而且“以素书所著《典论》及诗赋饷孙权，又以纸写一通与张昭”。（裴松之,《三国志注·魏书·文帝纪》）这都显示了曹丕与其同时代人，对于“论”的重视与对于所谓“著书”的了解。

由所谓“集诸儒……讲论大义”，我们亦可窥见其所谓“书论宜理”的含义。一方面，诚如他自谓“文人相轻”，“斯不自见之患也”，“盖君子审己以度人，故能免于斯累而作论文”，虽曰“论文”，其实更在“说理”，其所讲论的，甚至还可以视为就是为人论事之“义理”；一方面，由他评论“孔融体气高妙，有过人者，然不能持论，理不胜辞，以至乎杂以嘲戏”的说法看来，“持论”的重点，正在“理能胜辞”，或至少“辞理相称”，而且其文辞风格必须是严肃的（不可“杂以嘲戏”），甚至必须如徐干“著论”的“辞义典雅”。曹丕的叙述虽然简略，但对于“论”的文辞风格已确立了初步的规范。

### （二）陆机《文赋》

在《典论·论文》之后，陆机的《文赋》虽然重点在“观才士之所作，窃有以得其用心”，“述先士之盛藻，因论作文之利害所由”，但还是对各种文体的美感性质做了比较细密的描述与规定：

> 诗缘情而绮靡，赋体物而浏亮。碑披文以相质，诔缠绵而凄怆。铭博约而温润，箴顿挫而清壮。颂优游以彬蔚，论精微而朗畅。奏平彻以闲雅，说炜晔而谲诳。

并且陆机在这段话之下，做了“虽区分之在兹，亦禁邪而制放，要辞达而理举，故无取乎冗长”的概括。陆机的文体分类显然更为细密，一方面不但对曹丕所未加区分的“诗赋”“铭诔”两科做了区别，并且在曹丕的“铭诔”一科分出了“碑”“箴”，在“诗赋”一科分出了“颂”；另一方面则是将“书论”与“奏议”分别为“论”“奏”“说”，到了刘勰《文心雕龙》就将“论说”归为一类，遂为后世“论说文”概念之滥觞。

在上述的区分与规范之前，陆机一方面指出“体有万殊，物无一量”，一方面亦强调了“辞程才以效伎，意司契而为匠”，因而他对各种文体的美感规范，其实是从“辞”与“意”两方面同时加以形容的。例如：“诗”就“意”而言是“缘情”；就“辞”而言，是“绮靡”。“赋”就“意”而言是“体物”；就“辞”而言，是“浏亮”。因而，在陆机看来：“论”的特质，就“意”而言是“精微”，就“辞”而言是“朗畅”；而“说”的特质，就“意”而言是“谲诳”，就“辞”而言，则是“炜晔”。

关于“论”“说”这两则，李善《文选注》的解释是：“论以评议臧否，以当为宗，故精微朗畅”；“说以感动为先，故炜晔谲诳”。而刘熙载《艺概·文概》则对“论”独有发挥：

> 《文赋》云“论精微而朗畅”，精微以意言，朗畅以辞言。精微者，不惟其难，惟其是；朗畅者，不惟其易，惟其达。论不可使辞胜于理，辞胜理则以反人为实，以胜人为名，弊且不可胜言也。

不论是李善的“以当为宗”，还是刘熙载的“惟其是”，其实发挥的反而都是曹丕的“书论宜理”的主张，强调的反而都是一种客观持平的认知的达成；因而都有意强调其文辞的表现必须有所节制，只要“明白通畅”（“朗畅”）就好。事实上挚虞《文章流别论》亦有“辩言过理，则与义相失”的说法。陆机亦非不重视“理”，由他在概括各体所必须遵守之准绳的“亦禁邪而制放，要辞达而理举”看来，我们毋宁说他将“辞达理举”当成了一切文体的必要准绳，因而他对“文”之写作的基本描述是：“理扶质以立干，文垂条而结繁。”如同刘熙载所发挥的：

> 《文赋》“意司契而为匠”，文之宜尚意明矣。推而上之，圣人“书不尽言，言不尽意”，正以意之无穷也。（《艺概·文概》）

陆机所持的是一种“尚意”的文论；事实上其《文赋》的中心思想，诚如他在序中所谓的“恒患意不称物，文不逮意”，其实一直是一个“意称物”“文逮意”的两面而一体的问题。而“理扶质而立干”的“理”，正是“意称物”，近于《庄子·知北游》所谓：

> 天地有大美而不言，四时有明法而不议，万物有成理而不说。圣人者，原天地之美而达万物之理。

就是一种对于“天地之（大）美”“万物之（成）理”的“原”与“达”，而能在“情曈昽而弥鲜，物昭晣而互进”之际，了然于胸，以成其与“理”相称之“意”（故谓之“质”），然后才进入“文逮意”，即“辞程才以效伎”“文垂条而结繁”的一面。[1]

因此《文赋》的立场，不仅是“尚意”而已；正如“要辞达而理举”一语所示，其要正在“文逮意”的“辞达”与“意称

〔1〕 此处与上文一体两面的说法，而不作前后两个阶段的说法，是由于认定“意称物”和“文逮意”只是一种问题上的分析为两面，而不以为它们就是实际写作时的两个不同阶段。

物”的“理举”。所以说陆机“尚意”固然不错，但说他尚“辞（达）”、尚“理（举）”，可能更近事实。因而《文赋》中不断出现像“或辞害而理比，或言顺而义妨，离之则双美，合之则两伤”“或文繁理富，而意不指适”“或寄辞于瘁音”“或遗理以存异”“或言拙而喻巧，或理朴而辞轻”等以“辞”“理”并举的论述。这种“理”贯一切文体“区分”而为其表现之“内容”的基础想法，其实已经预示了刘勰“原道”所取的玄学立场；因而在陆机的思想里，“理”反而不只为“书论”一体所专属。

因而，陆机对“论”之文体的美感规约，其实不仅“当”“是”于“理”而已，我们反而应该从“精微”与“朗畅”所具的近乎矛盾的统一或综合来加以考量，也就是通过我们平素所谓“言浅意深”或“言近旨远”之类的说法来加以理解，也就是其“意”当达致“万物有成理”，“物”的“精微”之“理”；即在对《庄子·秋水》所谓“夫精，小之微也”与“可以言论者，物之粗也；可以意致者，物之精也”的了解上，以“意之所能察致”而达到“言之所能论”，斯是为“论”。深入浅出，以明白晓畅的话语，表达深奥微妙的意理，才是陆机心目中对于“论”的文体要求。至于萧统《文选·序》所谓的“论则析理精微”，初看似乎是综合了曹丕与陆机两人的说法，对于陆机而言，反而只是偏向了“意”的一面之规范，完全忽略了“辞”的一面。

“论”“说”虽在后世渐有合流之势，但在陆机的观念里却是泾渭分明的。“论”以见理“精微”为主；“说”，则诚如李善所注，以“感动为先”，其实重在罕譬而喻，往往出以寓言与滑稽，因而陆机以此为其文体特质，即具“谲诳”的意想。陆机在这里显然是沿用了《毛诗·序》所谓“下以风刺上，主文而谲谏，言之者无罪，闻之者足戒”的“谲谏”的观念。

但是，刘勰一方面未曾注意到“谲诳”原是一种作为美学意义上的文体风格描述；一方面亦疏忽了陆机在各体规范之上的一致准绳，除了“要辞达而理举”之外，更先提到了“亦禁邪而制放”的要求。因而虽然刘勰完全了解在专制时代，任何游“说”，终得“烦情入机，动言中务”，才能“虽批逆鳞，而功成计合”，却终不免要从道德或伦理的角度来理解“谲诳”，而要强调：

> 凡说之枢要，必使时利而义贞；进有契于成务，退无阻于荣身。自非谲敌，则唯忠与信。披肝胆以献主，飞文敏以济辞，此说之本也。而陆氏直称“说炜晔以谲诳”，何哉？（《文心雕龙·论说》）

虽然刘勰的心目中，仍是以“战国争雄，辨士云踊；从横参谋，长短角势；《转丸》骋其巧辞，《飞钳》伏其精术”（《文心雕龙·论说》）的《战国策》作为“说”体的历史主流，但他终究只如刘向所谓“苟以诈伪，偷活取容，自上为之，何以率下？”（《战国策·序》），以儒家道德政治的立场来加以批判；反而无法像刘向能够同时从“皆高才秀士，度时君之所能行，出奇策异智，转危为安，运亡为存，亦可喜，皆可观”（《战国策·序》）的角度来加以欣赏。

但是，假如我们从“炜晔谲诳”的游“说”风格切入，则“说”之一体，在历史上未必仅限于《战国策》的著录，其实孟子的泰山北海之说、齐人妻妾之事，固亦合拍，而庄子的鲲鹏化徙之言、梦蝶捕蝉之喻，更是此中翘楚。《庄子·天下》形容庄周“以谬悠之说，荒唐之言，无端崖之辞，时恣纵而不傥，不以觭见之也。以天下为沉浊，不可与庄语，以卮言为曼衍，以重言为真，以寓言为广”，以至“其书虽瑰玮，而连犿无伤也；其辞虽参差，而諔诡可观”，岂非“谲诳”“炜晔”的最佳写照？其实陆机“说炜晔而谲诳”，正有对于寓言、滑稽[1]之类，具“意在言外”，且必须“得意忘言”，方为得之的文辞风格与文体性质的深切认识。

这种文体风格，后来我们亦可以在韩、柳的《杂说》《天说》之类的作品中见到承续与传扬。

### （三）刘勰《文心雕龙·论说》

刘勰在《文心雕龙》中以《论说》一篇的篇幅来处理这两类文体，自然是关于它们最重要的理论著作与历史评述。他虽然一本其“宗经”的立场，开篇即称“圣哲彝训曰经，述经叙理曰论”，但他“详观论体，条流多品”，主要包括“陈政”“释经”“辨史”“铨文”等四种方向；而可以赅括“议”“说”“传”“注”“赞”“评”“序”“引”，“八名区分，一揆宗论”。事实上他以其“理形于言，叙理成论”的思维来贯串各类文体，而得出“论也者，弥纶群言，而研精一理者也”的基本定义，并且加以引申，以为：

> 原夫论之为体，所以辨正然否；穷于有数，追于无形，钻坚求通，钩深取极，乃百虑之筌蹄，万事之权衡也。故其义贵圆通，辞忌枝碎，必使心与理合，弥缝莫见其隙；辞共心密，敌人不知所乘，斯其要也。

---

〔1〕 详见〔西汉〕司马迁：《史记·滑稽列传》。

> 是以论如析薪，贵能破理。斤利者，越理而横断；辞辨者，反义而取通：览文虽巧，而检迹知妄。唯君子能通天下之志，安可以曲论哉！（《文心雕龙·论说》）

刘勰身当南朝，已熟知魏晋以降的校练名理，以至清谈玄风，是以他在“论”体的“选文以定篇”上，首列《庄子》：“是以庄周《齐物》，以论为名”，终于“逮江左群谈，惟玄是务”。因而虽有“百虑之筌蹄，万事之权衡”的理想，所叙各篇若从论述内容来看，反而如他所述：“于是聃周当路，与尼父争涂矣。”只在发挥儒道两家思想，或者玄谈的义理了。因而，至少在“论”这一体的论述上，显然还是站在一般“书写”的立场，未必就是从“文”（“文章”或“文学”）的角度着眼。

因而他所做的风格规约，就只有“义贵圆通，辞忌枝碎”，反而是强调了近乎“意称物”“文逮意”的普遍原理：“必使心与理合”，“辞共心密”。而他对“论”的深入于表象之内里的分析性质，则是首见强调“穷于有数，追于无形”，“是以论如析薪，贵能破理”，但他还是从儒家的“唯君子能通天下之志”的立场，反对“越理而横断”“反义而取通”的“曲论”，其重点似乎又回到了曹丕的“书论宜理”。因而，“圆通”为贵，“巧文”知妄。

他以为“论之为体，所以辨正然否”的说法，自是李善注所谓“论以评议臧否”的源头。但是以“辨正然否”为“论”的根本，则“论”就趋向了批判性，而非建构性的思维；探讨的恐怕就不是普遍而先验之“理”，而终归只是就经验中特殊的“万事”加以“权衡”，对既有之“百虑”施以“筌蹄”，而设法在后设的层次上，求“通天下之志”，“齐”显然参差的“物论”罢了。所以“义贵圆通”（这与“得当为宗”显然不同）就成了他的理想；一旦细加辨析，他的立场与理解似乎又较曹丕、陆机为窄了。

刘勰在“若夫注释为词”上，虽然明白指出其“解散论体，杂文虽异”，在文体结构上，显然有别；却仍从“理形于言，叙理成论”的基本性质上，强调“总会是同”，而提出了“要约明畅，可为式矣”的文体风格上的要求。(《文心雕龙·论说》)所谓“明畅”其实就是陆机所谓的“朗畅”；至于“要约”，当然来自注释的要求，但亦不妨视为是“辞忌枝碎”的正面说法。因此，刘勰虽然对“论”体做了详密的考察，但在基本的见解上，并未超出前人多少。

（四）萧统《文选·序》

跟我们的论旨相关，而做出重大突破的反而是萧统的《文选·序》。在这篇序文中，就各文体加以叙述或规约的部分，如前所述，“论则析理精微”，还是在曹丕与陆机的笼罩之下，有意味的是他明白指出了“析理”，强调了“论”的分析性质与过程。但真正重要的是萧统等人在编选《文选》之际所采取的将“词人才子”“飞文染翰”的“篇什”之“文”（“文章”或“文学”）“杂而集之”的立场。序中首先解释了不加选录经部之类著作的缘由：

> 若夫姬公之籍，孔父之书，与日月俱悬，鬼神争奥，孝敬之准式，人伦之师友，岂可重以芟夷，加以剪截。

“与日月俱悬，鬼神争奥”，其实正是《文心雕龙·宗经》所谓

“经也者，恒久之至道”，“故象天地，效鬼神，参物序”，“洞性灵之奥区”的意思。至于“孝敬之准式，人伦之师友”，则是《文心雕龙·宗经》所谓“制人纪”，“不刊之鸿教也”的意思。

但萧统等人并未如刘勰采“宗经”而以为一切文体皆源出五经并为其所笼罩的立场：

> 故论说辞序，则《易》统其首；诏策章奏，则《书》发其源；赋颂歌赞，则《诗》立其本；铭诔箴祝，则《礼》总其端；纪传铭檄，则《春秋》为根：并穷高以树表，极远以启疆，所以百家腾跃，终入环内者也。(《文心雕龙·宗经》)

他们毋宁是采文学演变进化的立场：

> 若夫椎轮为大辂之始，大辂宁有椎轮之质？增冰为积水所成，积水曾微增冰之凛！何哉？盖踵其事而增华，变其本而加厉；物既有之，文亦宜然。随时变改，难可详悉。(《文选·序》)

因此，与刘勰相信“经也者”，“极文章之骨髓者也”(《文心雕龙·宗经》)大相径庭，萧统只视其为乃姬孔传述之书籍，而且仅只承认它们在人伦实践上的指导价值，而未从“文章”角度加以肯定。

同样从“文章”的角度加以略去的还有诸子与游说之作。对于前者，他强调：

> 老、庄之作，管、孟之流，盖以立意为宗，不以能文为本。今之所撰，又以略诸。

这里他将这些应该以其思想的性质来对待的著作，称之为“以立意为宗”的作品（这里正与《文心雕龙》之观点显然不同，《文心雕龙》不但“宗经”，而且列入“诸子”，同时就“论”而言，亦更注重其思想性），明显与“以能文为本”的“文章”加以区别。

于是，在陆机“意称物”的“理举”与“文逮意”的“辞达”等两个层次之外，加上了“辞程才以效伎”“期穷形而尽相”（《文赋》）的“词人才子”“飞文染翰”之“能文”的艺术性表现的又一层次。因而，从艺术性表现上的“能文”和仅只“立意”的“辞达”之间，就有了明显的区划。这也是他在强调一已泛览七代“文章”之际，“历观文囿，泛览辞林，未尝不心游目想，移晷忘倦”——特用“文囿”“辞林”来表述的缘故。

正因萧统等人的心目中，“文”必须是具有艺术表现性的“篇章”，所以，种种的“言谈”“说”辞“若贤人之美辞，忠臣之抗直，谋夫之话，辨士之端”，虽具“冰释泉涌，金相玉振”的美感素质，而且“事美一时，语流千载”，且“虽传之简牍”，已见文字之著录（也就转化为“文字”了），却仍坚持它们“事异篇章”，故而“今之所集，亦所不取”。

另外，对于历史著作，亦强调它们与具有艺术表现性的“文章”有别：“至于记事之史，系年之书，所以褒贬是非，纪别异同；方之篇翰，亦已不同”，因而不加选录。若从萧统不选经、子、史三部著作的叙述看来，他所强调的重点，似乎总在它们应该以其现实上的功能而得到应用与重视，而不是以其艺术性的表现。因此，虽然他们所选录的文体，未必全无实用性，但是终究还是以艺术的表现性而受到肯定。所以，他在序中总论选录的各体之余，要以“众制锋起，源流间出。譬陶、匏异器，并为入耳之娱；黼、黻不同，俱为悦目之玩。作者之致，盖云备矣！”作结，强调的正是它们的美感功能。

而在《文选·序》的结尾之际，萧统更提出了一个既是“踵事增华，变本加厉”，又是与本章具有绝对相关性的“文体”，就是史书的“赞论”。他显然做出了最具突破性的表述：

> 若其赞论之综辑辞采，序述之错比文华，事出于沉思，义归乎翰藻，故与夫篇什，杂而集之。

因而《文选》一方面在辞赋的系统，即“答客指事之制”上，选录了“设论”一体，并将陆机《文赋》直接分类为“论文”；一方面也在单纯的“论”体之前，收录了“序”“赞”“史论”“史述赞”等类，[1]因而正强调了各类之“论”，亦可充分具显“综辑辞采”“错比文华”，以至“沉思”“翰藻”的美感价值。尤其“事出于沉思，义归乎翰藻”，将之视为即是“文学作品的定义”的亦大有人在。[2]因而，《文选》选录的这几类作品，正是我们探讨“论”“说”作为文类所具的美感性质之最好的实例与切入点。

## 三、《文选》诸“论”类文章的美感分析

在举实例分析之前，或许我们还应对《文选·序》中所谓的

---

〔1〕 此处根据刘勰《文心雕龙·论说》中“详观论体，条流多品：……辨史则与赞评齐行；铨文则与叙引共纪。……赞者明意，……序者次事，……八名区分，一揆宗论”的说法，并就上述引文中“赞论”“序述”的相提并举，而做此强调。

〔2〕 见王梦鸥：《“文学”定义之一考察》，《古典文学论探索》，台北：正中书局，1984年，第4页。

“事出于沉思，义归乎翰藻”的观念略做探讨。刘勰在《文心雕龙·知音》中提出“是以将阅文情，先标六观：一观位体，二观置辞，三观通变，四观奇正，五观事义，六观宫商，斯术既形，则优劣见矣”；又提到“扬雄自称心好沉博绝丽之文，其事浮浅，亦可知矣”。萧统与刘勰在许多文学主张未必一致，但若将这些词语对看，却多少可以看到六朝时期对于“文”的构成因素的一些通行观念。

假如萧统所谓的“翰藻”，是相当于刘勰所强调的“位体”“置辞”以至“宫商”等文体形式上的性质，那么“事义”或“事”与“义”就主要应当是作品内容上的性质；虽然范文澜《文心雕龙注》以为“五观事义，《事类》等篇论之”[1]，是指“事类者，盖文章之外，据事以类义，援古以证今者也”，即用典的问题。尤其自“刘歆《遂初赋》，历叙于纪传，渐渐综采矣；至于崔班张蔡，遂捃摭经史，华实布濩，因书立功，皆后人之范式也”（《文心雕龙·事类》），诚如黄侃《文心雕龙札记》所言：“汉魏以下，文士撰述，必本旧言：始则资于训诂，继而引录成言，终则综辑故事。爰至齐梁，而后声律对偶之文大兴，用事采言，尤关能事”[2]，刘勰的“六观”，自然牵涉骈俪文字的写作范式与评价“美典”[3]。

“事类”或许可以作为“用典”的指称，然而从篇中所谓

[1] 见范文澜：《文心雕龙注》，台北：开明书店，1958年，卷十，第6页。

[2] 见范文澜：《文心雕龙注》，卷八，第11页。

[3] “美典”一词借用了高友工先生的说法，请参阅高友工：《中国美典与文学研究论集》，台北：台湾大学出版中心，2004年。（《美典：中国文学研究论集》，北京：生活·读书·新知三联书店，2008年。）

“据事以类义”“略举人事以征义”，或“然则明理引乎成辞，征义举乎人事，乃圣贤之鸿谟，经籍之通矩也”等话语看来：“事”自指“人事”；“义”则正如篇中所强调的“理得而义要”，“取事贵约，校练务精，捃理须核”等，指的乃是作品内容所要传达的“理”，亦即《知音》篇：

> 夫志在山水，琴表其情，况形之笔端，理将焉匿？故心之照理，譬目之照形。目瞭则形无不分，心敏则理无不达。

将这段引文中所谓可以由知音的读者认知领会的“理”放到《事类》篇的脉络中来探讨时，亦就是可以“据事”“举乎人事”来比“类”或“征”验的“理”。

因而，“义”既是作者心“志”所“在”，亦更寓于“事”中；所以需要“校练务精，捃理须核”，才能“理得而义要”。相同的道理，放到《文选·序》的脉络里，就是所谓的“事出于沉思”；再加上“综辑辞采”“错比文华”的形式美感的修辞表现，自然也就成了“义归乎翰藻”了。但是在“翰藻”与“事义”之间，也就是形式与内容之间，显然仍是各有其表现与距离的。所以《知音》篇首引“昔屈平有言，文质疏内，众不知余之异采”，而扬雄虽好“沉博”“绝丽”之文，但“其事”亦可以“浮浅”。[1]

当我们依据《文选·序》的上下文脉来看“事出于沉思，义归乎翰藻”时，我们首先得注意，在此之前原指“记事之史，系

〔1〕“其事浮浅”，范文澜注以为“疑当作不事浮浅”，如此，这段文字就不具“文质疏内”的意义，也就是“翰藻”与“事义”的区别，但亦一样强调了“事出于沉思”，指明了“沉思”的重要性。

年之书”，并已强调了它们写作之“义”或“理”，原在“所以褒贬是非，纪别异同”，颇有“善善同其清，恶恶同其污”（范晔，《后汉书·范滂传》）的笔削意味，因而“方之篇翰，亦已不同”。而“事出……”“义归……”这两句的性质，其实是针对“记事之史，系年之书”所包含附丽的“赞论”“序述”而言的，因而关于其所“序述”之“事”与“赞论”之“义”：首先，它们已有“史书”本身详细的“系年”与“记事”在其前后，因而它们自然无须再做详密的“记事”，只要“举事”的“序述”即已足够；其次，写作的重点，反而在于“取事在约”，以便在“赞论”中“征义”，或作“据事以类义，援古以证今”之表现。

由于它们对于“史事”的处理重点已不再是“记”和“系”，反而是在于“校练”和“取义”，因而一方面它们必须经过“沉思”，不必然以时间的先后（这通常也就是小说理论中所谓的“故事”的特质），反而是以呈现“义理”的方便与否，也就是凸显“故事”之经验意义的方式，直接做重点来呈示（也就是直指“主题”的方式）；另一方面也因“史事”已经由“史书”记系了，此处只要按“赞论”之“主题”呈现的需要，来征取、重组以做“序述”即可，于是就容许作者，于此种征取、重组的“序述”中，有了“综辑辞采”“错比文华”，做形式美感之追求与表现的空间。例如《公孙弘传赞》，既可以开宗明义地指出：

> 赞曰：公孙弘、卜式、倪宽皆以鸿渐之翼困于燕雀，远迹羊豕之间，非遇其时，焉能致此位乎？

虽然重点在指出“非遇其时，焉能致此位”，却采用了以“鸿渐之翼”“困于燕雀”等既是用典，又是深具“辞采”的比喻，来与"远迹羊豕之间"的事实，形成"才"与"遇"之对比，基本上是一种注重巧喻与藻饰的修辞手法。或者即使未出以藻饰，却仍重在"综辑"与"错比"的表现，例如该文中：

> 上方欲用文武，求之如弗及，始以蒲轮迎枚生，见主父而叹息。群士慕响，异人并出。卜式拔于刍牧，弘羊擢于贾竖，卫青奋于奴仆，日磾出于降虏。斯亦曩时版筑饭牛之明已。

为了形成对仗，将枚乘称为"枚生"，将主父偃省为"主父"，以便二名成对；桑弘羊、金日磾亦省为"弘羊""日磾"，以便于在已具"刍牧""贾竖"或"奴仆""降虏"词语的对偶之上，和作为主词的"卜式""卫青"形成对仗。所以，文中的"序述"自然都是有其"史事"的依据，但已经"事出于沉思"地出以主题需要上的选择，又"义归乎翰藻"地做了文辞上的藻饰美化与排比修整，因而置诸"文囿""辞林"，亦一样可以编入"略其芜秽，集其清英"的《文选》。

当我们仔细考察《文选》中归为"论"类的诸篇，可以发现，固然名义有别，但如《过秦论》《王命论》《六代论》《辨亡论》《五等诸侯论》等篇，虽并非史官在史书中的"赞论""序述"，其实仍都是一种各有主题的"史论"，它们都有着"罔罗天下放失旧闻，王迹所兴，原始察终，见盛观衰，论考之行事"（司马迁，《史记·太史公自序》）的性质，对"史事"重加叙述，如贾谊《过秦论》一开头，叙秦之兴起：

> 秦孝公据殽函之固，拥雍州之地，君臣固守，以窥周

室。有席卷天下，包举宇内，囊括四海之意，并吞八荒之心。当是时也，商君佐之，内立法度，务耕织，修守战之具，外连衡而斗诸侯。于是秦人拱手而取西河之外。

就我们现有的资料看来，贾谊的叙述虽然大体没有违背史实，但其实是高度的简化，且做了大量“错比文华”的表现，如：“据郩函之固，拥雍州之地”“席卷天下，包举宇内”“囊括四海之意，并吞八荒之心”“立法度”“务耕织”“修守战”“斗诸侯”等，其实都是对偶排比的修辞，连用四句来强调，以及“以‘窥’周‘室’”“‘拱手’而‘取’”等隐喻性的形容，都是极具意象性与戏剧性的表现。至于：

追亡逐北，伏尸百万，血流漂橹。因利乘便，宰割天下，分裂河山，强国请伏，弱国入朝。

这几句更是极尽场景化、形象化的能事。在提出“事出沉思”的睿见性之结论——“仁义不施，而攻守之势异也”之前，更是做了强烈的对比：

以六合为家，殽函为宫；一夫作难，而七庙隳；身死人手，为天下笑者，何也？

凸显了情势逆转的戏剧性及其所蕴含的悲剧反讽，事实上是以强烈的修辞效应取代了实质问题的论证，却达成了论述的主要说服效果，真可以说是充分地发挥了“辞采”与“翰藻”效果的表现。

至于《运命论》《辩命论》，甚至《广绝交论》，虽然其所“略考其行事，综其终始，稽其成败兴坏之纪”（司马迁，《报任少卿书》）

的对象已非天下侯国，但正如传统史书在本纪、世家之外另有列传，这几篇基本上仍是充分地利用了史书之类的原有叙事，而以主题的需要做了重组性的列述，例如刘峻《辩命论》：

> 故亭伯死于县长，相如卒于园令，才非不杰也，主非不明也，而碎结绿之鸿辉，残悬黎之夜色，抑尺之量有短哉？若然者，主父偃、公孙弘对策不升第，历说而不入，牧豕淄原，见弃州部；设令忽如过隙，溘死霜露，其为诟耻，岂崔、马之流乎？

虽然是出以“用事”而非叙事之后的“赞论”，但与前述所引被《文选》归为“史论”的《公孙弘传赞》文字，其实并无差异。甚至我们还可以指出其中“碎结绿之鸿辉，残悬黎之夜色”“尺之量有短”“忽如过隙，溘死霜露”等意象与比喻的修饰，其踵事增华、变本加厉的“辞采”表现，恐怕更有过之。

此外，《非有先生论》《四子讲德论》，与归为“设论”的《答客难》《解嘲》《答宾戏》等篇，皆虚构对话情境，已是辞赋“铺采摛文，体物写志”（刘勰，《文心雕龙·诠赋》）的写法；并且篇中大量征引追叙史事，以形成古今对比的方式，既颂当朝，又兼自解自表，本就与单纯的说理不同，其中自有抒感赞颂——近于“赋诗言志”的成分，再加上文辞形式与藻饰的表现，自然是属于“美文”作品。

至于韦昭的《博弈论》，先确立其立论的基础：

> 历观古今功名之士，皆有积累殊异之迹，劳神苦体，契阔勤思，平居不惰其业，穷困不易其素。是以卜式立志于耕

牧，而黄霸受道于囹圄，终有荣显之福，以成不朽之名。故山甫勤于夙夜，而吴汉不离公门，岂有游惰哉？

然后再以博弈的棋局与现实上的用心对比：

夫一木之枰，孰与方国之封；枯棋三百，孰与万人之将。衮龙之服，金石之乐，足以兼棋局而贸博弈矣。假令世士移博弈之力用之于《诗》《书》，是有颜、闵之志也；用之于智计，是有良、平之思也；用之于资货，是有猗顿之富也；用之于射御，是有将帅之备也。如此，则功名立而鄙贱远矣。

事实上是“序述”史事，排比成文。因而，其意旨乃在“当世之士，宜勉思至道，爱功惜力，以佐明时，使名书史籍，勋在盟府”，仍是“考其行事”，“稽其成败兴坏之纪”，有着“史论”的典型关切与“错比文华”的写作形态。

即使是曹丕的《典论·论文》，既以“于学无所遗，于辞无所假，咸以自骋骥騄于千里，仰齐足而并驰”的骈俪藻饰来形容七子，但由下可见全文最终的旨趣：

盖文章，经国之大业，不朽之盛事。年寿有时而尽，荣乐止乎其身。二者必至之常期，未若文章之无穷。是以古之作者，寄身于翰墨，见意于篇籍，不假良史之辞，不托飞驰之势，而声名自传于后。故西伯幽而演《易》，周旦显而制《礼》，不以隐约而弗务，不以康乐而加思。夫然，则古人贱尺璧而重寸阴，惧乎时之过已。而人多不强力，贫贱则慑于饥寒，富贵则流于逸乐，遂营目前之务，而遗千载之功。日月逝于上，体貌衰于下，忽然与万物迁化，斯志士之大痛也！

通段骈行，文辞多加雕饰，由“经国”而大谈“不朽”，说到后来不仅言及人生不可避免的衰老、死亡，甚至悲从中来，慨及“融等已逝”与“斯志士之大痛也”，其叙志伤情的意味毕呈，其内容已不仅是单纯“论文”而已，其中自亦具有“史论”“述赞”等类文体常见的对于人类命运的观照与沉思，所以读来使人低回不已，意味无穷。

或许《文选》在“赋”作中选入了陆机的《文赋》，并且单独为它另立了“论文”一类，反而更切合“论文”的题旨。尽管陆机自己在该篇的序中强调：

> 故作《文赋》，以述先士之盛藻，因论作文之利害所由，他日殆可谓曲尽其妙。至于操斧伐柯，虽取则不远，若夫随手之变，良难以辞逮，盖所能言者，具于此云。

虽然出以“赋”体，但写作的重点其实是“论作文之利害所由”，主导精神仍是“论”，不论是“利害所由”，还是“取则不远”，其要旨都在于“析理”，而“曲尽其妙”，以至“所能言者，具于此云”，则皆为求其“精微”之意。这完全符合“论则析理精微”的旨趣。

但《文赋》的写作策略仍然是“欲丽”或“体物而浏亮”，甚至是“纪一事，咏一物，风云草木之兴，鱼虫禽兽之流，推而广之”[1]，典型的“赋”的写法，因此不仅其写作的内容意在“以

〔1〕 此句为《文选·序》中“今之作者异乎古昔，古诗之体，今则全取赋名”一句后对“赋”的形容。

述先士之盛藻”，文中更是充满了像“悲落叶于劲秋，喜柔条于芳春。心懔懔以怀霜，志眇眇而临云”这样形象化的文辞，还有很多形象化的比喻：

> 倾群言之沥液，漱六艺之芳润；浮天渊以安流，濯下泉而潜浸。于是沉辞怫悦，若游鱼衔钩而出重渊之深；浮藻联翩，若翰鸟缨缴而坠曾云之峻。收百世之阙文，采千载之遗韵；谢朝华于已披，启夕秀于未振。

文中充满了“风云草木之兴，鱼虫禽兽之流”的形容与藻饰。所以，在文章的主题结构（structure）上是“析理精微”的“论”述；但在字句修辞的肌理（texture）上，则仍是“寻声律而定墨”“窥意象而运斤”（刘勰，《文心雕龙·神思》）等骈俪藻饰的表现。《文赋》的存在，其实正说明了“论”述与“丽辞”并具的可能，因而也是具有“美文”性质的“论”文，甚至是“论”著之存在的可能。假如前者是以《文赋》为代表，那么后者无疑是以《文心雕龙》为代表。

## 四、考察中古文学的暂时结论

或许我们可以得到一个暂时的结论：中古时期由于文章逐渐走上“综辑辞采”“错比文华”的骈俪藻饰形态，因而即使“析理”的文章，亦可因形式的排比与丽藻巧喻的使用，而具有初步的“美感”。何况“理”，或许由于玄谈的影响，不仅有如“万物有成理”及“圣人者，原天地之美而达万物之理”这种说法，可以视为“万物畜而不知”的“本根”（庄周，《庄子·知北游》）；事实上亦往往被视为就是艺术表现的真正内涵，例如宗炳就在《画山水叙》中强调：

是以观画图者，徒患类之不巧，不以制小而累其似，此自然之势。如是则嵩华之秀，玄牝之灵，皆可得之于一图矣。夫以应目会心为理者，类之成巧，则目亦同应，心亦俱会；应会感神，神超理得，虽复虚求幽岩，何以加焉？又神本亡端，栖形感类，理入影迹，诚能妙写，亦诚尽矣。

由于“理”更代表文艺作品的真正精神内涵，因此才有陆机在《文赋》中的“意称物”与“伊兹文之为用，固众理之所因”“涂无远而不弥，理无微而弗纶”的说法，与“或辞害而理比”“或文繁理富，而意不指适”“或遗理以存异，徒寻虚以逐微”“或理朴而辞轻”“方天机之骏利，夫何纷而不理”，以及“理翳翳而愈伏，思乙乙其若抽”等等的讨论。因而刘勰则更以“况形之笔端，理将焉匿？故心之照理，譬目之照形。目瞭则形无不分，心敏则理无不达”为“知音”之状。

“论”或许是“析‘理’精微”，但这种“理”并不必然与“美”，与人性或主客体的存在之交感无关，所以才能说“原天地之美而达万物之理”“意称物”“应目会心为理”“方天机之骏利，夫何纷而不理”云云。而由《文选》诸种“论”类的选文看来，它们正与种种历史叙事交相牵连，其真正的关切，总在于对“王迹所兴，原始察终，见盛观衰”的“论考之行事”。所以对朝代邦国“稽其成败兴坏之纪”，则有《过秦》《王命》《六代》《辨亡》《五等诸侯》诸论；延伸到对个人生存处世而“稽其成败兴坏之纪”，则有《非有先生》《四子讲德》《论文》《博弈》《养生》《运命》《辨命》《广绝交》诸论。

这些“论”文，不但采取了“通古今之变”“据事以类义”的写作手法，并且往往“究天人之际”[1]，或对集体的“王命”或个人的“运命”之神秘进行深察细微的“沉思”，往往对人类存在与人性本质的奥义，有令人低回玩味的揭示。而这些著“论”者，在其写作之际，亦何尝无其个人的“言志”“兴情”之意？甚至往往可以如刘鹗《老残游记·自序》所谓“灵性生感情，感情生哭泣”，“不以哭泣为哭泣者，其力甚劲，其行乃弥远也”，故而往往近似所谓“《庄子》为蒙叟之哭泣，《史记》为太史公之哭泣”的意趣。

因而，这些“论”作证明了，不仅是其表现修辞的华采辑比手法可以产生形式的美感，内容上涉及史实或传闻上的天下与个人之兴亡成败的命运，也能与一切叙事“抒情”的作品一样引发深沉的人性共鸣，达到一种静观谛视却又感怀不已的美感效应：沉静地观照人类或个人的生命，对大家或自身深远莫测、神秘窈冥的命运，投下探照性的短暂一瞥！

因而，我们或许仍然可以说，这些“论”文的作者，亦一样是“夫缀文者情动而辞发”，若我们的欣赏足够深入的话，亦可如“观文者披文以入情，沿波讨源，虽幽必显；世远莫见其面，觇文辄见其心”（刘勰，《文心雕龙·知音》），因此，也就是另一种类型的“神超理得”。

---

〔1〕 司马迁在《报任少卿书》中强调其作《史记》：“欲以究天人之际，通古今之变，成一家之言。”

## 五、近古文论的再思索

### （一）“文者以明道”

从中古到近古，也就是从魏晋南北朝到唐宋，在文学上的一个大转折，就是新型“古文”的崛起，它逐渐取代了八代的骈俪文风，也就是苏轼在《潮州韩文公庙碑》称颂韩愈为“文起八代之衰，而道济天下之溺”的重点。“古文”运动的意义，不仅在化骈为散，以“笔”为“文”；更在于“文”与“道”合的主张。不论是韩愈在《答李秀才书》中所说的“愈之所志于古者，不惟其辞之好，好其道焉尔”[1]，还是李汉《昌黎先生集序》所谓的“文者，贯道之器也”，强调的都是这个意思。柳宗元更是明白地主张“文者以明道”，而自称“凡吾所陈，皆自谓近道”（《答韦中立论师道书》）。他们所谓的“文”与“道”，一方面取法于经典与古人，如韩愈《进学解》所谓：

> 上规、姚姒，浑浑无涯。《周诰》《殷盘》，佶屈聱牙。《春秋》谨严，《左氏》浮夸。《易》奇而法，《诗》正而葩。下逮《庄》《骚》，太史所录。子云、相如，同工异曲。先生之于文，可谓闳其中而肆其外矣！

或柳宗元所谓：

> 本之《书》以求其质，本之《诗》以求其恒，本之《礼》

〔1〕 相同的意思，韩愈在《答陈生书》《欧阳生哀辞》等篇屡有申论。

> 以求其宜，本之《春秋》以求其断，本之《易》以求其动。此吾所以取道之原也。参之《穀梁氏》以厉其气，参之《孟》《荀》以畅其支，参之《庄》《老》以肆其端，参之《国语》以博其趣，参之《离骚》以致其幽，参之《太史》以著其洁。此吾所以旁推交通而以为之文也。(《答韦中立论师道书》)

在思想内容上大抵“其所著皆约六经之旨而成文，抑邪与正，辨时俗之所惑”(韩愈,《上宰相书》)；然而在文辞的表现上，则以“先生口不绝吟于六艺之文，手不停披于百家之编”，“贪多务得，细大不捐”(韩愈,《进学解》)，而旁采博收做多方变化的表现。

另一方面，他们将“道”(因而明“道”之“文”，亦同样的)有意地视为包括且深入文明生活的全面与整体，也就是“有圣人者立，然后教之以相生养之道”的全部，韩愈在《原道》一文中简括“夫所谓先王之教者”，认为：

> 其文，《诗》《书》《易》《春秋》；其法，礼乐刑政；其民，士农工贾；其位，君臣父子师友宾主昆弟夫妇；其服，麻丝；其居，宫室；其食，粟米果蔬鱼肉。其为道易明，而其为教易行也。是故以之为己，则顺而祥，以之为人，则爱而公；以之为心，则和而平；以之为天下国家，无所处而不当。是故生则得其情，死则尽其常。郊焉而天神假，庙焉而人鬼飨。

因而“文”与“道”合，就不仅是追溯文化与文学的主流传统，同时也是扩充其写作的范围，使其达于整个文明生活经验的全部。所以，苏轼可以批评八代之文为“衰”，正因为其所书写的经验范围饱受骈俪文体典律的局限而愈益狭仄；同时称颂韩愈所提倡的

“道”之特质，正在“济天下之溺”，拔擢人类的生活，使其由野蛮混乱而进入文明教化之域。以上的描述和我们的论旨相关的是，对于“道”的重视，虽然由他们所“取道之原”与“旁推交通”的著作看来，可以包含各类的文体，并不必然特别重视“论”“说”，但是对“道”很重视，却有可能强调了写作的“论”“说”意义，而“论”“说”在古文的诸文类中，无疑会往中心移位。为了更加清晰地看出“古文”运动对于“道”的认知这种时代之下的转折，可以援引刘勰《文心雕龙》的《原道》做对比，我们发现，虽然许多词句颇为类似雷同，但背后的引申与指涉却有明显的不同。

首先，《文心雕龙·原道》推原先圣的创作，以为：

> 爰自风姓，暨于孔氏，玄圣创典，素王述训，莫不原道心以敷章，研神理而设教，取象乎《河》《洛》，问数乎蓍龟，观天文以极变，察人文以成化。

因而提出“故知道沿圣以垂文，圣因文而明道”，以及“辞之所以能鼓天下者，乃道之文”的结论。这里提到的“因文而明道”，和柳宗元的“乃知文者以明道”文句相近，但意旨似有差异。

柳宗元的“文者以明道”之“文”，由其上下文脉，“始吾幼且少，为文章，以辞为工；及长，乃知文者以明道”，明显指的是“文章”的书写。但“圣因文而明道”的“文”，指的有可能是“观天文以极变，察人文以成化”的“天文”与“人文”的现象，所以接下去才会说“旁通而无滞，日用而不匮”。[1]因之直

---

〔1〕 自然这也因为此处乃为援引《周易》而成论，因而以易理为思考的对象，遂有此种说法。

引“《易》曰：‘鼓天下之动者存乎辞’”而发挥阐释的“辞之所以能鼓天下者，乃道之文也”的“辞”，反而代表书写，[1]强调的正是若书写（“辞”）能反映“道之文”，则可以“鼓动”天下。

在《文心雕龙·原道》里，“文”其实指的是“道”的一种属性，所以篇首即强调“文之为德也大矣，与天地并生”，而以“丽天之象”与“理地之形”为“道之文”的型范，并且强调了“傍及万品，动植皆文”，以至林籁、泉石的“形立则章成矣；声发则文生矣”等现象。但因（圣）人能够成为“天地之心”，能体会河图洛书中的“神理”，而达到“原道心以敷章，研神理而设教”，因而方才可以说“心生而言立，言立而文明，自然之道”，也才能说“言之文也，天地之心哉”。这种说法的背后，正有一个天人合一、神道设教的推想或溯源的预设或后设在。如此才可以说“道沿圣以垂文，圣因文而明道”，而“（孔）夫子继圣”的“雕琢情性，组织辞令”，才可以说是“写天地之辉光，晓生民之耳目矣”。

若参酌《文心雕龙》的系统，韩、柳的主张，其实只是“征圣”与“宗经”。韩愈的《原道》，一方面已经只谈“雕琢情性”的“博爱之谓仁，行而宜之之谓义”，另一方面，他的“道”亦只剩下实行仁义的“由是而之焉之谓道”，以及仁义为先验天赋的“足乎己无待于外之谓德”，实际上是不谈“观天文以极变”，而所谈的只是“察人文以成化”，只注重以人类生活为中心的伦理关怀与“相生养之道”了。因而“自然之道”与“写天地之辉

〔1〕 自然，“辞”在《周易》里的原意应是指卦爻“辞”，而刘勰正有意引申扩大为文“辞”书写。

光”的意识就不复存在了。在这种特殊的有关于“道”的理解之下，讲求“文者以明道”，首先他们的写作自然是以人为本，并且在“扶树教道，有所明白”（韩愈，《上兵部李侍郎书》）的立场上，以经世致用为其主要的考量。

这种取向和我们论旨相关的约有以下两点：

其一，由于以人为本取向与经世致用的考量，因而“古文”的写作，不论采用的是何种附属其下的文体形式，不免都要具有话语论述（discourse）的性质，因而往往都具有广义的“论”“说”（尤其是“说”）性质，甚至我们可以说：“说”的美典亦在某种层次上，成为“古文”的基本美典。所以“古文”的主要类别，像论辨、序跋、奏议、书说等，固然原来就具话语论述——“说”的性质，而像新兴而独具时代特色的赠序、杂记等类，若仔细分析仍不脱这种“说”的特质，有时“说”甚至成为内容的主体，例如韩愈《送孟东野序》、苏轼《超然台记》等。[2]因而，“论”“说”之类的写作，在“古文”的传统中显然受到重视——虽然未必仅从“美文”的角度被接受与欣赏。

其二，由于以人为本取向与经世致用的考量，因而在“古文”写作中被排除在外的，则是纯粹美感经验的再现，所谓“怜风月，狎池苑”（刘勰，《文心雕龙·明诗》）或“连篇累牍，不出月露之形；积案盈箱，唯是风云之状”（李谔，《上隋高帝革文华书》）等以辞藻为尚的文辞表现。不论作为表现的是纯粹的美感经验还是仅为辞藻的修饰应用，风花雪月等“自然”，其所呈现的种种“物色”，原来可以因其为“动植皆文”，“盖道之文也”，以及在“天地有

〔2〕 上述类别借用了清代姚鼐《古文辞类纂》的分法。

大美而不言，四时有明法而不议，万物有成理而不说”(《庄子·知北游》)与“目击道存”的理解下，反映为独具价值的“自然之道”，在中古都一样得以成为写作的重点；而因为“古文”经世致用的需要，它们变成了“无用之辩，不急之察，弃而不治”的对象——除非它们能够成为伦理的象征、教化的媒介，在“寓言写志”的方式下来被运用与书写。这显然就是一种截然不同的观看与书写“自然”的方式，但也是一种以“论”“说”的角度，书写“自然”的方式。例如韩愈《送孟东野序》一开篇就说：

> 大凡物不得其平则鸣。草木之无声，风挠之鸣；水之无声，风荡之鸣。其跃也，或激之；其趋也，或梗之；其沸也，或炙之。金石之无声，或击之鸣；人之于言也亦然，有不得已者而后言，其歌也有思，其哭也有怀。凡出乎口而为声者，其皆有弗平者乎？

在这里草木、风、水、金石及其状态——“挠”“荡”“跃”“激”“趋”“梗”“沸”“炙”等并非不具美感性质，却都成了说理的举例。但最为特殊的是，原来是属于“四时有明法而不议”的季节现象，却一样可以转化为论述的举证：

> 维天之于时也亦然，择其善鸣者而假之鸣，是故以鸟鸣春，以雷鸣夏，以虫鸣秋，以风鸣冬。四时之相推敚，其必有不得其平者乎？其于人也亦然。

另外一种处理的方式，则是以动植物等之自然生态与形势，做有关人事升降、智愚之类比的“寓言”式写作，韩愈的《杂说》、柳宗元的《黔之驴》自然都是有名的例子。

### （二）“文者气之所形”

唐宋“古文”文论的另一重点是强调“文”与“气”的关系。韩愈在《答李翊书》中，一方面先从“文”与“道”的关系（也就是“征圣”与“宗经”的立场）强调“始者非三代两汉之书不敢观，非圣人之志不敢存”，“虽然，不可以不养也。行之乎仁义之途，游之乎《诗》《书》之源，无迷其途，无绝其源，终吾身而已矣”等的修养功夫，另一方面却近乎突兀地提出：

> 气，水也；言，浮物也。水大而物之浮者大小毕浮，气之与言犹是也。气盛则言之短长与声之高下者皆宜。

若从前面所谓“当其取于心而注于手也，汩汩然来矣”“如是者亦有年，然后浩乎其沛然矣！吾又惧其杂也，迎而距之，平心而察之，其皆醇也，然后肆焉”看来，韩愈这段文字其实是从孟子“知言养气”的观念蜕化出来的，包括“不得于心，勿求于气，可；不得其言，勿求于心，不可”，“志至焉，气次焉，故曰：持其志，无暴其气”，以至“我善养吾浩然之气”，“诐辞，知其所蔽；淫辞，知其所陷；邪辞，知其所离；遁辞，知其所穷”等思想，都可以找到痕迹。（孟轲，《孟子·公孙丑》）

这种“文”与“气”的关系在《送高闲上人序》中有了更具体的说明——虽然说明的对象换成了草书：

> 苟可以寓其巧智，使机应于心，不挫于气，则神完而守固，虽外物至，不胶于心。

这一段话中的“机应于心”近于“持其志”而“求于心”；“不挫

于气”近于“勿求于气”与“无暴其气”。韩愈事实上是将孟子的“志（心）气”论，应用到一切具有“巧智”的、如“治天下”“治射”“治牛”“治音声”“治病”“丸”“弈”“酒”等的“技艺”或“艺术”的活动上。这里强调的不仅是专注其业，更是表现在其中的近乎“精诚所至，金石为开”及“气”“机”引发的重要，也就是“志至焉，气次焉”，即“志壹则动气”的表现。所谓“不挫于气”的“挫于气”，就是“今夫蹶者、趋者，是气也，而反动其心”的“气壹则动志也”的状态。(《孟子·公孙丑》)

其最重要的观念是，技艺或艺术不仅是“智巧”的才能之表现；更是其人心志，以至“气动”的流露。所以，才会突然插入了“气，水也；言，浮物也”一段，而形成“言”同时既是“取于心而注于手”，却同时也是在“气”动之中“汩汩然来矣”，以至“浩乎其沛然”下“大小毕浮”的“浮物”（韩愈，《答李翊书》），而显现为“气韵生动”（谢赫，《古画品录》，画之六法其一）或“生气远出”（司空图，《二十四诗品·精神》），甚至“行气如虹”（司空图，《二十四诗品·劲健》）的“气盛言宜”状态。因而，假如不是言求于心，心求于气，至少是言求于心，亦出于气，形成近于“志气统其关键”（刘勰，《文心雕龙·神思》）的“志”与“气”交相作用的状态。

“气”之因素的强调，事实上平衡了“古文”写作寻求“近道”“贯道”，或“羽翼夫道”的“志在古道”[1]“非圣人之志不敢存”之际，所导致的思想立场、主题内容之外在性或固定化，而使它们同时具有了个人的内在体验与特殊性情的层面。正如孟子早已指出的，“夫志，气之帅也；气，体之充也”(《孟子·公孙丑》)，

---

〔1〕 见韩愈《答陈生书》：“愈之志在古道，又甚好其言辞。”

“志之所之”固然可以指向外在而以客观形态存在的“道”，而在作为“体之充”的“气”上，却仍然反映个人的身心状态。因而，柳宗元甚至要强调：

> 故吾每为文章，未尝敢以轻心掉之，惧其剽而不留也；未尝敢以怠心易之，惧其弛而不严也；未尝敢以昏气出之，惧其昧没而杂也；未尝敢以矜气作之，惧其偃蹇而骄也。抑之欲其奥，扬之欲其明，疏之欲其通，廉之欲其节，激而发之欲其清，固而存之欲其重，此吾所以羽翼夫道也。（《答韦中立论师道书》）

柳宗元的这段形容，其实仍是顺着孟子讨论“言”与“心”“气”的关系而来，所以一方面谈及“轻心”“怠心”“昏气”“矜气”，一方面其所谓抑、扬、疏、廉、激发、固存等作为，亦只有从“志动气”而形成的“气动”状态，方才能够理解。其实也就是韩愈在《答李翊书》中所谓“当其取于心而注于手也，汩汩然来矣”“如是者亦有年，然后浩乎其沛然矣！吾又惧其杂也，迎而距之，平心而察之，其皆醇也，然后肆焉”的修炼过程，它们自然是属于创作者个人的“养气”功夫与执行规范，希望表现在文中的“气”，可以达到“留”“严”“奥”“明”“通”“节”“清”“重”，以至于“皆醇也，然后肆”的理想；但由“气，体之充也”的角度立论，则必然会走向近于曹丕《典论·论文》所谓的“文以气为主，气之清浊有体，不可力强而致。譬诸音乐，曲度虽均，节奏同检，至于引气不齐，巧拙有素，虽在父兄，不能以移子弟”，走向所谓“徐干时有齐气”“应玚和而不壮，刘桢壮而不密，孔融体气高妙，有过人者，然不能持论，理不胜辞”的个人化，甚至个性化的表现。

因而，强调“文以贯道”，或“志在古道”，或许有“曲度虽均，节奏同检”的规范作用，但就“气盛言宜”的角度看，终是会有“气之清浊有体，不可力强而致”的个性的差异，或“引气不齐，巧拙有素，虽在父兄，不能以移子弟”的个人表现的不同。同时，最重要的，即使是“持论”，也会有“辞”“理”的不胜或不称的问题，会有“体气”是否高妙的评判，而各人或各别作品，亦在“气”上有诸如“齐”“和”“壮”“密”等风格上的差异。古文家论“文”与“气”的关系，和曹丕的出于风格辨析的批评论角度不同，大抵是出于创作者的功夫论或修养论，例如苏辙《上枢密韩太尉书》：

> 辙生好为文，思之至深，以为文者气之所形；然文不可以学而能，气可以养而致。孟子曰：“我善养吾浩然之气。”今观其文章，宽厚宏博，充乎天地之间，称其气之小大。太史公行天下，周览四海名山大川，与燕赵间豪俊交游。故其文疏荡，颇有奇气。此二子者，岂尝执笔学为如此之文哉？其气充乎其中，而溢乎其貌，动乎其言，而见乎其文，而不自知也。

苏辙将孟子与太史公相提并论，一强调——“其文章，宽厚宏博，充乎天地之间，称其气之小大”，一称道——“其文疏荡，颇有奇气”，虽然同时肯定了《孟子》与《史记》二书并为古文写作的典范，但也指出了它们在文体风格上所反映的作者个性上的差异：“浩气”与“奇气”。因而，固然从修养论的角度看，“气可以养而致”，但“文”中之“气”的表现却仍是人格阅历的反映，因此也就是个人情性的表现。[1]这种人格阅历交感所形成的“养气”功夫，使得苏辙以为自己：

> 百氏之书，虽无所不读，然皆古人之陈迹，不足以激发其志气。恐遂汩没，故决然舍去，求天下奇闻壮观，以知天地之广大。

这里最重要的观念是“志气”是需要“激发”的，否则就会在“汩汩然而来”之后，消沉灭“没”；而能够“激发其志气”的，则必须是活生生的、亲见的“天下奇闻壮观”，而非只是保存在“百氏之书”中的“古人之陈迹”。这里无疑强调的是亲身经验的重要性，所以苏辙要在该文中不断强调“所与游者”“所见”云云。因而“登览以自广”，固然包括了“知天地之广大”的眼界之开拓，是一种使人“志其大”的境界的提升，但是“求天下奇闻壮观”，“行天下，周览四海名川大山”，“恣观”“北顾”而“慨然”，以及与“豪俊交游”，与“贤士大夫游”等经验，则更能激发其“气”，而“气可以养而致”的“养气”功夫，也是一种“益治其文”的方式。

这种转摄外在的众山之“高”，黄河之“奔流”“大且深”，宫阙之“壮”，城池苑囿之“富且大”，天下之“巨丽”，以至听人物议论之“宏辩”，观其容貌之“秀伟”等经验，而能成为“养”一己内在“体之充”的“气”，因而得以“益治其文”的机制（mechanism），虽然多少亦可自“得观贤人之光耀，闻一言以

---

〔1〕“气”与“情性”之表现的关系，亦可参照钟嵘《诗品·序》所谓“气之动物，物之感人，故摇荡性情，形诸舞咏”，可见“性情”之“摇荡”亦可视为是“气”“感”的表现。

自壮”（苏辙，《上枢密韩太尉书》），看到其间的感通激发的端倪；但由外物的观感转化为内在的气韵，终至成为艺术表现的过程，最清楚的描写，仍为韩愈《送高闲上人序》中这一段陈述：

> 往时张旭善草书，不治他伎，喜怒窘穷，忧悲愉佚，怨恨思慕，酣醉无聊不平，有动于心，必于草书焉发之。观于物，见山水崖谷，鸟兽虫鱼，草木之花实，日月列星，风雨水火，雷霆霹雳，歌舞战斗，天地事物之变，可喜可愕，一寓于书。故旭之书，变动犹鬼神，不可端倪，以此终其身而名后世。

韩愈这段话自是为“机应于心，不挫于气”做的最好注脚。因为张旭“神完而守固”，“不治他伎”，“寓其巧智”，“一寓于书”，因而能“使机应于心”，充分地随时将外感转化为内在的气韵，并且能够“不挫于气”，将此气机通过擅长的草书表现出来。因而，其书因为乃气机之体现的缘故，遂无一定成法之可寻，“变动犹鬼神，不可端倪”。而又因其“气韵生动”的表现，达到了艺术“妙造自然”的极诣，遂可“以此终其身而名后世”。

但是这一段话，却有更重要的意旨，也就是明白地指出“文”（艺术的创作与表现）和“气”的关联，虽然源出于孟子“知言养气”的说法，但是却与孟子的思考有截然不同的取向。《孟子》书中，孟子所强调的是，自己与告子的“不动心”，以及“不动心有道”，由“北宫黝之养勇”“孟施舍之所养勇”，以至“孟施舍之守气，又不如曾子之守约也”；然后强调“不得于心，勿求于气”，“持其志，无暴其气”，以至直养“配道与义”“集义所生”“至大至刚”之“浩然之气”。对于“气”，不论是“守”，是“勿求”，还是“善养浩然之气”，皆是从“不动心”的方向来立论的。(《孟子·公孙丑》)但在“心”与“气”的关系上，韩愈从艺术终究是主体性情的表现上立论，强调创作的动因，正在“有动于心”，而其心气之动，却是借艺术来表现，“必于草书焉发之”。因而这段话的重点有二：一是强调个人生活中“喜怒窘穷，忧悲愉佚，怨恨思慕，酣醉无聊不平”等“有动于心”的情感体验，甚至情绪激动，也就是某种“气”动而“不挫”的状态；一是强调由“气之动物，物之感人”到“摇荡性情”的过程，“观于物，见山水崖谷，鸟兽虫鱼，草木之花实，日月列星，风雨水火，雷霆霹雳，歌舞战斗，天地事物之变，可喜可愕”，然后这两类的感动，“一寓于书”，完全通过艺术创作来加以表现。

韩愈还唯恐说明得不够清楚，特别加以提要，再做原理性的阐发，以为：

> 为旭有道，利害必明，无遗锱铢，情炎于中，利欲斗进，有得有丧，勃然不释，然后一决于书，而后旭可几也。

这种认为艺术创作需要“情炎于中”的动“心”以至动“气”的历程，真德秀有很好的说明：

> 韩公本意，谓：人必有不平之心，郁积之久，而后发之，则其气勇决，而伎必精。[1]

真德秀显然扣紧“喜怒窘穷”及以下所描绘的各种情绪，而终结于“不平”二字，因而“不平”可视为其总结；另外亦可能是参

〔1〕 参见王文濡：《评注古文辞类纂》，台北：华正书局，1990年，《送高闲上人序》文后评语，第871页。

酌了韩愈在《送孟东野序》中将自唐虞以降至于中唐重要的作者作品，皆视为“不得其平则鸣”的表现。这种思维，自是由司马迁首开其端，所谓“夫《诗》《书》隐约者，欲遂其志之思”，“大抵贤圣发愤之所为作也。此人皆意有所郁结，不得通其道也，故述往事，思来者”（《史记·太史公自序》，后句亦见《报任少卿书》），“郁结”自是“不平”，“发愤”正是“有动于心”“不挫于气”而为“其气勇决”之最扼要的表述。因而不管书写何种文体，终究是一种“不平之心”“勇决之气”的表现。这也就是“文者气之所形”的重要含义。

而韩愈所质疑的“今闲之于草书，有旭之心哉？不得其心，而逐其迹，未见其能旭也”，则正是后来苏辙主张“文不可以学而能，气可以养而致”的张本。“学文”只是“逐其迹”；“养气”方为“得其心”。而他们所谓的“养气”或“致气”，其实着重的是“激发其志气”的“激发”，是“有动于心，必于草书焉发之”的“发”，以至“情炎于中”“勃然不释，然后一决于书”的“情炎”与“勃然”。因此，“文”与“气”之关联的论述，强调的正是创作背后或内里的情感动因或动能。于是不管是以何种文体、何种艺术形式，只要是真正的创作（“得其心”，而不仅是模仿、“逐其迹”的作品），必然都会反映作者的人格特质，并且蕴含某种抒情的成分，因而都会具有与读者或欣赏者心灵感通的潜能。

这种理念，虽然号称“古文”，其实是新的艺术观与文学观，是一种打破艺术和文学的体类与既定形式，而着重在以能否反映作者人格特质与是否具有抒情潜能，来判别作品是否为艺术的新思维。因而强调：“当其取于心而注于手也，惟陈言之务去，戛戛乎其难哉！”（韩愈，《答李翊书》）“陈言之务去”不仅是一种语言创新的主张，更是一种能够真正反映个人内在气韵之有机形式的寻求与创造。

唐宋以后，由于“古文”的崛起，文学思想改变，注重“文者以明道”与“文者气之所形”，注重“文”与“道”“气”的关系，因而“论”“说”的美感特质就间接地被规定下来。在“文”与“道”的关系上，因为所注重的不仅是仁义道德，而同时强调人类的“相生养之道”，因而一方面伦理行为的“仁义”成为主要的关怀与阐释的主题，而其思理与文辞之表现，则取源于“《诗》《书》”以降的经典传统与某些特定的名家；另一方面，写作的素材，遍及人类生活的各面，吸纳了各种生活的经历与体验，使其在“论”“说”之际，往往同时具有经验再现的成分。

虽然经由“识古书之正伪，与虽正而不至焉”（韩愈，《答李翊书》），力求“凡吾所陈，皆自谓近道”（柳宗元，《答韦中立论师道书》），但所“论”“说”的内容皆为身寓其中的社会生活，即使出以说理的形式，也往往不免带有个人“有动于心”“发愤”“不平”的“感遇”情怀，而在“气”的层次做人格的反映与抒情的表现。因而这种写作就往往具有了：一方面是相对固定的“主题”（“古道”或“仁义”），但另一方面又是复杂变化经验的“再现”，以及充分反映个性与抒情的“表现”。同时，从个人的“用心”与“养气”下手之际，书写就自然重视真诚的抒发与因而得致的创新，而不取外在形式与固定文辞的模仿行为，其结果就具有了一般“艺术”所需的主题、再现、表现、有机形式与创新等层面与特质，因而使从“艺术”的角度进行“美感”的欣赏得以成为可能。

## 六、近古文学的表现

曾国藩在《经史百家杂钞·序例》说明他的分类，以为：

> 论著类：著作之无韵者。经如：《洪范》《大学》《中庸》《乐记》《孟子》皆是。诸子曰篇，曰训，曰览；古文家曰论，曰辨，曰议，曰说，曰解，曰原皆是。

因此我们对于唐宋古文的讨论，将不仅局限于名称为“论”“说”的篇章，而将包括曾氏所列的各体。

韩愈的《原道》一篇，不但在思想观念上阐发了“思修其辞以明其道，我将以明道也”（韩愈，《争臣论》），即“明先王之道以道之”（《原道》）的“先王之道”；更重要的是在修辞的表现上，亦以配合其内容的方式，达到了某种层次上的“综辑辞采”“错比文华”的美感效应：

> 如古之无圣人，人之类灭久矣。何也？无羽毛鳞介以居寒热也，无爪牙以争食也。是故君者，出令者也。臣者，行君之令而致之民者也。民者，出粟米麻丝，作器皿，通货财，以事其上者也。君不出令，则失其所以为君。臣不行君之令而致之民，则失其所以为臣。民不出粟米麻丝，作器皿，通货财，以事其上，则诛。

韩愈写作“古文”的修辞策略，并非单纯地只是变骈为散，而是在排比对仗的基本架构上加以变化，使它形成整齐中有参差，甚至是多层次的对仗排比，寓变化于统一，于统一下求变化，乃至多重变化的效果。例如“无羽毛鳞介以居寒热也，无爪牙以争食也”，不论增字或减字，都可以将其写成更为整齐的形式，如“无羽鳞以蔽体，无爪牙以争食”，但韩愈故意在“羽毛鳞介”与“爪牙”，在“居寒热”与“争食”之间形成参差，却又重复使用“也”这一虚字，以形成摇曳生姿的文气节奏。

同样，“民不出粟米麻丝，作器皿，通货财”，亦很容易写成“出粟麻，作器皿，通货财”之类的整齐形式，而其含义亦仅是以意象化的方式来体现农、工、商各有所业而皆为“民”，这种意象化的表现，虽然不是《文选·序》所谓的“辞采”“文华”，但一样是可以唤起感官经验的美感表现。

同样的美学考量，亦见于“君”之“统治”，故意出以具动作形态的“出令”，“臣”之“佐理”亦是如此，特地出以具动作形态的“行君之令而致之民”，再加上“民”的“出……以事其上”，因而遂在“君”“臣”“民”之间，形成一种近于叙事的相互关联，而“君”“臣”“民”的关系，遂成为一幅栩栩如生的、关联互动的、和谐的戏剧场面。到了负面的叙述：“君不……”“臣不……”，似乎皆在说理——“则失其所以为……”，到了“民不……”却突然迸出一句斩钉截铁，充满意志决心与动作意象的“则诛”，更是富含戏剧性，颇有“铁骑突出刀枪鸣”的效果。而“君”“臣”“民”三者排比，亦在“出粟米麻丝，作器皿，通货财”的农、工、商的三者排比中得到了呼应。称它们为“综辑”“错比”，谁曰不宜？

以“综辑辞采”“错比文华”的方式来达到说明道理的效果，这一方法我们可以更清楚地从下引的例段看到：

> 古之时，人之害多矣。有圣人者立，然后教之以相生养之道。为之君，为之师，驱其虫蛇禽兽，而处之中土。寒，然后为之衣。饥，然后为之食。木处而颠，土处而病也，然后为之宫室。为之工，以赡其器用。为之贾，以通其有无。为之医药，以济其夭死。为之葬埋祭祀，以长其恩爱。为之礼，以次其先后。为之乐，以宣其湮郁。为之政，以率其怠倦。为之刑，以锄其强梗。相欺也，为之符玺斗斛权衡以信之。相夺也，为之城郭甲兵以守之。害至而为之备，患生而为之防。今其言曰："圣人不死，大盗不止。剖斗折衡，而民不争。"呜呼！其亦不思而已矣！如古之无圣人，人之类灭久矣。

韩愈在《原道》的这一段里，从"为之君，为之师"到"害至而为之备，患生而为之防"，完全出以复笔，运用了各种排比对仗的句法，加上种种深具感觉与动作性的字眼，如："虫蛇禽兽""寒""饥""木处而颠""埋葬祭祀""湮郁""怠倦""锄其强梗""符玺斗斛权衡"等，以列举的方式参差变化，具体指陈人类的文明生活，主要是一种为了克服"人之害多矣"，所发展出来的"相生养之道"。

他以为这些"相生养之道"乃是"圣人者立"，"然后教之"的结果。因而，从论理来说，他要借此驳斥老庄的"圣人不死，大盗不止。剖斗折衡，而民不争"〔1〕是"不思"的错误想法。因

〔1〕 这几句见于《庄子·胠箧》，但显然是发挥自《老子》第十九章："绝圣弃智，民利百倍；绝仁弃义，民复孝慈；绝巧弃利，盗贼无有。此三者以为文不足，故令有所属，见素抱朴，少私寡欲。"因此，本文中以老庄并举，尤其终《原道》一文，韩愈仅直称"老子""老"，并以"老者"称道家，而未言及庄子。

为他相信“古之无圣人，人之类灭久矣”。若从“剖斗折衡”作为切入点，他的预设正是人类的必然“相欺也”，所以需要“为之符玺斗斛权衡以信之”，这当然是他和老庄对“原始自然”与“文明教化”的意义采取了截然不同的看法所导致的。

其实，对于“原始自然”的“古之时”，韩愈和老庄都没有经历过，事实上他们皆各以其臆想，构设了“原始自然”或“文明教化”的某种理性推演的“神话”。只是老子是从“大道废，有仁义；智慧出，有大伪”（《老子》第十八章）的角度来思考，因而“原始自然”的“古之时”就代表了一种“见素抱朴，少私寡欲”（《老子》第十九章）的理想时代；韩愈则从“无羽毛鳞介以居寒热也，无爪牙以争食也”的角度来思考，“古之时”就成了“人之害多矣”，若无“圣人者立”，“教之以相生养之道”，人类就面临灭亡的险恶时期。因而彼此所了解与赋予“自然”与“文明”的意义，就不免南辕北辙了。

韩愈是否能以他所构设的“文明”起源的“神话”，有效地取代或否定老庄“自然”之“道”的“神话”，并非我们的关切所在。但是他在上段引文中，动用了“综辑”“排比”的铺叙形式，并且有意地变化句法，以调节气韵姿态等修辞手法，事实上不仅使它成为某种可以单独欣赏的“美”文；同时虽然只是具体而微，却一方面强调了“人之害”的真正“多矣”；而另一方面，则呈现了“文明”作为人类“相生养之道”的多面性与整体性，恰可以反驳老庄的单面思考，从论理或说服而言，自然亦是有其作用的。

这里重要的是“古文”家，虽然在文字上有了变骈为散的趋向，却并未放弃“综辑辞采”“错比文华”的修辞意图，并且以构设“神话”，虚拟“寓言”的叙事手法，来进行推论与说理。同样以理性的推论，构设“古之时”的“神话”，以之为论理的依据，而且最具一己修辞策略自觉的，或许就是柳宗元的《封建论》：

天地果无初乎？吾不得而知之也。生人果有初乎？吾不得而知之也。然则，孰为近？曰：有初为近。孰明之？由封建而明之也。

柳宗元一方面承认上古之事，“吾不得而知之也”；一方面却要以理性的推演同时构设“生人有初”与“封建”产生的“神话”：

彼其初与万物皆生。草木榛榛，鹿豕狉狉，人不能搏噬，而且无毛羽，莫克自奉自卫。荀卿有言：必将假物以为用者也。夫假物者必争。争而不已，必就其能断曲直者而听命焉。其智而明者，所伏必众。告之以直而不改，必痛之而后畏，由是君长刑政生焉。故近者聚而为群。群之分，其争必大；大而后，有兵有德。又有大者，众群之长，又就而听命焉，以安其属。于是有诸侯之列，则其争又有大者焉。德又大者，诸侯之列，又就而听命焉，以安其封。于是有方伯、连帅之类，则其争又有大者焉。德又大者，方伯、连帅之类，又就而听命，以安其人，然后天下会于一。

是故有里胥而后有县大夫，有县大夫而后有诸侯，有诸侯而后有方伯、连帅。有方伯、连帅，而后有天子。自天子至于里胥，其德在人者，死必求其嗣而奉之。故封建非圣人意也，势也。

这段叙事自然不是历史事实，而是儒家“德治”思想下所构设的“神话”，但它同时解释了人类社会的产生与发展，终至“封建”的形成；并且在一再反复申说却又逐次升高层次的过程中，达到了一种复沓的形式美感。当然它的目的在说理，然而它采取了虚构的叙事形态，掌握了一个以基本的“理则”回旋复沓、逐步发展的文字书写形式，因而不仅达到“论如析薪，贵能破理”（刘勰，《文心雕龙·论说》）的“析理精微”（萧统，《文选·序》）或“论精微而朗畅”（陆机，《文赋》）的基本要求，在文辞表现上自亦有足够进行美感玩味的空间。

事实上，以“虚构”的情境叙事，尤其是作为对比的表现来说理，几乎是唐宋“古文”的惯技，最明显的例子是韩愈的《原毁》，他的基本论点，不过是“古之君子，其责己也重以周，其待人也轻以约。重以周，故不怠。轻以约，故人乐为善”；“今之君子则不然，其责人也详，其待己也廉。详，故人难于为善。廉，故自取也少”。全篇文章主要不过是以虚构的“古之君子”与“今之君子”的内在独白（一如“小说”的写作），来具体呈现他所相信的这两种人的心态，让他们形成对比。但最具戏剧性的是他自己登场的经验描述：

> 吾尝试之矣，尝试语于众曰：“某，良士，某，良士。”其应者，必其人之与也。不然，则其所疏远，不与同其利者也。不然，则其畏也。不若是，强者必怒于言，懦者必怒于色矣。又尝语于众曰：“某，非良士，某，非良士。”其不应者，必其人之与也。不然则其所疏远，不与同其利者也。不然，则其畏也。不若是，强者必说于言，懦者必说于色矣。

是故事修而谤兴，德高而毁来。

这样的“论理”之所以可以被接受，其实正在于他所讨论的是当时的世态与人情，于是描摹、对话、内在独白、戏剧场景、自叙口吻（因而就具有了某种抒情的含义），以至虚构等小说叙事的技巧，都可以派上用场，成为“论证”的一部分。同样，对话技巧、自叙口吻、直接臧否人物，却是利用了自己虚构的理想人物（“自古圣人贤士”）的性行作为对比，亦见于韩愈的《争臣论》。这种寄褒贬于对比性的虚构叙事，不仅可以评骘今人，如该篇的阳城，亦可以评议古人，如柳宗元的《桐叶封弟辨》：

吾意周公辅成王宜以道，从容优乐，要归之大中而已。必不逢其失而为之辞；又不当束缚之，驰骤之，使若牛马然，急则败矣。且家人父子，尚不能以此自克，况号为君臣者耶！

“事出于沉思”，却以“近道”的理想形态深入于历史情境来重加构设，并出以对比性的叙事，来与史传或“古之传者有言”相提并论，因而或者揭发了“传言”的不可信，“是直小丈夫者之事，非周公所宜用，故不可信”，或者指陈历史人物与先前历史判断的偏失。这种以更近人情的虚构叙事来显示史事中的悖理谬失之处的例子，我们可以不断地在唐宋古文家的史论中看到，这里姑引苏轼的《贾谊论》为例：

若贾生者，非汉文之不用生，生之不能用汉文也。夫绛侯亲握天子玺而授之文帝。灌婴连兵数十万，以决刘、吕之雄雌，又皆高帝之旧将，此其君臣相得之分，岂特父子骨肉手足哉！贾生，洛阳之少年，欲使其一朝之间，尽弃其旧而谋其新，亦已难矣。为贾生者，上得其君，下得其大臣，如绛、灌之属，优游浸渍而深交之，使天子不疑，大臣不忌，然后举天下而唯吾之所欲为，不过十年，可以得志，安有立谈之间而遽为人痛哭哉？

虚构与叙事的趣味加上了对比，彰显了作者个人之“世事洞明”“人情练达”，以至论事之际深致感慨：

愚深悲贾生之志，故备论之。亦使人君得如贾谊之臣，则知其有狷介之操，一不见用，则忧伤病沮，不能复振；而为贾生者，亦慎其所发哉！

其抒怀虽似说之以理，而其寄慨往往类同于“咏史”诗作，因而综合了对史事的深观洞察，析理入微；又出以虚构情境的叙事，并深致个人感慨，区区之心，拳拳之意，就成为这种“论”体的美感兴味之所在了。

此外，另一种可能，就是利用自然的物性形象进行寓言式的叙事，例如韩愈的《杂说四》：

世有伯乐，然后有千里马。千里马常有，而伯乐不常有。故虽有名马，只辱于奴隶人之手，骈死于槽枥之间，不以千里称也。马之千里者，一食或尽粟一石。食马者，不知其能千里而食也。是马也，虽有千里之能，食不饱，力不足，才美不外见，且欲与常马等不可得，安求其能千里也。策之不以其道，食之不能尽其材，鸣之而不能通其意，执策而临之曰：“天下无马。”呜呼！其真无马邪？其真不知马也！

这篇关于伯乐与千里马的寓言，其实与上引苏轼《贾谊论》一样，主旨皆在君臣遇合与引用人才之道。虽然就文本而言，全篇无一字论及“人才”，但对如何发现潜在的秀异人才及真正秀异人才的使用之道，其实是三致意焉。这对困于科举考试与文官任用的唐宋士人而言，自然是性命交关的大事。因而，通篇由“世有伯乐，然后有千里马。千里马常有，而伯乐不常有”的论点出发；其论证过程，却是在一个“故”字之后，撰述了一个“名马”受辱的寓言。而终篇的结论是一个反讽性的慨叹：“呜呼！其真无马邪？其真不知马也！”因而熔说理、叙事、抒情于一炉。不但可以抒发一己之“怨以怒”，而且达到“言之者无罪，闻之者足以戒”的“主文而谲谏”的效果，(《毛诗·序》)正合“说炜晔而谲诳”的标准。事实上，采虚构的叙事，不论其为“神话”为“寓言”，作为主要的论证，加上主体的介入，抒情的表现，因而使得唐宋“古文”的论述，往往具有“说”的性向，而深具富涵“文学”的兴味。

“说”的这种“炜晔而谲诳”的特质，甚至可以在“有激而为”之下，达到一种“谬悠之说，荒唐之言，无端崖之辞”(《庄子·天下》)的恣纵滑稽的表现，如柳宗元《天说》所记，韩愈为了解释“残民者昌，佑民者殃”的“知天”之论，就颇有这种意味：

> 夫果蓏，饮食既坏，虫生之；人之血气败逆壅底，为痈疡、疣赘、瘘痔，虫生之；木朽而蝎中，草腐而萤飞，是岂不以坏而后出耶？物坏，虫由之生；元气阴阳之坏，人由之生。虫之生而物益坏，食啮之，攻穴之，虫之祸物也滋甚。其有能去之者，有功于物者也；繁而息之者，物之仇也。

人之坏元气阴阳也亦滋甚：垦原田，伐山林，凿泉以井饮，窾墓以送死，而又穴为偃溲，筑为墙垣、城郭、台榭、观游，疏为川渎、沟洫、陂池，燧木以燔，革金以镕，陶甄琢磨，悴然使天地万物不得其情，幸幸冲冲，攻残败挠而未尝息。其为祸元气阴阳也，不甚于虫之所为乎？

吾意有能残斯人使日薄岁削，祸元气阴阳者滋少，是则有功于天地者也；繁而息之者，天地之仇也。今夫人举不能知天，故为是呼且怨也。

吾意天闻其呼且怨，则有功者受赏必大矣，其祸焉者受罚亦大矣。

这段文字，不但设想诡奇巧妙，更重要的是“铺采摛文”颇具排比铺陈的形式美感，而所“综辑”的辞藻，则为传统上视为丑陋与庄重两类的交相并置，形成一种两不相称却又相提并论的怪诞风格。因而它的“有激而为”的抒情性、设想奇妙的类比想象，以至充满感觉形象的文字所形成的怪诞风格等各种美感的表现，皆似远胜于说理，却又皆为其说理服务，于是“论说”遂亦成为一种特异的“美文”了！

## 七、综合的结论

“论”“说”虽然都以说理为主，但文体的风格不妨有别，所以陆机《文赋》强调“论精微而朗畅”“说炜晔而谲诳”。在这个研讨中，将二者相提并论——主要是“论说文”一词——已成今日的通行说法，未必要扣紧某一个历史时期的特殊用法。本章想要探讨的是一种被视为“宜理”或“析理精微”的文类，其中部分作者的部分作品是如何在历史实践中进入了“美文”的领域，成为文学欣赏的对象；它们是以何种美感特质而达到了这样的效果；假如这不是个别的、偶然的现象，那么作为“美文”的“论说”文类，是否具有某种共同的美感特质？

假如刘勰在《文心雕龙·论说》中“论者，伦也”及“论也者，弥纶群言，而研精一理者也”的说法不错，那么至少“论”在形式上会因为“伦”或“弥纶群言”而特别强调“综辑”“错比”的排列对照的组织形态；并且以“研精一理”而强化主题的原则与在统一中求其辩证发展的趋向，因而往往出现“析”的概念，所谓“是以论如析薪，贵能破理”，甚至是“辞辨者，反义而取通”。以形式结构而言，“论”至少是一种容易掌握形式美感中的主题原则（the principle of theme）与主题变化原则（the principle of thematic variation）[1]的文体。

同时，假如“综辑辞采，错比文华”是中古以降，在文辞上形成“美文”的必要条件，那么，正如陆机虽然意在“论作文之利害所由”，却不妨以“赋”体而撰《文赋》；刘勰著《文心雕龙》，原以“夫文心者，言为文之用心也”，正是讨论写作“文”（“美文”）之原理的体大思精之作，但亦不碍他以“古来文章，以雕缛成体”而借骈辞丽藻成篇。（《文心雕龙·序志》）所以，“论”“说”之体，亦不妨出以骈俪的形式与藻丽的文辞，而就语言的层面进入“翰藻”，成为“美文”。

---

〔1〕 参见 DeWitt H. Parker, “The Problem of Aesthetic Form”，该篇原为作者所著 *The Analysis of Art* 一书的第二章，被收入 Morris Weitz (ed.), *Problems in Aesthetics*, New York: The Macmillan Company, 5th printing, 1964。

在“古文”崛起之后，这种“综辑辞采，错比文华”的修辞手法并没有消失，只是改换成更为多变的句法来“错比”与“综辑”，因而由“骈四俪六，锦心绣口，宫沉羽振，笙簧触手”（柳宗元，《乞巧文》）的声律，走向了侧重个人情性的“气”的表现。而其“辞采”或“文华”，则由柳宗元所谓的“模拟窜窃，取青媲白，肥皮厚肉，柔筋脆骨”的雕缛经营，转为“若捕龙蛇，搏虎豹，急与之角而力不敢暇”的“尽天下之奇味以足于口”的多层次经验与多样感觉性融合的追求。（《读韩愈所著〈毛颖传〉后题》）

这种新起的美感风格，正如骈文之遍用于一切文体，亦遍用于一切书写，尤其在文以明道的立场上，更是处处皆是“道”的阐发，也是人类共同生活之“理”的论述了。因而遂有张耒的“其言工而理益明”的说法：

> 自《六经》以下，至于诸子百氏、骚人、辩士论述，大抵皆将以为寓理之具也。是故理胜者，文不期工而工；理愧者，巧为粉泽而隙间百出。……故学文之端，急于明理。夫不知为文者，无所复道，如知文而不务理，求文之工，世未尝有是也。（《答李推官书》）

这无疑使“论说”在诸文体中的位置向中心移动，[1]同时亦与诸文体在写作策略上交相溶渗，因此“论说”的文体，在说理之外，亦不妨包括写物、叙事、言志、抒情等因素，而成为可观、

〔1〕《文选》始于赋、诗，史论、论皆已在五十卷前后，《文心雕龙》在讨论诸文体时，自辨骚以下，亦首列诗、赋，论说已是第十八了。分类的古文家选本，如姚鼐《古文辞类纂》或曾国藩《经史百家杂钞》，皆首列“论辨”或“论著”，或可反映这种位移。

可感、可赏、可玩的文体了。

在题材内容上，萧统指出史书的“赞论”“序述”具有“事出于沉思”的特质，事实上正如古文的“文以明道”，无疑都规范了这类论述的性质与范围。是以明代吴讷《文章辨体》序“论”以为：

> 按韵书：“论者，议也。”梁昭明《文选》所载，论有二体：一曰史论，乃史臣于传末作论议，以断其人之善恶，若司马迁之论项籍、商鞅是也。二曰论，则学士大夫议论古今时世人物，或评经史之言，正其讹谬，如贾生之论秦过，江统之论徙戎，柳子厚之论守道、守官是也。唐、宋取士，用以出题。然求其辞精义粹、卓然名世者，亦惟韩、欧为然。

但是不论是“史论”还是“论”，所议论者皆为“古今时世人物”，而皆有“经史之言”的叙事在前，因而深入于先前经史的叙事，加以“沉思”，并在断其人善恶、论其言行举措得失之际，能深入人性与人心，“必使心与理合”（《文心雕龙·论说》），“则析理精微”（《文选·序》），而达到“穷于有数，追于无形”（《文心雕龙·论说）的境地。

因而这类“论”体必然是“知人论世”，甚至是“养气知言”的行为与表现，也就是一种“外师造化（史实），中得心源”[1]的过程。由于需“穷于有数，追于无形”，其势不得不重组经史前人的叙事，甚至亲作虚构的叙事以为对比，因而创构为“神话”、转化为“寓言”的想象表现，以及个人心理情性之流露，亦往往

〔1〕 语出唐代画家张璪。

不可避免；差别仅在是否要刻意强化成为美感形象的呈现或美感经验的塑造而已。中古阶段重在以文辞的形式美感来达成这种效果；近古的“古文”则更重视虚构叙事，做经验的对照呈现，或自然引出，或蕴含其间，且更重视作者个人情性感怀之表露。

因而，“论说”虽然以“理”为主，但未尝不兼“情”“事”的表现，[1]重点只在何为焦点意识（focal awareness）、何为辅助意识（subsidiary awareness）而已。[2]同时，在写作之际，不论“言”“象”“意”各层，[3]“论说”亦如其他文体，皆各有追求其间的美感表现之可能，至于偏重哪一种美感，要如何统合成美感经验的整体，则不仅会受到时代文风的影响，亦是个人才性与写作风格的表现。

当我们深入考察厕身“美文”传统的“论说”作品，甚至是相关理论，必然发现它们始终都是以沉思人类的个别或集体命运，观照潜隐其间的人性挣扎为其主要内容的。而这一切都是“人性的，太人性的”[4]，焉能不引发作者自身与作为读者的我们这回环共鸣的、深沉的文学感兴呢？

---

〔1〕　文学理论上重“情”“事”“理”的探讨，参见〔清〕叶燮：《原诗》。

〔2〕　参阅 Michael Polanyi & Harry Prosch, *Meaning*, Chicago: The University of Chicago Press, 1975, pp. 33-42。

〔3〕　“言”“象”“意”三层的关系，参见〔三国魏〕王弼：《周易略例》。

〔4〕　此处借用尼采著作译名。

# 第二章
# “序”“跋”作为文学类型之美感特质

## 一、前 言

不论是王羲之的《兰亭集序》还是王勃的《秋日登洪府滕王阁饯别序》，甚至李清照的《金石录后序》，谁能说它们不是中国文学中的杰作呢？但是作为一种实用文体的“序”与“跋”，其文体的基本属性并不完全具备文学的基本素质，在何种条件、何种状态、何种写作的策略下，它们方始具备了“文学”的质性，甚至达到了“文学”上的成功，终于成为千古名文？并且自《文选》以降，直到姚鼐的《古文辞类纂》、曾国藩的《经史百家杂钞》，都列有“序”或“序跋”一类，甚至由此衍生“赠序”等类，因而在某种意义下，“序”或“序跋”也就同时成为一种特殊的“文学类型”或美文的“文体”了。这里所要探讨的不是个别名篇的特殊“文学”属性与成就；而是“序跋”作为一种“文学类型”，其共同的质性和美感表现的可能与方向。当然，这些经典作品往往是最好的指标，提示出种种的属性与可能。

## 二、对“序”“跋”的传统理解

曾国藩在《经史百家杂钞·序例》中解释说：

> 序跋类：他人之著作，序述其意者，经如《易》之《系辞》，《礼记》之《冠义》《昏义》皆是。后世曰序、曰跋、曰引、曰题、曰读、曰传、曰注、曰笺、曰疏、曰说、曰解皆是。

这自然是一种扩大了的解释；却可以与刘勰《文心雕龙·论说》中所谈的彼此互通：

> 详观论体，条流多品。陈政则与议说合契，释经则与传注参体，辨史则与赞评齐行，铨文则与叙引共纪。故议者宜言，说者说语，传者转师，注者主解，赞者明意，评者平理，序者次事，引者胤辞：八名区分，一揆宗论。

除了“议”“说”以外，其他的六种类型，或至少“传”“注”“叙”“引”皆属曾氏所谓的“序跋类”。

若按照刘勰的说法，它们基本上皆是“论”之一类，“传”“注”基本上用以“释经”；“叙”“引”则用于“铨文”，都是一种对于既有文本——主要是“他人之著作”的“序述其意”，所以既是“主解”，亦在“明意”。至于没有立即将“辨史”的“赞”“评”排除，则是因“辨史”亦如“释经”，所谓的“史”未必只指历史所记载的事件或事实，它本身亦是一种“记载”或“书写”，因而也是一种尚待“明意”的文本，甚至其“记载”，包括所“记载”的“事件”，亦都是可以“平理”的对象。

例如司马迁在《史记·伯夷列传》“其传曰”之前的一大段文字（虽然一般只被当作《传》文的一部分看待，但其实就是该《传》的“序”），谈到许由、卞随、务光之让王与尧、舜、禹之禅让事不称。而自“或曰：‘天道无亲……’”以降，则既是“赞”又是“评”，却无妨将其与篇首具“胤辞”功能这段文字视为一体，因皆具对“其传曰：……”以下之“传文”的“明意”与“平理”之作用。

同时，假如我们考虑到姚鼐《古文辞类纂·序目》中所谓的：

> 序跋类者：昔前圣作《易》，孔子为作《系辞》《说卦》《文言》《序卦》《杂卦》之传，以推论本原，广大其义。《诗》《书》皆有序，而《仪礼》篇后有《记》，皆儒者所为。其余诸子，或自序其意，或弟子作之。《庄子·天下》篇、《荀子》末篇皆是也。余撰次古文辞，不载史传，以不可胜录也。惟载太史公、欧阳永叔表志序论数首，序之最工者也。向、歆奏校书各有序，世不尽传，传者或伪，今存子政《战国策·序》一篇著其概。其后目录之序，子固独优已。

则“史传”“表志”之“序论”亦可视为“序之最工者也”，似乎不当完全轻忽。

姚鼐这段话中提出了“或自序其意”“或弟子作之”，与“校书各有序”“目录之序”的几种“序”的类型：“自序”是原作者于原来的文本之外另撰后设的文本以补充或阐发其原来的文本；“弟子作之”则强调“序”作者可以与原作者有接触或师承的关系，因而不仅是“望文生义”而已，更能以亲炙所受之教诲或对作者之直接见闻为“序述其意”或“明意”的基础；“校书”“目录”之“序”，其实就是“编者之序”，编辑整理者自然对于编成之“书”“录”会有一种特别的理解，因为“书”“录”的去取与次第，亦是编者的心血与意念的呈现，他至少亦是另一层次上的剪裁赋形的作者。

因而，这些“序”的作者与既有文本或文本的作者，皆有特殊的关联：或为作者本人，或为相识，或为编选删定的主导者。从作者作为作品意旨之决定者的角度出发，则由于他的身份，以及撰述的口吻（voice）之不同，对于文本的解释，显然就有了不同层次的权威。自然这种权威亦可以层层传递，所谓“孔子删诗，授卜商。商为之序，以授鲁人曾申。申授魏人李克，克授鲁人孟仲子，仲子授根牟子，根牟子授赵人荀卿，荀卿授鲁国毛亨，毛亨作训诂传以授赵国毛苌”[1]，所显示的正是孔子以编订者的身份而具有的权威，可以因为亲炙的师弟关系，而逐代传衍下去。这也就是“传者转师”之意。“《诗》《书》皆有序”，或许是最早直接以“序”为名的范例。

吴讷《文章辨体》以为：

> 《尔雅》云：“序，绪也。”序之体，始于《诗》之《大序》，首言六义，次言《风》《雅》之变，又次言《二南》王化之自。其言次第有序，故谓之序也。

陈懋仁《文章缘起注》则以为：

---

〔1〕 见〔清〕纪昀等：《钦定四库全书总目》，“毛诗正义”条。

> 序者，所以序作者之意，谓其言次第有序，故曰序也。《汉书》曰："《书》之所起远矣，至孔子纂焉。上断于尧，下讫于秦，凡百篇而为之序。"按孔安国序《尚书》，未尝言孔子作。

文中所引《汉书·艺文志》中的原文于"而为之序"底下尚有"言其作意"四字；所以"言其作意"正是"序"的主要功能。《诗》《书》之序是否源出孔子或孔门，并不是我们关切的重点，但至少所谓孔安国《尚书·序》[1]已提及：

> 《书》序，序所以为作者之意，昭然义见，宜相附近，故引之各冠其篇首，定五十八篇。

所以，我们亦可以说："'序'之所起远矣。"也因此，徐师曾《文体明辨》更列"大序""小序"之分：

> 小序：按小序者，序其篇章之所由作，对大序而名之也。
>
> 序：按《尔雅》云："序，绪也。"字亦作"叙"，言其善叙事理，次第有序，若丝之绪也。又谓之大序，则对小序而言也。

明白地指陈传统的书写，既有针对单篇作品的"小序"，亦有涵盖全帙之"大序"。因而"小序"往往与作品的内容相关。而"大序"，当全书出于一手时，往往指涉作者，而言其著述之意；当著作基本上是众多作者作品之纂集时，则或者指向著作

〔1〕 所谓孔安国《尚书·序》，自宋代朱熹起皆辨其非孔氏所作，可参看张心澄编注：《伪书通考》，但本篇为《文选》所录，则亦仍可做中古文体辨析初期一般观念的参考，故不论其作者是否真为孔氏，此处仍加引用以做参照。

年代、作者阶层等相关历史背景，或者指向编纂者的编选缘由与立场。因此，这种区分往往不在文字之短长，而更是一种书写方式的辨析。

## 三、“小序”“大序”的写作方向

《诗》《书》的小序，例如：

> 昔在帝尧，聪明文思，光宅天下，将逊于位，让于虞舜，作《尧典》。
>
> 伊尹相汤伐桀，升自陑，遂与桀战于鸣条之野，作《汤誓》。
>
> 太甲既立，不明，伊尹放诸桐。三年复归于亳，思庸，伊尹作《太甲》三篇。
>
> 《柏舟》，共姜自誓也。卫世子共伯蚤死，其妻守义，父母欲夺而嫁之，誓而弗许，故作是诗以绝之。
>
> 《黍离》，闵宗周也。周大夫行役，至于宗周，过故宗庙宫室，尽为禾黍，闵周室之颠覆，彷徨不忍去，而作是诗也。
>
> 《野有蔓草》，思遇时也。君之泽不下流，民穷于兵革，男女失时，思不期而会焉。

虽然简短，却已经提供了足够的关于其书写方向与所具文体性质等方面的讯息。若我们参考罗曼·雅各布森（Roman Jakobson）关于语言沟通（verbal communication）所提出的六因素（见图1）：

语境（context）

信息发出者（addresser） 信息（message） 信息接受者（addressee）

---

接触（contact）

符码（code）

图 1

作为分析的基本架构，[1]我们可以说：《书》《诗》的小序，基本上对原有的文本，除了简要的触及或对其信息方向的勾勒，主要是提出其信息发出者，有的时候则包含其信息接受者，但是最重要也是最基本的就是提供此一话语产生的语境。

从某种意义上讲，亦即是确立或限制了其信息“意指”（meaning）的诠释或解读的可能范围。但是加上了信息发出者，例如行役的周大夫，或拒绝再嫁的共姜，甚至信息接受者，例如共姜的父母，由于其语境——“至于宗周，过故宗庙宫室，尽为禾黍”，或“卫世子共伯蚤死，其妻守义，父母欲夺而嫁之，誓而弗许”等等的提出与叙述，于是原初的文本就成了小序之“叙事”（narrative）的一部分，虽然那是最近于“特写”的一部分，而整体的叙事亦具有可供读者发掘、探讨、诠释之“意义”（significance）。[2]

因而，小序对于《书》而言，例如《尧典》，或许其“提要”或“提示”的性质要大于叙事的功能；但以原为抒情性质的《诗》而言，却往往更具转化原始文本为叙事之一部分的叙事功

---

〔1〕 参见 Roman Jakobson, *Language in Literature*, Cambridge, Mass.: Harvard University Press, 1987, p. 66, 及其在“Linguistics and Poetics”一文中的论述。

〔2〕 此处将 meaning 译为意指，significance 译为意义，二者的区分参见 E. D. Hirsch, Jr., *The Validity of Interpretation*, New Haven: Yale University Press, 1967。

能。自然，这种叙事亦可包含像“帝尧，聪明文思，光宅天下”之类的“赞”，或“君之泽不下流，民穷于兵革，男女失时”，则“思不期而会”之类的“论”。《诗》《书》小序的这种形态的写作，虽然文字简短，但未必不具表现性，如《黍离》小序的情景交融——“过故宗庙宫室，尽为禾黍，闵周室之颠覆，彷徨不忍去，而作是诗也”，本身就极具诗意。许多叙事比早期叙事文体，例如《春秋》“郑伯克段于鄢”之类，已经更具文学的表现性了。小序这种以提供语境为主，兼具叙事“抒情”与“论赞”等作用的写作方向，无疑对后来诸多“序”“跋”类的写作产生了影响。

另外，吴讷《文章辨体》以为：“序之体，始于《诗》之《大序》，首言六义，次言《风》《雅》之变，又次言《二南》王化之自。”我们未必因此而同意其显然受到“言有序”观念影响而得出的“其言次第有序，故谓之序也”的说法，并且未必确定其所谓“序之体，始于《诗》之《大序》”的主张，但是他对《诗·大序》的分析，却指明了“大序”的一种写作方式。

许多由众多作品或相对独立的段落所组成的书籍，当为其全书作“大序”时，“序”作者往往在推其所以产生的缘由之余，将注意的重点放在做进一步或深一层性质的分类，并对这种分类进行阐明或解释，因而使得这种“序”往往深具理论的含义，成为传统文化中各类具有“专业”性质之重要的“理论”文献。

《诗·大序》不但提出了“诗言志”“情动言形”等关于诗歌之本质的理论，并且由治世、乱世、亡国之音不同，而预先显示了“风雅正变”的原理，再直言“诗有六义”，然后再加以阐释，而得出其编次与正始王化（因而也就是与历史、时代）关联的主张。而其“诗有六义焉：一曰风，二曰赋，三曰比，四曰兴，五曰雅，六曰颂”的“序列”式的分类，不但形成了它在理论发展上的基本架构，事实上亦是许多后来具有各自专属领域之文化活动的“理论”的思维与展示方式。例如许慎《说文解字·叙》：“保氏教国子先以六书：一曰指事，……二曰象形，……三曰形声，……四曰会意，……五曰转注，……六曰假借，……”，或者谢赫《画品·序》：“虽画有六法，罕能尽该……六法者何？一曰气韵生动是也；二曰骨法用笔是也；三曰应物象形是也；四曰随类赋彩是也；五曰经营位置是也；六曰传移模写是也”，基本上都是采用了这种以“序列”之分类作为理论建构的方式；并且因以“序列”铺排，重视排比整齐的美感，因而其分类的项目皆刻意在构词上寻求对仗或一致，这也是“语文”美感的需求影响到“理论”思维之一端。

若再仔细观察，则六书正是许慎用以诠解《说文解字》中所收文字的基础；六法亦是谢赫用以品评《画品》所录诸家画作的依据，以罗曼·雅各布森的理论架构而言，正是所以规范诠解信息的符码。那么我们是否可以说：“小序”由于诠解的是单一作品，往往重在提供其所发生的语境；“大序”由于处理的是众多的作品或对象，因而强调的反而是诠解的符码？前者重叙事，后者偏“析理”，其写作方向乃大异其趣。当然二者亦不妨相融兼用。

孔安国《尚书·序》亦诠解了三坟、五典、八索、九丘等“上世帝王遗书”之分类符码。但接下去却是说明：孔子删编《尚书》百篇，“所以恢弘至道，示人主以轨范”；经秦代焚书坑儒，藏书屋壁，至鲁共王坏宅始又复得；然后参考伏生所传，定其可知，上送官府；承诏作传，既毕又以巫蛊事，不复以闻，传之子孙与后代同志等包含编辑、诠解、流传等现象的叙述。而罗曼·雅各布森提出的语言沟通六因素，所提供的正是一种特殊的理论架构——叙述的不仅是语境，更是所谓接受或接触的过程，以及因此过程而不断产生新增语境的说明；让我们同时看到一部“书籍”（而不仅是个别篇章）的形成与其变化、发展的历程，也就是以“书籍”的编解流传为中心的叙事。这种叙事虽为侧写，但其实已对其“时代”情状与相关“个人”做了刻画与表现，因而与纯粹做符码之诠解、偏向理论构设的“序”文不同，颇饶叙事的文学兴味了。

若以萧统《文选·序》与钟嵘《诗品·序》相提并论，虽然二文皆叙及历代文学的发展，以及个人选文评诗的理念，甚至编著的语境，因而叙及自身与时代；但可能因为“文备众体”，《文选·序》不免对诗、赋、颂、箴、戒、论、铭、诔、赞等多做符码式的诠解；《诗品·序》虽也有对于诗之本质与赋、比、兴三义等的符码式的讨论，但对于写作语境的时代情状着墨较多，而其铺叙诗歌形成的种种情境，更是极具文学表现的意味：

> 若乃春风春鸟，秋月秋蝉，夏云暑雨，冬月祁寒，斯四候之感诸诗者也。嘉会寄诗以亲，离群托诗以怨。至于楚臣去境，汉妾辞宫；或骨横朔野，魂逐飞蓬；或负戈外戍，杀气雄边；塞客衣单，孀闺泪尽；或士有解佩出朝，一去忘反；女有扬蛾入宠，再盼倾国。凡斯种种，感荡心灵，非陈诗何以展其义？非长歌何以骋其情？故曰：“诗可以群，可以怨。”使穷贱易安，幽居靡闷，莫尚于诗矣。

因而，“大序”虽具“论理”的趋向，但写作者亦不妨往叙事，甚或“铺采摛文，体物写志”（刘勰，《文心雕龙·诠赋》）之辞赋式的文学表现方向发展。

《史记·太史公自序》或许是现今最容易观察到的在“大序”中包含“小序”的例子；而其“小序”，针对各篇提要叙意，且一一依本纪、表、书、世家、列传次序标注“第一”“第二”等，由“本纪第一”而至“列传第七十”，可谓“次第有序”，正如文中所云：“凡百三十篇，五十二万六千五百字，为《太史公书》，序略”，或许这里取的正是“序”原初含义吧！

至于“小序”之前的大段文字，自是“大序”的主体，但其性质若以其原就置列在“作七十列传”之末而为其“第七十”，则“自序”其实就是“自叙”的“列传”，也就是作为作者之我〔1〕的“自传”。于是“小序”近于提要，亦不妨视其为类似符码式的解说；“大序”反而成为叙事性的传记写作了。这自然就启发了“自序”作为一种“自传”文体的文学潜能与叙事兴味了。

## 四、史传中的“序”与“序”中的历史

姚鼐所谓“序之最工者”，并非指《太史公自序》中的“小序”或“大序”而言，而是《史记》中《十二诸侯年表》《六国表》《秦楚之际月表》《汉兴以来诸侯年表》《高祖功臣侯年表》《建元以来侯者年表》前“太史公读（曰）……”的一段话，而径称之为“序”加以选录的部分。至曾国藩《经史百家杂钞》则增录了《太史公自序》。

吴楚材《古文观止》亦以“序”为名选录了《外戚世家》

〔1〕 此处借用丹麦哲学家克尔凯郭尔之书名与取义。

《酷吏列传》《游侠列传》《货殖列传》等开篇的泛论部分。事实上这两种史书中的“序”显然是司马迁这位作史者的书写风格使然，例如以“外戚”“酷吏”“游侠”“货殖”设为一“类”而选择数人合为一“世家”、一“列传”，未必即为时人所视为理所当然的立传材料与形态，因而其开篇的话语自是一种对其重要性或适当性的辩护。

出现于《史记》中的上述两类“序”，显然在写作的方向与风格上颇有不同。“表”其实是一种特殊的以编年（甚至编月）为经，却将同时并存的诸侯国之事，以平行并列而为其纬，加以排比对照，方便读者掌握全貌的呈示形式。这种形式便于对照，却不易掌握历史动态的主线与要点，因而司马迁在此之前，添加了以“太史公曰”这种形式的“现身说法”。这种写作的要点，其实是不再斤斤计较于历史过程的细节，而仅对历史变化的大势做提纲挈领的叙述：

> 及至厉王，以恶闻其过，公卿惧诛而祸作，厉王遂奔于彘。乱自京师始，而共和行政焉。是后或力政，强乘弱，兴师不请天子，然挟王室之义，以讨伐为会盟主，政由五伯。诸侯恣行，淫侈不轨，贼臣篡子滋起矣。齐、晋、秦、楚，其在成周，微甚，封或百里，或五十里。晋阻三河，齐负东海，楚介江淮，秦因雍州之固，四海迭兴，更为伯主，文武所褒大封，皆威而服焉。(《史记·十二诸侯年表》)

并且往往继以“史观”，甚或做文化、文献之类的评论：

> 然战国之权变，亦有可颇采者，何必上古！秦取天下多

暴，然世异变，成功大。传曰："法后王。"何也？以其近己而俗变相类，议卑而易行也。学者牵于所闻，见秦在帝位浅，不察其终始，因举而笑之，不敢道。此与以耳食无异，悲夫！（《史记·六国表》）

乃至"笔锋常带感情"的个人介入的形式：

太史公读春秋历谱谍，至周厉王，未尝不废书而叹也。曰："呜呼，师挚见之矣！"（《史记·十二诸侯年表》）

然王迹之兴，起于闾巷；合从讨伐，轶于三代。乡秦之禁，适足以资贤者，为驱除难耳。故愤发其所为天下雄，安在无土不王，此乃传之所谓大圣乎？岂非天哉！岂非天哉！非大圣孰能当此受命而帝者乎？（《史记·秦楚之际月表》）

可以说既是阅历有得之言，亦是颇见性情之作，所以是"序之最工者"乎？至于《外戚》《酷吏》《游侠》《货殖》诸序，往往先引经典以至孔、老、韩之言，证明其重要性，然后援史例加以引申，如论"外戚之助"，则谓：

夏之兴也以涂山，而桀之放也以末喜。殷之兴也以有娀，纣之杀也嬖妲己。周之兴也以姜原及大任，而幽王之禽也淫于褒姒。（《史记·外戚世家》）

在婚姻夫妇之事上，看到了"命运"的神秘、人性的无奈：

"人能弘道"，无如命何？甚哉，妃匹之爱，君不能得之于臣，父不能得之于子，况卑下乎？既欢合矣，或不能成子姓；能成子姓矣，或不能要其终：岂非命也哉？（《史

记·外戚世家》)

论游侠除与“学士多称于世”相对比，强调其“不爱其躯，赴士之阸困”，指出“缓急人之所时有也”，又以虞舜、伊尹、傅说、吕尚、夷吾、百里、仲尼等人的史迹为例，并举延陵、孟尝、春申、平原、信陵等王者亲属和闾巷之侠相较其“声施于天下，莫不称贤”的难易。总之，皆据史实综合而对人性情操与社会情境进行讨论，其实反映的正是一种“历史哲学”甚至是“文化哲学”的观点。这正是一种以“史论”预先为叙事辩护的修辞策略，可以说是为了说服读者以特殊角度与思维来接受此等叙事的策略写作。

所以司马迁往往于此采用以反问为其肯定的修辞，如论货殖：

> 故待农而食之，虞而出之，工而成之，商而通之，此宁有政教发征期会哉？人各任其能，竭其力，以得所欲。故物贱之征贵，贵之征贱，各劝其业，乐其事，若水之趋下，日夜无休时。不召而自来，不求而民出之，岂非道之所符，而自然之验邪？
>
> 故曰：“天下熙熙，皆为利来；天下攘攘，皆为利往。”夫千乘之王，万家之侯，百室之君，尚犹患贫，而况匹夫编户之民乎？(《史记·货殖列传》)

在这类辩解中，有时甚至要亲自现身而出以抒情的说服：“余悲世俗不察其意，而猥以朱家、郭解等令与暴豪之徒同类，而共笑之也。”(《史记·游侠列传》)这已经不是单纯的说理，其实都正反映了作史者的特殊信念甚至个人情怀，因而别有感人之处。

欧阳修《五代史·一行传叙》的写作精神，基本上与以上诸篇近似。但其《伶官传叙》，却从庄宗于父亲临终受三矢，继父志成功之时，与最后为伶人所困，身死国灭的对比入手，因而得出“忧劳可以兴国，逸豫可以亡身”的教训。但是叙事的表现性乃是此篇的美感特质，而非仅止于“赞论之综缉辞采”“错比文华”或“沉思”“翰藻”而已。[1]这终究只是蕴含着明显“历史哲学”或书写主题的历史叙事罢了。

韩愈的《张中丞传后叙》，为李翰《张巡传》补缺，自然并非正“史”的写作，而且诚如方苞所谓：“前三段乃议论，不得曰：《记张中丞逸事》，后二段乃叙事，不得曰：《读张中丞传》，故标以《张中丞传后叙》。”“截然五段，不用钩连而神气流注，章法浑成，惟退之有此。”[2]这里正充分显示了“序”的可以兼有议论与叙事两种性质的特色，而且高手如韩愈者流，正可出入于两者之间而有一气呵成之效。

但不论何者，“序”往往要强调其接触的过程：“愈与吴郡张籍阅家中旧书，得李翰所为《张巡传》。”他连年月日夜皆标出。他亦强调了他的“接受”：“此传颇详密，然尚恨有缺者：不为许远立传，又不载雷万春（南霁云）事首尾。”是否为许远立传，牵涉“史识”，或者说对于史实的判断，以及是否符合“立传”条件之文化符码的问题。前面的议论部分，其实不仅在辨正史实，亦更有司马迁叙游侠之类，为其立传辩护的含义。但在这里不仅从符码、语境下手，对其信息重做解释，更以自己的叙事，

---

〔1〕 见萧统：《文选·序》，详细的分析见本书第一章。

〔2〕 转引自王文濡：《评注古文辞类纂》，第237页。

做了信息而非仅是语境的补充。

当然他又交代了“亲祭于其所谓双庙者。其老人往往说巡、远时事”，“愈贞元中过泗州，船上人犹指以相语”，与张籍得自于嵩，“籍时尚小，粗问巡、远事，不能细也”的接触过程；因而栩栩如生地叙述了南霁云乞救于贺兰和其与张巡等殉死的情节，中间穿插以张巡记性过人之事。以“蔽遮江淮，沮遏其势，天下之不亡”之功绩，而贺兰等皆观望不救，终至从容殉死，原就充满了悲剧英雄的悲壮。韩愈此“叙”，以议论分析了他们的“悲剧性”处境与决心，以南霁云事表达了他们无人救援的憾恨，终至先后殉死的悲壮。其实是非常巧妙地配合了“说明”（telling）和“呈示”（showing）的叙事技巧。[1]所以方苞要强调其“神气流注，章法浑成”，因为完全了解，此“叙”中议论与叙事所形成的是一种不可分割“有机结构”（organic form）。

若从类似的“有机结构”看来，司马迁、欧阳修在其史书列传前所撰写的“序”，其实亦不妨视为整个列传之叙事的“说明”的部分，它们本来就是与“传文”的呈示部分相引相生、互补双成的。[2]因而巧妙地以议论配合叙事，即使各有偏重，无疑乃是史书之“序”的写作特质，议论之最大功能，其实就在凸显叙事的主题所在；反过来说，叙事亦以具体史例，证成了作史者“成一家之言”的主张，以达臻“究天人之际”的高度。

《战国策》原来编辑保存的就是一个特殊历史时期的代表性文献，因而刘向作“序”，就不仅提供作为其共同语境的时代背

〔1〕“telling”和“showing”的概念，参见 Wayne C. Booth, *The Rhetoric of Fiction*, Chicago: University of Chicago Press, 1961。

〔2〕有一点我们应该知道——是编选者而非作者，截取了这些所谓“序”的部分。

景的描述，而且以“通古今之变”的方式，自周室始兴的隆礼义叙起，历数春秋五霸时期，至于战国，以迄秦之并有天下，却又旋即灭亡之事，虽仅提纲挈领的叙事，却是重点与关键历历如绘，以一“序”之微，而周秦兴亡之机转（自然此一机转，即是其借以诠释历史的历史哲学之所在）尽在掌握。虽然夹叙夹议，终究以叙事为主，因此虽然为“序”《战国策》而作，却实可视为是周秦历史的精要叙事。

反而是想替《战国策》辩护的“皆高才秀士，度时君之所能行，出奇策异智，转危为安，运亡为存，亦可喜，皆可观”云云的话语（这番话语亦可视为该书策文共同的文化符码），与其周秦兴亡叙事之际所依据的历史哲学不类，终至引来曾巩撰作《战国策目录序》时的批判，以为刘向的辩护不免“惑于流俗而不笃于自信者也”，因而举孔孟与战国谋士比较，虽仍借用“史事”，终以历史哲学的议论为主。他对刘向其余叙列编集之《列女传》《新序》等的《目录序》，亦皆强调其以不同之“义理”（也就是不同的人性论或文化符码）来接受这些叙事。因而，倾向以语境来诠解，则偏于叙事；倾向以符码来分析，则偏于议论，综合或中间的类型亦是常见之事。

## 五、“自序”与“宴集序”的自我介入

“序”，在史书中，自然与历史的叙事密不可分，如《战国策》这类编辑历史文献而成的书籍，当依其语境来作“序”时，自亦容易走向历史的大叙事。而“自序”则是针对著作序列其章节结构，甚至是阐释其据以写作的文化符码等提出诠解的大好场域，

例如刘勰在其《序志》篇诠释《文心雕龙》的基本结构与理路：

> 盖文心之作，本乎道，师乎圣，体乎经，酌乎纬，变乎骚，文之枢纽亦云极矣。

乃至其各篇写作的符码：

> 若乃论文叙笔，则囿别区分，原始以表末，释名以章义，选文以定篇，敷理以举统，上篇以上，纲领明矣。

然而除此之外，终不免要对于作为信息发出者之“作者”的我有所指涉，并展开自传式的叙事：

> 予生七龄，乃梦彩云若锦，则攀而采之。齿在逾立，则尝夜梦执丹漆之礼器，随仲尼而南行；旦而寤，乃怡然而喜。大哉圣人之难见也，乃小子垂梦欤！

因为这个“自我”的神话，遂使他“于是搦笔和墨，乃始论文”，成了作者。

虽然使用了近乎神话性叙事，刘勰终究没有王充那么自恋。王充在《论衡》中不仅从符码的角度，以《对作篇》讨论了该书的基本性质，以及其称为作者的含义；更以《自纪篇》为自己与先世立传，并历述自己“六岁教书，恭愿仁顺，礼敬具备，矜庄寂寥，有巨人之志”，加以繁长的对于自己特殊人格的神话性描述，而归诸自己身为作者的立场与对于《论衡》等著的辩护；尤其措意于自己“仕数不耦，而徒著书自纪”的心事，最终结以：

> 既晚无还，垂书示后。惟人性命，长短有期。人亦虫物，生死一时。年历但记，孰使留之？犹入黄泉，消为土

灰。上自黄唐，下臻秦汉而来，折衷以圣道，析理于通材，如衡之平，如鉴之开，幼老生死古今，罔不详该。命以不延，吁叹悲哉！

反映的正是“修短随化，终期于尽”（王羲之，《兰亭集序》）的存在焦虑。刘勰亦在《序志》的赞中表达了“生也有涯，无涯惟智”的体认，而终于“文果载心，余心有寄”的祈愿，希望的都是以“文章之无穷”救济“年寿有时而尽”。（曹丕，《典论·论文》）

许多“自序”除了具有传记的叙事趣味，其动人处往往来自交代相关事实之外，其实皆蕴含了深沉的存在的焦虑与自觉。虽然未必直呈其因而滋生的情绪激荡，但人我同具生命本质的提示，终究是一切文学作品感人的基础。因而即使作者的生平未必充满了波折或戏剧性的变化，亦皆有兴发生命感触的潜能。但是假如作者遭遇种种人生的忧患与苦难，而其著作又与此苦难相关，那么其所撰的“自序”往往涉及苦难的叙事与对自己著作的复杂心情，往往足以摇荡性情，甚至有惊心动魄的表现。《史记·太史公自序》自然是典型的深具“悲剧性”意味的、作为作者之“我”的自传。

司马迁虽自先世叙起，但其主要事迹集中在同为太史公的父子两代。以“论六家之要指”，表彰其父司马谈的学术见解；聚焦于司马谈“天子始建汉家之封，而太史公留滞周南，不得与从事，故发愤且卒”，临终交代司马迁撰著史记以继《春秋》的情景。接着是上大夫壶遂的质疑，借此一质疑阐明了其所欲作《史记》之文化符码性质的意义。司马迁自以为：“且余尝掌其官，废明圣盛德不载，灭功臣世家贤大夫之业不述，堕先人所言，罪莫大焉”，“于是论次其文”。但是：

> 七年而太史公遭李陵之祸，幽于缧绁，乃喟然而叹曰：“是余之罪也夫！是余之罪也夫！身毁不用矣。”退而深惟曰：“夫诗书隐约者，欲遂其志之思也。昔西伯拘羑里，演《周易》；孔子厄陈蔡，作《春秋》；屈原放逐，著《离骚》；左丘失明，厥有《国语》；孙子膑脚，而论《兵法》；不韦迁蜀，世传《吕览》；韩非囚秦，《说难》《孤愤》；《诗》三百篇，大抵贤圣发愤之所为作也。此人皆意有所郁结，不得通其道也，故述往事，思来者。”于是卒述陶唐以来，至于麟止。

司马迁的“是余之罪也夫！是余之罪也夫！”正与其父的“今天子接千岁之统，封泰山，而余不得从行，是命也夫！命也夫！”遥相呼应。于是两代之间的共同志业，就使《史记》的撰写沾染上了一层悲剧性的“宏壮”色彩。甚至关于文化创造、经典书写的基本认识也因此改变：假如不是一切的著述，至少也有相当数量的著述，是出于“意有所郁结，不得通其道”，而又“欲遂其志之思”的结果。如此，则著述正是一种代替的行为，一种为无法在行动上“遂其志”的补偿行为。当无法“通其道”于今，只好“思来者”，寄希望于未来，于是其信息接受者，或者更准确地说：其“读者”，至少有部分是指向未来的。这也就是所谓“仆诚以著此书，藏诸名山，传之其人，通邑大都，则仆偿前辱之责，虽万被戮，岂有悔哉！”（司马迁，《报任少卿书》）的意义。王羲之并非是出于“郁结”或“不得通其道”，但在《兰亭集序》中却仍然将其“列叙时人，录其所述”的《兰亭集》读者指向“世殊事异”的“后之览者”。这显然仍是曹丕《典论·论文》“年寿有时而尽，荣乐止乎其身，二者必至之常期，未若文章之无穷”一路的想法，尤其《兰亭集序》思维的高潮，正在“况修短随化，终期于尽。古人云：‘死生亦大矣。’岂不痛哉！”这一深切的、存在焦虑的体会。

宴游赋诗的风习形成于建安时期，也就是《文心雕龙·明诗》所谓：“暨建安之初，五言腾踊，文帝、陈思，纵辔以骋节；王、徐、应、刘，望路而争驱。并怜风月，狎池苑，述恩荣，叙酣宴。”这类作品往往反映了类似汉武帝《秋风辞》（“秋风起兮白云飞，草木黄落兮雁南归。兰有秀兮菊有芳，怀佳人兮不能忘。泛楼船兮济汾河，横中流兮扬素波，箫鼓鸣兮发棹歌。欢乐极兮哀情多，少壮几时兮奈老何。”）的一些基本心理结构：季节时序、地理景观、宴游活动、人际情意、乐极生悲、生命自觉。为宴游赋诗而作的“序”在说明语境时往往会包括前三项，诠释此类诗作的符码时会包括后三项。前者写“境”往往凸显其形象的美感，后者释“意”往往反映深刻的生命观照，若配合得巧妙，往往可以形成具“有机形式”的“意境”表现。

《兰亭集序》无疑是这类作品的典范。它由修禊于兰亭，由人、地、事之美好，“亦足以畅叙幽情”，而转向“一生中的一日”，以至“生存于宇宙中”的生命意识：

> 是日也，天朗气清，惠风和畅，仰观宇宙之大，俯察品类之盛，所以游目骋怀，足以极视听之娱，信可乐也。

并且由今日之美好，进一步指出人生未必尽如今日般美好：即使外在境况并未恶化，但人本身却可能“及其所之既倦，情随事迁，感慨系之矣”，以及人类生命“终期于尽”，必然会有结束的时日，因而指出深沉的生命知觉正是一切文学的“兴感之由”。

由于认知了人类生命情境与反应基本上的一致性，遂以个人阅读昔人 品的情感反应，而推知了“后之视今，亦犹今之视昔”，不但将其接受者或“隐含的读者”指向了“时人”之外的“后之览者”，而且将这些诗作视为“时人”之生命在必然的死亡后仍可以与后世连接的媒介，似乎是面对无可奈何之“死亡”的唯一的“可奈何”了。终究“虽世殊事异，所以兴怀，其致一也”。“兴怀”其实正是一切文学表现与欣赏、传播的本质，“其致一也”也是文学与艺术之活动所以能够成立的基本原理。因而文中不断出现“亦足以畅叙幽情”“信可乐”“岂不痛哉”“悲夫”等抒情表现，正反映了其情理交融、意境相引相生的特质，也就满足了经典“文学”必备的基本需求。

李白《春夜宴从弟桃花园序》则因写于“不有佳作，何伸雅怀”，大家尚未赋诗之前，并且它直接的信息接受者显然是“从弟”的“群季”们，因而虽然包含了类似的要素，却又有重组：它始于“夫天地者，万物之逆旅；光阴者，百代之过客”的宇宙意识，而导引出“而浮生若梦，为欢几何”的生命自觉。因而自“古人秉烛夜游，良有以也”的故事，得出“夜宴”的理据。然后是“况阳春召我以烟景，大块假我以文章”“会桃李之芳园”的季节时序、地理景观；“序天伦之乐事”“群季俊秀，皆为惠连；吾人咏歌，独惭康乐”的人际情意；以及“幽赏未已，高谈转清。开琼筵以坐花，飞羽觞而醉月”的宴游活动。

主要的差异，正是“乐极生悲”的心理机制，重组为在深切地意识到“终期于尽”“浮生若梦”的生命自觉与“为欢几何”

的美好时刻之罕有（或至少不常有）后，努力“及时行乐”（或许可以称为“转悲为乐”）的心理机制，并且最后是指向了临宴赋诗的行乐与其游戏规则——“如诗不成，罚依金谷酒数”，正是“一觞一咏，亦足以畅叙幽情”的安排。“序”文有了这种生命意识升华的表现，[1] 即使不考虑它全篇几乎皆为对句、充满了意象辞藻比喻甚至谐韵等形式美感的特质，未尝不可视为一篇近似《将进酒》之类的“将赋诗”的文学作品。

宴游赋诗，原即是具有欢娱性质的活动，因而其“兴感”之由，往往只来自对于“生命”本质，如“终期于尽”或“浮生若梦”的深切意识与自觉。“宴游序”的作者参与整个活动，甚至为它代言，不可避免地会表现自己的思想与态度，甚至涉及部分“自我”的行事与意识，如“群贤毕至”中自认为“贤”者团体的一员；或“每览昔人……临文嗟悼”，叙及了个人的阅读经验；或者如“吾人咏歌，独惭康乐”，借用典故表达了自己作为“诗人”的认同。虽不免如此，但一般“宴游序”中未必会有重要的自传性内容之呈露。然而，若这种宴游兼具有“饯别”的性质，则往往引入“别者”的人生经历之转折而具“传记”意味。当“序”作者本身又兼具“别者”身份（这种情形虽然少见）时，那么“自传”性质的表白就会进入“宴游序”的内容；当它直接的接受者指向与宴赋诗的众人时，则除了劝请赋诗的作用之外，还有对众人做自叙表介的功能。王勃的《秋日登洪府滕王阁饯别序》就是这样一篇独特的

[1] 笔者曾在《文学美综论》一文中论证，“文学”的基本内容为“生命意识的升华”，收入《文学美综论》，台北：大安出版社，2000 年。

范例。

王勃首先叙述了地理历史背景，表彰了宴游的宾主：“都督阎公之雅望”“宇文新州之懿范”；也引介了自身：“家君作宰，路出名区。童子何知？躬逢胜饯”。在“时维九月，序属三秋”，以至“落霞与孤鹜齐飞，秋水共长天一色。渔舟唱晚，响穷彭蠡之滨；雁阵惊寒，声断衡阳之浦”等季节时序与地理景观的描述后，达到了“天高地迥，觉宇宙之无穷；兴尽悲来，识盈虚之有数”的宇宙意识与生命自觉，与近于《兰亭集序》的“乐极生悲”的心理机制，因而引出了自己身遭斥逐除名的悲运：“怀帝阍而不见，奉宣室以何年”。接着虽然感慨“嗟乎！时运不济，命途多舛”，却以历史典范宽勉，“转悲为喜”，以“穷且益坚，不坠青云之志”“东隅已逝，桑榆非晚”自励，终以参加胜会、遇逢知己而喜悦：“今晨捧袂，喜托龙门”，“钟期既遇，奏流水以何惭？”。最后，在“呜呼！胜地不常，盛筵难再”的感叹声中，完成了“请赋诗”的序引功能：

> 临别赠言，幸承恩于伟饯；登高作赋，是所望于群公！敢竭鄙诚，恭疏短引。一言均赋，四韵俱成。请洒潘江，各倾陆海云尔。

这篇作品由于添加了个人流徙的处境，而显得格外复杂与曲折，其“达人知命”的生命自觉，更包含了“君子安贫”的种种挣扎；而此一序一诗，此一番个人生命价值的救赎性表白，亦使得此番的游宴成为“兰亭已矣，梓泽丘墟”之后足堪比并的胜事。真可谓是“宴游”以“序”显了。

## 六、“饯别序”“赠序”与“别集序”的人际互动

曾巩《馆阁送钱纯老知婺州诗序》虽然不是特别引人注目的名篇，但对一般送别诗序的背景与内容做了很好的描述。就送别的一般情况而言，是：

> 有出使于外者，则其僚必相告语。择都城之中广宇丰堂、游观之胜，约日皆会，饮酒赋诗，以叙去处之情，而致绸缪之意。历世浸久，以为故常。

但所以要有“饯别（诗）序”的写作，则可以如下例而见其一斑：

> 熙宁三年三月，尚书司封员外郎、秘阁校理钱君纯老，出为婺州。三馆秘阁同舍之士，相与饮饯于城东佛舍之观音院。会者凡二十人。纯老亦重僚友之好，而欲慰留处者之思也。乃为诗二十言以示坐者。于是在席人各取其一言为韵，赋诗以送之。纯老至州，将刻之石，而以书来曰：“为我序之。”

这里我们不但进一步了解了王勃《滕王阁序》中所谓“一言均赋，四韵俱成”等赋诗的具体游戏规则（外在形式的符码）；并且发现正因“将刻之石”（可以广泛接触、接受）的编集形态，才需要有“序”的写作。因而“序”正与作品的编集与传播有关，能够使原来有特定接受者与语境之作品，因可广泛接触而转换语境与接受者。

由于对原来的信息发出者与接受者而言，其原始语境是不言

而喻的，往往不需在其信息中包含或说明，一旦扩大其接受者为所有可能接触的读者，语境亦就扩大，需对原始的语境加以说明才能使读者容易理解，才能发挥揄扬参与者之“群贤”，尤其是在接受者中的效果（在《滕王阁序》中，则主要是信息发出者王勃自身，所以做了“自传”性的描述）。

曾巩此“序”不但交代了原始语境，更是明示了这类诗作的内在符码：

> 而其赋诗之所称引况谕，莫不道去者之义，祝其归仕于王朝而欲其无久于外，所以见士君子之风流习尚，笃于相先，非世俗之所能及，又将待上之考信于此，而以其汇进，非空文而已也。

并且明指其“汇进”，为“待上之考信于此”所具的政治作用。连符码、功能皆已和盘托出，则底下的称述则不免显得虚应故事：

> 纯老以明经进士制策入等，历教国子生，入馆阁，为编校书籍校理检讨。其文章学问有过人者，宜在天子左右，与访问，任献纳；而顾请一州，欲自试于川穷山阻僻绝之地，其志节之高，又非凡才所及。此赋诗者所以推其贤，惜其志，殷勤反复而不能已。予故为之序其大旨，以发明士大夫之公论，而与同舍视之，使知纯老非久于外也。

但其中包含了对于原始信息接受者的叙事与“赋诗”之基本内容做符码式的“序其大旨”，则充分地显示了这类“饯别（诗）序”的写作方向与形态。

姚鼐在其《古文辞类纂》中设有“赠序”一类，并在其“序目”中强调：“唐初赠人，始以序名，作者亦众。至于昌黎，乃得古人之意，其文冠绝前后作者。”但是所选韩愈诸序，其实颇多原即是“饯别（诗）序”，如《送郑十为校理序》末云：

> 于其行日，分司吏与留守之从事，窃载酒肴，席定鼎门外，盛宾客以饯之。既醉，各为诗五韵，且属愈为序。

至如《送石处士序》则更明叙其饯别情状：

> 问道所由，告行于常所来往。晨则毕至，张上东门外。酒三行，且起，有执爵而言者曰：“大夫真能以义取人，先生真能以道自任，决去就。为先生别！”又酌而祝曰：“凡去就出处何常？惟义之归！遂以为先生寿。”又酌而祝曰：“使大夫恒无变其初，无务富其家而饥其师，无甘受佞人而外敬正士，无昧于谄言，惟先生是听，以能有成功，保天子之宠命。”又祝曰：“使先生无图利于大夫，而私便其身。”先生起拜祝辞曰：“敢不敬蚤夜以求从祝规！”于是东都之人士，咸知大夫与先生果能相与以有成也。遂各为歌诗六韵，遣愈为之序云。

《送窦从事序》则叙云：

> 诏工部侍郎赵植为广州刺史，尽牧南海之民。署从事扶风窦平。平以文辞进。于其行也，其族人殿中侍御史牟，合东都交游之能文者二十有八人，赋诗以赠之。于是昌黎韩愈，嘉赵南海之能得人，壮从事之答于知我，不惮行之远也。又乐贻周之爱其族叔父，能合文辞以宠荣之，作《送窦从事少府平序》。

经由以上的描述，则在饯别之际，大抵如《滕王阁序》，“临别赠言，幸承恩于伟饯；登高作赋，是所望于群公”，临别赠言，饮酒赋诗，既是祝祷，也是荣宠，而参与者能文且愿意“赋诗以赠之”，尤为关键。

因而其《送杨少尹序》云：“吾闻杨侯之去，承相有爱而惜之者，白以为其都少尹，不绝其禄；又为歌诗以劝之。京师之长于诗者，亦属而和之。”其《送郑尚书序》末云：“及是命，朝廷莫不悦。将行，公卿大夫士，苟能诗者，咸相率为诗，以美朝政，以慰公南行之思。韵必以来字者，所以祝公成政而来归疾也。”《送水陆运使韩侍御归所治序》末云：“闻其归，皆相勉为诗，以推大之，而属余为序。”《送温处士赴河阳军序》末云：“留守相公，首为四韵诗歌其事，愈因推其意而序之。”《送湖南李正字序》末云：“重李生之还者，皆为诗，愈最故，故为序云。”

这些“送别”的“序”固然有姚鼐所谓“老子曰：‘君子赠人以言’。颜渊子路之相违，则以言相赠处”的含义，但其实也是为了将这些“送别”诗“合文辞”集成一帙所作。目的在于为这些诗阐明其创作的语境，对其共同的内容“因推其意”“推而大之”，所以遂有“属余为序”“愈最故，故为序”等等的表白。

即使著名的《送李愿归盘谷序》，全文先叙盘谷，后记李愿之关于大丈夫之言谈，终以“昌黎韩愈闻其言而壮之，与之酒而为之歌曰……”，其实亦不妨视作为其“歌”所作的“序”。但被送之人，身份处境并不足以让众人“皆相勉为诗”，如《送王含秀才序》末云：“文与行不失其世守，浑然端且厚。惜乎吾力不能振之，而其言不见信于世也。于其行，姑与之饮酒。”或如

《送区册序》："有区生者，誓言相好……若能遗外声利，而不厌乎贫贱也。岁之初吉，归拜其亲，酒壶既倾，序以识别。"则但以饮酒，兼为"序"叙述议论其人以为揄扬，所谓"以序识别"。其中或如《送孟东野序》："东野之役于江南也，有若不释然者，故吾道其命于天者以解之。"在揄扬之外另做一番议论以为规劝。至于《赠张童子序》，则虽"自朝之闻人，以及五都之伯长群吏，皆厚其饩赂，或作歌诗以嘉童子，童子亦荣矣"，但韩愈显然不愿参与"作歌诗"的行列，反而要有所规劝：

> 虽然，愈将进童子于道。使人谓童子，求益者，非欲速成者。夫少之与长也异观。少之时，人惟童子之异；及其长也，将责成人之礼焉。成人之礼，非尽于童子所能而已也。然则童子宜暂息乎其已学者，而勤乎其未学者，可也。愈与童子，俱陆公之门人也。慕回、路二子之相请赠与处也，故有以赠童子。

因而，同为临别，所作的"序"，在身份地位皆宜且为众人"赋诗"时，实为"饯别诗序"；其身份地位未必足以能得众人"赋诗"，而出以私谊时，则"以序识别"，以为揄扬或劝解。真正符合"回、路二子之相请赠与"的，反而只是后者。虽然两类皆以对被送者之揄扬为主，但前类往往为公议，其实不免官场酬酢的痕迹，顶多只能算善颂善祷之大手笔，终以向其他的接受者称道、叙述被送之特殊的接受者之事迹为主，大抵如前引曾巩文中所述，其文学价值在于善叙人事，兼且颂赞合宜，颇近"传记"之写作。

但后类，被送者往往并非世所知名之人，揄扬之外兼且可以劝解议论，更具发挥的自由，叙事亦不妨近于“小说”，如《送李愿归盘谷序》描写所谓“人之称大丈夫者”，写人情世态近于想入非非：

> 利泽施于人，名声昭于时，坐于庙朝，进退百官，而佐天子出令。其在外，则树旗旄，罗弓矢，武夫前呵，从者塞途。供给之人，各执其物，夹道而疾驰。喜有赏，怒有刑。才畯满前，道古今而誉盛德，入耳而不烦。曲眉丰颊，清声而便体，秀外而惠中，飘轻裾，翳长袖，粉白黛绿者，列屋而闲居，妒宠而负恃，争妍而取怜。

议论自可近似“书说”，如前引《赠张童子序》；尤其可以笔锋常带感情，变化跌宕，甚至近似“辞赋”，如《送孟东野序》：

> 大凡物不得其平则鸣。草木之无声，风挠之鸣；水之无声，风荡之鸣。其跃也，或激之；其趋也，或梗之；其沸也，或炙之。金石之无声，或击之鸣；人之于言也亦然，有不得已者而后言，其歌也有思，其哭也有怀。凡出乎口而为声者，其皆有弗平者乎？

虽叙不平之理，却排比铺陈，充满了辞藻意象，而又音韵铿锵，难怪姚鼐认为“其文冠绝前后作者”。

和我们论旨相关的是：既为“临别赠言”，若有私谊者，难免离情依依，充满死生新故的感怀，往往所送之客又皆为失意困顿，蹭蹬而去，格外引人生怜惜之情，因而其叙事易有磊落不平之气；化为劝解之“议论”亦充满人类命运的深沉观照，自然充满了文学的感兴。

唐宋以降，往往求当代名家以为“铭”，如韩愈《唐河中府法曹张君墓碣铭》所云：

> 夫子天下之名能文辞者，凡所言必传世行后。……若尔吾哀，必求夫子铭，是尔与吾不朽也。

事实上亦于晚年自编，或于身后由亲友代编诗文“集”，而求“序”于文章名家，如欧阳修《释惟俨文集序》所云：

> 惜（惟俨）其将老也已。曼卿死，惟俨亦买地京城之东，以谋其终，乃敛平生所为文数百篇，示予曰：“曼卿之死，既已表其墓。愿为我序其文，然及我之见也。”

或如欧阳修《江邻几文集序》所谓：

> 陈留江君邻几，常与圣俞、子美游，而又与圣俞同时以卒。余既志而铭之，后十有五年，来守淮西，又于其家得其文集而序之。

因而这类个人文集或诗集的“序”，往往与墓志铭一般，具有总结其平生的特质，兼具对其为人与遭遇的叙述以及对其人其文（或其诗）的“评论”，对于一个没有重要事功的“文人”或“诗人”而言，正具“铭”以外的“诔”的作用；或者就是“及我之见也”，作于其生前，而可为所称述对象及时亲见，是一种散体的近于“铭”“诔”一般的文字了。但是，如下这类文字或许符合“铭诔尚实”的社会功能；却未必即可以引发读者的文学感兴：

> 邻几毅然仁厚君子也。虽知名于时，仕宦久而不进，晚

> 而朝廷方将用之，未及而卒。其学问通博，文辞雅正深粹，而论议多所发明，诗尤清淡闲肆可喜。

除非其人性情颇有倜傥非常之处，如《释秘演诗集序》：

> 浮屠秘演者，与曼卿交最久，亦能遗外世俗，以气节相高，二人欢然无所间。曼卿隐于酒，秘演隐于浮屠，皆奇男子也，然喜为歌诗以自娱。当其极饮大醉，歌吟笑呼，以适天下之乐，何其壮也！一时贤士，皆愿从其游。予亦时至其室。十年之间，秘演北渡河，东之济、郓，无所合，困而归。曼卿已死，秘演亦老病。嗟夫！二人者，予乃见其盛衰，则予亦将老矣！夫曼卿诗辞清绝，尤称秘演之作，以为雅健有诗人之意。秘演状貌雄杰，其胸中浩然，既习于佛，无所用，独其诗可行于世，而懒不自惜。已老，胠其橐，尚得三四百篇，皆可喜者。

当诗文集的作者属于作序者的交游圈，甚至是作者的知交，则面临死别生离、盛衰新故之际，往往于叙事说其平生际遇，如欧阳修的《苏氏文集序》《梅圣俞诗集序》，作于苏舜钦、梅尧臣亡故之后；《释惟俨文集序》《释秘演诗集序》则作于临老将别。如谓苏舜钦：

> 嗟吾子美，以一酒食之过，至废为民而流落以死。此其可以叹息流涕，而为当世仁人君子之职位，宜与国家乐育贤才者惜也。

或者借说理以喻其志节成就，如以论"非诗之能穷人，殆穷者而后工也"，来谓梅尧臣：

> 世之人，徒知其诗而已。然时无贤愚，语诗者必求之圣俞。圣俞亦自以其不得志者，乐于诗而发之。故其平生所作，于诗尤多。世既知之矣，而未有荐于上者。

这正是一种“文章憎命达”的处境，因谓其诗：“世徒喜其工，不知其穷之久而将老也，可不惜哉！”惋惜同情之意溢于言表。

这种对于知己交游“既已铭其圹，又类集其文而序之”（欧阳修，《江邻几文集序》）的“别集序”所蕴含的感伤零落、抚今追昔之情，或许在《江邻几文集序》抒发得最为淋漓尽致：

> 至于朋友故旧，平居握手言笑，意气伟然，可谓一时之盛。而方从其游，遽哭其死，遂铭其藏者，是可叹也！盖自尹师鲁之亡，逮今二十五年之间，相继而殁，为之铭者至二十人，又有余不及铭，与虽铭而非交且旧者，皆不与焉。呜呼！何其多也！不独善人君子难得易失，而交游零落如此！反顾身世，死生盛衰之际，又可悲夫！而其间又有不幸罹忧患、触网罗，至困厄流离以死，与夫仕宦连蹇，志不获伸而殁。独其文章尚见于世者，则又可哀也欤？然则虽其残篇断稿，犹为可惜，况其可以垂世而行远也。

这一段文字频频转折，兴寄多端，人际互动不但因“死生亦大矣”的存在意识而益发深切，更是因为具“死生以之”“一生一死，乃见真情”的交往过程以及“人殁文存”的情境而凸显了生命的有限定数与文章的无穷可能，让人在穷达有命、存亡乖隔中情绪不断地翻搅激荡，引人同情而行自念也。这种为知交旧游所作的“别集序”，就人际互动而言，可说是最为深挚，也最为感人的一类。

## 七、结语:《金石录后序》的特殊形态

“序”“跋”本是为了解说著作，或解说单篇作品的“要旨”与语境，或者解说多篇、多段组成的著作的共同符码与时代语境，因而总是介于叙事与议论之间，而其叙事总是与作者，也就是原始信息的发出者相关——不论是“自序”还是为他人所写的“序”。但“饯别（诗）序”的叙事则大半以被送行的信息接受者为主，兼及其与“序”作者或“诗”作者间的交游互动；直到“序以识别”的“赠序”，方才成为一种直接以被送的接受者为主要对象的夹叙夹议、可叙事可议论的文体。同时不论是否“赋诗”，在“饯别”之际，虽然表面上其“序”皆以被送之客为直接的接受者，实质上却也针对其他潜在的接受者，或叙事或议论，以揄扬这位直接接受者。

“别集序”在原作者仍然在世的情形下，固然可以有类于“赠序”，如《释秘演诗集序》所谓：

> 曼卿死，秘演漠然无所向；闻东南多山水，其巅崖崛峍，江涛汹涌，甚可壮也，遂欲往游焉，足以知其老而志在也。于其将行，为叙其诗，因道其盛时以悲其衰。

其中却充满了“物既老而悲伤”或临老而别的凄怆。至于“既已铭其圹，又类集其文而序之”为已故友人编集作序，更是形同整理遗物，于诠文之外，更近撰作散体的“铭诔”，“其言尤感切而殷勤者”。（欧阳修，《江邻几文集序》）

由于“著作”永远直接指涉当代的语境，但是因为能够保存

或复制而足以流传到后代，因而其接受的语境可以不断延伸变化，以至“世殊事异”，因而这些作品的原始语境与“要旨”，往往需要特别说明或补充，遂有了“序”“跋”之类文体的需要。但是作为语境的补充，“序”“跋”往往自身又成了时代历史或个人传记的重要资料或文本，当其叙述灵活、刻画生动之际，则又自成值得独立玩赏的叙事文学作品。

当其发挥“要旨”之际，除了析理入微，洞察独见，别具启发兴味，往往亦可“综辑辞采，错比文华”“事出沉思，义归翰藻”，而可以进入篇什美文之行列，尤其牵涉人我共同的深层生命意识的自觉与人际情意之自然流露与微妙抒发，往往亦有令人惊心动魄或回肠荡气之效，虽为“序”书诗或“赠别”有为而作，却自成感人肺腑的“写景”“叙理”“抒情”“言事”之佳篇。在历代具文学意味的“序”“跋”作品中，李清照《金石录后序》可能是最为独特的一篇，因为它几乎综合了“序”“跋”文类常见的各种文学性质。它首先提到作者，也就是《金石录》的信息发出者：“右《金石录》三十卷者何？赵侯德父所著书也。”然后以解说符码的方式，说明了该书的内容性质，阐释其意义：“上足以合圣人之道，下足以订史氏之失者，皆载之，可谓多矣。”然后转向了个人的感慨，在“呜呼”声后，提出了“钱癖与传癖何殊”的质疑。接着叙述他们夫妻收集古文物，“同共勘校，整集签题”，撰写《金石录》的语境：

> 每获一书，即同共勘校，整集签题。得书、画、彝、鼎，亦摩玩舒卷，指摘疵病，夜尽一烛为率。故能纸札精致，字画完整，冠诸收书家。余性偶强记，每饭罢，坐归来堂，烹

茶，指堆积书史，言某事在某书、某卷、第几叶、第几行，以中否角胜负，为饮茶先后。中即举杯大笑，至茶倾覆怀中，反不得饮而起，甘心老是乡矣。故虽处忧患困穷，而志不屈。

而后语境的说明，转为这对雅爱文物的夫妇之高雅闲适、志同道合的美好生活之描写。此外，还说明了“序”的信息发出者，其实亦是该书的“合著”或至少是“合作”者，于是该“序”就更有“自序”的性质。此“序”既是叙人（赵明诚）亦是叙己（李清照），因而更罕见的，是成为他们夫妻欢聚悲离之婚姻生活的叙事。接着叙及遭逢靖康之难，逐次遗弃、遗失收藏的过程，其中的转捩点，更在于类似“赠序”的临别交代：

夏五月，至池阳，被旨知湖州，过阙上殿。遂驻家池阳，独赴召。六月十三日，始负担，舍舟坐岸上，葛衣岸巾，精神如虎，目光烂烂射人，望舟中告别。余意甚恶，呼曰：“如传闻城中缓急，奈何？”戟手遥应曰：“从众。必不得已，先弃辎重，次衣被，次书册卷轴，次古器，独所谓宗器者，可自负抱，与身俱存亡，勿忘之。”遂驰马去。

结果生离竟成死别：

途中奔驰，冒大暑，感疾。至行在，病痁。七月末，书报卧病。余惊怛，念侯素性急，奈何。病痁或热，必服寒药，疾可忧。遂解舟下，一日夜行三百里。比至，果大服柴胡、黄芩药，疟且痢，病危在膏肓。余悲泣，仓皇不忍问后事。八月十八日，遂不起，取笔作诗，绝笔而终，殊无分香卖履之意。葬毕，余无所之。

然后叙述身在飘零中，而所携收藏逐次丧失殆尽，而《金石录》一书，遂成了足以代表个人平生的、“人殁文存”的“别集”一般的遗物：

> 今日忽阅此书，如见故人。因忆侯在东莱静治堂，装卷初就，芸签缥带，束十卷作一帙，每日晚吏散，辄校勘二卷，跋题一卷。此二千卷，有题跋者五百二卷耳。今手泽如新，而墓木已拱，悲夫！

其间的感慨，正是“每览昔人兴感之由”之外，对亡夫所有追慕思念的“临文嗟悼”。其收藏流失的叙述，自是与国土沦丧、国破家亡的历史性大劫难交相指涉；“自序”的传记性忧患与“史序”的历史性苦难，在文物、书籍的沦失这一文明浩劫的见证下重叠在一起，亦正是自孔安国《尚书·序》，以至刘向、曾巩等人的“目录序”中常见的主题。而其间所表现的自我挣扎、努力超拔的深沉的忧患意识，尽在最后的感叹之中：

> 呜呼，余自少陆机作赋之二年，至过蘧瑗知非之两岁，三十四年之间，忧患得失，何其多也。然有有必有无，有聚必有散，乃理之常。人亡弓，人得之，又胡足道。所以区区记其终始者，亦欲为后世好古博雅者之戒云。

其间的“议论”说理，又近于“赠序”之面对失意“有若不释然者，故吾道其命于天者以解之”（韩愈，《送孟东野序》）的智慧与用心。李清照的《金石录后序》具体而微地呈示了“序”“跋”之所以能具文学意兴之各种层面的要素。斯所以为“序”“跋”文类的千古奇文欤？

# 第三章
# “书”“笺”作为文学类型之美感特质

## 一、前　言

看过林觉民《与妻诀别书》的读者，很少有不为其所感动的。那封信存在于真实的历史之中，而非虚构的想象世界。它之所以能引发感动，除文辞简练，内涵周折深刻，充满两人的柔情蜜意与崇高的悲剧性外，可能更在于作者竟真以牺牲生命的行动，来证成其中情意的诚挚，令读者感怀激荡不已。

书信是现实生活中真实发生作用的文字沟通的载体，姑且不论其是否完成了此一沟通的直接目的，只如司马迁的《报任少卿书》、杨恽《报孙会宗书》、嵇康《与山巨源绝交书》，以至鲍照《登大雷岸与妹书》等，均是千古名文，即使读者并非收信人，亦一样可以生出种种人性感动与美感兴味，而居萧统《文选·序》所谓“陶、匏异器，并为入耳之娱；黼、黻不同，俱为悦目之玩”的侧列“文囿”“辞林”之中。

那么“书”“笺”作为一种实用的文体，其中的部分作品，究竟因具有何种特质而超越了其原本实用的性质，产生了“文学”的兴味，被当作“文学”来欣赏？在这种“文学”欣赏中，它原本具有的实用性质与体制规范是否亦发挥了某种作用，而使得这些作品仍然与其他的文类有所不同，呈现出某种特殊的“美感”倾向？这是本章将“书”“笺”作为一种文学类型来思考所要探究的课题。虽然需要参照历代名篇的实例，但企望的却是一种“理论”间架的提出，而非“文学史”的描述；因而寻求的是“理论”上可能性的完整，而非“文学史”叙述的周备。

## 二、对“书”“笺”的传统理解

曹丕《典论·论文》论及各文类的美感规范之不同：

> 夫文本同而末异，盖奏议宜雅，书论宜理，铭诔尚实，诗赋欲丽，此四科不同，故能之者偏也。

并且在该篇中写道：“琳、瑀之章表书记，今之隽也。”他在《与吴质书》中亦提及，“孔璋章表殊健，微为繁富”及“元瑜书记翩翩，致足乐也”。《文选》“书”类则选有陈琳《为曹洪与魏文帝书》与阮瑀《为曹公作书与孙权》；“笺”类亦选有陈琳《答东阿王笺》。张溥所辑《陈记室集》《阮元瑜集》所存作品，除诗赋而外，仍以“上书”“书”“笺”“檄”等文类为主。若依据曹丕的体例——虽分四科，但每科之中仍分“诗”“赋”“铭”“诔”“奏”“议”等文类，则此处所谓“书论”之“书”，或许并非《与吴质书》中所谓“德琏常斐然有述作之意，其才学足以著书”的“书”，而指的是“书记翩翩”的“书”，那么，“宜理”的就不仅是“论”而同时是“书”的规范了。自然，若从对阮瑀作品的形容来看，“书记”亦可具“翩翩，致足乐”的性质与效用。

但是“书论宜理”的规范，究竟意旨何在？是体认到“书”虽具有多种或多重功能，但其本质上仍在“说服”对方，而最有效的“说服”仍是“以理服人”的说理？还是如宋代陈骙所谓“书，达而法”(《文则》，辛凡八条)，指的是“言有序”的章法？自然“翩翩”，不论指的是“疾飞”，是“往来轻疾”，还是“自得之貌”，都显得“游刃有余”“摇曳多姿”，因而也就在主旨的传达之外，颇多余音与姿态，深具可以玩赏的“韵味”，所以“致足乐也”，指的正是它所别具的“美感”特质。如是则“书记”自亦可以成为“美文”之一体。

刘勰《文心雕龙》列有《书记》一篇，可见是以独特的“文类”视之，但关于它的特质，头一段话，其实强调的是与“言说”对举，普遍“书写”的特质：

> 书之为体，主言者也。扬雄曰：“言，心声也；书，心画也。声画形，君子小人见矣。”故书者，舒也。舒布其言，陈之简牍，取象于夬，贵在明决而已。

引扬雄的说法，肯定了其表达个人心志的性质，以及它一样可以反映信息发出者的“性格”(character)以至“人格”(personality)的功能，因而是可以“以‘书’观人”的。从一般文学理论上来说，就是：它的作者或至少是其中的“叙事者”(narrator)就具有表现个性，因而是可以以“人物”(character)来观赏的性质。

接着在“书者，舒也。舒布其言，陈之简牍”的说明里，“舒”可能意指“抒发”，亦指“伸展”，到了“舒布其言”，已经蕴含了“赋者，铺也。铺采摛文，体物写志也”(刘勰，《文心雕龙·诠赋》)，甚至“试为寡人赋之”[1]的艺术经营。正如“舒”字原来就具有“徐缓”“从容”的含义，“舒布其言，陈之简牍”的历程，正避免了“言说”沟通的“即时性”，在“陈之简牍”之际，正可以从容修辞、斟酌改定，而达到言文行远的效果。另外引《周易·系辞》：“上古结绳而治，后世圣人易之以书契，百官以治，万民以察，盖取诸夬。”从“书契”应用的角度，强调它在治理事务上的功能——“贵在明决”。这里所归结的仍是它作为一种“实用性”文类的特质。

在例举了各代名篇，纷纷给出“辞若对面”“多被翰墨”“诡丽辐辏”“辞气纷纭”“志气盘桓，各含殊采，并杼轴乎尺素，抑扬乎寸心”以至“号称翩翩”“留意词翰”“实志高而文伟也”“乃少年之激切”“百封各意”“亲疏得宜”等等的形容与评语之后，终于得出以下的结论：

> 详总书体，本在尽言。言以散郁陶，托风采，故宜涤荡以任气，优游以怿怀。文明从容，亦心声之献酬也。若夫尊贵差序，则肃以节文。

强调的还是抒情述怀的本质，加上了献文酬答的语境，以及因为信息发出者与接受者之间，除了同辈的友朋之外，往往有“尊贵差序”的情势，故而不免要加以关于礼仪甚至利害的考量，“肃以节文”，在修辞策略与表现上有所调整。此外还有“托风采”“优游”“文明从容”等既是性情也是文艺风格上优美的表现。

他的各项评语亦不离以上的准则：“志高”“志气盘桓”“少

[1] 见〔战国〕宋玉《高唐赋》《神女赋》等，为辞赋中常语。

年之激切”是属于情志的感人；“多被翰墨”“留意词翰”“诡丽辐辏”以至“文伟”，则是文辞的讲求与精彩；“百封各意”“亲疏得宜”正是身份关系与情意表现之拿捏，在“辞气纷纭”中能掌握分寸，恰到好处。

刘勰同时亦处理了“书”在“迄至后汉，稍有名品”之时其应用名称上的分化：

> 公府奏记，而郡将奏笺。记之言志，进己志也。笺者，表也，表识其情也。

接下去他对名篇的品评，则仍情文并论：“崇让之德音”“肃恭之遗式”“丽而规益”“喻切以至”“情周而巧”，而总结为：

> 原笺记之为式，既上窥乎表，亦下睨乎书，使敬而不慑，简而无傲，清美以惠其才，彪蔚以文其响，盖笺记之分也。

“战国以前，君臣同书；秦汉立仪，始有表奏”，这正是“书”体在大一统帝国形成后，因“尊贵差序”所形成的分化。《文选》遂有“表”、“上书”与“笺”、“奏记”和“书”的不同体类的编排。但最重要的区别，一方面是“公文书”与“私人书信”的差异；一方面则是彼此身份关系的不同造成的语言表现的分歧。虽然“笺”“奏记”开篇皆先自称其名，然后继之以“死罪死罪”以表示惶恐之意，但与“表”或“上书”开篇以“臣亮言”或“臣闻”（先自称臣）终究不同。这也就是“敬而不慑，简而无傲”最明显的形式规约。而正因它具有“私人书信”以及“敬而不慑”的宽放氛围，“无傲”却不妨“简”易的性质，它不必具有公仪的“雅”正典重，因而才有“清美以惠其才，彪蔚以文其响”，可以自由驱遣清词丽句，以至喻切文巧的表现自我情性与才华的空间。从某种意义来说，这也是“书”“笺”之类的文体虽有实用的目的，却仍具艺术潜能与情性表现之创作空间的缘故。

刘勰对于“虽艺文之末品，而政事之先务”的各种文书的文体做了条列缕析，而综论其文体为：

> 或全任质素，或杂用文绮。随事立体，贵乎精要。意少一字则义阙，句长一言则辞妨，并有司之实务，而浮藻之所忽也。

这里指出，“书记”这类实用的文体另有因现实需要而形成的美学规约，“意少一字则义阙，句长一言则辞妨”，反而趋于文辞表现的“精要”，并且能够配合情境的需求，“随事立体”。因传达的“内容”而决定其表现的“形式”，反而更能达成“形式”与“内容”的紧密结合。所以，“尺牍”虽然除了因“尊贵差序”而在起结称谓上略有定例外，其实际蕴含的“内容”却可以“随事”变化；由于并无固定的“体式”，其写作反而具有多端表现的可能：“既驰金相，亦运木讷。”（刘勰，《文心雕龙·书记赞》）

刘勰《书记》篇的赞语，虽然未必仅限于狭义的“书”信，而可能更在综论“书”写，但其中的重点，一是克服时空的距离，仍可完成情意的传达——“万古声荐，千里应拔”；一是对于生活中繁杂众多的事务，因为经过书写而能够得到了解与认识——“庶务纷纶，因书乃察”，仍然有助于我们深入认识“书”“笺”等“书牍”文类的基本功能。

这种由广义的“书”写进而分化为近于私人性质“书”牍之发展的观察，亦见于明代吴讷《文章辨体·序说》：

> 按：昔臣僚敷奏，朋旧往复，皆总曰书。近世臣僚上言，名为表奏；惟朋旧之间，则曰书而已。盖论议知识，人岂能同？苟不具之于书，则安得尽其委曲之意哉？

但他对“书”的了解，还是侧重在“论议知识”之能够“尽其委曲之意”。在他看来，“书”体近于“论议”，亦为表白幽微曲折心志的“尽意”之具，因而也具有“自叙”或“抒情”的作用。他对“书”体的评赏，显然因时代分成两层：

> 战国、两汉间，若乐生、若司马子长、若刘歆诸书，敷陈明白，辨难恳到，诚可以为修辞之助。至若唐之韩、柳，宋之程、朱、张、吕，凡其所与知旧、门人答问之言，率多本乎进修之实。读者诚能孰复，以反之于身，则其所得，又岂止乎文辞而已哉？

“敷陈明白”主要在于叙事，“辨难恳到”则是属于“议论”，他认为对读者而言，只在“诚可以为修辞之助”而已。但是韩、柳、程、朱等人的答问，却是出于其个人“进修之实”，传达的更是个人在学文与心性修养的经验与心得，正是一种“文理”与“义理”的阐发，足资取法实践，因而“所得又岂止乎文辞而已哉”。不论精进的是“道”还是“艺”，反映的都是一种内在精神的变化，包括许多操持与动心忍性的体验。这些不论就道德体验或艺术精神之阐发而言，都兼具了“内在世界”或“深沉精神经验”的“表现”与其间变化关键之道理的“说明”，既可视为“境界形态”的说理，亦可视为一种特殊的“道德情感”或“美感经验”的抒发。因为可以只流通于亲密的“知旧、门人”之间，且又具有“随事立体”的写作形式上的自由，故而这种“书”牍文体可以成为深沉内在经验分享的媒介，它所传达的自然就不仅是“文辞”表面的“敷陈明白”而已。

明代徐师曾《文体明辨》沿袭刘勰《文心雕龙·书记》，认为：“考其杂名，古今多品，是故有书，有奏记，有启，有简，有状，有疏，有笺，有札，而书记则其总称也。”他对各种杂名的诠解则不外“进己志”“开陈其意”“陈其大略”“为言布也”，以为“秦、汉以来，皆用于亲知往来问答之间”。曾国藩《经史百家杂钞》则归为“书牍类”，解作：“同辈相告者，经如《君奭》，及《左传》郑子家、叔向、吕相之辞皆是。后世曰书、曰启、曰移、曰牍、曰简、曰刀笔、曰帖皆是。”本章因袭《文选》分类，以“书”“笺”作为所要探讨的文类之名称，但作为一种文学的文类，自然不以是否在标题中具有此二字者为限。

## 三、“书”“笺”文类的基本写作特质

“书”“笺”或许是最典型的包含了罗曼·雅各布森所谓语言沟通六因素的一种文类：它在形式上是由一位信息发出者发出一些信息给另一位（有时是多位）接受者，通常这些信息总是针对发出者与接受者之间——或偏重于发出者，或偏重于接受者，或彼此双方共同或有差异的处境——而形成的语境来做反应与陈述的。当然，它们亦需遵照相关的文化与书写的符码，是以“书”与“笺”之间有同有异；而不同时代或阶层之“书”亦可以有散

有骈，或骈散交错。最重要的是，它的接触是通过文字书写传送而非口头语言在面对面情形下的宣达。但它所追求的理想之一，却可能是“舒布其言”“辞若对面”；当然它的另一种理想，是“多被翰墨”“留意词翰”。

“书”“笺”异于一般文学作品的写作主要在于，泰半的文学创作，虽然可以有其“隐含的读者”（implied reader），[1]但并不像“书”“笺”一般明白地标出它的接受者，而且所有的信息都是针对接受者的兴趣或需求而发，并加以组织的。因而即使“书”“笺”后来被编入各类“文选”或收入各种“文集”，而成为其他读者亦可以阅读的“作品”，但它写作的初衷是针对原初的接受者，并且有其特殊的生活上的目标与意图，这是不能改变的。因而，发出者与接受者二者的关系、各自的情况与境遇，以及因此而形成的特殊语境，虽然是历史的实况，但对其他读者而言，往往会形成一种具“戏剧性悬疑”的戏剧情境。我们所阅读的虽然只是单方面的独白，但指涉的却永远是一种对话或互动的情境；并且由其中的陈述，我们知觉的往往不仅是发出者的性格、人格与其境况，同时，或通过包含在其中的陈述，或经由其陈述时的态度，还能了解到接受者的性格、人格与其境况，以及二者之间的关系。

当此一传播的过程中明显出现某种图谋，或其中的某一方陷于困境，或二者之间产生某种矛盾甚或冲突，此时“书”“笺”的表现，从美学欣赏的效果而论，往往反映出一种引人兴味的

〔1〕　参见 Wolfgang Iser, *The Implied Reader*, Baltimore: Johns Hopkins University Press, 1974。

“戏剧性”情境（dramatic situation）或者隐含了叙事文类常见的情节、人物等“纠葛”（complication）的表现；因而读来就近似于一些显示人生关键切面的短篇小说，尤其近于那种悬而未决的、具开放性结局的作品（当我们能够通过其他的历史资料知晓其后的发展时，其结局自然就不是开放而是确定的了）。

当信息发出者与接受者只具空间的距离，所以只好以笔代口时，基本上二者是亲近的，是彼此了解的，并且没有矛盾；接受者往往只成为发出者可以尽情倾诉的对象，那么“书”“笺”就有可能往抒情文类的方向倾斜，或者成为兴味盎然的记事；特别是当行旅者向居家者描述游旅见闻，往往因为其中有“人”呼之欲出，且因彼此亲密而较少顾忌或客气，故而即使是山水游记或见闻描述，笔锋亦常带感情，而时有情景交融的诗意表现。因而文体虽然是“书”“笺”，在内容却可以成为另一种别有意味的山水游记或生活描写。

“书”“笺”的原始作用，即为在不能面对面沟通的情境下，以文字代替语言，因而其书写往往预设了彼此分离、两地而居的情况。具有深密情谊的人们，骤然或经时分离，自有许多情愫等待抒发，亦有生活的种种变化与新生情状等待传达，因而通过“书”“笺”，许多作者往往对其生存情境所遭逢的改变，留下了最真切生动，亦是最具深情交感的写照。这不但是重要的个人传记、双方交游的史料，而且还是作者在“黯然销魂者，唯别而已矣”的生存情境中，努力“摹暂离之状，写永诀之情”而做出的最真实亦是最深入的告白，足以“使人意夺神骇，心折骨惊”（江淹，《别赋》），遂有许多令人感动不已的、人性上的（因而亦是文学上的）诚挚表现流传于世。

上述这两种基本的类型，前者我们可以称之为“戏剧性”或“叙事性”的；后者则是“抒情性”或“描写性”的。前者往往与彼此（或至少其中一方的）具命运转折的境遇有关；后者往往只涉及信息发出者的内在心境或情意的抒发，以及游历见闻与生活境况的描摹刻画。虽然同为“书”“笺”，但此两类显然具有不同的美典，因而其美感性质也不同。

由于传统著名“书”“笺”的作者群，基本上皆是以“仕宦”为生涯的士人（因此也才有去国降顺和归隐出仕与否的问题），因而“戏剧性”或“叙事性”性质的作品，往往以士人的出处进退为核心，并且总是具有一种“伦理”立场的紧张关系，是以通常采用夹叙夹议的方式。同时，当面临重要的政治任命，甚至兵戈相向之际，种种政治劝说或召唤往往就是“书记翩翩”者的重要任务，因此“为某某劝某某书”“为某某与某某书”等，就成了一种自成畛域的文类了。

这种“拟代”的行为，显然并未改变信息发出者的本意或所欲传递的信息主旨。为“书记”者，需深入理解书写语境，揣摩、想象双方的性格与心情，又能以更具说服力或更加典雅华美的修辞进行替代式的书写。这其实已近于“虚构”式的创作。因而，李陵《答苏武书》的真伪，虽然见疑于后代，[1]但其美感价值（以创作者之意匠心营而论），其实近于拟代的作品。

只是“自撰”的“书”“笺”不但实有其事，在粗略的主旨要点之外，亦能传达出撰写者的幽微心志，还有其个人的神思创造以及学养文采等表现。“拟代”的“书”“笺”则虽有发出

〔1〕〔唐〕刘知几：《史通·杂说》，〔北宋〕苏轼：《答刘沔书》等，多有这种看法。

者传讯给接受者其事，信息的主旨要点亦可谓大体不差，但其精微的文采表现终究属于代撰的作者；因而自曹丕《典论·论文》与《文选》的编纂起，即已从重视“能文为本”而不取“立意为宗”的立场，将他们归名于真正的创作者，而非文内署名的发出者了。

至于虚构的作品，则是未必曾有信息传接其事，甚至往往连真正的“创作者”亦未可知，遂只能以文内署名的发出者为其创作者，虽然不具历史实践的价值，因而它的种种“言说”往往没有相对的“行为”或“事实”来支撑（设若《与妻诀别书》并非林觉民烈士在辛亥年三月二十六夜写给妻子陈意映女士的书翰，而是后人所虚构的），因而它所具有的力量——那种历史情境中行动人物之真诚告白所能引发的“典型在宿昔”“古道照颜色”（文天祥,《正气歌》）的感动人心的力量，势必大为减弱，有时也会影响到我们对于它的文学评价。例如：一旦认定两首《悲愤诗》为蔡琰所作,《胡笳十八拍》为后人所拟；或者骚体为蔡琰所作，而五言为后人所拟，这会不会影响我们对这三篇作品的评价？

但是若从“能文为本”的立场来看，虚构的作品更能深入历史情境，了解历史人物，深具世事洞明、人情练达之洞察知见，复能如实想象、形塑、创造，其实近于《庄子·寓言》所谓的“重言”之文学表现。在假借历史人物对历史情境做出创造性的重述或再现之际，另有微言大义的寄托：既是对历史人物做深入同情的了解，也是在质疑一般历史评价的伦理立场。因而我们欣赏的重点，反而不该是传接其事的真假，而是其借虚构的信息重对该历史语境做出创新的诠释之际，所反映的伦理或义理上的精神高度与其诉诸深层人性的说服力。这才是除却它栩栩如生的模拟能力与优美妥适的文辞表现之外，真正价值的判断标准所在！

因而，虽然我们会从不同的层次来评价自撰、拟代，甚至虚构的“书”“笺”作品，但从本来就容许甚至看重想象、联想的文学与美感的角度来说，或许它们的表现与精彩的层次略有不同，但达到足资欣赏的美学上的成功，其可能性都是存在的，也都应该加以讨论。

## 四、“书”“笺”的“戏剧性”“叙事性”美感类型

由于“书”“笺”的写作原就预设了无法面对面沟通，但足以文代辞的基本情境，因而能产生“戏剧性”“叙事性”美感的作品，往往必须发生于信息发出者与接受者处境或立场殊异的情况下——或者是彼此对立，或者是有求于对方。而所图谋书写的总不外乎：冲突的辩白或说服、困境的拯救或漠视、企望的否拒或提议。冲突的最严重形式，通常不是两军相向的战争就是两派对立的政争。困境则不外身陷牢狱或流亡、斥逐的处境——或者因为遭遇灾厄，或资财用尽而生活顿陷困窘。企望，一方面是有所求，求物、求见、求誉、求位等，总归就是寻求对方协助而终能提升自我，出人头地；另一方面则反过来是有所赠，赠物、出仕任职的提议或致仕生活的规劝，可算是征辟、招隐甚至废退之际的问答。

因为事涉争战，已非凡常的一人一事，这类书翰的写作往往由“书记翩翩”者所拟代，虽具“能文”的美感，已与自撰者身处境中的写作大不相同，因而我们将列在最后讨论。

### （一）困境的拯救或漠视

诚如前述，传统“书”“笺”的作者主要是士人，因而他们的仕宦生涯往往成为书写的重心，一方面是个人志趣、出处进退的抉择，一方面则是在外界影响下，对波折浮沉命运的回应。其中最能引发人们的悲悯与恐惧的，无疑仍是系狱、刑残、流亡或斥逐的悲剧性情境，因而不论出以自撰还是虚构，其中的告白往往能令人由其无辜受难的处境产生人类命运之可能的谛观与低回不已的文学感兴。这类作品中自以司马迁《报任少卿书》最为特殊。

任安因涉戾太子杀江充起兵之事下狱，因此致书向司马迁求援，本是典型的系狱困境，但广为流传的反而是司马迁的答书。若据《报任少卿书》所谓“今少卿抱不测之罪，涉旬月，迫季冬，仆又薄从上雍，恐卒然不可为讳，是仆终已不得舒愤懑以晓左右，则长逝者魂魄私恨无穷”看来，则任安当时已是待决的死囚，而且距其行刑之期不远，可谓身处“边际情境”（boundary situation）[1]，本身亦足以激发种种人性反应。司马迁明白地指出：“恐卒然不可为讳”“长逝者”，以及可能兼及二人的“要之，死日然后是非乃定”，既有诀别之意，亦已间接表示任安的“不测之罪”（即“太子召监北军使者任安发北军兵，安受节已闭军门，不肯应太子”是否“怀二心”）[2]，其是与非，已无法于生前

〔1〕 参见 Karl Jaspers, *Philosophy*, translated by E. B. Ashton, Vol.3, Chicago: University of Chicago Press, 1971。

〔2〕 事与引语，俱见〔东汉〕班固：《汉书·刘屈氂列传》，在太子召任安事之前，亦有“初汉节纯赤，以太子持赤节，故更为黄旄加上以相别”等语，则其时情况之混淆可知，因而“任安坐受太子节，怀二心”，自是汉武帝的揣测之辞。

辩白；此外，全无关于任案的只字片语。因此答书可以算是对其求援的漠视，甚至否拒：“今少卿乃教以推贤进士，无乃与仆私心剌谬乎？”

但他在“书辞宜答”，以解“长逝者”之“私恨”，且要“舒愤懑以晓左右”的，并非“用流俗人之言”，不“以顺于接物，推贤进士为务”，不敢伸出援手；而是“顾自以为身残处秽，动而见尤，欲益反损，是以独郁悒而谁与语”的无法进言的处境：

> 今已亏形，为扫除之隶，在阘茸之中，乃欲仰首伸眉，论列是非，不亦轻朝廷，羞当世之士邪？嗟乎！嗟乎！如仆尚何言哉！尚何言哉！

因而整封书信集中于“祸莫憯于欲利，悲莫痛于伤心，行莫丑于辱先，而诟莫大于宫刑。刑余之人，无所比数”的反复论证。令人悲悯困惑的竟是他虽集“伤心”“辱先”“宫刑”之憯于一身，其“祸”却并非来自“欲利”，而只是“见主上惨怆怛悼，诚欲效其款款之愚”，“适会召问”，“推言（李）陵之功，欲以广主上之意”；但“拳拳之忠，终不能自列。因为诬上，卒从吏议”，反而陷入了困局：

> 家贫，货赂不足以自赎；交游莫救视；左右亲近，不为一言，身非木石，独与法吏为伍，深幽囹圄之中，谁可告诉者？

他反问任安：“此真少卿所亲见，仆行事岂不然乎？”他招祸缘由，不正是“顺于接物，推贤进士”的行为使然？结果只是：

> 李陵既生降，隤其家声；而仆又佴之蚕室，重为天下观笑。悲夫！悲夫！事未易一二为俗人言也！

因而本篇中叙事的部分，除了己身建言反遭宫刑的经过，主要是司马迁对李陵平素为人的观察，以及“李陵提步卒不满五千”，“与单于连战十有余日，所杀过当”的描写，并且极尽刻画形容之能事：

> 旃裘之君长咸震怖，乃悉征其左右贤王，举引弓之人，一国共攻而围之。转斗千里，矢尽道穷，救兵不至，士卒死伤如积。然陵一呼劳军，士无不起，躬自流涕，沫血饮泣，更张空弮，冒白刃，北向争死敌者。

他对“随而媒蘖其短”的“全躯保妻子之臣”，亦不忘以“蒙太奇”（montage）的方式加以讽刺：“陵未没时，使有来报，汉公卿王侯，皆奉觞上寿”，竟而急转直下，“陵败书闻，主上为之食不甘味，听朝不怡”，因而司马迁推测李陵“身虽陷败，彼观其意，且欲得其当而报于汉”，而谓“其所摧败，功亦足以暴于天下”，以为安慰，终因“明主不晓”，以至“李陵既生降，隤其家声”，司马迁亦受腐刑，而为天下笑。这段经历，不论就李陵或就司马迁而言，都是平生伤痛之极的厄运的书写，也都可以算在古今少见的奇人、奇事、奇祸的“传奇”叙事之列。

叙事或许是“传记”的主体，“书”“笺”却往往更在“论理”与“抒怀”。《报任少卿书》反复申论士君子以修身立名为重，而以宦竖为耻。自己求荣反辱，“务一心营职，以求亲媚于主上”，反遭“最下腐刑”的奇耻大辱。“书”中既历数“辱”之各种层次，亦细述身陷牢狱所受的种种折磨，及“至是，言不辱者，所谓强颜耳，曷足贵乎？”。

因而历述古今人物：“皆身至王侯将相，声闻邻国，及罪至罔加，不能引决自裁，在尘埃之中，古今一体，安在其不辱也？”反复申言，“传曰：‘刑不上大夫。’此言士节不可不勉励也”，“古人所以重施刑于大夫者，殆为此也”，自是另有微言大义在，因为所述人物，除西伯、李斯（前者为暴君所困，后者为暴秦政争），其余自淮阴以下，七人皆为汉初人物，则汉代帝王残暴，政争惨烈，不重士节，可见一斑。因此，若生当此时，“乃欲引节”，只有“早自裁绳墨之外”一途。

司马迁对身陷囹圄的任安，大谈系狱受辱，引节则需早自裁于绳墨之外，虽属自明己志，若就以下记载看来，是否亦有以御史大夫暴胜之之事暗讽之意？

> 太子军败，南奔覆盎城门，得出。会夜司直田仁部闭城门，坐令太子得出，丞相欲斩仁。御史大夫暴胜之谓丞相曰：“司直，吏二千石，当先请，奈何擅斩之？”丞相释仁。上闻而大怒，下吏责问御史大夫曰：“司直纵反者，丞相斩之，法也。大夫何以擅止之？”胜之皇恐，自杀。及北军使者任安，坐受太子节，怀二心；司直田仁，纵太子，皆要斩。

仅是一句“当先请，奈何擅斩之？”就被逼得畏罪自杀，则当时帝王之残暴，所谓“雷霆之所击，无不摧折者；万钧之所压，无不糜灭者。今人主之威，非特雷霆也；势重，非特万钧也”，确是“至言”。〔1〕司马迁在“仆虽怯懦，欲苟活，亦颇识去就之分矣，何至自沉溺缧绁之辱哉！”的告白中，是否也在提醒任安，最可怕的并不是死亡，而是受辱？

---

〔1〕 见〔西汉〕贾山：《至言》。贾山上书的对象为汉文帝，尚有此言，其余可想而知。

他没有选择“引决”，“所以隐忍苟活，幽于粪土之中而不辞者”，是因为“恨私心有所不尽”，也就是他的罪过其实来自“非公正不发愤”[1]，“况仆之不得已乎？”，但他的身份处境，却又是“假令仆伏法受诛，若九牛亡一毛，与蝼蚁何以异？而世俗又不与能死节者，特以为智穷罪极，不能自免，卒就死耳”。他不甘于如此“鄙陋没世，而文采不表于后世也”，因为他的《史记》，“草创未就，会遭此祸，惜其不成，是以就极刑而无愠色”。一旦此书著成流传，“则仆偿前辱之责，虽万被戮，岂有悔哉！”。

他在《书》中一再谈到“知己”，谈到“未易一二为俗人言”“难为俗人言也”，正因他是古代世界中少数的著作者之一，他的志愿与认同有别于俗人的以富贵为念，他相信“立名者，行之极也”，而“古者，富贵而名摩灭，不可胜记，唯倜傥非常之人称焉”，因而历举了种种往例，发展出一种“圣贤发愤之所为作也”的著述理论；同时在“乃如左丘无目，孙子断足，终不可用，退而论书策，以舒其愤，思垂空文以自见”的经历中，找到身残之后的自我认同。

他简要地介绍了这本著作，谈到“然此可为智者道”云云，是在对即将临刑的任安暗示，这部《史记》将是他们共同的“救赎”吗？因为它将在死后，“乃定”他们的“是非”？事实上，司马迁在《史记》因述卫青、霍去病而及任安，因述田叔而及田仁（后来褚少孙又补了二人的传编入《史记》书中），任田二人，可谓名不磨灭了！这是他对任安的请求，强调“今虽欲自雕琢，

〔1〕 此句虽见于《史记·伯夷列传》，但若从上下文看来（“若至近世，……或择地而蹈之，时然后出言，行不由径，非公正不发愤，而遇祸灾者，不可胜数也。”），未尝不是夫子自道。

曼辞以自饰，无益于俗，不信，适足取辱耳”的明白拒绝，却又说“要之，死日然后是非乃定。书不能悉意，略陈固陋”的话里玄机之所在吗？

《报任少卿书》中他不但微妙地回应了任安的请求，更是“舒愤懑以晓左右”，对个人处境做了至为沉痛的“抒怀”。引决求死固然无补于事，但在“负下未易居，下流多谤议”中生存，更是满怀伤痛：

> 仆以口语遇遭此祸，重为乡里所戮笑，以污辱先人，亦何面目复上父母丘墓乎？虽累百世，垢弥甚耳！是以肠一日而九回，居则忽忽若有所亡，出则不知所往。每念斯耻，汗未尝不发背沾衣也！身直为闺阁之臣，宁得自引深藏于岩穴耶？故且从俗浮湛，与时俯仰，以通其狂惑。

这一段话里，司马迁把他身残名裂后“无处藏身”的处境与狂惑“无所适从”的心情，因而也就是“真我”被否决、生命意义被抽空的迷惘都勾勒得淋漓尽致，由心理的状态——“居则忽忽若有所亡，出则不知所往”，到生理的反应——“每念斯耻，汗未尝不发背沾衣也”，令人读来感同身受，可以说是困顿之情的最上乘的抒发了。

司马迁的“愤懑”蕴蓄已久，但“迁被刑之后，为中书令”，从俗人的眼光看依然算是“尊宠任职”，当任安因此在狱中向他求援——“故人益州刺史任安，予迁书，责以古贤臣之义”（《汉书·司马迁传》）时，遂应机而发，喷薄而出，为了辩明自己有辱无荣的处境，他滔滔雄辩，敷理举统；为了说明自己言语遭祸之事，他细述李陵兵败和自己发言受刑的始末；终于对“故人”抒发他最深层的、真正的存在感受。因而，在“应答”之中，议论、叙事、抒情一气呵成，充分显示了“书”“笺”文体在文学表现上的巨大潜能，也就是在“应对”之中可议、可叙、可抒的各种文学表现之可能。

司马迁以一封“报书”而“称”传了李陵、司马迁与任安三个生当其时“倜傥非常之人”的悲剧情境：一个在家破名辱中永远流亡异国；一个身残形秽地苟活于残害他的“明主”（昏君？暴君？）身侧，随时继续面临“不测之罪”；一个则因“明主”的“诛心”之议而将遭“要（腰）斩”。这不仅是一篇千古名文，更是中国“悲剧”文学中最具代表性的杰作，“彰明较著”地显示了，传统士人在专制帝王天威难测的统治之下，永远存在的厄运以及其可能的悲剧性后果：放逐、苟活及受死。

当然，系狱的结果，未必都是肉刑、死亡或放逐，最有名的终得脱困的作品自属邹阳的《狱中上书自明》。[1]该篇的语境是“邹阳者，齐人也。游于梁，与故吴人庄忌夫子、淮阴枚生之徒交，上书而介于羊胜、公孙诡之间。胜等嫉邹阳，恶之梁孝王。孝王怒，下之吏，将欲杀之。邹阳客游，以谗见禽，恐死而负累，乃从狱中上书”。（《史记·邹阳列传》）

全篇以“臣闻忠无不报，信不见疑，臣常以为然，徒虚语耳！”起始，以“说理”为主，旁征博引史事，颇多骈比句法，如：“昔玉人献宝，楚王诛之；李斯竭忠，胡亥极刑，是以箕子阳狂，接舆避世，恐遭此患也”“故女无美恶，入宫见妒；士无

---

〔1〕 见《史记·邹阳列传》与《汉书·邹阳传》，收录于《文选》，题如所引，编入“上书”一类；姚鼐《古文辞类纂》则题为《狱中上梁王书》，编入“书说类”，与司马迁《报任安书》同卷。

贤不肖，入朝见嫉”“昔司马喜膑脚于宋，卒相中山；范雎拉胁折齿于魏，卒为应侯”“故百里奚乞食于道路，缪公委之以政；宁戚饭牛车下，而桓公任之以国”“昔鲁听季孙之说逐孔子，宋任子冉之计囚墨翟”“故里名胜母，曾子不入；邑号朝歌，墨子回车”等，而以“今欲使天下寥廓之士，笼于威重之权，胁于位势之贵，回面污行，以事谄谀之人，而求亲近于左右，则士有伏死堀穴岩薮之中耳！安有尽忠信而趋阙下者哉？”作为结论。“书奏梁孝王，孝王使人出之，卒为上客”（《史记·邹阳列传》），幸运地以喜剧收场。

司马迁在论赞中强调：“邹阳辞虽不逊，然其比物连类，有足悲者，亦可谓抗直不桡矣，吾是以附之列传焉。”“比物连类”正是指它博引广喻的风格，“有足悲者”则强调它的感人，即在文学表现上的成功，“抗直不桡”则意同于《汉书·贾邹枚路传赞》所谓：“邹阳、枚乘游于危国，然卒免刑戮者，以其言正也。”

但从文学表现来看，诚如张文治所谓：“（枚）乘与邹阳之文，皆尚排偶，为六朝文体之滥觞，惟气势则皆雄伟，饶有先秦诸子之遗风焉。”[1]明白地指出它在文体上尚未完全律化，是以“气势”仍能于错落中见“雄伟”，但是已经充分地应用了骈俪“美文”的许多形式美感的特质。吴至父则径曰：“此体殆邹阳所创，其源出于风骚，隶事至多而以俊气举之，后人无继之者，由是分为骈体矣。”[2]

该文尚有少数几句：“今臣尽忠竭诚，毕议愿知，左右不

〔1〕　张文治编：《古文治要》，台北：台湾中华书局，1968年，第348页。
〔2〕　王文濡：《评注古文辞类纂》，第760页。

明，卒从吏讯，为世所疑……愿大王熟察之”“臣闻比干剖心，子胥鸱夷，臣始不信，乃今知之，愿大王熟察，少加怜焉”，此外，通篇皆为征引史事的论辩。但李申耆却评以“迫切之情出以微婉，呜咽之响流为激亮，此言情之善者也”[1]，强调的正是以正言说论代替摇尾乞怜，在“恐死而负累”中能够反映其“抗直不桡”，出以论辩见解反而更见才学与性情，所以是“言情之善者”。这种论点，其实是综摄语境而从信息的表面读出了其所蕴含的发出者深层的情意流动使然；将所谓的“俊气举之”“气势雄伟”视为“抒怀”“言情”之表现，其实亦是应用了一种特殊符码——即不仅注意所言“何物”（what），更是从所言“何序”（how）——来加以解读的结果。这也是许多具自传性意义的“论说”文体所具的抒情性之所在，而“书”“笺”所常具的语境无疑提供了这种牵涉自传性的必然或保证，是以不管以何种文体形式，皆可“笔锋常带感情”。

除了身居困境中的求援或求解以及对此的回应之外，跟困境的书写有关的，还包括为陷入困境的他人求援，孔融《论盛孝章书》当属此类。它的语境，据李善《文选注》引虞预《会稽典录》曰：

> 盛宪字孝章，器量雅伟，举孝廉，补尚书郎，迁吴郡太守，以疾去官。孙策平定吴会，诛其英豪。宪素有名，策深忌之。初宪与少府孔融善，忧其不免祸，乃与曹公书。由是征为都尉，诏命未至，果为权所害。

---

〔1〕 见王文濡：《评注古文辞类纂》，第760页。

由于是代人求援，因而在信息发出者与接受者之外，“书”中就会包括陷入“困境”的第三者，因而叙事的部分自然以第三者的情况为主：

> 其人困于孙氏，妻孥湮没，单子独立，孤危愁苦。若使忧能伤人，此子不得永年矣。

这段叙事短短数语，即已勾勒出盛宪的“孤危”处境与“愁苦”心情，但叙事的口吻（“其人”“此子”）刻意保持着仿佛“事不关己”的客观冷静，甚至出以推理——“若使忧能伤人”，而作旁观评论的姿态——“此子不得永年矣”。

《论盛孝章书》的开篇仍以信息接受者曹操与发出者孔融自身为言说的主题：“岁月不居，时节如流，五十之年，忽焉已至。公为始满，融又过二。”以彼此的濒临老大，同侪渐稀——“海内知识，零落殆尽”，而引出盛宪“惟有会稽盛孝章尚存”，因及他的处境危殆——“身不免于幽絷，命不期于旦夕”，亦将归于“零落”，强调抒发的反而是二人“访旧半为鬼”（杜甫，《赠卫八处士》）、知交寥落的老境情怀。

而后将注意转向盛宪之卓异：“今孝章实丈夫之雄也，天下谈士依以扬声”，“孝章要为有天下大名，九牧之人所共称叹”；与曹操近于桓公的志业：“惟公匡复汉室，宗社将绝，又能正之”。因而同时以“友道”与“招贤”劝说，“欲公崇笃斯义”，“公诚能驰一介之使，加咫尺之书，则孝章可致”，出手援救。

全篇文字精练简要，气度从容娴雅，一切点到为止，引燕昭王尊郭隗事，仅及“隗虽小才而逢大遇，竟能发明主之至心，故乐毅自魏往，剧辛自赵往，邹衍自齐往”，留给对方充分思虑的空间，甚至径谓："凡所称引，自公所知……因表不悉。"确实足当曹丕"体气高妙"(《典论·论文》)之誉。因为文中刻意省略的反而是"初宪与少府孔融善"的事实，与孔融对"其不免祸"的"忧"虑，诚可谓练达于人情。篇幅虽短，而盛宪、曹操以至孔融三人的个性气质，跃然毕现，充分地达成了叙事文学刻画人物、表现性格的美感规范。

自然，困境不仅只幽縶或性命之危，柳宗元《贺进士王参元失火书》却在友人遭遇回禄之灾，"家无余储"之际，展示了必将"因祸得福"的喜剧视野。尤其信息发出者在得知灾变消息后，先自述心理反应的演变：

> 仆始闻而骇，中而疑，终乃大喜，盖将吊而更以贺也。……或将大有为也，乃始厄困震悸，于是有水火之孽，有群小之愠。劳苦变动，而后能光明，古之人皆然。

其实讲的就是如何超越震骇，逐渐代之以孟子所谓"天将降大任于是人也"所必需的"动心忍性，曾益其所不能"，以至"生于忧患"的道理。(《孟子·告子》)

而后扣紧接受者的平素处境："京城人多言足下家有积货，士之好廉名者，皆畏忌不敢道足下之善"，却"乃今幸为天火之所涤荡，凡众之疑虑，举为灰埃"；在此灾变下，反而"使夫蓄于心者，咸得开其喙。发策决科者，授子而不栗"。因此，"于兹吾有望乎尔，是以终乃大喜也"，终于"将吊而更以贺也"。但是以上的说法并非只以嬉笑滑稽的"满纸荒唐言"来相安慰而已，而是从"颜、曾之养，其为乐也大矣，又何阙焉！"这儒门贤者"贫而乐"的风范之深切体会上，来相期勉。

此篇的说服力，一半来自发出者的自述，其由初始的震骇，而转思圣贤之言，但“不能以是必信，是故中而疑”，终至由具体情势，获致这种充满希望的“喜剧视野”；境界层层提升的心理历程，自有其翻转自然、合于辩证进展之势。因而发出者以自身心情的变化来逐步引导接受者的心理发展，以获致这最终的“喜剧视野”。

另一半则是发出者改变了消息的语境，将它延伸到接受者的才位尚未相符，迄今未得“显贵”，以及发出者之长期未能有所相助的顾虑：“仆自贞元十五年见足下之文章，蓄之者盖六七年，未尝言。”他的祝贺其实只是表明了他终于要有所行动，充分称道接受者之善，以利其擢拔。这自是深具实益的协助，足以令人产生希望。这既是对接受者“遇火灾，家无余储”之一时困境的救援，更是对“其为多能若是，而进不能出群士之上，以取显贵”之长期困局的援手。但应允援助，却非出以直陈的表白，反而出以祝贺，大谈其骇、疑、喜、贺的心理变化，峰回路转，层层转折，充满了戏剧性与喜剧的“由低转高，由苦转乐”之精神变化，真是“其为物也多姿，其为体也屡迁”（陆机，《文赋》），文学趣味盎然。

总括而言，由于困境往往与性命、自由及其生存的物质境况息息相关，援手的提供与否拒就直接关联到命运的转变与否，因而也就别具戏剧性转捩的文学兴味。

### （二）企望的否拒或提议

当信息发出者对于接受者的“提议”加以否拒，通常除了立场有别之外，也因志向性情有异，生活形态判然不同。因而其信息不仅会表明否拒的立场，还会对双方的情志加以区隔比较，描写己方的生活形态，呈现其中特具的生活情调。

杨恽《报孙会宗书》的语境据《汉书》本传乃是：

> 恽既失爵位，家居治产业，起室宅，以财自娱。岁余，其友人安定太守西河孙会宗，知略士也，与恽书谏戒之。为言大臣废退，当阖门惶惧，为可怜之意，不当治产业，通宾客，有称誉。恽，宰相子，少显朝廷，一朝晻昧，语言见废，内怀不服，报会宗书。

他从自身"材朽行秽""卒与祸会"的背景中，强调对来书的无法接受：

> 足下哀其愚蒙，赐书教督以所不及，殷勤甚厚。然窃恨足下不深惟其终始，而猥随俗之毁誉也。言鄙陋之愚心，若逆指而文过；默而息乎，恐违孔氏"各言尔志"之义。故敢略陈其愚，唯君子察焉。

杨恽引《论语·公冶长》中"盍各言尔志"的故实，强调的其实就是双方志趣不同，兼指对方已"猥随俗之毁誉"，因而全篇的结束讥讽对方由居西河而出任安定太守为不再"知去就之分"，习移"贪鄙"，一意钻营富贵：

> 夫西河魏土，文侯所兴，有段干木、田子方之遗风，漂然皆有节概，知去就之分。顷者，足下离旧土，临安定，安定山谷之间，昆戎旧壤，子弟贪鄙，岂习俗之移人哉？于今乃睹子之志矣。方当盛汉之隆，愿勉旃，毋多谈。

同样，嵇康《与山巨源绝交书》中针对“山涛将去选官，举康自代”的语境，亦强调两人志向不同，性情迥异，并非真正相知：

> 足下议以吾自代，事虽不行，知足下故不知之：足下傍通，多可而少怪；吾直性狭中，多所不堪，偶与足下相知耳。间闻足下迁，惕然不喜，恐足下羞庖人之独割，引尸祝以自助。手荐鸾刀，漫之膻腥，故为足下陈其可否。

因此，这类“书”“笺”固然因为无法表现事件之纠葛而发展为“情节”（plot）的表现，但通过对比，对信息发出者与接受者的性格却有极明晰的表露。嵇康对山涛的才性其实有很清楚的认识：

> 吾昔读书得并介之人，或谓无之，今乃信其真有耳。……同知有达人，无所不堪，外不殊俗，而内不失正，与一世同其波流，而悔吝不生耳。……故四民有业，各以得志为乐，唯达者为能通之，此足下度内耳。……使长才广度，无所不淹，而能不营，乃可贵耳。

嵇康对于自己的性行，刻画尤其生动，不避粗陋：

> 少加孤露，母兄见骄，不涉经学；性复疏懒，筋驽肉缓。头面常一月十五日不洗，不大闷痒，不能沐也。每常小便，而忍不起，令胞中略转，乃起耳。又纵逸来久，情意傲散，简与礼相背，懒与慢相成，而为侪类见宽，不攻其过。

更有所谓“有必不堪者七，甚不可者二”，但也提到他的“抱琴行吟，弋钓草野”“游山泽，观鱼鸟，心甚乐之”“今但愿守陋巷，教养子孙，时与亲旧叙离阔，陈说平生，浊酒一杯，弹琴一曲，志愿毕矣”等的生活形态。可以说既是对自己情志性行的极为深入的反省分析，也是对生活情调的极具文学情趣的表达。

杨恽对自己生活形态的刻画，更是充满了戏剧性：一方面他因“遭遇变故，横被口语，身幽北阙，妻子满狱”的经历，而“窃自思念，过已大矣，行已亏矣，长为农夫以没世矣”；一方面也在“身率妻子，戮力耕桑，灌园治产”之余：

> 田家作苦，岁时伏腊，亨羊炰羔，斗酒自劳。家本秦也，能为秦声。妇赵女也，雅善鼓瑟。奴婢歌者数人，酒后耳热，仰天拊缶，而呼乌乌。其诗曰：“田彼南山，芜秽不治。种一顷豆，落而为萁。人生行乐耳，须富贵何时！”是日也，拂衣而喜，奋褎低卬，顿足起舞，诚淫荒无度，不知其不可也。

这几乎已经是一种“节庆”精神或一种家族“嘉年华会”的描写了，也是传统文学中少有的“狂欢”场面，令人印象深刻，也难免更易遭忌，终以“骄奢不悔过”，再以语言得罪而被腰斩。

如此酣畅淋漓的告白与描写，在传统的文体中，大概只能见诸给亲旧故人的“书”中了。一方面是当信息发出者与接受者彼此的关系已经达到了“熟不拘礼”的程度，言谈以至书写之间，皆能较无禁忌与拘束；另一方面则是“书”“笺”作为文类，除了彼此的称谓等形式之外，在内容上并没有具体的规范，因此反而得以文包众体，议论、叙事、抒情，皆可自由出入、组合，形成一种独特的综合表现。

杨、嵇两“书”所牵涉的，其实正是“邦有道则仕；邦无道则隐”——传统士人往往遭遇的“仕”“隐”两难的困境。因为世所知名的人物，在“邦无道”之际，未必就有“隐”的空间或可能。[1]这类“刚肠疾恶，轻肆直言，遇事便发”的个性，固然造就了酣畅淋漓的“书”体表现，但往往也因此无法幸免于严密的世网，两人皆蒙难而弃世，这种作品以结果而言，竟可谓“以血书”者。由“康后坐事，临诛谓子绍曰：‘巨源在，汝不孤矣。’”（房玄龄等，《晋书·山涛列传》）一事看来，则“山涛将去选官，举康自代，康乃与涛书告绝”（《晋书·嵇康列传》）其实无关情谊，真正的关键乃在如何避免世患，是否要“降心顺俗”的人生抉择。

当然，表达否拒的书信，未必全皆如此具有“性命交关”的悲剧性潜能。司马光《答刘蒙书》的语境其实是针对刘蒙的打“抽丰”（打秋风）：

> 今者足下忽以亲之无以养，兄之无以葬，弟妹嫂侄之无以恤，策马裁书，千里渡河，指某以为归；且曰：“以鬻一下婢之资五十万畀之，足以周事。”

他的直接反应则是：“何足下见期待之厚，而不相知之深也？光得不骇且疑乎？”这让整件事显得荒诞而充满了喜剧的意味。

但全篇仍然是着力在凸显信息发出者与接受者的生活形态之根本不同。先是以张伯松、龙伯高之“周慎谦俭”与陈孟公、杜季良之“忧人之忧，乐人之乐”为喻，强调自己“私心所慕者，伯松、伯高”，在本质上为“幼时始能言，则诵儒书，习谨敕，

[1] 《庄子·让王》篇中人物虽泰半为寓言，但被让者皆只能自沉而死，其实亦已反映了这种情势。

长而为吏，则读律令，守绳墨，龊龊然为鄙细之人”，并非对方那种“雄俊奇伟之士”：

> 去岁足下自大河之北，洋洋而来，游于京师，负其千镒之宝，欲求良工大贾而售之。乃幸顾于陋巷，因得窃读足下之文，窥足下之志。文甚高，志甚大。语古则浩博而渊微；论今则明切而精至，诚不能不口夸而心服。譬如窭人之子，终日环绕爱玩，咨嗟传布，讫无一钱，敢问其直之高下，亦终于无益而已矣！

以“负宝求售”比喻对方，不仅是“露才扬己”，更有金钱的图谋；而以“窭人之子”强调自己的无力资助，其实是将双方的关系滑稽化、喜剧化，充满了谐趣。在后文又正言告以：

> 光虽窃托迹于侍从之臣，月俸不及数万，爨桂炊玉，晦朔不相续，居京师已十年，囊储旧物皆竭，安所取五十万以佐从者之蔬粝乎？
>
> 光家居，食不敢常有肉，衣不敢纯衣帛，何敢以五十万市一婢乎？

然后反复申言“夫君子虽乐施予，亦必己有余，然后能及人；就其有余，亦当先亲而后疏，先旧而后新”“取之也廉，则其施之人也靳”“己不能施，而敛之于人，以为己惠，岂不害于恕乎”等道理，虽歉称“足下之命，既不克承，又费辞以释之，其为罪尤深”，其实是打定了主意，就是要对方“稇载而往，垂橐而归”。步步设防，一路拒绝，不但喜剧趣味十足，而且充分反映了他谨敕自守的生活个性，兼且凸显了对方步步要求的不合情理。

宗臣的《报刘一丈书》中因对方以“上下相孚，才德称位”一语相称，引发了感慨，对于“今之所谓孚者”如何奔走权贵之门，饱受门者凌辱，觍颜向权贵“上所上寿金”，宾主双方装模作样的丑态，以至互相利用狼狈为奸的情状，极尽工笔细描、刻画之能事。因而强调：“此世所谓上下相孚也，长者谓仆能之乎？”

写得如此栩栩如生，入木三分，自然不仅是道听途说而已，自有发出者自身的经历与经验做基础，“前所谓权门者，自岁时伏腊，一刺之外，即经年不往也”，并显然引以为耻，“间道经其门，则亦掩耳闭目，跃马疾走过之，若有所追逐者”。

此“书”的语境正是接受者自“数千里外”致书，攀缘发出者父亲的关系（“书中情意甚殷，即长者之不忘老父，知老父之念长者深”）并且“馈遗”（如向权门上寿金），显然是要利用发出者现时所居的官“位”与他和“相公”“上下相孚”的关系，有所请求、图谋。因而发出者要强调“一刺之外，即经年不往也”，接受者所期待的这种关系并不存在：

> 斯则仆之褊衷，以此长不见悦于长吏，仆则愈益不顾也。每大言曰：“人生有命，吾惟守分而已。”长者闻之，得无厌其为迂乎？

所谓“人生有命，吾惟守分而已”，其实正是发出者所要传达的主要信息，在“邦无道”，必须如此屈辱纳贿才能保位任职的世态之下，当前真的是最合适出仕的时机吗？这正是发出者希望接受者再去思索的。因而全篇结束在“乡园多故，不能不动客子之愁。至于长者之抱才而困，则又令我怆然有感。天之与先生者甚厚，亡论长者不欲轻弃之，即天意亦不欲长者之轻弃之也，幸宁心哉！”的劝慰话语中。

林云铭《古文析义》选录此篇时删略了上引此段，主要还是叙干谒一段的文学表现太成功，细腻到“未免涉于轻薄”（也就是以“小说”的笔法讽刺其丑态，未免不符古文的庄重风格），却因“然仕途中更有甚于此者，但不可对人言耳”（《古文析义》评语），遂有意忽略了其作为信息的作用。但这一段正反映出当有所否拒时，“书”“笺”的信息中不仅会描叙发出者的生活形态或其体验，往往亦会以接受者的生命情状为对比，凸显否拒的合理性。

否拒皆为企望的回答，则发出者必须保持一己之“主体性”，坚守自己的为人处世之道，才不会屈己从人，答应或满足接受者的企望或请求。有所企望或请求，也还有其情境虽未陷于险难，却仍然希图有力者一伸援手的情况，尤其是在出仕等机会上，因而其机杼与求援雷同。

唐宋科举盛行之后，干谒求荐更往往是仕途的必由之路。这正是一种广义的“毛遂自荐”，因此需颂扬接受者德高望重，深具识人之明、拔擢之心。李白《与韩荆州书》开篇即是：

> 白闻天下谈士相聚而言曰：“生不用封万户侯，但愿一识韩荆州。”何令人之景慕，一至于此耶？岂不以有周公之风，躬吐握之事，使海内豪俊，奔走而归之。一登龙门，则声价十倍，所以龙幡凤逸之士，皆欲收名定价于君侯。

因而凸显发出者自身的品质以及期待为对方所提拔的愿望：

> 愿君侯不以富贵而骄之，寒贱而忽之，则三千宾中有毛遂，使白得脱颖而出，即其人焉。

白陇西布衣，流落楚汉。十五好剑术，遍干诸侯。三十成文章，历抵卿相。虽长不满七尺，而心雄万夫。王公大臣，许与气义。此畴曩心迹，安敢不尽于君侯哉？

针对信息接受者与发出者做平行、互补（而非对比或对立）的表达，强调的是彼此知遇之可能，通常以征引典故来喻示，如韩愈《上兵部李侍郎书》所谓“宁戚之歌，鬷明之言，不发于左右，则后而失其时矣”。在“露才扬己”的方面，如李白所谓“至于制作，积成卷轴，则欲尘秽视听，恐雕虫小技，不合大人”，出以泛论；又如韩愈，则明言：

谨献旧文一卷，扶树教道，有所明白。南行诗一卷，舒忧娱悲，杂以瑰怪之言，时俗之好，所以讽于口而听于耳也。如赐览观，亦有可采。干黩严尊，伏增惶恐。

总之是“炫玉求售”，亦即李白所谓“庶青萍、结绿，长价于薛、卞之门。幸推下流，大开奖饰，唯君侯图之”。这应该是这类“书”信的常体。

重点亦有可能集中在“知遇”“奖拔”一事，如韩愈《应科目时与人书》（一本作《与韦舍人书》）暗以蛟龙自比，《为人求荐书》则以木、马与匠石、伯乐的关系为喻，若非出以“书”体，有其明白的语境与特指的接受者，其实与其《杂说一》《杂说四》论旨近似。若以文学的趣味而言，这篇《应科目时与人书》最为奇特巧妙，明明是摇尾乞怜，却又做出桀骜不驯、自致远大的姿态，充分地显示了科举时代才人志士的矛盾心理：

月日愈再拜。

天池之滨，大江之濆，曰有怪物焉，盖非常鳞凡介之品汇匹俦也。其得水，变化风雨，上下于天，不难也。其不及水，盖寻常尺寸之间耳。无高山大陵、旷途绝险，为之关隔也。然其穷涸不能自致乎水，为獱獭之笑者，盖十八九矣。

如有力者哀其穷而运转之，盖一举手一投足之劳也。然是物也，负其异于众也，且曰："烂死于沙泥，吾宁乐之。若俯首帖耳，摇尾而乞怜者，非我之志也。"是以有力者遇之，熟视之若无睹也。其死其生，固不可知也。

今又有有力者，当其前矣！聊试仰首一鸣号焉：庸讵知有力者不哀其穷，而忘一举手一投足之劳，而转之清波乎？其哀之，命也；其不哀之，命也。知其在命，而且鸣号之者，亦命也。

愈今者实有类于是。是以忘其疏愚之罪，而有是说焉。阁下其亦怜察之。

这封"书"中的"寓言"，其实是融合了《庄子》中的北溟鲲鱼与涸辙鲋鱼，其中更是隐藏了"蛟龙"的指涉，既是求援"言志"，也是叙事说理，远离了当事人求援的现实脉络，读来真是姿态横生，充满了虚构巧喻的文学趣味。曾国藩评曰："其意态诙诡瑰玮，盖本诸《滑稽传》，干泽文字如是，乃为轩昂。"[1]

其实，这类自荐干求的文字最基本的写作规范在于，虽然委质求人，仍需证明自己的才能，证明自己是一个人才，而非奴才，因而姿态上的不卑不亢，"乃为轩昂"的拿捏，才是重点。

---

〔1〕 转引自王文濡：《评注古文辞类纂》，第816页。

因而出以说理或叙事，有保持心理距离和使彼此有回旋空间的缓和作用，兼及表现一己思想见解与文艺写作才能的机会。因此，苏辙《上枢密韩太尉书》目的是求见：“愿得观贤人之光耀，闻一言以自壮。”却先提出了一套“文者气之所形，然文不可以学而能，气可以养而致”的文学创作理论，将养气的理论延伸到周览山川、交游贤俊的行为，因而历述其行程进境，终至形成一篇有说理、有叙述，内容丰富、文情并茂的“自荐”文章。但后世的读者，更可能从文学理论、文学历程或自传的角度来欣赏它，它的说理与叙事本身自有其可观可赏的价值。

在企求的行为中，自然也包括了求物，以及反过来的赠物的行为。所求的若为珍异的物件，往往形同强人割爱，自然具有潜在的矛盾与紧张。曹丕《与钟大理书》[1]中叙述其求玉的经过：

> 近日南阳宗惠叔称君侯昔有美玦，闻之惊喜，笑与抃会，当自白书，恐传言未审，是以令舍弟子建，因荀仲茂时从容喻鄙旨。

可见曹丕完全了解，这并不是一纸书去即可求得之物。但结果竟是“乃不忽遗，厚见周称”——得到了来书应允。接着写获得玉玦的情状与感想：

> 邺骑既到，宝玦初至，捧匣跪发，五内震骇，绳穷匣开，烂然满目。猥以蒙鄙之姿，得睹希世之宝，不烦一介之使，不损连城之价，既有秦昭章台之观，而无蔺生诡夺之诳。嘉贶益腆，敢不钦承。谨奉赋一篇，以赞扬丽质。

---

〔1〕〔明〕张溥辑《魏文帝集》题作《与钟繇谢玉玦书》，此处从《文选》。

《魏文帝集》中有《玉玦赋》：

有昆山之妙璞，产曾城之峻崖。嗽丹水之炎波，荫瑶树之玄枝。包黄中之纯气，抱虚静而无为。应九德之淑懿，体五材之表仪。

相对读来，反而没有此“书”感人：由典籍中获知有关“良玉”的种种记载与形容，“侧闻斯语，未睹厥状”，心生羡慕—“高山景行，私所慕仰”，长时寻索未获—“求之旷年，不遇厥真。私愿不果，饥渴未副”，终于寻得后，整个“追寻”的心理过程，以至初见发匣的心灵震动等各种姿态，描写得鲜活灵动。因为“追寻”的人性反应，终究是比单纯的“体物”、在事物的状态上作文章，更能引发感动。在赠物的书信中，往往诠释的是以物寄意，如曹丕《与钟繇九日送菊书》所谓：

至于芳菊纷然独荣，非夫含乾坤之纯和，体芬芳之淑气，孰能如此？故屈平悲冉冉之将老，思餐秋菊之落英。辅体延年，莫斯之贵。谨奉一束，以助彭祖之术。

或秦嘉《与妇徐淑书》所谓：

间得此镜，既明且好，形观文采，世所希有，意甚爱之，故以相与；并致宝钗一双，价值千金，龙虎组履一緉，好香四种各一斤，素琴一张，常所自弹也。明镜可以鉴形，宝钗可以耀首，芳香可以馥身去秽，麝香可以辟恶气，素琴可以娱耳。

受赠者虽或心存感激与思念，如徐淑《答夫秦嘉书》所谓：“惠异物于鄙陋，割所珍以相赐，非丰恩之厚，孰有若斯？览镜执钗，情想仿佛，操琴咏诗，思心成结。”但也可以有另外的想法，未必只是单纯的接受而已，如徐淑接着书以：

> 敕以芳香馥身，喻以明镜鉴形，此言过矣，未获我心也。昔诗人有飞蓬之感；班婕妤有谁荣之叹。素琴之作，当须君归；明镜之鉴，当待君还；未奉光仪，则宝钗不列也；未侍帷帐，则芳香不发也。

即使赠物寄意，亦未必不遭否拒或转移到其他的意义或论旨。而有些赠物寄意的“书”“启”，则往往有夸耀自炫之意，如刘峻的《送橘启》：

> 南中橙甘，青鸟所食。始霜之旦，采之风味照座，劈之香雾噀人。皮薄而味珍，脉不粘肤，食不留滓；甘逾萍实，冷亚冰壶。可以熏神，可以芼鲜，可以渍蜜。毡乡之果，宁有此邪？

以“体物”或“巧构形似之言”而论，此篇确乎能够反映劈食橙橘的情味，但一语“毡乡”就凸显了与“南中”的对比，一句“宁有此邪？”不免就流露出信息发出者对于身处异地的接受者的夸耀心理。其心理情状正和曹丕《与吴监书》如出一辙，先是强调“中国珍果甚多，且复为说蒲萄”，一番诗意的形容之后，却说：“南方有橘酢，正裂人牙，时有甜耳！即远方之果，宁有匹者乎？”赞物之美，兼且骄人，使得“书”“启”虽短，却因反映了特殊的生活情调与争胜心理，而显得意趣盎然。

## （三）冲突的辩白或说服

在君权至上的时代，君主操生杀大权，而权力的使用往往好恶由心，未必有公正可言，但又好以忠义等专制伦理责人，只有遁逃叛降或者起兵相抗，才拥有作“书”辩白的权利。所谓君权，其实只存在于能够有效管辖的范围，而管辖一方面出于臣民的服从，一方面来自武力的有效制服。即使采取武力征服，亦因宣示己方出兵的合理性，或以“上兵伐谋”而求“不战而屈人之兵，善之善者也”（孙武，《孙子·谋攻》），往往先致“书”以说服。

这类“书”文，一方面信息发出者与接受者关系极度紧张对立，一方面则双方不管是出以“辩白”还是“说服”，都借着经过特殊诠释处理的方式，重新叙述造成冲突对立情势的事件始末，但往往辅以想要彰显有利于己方之伦理意旨的说理。自然在喻之以理之外，亦不妨动之以情，于是物色风景的描写亦因其具有令人触景生情的效果而时加应用。所以写景、抒情等手法，亦往往厕杂其间。

乐毅《报燕惠王书》的语境是他因未能顺惠王之心，“恐抵斧质之罪”，“故遁逃奔赵”；而燕惠王“使使者数之罪”，“恐侍御者之不察先王之所以畜幸臣之理，而又不白于臣之所以事先王之心，故敢以书对”。全篇以“察能而授官者，成功之君也；论行而结交者，立名之士也”为主轴，反复申论“贤明之君，功立而不废，故著于《春秋》；蚤知之士，名成而不毁，故称于后世”之“理”。既叙自己所以为昭王所重用，以至大败齐人，裂地封侯的经过；亦引吴王阖闾、夫差与伍子胥的史事，说明因为世“主之不同量”，故而“善作者不必善成；善始者不必善终”的情势，因而做了“夫免身立功，以明先王之迹，臣之上计也；离毁辱之诽谤，堕先王之名，臣之所大恐也”的出亡以及辩白的抉择，并以“古之君子，交绝不出恶声，忠臣去国，不洁其名”为其指归。其叙败齐立功一段：

> 济上之军，受命击齐，大败齐人；轻卒锐兵，长驱至国。齐王遁而走莒，仅以身免。珠玉财宝，车甲珍器，尽收入于燕。齐器设于宁台，大吕陈于元英，故鼎反乎磿室，蓟丘之植植于汶篁。自五伯以来，功未有及先王者也。

文字简洁，要言不烦，却将胜利的喜悦表现得酣畅淋漓，夹杂在全篇的脉络中，既是乐毅仕燕的高潮，也是全文的高潮，相应于其后反高潮的发展，读来引人唏嘘。

朱浮《为幽州牧与彭宠书》亦以“盖闻智者顺时而谋，愚者逆理而动”立论，而以京城太叔为喻。“书”中明言：“即疑浮相谮，何不诣阙自陈？”指出对方起兵相攻是“而为灭族之计乎？”，然后以“朝廷之于伯通，恩亦厚矣”，而将其相攻在伦理上认定为“不顾恩义，生心外叛者”，因而揣想彭宠既然背恩忘义，则何能立足人间，而极尽讥嘲之能事：

> 伯通与吏民语，何以为颜？行步拜起，何以为容？坐卧念之，何以为心？引镜窥景，何以施眉？举措建功，何以为人？

并斥言对方之举兵为：

> 弃休令之嘉名，造枭鸱之逆谋；捐传叶之庆祚，招破败之重灾。高论尧舜之道，不忍桀纣之性。生为世笑，死为愚

鬼，不亦哀乎！

虽然亦意在讥刺，其实仍是一种重加诠释的虚构性叙事。接着再以白头豕之寓言，谓彭宠自伐功高，“论于朝廷，则为辽东豕也”。而时势皆异，“奈何以区区渔阳，而结怨天子……多见其不知量也”，终于以“凡举事无为亲厚者所痛，而为见仇者所快”作为结论。朱浮彭宠之间的是非曲直姑且不论，就以此“书”而言，貌似在理直气壮地劝止，其实意皆在挑衅讥刺。故说理皆有可取；而叙事，不仅是虚构的，甚至称得上是一种羞辱性的构陷。可以说，这是另一种“劝百讽一”的形态，意内言外，复文重旨，所以饶富文学的趣味。

与朱浮迥异，丘迟《与陈伯之书》是真心在劝对方归降，所以先关心称誉对方：“陈将军足下无恙，幸甚幸甚！将军勇冠三军，才为世出，弃燕雀之小志，慕鸿鹄以高翔。昔因机变化，遭遇明主，立功立事，开国称孤，朱轮华毂，拥旄万里，何其壮也！”对于对方昔今之变，则仅以“寻君去就之际，非有他故，直以不能内审诸己，外受流言，沉迷猖獗，以至于此”，强调是受流言迷惑，并非本心，轻轻带过。全篇除了强调“圣朝赦罪责功，弃瑕录用，推赤心于天下，安反侧于万物”，指出对方罪轻而朝廷恩义未绝，足可归返：

> 况将军无昔人，而勋重于当世。夫迷涂知反，往哲是与；不远而复，先典攸高。主上屈法申恩，吞舟是漏。将军松柏不剪，亲戚安居，高台未倾，爱妾尚在。悠悠尔心，亦何可言？

从“如何一旦为奔亡之虏，闻鸣镝而股战，对穹庐以屈膝”起，反复申说的正是北南胡汉的差异——“故知霜露所均，不育异类；姬汉旧邦，无取杂种”，“将军独靦颜借命，驱驰毡裘之长，宁不哀哉？”；而北朝并不安稳，“自相夷戮；部落携离”，并非可以托身之所——“而将军鱼游于沸鼎之中，燕巢于飞幕之上，不亦惑乎？”终至以江南景物动其归思：

> 暮春三月，江南草长，杂花生树，群莺乱飞。见故国之旗鼓，感平生于畴昔，抚弦登陴，岂不怆悢？所以廉公之思赵将；吴子之泣西河，人之情也。将军独无情哉？

写景、叙事与比喻，对陈伯之皆采正面美好的事象与人物，对北魏则径称“北虏”而多口诛笔伐之辞：

> 夫以慕容超之强，身送东市；姚泓之盛，面缚西都。
>
> 北虏僭盗中原，多历年所，恶积祸盈，理至燋烂。
>
> 唯北狄野心，掘强沙塞之间，欲延岁月之命耳！

显然有意做明显的区隔，甚至问起：“将军独无情哉？”至终仍是动以故旧之情：“聊布往怀，君其详之。”

故此，虽然上述两篇作为文学书写皆各有其可玩可赏之处，但在现实的影响上，结果自然不同：“（彭）宠得书愈怒，攻（朱）浮转急”，终至朱浮“仅以身免，城降于宠”（范晔，《后汉书·朱浮列传》）；陈伯之则“以其众自寿阳归降”（李善，《昭明文选注》引何之元《梁典》）。

物色风土悬殊，原即是胡汉、北南整体生活形态差异的基础，以风景物态动乡思，显然亦正是所谓李陵《答苏武书》的写作策略：

> 自从初降，以至今日，身之穷困，独坐愁苦。终日无睹，但见异类。韦鞲毳幕，以御风雨。膻肉酪浆，以充饥渴。举目言笑，谁与为欢？胡地玄冰，边土惨裂，但闻悲风萧条之声。凉秋九月，塞外草衰。夜不能寐，侧耳远听，胡笳互动，牧马悲鸣，吟啸成群，边声四起，晨坐听之，不觉泪下。嗟乎子卿，陵独何心，能不悲哉？

本篇虽属依托，但想象其情境，写景抒情，叙事说理，样样俱全，终究意欲代阐的正是李陵苏武故事中所呈示的君臣必然相失之理：

> 且汉厚诛陵以不死，薄赏子以守节，欲使远听之臣望风驰命，此实难矣。所以每顾而不悔者。陵虽孤恩，汉亦负德。昔人有言："虽忠不烈，视死如归。"陵诚能安，而主岂复能眷眷乎？男儿生以不成名，死则葬蛮夷中，谁复能屈身稽颡，还向北阙，使刀笔之吏弄其文墨耶？

因而所欲"说"明之事"理"才是所有文体表现之最终"主题"。

阮瑀《为曹公作书与孙权》，先示姻亲之旧好，繁举史事以证赤壁之役实属衅自外启，想非本心。因而重申"割授江南"之实，新提"荆土""我尽与君"之议，威胁利诱，只在望其"若能内取子布，外击刘备，以效赤心，用复前好，则江表之任，长以相付，高位重爵，坦然可观"；却又后退一步，坦言："但禽刘备，亦足为效。"后来曹孙终于联手攻打荆州杀关羽。

"书"中对于赤壁新败，却出以非周瑜所能的说法，重做诠释，再加叙事：

> 昔赤壁之役，遭离疫气，烧舡自还，以避恶地，非周瑜水军所能抑挫也。江陵之守，物尽谷殚，无所复据，徙民还师，又非瑜之所能败也。

然后继之以“暴其所长”“先声后实”，[1] 甚至以虚掩实之虚声恫吓的说理：

> 以君之明，观孤术数，量君所据，相计土地，岂势少力乏，不能远举，割江之表，宴安而已哉？甚未然也。若恃水战，临江塞要，欲令王师终不得渡，亦未必也。夫水战千里，情巧万端，越为三军，吴曾不御。汉潜夏阳，魏豹不意。江河虽广，其长难卫也。

不言兵老师疲，而以土地大小相比；不言不擅水战，而言江河虽广，其长难卫，虽为虚声恫吓，亦足以混淆视听，扰乱心神。确是可谓“书记翩翩”。

总之，使用历史故实，也就是所谓“用事”（如“汉潜夏阳，魏豹不意”）来作为有利于己方之说理，借重新诠释的叙事来凸显己方观点，再适当地抒情，如明明双方已成敌对，甚至经历了一场惨烈的战争，但开篇却说：

> 离绝以来，于今三年，无一日而忘前好，亦犹姻媾之义，恩情已深，违异之恨，中间尚浅也！孤怀此心，君岂同哉？

〔1〕　参见《史记·淮阴侯列传》广武君之议谋。

其中情感的真假可以不论，但这种手法却委实是消除存在于信息发出者与接受者之间嫌隙的、修辞策略上的必要手段。这些都是“说理”常见的语言策略，也是其可致力的美感表现的空间。

## 五、“书”“笺”的“抒情性”“描写性”美感类型

当“书”“笺”的发出者与接受者之间，虽或有空间之距离、处境之差异，但是却无立场之对立或说服之需要时，则其信息的主要内涵，往往是抒情性与描写性的，因而其表现若达到美学上的成功，其所具的美感性质自然也就是抒情性与描写性的，但此二者的区分，只能就其偏重而言。因为借景写情或因景生情的比兴手法，原是中国古典文学的“抒情传统”中最常见的表现方式，情景交融更是大家普遍接受甚或追求的理想。因而在下面的讨论中就不做任何区分，而以主题为重点来做类型的归纳与探讨。

### （一）生离死别的情愫

诚如江淹《别赋》所谓，“黯然销魂者，唯别而已矣”，“书”“笺”的写作原即以无法面对面沟通作为先决条件，因而身处两地的别离状态，亦几乎是其写作的常态。因而彼此的怀思遥想、离情别绪就往往是特别动人心弦的文学表现所在。

谢朓《拜中军记室辞隋王笺》虽然所辞的是故主，二人关系不同于友朋，但别离的憾恨感伤，亦可以真挚深切。此“笺”以最简要的语言——“即日被尚书召，以朓补中军新安王记室参军”，交代了必须告别的处境；即以“朓闻”为引，先以种种譬

喻，表明了愿长相追随而终于未能的命运变化与失意情怀：

> 潢污之水，愿朝宗而每竭；驽蹇之乘，希沃若而中疲。何则，皋壤摇落，对之惆怅；歧路西东，或以呜唈。况乃服义徒拥，归志莫从！邈若坠雨，翩似秋蒂。

“邈若坠雨，翩似秋蒂”真是极写零落之感。接着叙述自己所受的恩遇与昔日相得的情景：“契阔戎旃，从容燕语。长裾日曳，后乘载脂。荣立府庭，恩加颜色。沐发晞阳，未测涯涘。”然后急转直下，独自受命离开旧居，踏上旅途：

> 不悟沧溟未运，波臣自荡；渤澥方春，旅翮先谢。清切藩房，寂寥旧荜。轻舟反溯，吊影独留。白云在天，龙门不见。

于是遂做别离之情的表达，一方面是思慕之心不尽，一方面是眷望重逢，盼能再有侍奉追随的机会：

> 去德滋永，思德滋深。唯待青江可望，候归艎于春渚；朱邸方开，效蓬心于秋实。如其簪履或存，衽席无改，虽复身填沟壑，犹望妻子知归。揽涕告辞，悲来横集，不任犬马之诚。

这封以骈体写就的辞“笺”，虽然简要，却已掌握了“别离”书作的重点，所谓离情别绪，总不外乎“风波一失所，各在天一隅”（李陵，《与苏武诗》其一），慨叹命运的拨弄或变化，赵至《与嵇茂齐书》亦云：“夫以嘉遁之举，犹怀恋恨，况乎不得已者哉！”然后，或叙旅途经历，如赵至“书”中所谓：

> 惟别之后，离群独游。背荣宴，辞伦好；经迥路，涉沙

> 漠。鸣鸡戒旦，则飘尔晨征；日薄西山，则马首靡托。寻历曲阻，则沉思纡结；乘高远眺，则山川悠隔。或乃回飙狂厉，白日寝光；徙倚交错，陵隰相望。徘徊九皋之内；慷慨重阜之巅。进无所依；退无所据。涉泽求蹊；披榛觅路。啸咏沟渠，良不可度。斯亦行路之艰难。

与前引谢朓“笺”文，虽繁简有别，却均具行旅景物之刻画的情韵。

或追叙彼此欢聚之乐，如吴质与、答曹丕两“笺”先后提到的：

> 前蒙延纳，侍宴终日。耀灵匿景，继以华灯。虽虞卿适赵，平原入秦，受赠千金，浮觞旬日，无以过也。
>
> 昔侍左右，厕坐众贤。出有微行之游，入有管弦之欢。置酒乐饮，赋诗称寿。自谓可终始相保，并骋材力。

结果都因离别而转化为“嘉会难再遇，三载为千秋”（李陵，《与苏武诗》其二）的永远追忆，令人思之怅惘。谢朓此“笺”正以“沐发晞阳，未测涯涘”与“邈若坠雨，翩似秋蒂”的对比，来表现这种失落。这种相知思念的情怀，亦可以直抒若韩愈《与孟东野书》：

> 与足下别久矣！以吾心之思足下，知足下悬悬于吾也。各以事牵，不可合并。其于人人，非足下之为见；而日与之处，足下知吾心乐否也。吾言之而听者谁欤？吾唱之而和者谁欤？言无听也，唱无和也，独行而无徒也，是非无所与同也，足下知吾心乐否也！
>
> 足下才高气清，行古道，处今世，无田而衣食，事亲左

右无违。足下之用心勤矣！足下之处身劳且苦矣！混混与世相浊，独其心追古人而从之，足下之道，其使吾悲也。

终究都会叙及彼此的境况，因而韩愈接着叙及自己“去年春，脱汴州之乱，幸不死，无所于归，遂来于此”等亲友状况，而“恐足下不知，故具此白，冀足下一来相视也”。

吴质《在元城与魏太子笺》亦紧接着叙述：“即以五日到官，初至承前，未知深浅，然观地形，察土宜……”说明当地的状况，遂及个人致治的抱负：“至于奉遵科教，班扬明令，下无威福之吏，邑无豪侠之杰，赋事行刑，资于故实，抑亦懔懔有庶几之心。”但最终还是表达了自己“斯实薄郡守之荣，显左右之勤”，盼能归侍左右，常相宴乐的愿望。

同样，赵至亦分别提及“北土之性，难以托根；投人夜光，鲜不按剑”的当地状况；以及自己“顾影中原，愤气云踊”，冀望“平涤九区，恢维宇宙，斯亦吾之鄙愿也”的壮志，而终于“时不我与，垂翼远逝”的悲哀。接着刻画嵇茂齐的情境，而勉励他“岂能与吾同大丈夫之忧乐哉？”，终至继之以韵语，以为告别：

去矣嵇生，永离隔矣！茕茕飘寄，临沙漠矣！悠悠三千，路难涉矣！携手之期，邈无日矣！思心弥结，谁云释矣！无金玉尔音，而有遐心。身虽胡越，意存断金。各敬尔仪，敦履璞沉。繁华流荡，君子弗钦。临书恨然，知复何云！

这段近于“乱曰”的韵语，读来特别感人，其实是因为表达了“携手之期，邈无日矣”，在“道路阻且长，会面安可知？”（《古诗十九首·行行重行行》）的情境下，面对着“永离隔矣”的命运，以生离而做死别的道别——“去矣嵇生！”但仍以深情相系——“思心弥结，谁云释矣！”“身虽胡越，意存断金”；道义相勉——“各敬尔仪，敦履璞沉”，真是“君子”之言蔼如也。

在生离之中，未知“是否就成死别”的情境，格外令人心恻，因而散文的表现往往略嫌强度不足，遂而继之以韵语或诗篇。白居易《与元微之书》先以散文形式，直陈：

> 微之，微之，不见足下面已三年矣；不得足下书欲二年矣。人生几何？离阔如此！况以胶漆之心，置于胡越之身；进不得相合，退不能相忘，牵挛乖隔，各欲白首。微之，微之，如何！如何！天实为之，谓之奈何！

表达了两人心系身隔的愁苦。又追叙近两年前得到元稹最后信息的情景：

> 仆初到浔阳时，有熊孺登来，得足下前年病甚时一札。上报疾状，次叙病心，终论平生交分。且云危惙之际，不暇及他，惟收数帙文章，封题其上，曰：“他日送达白二十二郎，便请以代书。”悲哉！微之于我也，其若是乎！又睹所寄闻仆左降诗，云：“残灯无焰影幢幢，此夕闻君谪九江。垂死病中惊坐起，暗风吹雨入寒窗。”此句他人尚不可闻，况仆心哉！至今每吟，犹恻恻耳。

虽然是通过转述，写来却历历如在目前；拈出诗作更是画龙点睛，境界全出。因而白居易在篇末，亦继之以诗：

> 平生故人，去我万里。瞥然尘念，此际暂生。余习所

> 牵，便成三韵云：“忆昔封书与君夜，金銮殿后欲明天。今夜封书在何处？庐山庵里晓灯前。笼鸟槛猿俱未死，人间相见是何年？”微之，微之，此夕此心，君知之乎！

同一封“书”信内，兼抒生离与死别情愫的，自以曹丕与吴质的两“书”最为著名。曹丕表达了对吴质的思念：

> 季重无恙？涂路虽局，官守有限，愿言之怀，良不可任！足下所治僻左，书问致简，益用增劳！
>
> 岁月易得，别来行复四年，三年不见，《东山》犹叹其远，况乃过之，思何可支？虽书疏往返，未足解其劳结。

但是他们昔日的欢好，其实是一个亲密文学集团的长期聚游：

> 每念昔日南皮之游，诚不可忘。既妙思六经，逍遥百氏；弹棋间设，终以六博；高谈娱心，哀筝顺耳。驰骋北场，旅食南馆。浮甘瓜于清泉，沉朱李于寒水。白日既匿，继以朗月。同乘并载，以游后园。舆轮徐动，参从无声。清风夜起，悲笳微吟。乐往哀来，怆然伤怀。余顾而言，斯乐难常。足下之徒，咸以为然。
>
> 昔日游处，行则连舆，止则接席，何曾须臾相失？每至觞酌流行，丝竹并奏，酒酣耳热，仰而赋诗。当此之时，忽然不自知乐也。谓百年己分，可长共相保。

上述文字，不但是文学宴集的绝佳写照，充分反映了宾主之间的深厚情谊，而且更勾勒出了蕴含其间的“欢乐极兮哀情多”[1]（汉武

〔1〕 它的下一句正是“少壮几时兮奈老何！”。

帝，《秋风辞》）的存在自觉与命运意识。当集团成员之生离死别相继发生时，就会引发更为复杂的感怀：

> 今果分别，各在一方。元瑜长逝，化为异物，每一念至，何时可言！
>
> 昔年疾疫，亲故多离其灾，徐、陈、应、刘，一时俱逝，痛可言邪？
>
> 何图数年之间，零落略尽，言之伤心！顷撰其遗文，都为一集；观其姓名，已为鬼录。追思昔游，犹在心目，而此诸子，化为粪壤，可复道哉！

这似乎是由欢会的叙述必然要引生的悲慨了。生命的无常本质，并无所谓“百年己分”，友朋之间，更无所谓“可长共相保”可言；随时“零落”，终归于“尽”的必然命运，可谓直逼眼前，毕露无遗。不论其“长逝”或称“化为异物”，或称“已为鬼录”，甚至直思其已沉埋黄泉，“化为粪壤”，都是沉痛至极、触目惊心的生命意识。这样惨痛的悲剧觉知，似乎亦只有幸存的知友间才能真正共体或分担。吴质因而在《答魏太子笺》中亦做出了回应：

> 奉读手命，追亡虑存，恩哀之隆，形于文墨。日月冉冉，岁不我与。昔侍左右，厕坐众贤。出有微行之游，入有管弦之欢。置酒乐饮，赋诗称寿。自谓可终始相保，并骋材力，效节明主。何意数年之间，死丧略尽，臣独何德，以堪久长？陈、徐、刘、应，才学所著，诚如来命，惜其不遂，可为痛切。

> 游宴之欢，难可再遇；盛年一过，实不可追。臣幸得下愚之才，值风云之会，时迈齿载，犹欲触匈奋首，展其割裂之用也。不胜惓惓，以来命备悉，故略陈至情。

“书”“笺”因此除了是别离遥寄的传媒，亦更是抒发死生新故之感最为常见的笔墨空间。

### （二）文艺的赏鉴与品评

诚如吴质形容曹丕时所说的：“优游典籍之场，休息篇章之囿，发言抗论，穷理尽微，摛藻下笔，鸾龙之文奋矣。”贵游雅聚，既以赋诗为事，品藻评文，自亦成为“书”“笺”往还之常事。如陈琳《答东阿王笺》所谓：

> 昨加恩辱命，并示《龟赋》，披览粲然。君侯体高世之才，秉青萍、干将之器。拂钟无声，应机立断。此乃天然异禀，非钻仰者所庶几也。音义既远，清辞妙句，焱绝焕炳。譬犹飞兔流星，超山越海，龙骥所不敢追。况于驽马，可得齐足？夫听《白雪》之音，观《绿水》之节，然后《东野》《巴人》，蚩鄙益著。载欢载笑，欲罢不能。谨韫椟玩耽，以为吟颂。

就文章立意而言，不过赞美曹植才禀特出，文思迅捷，文义高雅而已，以文学批评角度看，不免含糊笼统，无甚深意；但就以回“笺”本身，自具“能文”的角度而言，则是譬喻生动，藻饰中自具高远雄廓境界，颇有可观可玩之处。

因而，这类“书”“笺”就其本身的文学美感与文学表现而言，可被推崇之处自然就不在其所提出的文学理论之精妙，如韩愈《答李翊书》；不在文学思想之深刻，如白居易《与元九书》之论“文章合为时而著，歌诗合为事而作”；甚至不在文学批评之精当，如曹丕《与吴质书》论建安七子的文章，颇可与其《典论·论文》相参照。《论文》中曹丕基本上是依其“文以气为主，气之清浊有体”的信念，以体气来论七子的文章，简要中自具体系；而《与吴质书》所论：

> 观古今文人，类不护细行，鲜能以名节自立，而伟长独怀文抱质，恬淡寡欲，有箕山之志，可谓彬彬君子矣！著《中论》二十余篇，成一家之言，辞义典雅，足传于后，此子为不朽矣！德琏常斐然有述作之意，其才学足以著书，美志不遂，良可痛惜。间者历览诸子之文，对之抆泪，既痛逝者，行自念也。孔璋章表殊健，微为繁富。公干有逸气，但未遒耳。其五言诗之善者，妙绝时人。元瑜书记翩翩，致足乐也。仲宣续自善于辞赋，惜其体弱，不足起其文；至于所善，古人无以远过也。昔伯牙绝弦于钟期，仲尼覆醢于子路，痛知音之难遇，伤门人之莫逮，诸子但为未及古人，自一时之隽也。今之存者，已不逮矣。后生可畏，来者难诬，然恐吾与足下不及见也。

其实伤悼故人的意义，实在多于评文论艺的用心，所以先述徐干德行与著述，以其为不朽，既而痛惜应玚之未及著述而亡。所以论诸子之文，亦因“间者历览诸子之文，对之抆泪，既痛逝者，行自念也”，“痛知音”“伤门人”才是他行文的主旨——“今之存者，已不逮矣”，既是对他们文章造诣的肯定，更是对他们亡殁的痛惜，最后虽对来者有所寄望，却对吴质强调“然恐吾与足下不及见也”，全篇皆为伤逝的哀感所充溢，因而其动人远在文学品鉴之外，而其品鉴则更增益其痛惜诸人之“难遇”而竟“莫逮”的悲慨。因而，虽然其品鉴亦足以为文学批评的参考，但使这篇文章成为文学意义上之名作的，却是其对命运之无常的觉知与因生命飘忽短暂，终归于尽而生出的哀感。

曹丕在描述南皮之游时，提及“清风夜起，悲笳微吟，乐往哀来，怆然伤怀”，则是他们的宴游之乐，不仅饮酒赋诗，当亦更有音声之乐。繁钦《与魏文帝笺》，则描述了寻访异伎所发现的天才歌者与其演唱的情景：

> 顷诸鼓吹，广求异妓。时都尉薛访车子，年始十四，能喉啭引声，与笳同音。白上呈见，果如其言。即日故共观试，乃知天壤之所生，诚有自然之妙物也。潜气内转，哀音外激，大不抗越，细不幽散，声悲旧笳，曲美常均。及与黄门鼓吹温胡，迭唱迭和，喉所发音，无不响应，曲折沉浮，寻变入节。自初呈试，中间二旬。胡欲傲其所不知，尚之以一曲，巧竭意匮，既已不能；而此孺子遗声抑扬，不可胜穷，优游转化，余弄未尽。暨其清激悲吟，杂以怨慕，咏北狄之遐征，奏胡马之长思，凄入肝脾，哀感顽艳。是时日在西隅，凉风拂衽，背山临溪，流泉东逝。同坐仰叹，观者俯听，莫不泫泣殒涕，悲怀慷慨。

由歌声的描写、孺子与温胡的竞艺，而终于“是时日在西隅，凉风拂衽，背山临溪，流泉东逝”，听者如置身幽境的奇妙感受，充满了“曲终人不见，江上数峰青”的神妙，真是诗意盎然。但是诚如“笺”中所云：“冀事速讫，旋侍光尘，寓目阶庭，与听斯调，宴喜之乐，盖亦无量。”这种音响之玩，本来就属“宴喜之乐”。

因而，文学与艺术的评赏，尤其见诸分享共感的“书”“笺”往返，唯其涉及主体生命之哀伤或彼此生活的喜乐，方才具有了文学表现的意义，具有了足以感动人心的美感质性。

### （三）行旅见闻与山水的游历

别离的过程，终有行旅途中的种种经历与感触，因而所寄的“书”“笺”中可以不仅只是内容的一部分（如在谢朓《拜中军记室辞隋王笺》或赵至《与嵇茂齐书》中），还可成为书写的主体或重心。这类作品以鲍照《登大雷岸与妹书》最为特出：

> 吾自发寒雨，全行日少。加秋潦浩汗，山溪猥至，渡泝无边，险径游历。栈石星饭，结荷水宿；旅客贫辛，波路壮阔。始以今日食时，仅及大雷。涂登千里，日逾十晨。严风惨节，悲风断肌。去亲为客，如何如何！

首先只是描写路途的艰难，但是到了大雷，却“向因涉顿，凭观川陆”而得以对眼前的绝景做近于赋笔的描摹：“南则积山万状……”；“东则砥原远隰……”；“北则陂池潜演……”；“西则回江永指……”；“西南望庐山，又特惊异……”。其中北池的“栖波之鸟，水化之虫，以智吞愚，以强捕小，号噪惊聒，纷牣其中”这一段描写中即已蕴含了对于蚩蚩蠢蠢群生存在之意义的叩质。而西江“长波天合，滔滔何穷，漫漫安竭？创古迄今，舳舻相接。思尽波涛，悲满潭壑。烟归八表，终为野尘。而是注集，长写不测，修灵浩荡，知其何故哉？”，对自然的永恒与人世的短暂做了人类生命本质的“天问”。而在“庐山”的“左右青霭，表里紫霄，从岭而上，气尽金光，半山以下，纯为黛色，信可以神居帝郊”中，似乎经由神灵或上帝的存在，而得到某种暂时的回答。因而就不仅是即目所见景象的刻画；更是长久蕴蓄于心的宇宙人生意义之思索，也是面向雄伟灵动大自然界的探询。

但是“书”中最为惊心动魄的却是大雷口水壑相激的这一段描写：

> 若潀洞所积，溪壑所射，鼓怒之所豗击，涌澓之所宕涤，则上穷荻浦，下至狶洲，南薄燕瓜，北极雷淀，削长埤短，可数百里。其中腾波触天，高浪灌日，吞吐百川，写泄万壑。轻烟不流，华鼎振涾，弱草朱靡，洪涟陇蹙。散涣长惊，电透箭疾，穹溘崩聚，坻飞岭覆。回沫冠山，奔涛空谷。砧石为之摧碎，埼岸为之齑落。仰视大火，俯听波声，愁魄胁息，心惊栗矣。

这或许是传统文学中最具动能的雄伟劲健美感的山水描写吧！有趣的是，在对“至于繁化殊育，诡质怪章”的水上、水中生物的种种极其怪诞形象的描写之后，却以极其凄清的景象作结：

> 夕景欲沉，晓雾将合，孤鹤寒啸，游鸿远吟，樵苏一叹，舟子再泣，诚足悲忧，不可说也。

“书”中虽然自称“恐欲知之，聊书所睹，临涂草蹙，辞意不周”，但恐怕是对单一风景，做了最多不同美感风格的描摹充满了情韵变化的作品。虽然亦有“风吹雷飙，夜戒前路，下弦内外，望达所届”的交代，与“寒暑难适，汝专自慎，夙夜戒护，勿我为念！”的叮嘱，但基本上还是一篇以山水描写为主的“书”作。

以山水描写为主的“书”作，自然不必尽如鲍照此篇这么繁复，也未必如此感慨多端，亦可简净如陶弘景《答谢中书书》：

> 山川之美，古来共谈。高峰入云，清流见底。两岸石壁，五色交晖。青林翠竹，四时俱备。晓雾将歇，猿鸟乱鸣；夕日欲颓，沉鳞竞跃。实是欲界之仙都，自康乐以来，未复有能与其奇者。

或如吴均《与宋元思书》：

> 风烟俱净，天山共色。从流飘荡，任意东西。自富阳至桐庐，一百许里，奇山异水，天下独绝。水皆缥碧，千丈见底，游鱼细石，直视无碍。急湍甚箭，猛浪若奔。夹岸高山，皆生寒树，负势竞上，互相轩邈，争高直指，千百成峰。泉水激石，泠泠作响；好鸟相鸣，嘤嘤成韵。蝉则千转不穷；猿则百叫无绝。鸢飞戾天者，望峰息心；经纶世务者，窥谷忘反。横柯上蔽，在昼犹昏；疏条交映，有时见日。

这种精要的短章，诚如高步瀛所谓：“大抵皆从《艺文（类聚）》移录。《艺文》所录之文多节录，非全文也。然一篇精华，盖亦略具于此。”[1]它们几乎皆以四言为句，造成一种整齐中近于透明的平顺，再辅以对句或扇面对的形式美感，虽亦有铺陈层面，其

〔1〕 见高步瀛选注：《南北朝文举要》，北京：中华书局，1998年，第445页。原指《答谢中书书》而言，但《与宋元思书》文意未完，疑亦如此。

实拣选意象甚为精准，因而寥寥数句就可综合而构成一个颇具情韵的山水美感的世界。是否为“书”体，似乎与此类山水美感的表现未必相关，但是“书”作的接受者若为山水的同好，他们显然会对发出者这一类的经历或体验发生兴趣而乐于分享其见闻，则有可能会促成这类山水景致的写作。最明显的例子是王维的《山中与裴迪秀才书》，王维一面表示“近腊月下，景气和畅，故山殊可过。足下方温经，猥不敢相烦”，说明未曾邀约而独往的缘由，一面记叙游历的经过：

> 辄便往山中，憩感配寺，与山僧饭讫而去。北涉元灞，清月映郭。夜登华子冈，辋水沦涟，与月上下。寒山远火，明灭林外。深巷寒犬，吠声如豹。村墟夜舂，复与疏钟相间。

然后因“此时独坐，僮仆静默”而想念两人昔日之同游——“多思曩昔，携手赋诗，步仄径，临清流也”，因而预想山中春来的景象：

> 当待春中，草木蔓发，春山可望。轻鲦出水，白鸥矫翼。露湿青皋，麦陇朝雊。

以“斯之不远”而问询：“傥能从我游乎？”并且终于强调了两人共同的山水爱好：“非子天机清妙者，岂能以此不急之务相邀？然是中有深趣矣，无忽。”一句“是中有深趣矣”，正可说明这类“书”作表现的真正根由。

### （四）仕隐谪退生活的安顿

王维的“故山殊可过”之游，只是归返他的辋川别业。所有旅途的终点，必然是一个某段时期生活所要安顿的处所与内外形态。对它的描写亦可以只重外在的环境，如吴均《与顾章书》：

> 仆去月谢病，还觅薜萝。梅溪之西，有石门山者，森壁争霞，孤峰限日；幽岫含云，深溪蓄翠。蝉吟鹤唳，水响猿啼；英英相杂，绵绵成韵。既素重幽居，遂葺宇其上。幸富菊华，偏饶竹实；山谷所资，于斯已办。仁智所乐，岂徒语哉！

除了“山谷所资，于斯已办”的生活考量，其写作的情韵虽较简略，其实仍近于《与宋元思书》的模山范水。

此外，亦可如江淹《与交友论隐书》，先以慕梁鸿、高恢明志，后叙性有五短，因“年已三十，白发杂生”，虽对“守清净，炼神丹，心甚爱之”而“今但愿拾薇藿，诵《诗》《书》，乐天理性，敛骨折步，不践过失之地耳”，终于决定只是隐居就好：

> 犹以妻孥未夺，桃李须阴，望在五亩之宅，半顷之田，鸟赴檐上，水匝阶下，则请从此隐，长谢故人。若乃登峨眉，度流沙，餐金石，读仙经，尝闻其验，非今日之所言也。

侧重在生活安顿的规划。

但是诚如“鸟赴檐上，水匝阶下”所示，在“五亩之宅，半顷之田”以供日用所需的现实考量之外，亲近自然——即使居家亦仍具山水田园之趣的美感需求，亦始终是存在而且反复受到强调的——反映的不仅是一种生活美学化的传统智慧，更是山水田园的自然美感是如何平衡且抚慰了现实生活中因远离了权力中心而生的困顿与落寞。因而形诸“书”作亦往往有自我勉励，兼具告慰友人的作用。前引白居易《与元九书》就特别以谪居所具的

“三泰”来告慰老友：

> 仆自到九江，已涉三载，形骸且健，方寸甚安，下至家人，幸皆无恙。长兄去夏自徐州至，又有诸院孤小弟妹六七人，提挈同来。顷所牵念者，今悉置在目前，得同寒暖饥饱，此一泰也。
>
> 江州风候稍凉，地少瘴疠，乃至蛇虺蚊蚋，虽有甚稀。湓鱼颇肥，江酒极美，其余食物，多类北地。仆门内之口虽不少，司马之俸虽不多，量入俭用，亦可自给，身衣口食，且免求人，此二泰也。
>
> 仆去年秋始游庐山，到东西二林间香炉峰下，见云水泉石，胜绝第一，爱不能舍，因置草堂。前有乔松十数株，修竹千余竿；青萝为墙垣，白石为桥道；流水周于舍下，飞泉落于檐间；红榴白莲，罗生池砌：大抵若是，不能殚记。每一独往，动弥旬日，平生所好者，尽在其中，不惟忘归，可以终老，此三泰也。

所谓“三泰”，其实就是：亲人团聚，生活无虞，以及近居有山水之胜。一泰属人情之安乐；二泰则近于饮食日常生活之描写，而表现为一种生活艺术的调理，都有一种人情练达、世事洞明的情趣；至于三泰，不仅描摹了山水之胜，其实更近于后来盛行的庭园修治的“杂记”类[1]的写作，同时表达的既是山水胜景的发现与开发，亦是在谪居中力图振作与排遣的意志。这种情与景、生活内容与生活意志的复杂融合，无疑是最为真切而丰富的生命

〔1〕 此处借用姚鼐《古文辞类纂》的分类。

意识之反映，使得这类“书”作特别具有一种“沉静地观照人生，观照人生之整体”的文学美感。

但是促成“书”“笺”写作的分离或别离的状况，并不仅是谪退或隐居，亦可以是仕进，谢朓《拜中军记室辞随王笺》即是如此。屠隆《在京与友人书》就非常生动地描写了京师生活与昔日江村生活境况的不同：

> 燕市带面衣，骑黄马，风起飞尘满衢陌，归来下马，两鼻孔黑如烟突。人马屎，和沙土，雨过淖泞没鞍膝。百姓竞策蹇驴，与官人肩相摩。大官传呼来，则疾窜避委巷不及，狂奔尽气，流汗至踵，此中况味如此。遥想江村夕阳，渔舟投浦，返照入林，沙明如雪。花下晒网罟，酒家白板青帘，掩映垂柳，老翁挈鱼提瓮出柴门。此时偕三五良朋，散步沙上，绝胜长安骑马冲泥也。

这里避开了生活的具体内容，只以日夕归路作比，写江村的情景，颇有“渔家傲”的悠闲风味，而燕市骑马之拥挤尘嚣，写来亦亲切如身历，情景中各自别具风味，虽则写景，实为抒情，自然富饶深意与妙趣。屠隆更在《答李惟寅》以“士贵取心冥境，不贵取境冥心。此中萧然，则尘壒自寓清虚；内境烦嚣，则幽居亦有庞杂”为写作的主旨，而描绘出一派“大隐隐于朝”的生活境界：

> 含香之署，如僧舍，沉水一炉，丹经一卷，日生尘外之想。兰省簿牍，有曹长主之，了不关白，居然云水间人。独畏骑款段出门，捉鞭怀刺，回飙薄人，吹沙满面，则又密想

> 江南之青溪碧石，以自愉快。吾面有回飙吹沙，而吾胸中有青溪碧石，其如我何？每当马上，千骑飒沓，堀堁纷轮；仆自消摇仰视云空，寄兴寥廓，踟蹰少选而诗成矣。
>
> 五鼓入朝，清雾在衣，月映宫树，下马行辇道，经御沟，意兴所到，神游仙山，托咏芝术，身穿朝衣，心在烟壑，旁人徒得其貌，不得其心，以为犹夫宰官也。江南神皋秀壤，多自左掖门下题成。

这里我们不但看到了山水美感是如何内化成为作者的胸中丘壑，因而触目皆成诗情画意，并且转化为一种生活的智慧，还看到了作者是如何以内心的诗意的回思与想象，去超越生活中的尘杂。“取心冥境”正是所以逍遥自得的根本，也正是文学美感中想象创造的胜利。屠隆作此书答李惟寅，原即因为李惟寅“住秦淮渡口，烟销月出，水绿霞红，距风沙之地万里，而来书忳憏，殊不自得”，因而自叙其生活的安顿，现身说法，发出者与接受者先自有其情谊，然后种种的描述才有其亲切体贴的含意，然后方有其娓娓道来的动人诗意与足可参酌取法的智慧表现。无论如何，生活安顿的描述中，不论明言道破与否，终是反映了一种生活的智慧，一种生活艺术化的美学成就。

### （五）亲长的关怀叮咛

在“书”体的文类之中，有一早已具有定名的次文类，就是“家书”。虽然具抒情性、描写性美感的“书”“笺”，发出者与接受者之间大抵有很温暖的情谊，但由于“家书”的发出者与接受者之间更有血缘的牵连，在以家族为中心的传统社会中更具强烈的命运共同体关系，因而言辞往往更加直接坦率，但即使是措辞严峻的教训，实际上心里却是满含慈爱。当鲍照《与妹书》对鲍令晖说："勿我为念！"其实何尝不希望鲍令晖想念他？否则就不需"恐欲知之，聊书所睹"，"临涂草蹙"还要写此一大篇文字；说到"寒暑难适"的应该是在"风吹雷飙，夜戒前路"的自己，却要安居家中的妹妹"汝专自慎，夙夜戒护"，这都是亲情之中的"矛盾语言"[1]( the language of paradox )，也都必须以"意在言外"的方式来解读，方才可谓"知言"，也方能掌握这些文字的文学趣味。

马援《诫兄子严敦书》开篇文字真可说是直率而严厉：

> 吾欲汝曹闻人过失，如闻父母之名，耳可得闻，口不可得言也。好议论人长短，妄是非正法，此吾所大恶也，宁死不愿闻子孙有此行也。汝曹知吾恶之甚矣，所以复言者，施衿结褵，申父母之戒，欲使汝曹不忘之耳！

马援"前在交趾"对"兄子严、敦，并喜讥议，而通轻侠客"悬念不已，而"还书诫之"；甚至用上了女子出嫁之际的"施衿结褵，申父母之戒"的比喻，反映的其实正是他的忧心忡忡。接着以时人为喻，申说自己的期望与忧虑：

> 龙伯高敦厚周慎，口无择言，谦约节俭，廉公有威。吾爱之重之，愿汝曹效之。杜季良豪侠好义，忧人之忧，乐人之乐，清浊无所失。父丧致客，数郡毕至。吾爱之重之，不

---

〔1〕 克林斯·布鲁克斯在其论文"The Language of Paradox"中主张诗的语言就是矛盾语言，参见其所著 *The Well-Wrought Urn*, New York: Harcourt Brace & Co., 1975。

> 愿汝曹效也。效伯高不得，犹为谨敕之士，所谓刻鹄不成，尚类鹜者也。效季良不得，陷为天下轻薄子，所谓画虎不成，反类狗者也。讫今季良尚未可知，郡将下车辄切齿，州郡以为言，吾常为寒心，是以不愿子孙效也。

对龙伯高、杜季良皆强调“吾爱之重之”，表现他并不是很狭隘偏仄的人。但由“刻鹄不成尚类鹜；画虎不成反类狗”的对比明喻，传达的是“敦厚周慎”是可学而成的“德行”，即使不至，亦能使人“谨敕”；而“豪侠好义”却是未必能学而达的“才性”，未能真正“忧人之忧，乐人之乐”，若一旦“清浊”不分，则未必“无所失”，不过自陷“轻薄”而已。他对季良的未来，虽只用了“尚未可知”，但其实是担忧的，一个若已是州将“切齿”、州郡“为言”的人物，其前途总是堪忧的。他以“吾常为寒心”直接表达他的忧虑，因而强调“是以不愿子孙效也”，正自凸显对“子孙”前途的关爱，对家族命运的深虑。真是忧患之思溢于言表！

身为亲长，面对生死之际，尤其念及身后，自然有满腔叮嘱的心思，这类“书”作，自以陶潜《与子俨等疏》最为感人。陶潜因“病患以来，渐就衰损，亲旧不遗，每以药石见救。自恐大分将有限也”而作此篇，因此首先以生死必然之理，安慰诸子，预作“死别”：

> 天地赋命，生必有死，自古圣贤，谁能独免？子夏有言：“死生有命，富贵在天。”四友之人，亲受音旨。发斯谈者，将非穷达不可外求，寿夭永无外请故耶？

接着追述平生，乃至归隐以及因而影响诸子的感怀：

> 吾年过五十。少而穷苦，每以家弊，东西游走。性刚才拙，与物多忤。自量为己，必贻俗患。僶俛辞世，使汝等幼而饥寒。余尝感孺仲贤妻之言，败絮自拥，何惭儿子，此既一事矣！但恨邻靡二仲，室无莱妇，抱兹苦心，良独内愧。

陶潜选择归田园隐居，一方面就个人而言是遂其平生素志；另一方面对于儿子则终不免有“使汝等幼而饥寒”的现实，因而就在“何惭儿子”与“良独内愧”之间，有了“所愧为人父”（杜甫，《自京赴奉先县咏怀五百字》）的内心挣扎。这种挣扎正是一个父亲疼惜儿子而未能周全照顾的“苦心”。当信息发出者是父亲，接受者是儿子们时，这样的表达，几乎就是一种含蓄的“道歉”了。

但是陶潜并不以为自己的抉择是一种错误。除了避免了可能会发生的“必贻俗患”外，他更希望儿子们了解他做此抉择的真意与他真实的自我：

> 少学琴书，偶爱闲静。开卷有得，便欣然忘食。见树木交荫，时鸟变声，亦复欢然有喜。常言五六月中，北窗下卧，遇凉风暂至，自谓是羲皇上人。

这一段话虽然简短，但却已栩栩如生地勾勒出热爱阅读与自然，闲静自得，心无挂碍，亦无奢求的一个高尚人格来，真是为自己做了绝佳的传神写照。

但作为一封“家书”，陶潜反复申说的却仍是：“汝辈稚小家贫，每役柴水之劳，何时可免？念之在心，若何可言！”以及最重要的还是五个儿子能够相亲相爱，同居以至同财：

汝等虽不同生，当思四海皆兄弟之义，鲍叔、管仲分财无猜；归生、伍举班荆道旧，遂能以败为成，因丧立功。他人尚尔，况同父之人哉？颍川韩元长，汉末名士，身处卿佐，八十而终，兄弟同居，至于没齿。济北氾稚春，晋时操行人也，七世同财，家人无怨色。《诗》曰：“高山仰止，景行行止。”虽不能尔，至心尚之。汝其慎哉！吾复何言？

以历史人物，以至众所熟知的人物为喻，自然是说理论事常见的修辞方式；但用于“家书”更有一种“典范”的作用，陶潜一方面引《诗》强调，一方面亦了解在实行上有其困难，因而又承认“虽不能尔”，而以“至心尚之”来加勉励。最后的叮咛，则是“汝其慎哉！”，谨慎、小心、注意、用心……，似乎是所有的亲长在关爱中所能或所要叮咛的了。此外，真的“吾复何言”了。

以上两篇“家书”终究以德行人品为其关切的重点，但是亦有雅爱文艺的家族，则文艺之赏鉴，与沉浸于艺文吟咏的生活，亦常成为“家书”的内容，如萧统《答湘东王求文集及〈诗苑英华〉书》，先论“夫文，典则累野，丽亦伤浮，能丽而不浮，典而不野，文质彬彬，有君子之致”，再赞赏其弟来书，“观汝诸文，殊与意会。至于此书，弥见其美，远兼邃古，傍概典坟，学以聚益，居焉可赏”。但是底下的自述，若和陶潜《与子俨等疏》对看，则自见文囿与隐逸之别：

吾少好斯文，迄兹无倦。谭经之暇，断务之余，陟龙楼而静拱，掩鹤关而高卧，与其饱食终日，宁游思于文林。或日因春阳，其物韶丽，树花发，莺鸣和，春泉生，暄风至，陶嘉月而嬉游，借芳草而眺瞩。或朱炎受谢，白藏纪时，玉露夕流，金风多扇，悟秋士之心，登高而远托。或夏条可结，眷于邑而属词；冬云千里，睹纷霏而兴咏。密亲离则手为心使；昆弟宴则墨以砚露。

萧统虽曰："文质彬彬，有君子之致，吾尝欲为之，但恨未逮耳。"但其实这段描写自己四时"游思于文林"的文字，如果尚有"未逮"，则已可见其"欲为"的成果，早已如其前所论"清新卓尔，殊为佳作"了。虽为家人间的应答"家书"，却出以如此的翰藻："树花发，莺鸣和，春泉生，暄风至""朱炎受谢，白藏纪时，玉露夕流，金风多扇，悟秋士之心，登高而远托""冬云千里，睹纷霏而兴咏"，亦可见其昆弟间的好文求美之心性与门风吧！

但是这种雅好文艺的作为，并非没有现实或德行的考量，萧统明白地指出，这是"谭经之暇，断务之余"，属于"行有余力，则以学文"(《论语·学而》)的行为；而其学文的理想，则是"文质彬彬，有君子之致"，仍然以言行文章皆近"君子"为念。就以休闲活动而论，他亦坦率指出："与其饱食终日，宁游思于文林"，用思于文章读写，终究远胜于"无所用心"(《论语·阳货》)，"言不及义"(《论语·卫灵公》)。而其吟咏创作的时刻则为"密亲离"，"昆弟宴"，皆具忧欢情境，属于真情交感的时刻。同时他更"爱贤之情，与时而笃。冀同市骏，庶匪思龙"，以曹丕"漳川之赏"为典范：

校核仁义，源本山川。旨酒盈罍，嘉肴溢俎。曜灵既隐，继之以朗月；高春既夕，申之以清夜。

指出虽皆"源本山川"而起兴，而其心志的表现，则仍是"校核仁义"。因而这并不是徒然的欢宴豪游而已，更是在提供一个良好的文艺创作的环境——"并命连篇，在兹弥博"，因而产生了大量的创作，遂能有"文集诗苑"的"其书已传"。

同样反映了文章与德行并非两事的劝诫，亦见于黄庭坚《书嵇叔夜诗与侄榎》：

> 叔夜此诗，豪壮清丽，无一点尘俗气。凡学作诗者，不可不成诵在心。想见其人，虽沉于世故者，然而揽其余芳，便可扑去面上三斗俗尘矣！何况深其义味者乎？故书以付榎，可与诸郎皆诵取，时时讽咏，以洗心忘倦。予尝为诸子弟言："士生于世，可以百为；唯不可俗，俗便不可医也。"或问不俗之状。予曰："难言也。视其平居，无以异于俗人，临大节而不可夺，此不俗人也。士之处世，或出或处，或刚或柔，未易以一节尽其蕴，然率以是观之。"

由嵇康诗的"豪壮清丽，无一点尘俗气"，"学作诗"必须"成诵在心"的教导起，甚至"想见其人"，"揽其余芳，便可扑去面上三斗俗尘矣"（文虽浅白，却是令人警醒），终而发展成"士生于世"，"唯不可俗"，而要强调"俗便不可医也"（又是浅白亲切的警语）；进而以"临大节而不可夺"，能够建立人格的主体性，而坚守不动摇丧失，也就是做到孟子所谓大丈夫"威武不能屈，富贵不能淫，贫贱不能移"，确定就是"此不俗人也"。因而"不俗"一语，既通诗文亦表德行，遂成为教导子侄辈的要义。黄庭坚以此论诗论人，发人深省，可谓"不俗"也！

郑燮所付刻"家书"虽仅十六篇，却篇篇精彩，大约遍及各种可能的题材，如其《范县署中寄舍弟墨第二书》：

> 吾弟所买宅，严紧密栗，处家最宜，只是天井太小，见天不大。愚兄心思旷远，不乐居耳。是宅北至鹦鹉桥不过百步，鹦鹉桥至杏花楼不过三十步，其左右颇多隙地。幼时饮酒其傍，见一片荒城，半堤衰柳，断桥流水，破屋丛花，心窃乐之。若得制钱五十千，便可买地一大段，他日结茅有在矣。吾意欲筑一土墙院子，门内多栽竹树草花，用碎砖铺曲径一条，以达二门。其内茅屋二间，一间坐客，一间作房，贮图书史籍笔墨砚瓦酒董茶具其中，为良朋好友后生小子论文赋诗之所。其后住家，主屋三间，厨屋二间，奴子屋一间，共八间，俱用草苫，如此足矣。清晨日尚未出，望东海一片红霞，薄暮斜阳满树。立院中高处，便见烟水平桥。家中宴客，墙外人亦望见灯火。南至汝家百三十步，东至小园仅一水，实为恒便。
>
> 或曰：此等宅居甚适，只是怕盗贼。不知盗贼亦穷民耳，开门延入，商量分惠，有甚么便拿甚么去；若一无所有，便王献之青毡，亦可携取质百钱救急也。吾弟当留心此地，为狂兄娱老之资，不知可能遂愿否？

郑燮由论其弟买宅“严紧密栗，处家最宜”，到自己“心思旷远”希望“见天”能大，因而思及附近“幼时饮酒其傍”的“一片荒城，半堤衰柳，断桥流水，破屋丛花”颇具疏放旷远诗意的场景，不但“心窃乐之”，更想在此买地结茅。

预想为老退生活买宅，原与许多生活安顿的“书”信类似，只是不但出以预想，且包括许多现实考量，如预估其价钱：“得制钱五十千，便可买地一大段”；往来交通步数：“至鹦鹉桥不过百步，鹦鹉桥至杏花楼不过三十步”；置屋的数量功能与材料：二门“其内茅屋二间，一间坐客，一间作房”，为“论文赋诗之所”，“其后住家，主屋三间，厨屋二间，奴子屋一间，共八间，俱用草苫”。追求的却是每日生活在一片诗情画意的情境：“筑一土墙院子，门内多栽竹树草花，用碎砖铺曲径一条”，“清晨日尚未出，望东海一片红霞，薄暮斜阳满树。立院中高处，便见烟水平桥。家中宴客，墙外人亦望见灯火”。由于着重的是家院的平远开旷，因而思及“居甚适，只是怕盗贼”；甚至考虑到遭遇盗贼时的处理原则：“盗贼亦穷民耳，开门延入，商量分惠，有甚么便拿甚么去”，这自然是浪漫“狂兄”的梦想，令人读来莞尔。

整通家书则不但充满诗意想象，亦具体实在，甚近人间烟火，而且颇饶小说趣味。似乎只有“家书”方才能够如此意兴纵横，了无拘束。其《潍县署中与舍弟墨第二书》说教子以及养鸟之道：

> 余五十二岁始得一子，岂有不爱之理？然爱之必以其道，虽嬉戏顽耍，务令忠厚悱恻，毋为刻急也。平生最不喜笼中养鸟，我图娱悦，彼在囚牢，何情何理，而必屈物之性以适吾性乎？至于发系蜻蜓，线缚螃蟹，为小儿顽具，不过一时片刻便折拉而死。夫天地生物，化育劬劳，一蚁一虫，皆本阴阳五行之气，絪缊而出；上帝亦心心爱念。而万物之性人为贵，吾辈竟不能体天之心以为心，万物将何所托命乎？……
>
> 我不在家，儿子便是你管束。要须长其忠厚之情，驱其

残忍之性。不得以为犹子而姑纵惜也。家人儿女，总是天地间一般人，当一般爱惜，不可使吾儿凌虐他。凡鱼飧果饼，宜均分散给，大家欢嬉跳跃。若吾儿坐食好物，令家人子远立而望，不得一沾唇齿。其父母见而怜之，无可如何，呼之使去，岂非割心剜肉乎？夫读书中举中进士作官，此是小事，第一要明理作个好人。可将此书，读与郭嫂、饶嫂听，使二妇人知爱子之道在此不在彼也。

书后又一纸：

所云不得笼中养鸟，而予又未尝不爱鸟，但养之有道耳。欲养鸟莫如多种树，使绕屋数百株，扶疏茂密，为鸟国鸟家。将旦时，睡梦初醒，尚展转在被，听一片啁啾，如《云门》《咸池》之奏。及披衣而起，颒面漱口啜茗，见其扬翚振彩，倏往倏来，目不暇给，固非一笼一羽之乐而已。大率平生乐处，欲以天地为囿，江汉为池，各适其天，斯为大快，比之盆鱼笼鸟，其巨细仁忍何如也。

他首先强调疼爱儿子，“爱之必以其道，虽嬉戏顽要，务令忠厚悱恻，毋为刻急”，反对“必屈物之性以适吾性”的娱乐。因而在教子上叮嘱“要须长其忠厚之情，驱其残忍之性”，“第一要明理作个好人”，基本还是以德行为本。又注意及“笼中养鸟”“发系蜻蜓”等童玩，可谓小处入手，观察入微，且又另有一番仁民爱物的大道理：即“一蚁一虫”，“皆本阴阳五行之气，细蕴而出；上帝亦心心爱念”，因而强调：“吾辈竟不能体天之心以为心，万物将何所托命乎？”不仅反映出一种“仁者浑然与万物同体”的襟怀；并且对虽具主仆名分的“家人儿女”，以为“总是天地间一般人，当一般爱惜，不可使吾儿凌虐他”。仁厚的善意则表现在“凡鱼飧果饼，宜均分散给”，能够与大家分享。对家人子若见吾儿坐食好物，远立而望，“其父母见而怜之”，其间“无可如何”的亲子心情的描写则更是设身处地，深具“人情练达”的想象力与表现力了。尤其是他的信息接受者，要通过弟弟读听及于不识字的“二妇人”，更是充分理解到在儿童教育中女性亲长的重要性，以及全体家风的重要。

“书后又一纸”，提到“予又未尝不爱鸟，但养之有道耳”，以为“欲养鸟莫如多种树”。因而细腻地描写了：“众鸟欣有托，吾亦爱吾庐”（陶潜，《读〈山海经〉》其一）——“使绕屋数百株，扶疏茂密，为鸟国鸟家”；与鸟族共同生活的喜悦——“将旦时，睡梦初醒，尚展转在被，听一片啁啾，如《云门》《咸池》之奏”；既赏鸟语，复乐鸟羽飞翔缤纷——“及披衣而起，颒面漱口啜茗”；当日常琐事之际，即可——“见其扬翚振彩，倏往倏来，目不暇给”。因自惟“平生乐处，欲以天地为囿，江汉为池，各适其天，斯为大快”，自然反映了一种适性逍遥，近于“天地境界”的人格精神。信手写来，更见性情，充分显现了“家书”这一文体，在“悦亲戚之情话”（陶潜，《归去来兮辞》）中表现自我的自由与适意，因而也形成了其内容的多样性与丰富性。

正由于“书”“笺”文类，在信息发出者与接受者之间立场不对立、并无企求或说服的需要时，在分享经验与情意成为信息的主体时，抒情、描写、说理其实皆可冶为一炉，或共存于一函，因而以上各节的分述，只是为了凸显其所以具有“文学美感”常见主题的方便，并不等于对作品本身在做主题或写法的分类；所以一篇作品中兼具多重主题不仅是自然而正常的，更可以充分显示这类“书”“笺”在书写上的自由与可以包含多样内容的丰富潜能。

## 六、结　语

“书”“笺”涉及了平面沟通的基本性质，其信息中原即包含了发出者与接受者及其语境上的关系与考量，其文体规范的符码只有一个双方并非面对面沟通的情境的预设，其文学表现与潜能反而是最广泛、最多样的。因而它不仅袭用了一切“书”写的通名，并且作品繁多，文学表现性多端，在有限的篇幅内，所能论及的必然挂一漏万，只能初步就其常见的美感类型做大体的整理与描述。至于更细密与周全的分析，当俟来日。

# 第四章
# “表”“奏”作为文学类型之美感特质

## 一、前　言

在帝制已然消失近百年的今日，或许五伦中的“君臣”一伦，逐渐成我们最为陌生的一种人际关系与社会义理。虽然我们依然传诵范仲淹的《岳阳楼记》，可能向往其“先天下之忧而忧，后天下之乐而乐”的仁者襟怀，也许也会期盼能够有“居庙堂之高，则忧其民”的作为，但有谁真的觉得需要“处江湖之远，则忧其君”？但是一篇诸葛亮的《出师表》，或者还可加上李密的《陈情表》，就足以使我们无法忽略，这种面对君主的特殊文体亦自可有其“文学”价值，亦能以“文学”的美感特质来加以探讨。

韩愈谏迎佛骨“一封朝奏九重天，夕贬潮阳路八千”（《左迁至蓝关示侄孙湘》）的轶事，[1]亦足使我们深切地了解到，使用这种文体的风险性，远非其他应用文体可比。因为所面对的似乎不仅是孔子所谓“可与言而不与之言，失人；不可与言而与之言，失言。知者不失人，亦不失言”（《论语·卫灵公》）中知不知的问题；反而近

〔1〕　韩愈谏迎佛骨事，参见〔五代〕刘昫等：《旧唐书》本传。

于韩非子所提出的能否“无婴人主之逆鳞”的问题。[1]或许这种文体在可能后果上的严重性与危险性，不但会影响到它在写作之际的修辞策略，而且这种“有知无知兮，为死为生。呜呼！臣罪当诛兮，天王圣明”（韩愈，《琴操·拘幽操》）的、在其信息发出者与接受者之间的绝对不对等情势，亦使得它的写作往往因其可能涉及的死生命运，而带有悲剧或喜剧的情意效应与晕染效果。这种严重性往往亦赋予了信息特殊的感人力量，因此我们必须将此列入解读的符码，不能仅从其文辞的抒情性来观赏，而必须同时从其情境与结局的戏剧性来加以解读。

由于奏议可以遍及朝廷及个人事务，作为文学类型，比较合理的处理方式，应该参照《文选·序》所谓：

> 又诏、诰、教、令之流，表、奏、笺、记之列，书誓、符檄之品，吊祭、悲哀之作，答客、指事之制，三言、八字之文，篇辞、引序，碑碣、志状：众制锋起，源流间出。譬陶、匏异器，并为入耳之娱；黼、黻不同，俱为悦目之玩。作者之致，盖云备矣。

还是得从“并为入耳之娱”“俱为悦目之玩”的美感素质，来做探讨的区隔，来决定是否俱“作者之致”，而首先探讨见于《文选》相关体类中的“表”与“奏弹”，然后再考虑后世的异名与分类。但在探讨传统的理解上，则仍当统而观之，方能了解其作为“文类”以至“次文类”的通用与各别的含义。

---

〔1〕〔战国〕韩非：《韩非子·说难》：“夫龙之为虫也，柔可狎而骑也；然其喉下有逆鳞径尺，若人有婴之者，则必杀人。人主亦有逆鳞，说者能无婴人主之逆鳞，则几矣。”

## 二、对“表”“奏”的传统理解

曹丕在《典论·论文》中表示：

> 夫文本同而末异，盖奏议宜雅，书论宜理，铭诔尚实，诗赋欲丽，此四科不同，故能之者偏也；唯通才能备其体。

这段讨论文体“四科不同”的著名文字，首先值得注意的是在强调了各体的美感规范的差异（“末异”）之余，仍然强调了它们作为“文”的“本同”；其次是四科中首列“奏议”，这显然和他强调“文章，经国之大业”的想法是一致的。但是偏向政事、解决当前问题的“奏议”，为什么也有可能是“不朽之盛事”[1]呢？由于他在后文不断以“年寿有时而尽，荣乐止乎其身，二者必至之常期，未若文章之无穷”，“遂营目前之务，而遗千载之功”等句将现实生活中的“目前之务”与文章所具的“无穷”“千载之功”相对举。在“书论”“铭诔”“诗赋”的场合，我们可以很清楚地了解到，这些类型的写作，原来就有超越“营目前之务”，而符于“古之作者，寄身于翰墨，见意于篇籍”以至“自传于后”之性质；但以“营目前之务”为主的“奏议”，是否只要“宜雅”就一样足以“无穷”，而使它的作者“声名自传于后”呢？

“宜雅”的“雅”又是什么性质呢？在曹丕之前，“雅”的一般用法大约如下。首先是《论语·述而》：“子所雅言《诗》《书》执礼，皆雅言也。”我们也许不必以后世的以“夏”为“雅”的

〔1〕　曹丕在该文中强调：“盖文章，经国之大业，不朽之盛事。”

理解来规范曹氏的词意，但“雅言”是用于经典如《诗》《书》，场合如“执礼”，都是必须庄重与肃敬的情境，则是无疑的。其次则是在音乐上有所谓“雅郑”之别，《论语·阳货》：“子曰：‘恶紫之夺朱也，恶郑声之乱雅乐也，恶利口之覆邦家者。’”这固然来自如《论语·子罕》所谓：“子曰：‘吾自卫反鲁，然后乐正，《雅》《颂》各得其所。’”雅乐与郑声并存于世，而其风格则迥然有别。扬雄《法言·吾子》对此则解为：“中正则雅，多哇则郑。”因而从风味品格而言，则更有“雅俗”之分。再次，《毛诗·序》则以：“言天下之事，形四方之风，谓之雅。雅者，正也，言王政之所由废兴也。政有小大，故有小雅焉，有大雅焉。”自然这里所涉及的已不是“乐”而更是“诗”了；甚至已不仅是“诗”而是“王政”，以及其“所由废兴”的理念与行动了。

由此延伸，遂可有《世说新语·文学》这样的论析：

> 谢公因子弟集聚，问：“《毛诗》何句最佳？”遏称曰：“昔我往矣，杨柳依依；今我来思，雨雪霏霏。”公曰：“订谟定命，远猷辰告。”谓：“此句偏有雅人深致。”

谢安、谢玄自然远在曹丕身后，引《诗》亦有大雅、小雅之别，[1]但是“订谟定命，远猷辰告”，或许正是“奏议”作为“经国之大业”的极致，所以谢安以为“偏有雅人深致”，这是否亦可作为“奏议宜雅”的一种笺释或旁解呢？事实上，前引孔子所以恶之紫、郑声、利口，皆因其违反“雅者，正也”，甚至是可

〔1〕“昔我往矣，杨柳依依；今我来思，雨雪霏霏”见《诗经·小雅·采薇》；“订谟定命，远猷辰告”见《诗经·大雅·抑》。

以“覆邦家”的缘故；若反过来说，则“雅”不但是不“夺”不“乱”的“正”道，而且正是可以安定、兴盛邦国的“王政之所由”了。

陆机《文赋》引申“奏议宜雅”的说法为“奏平彻以闲雅”。参照他对其他各体所做的论述——“诗缘情而绮靡；赋体物而浏亮”，则“平彻”与“闲雅”一指内涵特质，一指文辞风格。但是最具对照性质的却是“说炜晔而谲诳”与“论精微而朗畅”。以内蕴的情意与文思呈现而言，自然“平彻”并非“谲诳”的“正言若反”，“声东击西”，而是直抒胸臆，直叙其事，“平平道来”，“贯通明达”；因为重在就事议事，其说情言理或者平允通达，却未必要如以穷理为主的“论”之非得必造“精微”不可。

由于“说”所具的“主文而谲谏”的特质，因而在文辞风格上需力求光辉亮丽、多彩多姿而具“炜晔”的特质；“论”则因必造“精微”，在内容上务求深入，则如何浅出，清晰明白，不见挂碍，反而成为风格之必需，是以“朗畅”为其规范。相应的，要求“奏”之文辞风格为“闲雅”，“雅”固然依“中正则雅”，可以解作中正平和或端庄肃穆的情调，但陆机多加了“闲”之一字，则更显露出一种从容安详、优游有余的意态。是否文辞能达致“闲雅”从容，而议事能得其情之“平”、理之“彻”，就算达到了“奏”之文体的美感规约？

事实上，“奏”或“奏议”早在齐梁之前，早已衍生出许多的次文类。诚如刘勰《文心雕龙·书记》所指出的：“战国以前，君臣同书；秦汉立仪，始有表奏。王公国内，亦称奏书。……公府奏记，而郡将奏笺。记之言志，进己志也。笺者，表也，表识其情也。”因而刘勰在《文心雕龙》中分别以《章表》《奏启》《议对》《书记》四篇来加以讨论。对其间变化，亦在《章表》中说明：“降及七国，未变古式，言事于主，皆称上书。秦初定制，改书曰奏。汉定礼仪，则有四品：一曰章，二曰奏，三曰表，四曰议。章以谢恩，奏以按劾，表以陈情，议以执异。……章表奏议，经国之枢机。”李善《文选注》也叙述了这种衍变的现象，但说法略异：

> 表者，明也，标也，如物之标表；言标著事序，使之明白，以晓主上，得尽其忠，曰表。三王已前，谓之敷奏。故《尚书》云“敷奏以言”是也。
>
> 至秦并天下，改为表。总有四品：一曰章，谢恩曰章；二曰表，陈事曰表；三曰奏，劾验政事曰奏；四曰驳，推覆平论，有异事进之曰驳。六国及秦汉，兼谓之上书，行此五事。至汉魏已来，都曰表。进之天子称表，进诸侯称上疏，魏已前，天子亦得上疏。

两者皆同的，则是“奏”有“按劾”“劾验政事”的含意，与《文选》设有“弹事”一类，而选文皆题为《奏弹 ×××（人名）》相吻合。因而，秦或许已“改书为奏”；但“汉魏已来，都曰表”是为广义的“表”，指“进之天子”与“进诸侯”等有所区别。但是以四品区分，狭义的“表”则仍以“陈情”“陈事”为主，以与“议”“驳”的“执异”“推覆平论”有别。或许若以曹丕的“奏议宜雅”为基本的大分类来看，则“奏”当包括他所提及的“琳、瑀之章表书记，今之隽也”——至少“章表”的部分；而“议”则包括刘勰所述的“议”，甚至“议对”，以及李善所述的“驳”。陆机《文赋》或许认为“议”并非以“能文为本”的文体，而只取“奏”的部分立论。到了《文选》则以“表”为主，选文十九篇，并有“弹事”的“奏弹”三篇，显然是以狭义的“表”“奏”取代广义（包含“章表”）的“奏”。因而若从探讨“美文”之文学性的角度而言，则曹丕、陆机的发展轨迹，已经很明显，而《文选》的分类无疑最合我们探讨的旨趣。

至于相关文学类型美感性质的说明，最重要的应是《文心雕龙·章表》的这一段话：

> 原夫章表之为用也，所以对扬王庭，昭明心曲。既其身文，且亦国华。章以造阙，风矩应明；表以致禁，骨采宜耀。循名课实，以文为本者也。是以章式炳贲，志在典谟；使要而非略，明而不浅。表体多包，情伪屡迁，必雅义以扇其风，清文以驰其丽。然恳恻者辞为心使，浮侈者情为文屈，必使繁约得正，华实相胜，唇吻不滞，则中律矣。子贡云：“心以制之，言以结之。”盖一辞意也。荀卿以为观人美辞，丽于黼黻文章，亦可以喻于斯乎。

刘勰在此首先指出“章表”的功能，原出于“陈辞帝庭，匪假书翰”，由“陈辞”而并用“书翰”，所以“敷奏以言，则章表之义”。因此，即是介之推所谓“言，身之文也”（《左传》僖公二十四年）的“言”，亦是颜延年诗所云“舒文广国华”（《赠王太常》）的“文”，基本上是一种“言”“文”并用，借以“对扬王庭，昭明心曲”性质的文体。因而保持“言”说之反映心情的“辞气”“语调”，这类反映情绪变化之“语气”所具的特殊感染力，亦即“风矩”，仍是其不可或缺的。同时既已形诸文字，则其篇章结构的谨严

（“骨”）、遣词造句的华美（“采”），也都是不能不讲求的——“宜耀”，因而“循名课实”，仍是“以‘文’为本”的。

这种“文”的“繁约得正（骨），华实相胜（采）”，与“言”的“唇吻不滞（风），则中律矣（矩）”，以及两者并具并重的美感规范，正是他后来再分别以子贡（“言以结之”）、荀子（“观人美辞”：“辞”而用“观”，自指文本而言）反复强调的要点。至于内容的重点，他一方面从“经国大业”的角度，强调“志在典谟”，出“言”“必雅义以扇其风”，近于谢安的侧重“讦谟定命，远猷辰告”；一方面则承认“表体多包”，因为意在“昭明心曲”，心意本非一端，其间委曲婉转，自然多方多样，一旦行“文”，自然会有种种不同修辞的策略与讲求，“清文以驰其丽”，因而从“明心”的立场，只做了“恳恻者辞为心使”的规范，而反对舍本求末，以致落入文掩其情的“浮侈者情为文屈”的境地。

但是，“章表”作为文体的最基本特质，其实是来自使用的空间场合与交流对象，所以刘勰亦反复强调“天子垂珠以听，诸侯鸣玉以朝”，“陈辞帝庭”，“对扬王庭”，“章以造阙”，“表以致禁”。由于是用于“朝庭”“宫禁”，其性质是君主“设官分职”后，身为人臣“言事于王”的“文翰献替”，本质上是一种“高卑联事”中的以卑事高，而且这一高者乃是在专制时代手操生杀予夺大权，具有至尊地位的天子，因此，刘勰在本篇的赞中强调：“敷表绛阙，献替黼扆。……肃恭节文，条理首尾。”以空间而言，“黼扆”即斧依（《仪礼·觐礼》：“天子设斧依于户牖之间。”注：“有绣斧文，所以示威也；斧谓之黼。”），所要面对的正是天子的生杀之威；因而内容与表达必然需要“肃恭节文”，毕恭毕敬，不得驰骋一己之信念与文采，而且需“条理首尾”，不得如其他谈话或书信般可容许词无诠次，可因感发而有所枝蔓，强调的不仅是严肃文体的特质，更是一事一义，单一主题的写作原则。

蔡邕《独断》中对其形式的描述特别能够反映这种文类所具有的君臣关系，与预先规定的言说心情：

> 表者，上言“臣某言”，下言“臣某诚惶诚恐，顿首顿首，死罪死罪”。左下方附曰“某官臣某甲上”，诣尚书通者也。公卿校尉诸将不言姓，大夫以下有同姓官别者言姓。

高步瀛《南北朝文举要》注引上段文字时，加了以下说明：“案：凡表中不具某诚惶诚恐等字者，盖后人节去，当时表中皆当依式有之。”[1]这种“诚惶诚恐”“死罪死罪”的情态，在此文类尚未如此程式化之前就出现了，如贾山《至言》：“臣闻为人臣者，尽忠竭愚，以直谏主，不避死亡之诛者，臣山是也。”强调这种即使是出以“尽忠”之“竭愚”（原来应指“竭智”，但面对皇帝，“智”也只好变成“愚”了），只要“以直谏主”，有任何建言，则不可避免的往往就是“死亡之诛”，这是上表敷奏要说“诚惶诚恐，顿首顿首，死罪死罪”的缘由。贾山继续说明其中的关键：“臣闻忠臣之事君也，言切直则不用而身危，不切直则不可以明道。”因为天下一统之后，帝王成为绝对的权威，其威势几乎无法可挡：

> 雷霆之所击，无不摧折者；万钧之所压，无不糜灭者。今人主之威，非特雷霆也；势重，非特万钧也。开道而求

〔1〕　见高步瀛选注：《南北朝文举要》，第7页。

谏，和颜色而受之，用其言而显其身，士犹恐惧而不敢自尽，又乃况于纵欲恣行暴虐，恶闻其过乎？震之以威，压之以重，则虽有尧舜之智，孟贲之勇，岂有不摧折者哉？

这种权力集中的现象，虽然在历史过程中充满了“爱臣太亲，必危其身；人臣太贵，必易主位”（《韩非子·爱臣》）这种君主大权旁落甚至遭逢篡弑的事实，但并没有改变其在体制上缺乏“制衡”（check and balance）力量与规范的情势。因而作为文体的性质与可能的作用或副作用，仍然没有基本的改变。出言行文必须“诚惶诚恐”（在心情上危惧不安）、“顿首顿首”（在姿态上卑曲求怜），并且不论是非曲直，必须宣称“死罪死罪”，至少在形式上对一己言行完全采取自我否定的立场，这自然是一种极为压抑扭曲的“言说”与“书写”形式，甚至带有“天威莫测”“天命靡常”的悲剧性质。这种直接影响到命运的语境性质，或许亦成为其书写或信息在人情感发上的一种“压迫力”（impact），因而成为其引发“文学”感性的一种重要前提或力量。因而蕴含在信息中的语境的戏剧性就与其“言说”的抒情性或叙事性，一样成为其作为文学文类的美感特质。

## 三、命运的鉴戒与贞定

当谢安引述“讦谟定命，远猷辰告”时，他已经很清楚地掌握到，所谓“经国大业”原就在于一种“谋”（谟）与“略”（猷）的拟定与提出，一方面是治国的宏图，一方面是及时的因应。这既牵涉“四海困穷，天禄永终”（《论语·尧曰》）的天下国家的集体命运，而这种集体命运往往又因“一国之事，系一人之本”(《毛诗·序》)，具有决策权力的君主或“将在外，主令有所不受”(《史记·信陵君列传》)的执行者若有一个举措失当，就会影响天下国家的存亡。这种交织而相关的、命运的双重性，用《荀子·天论》所谓“人之命在天；国之命在礼”的说法，正是“人之命”与“国之命”的交涉。

假如我们可以用“合理的社会秩序之创造与维持”来理解荀子所谓的“国之命在礼”，那么所“谟”或“猷”的着眼点，其实都在社会秩序的建立与修复。而所谓“讦”与“远”，则正是来自其是否合乎普遍人性需求的合理性。

这种合理性的验证，往古的史迹或切近的历史经验都是最显然而且最具说服力的参照。因而贾山《至言》“借秦以为谕”：

秦则不然：贵为天子，富有天下，赋敛重数，百姓任罢；赭衣半道，群盗满山。使天下之人，戴目而视，倾耳而听；一夫大呼，天下向应者，陈胜是也。

秦非徒如此也，起咸阳而西至雍，离宫三百，钟鼓帷帐，不移而具。又为阿房之殿，殿高数十仞，东西五里，南北千步，从车罗骑，四马骛驰，旌旗不桡。为宫室之丽至于此，使其后世曾不得聚庐而托处焉。

为驰道于天下，东穷燕齐，南极吴楚，江湖之上，濒海之观毕至；道广五十步，三丈而树，厚筑其外，隐以金椎，树以青松。为驰道之丽至于此，使其后世曾不得邪径而托足焉。

死葬乎骊山，吏徒数十万人，旷日十年，下彻三泉；合采金石，冶铜锢其内，泰涂其外，被以珠玉，饰以翡翠；中成观游，上成山林，为葬埋之侈至于此，使其后世不得蓬颗蔽冢而托葬焉。

这一大段“体物浏亮”、几乎就是“赋”体的描绘，以近乎“劝百讽一”的方式，描写了秦始皇的各种奢华工程建筑（从内容而言，是“天下奇闻壮观”[苏辙,《上枢密韩太尉书》]之描述，从语文表现而言，则是一种华靡伟丽风格的形成），论述的目的则只是反衬凸显“秦以熊罴之力，虎狼之心，蚕食诸侯，并吞海内，而不笃礼义，故天殃已加矣”（连这句话本身亦刻意做了排比与藻丽的修饰）的悲剧命运。

除了文辞修饰的形式美感之外，它其实更反映了一种“物过盛而当杀”（欧阳修,《秋声赋》）之人类命运的观察与信念，遂凸显引申为笃守礼义，借其戒慎节制而为持盈保泰之所需的忧患意识与具体举措。因而强调“得士而敬之则士用”与“用之有礼义”的重要；终于提议“愿少衰射猎，以夏岁二月”，“定明堂，造太学，修先王之道”，“大臣不得与宴游，方正修洁之士不得从射猎，使皆务其方以高其节”，将“与众臣宴游”和“与大臣、方正朝廷论议”的角色功能做明显区隔，借以达至“则群臣莫敢不正身修行，尽心以称大礼”，而能掌握“游不失乐，朝不失礼，议不失计”的“轨事之大者也”。

这里不但充分体认到人们处于游宴射猎与朝廷论议的身心状态的不同，以及专擅才能的不同；而且更重要的是一种对于集体命运发展之严重性的深刻关怀，但又不失人情地接纳人们亦有游乐宴安的需要，[1]因而提出具有合理性的安排。这种安排本身就

〔1〕 这里所牵涉的正是弗洛伊德所谓“现实原则”与“享乐原则”之间的矛盾。

是对于“专制帝王”与其各种权臣或幸臣提出的一种规范，以一仅“尝给事颍阴侯为骑”的小臣而发此议论，自属甘冒大不韪之举了。但是对于人类命运发展的高度兴趣，正是一切叙事性文学类型所引发的美学情感的基础。因而这类“上书”，由历史情境的追述，而终至出以劝谏，亦一样能在集体命运的关怀与个人命运的疑惧中展示个人洞明世事的智慧，并且能够回环激荡出复杂甚至矛盾的情感表现之文学感兴来。

当荀子讲到“人之命在天”之际，他想的或许是“楚王后车千乘，非知也；君子啜菽饮水，非愚也，是节然也”，也就是“君子敬其在己者而不慕其在天者”所要超越的“天命”，甚至亦可以是“天行有常”，“应之以治则吉，应之以乱则凶”，以至“其行曲治，其养曲适，其生不伤，夫是之谓知天”所要顺应的“天命”。(《荀子·天论》)但到了天下一统，君权集中的时代，面对爱恶由心而“天威难测”，既能贵之又能贱之，甚至可以刑杀族诛的君主，“人之命在天”的含义往往可以转而理解为“人之命在天子”，甚至在天子的一念之间。汉武帝处理所谓戾太子谋反事件，前后态度变化而导致涉入其中人物的祸福有别，就是最明显的例子。

但是决定生死之事，除了取决于天子的心意，在制度上亦往往经由“治狱之吏”的揣摩上意，深文周内，是以路温舒上奏汉宣帝《尚德缓刑书》，以为：“夫狱者，天下之大命也。死者不可复生，绝者不可复属。”但他的修辞策略亦一样诉诸历史的借鉴，由“齐有无知之祸”“晋有骊姬之难”“诸吕作难”，而至“昌邑尊亲，援而立之。然天不授命，淫乱其心，遂以自亡”；因而由“深察祸变之故，乃皇天之所以开至圣也”，引出“陛下初登至尊，与天合符，宜改前世之失，正始受命之统，涤烦文，除民疾，存亡继绝，以应天意”，而指出：“秦有十失，其一尚存，治狱之吏是也。”他对大一统帝国制度性的钳制言论，“正言者谓之诽谤；遏过者谓之妖言”等的治狱情况，有深刻的观察：

> 《书》曰：“与其杀不辜，宁失不经。”今治狱吏则不然，上下相驱，以刻为明；深者获公名，平者多后患。故治狱之吏皆欲人死，非憎人也；自安之道，在人之死。是以死人之血流离于市，被刑之徒比肩而立，大辟之计，岁以万数，此仁圣之所以伤也。太平之未洽，凡以此也。

因为在专制帝王爱憎由心的情势下，连治狱之吏都需先谋自保。而自保之道则在刑求与罗织：

> 夫人情安则乐生，痛则思死。棰楚之下，何求而不得？故囚人不胜痛，则饰辞以视之；吏治者利其然，则指道以明之；上奏畏却，则锻炼而周内之。盖奏当之成，虽咎繇听之，犹以为死有余辜。何则？成练者众，文致之罪明也。是以狱吏专为深刻，残贼而亡极，偷为一切，不顾国患，此世之大贼也。故俗语曰：“画地为狱，议不入；刻木为吏，期不对。”此皆疾吏之风，悲痛之辞也。故天下之患，莫深于狱；败法乱正，离亲塞道，莫甚乎治狱之吏。此所谓一尚存者也。

这段话以普遍性的叙事作为说理抒情之依据，虽然要言不烦，却已道尽所有专制极权政治之以法制为名，对无辜者加以迫害的心理与行为机制。我们深切地了解到，不但“徒法不足以自行”，即使仍需“上奏”或“奏当”，在没有适当的人身保护措施的情况下，狱吏所拥有的刑求权力与构陷伪证的手法，恰足以使任何囚人情愿赴死而终陷百口莫辩的境地，而其真正的根源却是可以任意治“诽谤之罪”的专制极权体制或法制。所以路温舒强调“臣闻乌鸢之卵不毁，而后凤凰集；诽谤之罪不诛，而后良言进”，而吁求：

> 唯陛下除诽谤以招切言，开天下之口，广箴谏之路，扫亡秦之失，尊文武之德，省法制，宽刑罚，以废治狱，则太平之风可兴于世，永履和乐，与天亡极，天下幸甚。

“省法制，宽刑罚”，以至“以废治狱”，其实就在于“除诽谤之罪”，这可能是在大一统专制帝国形成后，对于“言论自由”与“基本人权”最重要的吁求。他甚至用了深具普世福乐意味的“则太平之风可兴于世，永履和乐，与天亡极，天下幸甚”来加以祝祷，可谓不仅是“练达人情，洞明世事”，而且是善祷善颂了。

以上两篇例证，终究是上奏于承平岁月，并且相对而言君主皆较贤明，固然篇中皆少不了颂赞的部分。贾山长篇累牍地描写汉文帝的功绩，一再以“天下莫不说喜”，“此天之所以相陛下”，“此天下之所以顺陛下”，甚至借“臣闻山东吏布诏令，民虽老羸癃疾，扶杖而往听之，愿少须臾毋死，思见德化之成”来称扬。路温舒亦强调“方今天下赖陛下恩厚，亡金革之危，饥寒之患，父子夫妻戮力安家”的几近太平的功德。但其主要意图终在对重要的政治举措与社会秩序做制度性改革的建议。“奏”书中以古喻今的叙事描绘，人情世事的明白演绎，既是作为感发说服的修辞策略，但也未尝不是对人类集体命运之可能的深观谛视，能祈善愿。因而即此伟愿的智见与仁怀，亦足以产生“有德者必有言”（《论语·宪问》）的感动人心之文学效应了，何况它们还各有描写、叙事、抒情等修辞上的成功。

## 四、存亡承继危机的劝谏

当天下危倾，国命陷于“危急存亡之秋”时，“存亡继绝”的图谋与上表就更充满了一种悲怆的情怀，而满含悲剧意味。“出师一表真名世，千载谁堪伯仲间”（陆游，《书愤》），诸葛亮的《出师表》或许是奏章称“表”之后最著名、最广受传诵的一篇“表”作。

开篇即是：“先帝创业未半，而中道崩殂，今天下三分，益州罢弊，此诚危急存亡之秋也！”叙明了刘备称帝未及三年，即因伐吴失利，寝疾身死，同时孙权亦自立，遂成天下三分的局面。雄才大略的英主初丧，加上兵败师疲，所谓“益州罢弊”，确实是“危急存亡”之秋，也正是厄运当头、情势艰险的时刻。

但悲剧文学的真谛，却是英雄在残酷命运的压迫下，仍然奋斗不已，勇敢行动，因而彰显出坚强意志与悲壮情怀。[1]该篇底下的转折，正显示了身边众人在英雄人物的长期感召之下产生的不怀忧丧志的奋斗精神：

然侍卫之臣不懈于内，忠志之士忘身于外者，盖追先帝

〔1〕 关于悲剧文学的特质与悲剧英雄奋斗的意义，笔者曾有《论“悲剧英雄”——一个比较文学的观念之思索》一文加以讨论，收入《境界的探求》，台北：联经出版事业公司，1977年，第31—107页。

> 之殊遇，欲报之于陛下也。诚宜开张圣听，以光先帝遗德，恢弘志士之气；不宜妄自菲薄，引喻失义，以塞忠谏之路也。

短短数行而三度言及“先帝”，其实是在强调他的“创业”精神与以“殊遇”待士的“遗德”，而君臣相得，所共有的正是一种“恢弘”的“志士之气”，一种不畏艰难、勉力强行的旺盛精神。[1]而后主正当以“开张圣听”来凝聚众人的这种奋斗精神。他必须不负众望，成为继续“创业”的领导中心，因此“不宜妄自菲薄，引喻失义”，不应自我否定，并且阻塞众人出以进取之心的“忠谏之路”。

大一统帝国分崩离析时，群雄竞起逐鹿，虽然纷纷称帝，其处境实际近于战国诸侯，且更有“天下英雄喁喁，冀有所望；如不从议者，士大夫各归求主，无为从公也”，“士大夫随大王久勤苦者，亦欲望尺寸之功”[2]（陈寿，《三国志·诸葛亮传》）的压力。因此所谓“帝王”并未具有绝对的权威，尤其刘备临终时，先谓亮：“若嗣子可辅，辅之。如其不才，君可自取。”后又为诏，敕后主曰：“汝与丞相从事，事之如父。”而自“建兴元年，封亮武乡侯，开府治事。顷之，又领益州牧。政事无巨细，咸决于亮”（《三国志·诸葛亮传》）。因而名为君臣，实近摄政。行文之际，自是教导叮咛多于戒慎恐惧，因而反复出现“（诚）宜……”“不宜……”“愚以为……”“愿陛下……”“陛下亦宜……”等说法，反映的正是杜甫所谓的“两朝开济老臣心”（《蜀相》）。

《出师表》中的“轨事之大者”，其实是要后主不私自赏罚：

〔1〕　参见《老子》第三十三章：“自胜者强”，“强行者有志”。

〔2〕　前句为诸葛亮引述耿纯劝汉光武即帝位的话，后句为诸葛亮的结论。

宫中府中俱为一体。陟罚臧否，不宜异同。若有作奸犯科及为忠善者，宜付有司论其刑赏，以昭陛下平明之理；不宜偏私，使内外异法也。

这段话说得很含蓄，初看只是强调后主的“宫中”与丞相的“府中”应为“一体”；因此不宜“内外异法”，但是“陟罚臧否”一旦“付有司论其刑赏”，则其实是要求“宫中”必得遵循“府中”之法。因而后主虽贵为“陛下”，但其实只能交付“有司”做“平明”的公论，而不可有其个人因爱恶而为之“偏私”陟罚。这是另一种“国之命在‘礼’（一体适用，内外无异之‘法’）”的演绎与诠释吗？《出师表》中一样引用了眼前的史实为戒鉴：

亲贤臣，远小人，此先汉所以兴隆也；亲小人，远贤臣，此后汉所以倾颓也。先帝在时，每与臣论此事，未尝不叹息痛恨于桓灵也。

但是所谓“贤臣”仍是在于“德”与“才”之表现：“此皆良实，志虑忠纯”“性行淑均”“此悉贞亮死节之臣”，强调的正是以礼义自持的“德”；而“宫中之事，事无大小，悉以咨之，然后施行，必能裨补阙漏，有所广益”与“晓畅军事，试用于昔日，先帝称之曰：‘能。’是以众议举宠为督”，则明白强调其足以胜任适所的“才”能。至于“小人”，虽未明言，但由“叹息痛恨于桓灵也”可知，显然正指宫中日常亲近后主而容易“偏私”的宦竖。

虽在“危急存亡之秋”，但这里的规谏仍然诉诸普遍原则（也就是仍然诉诸足以“定命”的“讦谟”），而又依据原则给出了具体人选的建议，因而遂有了近于“荐士”性质的部分。若说本篇有特别反映其“危急”性质之所在，除了必须安排“晓畅军事”的人才，并且强调“营中之事，悉以咨之，必能使行阵和睦，优劣得所”之外，则主要在于对“出师”所做的说明：

> 故五月渡泸，深入不毛。今南方已定，兵甲已足，当奖率三军，北定中原，庶竭驽钝，攘除奸凶，兴复汉室，还于旧都。

——正是“先帝创业未半”的余绪。所以他要强调“此臣所以报先帝而忠陛下之职分也”（这即是他所要“辰告”的“远猷”），也就是他要在这篇“表”中所要“求自试”的部分：“愿陛下托臣以讨贼兴复之效，不效则治臣之罪，以告先帝之灵。”此前他更对此行动做了深具自传性的“陈情事”之表白：

> 臣本布衣，躬耕于南阳，苟全性命于乱世，不求闻达于诸侯。先帝不以臣卑鄙，猥自枉屈，三顾臣于草庐之中，咨臣以当世之事。由是感激，遂许先帝以驱驰。后值倾覆，受任于败军之际，奉命于危难之间，尔来二十有一年矣！先帝知臣谨慎，故临崩寄臣以大事也。受命以来，夙夜忧叹，恐托付不效，以伤先帝之明。

这段话既追叙了杜甫诗所称美“三顾频烦天下计”（《蜀相》）的君臣之鱼水相得，并且历数了自己身处“乱世”，由“苟全性命”而“感激”，而“许先帝以驱驰”的心理变化，以及一直在艰险中与先帝患难与共，追随其奋斗，而至锲而不舍地逐步创业，其秉持的始终是一种殷忧启圣、冒险开创的英雄志意：“后值倾覆，受任于败军之际，奉命于危难之间，尔来二十有一年矣！”至于所谓“临崩寄臣以大事”，指的就是“召亮于成都，属以后事。谓亮曰：‘君才十倍曹丕，必能安国，终定大事。若嗣子可辅，辅之。’”(《三国志·诸葛亮传》)也就是“北定中原”“兴复汉室”之复兴大业，更是所以“出师”的由来。

但是此度的“出师”已是在被视为“天下英雄”[1]之领袖人物刘备“中道崩殂”之后，因而其后续的奋斗就更具有一种“出师未捷身先死，长使英雄泪满襟”(杜甫,《蜀相》)的悲剧意味。而全篇由“先帝创业”开篇，至“深追先帝遗诏”为止，全篇叙及“先帝”多达十三次，不但侍臣志士的效忠来自追怀“先帝”，其所荐举的人才亦言明是“先帝简拔以遗陛下”，即“亲贤臣，远小人”之鉴戒亦强调来自先帝，而诸葛亮自身亦一再以“感激”表达他对“先帝”的知遇付托之恩，终于以“臣不胜受恩感激，今当远离，临表涕泣，不知所云”，在充满追怀又离情依依中作结。这种惨淡承担忧患重任（其实是成败未卜，甚至是死生难料的），却又在平简的陈述中，满含对于生死两代间君主的复杂情意，读来真的令人无法不感动。

若我们以语言沟通的理论来检视《出师表》，就能发现，虽然它是广为传诵的“表”作，但其实它在各方面都违异了这一文类的典型特质：虽然它的信息接受者在名义上仍是皇帝，因而文中始终称为“陛下”，但在实际的语境里，却是“今天下三分”，大一统仍然只是努力的目标，因而皇帝并不具有帝王真正的绝对威势；尤其帝国新造未定，地处偏远，而且外有强敌环视，兼且

[1] 曹操曾谓刘备曰：“今天下英雄，惟使君与操耳。”见《三国志·先主传》。

内部叛乱频仍，己身亦未有作为或具任何威望，其实是徒具虚名的继承者而已。

同时信息发出者在身份上虽是“臣子”，因而始于“臣亮言”，文中亦言“臣”，却受先帝遗命：“若嗣子可辅，辅之。如其不才，君可自取。”这是具有废立权柄的丞相，且有遗诏敕后主“汝与丞相从事，事之如父”的特殊身份地位。文中亦屡以“愚以为……”而未以“臣”为言的建议，大抵文中的“臣”主要是做叙事时的自称。唯一牵涉君臣互动的，仅只“愿陛下托臣以讨贼兴复之效，不效则治臣之罪，以告先帝之灵”一处，但他用的是“托”而非“命”；虽云“不效则治臣之罪”却得“以告先帝之灵”，明显地反映出这终究是“先帝知臣谨慎，故临崩寄臣以大事也”，是来自先帝的遗命。接着又说“受命以来”，都一再反映出接受者并不是真正的发令者，因而亦未具发令者的权威。

在“表”文最后告别抒情的语句之前，说的仍是：“若无兴德之言，责攸之、祎、允等之慢，以彰其咎。陛下亦宜自谋，以咨诹善道，察纳雅言，深追先帝遗诏。”显然仍是师保的口吻。因而整篇的信息其实都为一位“他者”（other），即“先帝”所充满；而接受者“陛下”的权威亦由“先帝”所取代。因而若以“表”“奏”文类的符码而言，“陛下”成了虚位，而“先帝”乃为实际的权威，信息发出者由于多替“先帝”代言，遂亦取得指导宣示的地位。因而“表”文并非结束在诚惶诚恐的“顿首顿首，死罪死罪”，而是颇具生离死别意味的真情流露——“今当远离，临表涕泣，不知所云”，是以格外感人。

《出师表》的非典型性，亦见于它不仅具有历史鉴戒，定命辰告的谋略，更具有其他类型的“表”“奏”的内容，如规谏、荐士、求自试、陈情事等，虽皆要言不烦，却体大思精，成为一种“综合性”的极品，遂为千古名文。

另一种遭逢危难动乱而产生的非典型的“表”作，则是“劝进表”[1]。其中最著名的自是刘琨与徐陵所作的两篇。刘琨所面对的境况是西晋崩坏，怀、愍二帝先后被虏，“是时西都不守，元帝称制江左，琨乃令长史温峤劝进”（《晋书·刘琨列传》）。徐陵所面对的则是梁朝遭侯景之乱，武帝忧愤崩，简文帝见弑，侯景自立，终于在“大宝三年，世祖犹称太清六年”，“三月，王僧辩等平侯景，传其首于江陵”，王僧辩等“复拜表上尊号，世祖犹固让不受”，聘魏使徐陵于邺奉表劝进。

由于皇室的统治与其正常统绪因严重动乱而中绝，如何在动荡的政局中重建秩序，就成了这类以“劝进”为名的“表”作书写的重心。所以需要“劝进”除了面对眼前的危难，必须有所作为之外，首先正来自“一国之事，系一人之本”，必得树君方能安定国祚民命的信念，如刘琨《劝进表》：

> 天生蒸人，树之以君，所以对越天地，司牧黎元。圣帝明王鉴其若此，知天地不可以乏飨，故屈其身以奉之；知蒸黎不可以无主，故不得已而临之。社稷时难，则戚藩定其倾；郊庙或替，则宗哲纂其祀。所以弘振遐风，式固万世，三五以降，靡不由之。

在王权时代，是否具皇室血缘，为嫡为庶，为长为幼，往往正是

[1] 改朝换代，篡弑之际，亦自有其劝进之“表”作；此处仅取原为拨乱反正以复兴本朝，以众望所归诸王子嗣继统的劝进。

继位“合法性”的关键，自周代宗法以降，若为嫡长，根本没有“劝进”的必要，“劝进”正因来自合法性不足（所以借“禅让”之名而行“篡位”或“篡弑”之实者，尤需“劝进”）。因而增强其继位之合法性，往往正是这类写作的重点。其论述不外：“帝位”不可虚悬；所“劝进”拥戴者，至少具血缘关联，身为“宗哲”，故仍可“纂其祀”；“戚藩”具有足以“定其倾”之权力与威望；等等。因而一方面要强调“史有前例”，如徐陵开篇所谓：

> 封唐有圣，还承帝喾之家；居代维贤，终纂高皇之祚。无为称于革舄，至治表于垂衣，而拨乱反正，非闻前古。至如金行重作，源出东莞；炎运犹昌，枝分南顿。岂得掩显姓于轩辕，非才子于颛顼？莫不因时多艰，俱继神宗者也。

一连用了唐尧、汉文、晋元帝、汉光武等皆以“同宗”而继位的故实。另一方面则必须强调“社稷时艰”“因时多难”，而有“郊庙或替”之危机与以“继神宗”之需求：

> 永嘉之际，氛厉弥昏，宸极失御，登遐丑裔，国家之危，有若缀旒。赖先后之德，宗庙之灵，皇帝嗣建，旧物克甄。诞受钦明，服膺聪哲，玉质幼彰，金声夙振。冢宰摄其纲，百辟辅其治，四海想中兴之美，群生怀来苏之望。不图天不悔祸，大灾荐臻，国未忘难，寇害寻兴。逆胡刘曜，纵逸西都；敢肆犬羊，凌虐天邑。臣等奉表使还，仍承西朝，以去年十一月不守。主上幽劫，复沈虏廷；神器流离，再辱荒逆。（刘琨，《劝进表》）

刘琨《劝进表》写于长安新破、愍帝蒙尘之际，对于这一段怀帝在洛阳被虏遇害，愍帝又于长安城破成俘的经历，写来格外沉重阴郁，尤其又由中兴之冀望，突又陷入神器流离的绝望，更是充满悲剧感；其后的抒情更是痛苦之极：

> 臣每览史籍，观之前载，厄运之极，古今未有。苟在食土之毛，含气之类，莫不叩心绝气，行号巷哭。况臣等荷宠三世，位厕鼎司，承问震惶，精爽飞越，且悲且惋，五情无主，举哀朔垂，上下泣血。臣琨臣磾顿首顿首，死罪死罪。

全篇反复出现“顿首”“死罪”六次，更具有了真诚的伤痛之情，充满了“臣子恨，何时灭！”的意味，这里叙事抒情交融为用，自是真挚感人。

但徐陵作“表”已在侯景乱平之后，叙事的重点反而在于平乱的过程：

> 自无妄为象，钟祸上京，枭獍虔刘，宗社荡坠。铜头铁额，兴暴皇年，封猪修蛇，行灾中国。灵心所宅，下武其兴。望紫极而行号，瞻丹陵而殒恸。家冤将报，天赐黄鸟之旗；国害宜诛，神奉玄狐之录。克李轶于河津；征陶谦于海岱。滕公拥树，雄气方严；张绣交兵，风神弥勇。忠诚贯于日月，孝义感于冰霜。如雷如霆，非貔非虎，前驱效命，元恶斯歼。既挂胆于西州，方燃脐于东市。蚩尤三冢，宁谓严诛；王莽千剸，非云明罚。青羌赤狄，同畀豺狼；胡服夷言，咸为京观。邦畿济济，还见隆平；宗祀愔愔，方承多福。

文中虽叙及武帝、简文帝，以至元帝世子方诸等人的遇害，但全出以英勇且为成功的征伐报复行动的比喻，并对精神与威武，以“雄气方严”“风神弥勇”“贯于日月”“感于冰霜”“如雷如霆，非貔非虎”来加以形容，终究显得“壮胜于悲”。尤其是描写“元恶斯歼”后，肢解侯景尸体的快意恩仇，终至宗庙重祀，而外邦朝贡，邦畿恢复隆平之治的景象，其实自有苦难已尽，福乐将至，沉痛的重压顿解，无限的喜悦方生的喜剧意味。

不论其“社稷时难”的叙述是出以悲剧感受，还是出以喜剧情态，为了“上以慰宗庙乃顾之怀，下以释普天倾首之望”——或者为了“丧君有君，群臣辑穆，好我者劝，恶我者惧”（刘琨，《劝进表》），或者为了“因百姓之心，振万邦之命”（徐陵，《劝进梁元帝表》），劝原已“实至”的君主，终于“名归”地接受所拜上的尊号，原就是“劝进表”的基本论述。但“劝进”之“表”的吊诡，正在于信息发出者虽然称“臣”上表，而表文中咸称“陛下”，并全依“皇帝”礼数，但受“表”者却尚不具“皇帝”身份，于是仿佛“荐士”之“表”对于所要推荐之“他者”做出揄扬般，信息发出者亦需对接受者之才德（甚至功绩）做多方赞扬，并最终请求接受者——“愿陛下存舜禹至公之情，狭巢由抗矫之节”（刘琨，《劝进表》），而未可“逡巡固让，方求石户之农；高谢君临，徒引箕山之客”（徐陵，《劝进梁元帝表》）。

自然这又是遭逢国难，重行定命，既论常理，又征史实，既叙君主蒙尘丧亡之事，又抒臣子苦痛哀戚之情，转而全心寄望于所要“劝进”的英主，因而深具多重文学兴感潜能，但这却是非典型的“表”文。

总之，不论是盛世图治，修礼定制，还是因应危难，出师劝进，自然都会牵涉信息接受者与发出者的各种与个人相关的“事”与“情”。然而针对其语境的种种情势，提出合“理”的长久规划与具体因应，才是这类“表”“奏”的重心。不过，有一类“表”“奏”却是以发出者自身的“情”“事”为“言说”的重点，在文学的表现上近于“自叙”或“言志”“抒情”之作，只是有了帝王这样特殊的接受者，就包含了请求、辞让、谢恩等现实的功能，有其预期得到特殊回应之作用，而不仅是“尝著文章自娱，颇示己志”（陶潜，《五柳先生传》）而已。

## 五、用世之心与让谢之辞

在帝制时期，能撰“表”上“奏”给帝王，自然若非已经任用的臣属，则为已受征召，有可能受到任用的臣属，一般庶民则不与焉。由于具有终身的“君臣之义”这一特殊的伦理关系，因而也才有可能如范仲淹《岳阳楼记》所强调的“居庙堂之高，则忧其民；处江湖之远，则忧其君”，恒久“是进亦忧，退亦忧”的情况。愿意具有这种“君臣”关系，自然可以是出于谋求富贵利达的动机；亦往往可以是基于忧国忧民的用世之心；或者“立德”“立功”“立言”等〔1〕的个人达成自我价值的企望。

冀望“立功”，因而请求“自效”，是曹植《求自试表》陈情的基点：“今臣无德可述，无功可纪，若此终年，无益国朝，将挂风人彼其之讥”；强调“志欲自效于明时，立功于圣世”，渴望参与出征，甚至不惜牺牲，“窃不自量，志在效命”：

> 必效须臾之捷，以灭终身之愧，使名挂史笔，事列朝

〔1〕 三不朽的说法，参见《左传》襄公二十四年。

> 荣。虽身分蜀境，首悬吴阙，犹生之年也。如微才弗试，没世无闻，徒荣其躯而丰其体，生无益于事，死无损于数，虚荷上位而忝重禄，禽息鸟视，终于白首，此徒圈牢之养物，非臣之所志也。

与后世左思《咏史》其一中“铅刀贵一割，梦想骋良图，左眄澄江湘，右盼定羌胡”，是同一心理机轴。“微才弗试，没世无闻”正是“铅刀终不割”，显示的就是另一种“壮志未酬”的情状与焦虑；遂而更反映出一种“祈战死”——“身分蜀境，首悬吴阙”的悲壮意味。正如左思该诗是结束在“功成不受爵，长揖归田庐”，曹植对于现有的“上爵”“重禄”之富贵生活，其实并不在意，甚至因其无所作为与无可作为（“生无益于事，死无损于数”）而深感厌倦，他甚至用了“禽息鸟视”“此徒圈牢之养物”这样不堪的比喻与形容。

但是这篇《求自试表》，仍然诉诸“君臣大义”的伦理原则，以为发言的基础：

> 臣闻士之生世，入则事父，出则事君；事父尚于荣亲，事君贵于兴国。故慈父不能爱无益之子，仁君不能畜无用之臣。夫论德而授官者，成功之君也。量能而受爵者，毕命之臣也。故君无虚授，臣无虚受。虚授谓之谬举，虚受谓之尸禄。

这其实是一种冷峻的伦理原则，它规定了“士”的生命只有两个追求与遵从的面向——“事父”与“事君”，因而其生命的价值只以是否扮演好了“子”与“臣”的角色来决定，而且必须以其是否有“益”或有“用”来作为判断的标准。“仁君”尚且“不能畜无用之臣”，君对臣的利用之性质毕露；而更为恐怖的则是“慈父”竟然因此亦被引申为“不能爱无益之子”，真可谓是刻薄寡恩矣！（这是否反映了曹魏自曹操以降的法家性格？）虽然“论德而授官”与“量能而受爵”似乎有其合理性，但“君”或许因其“成功”与否而有“论德而授官”的选择余地，在专制帝王的统治下，“臣”是真的有“量能而受爵”的自由空间吗？

整篇《求自试表》的基本冲突与矛盾，正在于虽然曹植一再强调“夫君之宠臣，欲以除患兴利；臣之事君，必以杀身静乱，以功报主也”，“夫忧国忘家，捐躯济难，忠臣之志也”，但是他的“欲逞其才力，输能于明君”，却未必在君的“论德而授官”之际，对其“才力”“能”否，得到他所期待的肯定，于是他只好如贾谊等人般“志或郁结”了。所以他虽然出以各种自贬自抑的卑辞恳求：

> 夫自炫自媒者，士女之丑行也；干时求进者，道家之明忌也。而臣敢陈闻于陛下者，诚与国分形同气，忧患共之者也。冀以尘雾之微，补益山海；荧烛末光，增辉日月。是以敢冒其丑而献其忠，必知为朝士所笑。圣主不以人废言，伏惟陛下少垂神听，臣则幸矣。

但正因“与国分形同气”，他身为宗室亲王，因具血缘继承的某种程度的合法性，自贾谊《治安策》以降，以至七国之乱后，早已成为帝王所必须忌惮裁抑的对象，何况他希图拥有或多或少的兵权？因而也就注定了其结果必然是“今臣志狗马之微功，窃自惟度，终无伯乐、韩国之举，是以于邑而窃自痛者也”的命运，不论他多么情真意切，兼且文采斐然，对仗如何工整，韵律如何调谐，如何旁征博引、用事精确，使用了多少博依罕譬的修辞，如刘勰所谓：“陈思之表，独冠群才，观其体赡而律调，辞清而志显，应物掣巧，随变生趣，执辔有余，故能缓急应节矣。”（刘勰，《文心雕龙·章表》）但终究不可能具有实际的效用，这篇“表”文只能当作徒具美感价值的文章来欣赏！[1]

与曹植急于“求自试”相反，李密则哀求暂缓征辟。李密《陈情表》传扬后世，几乎可与诸葛亮《出师表》齐名，主要的动人之处皆为其中自叙平生的部分，在诸葛则为与先帝的知遇，在李密则为受祖母之抚育，彼此之深情交感：

> 臣以险衅，夙遭闵凶。生孩六月，慈父见背。行年四岁，舅夺母志。祖母刘，愍臣孤弱，躬亲抚养。臣少多疾病，九岁不行；零丁孤苦，至于成立。既无伯叔，终鲜兄弟。门衰祚薄，晚有儿息。外无期功强近之亲，内无应门五尺之僮。茕茕独立，形影相吊。而刘夙婴疾病，常在床蓐。臣侍汤药，未曾废离。

上“表”为文原当典重雅正，但这一大段描写却是有意尽诉其个人作为孤儿的悲哀，几乎是刻意做出种种感伤悲情的表现，由“险衅”“闵凶”起始：六月、四岁、九岁……反复强调自己的“孤”与“病”。前半固属事实的勾勒；自“零丁孤苦”以降，以至“茕茕独立，形影相吊”一段，其实只是多方凸显自己的“孤”“寒”；然后“病”的部分，则由“臣少多疾病”转成“而刘夙婴疾病，常在床蓐”，亦由“孤”而转出“臣侍汤药，未曾

[1]　根据康德对美感的分析，非功利而不具实用性正是其特征。

废离”，以呼应“祖母刘，愍臣孤弱，躬亲抚养”。极意刻画出一老一少孤苦多病，长时相依为命的情景。其事固原极可悯，其修辞摹画亦极具匠心。

因为李密上“表”的处境，原即是“今臣亡国贱俘，至微至陋”，且已屡经“察臣孝廉”“举臣秀才”“拜臣郎中”“除臣洗马”，而“猥以微贱，当侍东宫，非臣陨首所能上报”，因而“臣具以表闻，辞不就职”。因为他的身份原即是亡国“伪朝”的官吏，对于征服者而言，对其加以征召具有安抚民心的示范作用；他一再“辞不赴命”，则显然具有挑战皇权，继续效忠旧朝而不肯归顺的政治意义。因而“诏书切峻，责臣逋慢；郡县逼迫，催臣上道；州司临门，急于星火”。

这种时刻，政治上的表态至关紧要。中国因周代宗法，同时汉代自惠帝以降，皆以“孝”冠谥号，所谓“名教”正是联“忠”于“孝”，“伏惟圣朝以孝治天下，凡在故老，犹蒙矜育，况臣孤苦，特为尤甚”，于是奉养祖母的“孝道”遂是可以得到宽谅的理由；同时他亦必须明白地与“亡朝”划清界限——“且臣少仕伪朝，历职郎署，本图宦达，不矜名节”；并且一再以“逮奉圣朝，沐浴清化”，强调自己对于当今“圣朝”的尊奉。他强调自己“辞不赴命”是因祖母“供养无主”，并未抗拒当朝，而是将“辞不赴命”转换为暂缓赴命：

> 但以刘日薄西山，气息奄奄，人命危浅，朝不虑夕。臣无祖母，无以至今日；祖母无臣，无以终余年。母孙二人，更相为命。是以区区不能废远。臣密今年四十四，祖母刘今年九十有六。是臣尽节于陛下之日长，报养刘之日短也。乌

> 乌私情，愿乞终养。

他动用了“皇天后土，实所共鉴”，兼及“臣生当陨首，死当结草”，然后才是“臣不胜犬马怖惧之情，谨拜表以闻”。这样的作品不仅显示了李密孝思之感人，其实更体现了李密身为“亡国贱俘”，无所逃于征服者“圣朝”的“清化”，必须故作悲情卑辞以摇尾乞怜的悲哀。李密亦因为政治表态得当，上“表”终于得到众所周知的喜剧性的结果。

事实上这类陈情求乞的上“表”，往往最能反映信息接受者之权威与发出者之因此权威而在精神上与生活上所形成的困境。苏轼《乞常州居住表》开篇即谓：

> 臣闻圣人之行法也，如雷霆之震草木，威怒虽甚，而归于欲其生；人主之罪人也，如父母之谴子孙，鞭挞虽严，而不忍致之死。臣漂流弃物，枯槁余生，泣血书词，呼天请命。愿回日月之照，一明葵藿之心。此言朝闻，夕死无憾。臣轼诚惶诚恐，顿首顿首。

虽为祈恩慈发言，其实亦正反映了君上严威之未尝宽贷。文中比喻精切，却是正言若反：雷霆、威怒、鞭挞，除了尚未“致死”，竟是既“严”且“甚”。“雷霆”“震”“怒”之余，“草木”却已“枯槁”。除了“泣血”“呼天”之外，只能祈求“明心”而可“夕死无憾”了。因为所有的罪过其实只是“葵藿”忠爱之心未被了解，遂以“狂狷妄发”，即遭“一从吏议，坐废五年。积忧熏心，惊齿发之先变；抱恨刻骨，伤皮肉之仅存”的悲惨命运。虽然终于受命量移汝州：

但以禄廪久空，衣食不继；累重道远，不免舟行。自离黄州，风涛惊恐。举家重病，一子丧亡。今虽已至泗州，而资用罄竭。去汝尚远，难于陆行。无屋可居，无田可食。二十余口，不知所归。饥寒之忧，近在朝夕。与其强颜忍耻，干求于众人，不若归命投诚，控告于君父。臣有薄田，在常州宜兴县，粗给饘粥。欲望圣慈，许于常州居住。又恐罪戾至重，未可听从便安；辄叙微劳，庶蒙恩贷。

虽然叙述之中没有刻意强调，但“举家重病，一子丧亡”，“而资用罄竭”，“二十余口，不知所归。饥寒之忧，近在朝夕”，言虽简略，情实可悯。由此看来，量移虽似可喜，但其实困难重重。而所谓“谢表”，书写之情事，往往亦甚可悲，如苏轼《谢量移汝州表》所谓：

旋从册府，出领郡符。既无片善，可纪于丝毫；而以重罪，当膏于斧钺。虽蒙恩贷，有愧平生。只影自怜，命寄于江湖之上；惊魂未定，梦游缧绁之中。憔悴非人，章狂失志。妻孥之所窃笑，亲友至于绝交。疾病连年，人皆相传为已死；饥寒并日，臣亦自厌其余生。

这段描写贬谪黄州的情状，既写自己之惊魂失志，亦及人情冷暖，加以疾病饥寒，真有虽生犹死的悲哀。至于贬琼州别驾昌化军安置的《到昌化军谢表》，更是“生人作死别，恨恨那可论”（《古诗为焦仲卿妻作》）：

并鬼门而东骛，浮瘴海以南迁。生无还期，死有余责。……伏念臣顷缘际会，偶窃宠荣。曾无毫发之能，而有

> 丘山之罪。宜三黜而未已，跨万里以独来。恩重命轻，咎深责浅。此盖伏遇皇帝陛下，尧文炳焕，汤德宽仁。赫日月之照临，廓天地之覆育。譬之蠕动，稍赐矜怜；俾就穷途，以安余命。而臣孤老无托，瘴疠交攻。子孙恸哭于江边，已为死别；魑魅逢迎于海外，宁许生还？念报德之何时，悼此心之永已。俯伏流涕，不知所云。臣无任。

其中充分显示了穷途末路之悲慨，由曾遇宠荣而骤然被贬谪海外，所谓“以安余命”是否正是宁有生还之理？“表”中所有对“皇帝陛下”的歌颂，昔日的读者或者视为理所当然；今日读来却不免顿成反讽，一代名臣，千古风流人物，只能“譬之蠕动”，确实令人情伤，真是对其“俯伏流涕，不知所云”，亦不知何所可云了！

比较愉快的当然是“让表”：首先必须是被授予尊位重爵才有写作“让表”的权利与需要；其次，在一个以谦让为美德的文化里，辞让被视为是德行的表征与礼仪之必需。诚如刘勰所谓：“昔晋文受册，三辞从命；是以汉末让表，以三为断。”（刘勰，《文心雕龙·章表》）辞让未必真让，反而可以借此高抬声价，多次接受称颂揄扬，所以基本上只是一种接受前奏的如仪行礼，亦是展示自身或辞臣文采的大好良机。[1] 此类“表”作往往只当从其如何“斐然成章”的角度来欣赏。

羊祜让开府，庾亮让中书令，两人皆为位高权重的外戚。因而羊祜在“表”中言及，“今臣身托外戚”（“祜同产姊配景帝，

〔1〕　因为“让表”往往由辞臣代作，如齐明帝使任昉撰《让宣城郡公表》。

为弘训太后”)，“适十数年，受任外内，每极显重之地”，以及“乞留前恩，使臣得速还屯，不尔留连，必于外虞有阙，臣不胜忧惧”，指的正是“都督荆州诸军事”的重任；强调“且臣忝窃虽久，未若今日兼文武之极宠，等宰辅之高位也”，“是以誓心守节，无苟进之志”。

庾亮亦在“表”中强调自己在先代即已“频繁省闼，出总六军”，甚至直言“臣于陛下，后之兄也”；因而“兼（外戚）如此之嫌，而使内处心膂，外总兵权”，既不能“以此求治”，却可能“以此招祸”。因为“虽陛下二相，明其愚款，朝士百僚，颇识其情，天下之人何可门到户说，使皆坦然邪？”，说明自己并无二心，朝士共鉴，却难杜天下人的悠悠之口。

羊祜所诉诸的论述是“臣闻古人之言，德未为众所服而受高爵，则使才臣不进；功未为众所归而荷厚禄，则使劳臣不劝”，因而推荐了光禄大夫李喜、鲁芝、李胤等人，以为彼等“未蒙此选，臣更越之，何以塞天下之望，少益日月”。他虽“身托外戚”，但真正在意的反而是个人的德望是否足以承当：“臣有何功可以堪之？何心可以安之？”是以他强调：

> 今天下自服化已来，方渐八年，虽侧席求贤，不遗幽贱，然臣等不能推有德，进有功，使圣听知胜臣者，而未达者不少。假令有遗德于板筑之下，有隐才于屠钓之间，而令朝议用臣不以为非，臣处之不以为愧，所失岂不大哉？

也就是站在开国之初，必须招募贤才、奖掖有功的角度立论，这也就是他不仅辞让，亦做了具体荐举的缘故。由于他的具体荐举充分显示了他的辞让有其真诚的一面，并且由于他的身份特殊，虽然他亦言及“违命诚忤天威”，而终究可在“臣不胜忧惧，谨触冒拜表”之下，表示“惟陛下察匹夫之志不可以夺”。

庾亮则首先强调“臣领中书，则示天下以私矣”，由“姻娅之嫌，实与骨肉中表不同”，而直诉人们对于外戚当权的观感：

> 至于外戚，凭托天地，势连四时，根援扶疏，重矣大矣，而财居权宠，四海侧目，事有不允，罪不容诛，身既招殃，国为之弊。其故何邪？直以婚媾之私，群情所不能免，故率其所嫌，而嫌之于国。是以疏附则信，姻进则疑；疑积于百姓之心，则祸成重闼之内矣。此皆往代成鉴，可为寒心者也。

其实羊祜对“身托外戚”的处境，亦有相似的理解——“事遭运会，诚在宠过，不患见遗”，“以身误陛下，辱高位，倾覆亦寻而至。愿复守先人敝庐，岂可得哉？”。两人其实都深具居安思危的忧患意识与为持盈保泰而自我节制的处世智慧。他们的思虑事兼家国，不仅是为符合礼仪而谦让，而且自有发人深省的“仰览殷鉴，量己知弊”的人情与历史的体察。受宠若惊，面临被授予的高位坚持固让自是有其合理的考量，但是最后竟夸张到要“归骸私门，以待刑书”，甚而至于“愿陛下垂天地之鉴，察臣之愚，则虽死之日，犹生之年矣！”。这也可以算是一种喜剧性的智慧与反应了吧？

## 六、对“他者”的崇扬弹抑

上“表”而言及具体的人与事，除了信息发出者的自叙其志，陈情谦让外，自然以对“他者”的荐举、追怀与奏弹一类，最具文学的趣味。“荐表”的写法，大抵是依据所要荐举人才的特质，先以时世需求，历数综论此等人才的重要，例如孔融《荐祢衡表》：

> 臣闻洪水横流，帝思俾乂，旁求四方，以招贤俊。昔世宗继统，将弘祖业，畴咨熙载，群士响臻。陛下睿圣，纂承基绪。遭遇厄运，劳谦日仄。维岳降神，异人并出。

强调的正是在动荡混乱的时局中，招求贤俊、弘扬祖业的重要，以及对“俾乂”“熙载”所需的致治人才的“并出”与“响臻”之期待。桓温《荐谯元彦表》，则先强调“高尚”“忠贞”人士的重要：

> 臣闻大朴既亏，则高尚之标显；道丧时昏，则忠贞之义彰。故有洗耳投渊，以振玄邈之风；亦有秉心矫迹，以敦在三之节。是故上代之君，莫不崇重斯轨，所以笃俗训民，静一流竞。

则显然荐举的人士是以气节德操为尚，而非才能智巧为先。接着自然引入正题，对所欲推荐者做简要的人物描绘：

> 窃见处士平原祢衡，年二十四，字正平，淑质贞亮，英才卓跞。初涉艺文，升堂睹奥。目所一见，辄诵于口；耳所暂闻，不忘于心。性与道合，思若有神。弘羊潜计，安世默识，以衡准之，诚不足怪。忠果正直，志怀霜雪。见善若惊，疾恶若仇。任座抗行，史鱼厉节，殆无以过也。
>
> 窃闻巴西谯秀，植操贞固，抱德肥遁，扬清渭波。于时

> 皇极遘道消之会，群黎蹈颠沛之艰；中华有顾瞻之哀，幽谷无迁乔之望。凶命屡招，奸威仍逼，身寄虎吻，危同朝露，而能抗节玉立，誓不降辱，杜门绝迹，不面伪庭。进免龚胜亡身之祸，退无薛方诡对之讥。虽园绮之栖商洛，管宁之默辽海，方之于秀，殆无以过。

因为祢衡年仅二十四岁，并无明显事迹，孔融的推扬就集中在其才思敏捷，品行正直方面：前项以桑弘羊、张安世为比；后项以任座、史鱼为喻。但恐其不足以说服，遂一方面强调其特出与才能——“鸷鸟累百，不如一鹗。使衡立朝，必有可观。飞辩骋辞，溢气坌涌；解疑释结，临敌有余”，一方面以贾谊、终军、路粹、严象等弱冠异才之表现与擢拔而认定“衡宜与为比”，更对祢衡的任用做了各种形象化的比喻与形容：

> 如得龙跃天衢，振翼云汉，扬声紫微，垂光虹霓，足以昭近署之多士，增四门之穆穆。钧天广乐，必有奇丽之观；帝室皇居，必蓄非常之宝。若衡等辈，不可多得。《激楚》《阳阿》，至妙之容，掌技者之所贪；飞兔、騕袅，绝足奔放，良、乐之所急也。臣等区区，敢不以闻。

所以刘勰说“文举之荐祢衡，气扬采飞”（《文心雕龙·章表》），这种种喻象的描摹，意在强调祢衡的资质奇丽，才华非常，本身却也绚丽雄浑，可观可玩。

桓温荐谯秀，主要在于他“能抗节玉立”，“不面伪庭”：“及李雄盗蜀，安车征秀，又雄叔父骧，骧子寿辟命，皆不应。”[1]因

[1] 见裴松之：《三国志注》，卷四十二，引《晋阳秋》。

是已经成就的节操，故而深入当时政治环境：“于时皇极遘道消之会，群黎蹈颠沛之艰”；刻画其内心的孤绝：“中华有顾瞻之哀，幽谷无迁乔之望”；表现其处境之艰危：“凶命屡招，奸威仍逼，身寄虎吻，危同朝露”，就成为他“表”文的重点。最后终结于征召谯秀，终结于在一个认同混乱的时代有益于鼓励效忠的政治号召上：

夫旌德礼贤，化道之所先；崇表殊节，圣哲之上务。方今六合未康，豺豕当路，遗黎偷薄，义声弗闻，益宜振起道义之徒，以敦流遁之弊。若秀蒙蒲帛之征，足以镇静颓风，轨训嚣俗，幽遐仰流，九服知化矣。

完全呼应开篇“大朴既亏”“道丧时昏”的论述，而照应其后所叙及的当朝处境：

伏惟大晋，应符御世，运无常通，时有屯蹇，神州丘墟，三方圮裂。《兔罝》绝响于中林，《白驹》无闻于空谷。斯有识之所悼心，大雅之所叹息者也。

因而此“表”的荐贤，就不仅是单纯的“访诸故老，搜扬潜逸”而已，而是一种大乱之后，谋求复兴之作为的配合手段，所以要说成是：“庶武罗于羿、浞之墟，想王蠋于亡齐之境。”受荐者守节，荐举者志在恢复，共同面对的正是天下的分崩离析、皇权认同的飘摇不定；就此而言，荐者与受荐者之间自有另外的一种共同的悲情的感应、心志的共鸣。因而心志的刻画格外能够深切动人，富涵文学表现的意趣。

正如征召忠贞可以旌德化，对贤明死者的置守冢，加赠、立碑亦有相同的宣化效果。因而镇守特殊区域的地方长官，为区域中具有影响力的历史人物祈求置守冢，亦有一定的政治号召与方便治理的作用。张悛《为吴令谢询求为诸孙置守冢人表》，正是想借表彰孙坚、孙策的功业，为置守冢，以安抚国灭之后吴民的追思心情。虽出于统治需求，但对于孙权开国前，奠定基业的父兄的勋德都做了很好的表述：

> 追惟吴伪武烈皇帝，……遭汉室之弱，值乱臣之强，首唱义兵，先众犯难，破董卓于阳人，济神器于甄井，威震群狡，名显往朝。桓王才武，弱冠承业，招百越之士，奋鹰扬之势，西赴许都，将迎幼主，虽元勋未终，然至忠已著。

他进一步评论他们的功过——“举劳则力输先代，论德则惠存江南；正刑则罪非晋寇，从坐则异世已轻”，因而在“伏见吴平之初，明诏追录先贤，欲封其墓”的前提下，以为“愚谓二君，并宜应书”，强调“若列先贤之数，蒙诏书之恩，裁加表异，以宠亡灵，则人望克厌，谁不曰宜！”。这种“宠亡灵”“厌人望”的思维，自以下段表达得最具诗意，言辩义深，其实可观：

> 臣闻春雨润木，自叶流根；鸱鸮恤功，爱子及室。故天称罔极之恩，圣有绸缪之惠。

至于上“表”祈求加赠或许可立碑，则会历数逝者的功绩德业，如傅亮《为宋公求加赠刘前军表》：

> 故尚书左仆射前将军臣穆之，爰自布衣，协佐义始，内竭谋猷，外勤庶政，密勿军国，心力俱尽。及登庸朝右，尹司京畿，敷赞百揆，翼新大猷。顷戎车远役，居中作捍，抚

宁之勋，实洽朝野，识量局致，栋干之器也。方宣赞盛化，缉隆圣世，志绩未究，远迩悼心。

或如任昉《为范始兴作求立太宰碑表》：

故太宰竟陵文宣王臣某（子良），与存与亡，则义刑社稷；严天配帝，则周公其人。体国端朝，出藩入守。进思必告之道，退无苟利之专。五教以伦，百揆时序。若夫一言一行，盛德之风；琴书艺业，述作之茂。道非兼济，事止乐善，亦无得而称焉。

虽皆不免是以典雅的文字做出颂扬，但终究可以反映出逝者的若干事迹与性行。最有意味的还在于上“表”祈求者与所代为请求者之间的关系，及其在“表”文书写中的体现。如傅亮代作的“表”中，亦涉及请求加赠的上“表”者刘裕的身影与事迹：

臣以寡劣，负荷国重，实赖穆之匡翼之勋。岂惟谠言嘉谋，溢于民听；若乃忠规密谟，潜虑帷幕，造膝诡辞，莫见其际。事隔于皇朝，功隐于视听者，不可胜记。所以陈力一纪，遂克有成；出征入辅，幸不辱命。微夫人之左右，未有宁济其事者矣。履谦居寡，守之弥固，每议及封爵，辄深自抑绝，所以勋高当年，而茅土弗及。抚事永念，胡宁可昧。

于是这种两人互动的叙述，显得两人的性格行止都栩栩如生，“表”文就不再仅是称扬的官样文章了。加上其后“臣契阔屯夷，旋观终始，金兰之分，义深情感”的告白，则其生死不泯的情义更有动人之致。任昉代作的“表”中，亦描写了上“表”者范云与已追崇为太宰之萧子良的情谊：

> 臣里閭孤贱，才无可甄。值齐网之弘，弛宾客之禁，策名委质，忽焉二纪。虑先犬马，厚恩不答，而弊帷毁盖，未蓐蝼蚁；珠襦玉匣，遽饰幽泉。陛下弘奖名教，不隔微物，使臣得骏奔南浦，长号北陵。既曲逢前施，实仰觊后泽，傥验杜预山顶之言，庶存马骏必拜之感。临表悲惧，言不自宣。臣诚惶已下。

虽然意在借“弘奖名教”为理由而请求准许立碑，但是显示的反而是对于萧子良的忠义与追怀——“而弊帷毁盖，未蓐蝼蚁；珠襦玉匣，遽饰幽泉”，把贵贱悬隔、生死期待竟然易位的震惊写得精紧致密而又情意深长。或许因此而“事不行”，却无碍其成为千古名篇。

当文章被视为“不朽之盛事”时，进上逝者的文集或别传，其实亦如守冢立碑一样，是种尊崇纪念逝者的作为，在上“表”之际称颂逝者的道德文章，兼致悼念追思之意，不但是通常的写法，亦正是“表”中另一类对“他者”描叙抒赞的表现形态。梁简文帝萧纲的《上昭明太子集别传等表》，因为上文集故先言古来“书契未作”“口实为美”的往事，以凸显昭明太子萧统既善文章又昭德行的“罕或闻焉”的特殊性行：

> 昭明太子禀仁圣之姿，纵生知之量，孝敬兼极，温恭在躬。明月西流，幼有文章之敏；羽籥东序，长备元良之德。蕴兹三善，弘此四德。非假二疏，宁劳四皓？虎贲恧其经学，智囊惭其调护。岂止博望延宾，寿春能赋，问疑枣据，书戒凭陵而已哉？

这一段对萧统的刻画，用许多故实做出排比，意在强调萧统的才智出众，博学多识，能文善言；兼且秉性温厚，好士谨用，甚得人心。虽然表达出以映衬而显迂曲，但在盛行以片言品鉴人物的年代，这样的曲笔点染，亦足以略见其人格之特质了。王缙《进王右丞集表》亦一样描叙了王维的生平情状：

> 臣兄文词立身，行之余力。当官坚正，秉操孤直。纵居要剧，不忘清净。实见时辈，许以高流。至于晚年，弥加进道。端坐虚室，念兹无生。乘兴为文，未尝废业。或散朋友之上；或留箧笥之中。

强调他在官僚生涯中，虽行余为文而却以文词立身的性行与不忘清净、致力奉佛修禅的精神倾向。文辞虽简，但是颇能勾勒王维性格的特质：既是出尘的诗人，亦是修禅的佛徒。后世对王维的主要印象，大致不离于此段的描述。

两篇“表”文亦各自有其伤逝追怀的抒发与编辑记述之说明：

> 玉折何追，星颓靡续。地尊虢嗣，外阳之术无征；位比周储，缑山之驾不返。臣以不肖，妄作明离，出入铜龙，瞻仰故实。思所以揄扬盛轨，宣记德音。谨撰昭明太子别传文集，请备之延阁，藏诸广内，永彰茂实，式表洪徽。
>
> 令臣进亡兄故尚书右丞维文章，恩命忽临，以惊以喜，退因编录，又窃感伤。……臣近搜求，尚虑零落，诗笔共成十卷。今且随表奉进，曲承天鉴，下访遗文。魂而有知，荷宠光于幽穸；殁而不朽，成大名于圣朝。臣不胜感戴悲欢之至。谨奉表以闻。

两人皆是以弟弟的身份，为兄长整理文集，甚至撰作《别传》，自有无限感怀；尤其萧纲又继萧统“立为皇太子”[1]，“出入铜龙，瞻仰故实”，心情更是复杂，所以会有“思所以揄扬盛轨，宣记德音”这样的强烈的写作与编订动机。王缙的心情亦在惊喜与感伤之间激荡，所以是“感戴悲欢之至”。这都使得此种上“表”，不仅是对实际事务的交代，而且成为对“他者”之略述感怀的动人作品。

当所要修缮拜谒的并非伪朝的先君（这总是具有身为胜利者之政治号召性质的故示宽大的意味）而是本朝荒置近百年的先帝诸陵，当是如何的悲欣交集呢？傅亮《为宋公至洛阳谒五陵表》充分地掌握了这种由悲转慰而不免愤慨交集的心理历程。他首先代刘裕奏陈北伐终至进入旧京洛阳的经过：

> 臣裕言：近振旅河湄，扬旍西迈。将届旧京，威怀司、雍。河流遄疾，道阻且长。加以伊洛榛芜，津涂久废，伐木通径，淹引时月。始以今月十二日，次故洛水浮桥。山川无改，城阙为墟。宫庙隳顿，钟虡空列。观宇之余，鞠为禾黍。廛里萧条，鸡犬罕音。感旧永怀，痛心在目。

这段文字精准地掌握了情绪的统一，刻意压抑征战的表现，将它转化为近乎行旅的历程。既以“河流遄疾，道阻且长”来象征其间的艰难，进军洛阳亦以“次故洛水浮桥”为言。以“伊洛榛芜”开始，一路描写洛阳荒废，几近空城：“城阙为墟。宫庙隳顿……”由“钟虡空列”象征黄钟毁弃、礼乐全失，以“鞠为禾

[1]〔唐〕姚思廉：《梁书·简文帝本纪》：“（大通）三年四月乙巳，昭明太子薨，五月丙申，诏曰：‘……可立为皇太子。’”

黍”来象征王国毁坏、王城废弃的黍离麦秀之悲，更以“鸡犬罕音”来象征百姓困窘、民生凋敝。初看只是一味白描的写景，其实充满了象征的深意，因而归结于情景交融、画龙点睛的“感旧永怀，痛心在目”。

真正令人悲欣交集而感慨不已的，则是诸先帝陵寝在沉沦百年后的重光：

> 以其月十五日，奉谒五陵。坟茔幽沦，百年荒翳；天衢开泰，情礼获申。故老掩涕；三军凄感。瞻拜之日，愤慨交集。行河南太守毛修之等，既开剪荆棘，缮修毁垣，职司既备，蕃卫如旧。伏惟圣怀，远慕兼慰。不胜下情，谨遣传诏殿中郎臣某，奉表以闻。

对以血缘世袭的皇权而言，宗庙陵寝正是其权位合法性的根本与象征；一旦沦陷，不论就以情感而言，或以政治威望而言，都是绝大的伤害。何况是“坟茔幽沦，百年荒翳”——长达百年的沦陷失修。“表”文很巧妙地以正面的修复（“开剪荆棘，缮修毁垣”）来同时暗示了前此的幽蔽与破败，在“职司既备，蕃卫如旧”的安排中，正反映了前此的“职司不备”，无所“蕃卫”。

全篇有意压低信息发出者可能流露的自功自伐的痕迹，亦故意只言物质性的“坟茔”，而不及作为神圣“他者”的先帝之灵（只在“伏惟圣怀，远慕兼慰”一句中，以对于接受者的揣想中间接暗示），在拜谒之际，虽然强调了“天衢开泰，情礼获申”，却完全以另外广大的卑下“他者”（“故老”“三军”）作为情感的聚焦（“掩涕”“凄感”），甚至在“瞻拜之日”，亦仅强调“愤慨交集”，故意不露任何欢喜或得意神色；恰如其分地只强调了自己同属“职司既备，蕃卫如旧”的身份与角色。就宗庙重光、拜谒诸先帝之陵寝这一历史性的大事而言，傅亮对上表之发出者宋公刘裕的身份处境及所适宜的情怀心绪，实在是有很细腻的拿捏，而终究能够收复旧京、帝陵重谒，对于全体臣民亦是绝对重要而令人感奋的大事，傅亮掌握了这一根本的情绪，创造出了足以感人的精彩“表”文。

以上各种题材类型，虽然偏重、角度、方式各有不同，但或多或少都具有对于“他者”的“美盛德之形容”(《毛诗·序》)的意味；但“弹事”一类，却是以“御史”身份指斥亦身具官宦身份的“他者”之行为不当而作的评判性的“奏弹”。由于其弹劾对象为人，故文称《奏弹 ×××》，以人名为言；而所纠弹的往往是针对某一事件中的行为或处置不当，因而以“弹事”类名。其基本写作形式仍与许多“表”文一样，仍以相关事项的通论通则起首，再叙具体事实情势，最终提出信息发出者的请求或主张。但是“奏弹”之际，发出者往往标明自己的“御史”身份，以示“奏”文的属性。在陈述事实之前，加上“谨案”；在做评判的主张之前，又加上“臣谨案”，使它更具执行业务的公文书性质。

因而这类“奏”文的文学意味，一方面在于“谨案”事实的叙事；一方面则是以通论的理则为依据，在“臣谨案”的部分做具体的析论，以得出其“自由心证”的判断，因而亦具“论议”的性质。自然，其论断是否能达到“自由心证”的层次，可能是有疑问的，因为在前头总论通则的陈述之后，信息发出者就得先做“臣 × 顿首顿首，死罪死罪”的表达；到了“臣谨案”的末尾，又得再表达一次，作为全文的结束。由于所弹劾的过失或罪恶，往往会有受害者，因而被弹者与受害者之间的是非纠结，往往成为叙事的重点。若多做细节与复杂经过的交代（如任昉《奏弹刘整》，叙述叔嫂反复争夺奴婢，由争吵、詈骂，加上盗窃、变卖、触打等事），凸显了它在情节上所具的纠葛性质，读来就颇有小说的趣味了。

但是，任昉《奏弹曹景宗》可能才是典型的范例：

> 故司州刺史蔡道恭，率厉义勇，奋不顾命，全城守死，自冬徂秋，犹有转战无穷，亟摧丑虏。方之居延，则陵降而恭守；比之疏勒，则耿存而蔡亡。若使郢部救兵，微接声援，则单于之首，久悬北阙，岂直受降可筑，涉安启土而已哉！实由郢州刺史臣景宗，受命致讨，不时言迈，故使猬结蚁聚，水草有依，方复按甲盘桓，缓救资敌，遂令孤城穷守，力屈凶威。虽然，犹应固守三关，更谋进取，而退师延颈，自贻亏衄，疆埸侵骇，职是之由，不有严刑，诛赏安置？景宗即主。

“奏”文中叙述魏军入侵，梁军反击“所向风靡”，“而司部悬隔，斜临寇境”，虽司州刺史蔡道恭死守，但因“使持节、都督郢司二州诸军事”的郢州刺史曹景宗坐视不救，终至沦陷。对守城至死的蔡道恭极力表扬——“方之居延，则陵降而恭守；比之疏勒，则耿存而蔡亡”，以李陵、耿恭来映衬蔡道恭死战的忠义；并借此反衬曹景宗的“按甲盘桓”，迟不救援，甚至由三关退却至延颈，导致司州沦陷，贻误军机之不当。是以任昉在“臣谨案”的论断部分强调：“且道恭云逝，城守累旬；景宗之存，一朝弃甲：生曹死蔡，优劣若是，惟此人斯，有腼面目！”因而得出结论：“愍彼司氓，致辱非所；早朝永叹，载怀矜恻。致兹亏丧，何所逃罪？宜正刑书，肃明典宪。臣谨以劾，请以见事免景宗所居官，下太常，削爵土，收付廷尉法狱治罪。”因为曹景宗为曾助萧衍克建康自立的功臣，梁武帝遂不究问此事。但这篇“奏弹”仍不失为深有文学意味，足资品鉴的佳文。

## 七、对帝王本身的规谏

唐太宗说：“夫以铜为镜，可以正衣冠；以古为镜，可以知兴替；以人为镜，可以明得失。”（《旧唐书·魏征列传》）正是指出一切的规谏，虽然言辞书写是出自信息发出者，但其信息却是关于接受者本身的状态，因而接受者所面对的正是一己的“镜像”（mirror image）。镜像永远不等于临镜者自身，因为已经因镜子本身之结构材质、清浊平曲等状态，以及位于对面而产生了变易折曲。

但镜像终究仍是与临镜者息息相关，对它的接受既可以形成“水仙”（narcissus）般的自恋情绪，亦可以成为“正衣冠”“明得失”的参考。但对帝王或作谀颂或加规谏，除了因帝王与上表进言者之间彼此各殊性格交感形成微妙互动而影响到信息的方向、性质、内容，以及不同的接受反应外；对于后世的读者而言，它首先仍然是一种指向或指涉接受者的叙事。虽然同样深有意味的是发出者的“观点”（point of view），因为观点之后正是发出者叙事的“主题”（theme）之所在，在冀望“以悟主上”的场合，这些主题往往是明言于信息之中的，甚至还通过多方罕譬而喻发展出种种修辞性的说服表现。

司马相如因“常从上至长杨猎，是时天子方好自击熊彘，驰逐野兽”，而“上疏谏之”（《史记·司马相如列传》）。在这篇《上书谏猎》中提及“今陛下好陵阻险，射猛兽”，以叙事而言，相对简单；但却引申到一种想象的情境：

> 卒然遇轶材之兽，骇不存之地，犯属车之清尘，舆不及还辕，人不暇施巧，虽有乌获、逢蒙之伎，力不得用，枯木朽株，尽为害矣。是胡越起于毂下，而羌夷接轸也，岂不殆哉！

这一段的描写，一方面承接“臣闻物有同类而殊能者，故力称乌获，捷言庆忌，勇期贲育。臣之愚暗，窃以为人诚有之，兽亦宜然”，以为有特别凶猛的“轶材之兽”；一方面则以铺陈强调的表现来构设万一遭遇之际的险境。这里与一般以兽喻人的方向相反，不只论理为由人及兽，更以敌国的胡越、羌夷，隐喻熊豕猛兽，让游猎之事顿成身陷敌军重围或近战格斗的场景。因而得出“虽万全无患，然本非天子之所宜近也”的主张。

接着以车马行道的隐喻，再次强调对比出游猎的危险对于身居“万乘之重”者的不宜：

> 且夫清道而后行，中路而驰，犹时有衔橛之变。而况涉乎蓬蒿，骋乎丘墟，前有利兽之乐，而内无存变之意，其为祸也不亦难矣！夫轻万乘之重，不以为安；而乐出于万有一危之涂以为娱，臣窃为陛下不取也。

异于一般“表奏”，由普遍的理则来观照议论特殊的事例，司马相如这篇上疏却由具体的事例而导引出“居安思危”与“防微杜渐”的普遍理则：

> 盖明者远见于未萌，而智者避危于无形，祸固多藏于隐微，而发于人之所忽者也。故鄙谚曰：“家累千金，坐不垂

堂。”此言虽小，可以喻大。臣愿陛下之留意幸察。

至此《上书谏猎》遂不只是“谏猎”，还意在提醒“避危”于隐微，防祸于“未萌”的“远见”之重要；于是比喻中的“胡越起于毂下，而羌夷接轸也”又不仅是指游猎中的熊豕野兽而已，还可以指一切“发于人所忽者”的亲昵迫近之际，人们可能隐藏的危机与图谋。是以“谏猎”一事——“此言虽小，可以喻大”，因而愿望皇帝“留意幸察”，正有其“意在言外”的微旨。

类似的信息发出者的“观点”，如何影响到其信息中对于接受者之行为的叙事，亦可以在魏征《十渐不克终疏》充分见到；魏征在其《谏太宗十思疏》[1]中已经指出：

人君当神器之重，居域中之大，将崇极天之峻，永保无疆之休，不念于居安思危，戒奢以俭，德不处其厚，情不胜其欲，斯亦伐根以求木茂，塞源而欲流长者也。

以“居安思危”“戒奢以俭”“厚德胜欲”为治国根本，因而提出所谓的“十思”：

君人者，诚能见可欲，则思知足以自戒；将有所作，则思知止以安人；念高危，则思谦冲而自牧；惧满溢，则思江海而下百川；乐盘游，则思三驱以为度；忧懈怠，则

〔1〕此两疏之题名，明代贺复征所编《文章辨体汇选》中作《十渐疏》与《十思疏》。本书中前者依高步瀛《唐宋文举要》题名；后者依清代吴楚材《古文观止》题名，取其在当代通行较广，容易知晓。据唐代吴兢《贞观政要》，《十思疏》上于贞观十一年；《十渐疏》上于贞观十三年。《十思疏》在《旧唐书》中列于贞观七年之后；《十渐疏》在《新唐书》中列于贞观十三年。故此《十思疏》自当在《十渐疏》之前。

思慎始而敬终；虑壅蔽，则思虚心以纳下；想谗邪，则思正身以黜恶；恩所加，则思无因喜以谬赏；罚所及，则思无因怒而滥刑。

整个建议的重点，其实是一种“尊德行”的主张，以自反自省的“思”然后“动”的程序来自律、修德、驭下与施政。在可欲与建作上，知足、知止；在品性修养上，重谦冲、求涵容；在生活自律上，乐有节、勤不怠；在驭下赏罚上，则正身虚心，不以喜怒而乱常法。其实强调的正是一种少私寡欲，守正能容，以一己的“无为”而求臣下“无不为”的道家智慧：

总此十思，弘兹九德，简能而任之，择善而从之，则智者尽其谋，勇者竭其力，仁者播其惠，信者效其忠。文武争驰，君臣无事，可以尽豫游之乐，可以养松乔之寿，鸣琴垂拱，不言而化。何必劳神苦思，代下司职，役聪明之耳目，亏无为之大道哉？

整篇文章充分反映了“重为轻根，静为躁君”（《老子》第二十六章）的“君人”思想，又能够加以条理化，使其成为可以具体实践的项目，而且排比文句，整齐字词，遂为千古名言。但是魏征早已念兹在兹的，则是：

凡百元首，承天景命，莫不殷忧而道著，功成而德衰。有善始者实繁，能克终者盖寡。岂其取之易而守之难乎？昔取之而有余，今守之而不足，何也？夫在殷忧，必竭诚以待下；既得志，则纵情以傲物。竭诚，则吴越为一体；傲物，则骨肉为行路。虽董之以严刑，震之以威怒，终苟免而不怀仁，貌恭而不心服。怨不在大，可畏惟人；载舟覆舟，所宜深慎。奔车朽索，其可忽乎？

他对于“有善始者实繁，能克终者盖寡”有着深入的洞察，了解由“殷忧”到“得志”之间的心理转变正在于由“竭诚”到“纵情”的变化，因而也就是客观上收揽人心到渐失民心的变化，能不能有意地自我操持，正是关键。《十渐不克终疏》正是以上述的洞察为依据，观察唐太宗行为的变化：

陛下贞观之初，无为无欲。清静之化，远被遐荒。……今则求骏马于万里，市珍奇于域外，取怪于道路，见轻于戎狄。……

陛下贞观之始，视人如伤。恤其勤劳，爱民犹子。每存简约，无所营为。顷年已来，意在奢纵，忽忘卑俭，轻用人力。乃云：“百姓无事则骄逸，劳役则易使。”

以“渐不克终”逐项记数，终至内在主观心志变化总结的“此其渐不克终九也”：

傲不可长，欲不可纵，乐不可极，志不可满。四者前王所以致福，通贤以为深诫。陛下贞观之初，孜孜不怠。屈己从人，恒若不足。顷年以来，微有矜放。恃功业之大，意蔑前王；负圣智之明，心轻当代，此傲之长也。欲有所为，皆取遂意。纵或抑情从谏，终是不能忘怀，此欲之纵也。志在嬉游，情无厌倦。虽未全妨政事，不复专心治道，此乐将极也。率土乂安，四夷款服，仍远劳士马，问罪遐裔，此志将满也。亲狎者阿旨而不肯言，疏远者畏威而莫敢谏，积而不已，将亏圣德。

由“屈己从人”而“意蔑前王”“心轻当代”以及“欲有所为，皆取遂意”，由“孜孜不怠”而“志在嬉游，情无厌倦”——这已经是在对接受者做性格变化上的心理分析了。虽然他分析的依据是经典上的教训，[1]但其观察行为、揣摩内心的刻画却深入而精要，并且进一步指出这种性格转换将对周遭的人们产生影响：“亲狎者阿旨而不肯言，疏远者畏威而莫敢谏”。所要强调的正是唐太宗将不复为察纳雅言的贤君，重又掉入威权帝王的窠臼。

最后在指出“关中之人，劳弊尤甚”，“既有所弊，易为惊扰”，一遇水旱，“百姓之心，不能如前日之宁帖”时——

> 暨乎今岁，天灾流行。炎气致旱，乃远被于郡国；凶丑作孽，忽近起于毂下。夫天何言哉？垂象示诫。斯诚陛下惊惧之辰，忧勤之日也。

更以“云阳石然，自冬至五月不雨”（《新唐书·魏征列传》等天灾流行与突厥突利可汗之弟阿史那结社率，在唐太宗幸九成宫时率众进犯行宫之事作为警示。感慨唐太宗身当“千载休期，时难再得。明主可为而不为，微臣所以郁结而长叹者也”，因此上疏：“冀千虑一得，衮职有补，则死日生年，甘从斧钺。”魏征所遭遇的终究是千古明主，所以得到的是一个喜剧的结果：

> 帝曰：“朕今闻过矣！愿改之，以终善道。有违此言，当何施颜面与公相见哉！方以所上疏，列为屏障，庶朝夕见

〔1〕　本段引文前四句，见《礼记·曲礼》。

之，兼录付史官，使万世知君臣之义。”因赐黄金十斤，马二匹。

韩愈的《论佛骨表》一样采取了特殊“观点”的叙事方法。他首先从“寿者相”的角度，历述上古帝王年皆高寿：“此时天下太平，百姓安乐寿考，然而中国未有佛也。”汉明帝时“始有佛法”，“其后乱亡相继，运祚不长”，尤其聚焦于梁武帝：

在位四十八年，前后三度舍身施佛。宗庙之祭，不用牲牢；昼日一食，止于菜果：其后竟为侯景所逼，饿死台城，国亦寻灭。

最终得出“佛不足事”的结论。而对于唐宪宗迎佛骨一事，则做了另加诠释的叙事：

今闻陛下令群僧迎佛骨于凤翔，御楼以观，舁入大内，又令诸寺递迎供养。臣虽至愚，必知陛下不惑于佛，作此崇奉，以祈福祥也。直以年丰人乐，徇人之心，为京都士庶设诡异之观，戏玩之具耳。安有圣明若此，而肯信此等事哉？

在“臣虽至愚”之前，是客观的叙事；但此后则是韩愈主观的诠释：硬要将“作此崇奉，以祈福祥也”的信佛之事，曲解为“为京都士庶设诡异之观，戏玩之具耳”，亦即将虔诚的信仰活动，强要说成是亵渎神圣的好奇游戏。作为信息发出者的韩愈浑然忘却了，他所提供的信息，正是接受者宪宗自身的行为动机，除非进入丧失心智的状态，其实正是接受者最清楚不过的事情；而对于任何虔信者而言，最大的冒犯，正是亵渎他的信仰与信仰的对象。而“安有圣明若此，而肯信此等事哉？”一语，正是在语言中强迫宪宗陷入“非此即彼”（either / or）的选择困境：或者“圣明”而“不信”；或者“信”而“不圣明”。这本身就是一种具强制性质的“语言暴力”。在专制王朝的时代，只有帝王可以对臣下施行“语言暴力”；臣下除非拥有重权，意图篡弑，否则是不能也不会对帝王施行“语言暴力”的。

韩愈接着以“想象性”的叙事来阐释他自己的动机与忧虑：

> 然百姓愚冥，易惑难晓，苟见陛下如此，将谓真心事佛。皆云：天子大圣，犹一心敬信；百姓何人，岂合更惜身命？焚顶烧指，百十为群；解衣散钱，自朝至暮；转相仿效，惟恐后时；老少奔波，弃其业次。若不即加禁遏，更历诸寺，必有断臂脔身，以为供养者；伤风败俗，传笑四方，非细事也。

也许他真正忧虑的是百姓会因此而狂热地事佛——“解衣散钱，自朝至暮”，“老少奔波，弃其业次”，因而影响到社会日常生活的进行。但他却一再地强调罕见而极端的“焚顶烧指”和“断臂脔身，以为供养”；而且推断其事之“必有”，因而得出“伤风败俗，传笑四方，非细事也”的结论。其实观迎佛骨，正是“细事”；即使“诸寺递迎供养”，轰动一时是必然的。因对京都士庶而言，这原是罕见的“诡异之观”，而且其事本因为“凤翔法门寺有护国真身塔，塔内有释迦文佛指骨一节，其书本传法，三十年一开，开则岁丰人泰”（《旧唐书·韩愈列传》），原本信佛者自然欢喜踊跃；即令未必虔信者，对“开则岁丰人泰”一事，亦只会姑且信之，并无必要加以反对。于是：

> 迎佛骨……留禁中三日，乃送诸寺。王公士庶，奔走舍施，唯恐在后，百姓有废业破产、烧顶灼臂而求供养者。（《旧唐书·韩愈列传》）
>
> 佛骨入禁中，三日，乃送佛祠。王公士人奔走膜呗，至为夷法灼体肤、委珍贝，腾沓系路。（《新唐书·韩愈列传》）

两《唐书》的这段记载，有多少是实录，又有多少是受韩愈此文的影响，我们并不能确定。假如是真的“烧顶灼臂”或“为夷法灼体肤”，如此愚昧的痛苦自残，恐怕更应哀矜悲悯，未必要批判它为“伤风败俗，传笑四方”。这一大段叙事由“苟见”开始，揣测其心理为“岂合更惜身命”，以至“必有”云云，其实应是“想象”推测之辞，基本上采取的是一种变本加厉，踵事增华的修辞。

韩愈在“群臣不言其非，御史不举其失，臣实耻之”，气愤之余，竟然建议：

> 乞以此骨付之有司，投诸水火，永绝根本。断天下之疑，绝后代之惑。使天下之人，知大圣人之所作为，出于寻常万万也，岂不盛哉！岂不快哉！

这里反映的几乎是一种反异端狂热分子的心态，在一片“岂不盛哉！岂不快哉！”的欢呼声中，我们可以感受到他的昂奋、他近于歇斯底里的热狂与陶醉。这显然不是很有说服力的说法，却是充满情感动力，不自觉地流露出一己性格底蕴的表达。而末尾却更提出一种自陷于两难的提议：

> 佛如有灵，能作祸祟，凡有殃咎，宜加臣身。上天鉴

临，臣不怨悔，无任感激，恳悃之至。谨奉表以闻。

“佛如有灵”，则不仅“能作祸祟”，理当亦能使得“岁丰人泰”，则迎佛骨为理当崇尚奉行之事，何来谏止的必要？（除非韩愈视“佛”为恶灵，因此只“能作祸祟”，而不能致福佑。）若韩愈不信“佛为有灵”，则自无“能作祸祟”之事；所谓“凡有殃咎，宜加臣身”，则未免显得无的放矢，只是虚诺口惠，何来“恳悃之至”？因而这篇奏“表”，虽以对信息接受者的规谏为名，其实反映的更多的却是发出者自身的意识形态与心理状况，所以读来反而更富文学趣味。它正是微妙人性之不自觉的、更丰富的表达！

## 八、另类的“表”作

在前述的讨论中，虽然我们也谈到与“表”“奏”有关的符码，但始终没有碰触到一个微妙的情境，即信息接受者虽然是“帝王”的身份，发出者亦执臣礼，在书写时亦采取上“表”的形式，但该接受者却并非活着的“今上”而是“先帝”，或者是异朝的“古帝”，那么我们就碰触到了“表”“奏”与“祭”“吊”文体规范之间的界线。在后世流传之际，就可能在分类，甚至标题上产生歧见。

沈炯《经通天台奏汉武帝表》一文，张溥《汉魏六朝百三家集》本之《沈侍中集》标如前题，严可均《全上古三代秦汉三国六朝文》作《经汉武通天台为表奏陈思归意》，而《初学记》则引作《祭汉武帝陵文》，《太平御览》引亦作《祭汉武帝陵文》。而高步瀛选注《南北朝文举要》则以为后数种引文，“则从《陈书》及《南史·（沈）炯传》叙事，不宜作标题，今依张本及《法海》”[1]。《陈书·沈炯列传》在节引本文之前，作“尝独行经汉武通天台，为表奏之，陈己思归之意”；甚至在文后，有一则事涉神怪的记载：

> 奏讫，其夜炯梦见有宫禁之所，兵卫甚严，炯使以情事陈诉，闻有人言：“甚不惜放卿还，几时可至。”少日，便与王克等并获东归。

这个记载，似乎是在暗示此一上“表”奏请真的发生了作用，因此它在性质上仍是奏“表”而非“祭”文。若就文体而言，它确实始于“臣闻……”，而篇章主体，亦由“伏惟陛下……”引出。但若细察其内容，其实近于“登临怀古”：

> 伏惟陛下降德猗兰，纂灵丰谷，汉道既登，神仙可望。射之罘于海浦，礼日观而称功，横中流于汾河，指柏梁而高宴，何其甚乐，岂不然欤！既而运属上仙，道穷晏驾，甲帐珠帘，一朝零落，茂陵玉碗，宛出人间。凌云故基，共原田而膴膴；别风余趾，带陵阜而茫茫。羁旅缧臣，能不落泪？

他对汉武事迹的叙述，却集中在种种上通神明的灵异传说方面。由“纂灵”——入梦景帝的神秘出生开始；而在“汉道可登”，政治修平之余，追求长生，冀盼“神仙可望”——“天子既闻公孙卿及方士之言，黄帝以上封禅，皆致怪物与神通，欲放黄帝以上接神仙人蓬莱士”（《史记·封禅书》）；因而举行“封禅”——“（太

---

〔1〕 见高步瀛选注：《南北朝文举要》，第646页。

始）三年……二月……幸琅邪，礼日成山，登之罘，浮大海”，“（元封元年）夏四月癸卯……，登封泰山”（班固，《汉书·武帝本纪》），“射之罘于海浦，礼日观而称功”。在此呼应前句的“汉道既登”，亦强调了“封禅”所具的“天下太平，功成封禅，以告太平也”（班固，《白虎通·封禅篇》），大汉帝国顺天应人之盛世永临的含义。反映太平岁月的行止则是幸汾阴，立后土祠时，横流赋诗，以及建柏梁台“置酒其上，诏群臣和诗”，在诗的永恒和谐中反映了王化之不尽——“横中流于汾河，指柏梁而高宴”，以四处游历与宴饮欢会（这正是除了长生不老外，古人心目中“神仙”的典型活动），作为其人生与治道的顶点——“何其甚乐！岂不然欤？”

接着则是汉武帝“谪仙”之人生旅程的结束——“既而运属上仙，道穷晏驾，甲帐珠帘，一朝零落”，以及死后葬于茂陵，依然出现的神奇逸事——“茂陵玉碗，宛出人间”。即《汉武故事》所谓：“郿县有一人于市货玉杯，吏疑其御物，欲捕之，因忽不见。县送其器，推问，乃茂陵中物也。霍光自呼吏问之，说市人形貌如先帝。”强调的似乎是汉武帝虽然自历史政治上结束了他的活动，但依然以另外一种形态继续他的永恒生命。

这正与一开始“臣闻桥山虽掩，鼎湖之竈可祠；有鲁遂荒，大庭之迹无泯”的说法互相印证。黄帝死后既葬于桥山，但亦有铸鼎荆山下，鼎成乘龙上天的传说。而更深一层的象征含义正在，鲁国虽可以因东征而“奄有龟蒙，遂荒大东”（《诗经·鲁颂·閟宫》），但古国“大庭”（炎帝）的遗迹依然存在。这是否在暗示汉武帝建通天台的处所（亦即汉帝国的大半）虽已沦入胡人所建的北朝，但是汉武的精魂依然在此栖迟，并未消失？而自己亦是一样，虽然身陷于胡人所建的朝廷，但是对于身为“炎黄”

与“汉”族之后的民族认同则无法泯除。所以当他亲见“孝武之世……立神明通天之台，兴造甲乙之帐”（《汉书·西域传》赞）的处所，既悼“甲帐珠帘，一朝零落”，武帝功业与统治的终于消亡；面对通天台等汉家宫殿的余址“凌云故基”“别风余趾”等，已经淹没在“共原田而膴膴”，“带陵阜而茫茫”，一片为草木所覆盖的田野与山陵之中，完全就是黍离麦秀的景象，而身为“羁旅缧臣”的自己，比起当年行役镐京的周大夫更加不如，既伤故国，复痛自身，“能不落泪”？

沈炯在梁朝由尚书左民侍郎，出为吴令，遇侯景之难，己身几被刑戮而炯妻虞氏子行简并遭杀害。乱平之后，虽为“梁元帝征为给事黄门侍郎，领尚书左丞”，但梁元帝在位三年，即因西魏陷江陵遇害；沈炯本身亦在“荆州陷，为西魏所虏，魏人甚礼之，授炯仪同三司。炯以母老在东，恒思归国，恐魏人爱其文才而留之，恒闭门却扫，无所交游。时有文章，随即弃毁，不令流布”。而南朝则陷入混乱，先后有梁王詧称帝是为后梁宣帝，七月贞阳侯渊明入建康即帝位，九月陈霸先废渊明、立元帝子方智是为敬帝等等的变化。其实沈炯当时的处境，不仅国破家亡，而且是茫然无所归止。因而独行经通天台时，汉武帝反而是他唯一可以确定而认同的对象，甚至成了他所能倾诉乡思、祈许归心的“帝王”了：

> 昔承明既厌，严助东归；驷马可乘，长卿西返。恭闻故实，窃有愚心；黍稷非馨，敢望徼福？但雀台之吊，空怆魏君；雍丘之祠，未光夏后。瞻仰烟霞，伏增凄恋。

在汉武帝时代，严助可以因为汉武帝体谅他“怀故土”而出任故乡会稽的太守，司马相如可以“为中郎将，建节往使”，乘驷马高车归蜀，衣锦还乡，沈炯十分羡慕。但他亦自认：“黍稷非馨，敢望徼福？”或许他亦供奉了祭品，却也深知“黍稷非馨，明德惟馨”（《左传》僖公五年，季梁引《周书》语），自己未必具有这种福应的资格。但更重要的反而是，他提到了“雀台之吊，空怆魏君；雍丘之祠，未光夏后”，明白地指出吊铜雀台，徒然为魏武帝悲；曹植在雍丘，将“禹祠”“移于其城”终究无法光复夏朝的社稷。由汉武而魏武，可是一路要悲怆到梁武帝吗？而原为汉人所居的华“夏”世界，在“五胡乱华”之后，又何时得以“光”复呢？结语“瞻仰烟霞”是《黍离》的“悠悠苍天”之意，还是汉武盛事，璀璨光华，但已成云烟，可望而不可即，所以“伏增凄恋”，全篇未言伤时而其实深恸时局，虽及归思而未必仅是归思，正是“魂兮归来哀江南”！

因而这篇以“表”的形式，作“祭”的表现，其实既是“登临怀古”亦是“感伤家国”的作品，正因其文类性质的跨越与暧昧而呈现出格外丰富的情意内涵，言内言外各具交相掩映的指涉与转喻，充满了“羁旅缧臣”的亡国之忧与丧家之恸，确实是一篇言精意远“哀哀上告”的“表”作。

“表”“奏”的信息发出者与接受者的关系，基本上是君臣的关系；但这种君臣关系，若同时兼具同属并列于“五伦”的夫妻关系呢？司马迁以一个历史家的观察，一方面强调“夫妇之际，人道之大伦也；礼之用，唯婚姻为兢兢”，似乎谨慎地遵守礼义就会产生良好结果；但话锋一转，却言及“人能弘道，无如命何？甚哉！妃匹之爱，君不能得之于臣；父不能得之于子，况卑下乎？既欢合矣，或不能成子姓；能成子姓矣，或不能要其终；

岂非命也哉？”(《史记·外戚世家》)充满不能确定的疑问。因为夫妇不仅“有别”而已，更是会有“欢”“爱”与否的层面。因而即使是册封为后妃，如何“谢恩”、如何“陈情”，终究要与“夜半无人私语时”的私密话语有所区别；但又不能“大义凛然”“冷若冰霜”，否则可敬者不可爱；但若“艳若桃李”“热情如火”，则又可爱者不可敬。后妃本人的拿捏已够微妙了，何况是代笔的词臣？

江总《江令君集》同时著录了《为陈六宫谢章》与《为陈六宫谢表》。前者因为使用了贞妇节媛的典故，并提到了“位崇九御”“弼佐王风”等语，高步瀛在选入《南北朝文举要》加注时，就确认这里的“陈六宫”就是《陈书·后主沈皇后传》中的沈婺华皇后。但将后者中的“六宫”取为广义泛指，而案以“此表不用皇后典故，殆非为沈皇后作，究属何人，则不可考矣”，[1]显然认定并非为沈后作；但又不愿确认它是为张丽华贵妃所作，因为“龚贵嫔为良娣，贵妃年十岁，为之给使，后主见而说焉，因得幸，遂有娠，生太子深。后主即位，拜为贵妃。性聪惠，甚被宠遇”(姚思廉，《陈书·后主沈皇后传》)，似又与“表”文内容未必相符。但诚如《文心雕龙·章表》所谓“章以谢恩”“表以陈情”，未必不能有“谢章”，亦有“谢表”；或者代作者自写风格或内容各异的两篇，而任由信息发出者择一应用。否则，同一“六宫”而取义广狭不同，似亦显得奇怪。

《谢章》之文，从受命惶恐起——“恭膺礼命，愧集丹缕之颜；拜奉曲私，愁萦翚羽之色”，似指“太建三年纳为皇太子妃”

〔1〕 见高步瀛选注：《南北朝文举要》，第655页。

之事。“鲁宫夜火，伯媛匪惊；楚榭奔涛，贞姜何惧”，则以鲁宣公女伯姬，遇夜失火，以“‘越义求生，不如守义而死’，遂逮于火而死”；（刘向，《列女传·贞顺·宋恭伯姬传》）以及楚昭王夫人遇江水大至，以“弃约越义而求生，不若留而死耳”（刘向，《列女传·贞顺·楚昭贞姜传》），遂遭流水，二人之典范，强调自己以礼义自守，不惜死而后已。接着，“岂期日月腾影，风云写润，遂复位崇九御，声高六列，象服增华，丹軿耀采”，则指“后主即位，立为皇后”。

因而深思“何以弼佐王风，克柔阴化？”，成为帝王风化辅佐与后宫的内助；而益发感觉“兢惶并集，追想流荇之诗；荷遽相并，遂失鸣环之节”。流荇之诗，指的正是《关雎》，而《关雎》在汉儒的传统中，一直被视为表征“后妃之德”，即“《关雎》乐得淑女，以配君子，忧在进贤，不淫其色；哀窈窕，思贤才，而无伤善之心焉，是《关雎》之义”（《毛诗·序》），身为皇后，虽然“位崇九御，声高六列”，但是亦需替帝王张罗其“寤寐求之”的“窈窕淑女”作为他的九御之女，以充六列之宫。难怪她要兢业与惶恐并集，感荷与忧惧（遽）相并，而扰乱了她的“鸣环之节”。

《谢章》要凸显的乃是：她是一位有德的妇女，笃守信义与帝王的规范，充分地明了皇后的职责，将尽力以赴，但完全是个为礼教所扼抑的女性。而《谢表》却全然不同：

> 鹤钥晨启，雀钗晓映。恭承盛典，肃荷徽章。步动云桂，香飘雾縠。愧缠艳粉，无情拂镜；愁萦巧黛，息意临窗。
>
> 妾闻汉水赠珠，人间绝世；洛川拾翠，仙处无双。或有风流行雨，窈窕初日；声高一笑，价起两环，乃可桂殿迎

春，兰房侍宠。借班姬之扇，未掩惊羞，假蔡琰之文，宁披悚戴。

以上的分段，是出于笔者解说的方便。全篇除了“恭承盛典，肃荷徽章”，其实未及受封立为“皇后”，但充分地借用了各种女性装扮与闺中生活的意象，表现了自己依然妩媚的一面；却又在文意的表面强调自惭形陋，不具倾国之姿，因而未足以“桂殿迎春，兰房侍宠”，终究妇女所需要的不仅是地位与敬重而已，更渴望的其实是夫婿的怜惜与欢爱。最终强调自己对受封或册立的“惊羞”“忧惧”（悚）与“感戴”。这是一篇更能反映女性情怀（甚至超过宫体诗，近于艳情诗）的“表”作，或许是陈后主那类帝王才会公开欣赏的作品。以文学作品而论，自有其哀艳感人之处；以“表”“奏”而论，终属另类。

## 九、结　语

“表”“奏”早是已成陈迹的文体；但是过去并非没有产生过富含文学价值的作品，就反映其间之人性的挣扎、情意的脉动，以至文辞的巧妙而言，均颇有可观可赏的佳作，从文学史的欣赏与研究角度来看，自亦不宜轻弃。而以说理论事为主的“疏”“议”，往往深蕴政治经营的智慧；但因篇幅与时间，仍未及申论，重加探讨，当俟来日。

# 第五章
# “吊”“祭”作为文学类型之美感特质

## 一、前　言

在对台湾高中“国文”课本的改革建议中，长久以来一直有一种批判的声音，就是：选的“祭文”太多！就笔者的记忆所及，往昔的高中“国文”至少选了韩愈《祭十二郎文》、苏轼《祭欧阳文忠公文》及袁枚《祭妹文》等篇。[1]这里所牵涉的不仅是新旧文学的争议，事实上也是世俗化了的现代文明与传统文化的差异。虽然各种祭典或祭祀仍在形式上略有保存，例如祭孔等，但因科技的发达、宗教的多元、不同的神话系统与宇宙观解等，实质的信仰一方面失去了在社会意识上的整体一贯性质，因而人们无法再全无疑虑地自然加以信仰之动力；另一方面则是附丽于信仰中不可或缺的种种仪式性言行，也就一起丧失了足以“动天地，感鬼神”的神奇力量。

正因不再完全具备传统社会“天地鬼神”的信仰，对于传

〔1〕　笔者就读高中的时日为1961年至1964年，其后可能略有变动，但至少上述三篇，确曾被选为“范文”。

统的“祭祀”，亦往往只以故往的“旧事”看待，因而当代读者的“期待视野”自与往昔作者／读者将它视为一种“神圣文本”（sacred text）时不同，所获致的可能就是截然不同的美学观感。浸淫于传统文化的教科书编者，与不具中国文学专业基础的一般学生或社会人士，自然会因其作为观感基础的“先入之见”（pre-understanding）的差异，而在某些篇章是否为感人或深具价值的“文学作品”上，产生意见与感受上的分歧。

虽然如此，对于死者的追思感念，却仍是人情之所不能免，于是未必出以“祭祀”的形态而采取传统“祭文”的形式，早期的白话散文名家朱自清，就已经使用了日常口吻的白话，以接近书信的体式写作了其实是以追怀叙事为主的《给亡妇》〔1〕。因此以“天地鬼神”，尤其是特殊的死者为对象的“吊”“祭”文类，虽然未必是要努力再事创作的文学文体，但历代所颂扬阅读的名篇名作，却络绎流传，光辉不绝，仍是一个值得去重加认识、理解与接受的，文学美学所要探索的题材。

## 二、对“吊”“祭”的传统理解

曹丕《典论·论文》在文的四科中论及“铭诔尚实”；陆机《文赋》述文的八体，亦仅及“碑披文以相质；诔缠绵而凄怆”，但皆未及于“吊”“祭”之文。至萧统《文选·序》在阐述各类文体时，方叙及：

---

〔1〕　该文亦曾选入台湾中学教科书。

> 美终则诔发；图像则赞兴。又诏、诰、教、令之流，表、奏、笺、记之列，书誓、符檄之品，吊祭、悲哀之作，答客、指事之制，三言、八字之文，篇辞、引序，碑碣、志状：众制锋起，源流间出。譬陶、匏异器，并为入耳之娱；黼、黻不同，俱为悦目之玩。作者之致，盖云备矣。

这里我们可以清楚地看到，继曹丕、陆机之后，萧统亦将“诔”视为一种接近“陶匏”之音、“黼黻”之象，可以“娱”“玩”的“美文”之文类。但萧统对“诔”的认识，其实较为接近曹丕，因为重点在“美终”，故曹丕为了怕流于浮夸溢美，才会强调“尚实”；当然萧统在“诔发”之际直接指出的“美终”，称美死者之旨，可能具有的言下之意亦可以是：若非要称美，则“诔”即可不作，正如“图像”之“赞”不可能是出以否定的形容一般。“发”的多重含义中，既有“发愤”的内在情动，亦有“花发”的自然绽开、展现美丽的外放动作，如同“赞兴”用的正是触物起情、感物吟志的“兴”字。萧统的陈述，言虽简而其实意甚远。

至于陆机以“缠绵而凄怆”来规约“诔”的抒发悲情的性质，就分化而成为“吊祭悲哀之作”等文体。《文选》事实上选有“诔”八篇、“哀”三篇、“吊文”二篇、“祭文”三篇。这些篇数，除了“诔”以外，其实数量不多，甚至有聊备一格的意味。而“哀”“吊”“祭”三类篇数的总和，约与“诔”相当，依稀可以见出分化的痕迹。与此发展相应的是，刘勰《文心雕龙》在规范文体的部分，则亦分别撰有《诔碑》与《哀吊》二篇。就以本章的重点而言，自当以《哀吊》篇为检视的重点。晋时挚虞

《文章流别论》中谓：

> 哀辞者，诔之流也。崔瑗、苏顺、马融等为之，率以施于童殇夭折，不以寿终者。建安中，文帝与临淄侯各失稚子，命徐干刘桢等为之哀辞。哀辞之体，以哀痛为主，缘以叹息之辞。

刘勰对“哀”的解说其实承继了这一事实已然形成的体制，但在溯源与应用的范围则加以扩大，其“释名以章义”的部分如下：

> 赋宪（议德）之谥，短折曰哀。哀者，依也。悲实依心，故曰哀也。以辞遣哀，盖不泪之悼；故不在黄发，必施夭昏。昔三良殉秦，百夫莫赎，事均夭横，《黄鸟》赋哀，抑亦诗人之哀辞乎？[1]

如王羲之《兰亭集序》，反用《庄子·德充符》旨趣，指出人类宿命，原即是“修短随化，终期于尽”，因而得出了“古人云：‘死生亦大矣。’岂不痛哉！”的结论——死亡永远是令人“不能喻之于怀”的悲伤之事。而夭折、短命或遭遇横祸的猝然死亡，更加令人伤痛，所以“哀”是一种针对早年或壮岁身亡之死者的悼念文体，不用于“黄发”寿终的场合，因而在一般的“伤逝”之外，更添震惊惋惜之情。所以刘勰在“敷理以举统”的部分强调：

> 原夫哀辞大体，情主于痛伤，而辞穷乎爱惜。幼未成德，故誉止于察惠；弱不胜务，故悼加乎肤（容）色。隐心

〔1〕《文心雕龙》引文，见范文澜《文心雕龙注》。书中原即注明异文，为了论述方便将部分相关异文亦以括号附出。

> 而结文则事惬，观文而属心则体奢。奢体为辞，则虽丽不哀，必使情往会悲，文来引泣，乃其贵耳。

在其美感规约上，强调“痛伤”之情、“爱惜”之辞；在写作技巧上主张以情表文则惬当，为文造情则“虽丽不哀”。因而拟议的其实近于王国维所谓“有我之境，以我观物，故物皆着我之色彩”[1]。出以我之伤悲“情往”，而通过对于哀悼对象在回忆中之“察惠”——以曾经观察到的天资聪慧或性情和善柔顺，[2]以及“容色”——曾经有过的容貌举止等，种种足以“会悲”的情景与形象，做令人读来哀伤“引泣”的文辞表现，才是符合文体性质的可“贵”的写作方式。在篇末的赞中，他又归结到“哀”所面对的人性情境：“辞之所哀，在彼弱弄；苗而不秀，自古斯恸。”这也正是这类文体所必然要引发感动的文学感兴之所在。

刘勰对于“吊”的“释名”部分如下：

> 吊者，至也。《诗》云“神之吊矣”，言神至也。君子令终定谥，事极理哀，故宾之慰主，以至到为言也。压溺乖道，所以不吊矣。又宋水郑火，行人奉辞，国灾民亡，故同吊也。及晋筑虒台，齐袭燕城，史赵苏秦，翻贺为吊，虐民构敌，亦亡之道。凡斯之例，吊之所设也。或骄贵而殒身，或狷忿以乖道，或有志而无时，或美才而兼累，追而慰之，并名为吊。

若参考许慎《说文解字》：“吊：问终也，从人弓，古之葬者，厚

〔1〕〔清〕王国维：《人间词话》，上卷。
〔2〕 惠字往往借作“慧”，但亦可有其“惠而不费”之类的本义。

衣之以薪，故人持弓会驱禽也。弓盖往复吊问之义。”其实“吊”字作为言行，本是“问终”之意，因此必须“往复”，也就是必须前往“至到”丧家，行“宾之慰主”的“为言”。

同样，他国有灾，如“宋水郑火”，因为“国灾”往往会有“民亡”，亦皆需派遣“行人”，前往“以吊礼哀祸灾”，“奉辞”一番。因而“吊”的“奉辞”往往必须到达事故的地点，方可进行。这一点事实上影响到后世“吊文”之写作时机与表现形式。当然由“问终”而扩及“吊灾”时，则何者为“灾”亦可有仁智之见。因而筑台、袭城成功，俗当致贺，但因事属“虐民构敌，亦亡之道”，所以远见之士，竟可“翻贺为吊”，以为警醒。因而“吊”是一种因他人面临死亡或灾难等“事极理哀”之不幸情境，而前往作以“宾之慰主”的“为言”或“奉辞”的作品。

但是正如前述，“幸”或“不幸”的情境，往往会有仁智之见，因而人类生活中，英雄人物之陨落、身处两难的“悲剧”情境，甚或是具“悲剧”英雄的性格缺陷，以至果敢地迈向其特殊的悲剧命运等等——亦即“或骄贵而殒身，或狷忿以乖道，或有志而无时，或美才而兼累”——种种性行与命运，都可以引发人们深沉的“恐怖”与“哀怜”。因而即使时移世异，却仍然忍不住要“追而慰之，并名为吊”。这类“吊文”其实是针对特殊的历史人物，尤其是身历“悲剧”命运，虽个性坚强、具有英雄性格，却遭遇横逆而勇决陨亡的人物，因深有感触，遂产生的写作。

刘勰对“吊”所做的“举统”之结论则为：

> 夫吊虽古义，而华辞未造；华过韵缓，则化而为赋。固宜正义以绳理，昭德而塞违，割析褒贬，哀而有正，则无夺

伦矣。

他明白地指出以“华辞”的“吊文”，虽然精神上源自“吊”的“问终”“慰灾”的古义，但是这种文辞的表现其实是一种新兴的文学体式，所以其在先前即有“自贾谊浮湘，发愤吊屈，体周而事核，辞清而理哀，盖首出之作也”的溯源。贾谊的“吊”辞出以“骚体”的形式，虽《文选》称其为“吊文”，而后世往往亦称之为“赋”；是以刘勰虽亦区隔出“吊”为单独的文体，但已明白指出：“及相如之吊二世，全为赋体。”除了特殊的主题意识与应用场合，“吊”在写作的文辞形式上，其实是与“赋”混同的。

因而，他重新肯定“吊”之问终慰灾之际乃不失其崇善戒恶之古义，而强调必须“哀而有正”，强调“割析褒贬”的辨别。也就是对善恶杂糅的“悲剧”情境或“悲剧”人物，不是只有同情（“哀”）而已，仍然需诉诸“正义”之“理”以为准“绳”，必须区隔可以“昭”明发扬的“德”行与其实“乖道”的“违”失，而意图加以止“塞”。这自然反映了刘勰对“文”所采取的“原道”“征圣”“宗经”等以雅正为主的道德教化的立场。所以，刘勰一方面完全了解“吊”所面对的其实是足以令人“发愤”感动的“悲剧”经验之特质，但因为不具有像亚里士多德那种“涤清”或“净化”（catharsis）之复杂艺术心理作用的认识，所以只好在另一方面马上诉诸“止乎礼义”的道德辨正，谆谆以“绳理”为其规范了。因此，他在篇末的赞中，针对“吊”特别指出，其所针对的对象往往是“虽有通才，迷方失控”的“悲剧”人物，因而引发了后世作者仍以“千载可伤”而又再“寓言以送”。二者皆涉及不幸的命运，但“哀”倾向于自然的感伤，“吊”却充满了伦理困境的迷惑激动，令人震惊而沉思、而深观谛视人类生存的本质。

刘勰并未对“祭”文设立专章加以讨论，却在《祝盟》篇中，附丽于“祝”文之下，有以下的讨论：

> 若乃礼之祭祀，事止告飨；而中代祭文，兼赞言行，祭而兼赞，盖引神而作也。
>
> 凡群言发华，而降神务实，修辞立诚，在于无愧。祈祷之式，必诚以敬；祭奠之楷，宜恭且哀，此其大较也。班固之《祀涿山》，祈祷之诚敬也，潘岳之《祭庾妇》，奠祭之恭哀也：举汇而求，昭然可鉴矣。

这两段话，前一段指出原来致祭的话语，是配合祭礼，以“告飨”为主，甚至是为“止”。但致祭的对象由山川等之神明，而转为对死者的“奠祭”时，就出现了“中代祭文，兼赞言行”的现象。这种“祭而兼赞”的“引神而作”，若从雅各布森语言沟通六因素的分析来加以了解，[1]我们也许可以说原来“祭”文所预设的信息发出者是“逝者”，因此信息就止于“告飨”，这里一方面牵涉到人们对鬼神具有超自然之灵视能力的信仰，因而不论他们在生前是否知晓，我们并不需要告诉他们任何已经发生的事情，尤其最不需要提及他们自己的言行德行。

但若采取“祭而兼赞”的话语形式时，我们已经将接受者

〔1〕 参见 Roman Jakobson, *Language in Literature*, p. 66, 及其在“Linguistics and Poetics”一文中的论述。

扩及“逝者”以外的生者，或者甚至是对“逝者”并不了解的“读者”，由于此一类“隐含读者”的列入考量，就由只是仪式性的“告语”转化而扩张为包含有“祭”、有“奠”、有“赞”、有“哀”等种种复杂内容之“祭文”的写作，也因此就有了“作品”，甚至“文学作品”性质的考量。“祭”文，此后也就成为可以深具文学潜能或价值的文类，而在历代名篇间出现了。

“祭”文的对象若是神明，则必虔诚敬谨，若是逝者，则基于“死者为大”的心情，亦当出以恭敬；而思念逝者，愿其长留而不能，自然悲哀莫名，这正是刘勰所要强调的“祭”文之文体规范，亦是其美学情感的特质。论旨近似而能兼及其后的发展则为明人吴讷《文章辨体·序说》，其中论“祭”文所谓：

> 古者祀享，史有册祝，载其所以祀之之意，考之经可见。若《文选》所载谢惠连之《祭古冢》，王僧达之《祭颜延年》，则亦不过叙其所祭及悼惜之情而已。迨后韩、柳、欧、苏，与夫宋世道学诸君子，或因水旱而祷于神，或因丧葬而祭亲旧，真情实意，溢出言辞之表，诚学者所当取法者也。大抵祷神以悔过迁善为主，祭故旧以道达情意为尚。若夫谀辞巧语，虚文蔓说，固弗足以动神，而亦君子之所厌听也。

吴讷一方面强调“祷神以悔过迁善为主”；一方面指出“祭”文的主流名篇其实是“因丧葬而祭亲旧”，由于是“祭故旧”，面临的正是死生新故的人生重大转折，故当“以道达情意为尚”，甚至认为历来的名家名篇之所以动人，亦来自“真情实意，溢出言辞之表”，有深交有真情，行文之际，自然感人。蕴含其间的情谊，才是真正能够于驱遣言辞、追述往事之际，令读者读来自然兴感的根本动力。

## 三、幼弱与英年：“哀”的兴感动力

“哀”辞，若据《文心雕龙》“辞之所哀，在彼弱弄”的说法，原先往往用于稚子的夭折。例如曹植《金瓠哀辞》：

> 金瓠，予之首女，虽未能言，固已授色知心矣；生十九旬而夭折，乃作此辞曰：在襁褓而抚育，向（尚）孩笑而未言；不终年而夭绝，何见罚于皇天？信吾罪之所招，悲弱子之无愆。去父母之怀抱，灭微骸于粪土。天地长久，人生几时；先后无觉，从尔有期。

幼童的夭折，对于具有保护与照顾之情意与职责的亲长而言，除了感慨命运的残酷无端——“何见罚于皇天？”，也往往会引发他们自己的罪咎感——“信吾罪之所招”。因为还在天真未凿的阶段，我们只能“悲弱子之无愆”，感伤其身未犯过失而竟遭受重罚了。正因人间对罪人本身的惩罚，最重不过处死，于是夭折的幼童在亲长的心日中，就成了“若无罪而就死地”（《孟子·梁惠王》，齐宣王语），无辜而牺牲的代罪羔羊了。类似的情怀，亦见于潘岳《伤弱子辞》：“叶落永离，覆水不收。赤子何辜？罪我之由！”但这还只是没有明显事势牵连的情形。若有任何纠结牵扯，引发的就不仅是莫名的罪咎感而已了。

韩愈因谏迎佛骨，“天子谓其言不祥，斥之潮州”。“愈既行，有司以罪人家不可留京师，迫遣之”，“女挐年十二，病在席，既惊痛与其父诀，又舆致走道，撼顿失食饮节，死于商南层峰驿，即瘗道南山下”，“五年，愈为京兆”，始归葬祖茔（韩愈，《女挐圹铭》）。因而所写的《祭女挐女文》在追思哀伤之际，更充满了具体的罪咎之感、憾恨之情：

> 维年月日，阿爹阿八，使汝奶以清酒时果庶羞之奠，祭于第四小娘子挐子之灵。呜呼！昔汝疾极，值吾南逐；苍黄分散，使女惊忧。我视汝颜，心知死隔；汝视我面，悲不能啼。我既南行，家亦随谴。扶汝上舆，走朝至暮。天雪冰寒，伤汝羸肌。撼顿险阻，不得少息。不能食饮，又使渴饥。死于穷山，实非其命。不免水火，父母之罪。使汝至此，岂不缘我？草葬路隅，棺非其棺。既瘗遂行，谁守？谁瞻？魂单骨寒，无所托依。人谁不死？于汝即冤！我归自南，乃临哭汝。汝目汝面，在吾眼傍；汝心汝意，宛宛可忘？逢岁之吉，致汝先墓。无惊无恐，安以即路。饮食芳甘，棺舆华好，归于其丘，万古是保。尚飨。

这篇祭文写于五年后的迁葬之时，已是痛定之后的思痛，但慈爱与哀伤之情不改。全篇先从挐子的角度，以阿爹、阿八、汝奶作为父、母、乳母等亲长的称呼，而口口声声皆以汝、我相对为言。先从“昔汝疾极，值吾南逐”的生离死别叙起，尤其是“苍黄分散，使女惊忧”的对视——“我视汝颜，心知死隔；汝视我面，悲不能啼”，言简意赅地传达了亲子情深而彼此深陷于生死两茫茫的处境。接着叙述旅途艰困——“不得少息，不能食饮”，终至“死于穷山”“草葬路隅”的憾恨。因而强调挐子的死亡，“实非其命”，“于汝即冤”。并且改用《春秋谷梁传》昭公十九年所谓“子既生，不免乎水火，母之罪也”，成为“不免水火，父母之罪”，而直陈：“使汝至此，岂不缘我？”因为整个的“撼顿”“渴饥”，正是来自“我既南行，家亦随谴”的连带惩罚。

生前无法好好照顾的憾恨，因而延伸为对其竟然“草葬路隅，棺非其棺。既瘗遂行，谁守？谁瞻？”的感伤；想象中的“魂单骨寒，无所托依”，正充分地反映了希冀照顾而竟不能，满腔慈爱而未有合宜之作为与表达的忧惶心情。这种心情，要到“我归自南，乃临哭汝”时才放声表达出来。于是生离死别的场景又再浮现：“汝目汝面，在吾眼傍；汝心汝意，宛宛可忘？”当时相视交感，依依不舍的亲子情怀，尽数凝结在无言对视的眉目颜面中，遂成为永难忘怀的最终记忆。

祭文的重点，正是要以迁葬之旅成为随谴之行的救赎或补偿。“逢岁之吉”，当年的厄运终于过去；挐子不要再流落“路隅”了，因为要“致汝先墓”——以另一种方式，终于要带你回家了。“无惊无恐，安以即路”，正翻转了昔日“扶汝上舆……撼顿险阻”的艰辛；“饮食芳甘”的甜美取代了“不能食饮，又使渴饥”的痛苦；“棺舆华好”的周至改正了“棺非其棺”的草率；终于，“魂单骨寒，无所托依”的流离，亦将要在“归于其丘，万古是保”中终止。父母也终于在迎其归葬中，表现了他们对于亡女的思念与慈爱，做出了他们所想且所能的最后照顾与疼惜。

但面对幼弱的夭亡，不纯是对于一己之罪咎，对于命运不明所以的“天问”，更是“哀”辞的常态。例如曹植的《行女哀辞》：

行女生于季秋，而终于首夏。三年之中，二子频丧。

伊上帝之降命，何短修之难裁？或华发以终年；或怀妊而逢灾。感前哀之未阕，复新殃之重来！方朝华而晚敷，比晨露而先晞。感逝者之不追，情忽忽而失度[1]。天盖高而无阶，怀此恨其谁诉！

或者潘岳的《金鹿哀辞》：

嗟我金鹿，天姿特挺。鬒发凝肤，蛾眉蛴领。柔情和泰，朗心聪警。呜呼上天，胡忍我门！良嫔短世，令子夭昏。既披我干，又剪我根。块如瘣木，枯荄独存。捐子中野，遵我归路；将反如疑，回首长顾。

稚子夭亡，究责指向上帝或上天，不仅可视为是无法理解其安排："伊上帝之降命，何短修之难裁？"在某种意义上甚至可以视为是在指责"天地不仁"："呜呼上天，胡忍我门！""天盖高而无阶，怀此恨其谁诉！"二人皆用了"夭折"的植物性比喻："方朝华而晚敷"，"既披我干，又剪我根"，最后也都陷入了一种无解的迷惘中："情忽忽而失度"，"将反如疑，回首长顾"。

同时，诚如刘勰所谓，"幼未成德，故誉止于察惠；弱不胜务，故悼加乎肤（容）色"，曹植对于金瓠，不免要强调其"虽未能言，固已授色知心矣"，在辞中披陈"在襁褓而抚育"，虽"未言"却已"向（尚）孩笑"，充分见其性情了。潘岳对其"夭昏"的"令子"金鹿，则不免要夸赞其"天姿特挺"，容色上是"鬒发凝肤，蛾眉蛴领"，个性上则是"柔情和泰，朗心聪警"；

[1] 此句或作"怅情忽而失度"。

而他《为任子咸妻作孤女泽兰哀辞》亦刻意强调：

> 茫茫造化，爰启英淑。猗猗泽兰，应灵诞育。鬒发蛾眉，巧笑美目。颜耀荣苕，华茂时菊。如金之精，如兰之馨，淑质弥畅，聪慧日新。

种种美好，都使其早逝益发令人痛惜。而对于这种方生方死的短暂生命，更令人生“茫茫造化”之感。李商隐《祭小侄女寄寄文》亦不免要对她的命运发出感叹——“哀哉！尔生四年，方复本族，既复数月，奄然归无”，而陷入“来也何故，去也何缘？念当稚戏之辰，孰测生死之位”的迷惘，以及辛勤养育终归徒然的哀伤——“于鞠育而未深，结悲伤而何极”。这种徒然与哀伤，在《泽兰哀辞》中更是发挥得淋漓尽致：

> 朝夕顾复，夙夜尽勤。彼苍者天，哀此矜人；胡宁不惠，忍予眇身！俾尔婴孺，微命弗振。

以上写母亲虽然“朝夕”“夙夜”用心照顾，但终于回“天”乏术，让尚在“婴孺”的三岁女儿的“微命”，一病不起。下面写失女之恸，一方面是止不住寻寻觅觅，感觉形只影单；一方面是影响如存，忆想不绝，因而格外伤痛：

> 俯览衾襚，仰诉穹旻。弱子在怀，既生不遂；存靡托躬，没无遗类。耳存遗响，目想余颜，寝席伏枕，摧心割肝。

因为潘岳是为一位丧失孤女的母亲所作的“哀辞”，就可以用“弱子在怀”，以至“寝席伏枕，摧心割肝”等伤恸的感受与形象来表达，而刻画出极度哀伤的情状。对此，刘勰的评语是：“观其虑赡辞变，情洞悲苦，叙事如传，结言摹诗，促节四言，鲜有缓句，故能义直而文婉，体旧而趣新，《金鹿》《泽兰》，莫之或继也。”

李商隐《祭小侄女寄寄文》亦因事涉寄瘗迁葬——“时吾赴调京下，移家关中，事故纷纶，光阴迁贸，寄瘗尔骨，五年于兹”，因而想象其孤魂无依：

> 白草枯荄，荒涂古陌；朝饥谁饱？夜渴谁怜？尔之栖栖，我有罪矣！

“白草枯荄，荒涂古陌”这短短八字就鲜明地刻画了秋日孤冢的荒凉；然后视死若生，继以无食无饮、无人照顾、凄惨煎熬“尔之栖栖”情状的询问，充分反映了犹如遗弃的令人不忍的心情。由视死若生，进一步发展为由存思亡，这篇“祭”文亦开启了一种以存亡做对比的哀悼形态：

> 自尔没后，侄辈数人，竹马玉环，绣襜文褓；堂前阶下，日里风中；弄药争花，纷吾左右，独尔精诚，不知何之？……念往抚存，五情空热。

因为存者所有的生活情状，正显示了逝者若依然存活，所具有的种种可能：拥有“竹马玉环”等弄物，身着“绣襜文褓”——这正显现出亲长之宝爱眷顾；安详地在家族的“堂前阶下”，生活在“日里风中”光明流动的朗朗乾坤，做着“弄药争花”的天真游戏……这都是早已瘗埋的寄寄所不可能拥有（因而形同被剥夺）的一切美好。这正以“抚存”而做“念往”的寻思：“独尔精诚，不知何之？”怅惘而若有所失，而莫名所以……

“哀辞”中的主人公，不仅限于“幼弱”，亦包括“英年”早逝，甚至“壮岁”亡故者。韩愈《独孤申叔哀辞》所哀悼的独孤申叔正死于英年——二十七岁，虽然举进士，又以博学宏辞为校书郎，却居父丧不久即亡故，等于仕宦才开始就结束了。所以韩愈作“哀辞”，亦一样从“茫茫造化”或“孰测生死之位”的迷惘下笔：

> 众万之生，谁非天邪？明昭昏蒙，谁使然邪？行何为而怒，居何故而怜邪？胡喜厚其所可薄而恒不足于贤邪？将下民之好恶与彼苍悬邪？抑苍茫无端而暂寓其间邪？

在这种“彼苍者天”虽然主宰万物，却并不以贤顽定寿夭，也就是“天道”与“人道”分离的深深质疑中，正间接道出无法接受以申叔之贤明竟短命而死的不幸结局。面对这种难以理解的“天”意，韩愈将问题反过来抛向当事者：

> 死者无知，吾为子恸而已矣；如有知也，子其自知之矣！

“死者无知”，则死者已无愤懑不平、哀伤痛苦，有这种情绪的是哀悼死者的生者，所以只有“吾为子恸而已矣”；“如有知也”，则死者已然回归上天，或如某些宗教信仰所相信的，已经面对过死后的审判，自当了解是否“将下民之好恶与彼苍悬邪？抑苍茫无端而暂寓其间邪？”，自己夭亡的真相，“子其自知之矣”。因此，哀者不可解而哀；被哀者或许“无知”因而已不知其可哀；或许“有知”而“自知”其解，亦已不复哀了。留给生者的只是美好的印象和永难忘怀的思念：

> 濯濯其英，晔晔其光，如闻其声，如见其容，呜呼远矣，何日而忘？

以“濯濯其英，晔晔其光”，描写申叔生命的美好，其实正反扣了申叔虽已“开花”而竟未“结果”的人生历程，虽然充满了光辉却瞬时熄灭的不幸命运。虽非幼弱，但其实一样是“芳意竟何成”，可哀可叹，是以对其的悼念，仍是出以“哀辞”的形态。只是申叔已经成熟到能够沉思自己以至人类命运的阶段，因而相询吊问以“天命”要旨。孔子五十而知天命，隐约中可有“死而能知天命，则其逝世亦不算‘夭亡’了”[1]来相宽慰的微言大义呢？

欧阳詹卒年已有四十余，且与韩愈同年登第，但韩愈却为他作《欧阳生哀辞》。在《题哀辞后》，他更强调自己的“哀生之不得位而死；哭之过时而悲”，“凡愈之为此文，盖哀欧阳生之不显荣于前，又惧其泯灭于后也”。但之所以写作“哀辞”，其实是因欧阳詹远游京师，死于父母尚在之年：

> 呜呼！詹今其死矣！詹闽越人也。父母老矣！舍朝夕之养，以来京师。其心将以有得于是而归为父母荣也。虽其父母之心亦皆然。詹在侧，虽无离忧，其志不乐也。詹在京师，虽有离忧，其志乐也。若詹者，所谓以志养志者欤？詹虽未得位，其名声流于人人，其德行信于朋友，虽詹与其父母皆可无憾也。詹之事业文章，李翱既为之传，故作哀辞以舒余哀，以传于后，以遗其父母而解其悲哀，以卒詹志云。

为了“以传于后”，“惧其泯灭于后也”，故《哀辞》叙詹受知于常衮，遂成为闽越人举进士之始，再述两人交游经历，性情文章，及詹为国子监四门助教，将率其徒伏阙下举韩愈为博士

[1] 旧俗以年过半百而死，即非夭折。

等事，已近于传志；但从“以遗其父母而解其悲哀，以卒詹志”言，则从其父母的角度，以白发送黑发，欧阳詹自然还是夭亡的“生”，因而其辞云：

> 求仕与友兮，远违其乡。父母之命兮，子奉以行。友则既获兮，禄实不丰。以志为养兮，何有牛羊！事实既修兮，名誉又光。父母忻忻兮，常若在旁。命虽云短兮，其存者长。终要必死兮，愿不永伤。友朋亲视兮，药物甚良。饮食孔时兮，所欲无妨。寿命不齐兮，人道之常。在侧与远兮，非有不同。山川阻深兮，魂魄流行。祀祭则及兮，勿谓不通。哭泣无益兮，抑哀自强。推生知死兮，以慰孝诚。呜呼哀哉兮，是亦难忘。

父母对于子女常有的担心是：病中是否孤寂无依？饮食药物是否齐备无虞？因而特别强欧阳詹有“友朋亲视兮，药物甚良。饮食孔时兮，所欲无妨”，因此欧阳詹之死，乃是“寿命不齐兮，人道之常”，詹“命虽云短兮”，但道德文章“其存者长”；而凡人皆“终要必死兮，愿不永伤”。终要劝其父母体贴欧阳詹生死不易的孝心——“推生知死兮，以慰孝诚”，而能明白“哭泣无益兮”，而能“抑哀自强”，多多保重。终结于感叹欧阳詹为人的“孝诚”，“是亦难忘”。上述“辞云”的部分，文辞平浅，说理周至，而关怀劝慰的心情则流露无遗。曾国藩曰：“前半叙述矜当；后半就‘父母老矣’反复低回，绝耐䌷绎。”[1]自是有见之言。

---

〔1〕　参见马通伯（其昶）：《韩昌黎文集校注》，香港：中华书局香港分局，1984年重印版，第176页。

以“哀”为名的作品，最为特殊的或许是潘岳的《哀永逝文》了。在这篇“悼亡”的“哀”文中，并未从临终的生死之际写起，而是专注于由启殡到返哭的整个丧葬的过程。它所谓的“永逝”，正是死者的形魂永远地离开其生活的家园。随着丧葬仪式的进行，叙述者不断触景兴情，逐步咀嚼亡妻的由魂去不归而形葬不返，也就是由“死亡”以至“永逝”情境的逐步实体化历程，反复体味其令人吞声饮恨的哀伤，及“死别”的真正意义：

启夕兮宵兴，悲绝绪兮莫承。俄龙輀兮门侧，嗟俟时兮将升。嫂侄兮憧惶，慈姑兮垂矜。闻鸣鸡兮戒朝，咸惊号兮抚膺。

首段由启殡的前夕写起，先强调死者的生命，同时也是与死者共同的生活经历中道断绝的悲哀——“悲绝绪兮莫承”。接着丧车来到，等待依时起灵。未写己怀，先写家中亲人——嫂、侄、慈姑个别的情感反应。终于时辰到了——“闻鸣鸡兮戒朝”，接着是启殡时的集体反应——“咸惊号兮抚膺”，鸡鸣戒朝的无情与亲人抚膺哀号的深情互相映衬，益添悲伤。但这些都只是外显的景象，对死者逝去的感伤，却要通过理解内在的思维，方能体味其真意：

逝日长兮生年浅；忧患众兮欢乐鲜。彼遥思兮离居，叹河广兮宋远。今奈何兮一举；邈终天兮不反。

百年不过的人生，相形于万古的逝日，本来就如庄子所谓“计人之所知，不若其所不知；其生之时，不若未生之时”（《庄子·秋水》），这不过是人生的常态。但在这里富饶意味的是“生”以

“年”计，“逝”以“日”计。因为我们往往以“年”计岁数，定寿夭，若早死就显得“生年浅”；而“逝”在初发生时，往往是算日子的，这不但攸关丧礼的期程，事实上亦令亲人有长“日”漫漫，度“日”如年的感受。这种由实感而产生的知觉意识，不仅是针对特殊的死者，亦何尝不是喻示了众人的宿命。

对于逝者，人们总会寻思其是否度过了“幸福”的一生，于是得出的往往是“忧患众兮欢乐鲜”的结论。在“悼亡”之际，对于历经艰辛适应与成长的少年夫妻来说，妻子未临老境即已夭亡，鳏存的丈夫往往因未能充分尽到保护与爱惜妻子的责任而生出更多歉意。虽然如此还是眷念长相厮守的生活，因而接着以《诗经·卫风·河广》一诗为对比，生离已足以激起无限的相思与感叹——“彼遥思兮离居，叹河广兮宋远”；何况是永无归返的死别——“今奈何兮一举；邈终天兮不反”。“遥”与“邈”，正是用距离来界定分别，“河广”与“终天”的阻隔，自是无法相比，何况是“一举”“不反”，用了“举”与“天”，自然指的不是已然丧失生命的“形体”，而是生命精神所寄的“灵魂”了。所以底下的一段，虽然伴随着礼仪的进行，却充满了“身”与“魂”之间的辩证：

> 尽余哀兮祖之晨，扬明燎兮援灵輴。彻房帷兮席庭筵，举酹觞兮告永迁。凄切兮增欷，俯仰兮挥泪。想孤魂兮眷旧宇，视倏忽兮若仿佛。徒仿佛兮在虑，靡耳目兮一遇。停驾兮淹留，徘徊兮故处。周求兮何获？引身兮当去。

在这一段描写中，正有着近于“凡人所生者神也，所托者形也”“形神离则死，死者不可复生，离者不可复反”（《史记·太史公自序》）的信念。当“我命绝今日，魂去尸长留”（《古诗为焦仲卿妻作》）之际，殡葬的其实是“尸身”，因此“援灵輀”、起“驾”、“永迁”的都是“尸身”；而“席庭筵”、“祖”祭、“举酹觞”以“告”的却是离形而去的“神魂”。“彻房帷”“席庭筵”“告迁”之后，死者的“身形”即不复停留于“旧宇”与“故处”了。因而在“凄切”“增欷”“俯仰”“挥泪”的哀感之中，不免“想”及“孤魂”必定“眷旧宇”或许尚“徘徊”“故处”，在某一短暂的片刻，似乎“倏忽”“仿佛”见其魂灵的情状，因而“停驾”“淹留”，寻觅“周求”，盼望“一遇”；但这终究只是祈求于心的“在虑”，“耳目”并无所“获”。只好“援灵輀”“驾”以“引”其尸“身”而“去”。接着描写出殡的路途：

> 去华辇兮初迈，马回首兮旋旆。风泠泠兮入帷，云霏霏兮承盖。鸟俯翼兮忘林，鱼仰沫兮失濑。怅怅兮迟迟，遵吉路兮凶归。思其人兮已灭，览余迹兮未夷。昔同涂兮今异世，忆旧欢兮增新悲。

这一段路途的描写，由写实而渐入幻想，写物象而终成心境。辇行之初，“马回首”“旋旆”，以及“风泠泠”“入帷”都具写实的可能性——虽然也一样具有“怅怅兮迟迟”的情意象征，反映依依不舍与无所遮蔽的凄凉心情。但由“云霏霏兮承盖”而至“鸟俯翼兮忘林，鱼仰沫兮失濑”则已是驰情入幻：似乎辇车暂时成了自然界的中心，令风、云辐辏，鸟、鱼趋向而忘其所属，间接地反映了叙事者流离失所、无可依归的心境。这一行进的路途，似又成了“人生天地间，忽如远行客”（《古诗十九首·青青陵上柏》）的生命路途的象征，由出生而终至进入死亡，这一途程终究是“遵吉路兮凶归”。自然，昔日并行吉路的回忆（“昔同涂”，“览余迹兮未夷”所引发的“忆旧欢”），都在“思其人兮已灭”“今异世”的意识下，触景而“增新悲”了。在这种心境下，不只风云变幻，连整个世界都已失序，成为一片广大模糊、空洞混蒙的状态：

> 谓原隰兮无畔，谓川流兮无岸。望山兮寥廓，临水兮浩汗。视天日兮苍茫，面邑里兮萧散。匪外物兮或改，固欢哀兮情换。

原隰无畔、川流无岸，明白地指出这是“谓”，则它们并不是实景，而是意念中之景，其实正是反用了《诗经·卫风·氓》中的“淇则有岸，隰则有泮”，来象征“总角之宴，言笑晏晏”、世界井然有序的“旧欢”时日的崩溃与消失。因而遂觉山川寂寥泛滥，天日苍茫黯淡，邑里冷清萧散……触目所见，全都是令人悒悒寡欢的景象。叙述者亦完全自觉：“匪外物兮或改，固欢哀兮情换。”这里反映了叙述者内心处于情感的援引流荡与理性的努力自我操持之间的拉锯。因而前述山川、天日、邑里的景象，不仅是“物以情观”所呈现的心境之象征，也是叙述者不由自主地陷入、又想努力超拔而出的黯淡迷惘心境。接着叙述下葬的情景：

> 嗟潜隧兮既敞，将送形兮长往。委兰房兮繁华，袭穷泉兮朽壤。中慕叫兮擗摽，之子降兮宅兆。抚灵榇兮诀幽房，棺冥冥兮埏窈窕。户阖兮灯灭，夜何时兮复晓？

这一段描写的方式，几近电影的慢动作特写，并且充分地利用了内心的情思与外在景象交切的“蒙太奇”效果。加一个“嗟”字，就使“潜隧兮既敞”的通往地下之墓道开启的外在事件，成为叙述者内心的叹喟，因而充分地意识到这正是“将送形兮长往”的最后历程。这里使用“送形”，正是清楚地知道，葬埋的仅是死者与神魂分离的“形”而已，但现在连这身形亦将“长往”。因而想到她——“委”，离弃了原来起居之“繁华”精致、风光旖旎的“兰房”；现在却要——“袭”，进入覆被的却是“穷泉”下的“朽壤”：生死美恶的对比下，无尽的哀伤，尽在不言中。

但眼见死者正要入葬于茔墓之际，内心的眷恋思慕，终于忍不住捶胸叫唤出来——“中慕叫兮擗摽”。这里的情景叙述，其实暗中正与描述新妇来归的“之子于归，宜其室家”（《诗经·周南·桃夭》）相对比。“之子降兮宅兆”，呈现的正是原为新妇的“之子”却被降入地底，安置于祖茔中的墓穴。“宅”是墓穴，将是她要居住的“室”；而“兆”是茔域，则是她所归往的“家”。然后“抚灵衬”，在墓室的“幽房”里作最后“诀”别；将“棺”木留置在“冥冥”的黑暗中，走过“窈窕”幽深的“埏”，从墓隧出来；将墓门、“户”“阖”上，自然也将在墓中照明用的“灯”光熄“灭”。于是一片黑暗，死者的身形就进入了永夜；叙述者不禁沉痛地默想：对于她而言，“夜何时兮复晓？”，本篇就结束殡葬归来的余悲未尽，对其魂灵的思念寻觅：

> 归反哭兮殡宫，声有止兮哀无终。是乎非乎何皇？趣一遇兮目中！既遇目兮无兆，曾寤寐兮弗梦。既顾瞻兮家道，长寄心兮尔躬。
>
> 重曰：已矣！此盖新哀之情然耳。渠怀之其几何？庶无愧兮庄子。

“归反”哭于家中停柩的“殡宫”，终究是一时之事，“哭”“声有止”，有形的外在悲痛行为，终究会终止；但是死别，永远失去的悲“哀”，却是“无终”的，这正是叙述者的深情告白。因而由外显的哀痛行为转向内心痴迷的思念。对逝者的魂灵，不免如汉武帝思念李夫人诗中所言，“是邪非邪？立而望之，何姗姗其来迟！”，而要询问“是乎非乎何皇”，是否尚在旧宇故处？而孤魂何往？渴望的只是“趣一遇兮目中”，但结果竟是既未目见，又未梦见这样完全的失落。叙述者因此跌落回逝者长往，形魂皆失而无可希冀的真实情境，更深地体会到死亡的意义。所能存留的仅是“顾瞻”昔日夫妇“家道”的生活记忆，所能做的只是将对方“尔躬”的形影，“长寄”于“心”中而已。

整个过程正是由伤痛、痴迷、追寻、失落而终至渐渐能够痛定思痛，以理性自持的态度，反观自己的反应，认为“此盖新哀之情然耳”。但长怀不已，这份思念将持续到何时？“渠怀之其几何”的叹问，正反映出他在情感上的无法终止。然而，他最后“庶无愧兮庄子”的表白，则亦反映了他其实了解另一种以死生“通乎命”之哲理与智慧自解的可能。[1]这样的作品，是不是也算“发乎情，止乎‘理’义”？面对死生之际，人类除了委诸“命运”，又焉能有所奈何？

以殡葬的过程为表现哀感之焦点，在早期似乎是“哀”之文类的一个重点。《文选》选了颜延之《宋文皇帝元皇后哀策文》、谢朓《齐敬皇后哀策文》等两篇“哀策文”，而潘岳亦撰有《景献皇后哀策文》，提拔欧阳詹的常衮本人亦撰有《贞懿皇后哀册文》。它们一方面皆符合挚虞《文章流别论》所谓“今所谓哀策

〔1〕 庄子丧妻之事，参见《庄子·至乐》。

者，古诔之义”，先以“累其德行，旌之不朽”为行文追述的重点；另一方面亦皆以刻画殡葬的历程为表现悲情的手法，例如《元皇后哀策文》：

> 戒凉在肂，杪秋即穸。霜夜流唱，晓月升魄。八神警引，五辂迁迹。嗷嗷储嗣，哀哀列辟。洒零玉墀，雨泗丹掖。抚存悼亡，感今怀惜。呜呼哀哉！南背国门，北首山园。仆人按节，服马顾辕。遥酸紫盖，眇泣素轩。灭彩清都，夷体寿原。邑野沦蔼，戎夏悲欢。来芳可述，往驾弗援。呜呼哀哉！

季节、自然——“戒凉”“杪秋”“霜夜”“晓月”，以及自然的比喻——“洒零”“雨泗”；空间的变化——“玉墀”“丹掖”“国门”“山园”“清都”“邑野”“戎夏”；人马的逐渐扩大——“储嗣”“列辟”“仆人”“服马”“戎夏”，等等，都是标准的写作技巧。作为“符命”的一种，通常用于“迁梓宫、及太子诸王大臣薨逝”的“哀册”，[1]其实写作的基本正是“来芳可述”的颂德，然后是“往驾弗援”的哀思。

## 四、困境与抉择：“吊”的伦理反思

根据《文心雕龙》的说法，贾谊《吊屈原文》是“吊”文的“首出之作”，也因此对于“吊”的写作形态发挥了“典范”的作

---

〔1〕 参见〔明〕徐师曾《文体明辨·序说》：“按《说文》云：‘册，符命也。’字本作‘策’。”

用。在写作动机上，因为到贾谊的时代，屈原作古已久，“哀”伤已失去了时效，而且贾谊与屈原非亲非故，其外缘往往是因为己身的遭遇——“恭承嘉惠兮，俟罪长沙”，由于遭到贬谪，来到屈原生前活动的地域，遥思其结束生命的悲剧性方式——“侧闻屈原兮，自沉汨罗”，因而“造托湘流，敬吊先生”。

同样地，王粲《吊夷齐文》亦首叙“岁旻秋之仲月，从王师以南征”，因为侧身征伐，在“济河津而长驱，逾芒阜之峥嵘”时，“览首阳于东隅，见孤竹之遗灵”，产生“心于悒而感怀，意惆怅而不平”的情怀，因而兴“吊”。庾阐《吊贾谊文》亦叙“中兴二十三载，余忝守衡南，鼓枻三江，路次巴陵，望君山而过洞庭，涉湘川而观汨水”，因为“临贾生投书之川，慨以永怀矣，及造长沙，观其遗象，喟然有感”，因为感怀“乃吊之”。

因而，“吊”其实是“登临怀古”的一种写作形式；只是如同屈原是“自沉汨罗”，夷齐是“饿死首阳”，而贾谊则是“为怀王太傅”，“怀王骑，堕马而死，无后，贾生自伤为傅无状，哭泣岁余，亦死”。(《史记·屈原贾生列传》)被吊者在生死去就之际，都有引人哀感或反思的情况，因而不仅是“怀古”，更有另外一番“可以兴”与“可以观”的感动与思维。

贾谊诠释屈原的自沉是“遭世罔极兮，乃陨厥身”；而屈原的生存处境则是：

> 呜呼哀哉！逢时不祥：鸾凤伏窜兮，鸱枭翱翔。阘茸尊显兮，谗谀得志。贤圣逆曳兮，方正倒植。世谓随、夷为溷兮，谓跖、跷为廉。莫邪为钝兮，铅刀为铦。

——根本就是一个价值颠倒、善恶淆乱、“谗谀得志”、“方正倒植”之“不祥”的“时”代。文中的比类托意，自然充满了《离骚》《涉江》《卜居》等作品的影响，但直接指出“贤圣逆曳”，“方正倒植”，德行高超者横受折磨虐待，以至“随、夷为溷”——卞随、伯夷这些清高之士，其人格遭到诬蔑抹黑，饱受污辱；甚至以历史上恶名昭彰的盗跖与庄蹻为操守之士的代表，读来尤为令人触目惊心。以上还只是对于时代的描写，底下则是直接叙说对于屈原的同情：

> 吁嗟默默，生之无故兮。斡弃周鼎，宝康瓠兮。腾驾罢牛，骖蹇驴兮。骥垂两耳，服盐车兮。章甫荐履，渐不可久兮。嗟苦先生，独离此咎兮。[1]

出生在一个充斥着邪恶的时代，除因命运作弄还能有何缘故？而面对命运，除了“默默”忍受，还能有何言说？在这种“周鼎”与“康瓠”，“罢牛”“蹇驴”与“骥”的亲用与远弃之选择的颠倒下，屈原亲历了以千里良骥而“垂两耳”，忍气吞声的“服盐车”之贱役；以“章甫”之高冠而竟“荐”垫于“履”下的境遇，自然“渐不可久”，无法长久忍受（以致走上了自沉之路？）。是以在“嗟苦先生，独离此咎兮”的慨叹中，对于屈原的“自沉汨罗”，其实是充满了同情的理解。但从“讯曰”以下的语句，则是对于屈原选择自沉是否必要的质疑：

> 讯曰：已矣！国其莫我知兮，独壹郁其谁语？凤漂漂其

〔1〕 此段有异文，此处从《文选》，他本此段之“兮”安置于句中如前段，故全篇句式统一，并无变化。但此段之所以有此变化，实由于首句起于“吁嗟”，末句亦为“嗟”，故“兮”之移往句末，则不但使其感叹较为错落有致，并且有意使每一句都成为感叹句。

> 高逝兮，固自引而远去。袭九渊之神龙兮，沕深潜以自珍。偭蟂獭以隐处兮，夫岂从虾与蛭螾？所贵圣人之神德兮，远浊世而自藏。使骐骥可得系而羁兮，岂云异夫犬羊？般纷纷其离此尤兮，亦夫子之故也！

这一段，如《文选》所附的《并序》所云：“屈原，楚贤臣也，被谗放逐，作《离骚》赋，其终篇曰：已矣哉！国无人兮莫我知也！遂自投汨罗而死。谊追伤之；因自喻。”它始于《离骚》“已矣哉！国无人莫我知兮”的感叹。其实在《离骚》中，这一感叹下接两个关键性的语句：“又何怀乎故都？”以及接着再转折而出的“既莫足与为美政兮，吾将从彭咸之所居！”。若只是前者，屈原很有可能只是选择“远游”或隐居；就是因为屈原却仍然坚持“与为美政兮”而在“莫足”为之际，才会有“从彭咸之所居”的自沉。

因而贾谊不仅同情屈原在当时全无知音的孤寂——“独壹郁其谁语？”，而且从“又何怀乎故都？”的思路，发展出“远游”——“凤漂漂其高逝兮，固自引而远去”，以及“深隐”——“袭九渊之神龙兮，沕深潜以自珍”的另一种可能的选择。这其实与同时写入《渔父》和《史记·屈原贾生列传》中的渔父所建议的因时制宜的弹性立场是一致的——“圣人不凝滞于物，而能与世推移。……何故深思高举，自令放为？”或“沧浪之水清兮，可以濯吾缨；沧浪之水浊兮，可以濯吾足”。贾谊所强调的“独壹郁其谁语？”，亦正与渔父在短暂的邂逅后，“遂去不复与言”的情境相呼应。

这一段亦在句式上突然使用了中间加上虚字的长句，使其显得更为曲折而愈添从容的沉思。它主要的象喻，先是借用了四灵的龙凤等深具神性的动物来与“蟂獭”“虾（蟆）”“蛭”“螾”等丑恶琐细甚至有害的生物相对比，因而得出“所贵圣人之神德兮，远浊世而自藏”的结论。因为龙凤等神物皆在天下太平时才会显现，在这里贾谊强调的显然并非“以治天下为事”的“圣人”（墨翟：《墨子·兼爱上》），[1]而是接近《庄子·逍遥游》所谓“圣人无名”，[2]或者《渔父》所谓“不凝滞于物”的“圣人”，因而就成了具有远害全身之“神德”而以“自藏”为能事的人物了。

接着再以“骐骥”之不“可得系而羁”的天性与才力，来强调它们与凡庸之“犬羊”的差异。这背后始终都有一种天才之无拘无束、自由自在的信念，在此种道家之“逍遥”“自得”——“不以物害己”“无以人灭天，无以故灭命”（《庄子·秋水》）的智慧光照下，则屈原之被谗放逐——“般纷纷其离此尤”，因而也可以视为“亦夫子之故也”了。由遭逢“浊世”的“生之无故兮”，终于因其未能“远”“引”“自藏”而“离此尤”，遂可视为“亦夫子之故也”，这正反映了一种思想上的转折，亦是由“可以兴”的同情哀感而转向了“可以观”的反省检讨。因而他提出了其他可能的选择：

> 历九州而相其君兮，何必怀此都也。凤凰翔于千仞兮，览德辉而下之。见细德之险征兮，遥曾击而去之。彼寻常之污渎兮，岂能容夫吞舟之巨鱼？横江湖之鳣鲸兮，固将制于蝼蚁。

---

〔1〕 先秦儒家其实亦采取相同的思维。

〔2〕 郭象对此的注解为：“圣人者物得性之名耳；未足以名，其所以得也。”

在这一段近乎结论的反思中，贾谊主要诉诸“鸢飞戾天，鱼跃深渊”之自由自在的“鸟”与“鱼”的形象。只是“鸟”仍然是神圣的灵禽——“凤凰”，由其只为舜与文王等“圣君”方才降临来仪，比喻它既能“历九州”亦能“相其君”——“览德辉而下”，“见……险征”“而去”，是以足以远害而全生。“鱼”则虽为“吞舟之巨鱼”——“鳣鲸”，却因未能悠游于“江湖”，反而因“怀此都”而选择了“寻常之污渎”，结果鱼大水浅，不免因胶滞而受困“制于蝼蚁”。

整个比喻充分地强调了整体性开阔的“多”与“远”，“九州”“千仞”，与拘束而单一性的“此都”“彼渎”；“德辉”的“圣”与“寻常”“污”“细”“险”的“凡”；以至“巨鱼”“鳣鲸”的“大”与“蝼蚁”之“小”等种种的对比。最重要的则是高“翔”与“遥”“览”之回旋的空间与距离感，反映的正是一种精神上以至躯体上的逍遥与自由。一旦欠缺了这种自由，才志之“大”适成患害之由。贾谊的结论，遂由“自沉”转向了受“制于蝼蚁”，强调的是屈原的“自沉”只是受害、受“制”的最后一步而已，未必就是悲壮，反而显得可怜，与其雄心壮志、高能大才相较，更加令人悲哀。

但是屈原“自沉”的伦理意义，确是可有仁智之见的议题。柳宗元《吊屈原文》，在“后先生盖千祀兮，余再逐而浮湘。求先生之汨罗兮，揽蘅若以荐芳。愿荒忽之顾怀兮，冀陈辞而有光”这一登临行吊的前引下，对屈原的基本诠释却是：“先生之不从世兮，惟道是就；支离抢攘兮，遭世孔疚。”因而，柳宗元对类似贾谊评议屈原未曾“远世”“高逝”，以为不“智”的看法，提出本诸“仁”者襟怀的解说：

> 今夫世之议夫子兮，曰胡隐忍而怀斯？惟达人之卓轨兮，固僻陋之所疑。委故都以从利兮，吾知先生之不忍。立而视其覆坠兮，又非先生之所志。穷与达固不渝兮，夫唯服道以守义。矧先生之悃愊兮，陷大故而不贰。

此处世议之“胡隐忍而怀斯？”乃指何不效法孔子去鲁，柳宗元却反论“但仲尼之去鲁兮，曰吾行之迟迟”，即使选择去国，难道就不怀邦？尤其屈原所生存的时代，根本连独善其身亦不可能：“柳下惠之直道兮，又焉往而可施？”他所面对的原就是“滔滔者天下皆是也”的情境，根本没有“辟人”或“相君”之可能。（《论语·微子》）柳宗元一方面始终是从“道义”立论，“惟道是就”，“服道以守义”；另一方面则从孔子所谓“志士仁人，无求生以害仁，有杀身以成仁”（《论语·卫灵公》）的“志士仁人”的襟怀着眼：“先生之不忍”“委故都以从利”“立而视其覆坠”“非先生之所志”。因而强调其“穷”“达”不渝、临危授命（“陷大故而不贰”）的道德精神。

通常登临兴吊，既与自身的经历处境有关，因而意并不在辨正古人之是与非；其实是一种“自我”认同与人生之可能抉择的思索；更进一步，则是对于当代的讥讽，因而柳宗元的“吊”文，就结束在：

> 吾哀今之为仕兮，庸有虑时之否臧。食君之禄畏不厚兮，悼得位之不昌。退自服以默默兮，曰吾言之不行。既偷风之不可去兮，怀先生之可忘？

这里批评当代的“为仕”者，只关心个人的利禄与高位，对于时世状况之好恶全无忧心与顾虑。他自承亦遭遇到类似屈原“吾言之不行”的命运，他无法改变当时的不良士风，能够坚持的只有不忘对屈原的怀思与认同。全篇称屈原为“先生”凡十见，称“夫子”一见，景仰之意，溢于言表。

“吊”所书写或称诉的对象，往往是在时代的困局中，处境比较艰难的，在绝望中仍要做自己，以致不惜生命……甚而死于“非命”的，具“悲剧英雄”性格的人物。[1]因而他们的“死亡”就其自身而言或许是“求仁得仁”，却令“吊者”兴起了“怨乎？”或“又何怨？”(《论语·述而》)的伤感与伦理意义之辨正。王粲《吊夷齐文》在“望坛宇而遥吊，抑悲古之幽情”之余，不免要反思伯夷、叔齐在伦理抉择上可能遭遇的矛盾：

> 知养老之可归，忘除暴之为仁。洁己躬以骋志，愆圣哲之大伦。忘旧恶而希古，退采薇以穷居。

自然，这仍是在帝王统治时代，尤其是儒家思想背景下才会产生的矛盾。首先指出的既以“西伯昌善养老”而“往归”，却全然未虑及武王伐纣，亦可以是“除暴之为仁”，这一点是历来皆未能解决的争议。嵇康的“每非汤武而薄周孔”(《与山巨源绝交书》)，自是与伯夷、叔齐一路；黄宗羲《明夷待访录·原君》，则大致采取的正是王粲的立场。到底是“以暴易暴兮，不知其非”(《史记·伯夷列传》)，还是真的“除暴为仁”？这不仅是道德义理立场的不同；更是身历其境者与后世之人对于历史事实如何认定的问题。

“天下宗周，而伯夷、叔齐耻之，义不食周粟”(《史记·伯夷列

---

〔1〕 参见拙作：《论“悲剧英雄”——一个比较文学的观念之思索》。

传》）的“洁己躬以聘志”，是否“愆圣哲之大伦”，此处引述的其实是子路反见荷蓧丈人未遇时，所谓“不仕无义，长幼之节，不可废也；君臣之义，如之何其废之？欲洁其身而乱大伦”（《论语·微子》）的说法，这自是儒家思想的基本。但“君臣之义”是否那么不可“废”，不必等到帝制已废的今日，即以伯夷、叔齐所面对的“武王载木主，号为文王，东伐纣”而言，在他们叩马而谏时，已直指武王“以臣弑君，可谓仁乎？”，则所谓“宗周”之“大伦”的基础又何在？对于夷、齐作歌，向往“神农、虞、夏忽焉没兮，我安适归”（《史记·伯夷列传》），说他们“希古”自是无误；但将他们的“不念旧恶，怨是用希”，改为“忘旧恶而希古”，遂使“希古”另有弦外之音，使得他们“退采薇以穷居”，仿佛不是出于“耻之”，而是成了不忘新恶的表现。这都是可以有争议，而与王粲“从王师南征”的政治立场及号召有关的。但文章终究还是得出了足资激荡人心，符合“圣之清者”，“虽不同于大道”，仍见称于孔子的结论：

> 守圣人之清概，要既死而不渝。厉清风于贪士，立果志于懦夫。到于今而见称，为作者之表符。虽不同于大道，合尼父之所誉。

事实上这些足可被“吊”的“悲剧”人物，他们高标准的自我要求，或者是在命运的逆转中产生或经历的重大陨落，总是令一般人（未必即是“贪士”或“懦夫”）感觉震惊，以致产生恐怖与哀怜的情绪。

若以这种美学形态与写作方式而论，则韩愈《祭田横墓文》虽然题为“祭”，其精神却与“吊”相近。它一样始于行旅——

“贞元十一年九月，愈如东京，道出田横墓下”，一样只是出于对所吊者的感动——“感横义高能得士，因取酒以祭，为文而吊之”。在此短序之后的“其辞曰”，首先强调的还是自己的感动：

> 事有旷百世而相感者，余不自知其何心！非今世之所希[1]，孰为使余嘘唏而不可禁？余既博观乎天下，曷有庶几乎夫子之所为？死者不复生，嗟余去此其从谁？

韩愈其实强调了他的强烈感动——“使余嘘唏而不可禁”，乃是无目的、无利害的，“非今世之所希”，是属于“旷百世而相感”的不自觉的精神交感，因而他亦“不自知其何心！”。

虽然如此说，但韩愈的感动其实是由于史书，尤其《史记·田横列传》所记载的事迹所致的——“余既博观乎天下，曷有庶几乎夫子之所为？”汉高祖统一天下后，“田横惧诛，而与其徒属五百余人入海，居岛中”，高帝“乃使使赦田横罪而召之”，“田横乃与其客二人乘传诣雒阳，未至三十里至尸乡厩置”，“谓其客曰：‘横始与汉王俱南面称孤，今汉王为天子，而横乃为亡虏而北面事之，其耻固已甚矣！且吾亨人之兄，与其弟并肩而事其主。纵彼畏天子之诏，不敢动我；我独不愧于心乎？且陛下所以欲见我者，不过欲一见吾面貌耳。今陛下在洛阳，今斩吾头，驰三十里间，形容尚未能败，犹可观也。’遂自刭，令客奉其头，从使者驰奏之”，高帝“以王者礼葬田横”，“既葬，二客穿其冢旁孔，皆自刭，下从之”，“闻其余尚五百人在海中，使使

---

〔1〕“希”本作“稀”，此处从沈钦韩曰“‘稀’当作‘希’，言非今世所尚”而改，参见马通伯：《韩昌黎文集校注》，第316页。

召之。至则闻田横死，亦皆自杀”等。

意味最为深远的，则是以下的感慨：“死者不复生，嗟余去此其从谁？”由于文中已三度用“余”，此处的“余”自然当指韩愈自身，但这里所反映的又何尝不是“田横之客皆贤”，在“闻田横死，亦皆自杀”时的心情？又何尝不是“旷百世而相感”的状态？兴情共感之余，又继之以“观”照的反省：

> 当秦氏之败乱，得一士而可王。何五百人之扰扰，而不能脱夫子于剑铓？抑所宝之非贤？亦天命之有常？昔阙里之多士，孔圣亦云其遑遑。苟余行之不迷，虽颠沛其何伤？

他的反省始于《史记·田横列传》结尾所谓“于是乃知田横兄弟能得士也”，而从“得士”立论，“当秦氏之败乱，得一士而可王”。但这真的是韩愈的少作，一方面并没有“得一士而可王”那么便宜容易的事实；另一方面则是田横兄弟并非未称王，反是诚如高帝的感叹：“夫起自布衣，兄弟三人更王，岂不贤乎哉！”所以会发生“何五百人之扰扰，而不能脱夫子于剑铓？”，主要是高祖已经志在争“帝”，凡以“王”自立而满足者，终究全被削除铲灭。

另外田氏所对抗的是项羽、韩信、郦生、刘邦这些极为杰出的英雄人物，交相激荡下，谁人能幸存？“不能脱夫子于剑铓”的原因，更在田横自以为是“始与汉王俱南面称孤”的具有同等地位的人物，因此耻于沦为“亡虏”，仍有着虽为失位“君王”但仍自视为“君王”的骄傲，这是“悲剧英雄”方才具有的自尊自重与在厄运中陨落的意识，他当然不是“后主”式的人物！因而这确实牵涉所谓“亦天命之有常”，这正是“悲剧英雄”们所面对的势必无法两全的绝望的“罪苦”，也就是克尔凯郭尔《致死的疾病》(*The Sickness unto Death*)一书中所谓“‘罪’是在上帝面前，或具有上帝之理念，而绝望地不欲成为自我，或绝望地要成为自我”[1]的困境。加上了田横对于“与其弟并肩而事其主”的耿耿于怀——“我独不愧于心乎！”，就使田横最终在精神上成为接近项羽高度的英雄人物。

至于虽“能得士”而终不免败亡，“抑所宝之非贤？”，其实正牵涉中华文化中对于“贤”之意义的迷思。因为“圣贤”相连为用，“贤者”往往指“忠义之士”，其重点乃是就“道德人格”立论，而人格高尚者未必即为具有“立功”“巧言”能力的“才智之士”。是以“士之廉节好礼者”多归之项王，“士之顽钝嗜利无耻者”多归汉王，但是“楚汉相距”，决定胜负的是奇谋善战之能，而非“尾生、孝己之行”(《史记·陈丞相世家》)，事情虽然曲折，但结果却是项羽自刎，刘邦称帝。

韩愈多少亦意识到了这一点——“昔阙里之多士，孔圣亦云其遑遑”，以孔子至圣与众多贤弟子，仍不免栖栖惶惶，在政治上未有所成。如此，则田横也好，孔子也罢，皆是不能以成败论英雄的。韩愈因此重新肯定了他的“余将董道而不豫兮”(屈原，《楚辞·九章·涉江》)之自我认同与人生道路——“苟余行之不迷，虽颠沛其何伤！”。对于尚在寻求出路与投靠对象的年轻人，这自然是一个深刻的启示，因而该文就结束在对田横的祭奠，以作为重加认同的表征：

---

〔1〕 参见 Walter Lowrie 英译本：“Sin is this: before God, or with the conception of God, to be in despair at not willing to be oneself, or in despair at willing to be oneself.”

> 自古死者皆一，夫子至今有耿光！跽陈辞而荐酒，魂仿佛而来享。

自古以来，凡人终有一死。但死有所谓“重于泰山”或“轻于鸿毛”之别，往往在于其死亡是否影响了集体命运，或者是否成就了个人的道德人格。项羽之自刎，一方面结束了只为刘项两人争权，“徒苦天下之民父子为也”的长期争战，一方面则在“籍与江东子弟八千人渡江而西，今无一人还……籍独不愧于心乎”（《史记·项羽本纪》）的“不肯渡乌江”之举（李清照，《咏项羽》）中成就了他的道德人格。田横之死，自然不会有结束“天下匈匈数岁”的作用，但无疑仍确保了他身为“王者”，不肯摇尾乞怜、侧身臣虏的尊严；而对于烹杀郦生一事，亦表现了“我独不愧于心”的道德醒觉。所以对于他的“自到”而死，韩愈强调“夫子至今有耿光！”，正因田横在失去王者之位且沦落至“亡虏”的处境中，仍能以从容的“死亡”彰显其人格的尊贵。故而令韩愈想象其精神与形容——“魂仿佛而来”了。

假如田横在失位的绝境中，以“自到”斩下的头颅面貌去见刘邦，悲剧性地保持了“君王”的尊严；但这样一个权倾一世的英雄——后来甚至获得了“君王”的身份——却在临终之际沦为“昔为人所羡，今为人所怜”（汉成帝时童谣，收录于《全汉三国晋南北朝诗》）的可悲角色，是否经历的正是另一种“失位”的处境？面对自己逐渐失去一切“权力”乃至完全“无能为力”的处境，终至在无奈中发出卑屈的乞求，〔1〕其所反映的心情，是否也正是另一种

〔1〕 一如莎士比亚的悲剧《李尔王》中，主角在临终前请求别人帮他解开纽扣。

“悲剧性”的“绝望”？陆机的《吊魏武帝文》掌握的正是这种特殊的悲剧情境与悲剧情绪。由于陆机写作的根由，是来自——

> 元康八年，机始以台郎出补著作，游乎秘阁，而见魏武帝遗令，忾然叹息，伤怀者久之。

由于魏武帝遗令，在当时是“秘阁”始见的资料，因而陆机作了长“序”来说明，被刘勰评为“陆机之吊魏武，序巧而文繁”（《文心雕龙·哀吊》）。但是陆机“吊文”的“序”，因为起始于辩解自己的“今乃伤心百年之际，兴哀无情之地”，叙述的就不仅是魏武遗事，更是个人的感怀缘由，于是反而着墨于由伟大生命的“陨坠”所兴发的“悲剧情境”与“悲剧意识”之勾勒：

> 夫以回天倒日之力，而不能振形骸之内；济世夷难之智，而受困魏阙之下。已而格乎上下者，藏于区区之木；光于四表者，翳乎蕞尔之土。雄心摧于弱情，壮图终于哀志。长算屈于短日，远迹顿于促路。

这种充满了“力能”与“不能”、“格”与“藏”、“光”与“翳”、“上下”“四表”与“区区”“蕞尔”等强烈对比的描写，其实是道尽一切充满“雄心”“壮图”“长算”“远迹”之伟大英雄的末路情境，因为剩下的只是“弱情”“哀志”的悲慨与“短日”“促路”的困境，格外引人感叹唏嘘。在此等情感背景下，方才对曹操在“英雄气短”之际仍有不失其气概的部分以及终究不免于“儿女情长”，反而沦于痴骇之事，都做了语带讥评的叙述。首先叙其不失气度的部分：

> 观其所以顾命冢嗣，贻谋四子，经国之略既远，隆家之

> 训亦弘。又云："吾在军中，持法是也。至小忿怒、大过失，不当效也。"

则赞以"善乎达人之谠言矣！"。至于托孤泣下的情景：

> 持姬女而指季豹以示四子曰："以累汝！"因泣下。

则不免感叹："伤哉！曩以天下自任，今以爱子托人。"以逆转对比的方式，道出权能有无的完全转移。英雄人物一旦到达生与死的临界点，其实命运与凡人无异："同乎尽者无余，而得乎亡者无存"，一切终归无有。但曹操却在所谓"儿女情长"与"爱物恋事"上表现得极为痴迷与执着："然而婉娈房闼之内，绸缪家人之务，则几乎密与！"是以：

> 又曰："吾婕妤妓人，皆著铜爵台。于台堂上施八尺床穗帐，朝晡上脯糒之属。月朝十五，辄向帐作妓。汝等时时登铜爵台，望吾西陵墓田。"
>
> 又云："余香可分与诸夫人，诸舍中无所为，学作履组卖也。吾历官所得绶，皆著藏中。吾余衣裘，可别为一藏。不能者，兄弟可共分之。"

但结果竟是"既而竟分焉"，形成了死者与生者争夺遗物的局面。陆机忍不住要批评："亡者可以勿求，存者可以勿违。求与违不其两伤乎？"反映的则是虽为帝王之家却都勘不破对于事物的贪恋。因而他对于人类终是无可避免"存亡得失""终期于尽"的命运，提出了异于曹氏父子的抉择：

> 悲夫！爱有大而必失，恶有甚而必得；智惠不能去其

恶，威力不能全其爱。故前识所不用心，而圣人罕言焉。若乃系情累于外物，留曲念于闺房，其贤俊之所宜废乎！于是遂愤懑而献吊云尔。

但是陆机的“愤懑而献吊”，未必只因魏武帝“系情累于外物，留曲念于闺房”；真正令人哀伤的是在面临死亡之际，即使是英雄人物亦需经历——也就是全体人类都会经历的最终的“绝望”处境（“爱有大而必失，恶有甚而必得；智惠不能去其恶，威力不能全其爱”）。圣人、前识可以借“不用心”“罕言焉”来面对，而曹操虽然杰出，但确是个“人性的，太人性的”凡庸生命，反而在其临终的痴迷中表现了永恒的“死生亦大矣，岂不痛哉！”之实情。“贤俊之所宜废”的作为，姿态或许较为漂亮，但何尝能免除，甚至启示我们“爱有大而必失，恶有甚而必得”这一生命最终的绝望与痛苦？所以“愤懑而献吊”，正因魏武以其临终的作为，提示了我们终究必须面对“智惠不能去其恶，威力不能全其爱”的生命处境，即使是伟大的人物亦终无可为、必无可免，而只能承受这一深沉苦难与重大劫运。所以他在“吊”文的结尾强调：

嗟大恋之所存，故虽哲而不忘！览遗籍以慷慨，献兹文而凄伤……

我们在“凄伤”之后不标句号，而标省略号，正因全文读来其实是“慷慨有余哀”（《古诗十九首·西北有高楼》）的。

但“吊”文其实更包含了序中所无的魏武毕生戎马倥偬的写照：“摧群雄而电击，举勍敌其如遗。指八极以远略，必翦焉而后绥”，“威先天而盖世，力荡海而拔山。厄奚险而弗济，敌何强而不残。每因祸以禔福，亦践危而必安”。不断累积战功而成其霸业，但亦挫折不断，长久亲身经历于“险”“危”之间，虽然一直有幸运之神的眷顾，但最终的命运却是“出师未捷身先死，长使英雄泪满襟”（杜甫，《蜀相》）：

> 愤西夏以鞠旅，溯秦川而举旗。逾镐京而不豫，临渭滨而有疑。冀翌日之云瘳，弥四旬而成灾。咏归途以反旆，登崤渑而朅来。次洛汭而大渐，指六军曰念哉。

这一段征蜀之旅，同时也是染病、病重，而至临终之旅，陆机以迟缓的笔调细意描写逐个地点、逐步的时间长短，仿佛刻画的是渐次迈往一场宿命的死亡约会的过程。情调凄缓而严肃，像一首送葬的进行曲。“吊”所书写致意的对象，其死亡之所以具有悲剧性，正因其包含了某种人生抉择的困境，反映出某种绝望，故而或者牵涉某种德行的坚持，特别是生逢乱世或浊世时，如屈原或夷、齐；或者关联到争战的胜负以及在其间能否保持其个人之尊严与心愿，因为最终影响彰显的其实是他个人的“人格形象”之完成。明代贺复征编《文章辨体汇选》，选了张鳌山《吊张巡文》、张邦奇《吊岳武穆王文》——不论张巡或岳飞，一方面皆极尽忠义力战；一方面其死节亦各有其惨烈，动人哀感而发人深省。

在战争中，经由力战为国捐躯的自然不只是统帅或大将，一般的士兵亦何尝不是如此。因而也就有类似张说《吊国殇文》，或者更著名的李华《吊古战场文》这一类的“吊”作。张说《吊国殇文》，自然颇受《楚辞·九歌·国殇》的影响，但有着更多的同情与伦理的肯定，其结尾为：

> 命穷追兮短兵错，肤迎刃兮血染锷。旋残溃兮弃组练，山犹号兮谷余战。殪原野兮奈何，违君亲兮不见。于戏！何天命之奄忽！俾仁义之治兵，为蛮夷之俘骨。礮六校之飞将，镇五营之劲卒。吾见出兮不归，噫名存兮身殁。

前四句承袭《楚辞·九歌·国殇》，仍写战事之惨烈，只是强调军令“命穷追”导致“旋残溃”，情势逆转，于是“血染锷”“弃组练”，在溅血弃甲之余，陷入山鸣谷应的苦战——“山犹号兮谷余战”，终于无奈地死于遥远的战场，“殪原野兮奈何”。由“殪原野”的暴死异域起，开始了对他们牺牲之意义的质疑，“违君亲”，而君主号称“仁义之治兵”下，不过“俾”使他们沦“为蛮夷之俘骨”，然后从此不只“不见”“君亲”，而且更是“吾见出兮不归”。因为剩下的仅只“名存”而“身殁”了。但是所谓“名存”，并不是真正的死难者的姓名，反而只是“六校”“五营”之名，其余只是曾被视为“飞将”或“劲卒”之“名”；此外何曾有更大的荣耀？或任何永垂不朽的纪念？那么“吾见出兮”的英勇情景，与“若无罪而就死地”的衅钟之牛羊，[1]又有何不同？而张说亦只能以个人的身份致“吊”，[2]而非如《楚辞·九歌·国殇》中的战士，成为祭典奉祠的对象。李华《吊古战场文》，还是从登临所见开始：

> 浩浩乎平沙无垠，敻不见人。河水萦带，群山纠纷。黯

〔1〕　参见《孟子·梁惠王》，齐宣王事。

〔2〕　此处之“吾”，这里暂取作者自指之义，但亦可能是用《左传》僖公三十二年，秦晋殽之战前，秦“出师于东门之外。蹇叔哭之曰：‘孟子！吾见师之出，而不见其入也！’”的典故。

兮惨悴，风悲日曛。蓬断草枯，凛若霜晨。鸟飞不下，兽铤亡群。亭长告予曰："此古战场也，常覆三军。往往鬼哭，天阴则闻。"伤心哉！秦欤？汉欤？将近代欤？

因为所吊的是"古战场"这一"常覆三军"的特殊"空间"，故而从写景开始："敻不见人"正与"往往鬼哭"做对比；而"黯兮惨悴，风悲日曛"则与"天阴则闻"相呼应，真的是阴风惨淡，鬼气森森。因为在李华看来，这些"万里奔走，连年暴露。沙草晨牧，河冰夜渡。地阔天长，不知归路。寄身锋刃，腷臆谁诉"的士卒们——长期以来被送往塞外戍守征战，常年处于恶劣环境，随时面临死亡，而其情愫无可告诉——只是"文教失宣，武臣用奇，奇兵有异于仁义"的牺牲品。

他们征戍的结果，往往只是在"当此苦寒，天假强胡"的地理环境中，任由对方"凭陵杀气，以相剪屠"：

径截辎重，横攻士卒。都尉新降，将军复没。尸填巨港之岸，血满长城之窟。无贵无贱，同为枯骨。可胜言哉！

寥寥数句就把战事的惨烈勾勒出来，并且总结道：只要上了战场，就是进入了死域，因而"无贵无贱，同为枯骨"就是他们共同的命运。在"可胜言哉"的慨叹之余，他所要描摹的是这些"地阔天长，不知归路"而又"寄身锋刃"的将士们，在面临苦战之际的内心情怀与外在处境：

鼓衰兮力竭，矢尽兮弦绝。白刃交兮宝刀折，两军蹙兮生死决。降矣哉，终身夷狄；战矣哉，骨暴沙砾。鸟无声兮山寂寂，夜正长兮风淅淅。魂魄结兮天沉沉，鬼神聚兮云幂

> 幂。日光寒兮草短，月色苦兮霜白。伤心惨目，有如是耶？

这里描写的不仅是战况的惨烈——“鼓衰兮力竭”，更重要的是将士们陷入了“绝望”的劣势——“矢尽兮弦绝”，只能短兵相接——“白刃交兮”却又打到“宝刀折”。在此矢尽刀折的“绝望”中，最重要的伦理抉择是：要降还是要战？若降，则是“终身夷狄”；若战，则是“骨暴沙砾”，不但身死，而且必然无人收埋安葬，只能永远成为无依的游魂。在这必然有输无赢的抉择中，会留止于古战场的，自然都是力战而死，具有悲剧英雄素质而选择了“骨暴沙砾”的勇士们。于是鸟嚶山寂，夜长风淅，日寒草短，月苦霜白，就成为他们最后的归宿。古战场上，云天笼罩下尽是这些阵亡的魂灵，“魂魄结兮天沉沉，鬼神聚兮云幂幂”，然后盘桓不去，纠结不散，日日月月，延续至今，遂成为李华眼前“伤心惨目，有如是耶？”的景象。

但是李华所哀吊的不仅是首当其冲的阵亡将士，他了解同时拥抱“绝望”悲剧命运的，还有他们的家人：

> 苍苍蒸民，谁无父母？提携捧负，畏其不寿。谁无兄弟？如足如手。谁无夫妇？如宾如友。生也何恩？杀之何咎？其存其殁，家莫闻知；人或有言，将信将疑。悁悁心目，寤寐见之。布奠倾觞，哭望天涯。天地为愁，草木凄悲。吊祭不至，精魂何依？必有凶年，人其流离。呜呼噫嘻！时耶？命耶？从古如斯，为之奈何？守在四夷。

他先历数这些战士们的亲密家人：父母、兄弟、夫妇；指出他们战死的无辜：“生也何恩？杀之何咎？”但全无消息的悬念更令人受尽折磨与煎熬："其存其殁，家莫闻知；人或有言，将信将疑。"只有依赖"悁悁心目，寤寐见之"的通灵感应，方才"布奠倾觞，哭望天涯"，由于是遥远的吊祭，哭、望都得穿历天涯，因而转使无尽的"天地为愁"怀之所经，其间的"草木"皆为"凄悲"所染。但这还是幸运的，若竟然只是"家莫闻知"，因而"吊祭不至"，则沦为未祭无祠的无主幽魂，那么这些战士的"精魂何依"？于是天地气息不宁，因而"必有凶年"，"人其流离"……

李华在《吊古战场文》中悲悼的是历代受派遣征戍而远死边塞的将士，虽具清晰且共同的悲剧命运，但每个人都是面目模糊的，因为这是一种集体性的"苦难"；这种"苦难"并不取决于承担"苦难"的为国牺牲者之本意，而是来自当政者的决策。因而李华回顾历代史迹，反复申言："任人而已，其在多乎？"他所向往的是"周逐猃狁"，"君臣之间""穆穆棣棣""和乐且闲"的"全师而还"、依德化而行的征伐；而不以"荼毒生灵，万里朱殷"，"枕骸遍野，功不补患"秦汉的强战力征为然。于是他面对"呜呼噫嘻！时耶？命耶？从古如斯"的征戍困境，以为解决之道，并不在逼将士们去做出降还是战的抉择，而当是釜底抽薪的从政治上交好邻国，达到化干戈为玉帛的"守在四夷"。这一样表现了一种"吊"文所特具的伦理反思。

## 五、无名与有名："祭"的类型之一

"吊"的对象基本上是具悲剧性抉择以至死亡的古人，因而其事迹往往见诸史书或其他著述，因而皆为"名"不"磨灭"的"倜傥非常之人"，也就是"名"留后世的"古人"；《吊古战场文》所吊的对象却是一群寂寂无名的死者，除了战死是事实，其他许多情境都不免出自概括的想象以及类推的臆测。因而“吊”文以“古战场”为名，正是源自其事迹重重叠叠，已然不详的缘故。同样的情境亦可见于事迹不详之死者的“祭”文，这类作品自以谢惠连《祭古冢文》最为著名。前有序如下：

> 东府掘城北堑，入丈余，得古冢。上无封域，不用砖甓。以木为椁，中有二棺，正方，两头无和。明器之属，材瓦铜漆，有数十种，多异形，不可尽识。刻木为人，长三尺，可有二十余头。初开见，悉是人形，以物枨拨之，应手灰灭。棺上有五铢钱百余枚；水中有甘蔗节，及梅李核瓜瓣，皆浮出不甚烂坏。铭志不存，世代不可得而知也。公命城者改埋于东冈，祭之以豚酒。既不知其名字远近，故假为之号曰冥漠君云尔。

这一段记叙客观冷静，简明扼要，颇类考古发掘报告，但其实是反映了墓葬上古今异制的观察，它强调了“上无封域，不用砖甓”，“两头无和”，不称陪葬用“俑”，形容其为“刻木为人，长三尺，可有二十余头”，以及“明器之属”的“多异形，不可尽识”，正是以当时的礼制去反观墓中情景的结论。但意味深远的，则是所有的描写皆集中在墓制与陪葬物上，而完全不及安葬其中的“尸身”，若再参照“祭”文“棺仍旧木”的叙述，则虽已启“椁”，却未开“棺”，亦反映出尚未有考古学的年代，传统上对于死者的尊重，因而，“公命城者改埋于东冈，祭之以豚酒”。

由于“祭祀”是针对死者神灵的直接祷祝，则“既不知其名字远近，故假为之号曰冥漠君云尔”，而在“祭”文中先述年月日以及具备各种官衔的主祭者——朱林，“具豚醪之祭，敬荐冥漠君之灵”，正是对于死者仍然保持着一种马丁·布伯（Martin Buber）所谓的“我”与“你”（I and thou）而非“我”与“它”（I and it）的关系。[1]所以即使是“假为之号”，亦仍然需“称名”致祭。“祭”文仍然从事情始末说起，亦集中在开椁所见的情景：

> 忝总徒旅，板筑是司。穷泉为堑，聚壤成基。一椁既启，双棺在兹。舍畚凄怆，纵锸涟而。刍灵已毁，涂车既摧。几筵糜腐，俎豆倾低。盘或梅李，盎或醢醯。蔗传余节，瓜表遗犀。

其中除了出以巧妙的排比、对仗之文辞表现，如原本只是“以木为椁，中有二棺”的事实，却呈现为具有戏剧性表现的对句——“一椁既启，双棺在兹”，加上了“舍畚凄怆，纵锸涟而”的情感动作反应，就使得整个挖掘发现的情景栩栩可见。然后具体地刻画陪葬事物的残破毁损——“刍灵已毁，涂车既摧”，尤其集中在祭筵破腐的情景——“几筵糜腐，俎豆倾低”，以及残余的各种食品之样态——“盘或梅李，盎或醢醯。蔗传余节，瓜表遗犀”，不但令人想到其中蕴含的种种滋味与后人供奉祭拜的情景，甚至仿佛可见墓主们在世时曾经品尝饮宴的景象，似亦喻示了他们家族日常生活情况之一斑，然后是对死者的追思探问：

> 追惟夫子，生自何代？曜质几年？潜灵几载？为寿为夭？宁显宁晦？铭志湮灭，姓字不传。今谁子后？曩谁子

[1] 参阅 Martin Buber, *I and Thou*, translated by Ronald Smith, New York: Charles Scribner's Sons, 1958。

先？功名美恶，如何蔑然？

这种种的追问，反映的不仅是对于死者生命的好奇，事实上亦是当时对于已然完成（死亡）之生命的评价与定位的方式：生逢何世、年寿几何、名位显晦、世系承启、功业名声……这些正构成了当日之时代文化中，一个社会“人”之完整的命运与人格图象。同时反映的正是由于“铭志湮灭，姓字不传”，因而对于死者禀受的“命运”与其生存之“价值”的无从评估；亦因而不知如何对待——尊敬？怜悯？而一切皆因未知而归于“冥漠”……

接着则是说明必须迁葬的缘由：首先是“百堵皆作，十仞斯齐；墉不可转，堑不可回”，筑城的工事已经泰半完成，不可能有所更改；其次是“黄肠既毁，便房已颓”，冢室已然倾毁，不堪继续使用。这里还加入了“循题兴念，抚俑增哀”的抒情表现；尤其参照序中“初开见，悉是人形，以物帐拨之，应手灰灭”的记述，则即使厚葬亦终归“灰飞烟灭”的宿命，更是令人凄怆不已。

但仍是体念遗体未埋，终令死者不安的故实：“射声垂仁，广汉流渥；祠骸府阿，掩骼城曲。”以后汉曹褒迁射声校尉见“营舍有停棺不葬，百余所”，以“绝无后者故不得埋掩”，“褒为买空地，悉葬其无主者，设祭以祀之”，[1] 以及广汉太守陈宠，“先是雒阳城南，每阴常有哭声，闻于府中。宠使案行，昔岁仓卒时骸骨不葬者多。宠乃敕县葬埋，由是即绝也”[2] 等事迹，既明未葬之令死者魂魄不安，亦表为无主无后之尸身埋葬祭祀的

〔1〕 事见范晔：《后汉书》，引句采《文选注》。
〔2〕 事见《东观汉记》，引句采《文选注》。

“仁”“渥”。决定“仰羡古风，为君改卜”，加以迁葬：

> 轮移北隍，窀穸东麓。圹即新营，棺仍旧木。合葬非古，周公所存。敬遵昔义，还祔双魂。酒以两壶，牲以特豚。幽灵仿佛，歆我牺樽。呜呼哀哉！

饶有意味的是“圹即新营，棺仍旧木”，显然并没有惊动到棺木；并且以当时乃至古礼的知识，强调“合葬非古，周公所存”，认为它不合周公以降的礼法。但仍然尊重昔日殡葬的安排——“敬遵昔义，还祔双魂”，继续合葬。“合葬”是恩爱夫妻“生同室；死同椁”之至深心愿的实现，未尝不是永恒“爱情”的完美象征。“酒以两壶，牲以特豚”，“两壶”酒供“双魂”对饮，“特豚”由二者合食，祭品的安排中，自有温暖与歆羡向往的人情意味。而期待这一对“仿佛”的“幽灵”能来“歆我牺樽”，亦强调了“我”对于“双魂”之勤勤恳恳的诚意与感通。

末尾的“呜呼哀哉”固是祭文的常例，却恰如其分地提醒了我们，尽管认真地描述了“祭品”的安排与“歆我牺樽”的情景——正如郑重地记叙了开椁所见、原始祭拜种种食物的残余——它们所反映的原即是由食物之甜美可口所象征的人类的“生之欲”与“生”“活”的滋味，但它们终归“縻腐”（而非“享用”与“消化”），“幽灵”们终究只能“歆”享，却并不能真正饮食。其实这正深深启示了我们，幽冥异界，生死殊途，死亡所代表的正是现世生活的终止。即使是“死同椁”，也终究不同于“人之大欲存焉”的“饮食男女”，确实是令人悲慨的。

尤其眼前的事实，显示的正是死者之无助：虽经安葬，但护守庐墓的后人一旦流离或者凋零，其命运就未免等同于曹褒、陈宠所面对的棺木与骸骨了，未必总能因入土即为久安。这里令人兴哀的不仅是人类之不免一死的宿命，更是在沧海桑田的时移世异中，终能避免“古墓犁为田，松柏摧为薪”（《古诗十九首·去者日以疏》）的遭遇。因而，即使是“死同椁”的坚贞爱情，亦可因墓毁椁启而被拆散，于是一切皆无保障，终归湮灭，种种的努力追求不免终归徒然的悲慨，就在突然后出的“呜呼哀哉”声中成为全篇“祭”文的回响，在似乎心平气和的叙述、合情合理的安排底下，霎时被引出，成为主调，且余音袅袅……

王守仁的《瘗旅文》，基本上是一种“射声垂仁，广汉流渥”似的行为，只是过程更具戏剧性而其文辞更加感伤，足以令人回肠荡气。同为收埋陌生的死者，王守仁至少曾经望见过他们——他先记其事：

> 维正德四年，秋月三日，有吏目云自京来者，不知其名氏，携一子、一仆，将之任。过龙场，投宿土苗家。予从篱落间望见之。阴雨昏黑，欲就问讯北来事，不果。明早，遣人觇之，已行矣。

对于被贬贵州龙场驿已二年的王守仁，“自京来者”的“吏目”，自然是“问讯北来事”，聊慰故旧之思的重要对象，但除了“从篱落间望见之”，竟然失之交臂，当然遗憾。出乎意外的，结果竟是三人的相继死亡：

> 薄午，有人自蜈蚣坡来，云：“一老人死坡下，傍两人哭之哀。”予曰：“此必吏目死矣。伤哉！”薄暮复有人来，云：“坡下死者二人，傍一人坐叹。”询其状，则其子又死

> 矣。明日，复有人来云："见坡下积尸三焉。"则其仆又死矣。呜呼，伤哉！

文中描述，不到二日，吏目一行三人几乎以相隔半日的时间依次死去，不但令人触目心惊，而且其亡故的地点竟名为"蜈蚣坡"，似乎亦甚为恶毒险峻。同时，几乎每半日以上才有人来，亦可见其地之偏远冷僻，少见行走。"一老人死坡下，傍两人哭之哀"，而"坡下死者二人，傍一人坐叹"，而"见坡下积尸三焉"；由"哭之哀"，而"坐叹"，而"积尸"，亦更反映出他们的情境，以至心情的愈发绝望。不复哭泣的"坐叹"其实比"哭之哀"绝望；没人哀叹又比尚有哀叹者绝望。王守仁先是在对话中惊叹："此必吏目死矣。伤哉！"又在文中整件事情的叙述后做了"呜呼，伤哉！"的结语，反映出其层次益深的伤痛。"伤哉"似比已成陈言的"哀哉"更能反映一种出切身的同情。

接着叙述前往收埋以至哀祭的经过：

> 念其暴骨无主，将二童子持畚锸往瘗之。二童子有难色然。予曰："噫，吾与尔犹彼也。"二童悯然涕下，请往。就其傍山麓为三坎，埋之。又以只鸡，饭三盂，嗟吁涕洟而告之。

王守仁的同情原本很直接，"念其暴骨无主……往瘗之"，但二童子的反应却转折出同情之外物伤其类的同命之"自伤"一面。前往路途偏远的荒郊野外，去埋葬全无关联之陌生人的尸体，"二童子有难色然"，这可能才是一般人的正常反应。王守仁并未多做劝说，仅一句"噫，吾与尔犹彼也"的慨叹，就引发了二童子"同在异乡为异客”的羁旅艰危之感——“二童悯然涕下，请往”。

在穷乡僻壤，仓促之间当然只能“持畚锸”，“就其傍山麓为三坎，埋之”而已。后文歌中所谓“道傍之冢累累兮，多中土之流离兮”，其实亦正反映出大明帝国深入僻远的苗疆，不赖“土官”而置“流官”，结果是死病累累，落得转死道旁而已。致祭的“饭三盂”显然是分别给三位死者的，而“只鸡”则为三人合享之用，一如前述《祭古冢文》对合葬双魂的祭祀采“酒以两壶，牲以特豚”的安排。在祭告之前，更强调了自己“嗟吁涕洟”的情绪反应，真是既哀死者复以自伤。因前有“嘻，吾与尔犹彼也”之语，并不显得突兀，而亦凸显王守仁主仆三人亦对自身未卜命运的忐忑忉怛。但祭辞却从对这些不知名死者的询问与自我介绍开始：

> 呜呼，伤哉！繄何人？繄何人？吾龙场驿丞余姚王守仁也。吾与尔皆中土之产，吾不知尔郡邑，尔乌为乎来为兹山之鬼乎？古者重去其乡，游宦不逾千里。吾以窜逐而来此，宜也。尔亦何辜乎？闻尔官，吏目耳，俸不能五斗。尔率妻子躬耕，可有也。乌为乎以五斗而易尔七尺之躯？又不足，而益以尔子与仆乎？呜呼，伤哉！

他一方面强调了彼此“皆中土之产”，除了拉近彼此的关系，亦暗示彼此处境的近似（即对方的命运亦有可能就是自己的命运，在下文还有明白的确指），唯一的差别则是“吾……余姚”人，但“不知尔郡邑”而已。中土人士兼程赶来赴任，结果竟是“尔乌为乎来为兹山之鬼乎？”。此段两用“乌为乎”意虽与“何为乎”相通，但更在询问之余，读来近于“呜呼”的感叹。此段短短文字，竟起于“呜呼，伤哉！”，亦结于“呜呼，伤哉！”，一片迭宕皆为感伤呜咽之声。

其中隐隐做了彼此的对比，“吾以窜逐而来此，宜也”，指的是自己因上疏救谏官戴铣、薄彦徽等，得罪宦官刘谨，下狱，廷杖四十，然后被贬谪至此。[1]他所谓的“宜也”，甚具反讽之意，其实指的是自己“来此”之无可选择的余地，是遭“窜逐”的结果。用“窜逐”其实比“贬谪”“流放”更加狼狈，更加可怜。但对方明明尚有选择空间，却“尔亦何辜乎”，只为“俸不能五斗”的待遇，自蹈险地。一句“尔亦何辜乎”，其实正婉转道出自身的——吾又“何辜乎？”之愤懑梗慨。“乌为乎以五斗而易尔七尺之躯？又不足，而益以尔子与仆乎？”、似乎是愚不可及；但上疏救人不成，反遭“窜逐”，是否益发愚不可及？但无论如何、“来为兹山之鬼”，总是令人感伤而哀叹的：“呜呼，伤哉！”

于是对于既死者大谈其可以“不死”而终于“能以无死乎？”的生死存亡之理。对于既往不“咎”，“咎”亦无补于事的逝者，大谈其所以致死之由，这样的分析深究，虽似谈论死者，但其实正是以亡者之死为鉴，警惕教戒自己：

> 尔诚恋兹五斗而来，则宜欣然就道。乌为乎吾昨望见尔容蹙然，盖不胜其忧者？夫冲冒霜露，扳援崖壁，行万峰之顶，饥渴劳顿，筋骨疲惫，而又瘴疠侵其外，忧郁攻其中，其能以无死乎？吾固知尔必死，然不谓若是其速！又不谓尔子尔仆，亦遽然奄忽也！皆尔自取，谓之何哉？

---

〔1〕 参见〔清〕张廷玉等《明史·王守仁列传》：“正德元年冬，刘瑾逮南京给事中御史戴铣等二十余人，守仁抗章救。瑾怒，廷杖四十，谪贵州龙场驿丞。”

“龙场万山丛薄”(《明史·王守仁列传》),吏目自京来龙场的路途,皆王守仁所亲身经历过的,故“冲冒霜露,扳援崖壁,行万峰之顶”的情状,与“饥渴劳顿,筋骨疲惫”,以至“瘴疠侵其外”(又或是否曾不免有过“忧郁攻其中”的时刻?)之种种体验,写来不仅扼要鲜明,而且亲切有味。

针对这种情境而判断“其能以无死乎?”,正是出自一种信念,近于司马谈论六家要旨之所谓“凡人所生者神也;所托者形也。神大用则竭,形大劳则敝;形神离则死”(《史记·太史公自序》);或欧阳修《秋声赋》之“人为动物,惟物之灵。百忧感其心,万事劳其形;有动于中,必摇其精”。他指出,“皆尔自取,谓之何哉?”,其实亦是欧阳修“念谁为之戕贼?”之意。这句话颇有疾言厉色、径加指责的意味;但“谓之何哉?”则又颇似自惟自问的语气。如此,这里的指责与自问,真的只是针对“吾固知尔必死”,然而尔竟不自知,而且还拖累了“尔子尔仆”,导致三人的“遽然奄忽”所生的感叹吗?还是在间接地对于自己陷入了相同处境的自责自问呢?

但他亦立即自觉:“尔既已无知,然吾何能为心乎?”由“尔诚恋兹五斗而来,则宜欣然就道”,他进一步想及他所以自全之理——“自吾去父母乡国而来此,二年矣。历瘴毒而苟能自全,以吾未尝一日之戚戚也”,正是来自守护自己的心神,避免在“瘴疠侵其外”环境里又生“忧郁攻其中”的自我戕贼。然而,正如白居易在其《琵琶行·序》中所谓“予出官二年,恬然自安,感斯人言,是夕始觉有迁谪意”;王守仁亦在“吾念尔三骨之无依,而来瘗耳”,结果是自启心防——“乃使吾有无穷之怆也”,因而他不免要对死者说:“今悲伤若此,是吾为尔者重,而自为者轻也。吾不宜复为尔悲矣。”

中间有一段想象的叙述，看似宽慰，其实是更加沉痛：

> 呜呼，痛哉！纵不尔瘗，幽崖之狐成群，阴壑之虺如车轮，亦必能葬尔于腹，不致久暴露尔。

“暴骨无主”固已可悲，但“葬”身于狐群虺蛇之“腹”，岂不比“久暴露”更加可悲？这种仿佛只在意“尸”之不可“久暴露”说法，其实是强调了当地正是野狐成群，虺蛇如轮，随时可以葬身其腹之“幽崖”“阴壑”的蛮荒地带；情况虽然未到李白《蜀道难》所谓的“朝避猛虎，夕避长蛇，磨牙吮血，杀人如麻”那么恐怖，但有“如车轮”之“虺”出没，亦已可见其原始阴森与幽远险恶了。因而他继以“吾为尔歌，尔听之”，作“歌”为“祭”，歌曰：

> 连峰际天兮，飞鸟不通。游子怀乡兮，莫知西东。莫知西东兮，维天则同。异域殊方兮，环海之中。达观随寓兮，莫必予宫。魂兮魂兮，无悲以恫。

“连峰际天兮，飞鸟不通”，正是极写龙场“万山丛薄”的情状，因而导致“游子”即使“怀乡兮”，亦会迷失方向，“莫知西东”，而无法“远望可以当归”（乐府古辞《悲歌》）。但王守仁却采取了一种近乎“丈夫志四海，万里犹比邻”（曹植，《赠白马王彪》）式的心理策略，以近乎天地吾庐之超越的空间思维，来克服流离“异”乡的悲伤——虽然“莫知西东兮”，但举头所见，“维天则同”，人仍然没有离开同一个“天”的覆盖；就以承载我们的“地”而言，虽然可以区分为“异域殊方兮”，但龙场与故乡，却仍属

“环海之中”的同一块陆地。因而以“人生天地间”(《古诗十九首·青青陵上柏》)的角度看，则两处并未真正“殊”“异”到改变了人与“天”“地”的关系，我们仍然“予兹藐焉，乃混然中处”[1]其间。因而转出“达人大观兮，物无不可”的“达观”与“乘流则逝兮，得坻则止”的“随寓”(贾谊,《鹏鸟赋》)，而强调“达观随寓兮，莫必予宫”的哲思，借此安慰死者们——“魂兮魂兮，无悲以恫”。但是第一首歌的借理制悲策略，其实更适合未来之理学宗师的王守仁自己，而未必真的适合仅为寻常吏目的一家人——尤其他们既已亡故。王守仁似乎也意识到了这一点，因此“又以歌慰之曰”：

> 与尔皆乡土之离兮，蛮之人言语不相知兮。性命不可期，吾苟死于兹兮，率尔子仆，来从予兮！吾与尔遨以嬉兮，骖紫彪而乘文螭兮，登望故乡而嘘唏兮！

在这首“又歌”前半，他从龙场“苗獠杂居”(《明史·王守仁列传》)，因而与当地“蛮之人言语不相知兮”出发，强调与自己吏目一样，“与尔皆乡土之离兮”，虽然谈不上“他乡遇故知”，至少是语言相通的同一族群，遂提及“性命不可期”，若“吾苟死于兹兮”，则同为异乡之鬼，彼此可以相伴——“率尔子仆，来从予兮”，并且一起嬉游——“吾与尔遨以嬉兮，骖紫彪而乘文螭兮”。“骖紫彪而乘文螭兮”，自然是由《楚辞·九歌·山鬼》的“乘赤豹兮从文狸”蜕化而出，因而遂将鬼魅的世界染上了楚湘

---

〔1〕 参见〔北宋〕张载《西铭》：“乾称父，坤称母，予兹藐焉，乃混然中处。故天地之塞，吾其体，天地之帅，吾其性。”

神话的浪漫色彩——似乎亡后的世界亦有其逍遥喜乐的一面。

只是《山鬼》的“表独立兮山之上”，是出于“子慕予兮善窈窕”，因而充满了“怨公子兮怅忘归”“思公子兮徒离忧”之相思的哀怨。但在这里强调的是离乡背井的“怅忘归”与“徒离忧”——“登望故乡而嘘唏兮！”其实无形中正坦承了第一首歌以理制情的无效；反映的基本心绪，终究还是“望乡兴叹”。思归而不可得，因此不仅继续诉诸“远望可以当归”，其实所谓“歌曰”和“又以歌慰之曰”，根本就是另一种“悲歌可以当泣”，终究反映的仍是“思念故乡，郁郁累累”的情怀。（乐府古辞《悲歌》）但这里真正的要点，反而是“性命不可期”。王守仁在悲悯吏目一行“三骨之无依”时，他强烈感受到的正是“吾与尔犹彼也”，自己主仆会不会遭遇“来为兹山之鬼”的命运？亦即是“吾苟死于兹兮”，但即使成了此山亡魂，仍要“登望故乡而嘘唏”，则思乡情切可见一斑。因而“又歌”的后半，则从“吾苟获生归兮”的祈愿起始，而为所瘗的死者设想：

> 尔子尔仆尚尔随兮，无以无侣悲兮！道傍之冢累累兮，多中土之流离兮，相与呼啸而徘徊兮，餐风饮露，无尔饥兮！朝友麋鹿，暮猿与栖兮。尔安尔居兮，无为厉于兹墟兮！

在“尔子尔仆尚尔随兮”一句三次提到“尔”，正因他们是父子主仆三人，所以可以强调“无以无侣悲兮”；于是扩大到“多中土之流离兮”的“道傍之冢累累兮”，强调与他们三人同一命运的亦在所多有，可以相召结伴——“相与呼啸而徘徊兮”。饶有意味的是，王守仁未必接受某些宗教之死后世界的想象，因而只能设想这些流落异域魂魄可以结伴，但仍然继续徜徉，“相与呼啸而徘徊兮”。

同时，以往亦用来形容“旅”者暴露于道路之际的“餐风饮露”，在这里的本意应该是指，如庄子所谓藐姑射之山上神人的“不食五谷，吸风饮露”（《庄子·逍遥游》），借此设想他们在后世无人祭祀，以致“不血食”处境中可以免于饥饿的方式（“无尔饥兮！”）；并且就像苏轼《赤壁赋》以“侣鱼虾而友麋鹿”来形容“吾与子渔樵于江渚之上”，而以“朝友麋鹿，暮猿与栖兮”来想象他们死后所可享有的近于隐逸的山居“生活”一样，其实隐喻着对于他们能够安然物化，终致逍遥的深深期许。最后，直接道出“尔安尔居兮，无为厉于兹墟兮！”的叮咛，这正如他直指吏目之死亡是“皆尔自取”，因此对于暴死荒野的命运，不应有所怨恨；虽然他以“兹墟”称此瘗埋之地，亦可见其荒僻，但仍然希望他们“安居”其处，“无为厉于兹”，显现的还是期盼人鬼相安的仁者襟怀。

对于“无名”的死者，“祭”文自然只能指向其生死情状，而通过瘗埋与祭祀，既希望死者能够安息，亦在抚平致祭者自身被引发的生死流离的伤痛。诚如前文已然指出的，这更像是王守仁为自己所作的“招魂”：“达观随寓兮，莫必予宫；魂兮魂兮，无悲以恫！”

唐宋以后铭诔的体制渐渐转移，碑志盛行而“诔”文少见，《文心雕龙·诔碑》所谓“大夫之才，临丧能诔。诔者，累也；累其德行，旌之不朽也”的作用，渐渐被“祭”文代替。因而对于德行昭著、功业彪炳，或世所周知的“有名”丧者，其所致“祭”之文，在写作的形态上往往近于“诔之为制，盖选言录行，传体而颂文，荣始而哀终；论其人也，暧乎若可觌；道其哀也，凄焉如可伤：此其旨也”的表现。王安石祭范仲淹的《祭范颍州文》，颇近此旨。

该篇先总论其人：“呜呼我公，一世之师。由初迄终，名节无疵。”然后列举生平重要事迹：“明肃之盛，身危志殖”，指谏止“章献太后将以冬至受朝”，“且上疏，请太后还政”，因而外放，“寻通判河中府，徙陈州”；“瑶华失位，又随以斥”，指谏止仁宗废郭皇后，出居瑶华宫事，“诏出知睦州，岁余，徙苏州”。[1]接着则叙其“迁吏部员外郎，权知开封府”之事：“治功亟闻，尹帝之都，闭奸兴良，稚子歌呼。”而以“稚子歌呼”，极写其平治之效。底下接写范仲淹从政受到重挫的一个关键：

> 赫赫之家，万首俯趋。独绳其私，以走江湖。士争留公，蹈祸不栗。有危其辞，谒与俱出。风俗之衰，骇正怡邪。蹇蹇我初，人以疑嗟。力行不回，慕者兴起。儒先酋酋，以节相侈。

此段指“时吕夷简执政，进用者多出其门。仲淹上《百官图》，指其次第曰：‘如此为序迁，如此为不次，如此则公，如此则私……’”，且献《四论》讥切时政。“夷简怒诉曰：‘仲淹离间陛下君臣，所引用，皆朋党也。’……罢知饶州。”余靖、尹洙、欧阳修皆因“争留公”而遭贬谪。当时甚至有“殿中侍御史韩渎，希宰相旨，请书仲淹朋党，揭之朝堂”之事，所以王安石强调

---

〔1〕 本篇“祭”文论述所及，除王氏“祭”文及另有注明者外，引文悉见于〔元〕脱脱等：《宋史・范仲淹列传》。

“风俗之衰，骇正怡邪”。

但是“仲淹既去，士大夫为论荐者不已”，正反映了“慕者兴起”，“以节相侈”的情景。接着综述“仲淹在饶州岁余，徙润州，又徙越州”的政绩：

> 公之在贬，愈勇为忠。稽前引古，谊不营躬。外更三州，施有余泽。如酾河江，以灌寻尺。宿赃自解，不以刑加。猾盗涵仁，终老无邪。讲艺弦歌，慕来千里。沟川障泽，田桑有喜。

这一段主要是出以虚笔的政绩，充满了意象化的表现：“施有余泽。如酾河江，以灌寻尺。”强调其德化则谓：“宿赃自解，不以刑加。猾盗涵仁，终老无邪。”这样的“想象”，尤其所谓“猾盗”竟能因“涵仁”而致“终老无邪”，不禁让我们想到曹丕所以必须要求“铭诔尚实”的缘由。“讲艺弦歌，慕来千里”，或许只是“近悦远来”的形象化叙写；“沟川障泽，田桑有喜”反而是可有前此“徙苏州，州大水，民田不得耕，仲淹疏五河，导太湖，注之海”等实事为基础。

接着则叙“元昊反，召为天章阁待制，知永兴军……会夏竦为陕西经略安抚、招讨使，进仲淹龙图阁直学士，以副之。……延州诸寨多失守，仲淹自请行，迁户部郎中，兼知延州。……复置陕西路安抚、经略、招讨使，以仲淹、韩琦、庞籍分领之”等守御讨伐，以至“元昊请和”之事：

> 戎孽猘狂，敢齮我疆。铸印刻符，公屏一方。取将于伍，后常名显，收士至佐，维邦之彦。声之所加，虏不敢

> 濒。以其余威，走敌完邻。

“戎孽猘狂，敢齮我疆”，正是故意用典奥的字句来写元昊反状，暗喻其征伐之艰难。省略了其间复杂的守战过程，却强调其善于“练兵选将”，奖拔士佐，因而守战皆有功绩，终能建树羌人呼为“龙图老子”的威望；“声之所加，虏不敢濒。以其余威，走敌完邻”，则写其既能“按兵不动，以观其衅”，亦能“稍以恩信，招来之”及“据要害，屯兵营田，为持久计”等策略的成功。即本传所谓“仲淹为将，号令明白，爱抚士卒。诸羌来者，推心接之不疑，故贼亦不敢辄犯其境”的另一种形容。接着更以形象化的抒写，刻画其终致边境和平的情状：

> 昔也始至，疮痍满道。药之养之，内外完好。既其无为，饮酒笑歌。百城宴眠，吏士委蛇。

这里以伤病之“疮痍”来比喻战乱之摧残；而以“药之养之”的医疗比喻，来指和平生活的恢复，以至“内外完好”的全然康复，终可“无为”“委蛇”而“笑歌”“宴眠”，享有悠闲安乐的生活，描写得近于田园牧歌（pastoral）风味。

终于，叙及因“元昊请和，召拜枢密副使”与“改参知政事”“复除参知政事”，以至“上十事”，“天子方信向仲淹，悉采用之”，因而为后世史家称为“庆历新政”的过程：

> 上嘉曰材，以副枢密。稽首辞让，至于六七。遂参宰相，厘我典常。扶贤赞杰，乱穴除荒。官更于朝，士变于乡。百治具修，偷惰勉强。彼阏不遂，归侍帝侧；卒屏于外，身屯道塞。谓宜耇老，尚有以为。神乎孰忍，使至于

斯！盖公之才，犹不尽试；肆其经纶，功孰与计？

“厘我典常”自然指其所上的“十事”；而其中“一曰明黜陟”“二曰抑侥幸”“三曰精贡举”“四曰择长官”皆和人才的举拔与官吏的考核任免有关，因而强调其“扶贤赞杰，乱穴除荒”。在“仲淹以天下为己任，裁削幸滥，考核官吏，日夜谋虑，兴致太平”的努力下，虽然一时“官吏于朝，士变于乡。百治俱修，偷惰勉强”，颇具新兴气象，但亦引发了“谤毁稍行，而朋党之论，浸闻上矣”的后果。

“祭”文中含蓄提起的“彼阏不遂，归侍帝侧；卒屏于外，身屯道塞”，正是范仲淹两度皆因“朋党”之议，遭遇挫折而被贬谪外放。前次因西夏乱起，且御守西夏有功，而终于能够回归朝廷，“归侍帝侧”；但第二次再以毁废，所谓“卒屏于外，身屯道塞”，本来期待若能长寿，“谓宜耇老”，当可再起，“尚有以为”，然而竟在转徙于邓州、杭州及“……请颍州，未至而卒，年六十四”，即画下了句点。真是“美志不遂，良可痛惜”（曹丕，《与吴质书》），因而王安石忍不住要呼喊：“神乎孰忍，使至于斯！”接下来的“盖公之才，犹不尽试；肆其经纶，功孰与计？”，则是对于范仲淹作为一位政治家冷静客观的评断，自然其中亦充满了惋惜遗憾之意。

接着就着重于“仲淹内刚外和”“泛爱乐善”，而自奉甚俭，“虽贵，非宾客，不重肉。妻子衣食，仅能自充。而好施予，置义庄里中，以赡族人”，“为政尚忠厚，所至有恩”等性行加以刻画，因而及于自己致祭之意：

自公之贵，厩库逾空。和其色辞，傲讦以容。化于妇妾，不靡珠玉。翼翼公子，弊绨恶粟。闵死怜穷，惟是之奢。孤女以嫁，男成厥家。孰堙于深，孰锲乎厚。其传甚详，以法永久。硕人今亡，邦国之忧。矧鄙不肖，辱公知尤。承凶万里，不往而留。涕洟驰辞，以赞醪羞。

“祭”文中，王安石刻意用了许多形象化的语句——“庾库逾空”“不靡珠玉”“翼翼公子，弊绨恶粟”，来强调范氏俭朴自持的门风。对其“闵死怜穷”的仁心，甚至还照顾到了“孤女以嫁，男成厥家”，几乎就是“男有分，女有归”“大同”世界的标准了。对其“内刚外和”的个性，亦明指达到“和其色辞，傲讦以容”的修养与境界。同时，因其“为政尚忠厚，所至有恩”，所以要强调“孰堙于深，孰锲乎厚”，终究要归结到“硕人今亡，邦国之忧”之为公兴叹与“辱公知尤”之为私感激的情意上来。

全篇文体庄严而内容紧凑，甚是面面俱到，而特别能够显现范仲淹在事功之外的德化境界。其中提到“其传甚详，以法永久”，则是明指“祭”文与“传”文相表里而着重于赞颂之意。因而文末虽提到“承凶万里”“涕洟驰辞”，但是对于像范仲淹这样功德俱显的“名”人，往往“祭”文所要强调的不是死亡本身的悲哀，反而是“硕人今亡，邦国之忧！”——国家社稷的损失，以及留下的“忧患”与“典范”！

对于社会举足轻重的著名人物的“祭”文，亦往往可以集中在其主要贡献上，而不必追述其生平，例如苏辙《代三省祭司马丞相文》，就只从司马光归任丞相的经过落笔：

呜呼！元丰末命，震惊四方。号令所从，帷幄是望。公来自西，会哭于庭。缙绅咨嗟，复见老成。太任在位，成王在左。曰予惸惸，谁恤予祸？白发苍颜，三世之臣，不留相予，孰左右民？公出于道，民聚而呼，皆曰予父，归欤归欤！公畏莫当，遄反洛师。授之宛丘，实将用之。

“祭”文一开始，首叙神宗末年推行“新法”，导致“震惊四方”，天下扰攘不安；以三十八岁的英年驾崩后，“哲宗幼冲，太皇太后临政”，朝政急需有人主持，“号令所从，帷幄是望”，而司马光适为众望所归。先叙士绅的赞叹——“公来自西，会哭于庭。缙绅咨嗟，复见老成”，接着仿效韩愈《平淮西碑》笔法，模拟太皇太后语气，表达延揽之意——“曰予惸惸，谁恤予祸？白发苍颜，三世之臣，不留相予，孰左右民？”，以及民众的反应——“公出于道，民聚而呼，皆曰予父，归欤归欤！”，也就是《宋史》本传所谓：“所至民遮道聚观，马至不得行。曰：‘公无归洛，留相天子，活百姓。’”“光惧亟还”洛阳，遂“起光知陈州，过阙，留为门下侍郎。”因此“祭”文诠释彼此的用心：“公畏莫当，遄反洛师”；“授之宛丘，实将用之”。接着叙述司马光入相的情状：

公之来思，岌然特立，身如槁木，心如金石。时当宅忧，恭默不言；一二卿士，代天斡旋。事棼如丝，众比如栉，治乱之几，间不容发。公身当之，所恃惟诚：吾民苟安，吾君则宁。以顺得天，以信得人，锄去太甚，复其本原。白叟黄童，织妇耕夫，庶几休焉，日月以须。公乘安舆，入见延和，裕民之言，之死靡它。

在这一段中，形容司马光的崇高——“岌然特立”，以及身老而志坚——“身如槁木，心如金石”。在幼帝守丧期间，身当“代天斡旋”之职，在“事棼”“众比”之际，能够掌握“间不容发”的“治乱之几”，也就是本传中所谓“是时天下之民，引领拭目，以观新政”，而司马光坚持“先帝之法，其善者，虽百世不可变也。若安石、惠卿所建，为天下害者，改之，当如救焚拯溺。况太皇太后，以母改子，非子改父”，因而“遂罢保甲团教，不复置保马，废市易法，所储物皆鬻之，不取息，除民所欠钱。京东铁钱及茶盐之法，皆复其旧”。后又“罢青苗钱，复常平粜籴法”等，极力改去王、吕等人的“变法”。也就是“祭”文所谓“锄去太甚，复其本原”。

“祭”文强调司马光之所以能够力定众议，乃是出以“所恃惟诚”，本诸其诚挚的人格影响力，因此能够“以顺得天”，得到“两宫虚己以听”，“以信得人”，而为同僚所赞同、执行。其根本主张则是坚信“吾民苟安，吾君则宁”的原则，因而“祭”文对其恢复旧法的绩效，亦从“安民”的角度加以形容：“白叟黄童，织妇耕夫，庶几休焉，日月以须。”同时亦叙及“元祐元年，复得疾，诏朝会再拜，勿舞蹈”，及后来“免朝觐，许乘肩舆，三日一入省。光不敢当，曰：‘不见君，不可以视事。’诏令子康扶入对”等恩遇，“公乘安舆，入见延和”。但他始终主张“裕民”，其“言”至死不变，“之死靡它”。文字极简要，但已勾勒出司马光入相之种种思维与作为的大体，既能做内心的剖白，亦能做形象的表达。

接着叙述司马光之死，适逢将享明堂前夕，“光卒后，太皇太后与哲宗临其丧，明堂礼成不贺”[1]：

---

〔1〕 参见王文濡：《评注古文辞类纂》，第1827页。

将享合宫，百辟咸事。公病于家，卧不时起。明日当斋，公讣暮闻。天以雨泣，都人酸辛。礼成不贺，人识君意。龙衮蝉冠，遂以往禭。

这一段以“将享合宫，百辟咸事”的“冠盖满京华”来与“公病于家，卧不时起”的“斯人独憔悴”形成戏剧性的对比；终至转化为“明日当斋，公讣暮闻”，事件的发展，竟然是就在斋享的前暮，“卧不时起”的斯人终于死亡。于是死亡的哀伤凌驾了一切，“天以雨泣，都人酸辛”。因而“明堂”的“斋享”，“礼成不贺”，由此可见“君”主的情“意”，遂“临其丧”——“龙衮蝉冠，遂以往禭”。最后，总结司马光入相的功绩与志意，以致飨：

公之初来，民执弓矛。逮公永归，既耕且耰。公虽云亡，其志则存。国有成法，朝有正人。持而守之，有进毋陨。匪以报公，维以报君。天子圣明，神母万年，民不告勤，公志则然。死者复生，信我此言。呜呼哀哉，尚飨。

以“民执弓矛”来象征社会的动荡险象环生，以“既耕且耰”来象征民众的安居乐业，由此不但见其绩效，亦说明他实现了他的“志”业。尤其是已经达成“国有成法”的制度的重定，并且安排了“朝有正人”的后继的执行者，亦而期盼他们能“持而守之，有进毋陨”，来“报公”志之所“以报君”，亦即实现其“民不告勤”的“吾民苟安”施政状态，即是所以达成“天子圣明，神母万年”的“吾君则宁”的平治境地。“祭”文甚至强调其对于“公志则然”的理解，即使“死者复生”亦可“信我此言”，证实不虚。这自然有与其朝夕共事的经历与体会做基础。“祭”

文虽短，但对其入相的经历、主张与贡献都做了戏剧性的呈现，因而甚具论世知人，“累其德行，旌之不朽”的意味与性质。

另一种对于著名杰出之士的“祭”文的写作方式，则是不历数其事迹而仅着重于其对国家、社会的影响，如苏轼《祭欧阳文忠公文》：

> 呜呼哀哉！公之生于世，六十有六年。民有父母，国有蓍龟，斯文有传，学者有师。君子有所恃而不恐，小人有所畏而不为。譬如大川乔岳，不见其运动，而功利之及于物者，盖不可以数计而周知。

首先强调欧阳修“公之生于世”，不仅世有其人，而是“民”“国”“斯文”“学者”皆“有”，而各为“父母”“蓍龟”“传”“师”。文字极流利，而其实皆寓深意。“民有父母”指其实际行政；“国有蓍龟”指其能够指引国家大政方针；“斯文有传”，指其传扬儒道；“学者有师”，指出其奖拔教导人才。而最重要的则是其人格端直方正，敢于直言极谏，平章是非，因而“君子有所恃而不恐，小人有所畏而不为”。强调其人格之影响，“功利之及于物者，盖不可以数计而周知”，故“祭”文亦不采“数计而周知”，而诉诸整体风范，乃“如大川乔岳，不见其运动”，“功利”自然泽被屏障，普泛周遍地“及于物”。

接着叙述其逝于世的重大影响：

> 今公之没也，赤子无所仰芘，朝廷无所稽疑，斯文化为异端，而学者至于用夷，君子以为无为为善，而小人沛然自以为得时。譬如深山大泽，龙亡而虎逝，则变怪杂出，舞鳅

鳝而号狐狸。

次段虽与首段相对为言，但是亦有许多发展变化的文辞表现："赤子"与"父母"相对而增强了"仰芘"的作用；"朝廷"与"国"意思近似，但强调了"行政"与"决策"上的需求，因而"蓍龟"之"稽疑"功用更加凸显；同时当他强调儒家正统的"斯文"亦可以化为"攻乎异端，斯害也已"(《论语·为政》)的"异端"，这与孔子在畏于匡时所强调的"文王既没，文不在兹乎？天之将丧斯文也，后死者不得与于斯文也。天之未丧斯文也，匡人其如予何！"(《论语·子罕》)——将自己的命运视为与"斯文"之传扬是一体的立场正相反，竟是主动的见"异"思迁的作为。尤其是他发挥了孔子所谓"夷狄之有君，不如诸夏之亡也"(《论语·八佾》)，或"微管仲吾其被发左衽矣！"(《论语·宪问》)的强调文化主体立场，以至孟子所谓"吾闻用夏变夷者，未闻变于夷者也"(《孟子·滕文公》)之坚决主张；当他提及"而学者至于用夷"，则更有其无限义愤与感慨在！

影响所及则是君子不敢有所作为，这里苏轼故意用了"为无为"(《老子》第三章)一词，强调"君子以为无为为善"，才八个字的句子中，却出现了三次"为"字，对他们的明哲保身，却又另有一番言说，不免语带反讽。乃至"小人沛然自以为得时"，用了"沛然"一词，就不免令人联想到孟子所谓的"民归之，由水之就下，沛然谁能御之？"(《孟子·梁惠王》)或"天下慕之，故沛然德教溢乎四海"(《孟子·离娄》)，顿成"滔滔者天下皆是也"(《论语·微子》)的反讽；而"自以为得时"一语，不仅令人思及"善万物之得时，感吾生之行休"(陶潜，《归去来兮辞》)的荣枯咫尺，乃至兴起

“阴阳易位，时不当兮，怀信侘傺忽乎吾将行兮”（《楚辞·九章·涉江》）之“天地闭，贤人隐”（《周易·坤卦》）的感慨。而底下的形象化譬喻——“譬如深山大泽，龙亡而虎逝，则变怪杂出，舞鳅鳝而号狐狸”，虽然出以简明扼要的散文叙述，却是典型的屈原式托喻，既具戏剧性趣味，亦在生动之中另有深意。

接着追叙天下人对于欧阳修之进退出处的反应，终于归结到欧阳修辞世之意义的种种揣测：

> 昔其未用也，天下以为病；而其既用也，则又以为迟；及其释位而去也，莫不冀其复用；至其请老而归也，莫不惆怅失望，而犹庶几于万一者，幸公之未衰。孰谓公无复有意于斯世也，奄一去而莫予追！岂厌世溷浊，洁身而逝乎？将民之无禄，而天莫之遗？

在这一段由“昔”追叙的“天下”之反应，不但反映了“天下”对其殷望之深切，由“为病”“为迟”而“冀其复用”，而“莫不惆怅失望”，尚“犹庶几于万一”，更是间接叙出了欧阳修一生仕宦的经历：由负重望而未用，而迟迟方受重用；而未尽其才，即释位而去；终至请老而归，以至辞世皆未再用……饶有意味的是对欧阳修逝世的形容，一方面推测为“公无复有意于斯世也”，句法不免拗折，暗示的是其平生皆以“有意于斯世”为素志；但此刻却“无复”了，而且是猝然离去“奄一去”，迅急快速“莫予追”，正暗示了他的死亡之仓促突然。

因而苏轼提出两种可能：屈原对“世溷浊而莫余知兮”的情势，采取了“吾方高驰而不顾”（《楚辞·九章·涉江》），亦即“无复有意于斯世”的态度；但真正的内在含义，则是屈原所强调的“安能以身之察察，受物之汶汶者乎；宁赴湘流，葬于江鱼之腹中”（《楚辞·渔父》），宁愿“洁身而逝”！长年“有意于斯世”的志士，终至“厌世”，则其“溷浊”之深厚广大，自是不言而喻了！真是既哀死者，复伤时世。由此生出“将民之无禄”，天下人民欠缺福佑，所以“天莫之遗”，总结而言，是天下人民的损失。

最后，叙述苏家二代受到欧阳修见知拔擢的恩遇，双方情义之深重，所以借“祭”文致哀：

> 昔我先君，怀宝遁世，非公则莫能致；而不肖无状，因缘出入，受教于门下者，十有六年于兹。闻公之丧，义当匍匐往吊；而怀禄不去，愧古人以忸怩。缄词千里，以寓一哀而已矣。盖上以为天下恸，而下以哭其私。

这种“盖上以为天下恸，而下以哭其私”的“寓一哀而已矣”的“祭”文，并非对死者的逝世不感到悲哀，而是也对这种德化功业昭著的“有名”人物亡故后之事而“恸”，而“哭”，由哀死者而转化为哀“天下”与哀彼此“私”谊之不再，也就是转移到了生者这一方面来。其中暗寓的想法正是：死者无憾，“洁身而逝”；值得哀戚的反而是生者，亦即是“天下”，是“民之无禄”，是致祭者之“私”。

王安石《祭欧阳文忠公文》专意反复申述的，正是死者虽逝，却可以死而无憾这一点，他甚至谈起天命难测的大道理：

> 夫事有人力之可致，犹不可期；况乎天理之冥漠，又安可得而推？惟公生有闻于当时，死有传于后世，苟能如此足矣，而亦又何悲？

在“祭”文之始，王安石即大谈“事……不可期；天理……安可得而推”，以存疑、不确定的立场发言，但其实是要反衬他对于“惟公生有闻于当时，死有传于后世”的确信。“公生有闻于当时”，是已经发生的事实，自然是可以确信的；但“死有传于后世”则是难以“推”断，关乎“天理”“冥漠”之事。但是欧阳修之可能“有传于后世”的凭借，正是“立德”与“立言”，也就所谓道德、文章二事，这自然亦是“公生有闻于当时”的事实，“祭”文的重点正是要预“期”，“推”断出其“死有传于后世”。一旦能够加以证成，则身系“经国之大业，不朽之盛事”（曹丕，《典论·论文》）——套一句《左传》中常用的话：“死且不朽”；则其平生可谓“苟能如此足矣”，而其亡故，则转成“而亦又何悲”之事。王安石要强调的正是欧阳修不论生死，皆可谓无所遗憾。

他先从欧阳修的文章议论下笔，对其人格与风格的状态与关联，着墨尤深：

> 如公器质之深厚，智识之高远，而辅学术之精微，故充于文章，见于议论，豪健俊伟，怪巧瑰琦。其积于中者，浩如江河之停蓄；其发于外者，烂如日星之光辉；其清音幽韵，凄如飘风急雨之骤至；其雄辞闳辨，快如轻车骏马之奔驰。世之学者，无问乎识与不识，而读其文，则其人可知。

就论述的重点而言，这一段强调的是其文尚在“读其文，则其人可知”，也就是曹丕所谓“古之作者，寄身于翰墨，见意于篇籍，不假良史之辞，不托飞驰之势，而声名自传于后”（《典论·论文》），因而特别指出“世之学者，无问乎识与不识”。但文辞的表现上，却是先强调欧阳修作为作者的人格特质——“如公器质之深厚，智识之高远，而辅学术之精微”，分别从才、识、学来肯定他在著述上具有深厚、高远与精微的特质与潜能。然后集中全力，以形象化的语言描绘其文章、议论的风格。先以“豪健俊伟，怪巧瑰琦”勾勒其大要，然分别以“浩如江河之停蓄”“烂如日星之光辉”“清音幽韵，凄如飘风急雨之骤至”“雄辞闳辨，快如轻车骏马之奔驰”来形容其闳中肆外，文采灿烂而言辞快捷的文章、议论风格。动用了“江河”“日星”“飘风急雨”等大自然的存在与景观，然后仅只在形容辞辨的快捷时用了“轻车骏马之奔驰”，来显示其挥洒自如、灵动迅速的特质。总之，对于其文章的风格，着眼在内涵博大、文辞光灿；写作手法上着眼于其情韵骤至、快捷奔驰——直接感人而又纵横论说。这一段形象化的风格描摹，即使一时未必掌握他形容的要意，但景象本身自亦生动灵活，颇有可观可玩的韵致。

接着自欧阳修仕宦的升沉起落，叙述其人品气节、才能个性：

> 呜呼！自公仕宦四十年，上下往复，感世路之崎岖。虽屯邅困踬，窜斥流离，而终不可掩者，以其公议之是非，既压复起，遂显于世。果敢之气，刚正之节，至晚而不衰。方仁宗皇帝临朝之末年，顾念后事，谓如公者，可寄以社稷之安危。及夫发谋决策，从容指顾，立定大计。谓千载而一时，功名成就，不居而去。其出处进退，又庶乎英魄灵气，不随异物腐散，而长在乎箕山之侧，与颍水之湄。

这里分别叙述了欧阳修拜相之前宦海浮沉、屡降屡起的经历，所谓的“上下往复”，令人“感世路之崎岖”；但“虽屯邅困踬，窜斥流离”，仍然因“其公议之是非”，“终不可掩”，所以“既压复起，遂显于世”，而且始终保持“果敢之气，刚正之节，至晚而不衰”。正由宦途之崎岖，可见出他的人格品质：果敢、刚正，勇于为“公议之是非”发声，也就是《宋史·欧阳修列传》中一再提及的“修平生与人尽言，无所隐”“修论事切直”“修在翰林八年，知无不言”“及执政……虽台谏官论事，亦必以是非诘之”等性情的表现。

因“修论事切直，人视之如仇，帝独奖其敢言”，后至“方仁宗皇帝临朝之末年，顾念后事，谓如公者，可寄以社稷之安危”，终于拜相，“及夫发谋决策，从容指顾，立定大计”，也就是所谓“时东宫犹未定，与韩琦等协定大议”“与韩琦同心辅政”等等执政的表现。(《宋史·欧阳修列传》)及“修以风节自持，既数被污蔑，年六十，即连乞谢事”，后“求归愈切”，至“熙宁四年，以太子少师致仕”(《宋史·欧阳修列传》)，王安石特别赞扬他的“功名成就，不居而去”，既指“其出处进退，又庶乎英魄灵气，不随异物腐散”，也就是精神不朽之意；同时更以传说曾经拒绝尧让天下之许由相比：“而长在乎箕山之侧，与颍水之湄。”因而不仅是其著作文章“有传于后世”；其急流勇退，“功成不受爵，长揖归田庐”（左思，《咏史》其一），“高步追许由”（左思，《咏史》其五）的志士而兼高士的精神典范，亦长留人间。所谓“长在乎箕山之侧，与颍水之湄”的，也正是一种“振衣千仞冈，濯足万里流”（左思，《咏史》其五）之高蹈远迈的英灵气度。

在这篇一开始就说理，先强调“而亦又何悲”，努力不表现出情感的“祭”文中，王安石还是“呜呼”先后感叹了两次：一次是在叙及“自公仕宦四十年”之前，显然是针对其“上下往复，感世路之崎岖”而发；另一次，他则先叙述了众人因欧阳修之死而发的悲叹——“然天下之无贤不肖，且犹为涕泣而嘘唏”，因而引申到自己：“而况朝士大夫、平昔游从，又予心所向慕而瞻依。”因而在情理之间挣扎，迸出：

> 呜呼！盛衰兴废之理，自古如此。而临风想望，不能忘情者，念公之不可复见，而其谁与归！

强调欧阳修乃是其“平昔游从”，他个人“心所向慕而瞻依”的对象，终于充分意识到死去即是不复在世——“念公之不可复见”，因而也就不可以有认同归往的人物存在了——“而其谁与归！”，终于“临风想望，不能忘情”。

对于德化功业卓著的“有名”人物，他们的亡故自然还是会引发“天下之无贤不肖”，以至“朝士大夫、平昔游从”各色人等的感伤——“为涕泣而嘘唏”；但终究他们辞世，似乎“硕人今亡，邦国之忧”，“将民之无禄，而天莫之遗”，邦国、人民的损失要大于个人生命的终结；并且他们典型德化犹存的想法——“公虽云亡，其志则存”“庶乎英魄灵气……长在”，都使得这类“祭”文，不论繁简详略，大多倾向于“累其德行，旌之不朽”，而未必用意于兴感抒哀。

## 六、师友与亲属：“祭”的类型之二

当所“祭”的对象为具有亲密关系的师友亲戚时，即使对方身为终可进入史传的人物，除了普泛性地形容其品德功业，也会因彼此关系之特殊，于刘勰所谓“中代祭文，兼赞言行”（《文心雕龙·祝盟》）之际，而叙及反映彼此情谊的特殊言行，遂令被祭者与致祭者的性情顿时栩栩如生，充满了个性的辉彩，成为其文学表现与美感趣味的一部分。例如曹操祭桥玄的《祀桥太尉文》，〔1〕文首仍为泛述桥玄德业的文字：

> 故太尉桥公，诞敷明德，泛爱博容；国念明训，士思令谟；灵幽体翳，邈哉晞矣！

这里的“晞矣”用的正是《薤露》中的隐喻（“薤上露，何易晞！露晞明朝更复落，人死一去何时归？”）。虽然德教仍在，但终究是“灵幽体翳”，已经葬身于陵墓之中，“邈哉”远矣。这一小小转折，遂滋生无限悲情之波澜，正是《后汉书·桥玄列传》〔2〕中强调曹操“辄凄怆致祭奠”的原因。但本篇的重点却在于两人之相知与亲密，故而主要记叙了以下两事：

> 吾以幼年，逮升堂室，特以顽鄙之姿，为大君子所纳，增荣益观，皆由奖助，犹仲尼称不如颜渊，李生之厚叹贾复。士死知己，怀此无忘。又承从容约誓之言：“殂逝之后，路有经由，不以斗酒只鸡，过相沃酹，车过三步，腹痛勿怪。”

第一件事是《三国志·魏志·武帝纪》所谓：“太祖少机警，有权数而任侠放荡，不治行业，故世人未之奇也。惟梁国桥玄、南阳何颙异焉。玄谓：‘天下将乱，非命世之才，不能济也。能安

〔1〕 本篇在《后汉书·桥玄列传》，仅云：“操常感其知己，及后经过玄墓，辄凄怆致祭，自为其文曰：……”并无标题。〔明〕张溥辑《汉魏六朝百三名家集》与《魏武帝集》则于“祭文”一类下，录为《祀桥太尉文》，此处从《魏武帝集》。

〔2〕 《桥玄列传》，文字略有异同：“诞敷明德”作“懿德高轨”；“邈哉晞矣”作“哉缅矣”。

之者，其在君乎？’”[1]由于当时的曹操还在“任侠放荡，不治行业”的阶段，因此曹操形容自己，“吾以幼年，逮升堂室，特以顽鄙之姿，为大君子所纳”，他对桥玄的称许，虽以“仲尼称不如颜渊，李生之厚叹贾复”比喻其为出于“增荣益观，皆由奖助”的心情，但不论是孔子对子贡说，与颜回相比，“吾与女弗如也”(《论语·公冶长》)，还是贾复师事李生，“李生奇之曰：‘贾君，国器也’”(王先谦,《后汉书集解》, 引章怀注)，都是以师长辈而对弟子辈做出了极大的称赞，所以面对桥玄的期许，曹操难免会感觉“士死知己，怀此无忘”了。

第二件事尤其可见桥玄幽默戏谑的个性，竟然“从容约誓”，警告曹操自己“殂逝之后”，若是曹操“路有经由”，若未前来祭拜，“不以斗酒只鸡，过相沃酹”——强调“相沃酹”，显然仍是与故人“共饮”之意——“车过三步，腹痛勿怪”。虽是放浪形骸之外的解颐妙语，但其中真意则是死生不渝、愿毋相忘的深远情愫。因此曹操自己的诠释是：“虽临时戏笑之言，非至亲之笃好，胡肯为此辞乎？”他对自己的前来致祭，亦做了情深意厚的剖白：

> 匪谓灵忿，能诒己疾；怀旧惟顾，念之凄怆。奉命东征，屯次乡里，北望归土，乃心陵墓，裁致薄奠，公其尚飨。

故人戏言的“殂逝之后”，如今竟已成真，因而终不免要在“怀旧惟顾”之际，“念之凄怆”，而于“北望归土”时，“乃心陵

---

〔1〕 此事,《桥玄列传》作：“初曹操微时，人莫知者。尝往候玄，玄见而异焉，谓曰：‘今天下将乱，安生民者其在君乎！’操常感其知己。”

墓”，充满哀思与悲情。其表现的重点正是生死故旧之情的感怀。

因此这类以师友亲旧为对象的“祭”文所表现的重点，除了对受祭者特殊的人格个性的表述及对双方情谊的记叙，就是致祭者对于受祭者的怀思深情了。但是若所祭的对象是同辈的朋友，则既伤逝者亦行自念，往往更易思考人之不免于“死亡”的定命，因而滋生出种种关于“生死”的想法。先是年命仅此的感念，例如韩愈《祭柳子厚文》，“维年月日，韩愈谨以清酌庶羞之奠，祭于亡友柳子厚之灵”，强调了所祭的对象是“亡友”，先感叹：“嗟嗟子厚，而至然邪？自古莫不然，我又何嗟！”（欧阳修《祭苏子美文》亦始于“哀哀子美，命止斯邪？小人之幸，君子之嗟！”）一方面感叹他的寿命仅止于此，到达了终点——“而至然邪？”；但正如曹植《箜篌引》所谓的“先民谁不死？知命复何忧！”，笔锋一转，遂成“自古莫不然，我又何嗟！”的自宽自解。

接下去就是人生如梦的反思：

> 人之生世，如梦一觉；其间利害，竟亦何校？当其梦时，有乐有悲，及其既觉，岂足追惟？

人生如梦的思想，虽然典出《庄子·齐物论》，但是这里所要强调的正是所谓的“是非成败转头空”，死者已因死亡而自现世的“利害”“乐悲”里获得解脱，自身当可不必再“追惟”其平生之得失。但作为友朋，终不免要“追惟”其利害与乐悲，因而遂以提纲的方式诠释了他一生的得失——口吻虽然是针对柳宗元（“子”），但其实是以“知己”的角度来行文：

> 凡物之生，不愿为材；牺尊青黄，乃木之灾。子之中弃，天脱馽羁，玉佩琼琚，大放厥辞。富贵无能，磨灭谁纪？子之自著，表表愈伟。不善为斫，血指汗颜；巧匠旁观，缩手袖间。子之文章，而不用世。乃令吾徒，掌帝之制。子之视人，自以无前。一斥不复，群飞刺天。

韩愈在这里提出《庄子》中《人间世》(“此果不材之木也，以至于此其大也！”）以及《天地》(“百年之木，破为牺尊，青黄而文之……其于失性，一也”）的观点，借以反衬柳子厚因为成材，终至未能得其天年。所谓“为材”，则集中于柳宗元的“文章”与“用世”。先表示其“文章”之杰出正是出于“坐废退”，也就是“中弃”，所形成的“天脱馽羁”的结果。这即是他在《柳子厚墓志铭》所谓的“然子厚斥不久，穷不极，虽有出于人，其文学辞章必不能自力，以致必传于后如今，无疑也”的思维，而出以意象化的表现——“玉佩琼琚，大放厥辞”。他又以“富贵无能，磨灭谁纪”引述了司马迁声言的“古者，富贵而名摩灭，不可胜记，唯倜傥非常之人称焉”(《报任少卿书》)，反过来映衬出柳宗元能够达到如曹丕所向往的“古之作者，寄身于翰墨”，“不假良史之辞”，“而声名自传于后”的境界——“子之自著，表表愈伟”。

至于柳宗元的“用世”，则借用《老子》“夫代大匠斫者，希有不伤其手矣”（第七十四章）——“不善为斫，血指汗颜；巧匠旁观，缩手袖间”，再以形象化的对比来呈现其“子之视人，自以无前”，也就是“子厚前时少年，勇于为人，不自贵重顾藉，谓功业可立就，故坐废退”（韩愈，《柳子厚墓志铭》)，终至招来“一斥不复，群飞刺天”的命运。接着则是慨叹柳子厚身故之际的眷眷含悲：

嗟嗟子厚，今也则亡。临绝之音，一何琅琅！遍告诸友，以寄厥子。不鄙谓余，亦托以死。凡今之交，观势厚薄。余岂可保，能承子托？非我知子，子实命我。犹有鬼神，宁敢遗堕？念子永归，无复来期。设祭棺前，矢心以辞。呜呼哀哉，尚飨！

紧接在“一斥不复，群飞刺天”之后慨叹“嗟嗟子厚，今也则亡”，正是强调柳宗元在遭贬斥之后，至死而“不复”的有志未伸，含恨而亡——“临绝之音，一何琅琅！”若据刘禹锡《祭柳员外文》，“伸纸穷竟，得君遗书。绝弦之音，凄怆彻骨。初托遗嗣，知其不孤，末言归輤，从祔先域”，则柳宗元客死异乡，既以遗嗣为忧，亦以归葬为念；据《柳子厚墓志铭》，“子厚有子男二人，长曰周六，始四岁，季曰周七，子厚卒乃生。女子二人，皆幼。其得归葬也，费皆出观察使河东裴君行立”，则柳宗元临终之际，子女幼弱，行囊萧索，困窘可知，而其友朋亦是“永言素交，索居多远”（刘禹锡，《祭柳员外文》），难怪柳宗元的遗书充满了忧思愁绪，“一何琅琅”了。

除了“遍告诸友，以寄厥子”之外，据刘禹锡“祭”文，“退之承命，改牧宜阳。亦驰一函，候于道旁。勒石垂后，属于伊人”，则是柳宗元死前，嘱托韩愈为他撰作墓志，所以韩愈先谓“不鄙谓余，亦托以死”，后又自谦，“非我知子，子实命我”。而“以寄厥子”托孤之事，既云“遍告诸友”，韩愈亦在受托之列，而诸友“索居多远”，柳宗元卒于柳州时，韩愈正“自潮即袁”，所谓“改牧宜阳”，同为贬斥之身，因此遂有“凡今之交，观势厚薄”之言，而不免忧虑“余岂可保，能承子托？”，但终以“犹有鬼神，宁敢遗堕？”来作“矢心以辞”的应承。由“设祭棺前”看来，则此文作于归葬之前；而“念子永归，无复来期”一语，正亦反映其无限怀思与死生乖隔的悲怅。

相同的要点：对于生死的思考，对亡友人格与遭遇的勾勒，对亡友临终情景的描述，生死不渝的情谊与哀思，亦皆见于欧阳修对其友朋的几篇著名的祭文。对于生死的思考，如《祭石曼卿文》所谓：

> 呜呼曼卿！生而为英，死而为灵。其同乎万物生死，而复归于无物者，暂聚之形。不与万物共尽，而卓然其不朽者，后世之名。此自古圣贤，莫不皆然，而著在简册者，昭如日星。

这里对杰出的亡友，既以生“英”、死“灵”加以想象，亦以“形”尽、“名”留加以肯定。但全篇的重点却在于“形”尽之余，“灵”迹无法通过种种的“形”迹或变“形”的方式呈现，而其精神之留传，终究只能通过“简册”。因而“英灵”不昧，可以长相厮守的想象破灭了，终至引发无穷的哀伤。他先以对亡友生前的印象落笔，形神俱全：

> 呜呼曼卿！吾不见子久矣，犹能仿佛子之平生。其轩昂磊落，突兀峥嵘，而埋藏于地下者，意其不化为朽壤，而为金玉之精；不然，生长松之千尺，产灵芝而九茎。

先强调“见”，强调“仿佛”，皆是由“形”而显“神”，是“轩昂磊落，突兀峥嵘”的整体印象；又或者是种种变“形”的“灵”迹，“为金玉之精”，“生长松之千尺，产灵芝而九茎”，而显示其“生命”之永续。真正的重点是不至“化为朽壤”，完全消灭。但事实却是：

> 奈何荒烟野蔓，荆棘纵横，风凄露下，走磷飞萤。但见牧童樵叟，歌吟而上下，与夫惊禽骇兽，悲鸣踯躅而咿嘤。

这一段对墓地的描写，正是有意以“野蔓”“荆棘”等恶草之“纵横”，代替“长松”“灵芝”等佳木之“生”“产”。“不见”轩昂峥嵘的亡友，“但见”凡庸无赖之“牧童樵叟，歌吟而上下”。以“荒烟”“风凄露下，走磷飞萤”，经营出一派阴森昏暗，甚至鬼气森森的氛围，连禽兽都会惊怕呜咽——“惊禽骇兽，悲鸣踯躅而咿嘤”。一个完全恶化、荒芜的世界！而后在时间上对此恶化的情势加以推演：

> 今固如此，更千秋而万岁兮，安知其不穴藏狐貉与鼯鼪？此自古圣贤亦皆然兮，独不见夫累累乎旷野与荒城？

这本来是明晰的推理，却两度出现了抒发感叹的“兮”字，出现了“夫”“乎”两个刻意增强的虚字，因而其虚拟假设之想就在问句形式中，呈现为一种幽咽而情不自禁、不忍再想的哀感。最终，引出无法压抑的感伤：

> 呜呼曼卿！盛衰之理，吾固知其如此，而感念畴昔，悲凉凄怆，不觉临风而陨涕者，有愧乎太上之忘情。

虽明其“理”，但“理”不胜“情”，“悲凉凄怆”，“临风而陨涕”，语虽简短，正反映了“感念畴昔”之际重新唤起的生死不渝的深长情谊。

对于亡友人格之勾勒，如《祭苏子美文》，在简短的哀嗟之后直陈：

> 子之心胸，蟠屈龙蛇。风云变化，雨雹交加。忽然挥斧，霹雳轰车。人有遭之，心惊胆落，震仆如麻。须臾霁止，而回顾百里，山川草木，开发萌芽。子于文章，雄豪放肆，有如此者，吁可怪邪！

言苏舜钦的心胸，竟然忽而“龙蛇”，忽而“风云”“雨雹”，接着是“忽然挥斧，霹雳轰车”，令人“心惊胆落，震仆如麻”，以至“须臾霁止”……整个意象化的托喻，其实是以“起蛰”的“春雷”与“润物”的“春雨”来象征苏舜钦在心胸言辞上，兼具振聋发聩的霹雳手段与滋长万物犹如春风春雨的菩萨心肠，足以开辟一新天地、呈现一新境界。“忽然挥斧”，其实借用了盘古开天的隐喻，所以底下的“须臾霁止”，出现的是“回顾百里，山川草木，开发萌芽”。然后将其转为文章的表现，则是“雄豪放肆，有如此者”。有趣的是，创造此一托喻的作者，竟然自叹“吁可怪邪！”，真是极赞苏舜钦心胸文章之奇绝了！

接着笔锋一转，竟然慨叹起“世人”之所知仅止于此：

> 嗟乎世人！知此而已。贪悦其外，不窥其内。欲知子心，穷达之际。金石虽坚，尚可破坏。子于穷达，始终仁义。惟人不知，乃穷至此。蕴而不见，遂以没地。独留文章，照耀后世。

这里，其实是分别从“美感”与“伦理”的角度，再申论苏舜钦的“风格”与人格的真谛，指出前段借形象托意的“心胸”呈露于“文章”的精神“风格”，为“世人”所“知”、所“贪悦”者，尚仅是“其外”；他们所“不窥”的“其内”，所谓“子心”的真谛，其实是表现于“穷达之际”，远胜于“金石”之“坚”而不“可破坏”的“始终仁义”的伦理精神。就是这种道德人格的“惟人不知”“蕴而不见”，竟然形成其毕生不遇的命运——“乃穷至此”“遂以没地”，只能“独留”世人所知悦的“文章”，“照耀后世”了。

苏舜钦在监进奏院时，仅依惯例卖废纸主办进奏院祀神宴会，即被“逆施罔罗，预立机械”，“事亦既无状，遂用深文”（苏舜钦，《上集贤文相书》），遭“以监主自盗定罪、减死一等科断”而被罢官为民，终未再仕而卒。对这位亡友，欧阳修自然深知其所平生遭遇的委屈，故而对其受诬陷的真实人格有所表白，有所劝慰：

> 嗟世之愚，掩抑毁伤。譬如磨鉴，不灭愈光。一世之短，万世之长。其间得失，不待较量。哀哀子美，来举予觞！尚飨！

一方面盛赞其“穷达之际”“始终仁义”；一方面以“嗟世之愚”（不能明辨是非真假），婉言他所遭受的“掩抑毁伤”。然后以“譬如磨鉴，不灭愈光”来寄意横逆诬陷无伤其人格的高洁完整；更以得长失短来相安慰——受诬仅“一世之短”，而其清明如“鉴”“愈光”则将持续“万世之长”。

同时改惯例“呜呼哀哉”为“哀哀子美，来举予觞！”，既是“祭如在”的亲密表现，仿佛要与苏舜钦举觞对饮；亦是呼应文前起始的“哀哀子美，命止斯邪！小人之幸；君子之嗟”。因为苏舜钦的穷达转换正是庆历新政成败的关键，他的被构罪而罢退，原是反对党借此攀诬推翻新政的切入口；他的未及复仕，亦可视为“煽造诡说，上惑天听”（苏舜钦，《上集贤文相书》）之“小人”们的毕竟全功。因而“哀哀子美，来举予觞！”的含义，就不仅是诗文唱酬私密的亲交表现；更表现出推动新政之“君子”们相互劝勉、赞佩的同道情谊。

《祭尹师鲁文》从亡友人格与遭遇的不偶落笔，而以临终的气度引申出死生之理：

> 嗟乎师鲁！辩足以穷万物，而不能当一狱吏；志可以狭四海，而无所措其一身。穷山之崖，野水之滨，猿猱之窟，麋鹿之群，犹不容于其间兮，遂即万鬼而为邻。

全篇反复以“嗟乎师鲁！”致意，虽以议论形式行文，但充满了怜惜与感慨。所谓“辩足以穷万物”，显然指的既是《尹师鲁墓志铭》中形容尹洙的“其名重当世，而世之知师鲁者……或高其议论”，亦是“其与人言，是是非非，务穷尽道理乃已，不为苟止而妄随，而人亦罕能过也”。“而不能当一狱吏”，则指的是：“会士廉诣阙上书讼洙，诏遣御史刘湜就鞫，不得他罪。而洙以部将孙用，由军校补边，自京师贷息钱，到官亡以偿。洙惜其才可用，恐以犯法罢去，尝假公使钱为偿之；又以为尝自贷，坐贬崇信军节度副使，天下莫不以为湜文致之也。徙监均州酒税。”（《宋史·尹洙列传》）这里强调的正是无法摆脱刘湜的文致。

“志可以狭四海”虽似虚写，以便与下句“无所措其一身”对比，但《墓志铭》中述及的“师鲁当天下无事时，独喜论兵，为《叙燕》《息戍》二篇行于世”，则亦可见其志气之一斑。而“师鲁凡十年间三贬官”，“而其身终以贬死”，亦可概见尹洙“无所措其一身”的窘状。作者却将其被“贬”意象化为“容于”“穷山之崖，野水之滨，猿猱之窟，麋鹿之群”间，将其“死”意象化为“即万鬼而为邻”。以厕身的空间形象作为他个人命运之逐步远离京师、人烟，以至世间的象征，虽然出以夸饰之笔，却极写其漂流沦落之悲，令人印象深刻而无不动容。接着感慨尹洙并非真为人间所恶，遂而叹息：

> 嗟乎师鲁！世之恶子之多，未必若爱子者之众，何其穷而至此兮，得非命在乎天而不在乎人？

尹洙虽然“以儒学知名”，“知伊阳县，有能名，用大臣荐，召试为馆阁校勘”同时与范仲淹“义兼师友”，“虽用（葛）怀敏辟，尤为韩琦所深知”，可谓“爱子者之众”。(《宋史·尹洙列传》)但遭“一狱吏”即足置其于“贬”与“死”之地，所有爱尹洙者皆无能为力（韩琦亦仅能在尹洙死后，于嘉祐中任宰相时，“为洙言，乃追复故官；及官其子构”[《宋史·尹洙列传》]）。欧阳修身处专制皇权之下，无法指斥当时政治体制的险恶，只能就“其穷而至此”（后加一“兮”字，寄寓多少感慨）的命运，委之于天：“得非命在乎天而不在乎人？”其实这里用问句，即是两可、不确定的表示。所以，这是“正言”呢，还是“正言若反”呢？

接着叙述了尹洙以道义自处，不见悲欣的品格修养，尤其见于临终的表现：

> 方其奔颠斥逐，困厄艰屯，举世皆冤，而语言未尝以自及，以穷至死，而妻子不见其悲忻。用舍进退，屈伸语默。夫何能然？乃学之力。至其握手为诀，隐几待终，颜色不

变，笑言从容。死生之间，既已能通于性命；忧患之至，宜其不累于心胸。

这一段写尹洙“不以物喜，不以己悲”（范仲淹，《岳阳楼记》），虽处横逆，不改其操持的人格修养，非常动人。是否正是以孟子所谓的“不动心”境界来称许他呢？而所谓的“乃学之力”指的可是其“集义养气”（《孟子·公孙丑》）的成果吗？有趣的是，“祭”文的接受者本来是尹洙，所以他或称“师鲁”，或称“子”，但这一段却反复出现了以“其”为对象的描写：方“其”奔颠、不见“其”悲忻、至“其”握手、宜“其”不累……于是接受者就突然转换为“隐含的读者”了。这是不是欧阳修太急于想向当时的可能读者证明、宣扬尹洙的德操与清白，因而竟直接对“生者”们叙述起“死者”在其“贬”与“死”之过程中的感人表现来？

致祭者其实仍以“死生之间”为念，只是强调尹洙的“能通于性命”，虽有“忧患之至”，“宜其不累于心胸”而已。因而引出不能忘情的下文：

自子云逝，善人宜哀。子能自达，予又何悲？惟其师友之益，平生之旧。情之难忘，言不可究。

作为“祭”文，本篇最为特殊之处，是尹洙虽“以穷至死”，但仍表现出“不累于心”的临终情态，不直言生离死别的悲哀，反而在一再强调种种可以不悲的道理中，流露出故意压抑但仍不能自已的悲哀。因为尹洙的“困厄艰屯，举世皆冤”，因而他以人之常情，说：“自子云逝，善人宜哀。”但作为相知的友人，则“子能自达，予又何悲？”，应当超越俗情俗态，方能符合平生

“知己”之义。但终于不免“情之难忘”，只是其“言不可究”，而未多做表白。于是再次申言死生之理，更叙两人情谊：

> 嗟乎师鲁！自古有死，皆归无物。惟圣与贤，虽埋不殁。尤于文章，焯若星日。子之所为，后世师法。虽嗣子尚幼，未足以付予，而世人藏之，庶可无于坠失。子于众人，最爱予文。寓辞千里，侑此一樽。冀以慰子，闻乎不闻？尚飨！

在“祭”文的末段，重申死之不可避免，“自古有死，皆归无物”；但立德的“惟圣与贤”，其生命精神则“虽埋不殁”；此外，立言的作者，亦可因“尤于文章”的留存而“焯若星日”，皆能不朽。而尹洙则兼具两者，所以“子之所为，后世师法”，遂皆足以不朽，因此差可告“慰”。此外强调嗣子的“可无于坠失”，而以尹洙“最爱予文”遂“寓辞千里”加以祭奠，虽然说是“冀以慰子”，却故意去掉了一切“悲哀”的表示，甚至连“呜呼哀哉”的套语亦皆省略，反而代之以“闻乎不闻？”的询问。其不能忘情之处，正在于不能确定其是否能再听闻，甚至是明知其再也不能听闻了（这正是死生乖隔的悲哀处），却仍再要问“闻乎不闻？”，反映的终是依依难舍的知音情怀。

当受祭者是亲属时，由于他们正是与致祭者共同生活的成员，固然格外伤痛，但亦充满了共同生活的各种回忆，于是这种“祭”文不仅抒情意味深重，往往更兼自传的意味，尤其是成长过程有异于常，充满周折的作者所作的“祭”文，往往别具感人力量。最有名的例子，当为韩愈的《祭郑夫人文》与《祭十二郎文》。韩愈少孤，由兄嫂抚养，因而名为叔嫂，其实情同母子；十二郎老成与韩愈，虽名为叔侄，但皆由韩愈嫂嫂抚育长大，其实情同兄弟。两篇“祭”文虽然风格迥异，一谨重一絮叨，但事迹重叠，情重哀深如一，宜当并观。

《祭郑夫人文》，因韩愈为郑夫人服期年之丧，因而自行文开头即格外敬重。首言自身少孤，抚育于兄嫂之事：

> 维年月日，愈谨于逆旅备时羞之奠，再拜顿首，敢昭祭于六嫂荥阳郑氏夫人之灵。呜呼！天祸我家，降集百殃。我生不辰，三岁而孤。蒙幼未知，鞠我者兄。在死而生，实维嫂恩。未龀一年，兄宦王官，提携负任，去洛居秦。念寒而衣，念饥而飧，疾疹水火，无灾及身。劬劳闵闵，保此愚庸。

诚如《祭十二郎文》叙及的“吾上有三兄，皆不幸早世。承先人后者，在孙惟汝，在子惟吾”，韩愈不仅言其少孤，而先慨叹：“天祸我家，降集百殃”，因而凸显反衬的不仅是己身之“幼养于嫂”而已，还有郑夫人在寡居之后，更为韩氏一门的血胤与祭祀之所系，曾是韩氏一门中流砥柱的事实。他以“念寒而衣，念饥而飧，疾疹水火，无灾及身”来形容郑夫人抚育自己时的关爱与周至，无异于母亲，“劬劳闵闵，保此愚庸”，这里正用了《诗经·小雅·蓼莪》中“蓼蓼者莪，匪莪伊蒿。哀哀父母，生我劬劳”的典故。“愚庸”乃是“匪莪伊蒿”的转语；在“劬劳”之后加上了“闵闵”，更强调其仁恻悲悯，以及为他设想的忧虑深远。因而韩愈强调自己“在死而生，实维嫂恩”。

但是“鞠我者兄”的情境，终因兄长的逝世而有了重大的变化：

> 年方及纪，荐及凶屯。兄罹谗口，承命远迁，穷荒海隅，夭阏百年。万里故乡，幼孤在前。相顾不归，泣血号天。微嫂之力，化为夷蛮。水浮陆走，丹旐翩然。至诚感

> 神，返葬中原。既克反葬，遭时艰难。百口偕行，避地江渍。春秋霜露，荐敬蘋蘩，以享韩氏之祖考，曰此韩氏之门。

这一段先叙十一岁时，兄长韩会坐元载贬官，南迁韶州；韩会死于韶州，韩愈遂由郑夫人鞠育。同时在郑夫人勉力支撑下，韩会终于归葬河阳。又逢中原乱事继起，遂避难迁家于宣州。其时韩愈仅十三岁，[1]迁居之举，自是由郑夫人所做的决断与执行。所以才有“春秋霜露，荐敬蘋蘩，以享韩氏之祖考，曰此韩氏之门”的说法。对韩会被贬韶州刺史而死于任上，韩愈用了“承命远迁，穷荒海隅，夭阏百年”，其实暗用《庄子·逍遥游》中鲲化为鹏、徙于南溟的比喻；只是韩会并未有“九万里则风斯在下矣，而后乃今培风，背负青天而莫之夭阏”的机运，反而是“夭阏百年”于“穷荒海隅”。在“海”字前后一连用上了“穷”“荒”“隅”三个远离中心，强调极端偏远、边缘的字词，真令人顿生天涯海角、地老天荒之感。

接着以郑夫人的视角，描写她在夫主新丧时所面对的情境：“万里故乡，幼孤在前。相顾不归，泣血号天。”语虽简要，实已极写流离之沉痛深悲。但郑夫人显然是一位极为坚强的女性，她不畏艰辛，扶柩归葬，“水浮陆走，丹旐翩然”。以丧柩之旐的“丹旐翩然”，既借喻餐风饮露之艰辛，亦象征新寡之郑夫人守节护夫之赤忱。影响所及，不仅是死者得以安葬故园，更是“微嫂之力，化为夷蛮”，使得韩愈能够在文明教化之邦成长。因为郑夫人的坚强与毅力“至诚感神”，所以“返葬中原”终于成功，

---

〔1〕 参见马通伯：《韩昌黎文集校注》，迁家于宣州，为德宗建中二年事，其时韩愈年十三。

“既克反葬”；但他们所“荐及凶屯”并未结束——“遭时艰难，百口偕行，避地江濆”，由“百口偕行”可以看出，郑夫人已成为家族闾里所仰望的中心人物，终于能定居宣州而曰：“此韩氏之门。”

韩愈接着叙述自己承受郑夫人教诲，终于“禄仕而还”，但已天人永隔：

> 视余犹子，诲化谆谆。爰来京师，年在成人。屡贡于王，名乃有闻。念兹顿顽，非训曷因？感伤怀归，陨涕熏心。苟容躁进，不顾其躬。禄仕而还，以为家荣。奔走乞假，东西北南。孰云此来，乃睹灵车。有志弗及，长负殷勤。呜呼哀哉！

郑夫人“视余犹子，诲化谆谆”，教叔如教子；韩愈亦在“年在成人”，[1]“爰来京师”求取功名，在“屡贡于王，名乃有闻”，终于进士登第之余，[2]感念怀思，依恃情深：“念兹顿顽，非训曷因？”往往“感伤怀归”以至“忧心如熏”（《诗经·大雅·云汉》），时时流泪，“陨涕熏心”。但终于在求得功名，“以为家荣”的强烈意志下“苟容躁进”，继续滞留京师，无法随侍照料，“不顾其躬”。终于“禄仕”，亦终于“东西北南”在驰骛“奔走”后，得以“乞假”归来。但“孰云此来，乃睹灵车”，郑夫人已然作古。于是“殷勤”亲养的心“志”，“弗及”实现，留下了无穷的遗憾：“呜呼哀哉！”最终以服丧归葬之事作结：

---

〔1〕 贞元二年，韩愈十九岁时自宣州赴京师。
〔2〕 韩愈于贞元八年登第，但迟未授官，贞元十二年始佐汴州。

> 昔在韶州之行，受命于元兄，曰："尔幼养于嫂，丧服必以期。"今其敢忘？天实临之！呜呼哀哉！日月有时，归合茔封。终天永辞，绝而复苏，伏惟尚飨。

传统文化非常重视家族关系，亲属的亲疏远近更是由五服守丧之不同来表示的。贞观中，魏征、令狐德棻议嫂叔服："'或有长年之嫂，遇提孩之叔，劬劳鞠养，情若所生，分饥共寒，契阔偕老。在其生也，爱之同于骨肉；及其死则推而远之：求之本原，深所未谕。……今请服小功五月。'制：'可。'"[1]据此则韩愈为郑夫人"丧服必以期"则已近于"齐衰期"，即类同于孙为祖父母、已嫁女为父母丧服，比起当时之嫂叔服更显情谊深重。虽然是出于韩会之命，但若将"今其敢忘？天实临之！"的昭告与"归合茔封，终天永辞，绝而复苏"的反应合观，显然亦本诸深情。

在这篇"祭"文里，我们自然看到了一位坚强慈爱的特殊女性，但全篇却建立在韩愈早年自传的架构上：由"三岁而孤"，而"未龀一年"，而"年方及纪"，而"年在成人"，而"名乃有闻"，而"禄仕而还"……韩愈的面目性行自然没有郑夫人显豁，但仍是韩愈平生经历的重要叙事，因而若所哀祭的对象是自己的亲人，往往也同时反映出致祭者的自身经历。《祭郑夫人文》仍合常例，以四言用韵为主，因而整炼简要，抒感重于叙事。但《祭十二郎文》出以平易的古文，则更充分地发挥了叙事与描摹的功能，其自传的成分更浓。开篇所叙是与《祭郑夫人文》中的记事重叠：

---

〔1〕 参见马通伯：《韩昌黎文集校注》，第352页。

> 呜呼！吾少孤，及长不省所怙，惟兄嫂是依。中年兄殁南方，吾与汝俱幼，从嫂归葬河阳。既又与汝就食江南，零丁孤苦，未尝一日相离也。吾上有三兄，皆不幸早世。承先人后者，在孙惟汝，在子惟吾，两世一身，形单影只。嫂常抚汝指吾而言曰：“韩氏两世，惟此而已。”汝时尤小，当不复记忆，吾时虽能记忆，亦未知其言之悲也。吾年十九，始来京城。其后四年，而归视汝。又四年，吾往河阳省坟墓，遇汝从嫂丧来葬。

但本篇平平叙出，自有一种动人的力量。尤其“嫂常抚汝指吾……”一段，其辛酸正在于一个尤小“当不复记忆”，一个“虽能记忆”，却仍在稚龄“亦未知其言之悲”，则其嫂之苦心孤诣，零丁凄凉，反而更显沉重。韩愈追诉此事时，早已能够体会其中的辛苦与孤寒，却是在嫂丧已葬，十二郎猝逝之后了，则韩愈“形单影只”之凄苦，更甚昔日了。

接着描述与十二郎的会少离多，仍是充满自传式的叙述：“又二年，吾佐董丞相于汴州……”“明年丞相薨，吾去汴州……”“是年，吾佐戎徐州……”“吾又罢去”，而在这种种宦游分离之后，真正令人心痛的则是无法追悔的天人永隔：

> 吾念汝从于东，东亦客也，不可以久。图久远者，莫如西归。将成家而致汝。呜呼！孰谓汝遽去吾而殁乎？吾与汝俱少年，以为虽暂相别，终当久相与处。故舍汝而旅食京师，以求斗斛之禄。诚知其如此，虽万乘之公相，吾不以一日辍汝而就也！

“吾与汝俱少年”，原本有许多“图久远”的筹划，但“孰谓汝遽去吾而殁乎？”，随之而生的猝不及防的伤痛与懊悔，“诚知其如此”……但人类的悲剧却是无法预知的，事情竟然违背常情常理发展，则除了承受命运无情的凌迟，只有无穷的追悔了。他叙述了一种“悲剧性”的命运的逆转：

去年孟东野往，吾书与汝曰：“吾年未四十，而视茫茫，而发苍苍，而齿牙动摇。念诸父与诸兄，皆康强而早世。如吾之衰者，其能久存乎？吾不可去，汝不肯来，恐旦暮死，而汝抱无涯之戚也。”孰谓少者殁而长者存；强者夭而病者全乎？

同样的自传性的描述又再次被强调——“吾年未四十，而视茫茫，而发苍苍，而齿牙动摇”，因而引申出“如吾之衰者，其能久存乎？”的忧虑。但结果“抱无涯之戚也”的是韩愈自己，而“旦暮死”的竟是十二郎！他在后文又继续强调——“吾自今年来，苍苍者或化而为白矣，动摇者或脱而落矣，毛血日益衰，志气日益微”，因而又兴起“几何不从汝而死也？”的质问。一时之间，死亡的阴影充满他的整个世界。

对于“孰谓少者殁而长者存；强者夭而病者全”之命运的逆反，他并非没有动员他心理上的防卫机制来加以抵拒：

呜呼！其信然邪？其梦邪？其传之非其真邪？信也，吾兄之盛德而夭其嗣乎？汝之纯明而不克蒙其泽乎？少者强者而夭殁；长者衰者而存全乎？未可以为信也！梦也！传之非其真也！东野之书，耿兰之报，何为而在吾侧也？呜呼！其信然矣！吾兄之盛德而夭其嗣矣！汝之纯明宜业其家者，不克蒙其泽矣！所谓天者诚难测而神者诚难明矣！所谓理者不可推而寿者不可知矣！

这篇“祭”文没有使用庄严的四言用韵的形式，而采取了前所未有的对话形式，表面上平浅直接，但其实达到了一种“戏剧性之内在独白”的形态与效果。这一段话之所以反而能够呈现其内心的震撼与挣扎的历程，正是因其充分反映了内在的自我防卫心理机制，由一时无法立即接受，因此坚决否定其事——“梦也！传之非其真也！”，而至终于能够恢复理性，面对“东野之书，耿兰之报，何为而在吾侧也”的事实，只好在悲痛中勉强接受：“呜呼！其信然矣！”尽情抒发其伤痛的情绪，每句句末都缀以虚字，由“邪？”，而“乎？”，终至“矣！”，亦可见其一斑了。就在这种拟以思辨否定噩耗——“吾兄之盛德而夭其嗣乎？汝之纯明而不克蒙其泽乎？少者强者而夭殁；长者衰者而存全乎？”，以至终于确认其事的语言反复之中，不但完全显露出他对十二郎、对其兄之友于情深，而且发出了沉痛至极的“天问”，也就是司马迁痛切质问过的“傥所谓天道，是邪非邪？”（《史记·伯夷列传》）另一个自我防卫机制的表现，则是他在悲哀地抒写“几何不从汝而死也”之余，忽然思索起生离死别的意义：

死而有知，其几何离？其无知，悲不几时，而不悲者，无穷期矣！

强调的正是或可不长离，或者不长悲，悲伤正与生命同其短暂，痛苦终究能够获得解脱。另外则是又质疑起十二郎来书的日期与东野来书述及亡殁日期的矛盾，转而思索起其间差异的缘由，这是一种以转移注意的“宕开”，自然达成对其哀伤的“弃捐勿复道”(《古诗十九首·行行重行行》)。但这篇“祭”文最为痛定思痛的哀悔之处，则为：

> 呜呼！汝病吾不知时，汝殁吾不知日；生不能相养以共居，殁不得抚汝以尽哀；敛不凭其棺，窆不临其穴。吾行负神明而使汝夭，不孝不慈而不得与汝相养以生，相守以死。一在天之涯，一在地之角。生而影不与吾形相依，死而魂不与吾梦相接。吾实为之，其又何尤！彼苍者天，曷其有极！

到了这一段，韩愈似乎已经“死别已吞声”(杜甫,《梦李白》)，接受了十二郎夭亡的事实，而将注意与情绪转移到未能和十二郎“相养以生，相守以死”的憾恨上。因为生离别居，“一在天之涯，一在地之角”，所以十二郎病革临终与安葬之事皆未能亲身参与：病不知时、殁不知日、生不相养共居、死不抚身尽哀，以至主敛临窆……表达的都是生死之际，未能通情尽礼的遗憾。对于十二郎的夭亡，他身为季父自觉“不慈”，自幼受养于兄嫂，未能保全其子嗣，亦觉“不孝”，因而自责：“吾实为之，其又何尤！”但终究还是痛感命运的残酷，“天之报施善人，其何如哉！”(《史记·伯夷列传》)，还是要发出“彼苍者天，曷其有极！”的感叹。这两句檃栝了《诗经·唐风·鸨羽》中因王事不能归养的哀叹——“悠悠苍天，曷其有极”，《小雅·蓼莪》未能尽孝的伤怀——“昊天罔极”，以及《秦风·黄鸟》良臣中因殉葬而英年骤丧的悲痛——“彼苍者天，歼我良人”，正是自觉“不孝”与感叹“不慈”之际，呼天抢地发出的怨叹。

韩愈因仕禄而与十二郎未能“相养以生，相守以死”，构成无穷憾恨，遂以悲忏的心情，对十二郎表达“自今已往，吾其无意于人世矣！”的人生态度的转换，与“当求数顷之田于伊颍之上，以待余年。教吾子与汝子幸其成长，吾女与汝女待其嫁，如此而已”的生活安排的决意。而“祭”文则终结在：

> 呜呼！言有穷而情不可终。汝其知也邪？其不知也邪？呜呼哀哉！尚飨！

遂又回到“死而有知，其几何离？其无知，悲不几时！”的主题，而在问询死者“知也”“不知”之际，不仅是在问对方是否“知”其“言”，是否“知”其“不可终”之“情”；更是在质问“祭”文能否通死者之灵，同时也质问了“祭”文此一文体的基本预设——因死者神灵有知，遂可以兹作为信息接受者。韩愈《祭十二郎文》，不但在文体风格上有所改变——由整齐庄严的整炼体制转向亲切平易，如话家常，还质疑了“祭”之一体的真实效用与本质——是致祭者的自抒其情而已，还是真能与死者有所沟通？“情不可终”，终究需要诉诸“有穷”之“言”，这里反映的正是一种“祭如在”(《论语 · 八佾》)的精神，各种体势的“祭”文（如朱自清的《给亡妇》）仍会继续……

传统社会给予女性的活动空间，主要在于“女子有行，远父母兄弟”，出嫁、相夫教子、主中馈……因而女性的一生，主要以私人生活为主，当然祭吊追思之际，亦未必能有多少公众生活可加形容。因而，宿命、性情、德行与情分遂成写作的重点。陶渊明《祭程氏妹文》遂以两人特殊的宿命与情分为叙事的起始：

> 谁无兄弟，人亦同生，嗟我与尔，特百常情。慈妣早世，时尚孺婴，我年二六，尔才九龄。爰从靡识，抚髫相成。

指出二人自小相依为命的场景后，叙其性情、人品：

> 咨尔令妹，有德有操。靖恭鲜言，闻善则乐。能正能和，惟友惟孝。行止中闺，可象可效。

复又重提宿命：

> 我闻为善，庆自己蹈，彼苍何偏，而不斯报。昔在江陵，重罹天罚。

他们的孟氏母又卒，加以出嫁之后：

> 兄弟索居，乖隔楚越，伊我与尔，百哀是切。

所谓“兄弟索居，乖隔楚越”正是“女子有行，远父母兄弟”，程氏妹必须出嫁的结果。在四言句式的限制下，本篇表现的重点，全在于景象的托喻，即出现于开篇的，因“服制再周”而显现的家室的变化：

> 呜呼哀哉，寒往暑来，日月浸疏；梁尘委积，庭草荒芜。寥寥空室，哀哀遗孤，肴觞虚奠，人逝焉如？

寥寥数笔，即已写出人去室空的悲哀。同样，后文的“伊我与尔，百哀是切”，亦重借以下景象与哀思的交叠来加以表现：

> 黯黯高云，萧萧冬月，白云掩晨，长风悲节，感惟崩号，兴言泣血。

因而接以物是人非的追思：

> 寻念平昔，触事未远，书疏犹存，遗孤满眼。如何一往，终天不返！寂寂高堂，何时复践？

最终，重提不断经历的孤寒与宿命：

> 藐藐孤女，曷依曷恃？茕茕游魂，谁主谁祀？

因而真实、深切地体验到：

> 奈何程妹，于此永已。死如有知，相见蒿里。呜呼哀哉！

似以“死如有知，相见蒿里”，在死亡的世界重逢为慰解，其实更是悲切的体认，自己亦将如她，终归一死。正是既哀死者，行亦自念，遂使篇末依例的“呜呼哀哉！”更显悲切。

袁枚《祭妹文》，因以古文写作，文学表现其实重在借叙事以抒情，素文的事迹，颇具悲剧性，但重点仍在于婚配之不当，而素文仍然坚守婚约，以致受虐仳离。因而袁枚在远葬素文之后“奠以文曰”，首先提及的就是：

> 汝以一念之贞，遇人仳离，致孤危托落；虽命之所存，天实为之；然而累汝至此者，未尝非予之过也。予幼从先生受经，汝差肩而坐，爱听古人节义事，一旦长成，遽躬蹈之。呜呼！使汝不识《诗》《书》，或未必艰贞若是。

这真是痛彻心扉的反省。在传统的权威文化中，袁枚即已体认到不论对方如何对待，都要求臣子、妻室单方面守节尽义之专制伦理的残酷，以及信从身殉这种伦理的悲剧（这就是后代所谓“礼教吃人”的显例）。但本篇简要生动地描写兄妹二人亲爱相得的回忆，自亦感人：

> 余捉蟋蟀，汝奋臂出其间；岁寒虫僵，同临其穴。今予殓汝葬汝，而当日之情形憬然赴目。予九岁，憩书斋，汝梳双髻，披单缣来，温《缁衣》一章。适先生奓户入，闻两童子音琅琅然，不觉莞尔，连呼则则，此七月望日事也，汝在九原，当分明记之。予弱冠粤行，汝掎裳悲恸。逾三年，予披宫锦还家，汝从东厢扶案出，一家瞠视而笑，不记语从何起；大概说长安登科，函使报信迟早云尔。

尤其在此之后的告白：

> 凡此琐琐，虽为陈迹，然我一日未死，则一日不能忘。旧事填膺，思之凄梗，如影历历，逼取便逝。悔当时不将婴婗情状，罗缕纪存；然而汝已不在人间，则虽年光倒流，儿时可再，而亦无与为证印者矣。

所谓“然我一日未死，则一日不能忘”，平淡自然却惊心动魄。“凡此琐琐”，“旧事填膺”，兄妹之间纯属私人小事，但正因此为私人小事，所以才比社会大事更近日常生活。女性仅只生活于私人空间，一样是回想、记忆、追思的好素材。因为性格在其中，情意在其中，而更重要的是，女性温柔敦厚的笑貌音容与深情脉脉在其中，即使出以“祭”文的形式，一样是上好而感人至深的文学作品。

夫妻是因婚嫁所形成的亲属，因此就妻子而言，则有出阁之前与于归之后的重大变化。尤其是嫁后，妻子主中馈，不论其内助之功为何，其生活境况必然随夫婿或夫家的穷达贵贱而有所升沉变异。同时，在传统社会的观念里，娶妻原即为的是传宗接代，新的血缘关系亦由此缔造。因而夫妻的亲密，自非其他亲属所可比拟。即使未便大方地表现爱情，但夫妻之间自有许多“夜半无人私语时”。因而一旦中道崩徂，自有另种难言的悲恻。悼亡的诗、词，在传统文类上，往往有悲情之淋漓表现的空间，而“祭”文则因场合之严肃，表现得较为理性与节制，不免顾左右而言他。元稹《祭亡妻韦氏文》，首先表现了对于祭奠礼仪的淡漠：

> 呜呼！叙官阀，志德行，具哀词，陈荐奠，皆生者之事也，于死者何有哉？然而死者为不知也，故圣人有无知（缺二字）？呜呼！死而有知，岂夫人而不知予之心乎？尚何言哉？

一方面直陈所有祭祀言行，其实皆生者的自我尽意，对死者无济于事；遂重申死者的无知或有知之辨，而谓死者若有知，“岂夫人而不知予之心乎？”，两人自有不足为外人道的灵犀相通，“尚何言哉？”，又何必费词祝祷。另一方面又故作达观，表示死亡以及因死亡而随附产生的各种情境，亦皆不足悲：

> 且曰：人必有死，死何足悲？死且不悲，则寿夭贵贱，缞麻哭泣，藐尔遗稚，蹙然鳏夫，皆死之末也，又何悲焉？

这段话语，表面上从“人必有死，死何足悲？”立论，推出“死且不悲”，因而与死者亡故相关的“寿夭贵贱，缞麻哭泣，藐尔遗稚，蹙然鳏夫，皆死之末也”，然后再次强调“又何悲焉？”

这一貌似豁达的“理性思辨”的结论。但被目为“死之末也”的“寿夭贵贱、缞麻哭泣、藐尔遗稚、蹙然鳏夫”的提起，尤其是穿缞麻、行哭泣，藐尔、蹙然等对遗稚与自身的形容，则直接泄漏了无法抑止的悲恸，而且是以情景交融的方式强调了处境的可哀。真的是丈夫有泪不轻弹，虽然表面上故作祭祀唯忌数悲伤，因为祝告的对象远比生者更为可哀堪怜，若死而有知，岂不更加沉痛？但在强忍哀痛中，表现了“弦弦掩抑声声思”的深悲；以及此一悲恸的不可言说。

随后，选择了以顾左右而言他的方式，将言说的焦点转向了韦氏出阁前与于归后生活的变迁，以及来归后韦氏无怨无悔的体贴与宽谅：

> 况夫人之生也，选甘而味，借光而衣，顺耳而声，便心而使，亲戚骄其意，父兄可其求，将二十年矣，非女子之幸耶？

以韦氏在娘家生活的富裕与如意，备受宠爱的幸福来对比于归之后生活上的艰辛——“逮归于我，始知贱贫，食亦不饱，衣亦不温”，但她却能安之若素，体贴宽谅：

> 然而不悔于色，不戚于言。他人以我为拙，夫人以我为尊；置生涯于濩落，夫人以我为适道；捐昼夜于朋宴，夫人以我为狎贤，隐于幸中之言。呜呼！成我者朋友，恕我者夫人，有夫如此其感也，非夫人之仁耶？

尤其“以我为尊”，以“濩落”为“适道”，以“朋宴”为“狎贤”，皆是极尽体谅尊崇之能事，充分地表现了仁恕的爱意，而令作者完全感受到被敬被爱的喜悦：“有夫如此其感也！”在如此感激与感动时，却生出了自己亏待夫人的憾恨：

> 呜呼嘘唏，恨亦有之。始予为吏，得禄甚微，当目前之戚戚，每相缓以前期。纵斯言之可践，奈夫人之已而。

因俸禄微薄，不免使韦氏忍受困窘的生活，以为将来可以改善，“奈夫人之已而”，则永无弥补之期；所有的期望顿然落空。在此“理性”的、次要的遗憾之导引下，道出真正的深悲沉恸：

> 况携手于千里，忽分形而独飞。昔惨凄于少别，今永逝与终离。将何以解予怀之万恨？故前此而言曰：“死犹不悲。”呜呼哀哉，惟神尚飨。

“死犹不悲”的真意，是死亡未必使人悲哀；使人悲痛万分的是，“携手于千里”，长期相依相随的生活伴侣，“忽分形而独飞”，突然离去，而自己独自生存：就“亲爱在离居”而言，“昔惨凄于少别”，即使“少别”亦觉“惨凄”，而“今永逝与终离”，则“将何以解予怀之万恨”？以迂回婉转的笔法，道出了与妻子相亲相爱的相思情意，与永诀终离后的孤单痛苦。本篇文多排比，而以“况携手于千里，忽分形而独飞”突然化为象喻，最为画龙点睛。

女子在成婚之后，传统社会对其除了要求“传宗接代”，亦要求能够“相夫教子”。因此，“相夫”，能够规过劝善，协助夫婿出世立达；“教子”，能教导子女，尤其是儿子，卓然有成，皆被视为是其生命的充分实现与终极成就。苏洵祭亡妻程夫人的《祭亡妻文》，充满始于生离最后竟成死别的哀伤：

> 呜呼！与子相好，相期百年。不知中道，弃我而先。我徂京师，不远当还。嗟子之去，曾不须臾。子去不返，我怀永哀。反复求思，意子复回。人亦有言，死生短长。苟皆不欲，尔避谁当？

这篇全部以四言的韵语（除去开头的“呜呼！”）写就的“祭”文，直白素朴，自然感人，开头就是“与子相好”，以这最平淡又最深切的一句话，道出了两人的情感关系。然后，“我徂京师”为生离；“嗟子之去”为死别，“子去不返，我怀永哀”，亦很直接地表达了他的悲伤。“反复求思，意子复回”虽为痴心妄想，但情真意切。这段的末四句其实是一种反向思考的意义治疗[1]：相好的夫妻，总有一人得先去，后死者终需面临失侣之苦；若自己逃避，就得由对方来承担此种痛苦……但这篇“祭”文的主体，却在感叹亡妻育儿的悲辛，赞扬亡妻教子之有成：

> 我独悲子，生逢百殃。有子六人，今谁在堂？唯轼与辙，仅存不亡。咻呴抚摩，既冠既昏。教以学问，畏其无闻，昼夜孜孜，孰知子勤？提携东去，出门迟迟。今往不捷，后何以归？二子告我：母氏劳苦，今不汲汲，奈后将悔。大寒酷热，崎岖在外。亦既荐名，试于南宫。文字炜炜，叹惊群公。二子喜跃，我知母心。非官实好，要以文称。我今西归，有以借口。故乡千里，期母寿考。归来空堂，哭不见人。伤心故物，感涕殷勤。

〔1〕 参见 Viktor Frankl, *Man's Search for Meaning*, New York: Washington Square Press, 1985。

这一大段主要以“母氏”的立场来着墨，先写“有子六人”，但仅存轼、辙二子，进而描写对轼、辙二子“咻呴抚摩”的抚育，以至“既冠既昏”。“教以学问，畏其无闻”，日以继夜，勤劳不已，“昼夜孜孜，孰知子勤？”，他们文章学问有成，竟然都是“母氏劳苦”的结果；而二子亦不负母望，“亦既荐名，试于南宫”，得在礼部赴试，因“文字炜炜，叹惊群公”，受到欧阳修、文彦博、富弼、韩琦等人的赞赏，终至举进士。他则在“二子喜跃”之际，表示了他体会到的“我知母心。非官实好，要以文称”——显然母氏程夫人才是教导二子，导致二子文章有成的真正推手。但她的成就不仅在于“教子”有方，更在于“相夫”有道：

> 昔予少年，游荡不学，子虽不言，耿耿不乐。我知子心，忧我泯没。感叹折节，以至今日。

终于再三感叹，自己从此不仅孤单，而且失去了箴过辅仁的良朋：

> 嗟予老矣，四海一身。自子之逝，内失良朋。孤居终日，有过谁箴？……呜呼死矣，不可再得！

因而叙述他为夫人及自己经营的坟地：

> 安镇之乡，里名可龙。隶武阳县，在州北东，有蟠其丘，惟子之坟。凿为二室，期与子同。骨肉归土，魂无不之。我归旧庐，无不改移，魂兮未泯，不日来归。

以死同穴，居旧庐，无所改移，而期盼程氏的魂兮来归。全篇言浅意深，情真意切，自亦可观。

## 七、神物与自身："祭"的类型之三

虽然迄今留存的大量古典"祭"文，主要是为祭祀死者而作的种种祷祝告语，但是"祭"的原始性质，却并非仅仅如此。《礼记·祭法》云：

> 山林、川谷、丘陵，能出云，为风雨，见怪物，皆曰神。有天下者，祭百神。诸侯在其地则祭之，亡其地则不祭。大凡生于天地之间者，皆曰命，其万物死皆曰折，人死曰鬼，此五代之所不变也。七代之所更立者，禘、郊、宗、祖，其余不变也。天下有王，分地建国，置都立邑，设庙、祧、坛、墠而祭之，乃为亲疏多少之数，是故王立七庙……诸侯立五庙……大夫立三庙……适士二庙……官师一庙……庶士庶人无庙，死曰鬼。

另外尚有"立社""立祀"等规定，在周代的封建制度之下，祭祀原是"礼乐"教化的重要制度与政治活动；在秦废封建、设郡县，以至统一天下后，大半贵族阶层消失，而形同沦为庶民，因而祭祀或"祭"文，往往以单一的死者为主。该篇同时又云：

> 夫圣王之制祭祀也：法施于民则祀之；以死勤事则祀之，以劳定国则祀之，能御大灾则祀之，能捍大患则祀之。

因而提到了神农、后稷、后土、帝喾、尧、舜、鲧、禹、黄帝、颛顼、契、冥、汤、文、武等。

> 此皆有功烈于民者也，及夫日月星辰，民所瞻仰也，山

林、川谷、丘陵，民所取财用也，非此族也，不在祀典。

所以，在传统社会，“祭祀”原不仅限于相关的死者，而可以及于“山林、川谷、丘陵，能出云，为风雨，见怪物”之“神”，因而韩愈在潮州，面对鳄患，亦不妨作《祭鳄鱼文》加以驱逐。若按《礼记·祭法》，“能御大灾则祀之，能捍大患则祀之”，韩愈却以祭祀来作为“御大灾”“捍大患”的声明。他在《原道》中，对于“圣人”的界义，首先即强调：“古之时，人之害多矣。有圣人者立，然后教之以相生养之道。为之君，为之师，驱其虫蛇禽兽，而处之中土。”他在“以羊一猪一，投恶溪之潭水，以与鳄鱼食，而告之曰”的首先还是：

昔先王既有天下，烈山泽，罔绳擉刃，以除虫蛇恶物，为民害者，驱而出之四海之外。

修辞策略上仍是借“先王”的作为，来说明其驱鳄鱼的正当性，甚至神圣性。他先以“后王德薄”说明“潮岭海之间，去京师万里”，因而“鳄鱼之涵淹卵育于此，亦固其所”。但“今天子嗣唐位，神圣慈武”，情况全然有异，且强调“刺史县令之所治，出贡赋以供天地宗庙百神之祀之壤者”，将重点又转到“天地宗庙百神之祀”上来，明显又再强调了从“祭法”而言，天子的位阶之崇高，而刺史则为其代表。继而直接控诉鳄鱼的罪行：

鳄鱼！其不可与刺史杂处此土也！刺史受天子命，守此土，治此民。而鳄鱼睅然不安溪潭，据处食民畜、熊、豕、鹿、獐，以肥其身，以种其子孙；与刺史抗拒，争为长雄。

在这一段里，韩愈指斥鳄鱼，不可与刺史“杂处”而“争为长雄"，因为它们"睅然不安溪潭"，其罪状不仅"据处食民畜"，甚至还要包括野生的"熊、豕、鹿、獐"，又形容为"以肥其身"，而其意为"以种其子孙"，因而不是一时，甚至一代之争，而是世世代代的种性之争。在描叙鳄鱼之"恶"时，显然有同情的意味，并且多少滑稽化了鳄鱼之存在。当然从现代的观点看，他对鳄鱼的习性，从古人称之为"鱼"的角度，不免有许多误解，例如他指斥它们为"不安溪潭"。

这里类似大禹治水为"鱼归江海，民归平土"的观念，隐然是其思理的基础；治平正在使万物各得其宜。因而，他提出了以现代观念看来极端不合理的要求：

> 鳄鱼有知，其听刺史言！潮之州，大海在其南。鲸鹏之大，虾蟹之细，无不容归，以生以食，鳄鱼朝发而夕至也。今与鳄鱼约：尽三日，其率丑类南徙于海，以避天子之命吏！三日不能，至五日；五日不能，至七日；七日不能，是终不肯徙也。是不有刺史听从其言也；不然，则是鳄鱼冥顽不灵，刺史虽有言，不闻不知也。夫傲天子之命吏，不听其言，不徙以避之，与冥顽不灵而为民物害者，皆可杀。刺史则选材技吏民，操强弓毒矢，以与鳄鱼从事，必尽杀乃止。其无悔！

韩愈自然不知鳄鱼无法生存于非淡水的海中，而自以为宽大地劝其入海生息。他的论辩是：若鳄鱼有知，则当服从他的迁海命令；若"鳄鱼冥顽不灵"，"不闻不知"，则自然"皆可杀"。这篇近于最后通牒的"祭"文，之所以趣味横生，就在于他并不确知：鳄鱼是否"有知"，能否理喻。虽然挟先王之迹、天子之命，做了种种论述，但其色厉内荏亦不知不觉反映了出来：

> 刺史虽驽弱，亦安肯为鳄鱼低首下心。伈伈睍睍，为民吏羞，以偷活于此耶？且承天子命以来为吏，固其势不得不与鳄鱼辨。

因而他一方面不断地强调自己是“天子之命吏”，如同古代官吏出巡时高举“肃静”“回避”的告牌，要求鳄鱼“回避”，“其率丑类南徙于海，以避天子之命吏”；一方面则在约定期程之际，自行不断退让：“尽三日……三日不能，至五日；五日不能，至七日；七日不能，是终不肯徙也。”因而才认定鳄鱼心中“不有刺史”或“冥顽不灵”“不闻不知”，再次加罪为：“傲天子之命吏，不听其言，不徙以避之，与冥顽不灵而为民物害者，皆可杀。”这段话语，虽为祭鳄鱼而发，但未尝不是韩愈治理潮州的政策宣言。总结而言，就是肯定皇权，维护民生，不惜动用杀戮与征伐，对于为民物害的丑类，甚至“必尽杀乃止。其无悔！”，如此看来《祭鳄鱼文》又未尝不是一篇政治寓言。因其多方辩说，心思颇多转折摆荡，是以摇曳生姿，成为“祭”文的异数，宜其知名于世。

由祭百神，而至所生的“怪物”，《祭鳄鱼文》在貌似庄重严肃中，暗寓着诙谐的喜剧意识，是“祭”文中意外的特例。

“祭”文本为人对天地鬼神的告语，通常都是生者对亡故者的追怀、悼念与告白，但尚活着的自己，如何能在“祭仪”上祝告自己的死亡？——结果自会变成回顾平生，自悲自悼的“绝命”之自叙。陶渊明创发了“自祭”之文，但其实是如其《五柳先生传》所谓“尝著文章自娱，颇示己志”；借面对生命终结之际的情境，达成了完整的“己志”的表白，这对忘弃官宦生活，选择了“聊为陇亩民”（《癸卯岁始春怀古田舍》其二）以终身的陶渊明，或许有其必要吧！

> 岁惟丁卯，律中无射。天寒夜长，风气萧索。鸿雁于征，草木黄落。陶子将辞逆旅之馆，永归于本宅。故人凄其相悲，同祖行于今夕。羞以嘉蔬，荐以清酌。候颜已冥，聆音愈漠。呜呼哀哉！

这篇“自祭”，写法与渊明的其他“祭”文近似，首为年月，接着以当时的景色“天寒夜长，风气萧索。鸿雁于征，草木黄落”，做借喻式的描写，这对擅长四言诗的渊明而言，写来自是情味十足。然后叙辞家赴葬，“陶子将辞逆旅之馆，永归于本宅”，以阳宅为“逆旅之馆”，以墓葬为“本宅”，正是古诗“人生忽如寄”，或“人生天地间，忽如远行客”之意，也合于《庄子·养生主》所谓“适来，夫子时也；适去，夫子顺也”的“安时而处顺”之旨。接着描写“故人凄其相悲”，做种种祭祀活动——“同祖行于今夕。羞以嘉蔬，荐以清酌”，“蔬”而曰“嘉蔬”，“酌”而曰“清酌”，一个“嘉”字，一个“清”字，显示出作者心有余裕的玩赏神态。然后终于意识到死生悬隔，无法互动交感——“候颜已冥，聆音愈漠”，而具体化了死亡原即是远离人世的参与和沟通之事实。

随后反思自己的生存与平生：

> 茫茫大块，悠悠高旻。是生万物，余得为人。自余为人，逢运之贫。箪瓢屡罄，絺绤冬陈。含欢谷汲，行歌负薪。

翳翳柴门，事我宵晨。春秋代谢，有务中园。载耘载耔，乃育乃繁。欣以素牍，和以七弦。冬曝其日，夏濯其泉。勤靡余劳，心有常闲。乐天委分，以至百年。

以天地生万物，而“余得为人”，形容自己只是暂时“赋形”为人，则背后隐约反映《庄子·齐物论》“天地与我并生，而万物与我为一”，“一受其成形，不亡以待尽，与物相刃相靡”等思想，但真正的重点在于生涯的描写。

从“自余为人，逢运之贫”，到“箪瓢屡罄，絺绤冬陈”，写生活之清苦。但由“含欢谷汲，行歌负薪”则开始以“含欢”“行歌”的愉悦心情，从事每日必要的劳动——“谷汲”“负薪”，于平简的居处中度日生活——“翳翳柴门，事我宵晨”；而随着四季的变化，“春秋代谢，有务中园。载耘载耔”，在“乃育乃繁”中感受到作物生长的喜悦；再加上“乐琴书以消忧”（陶潜，《归去来兮辞》）的精神寄托——“欣以素牍，和以七弦”；以及借自然的恩赐，感受四时生活的变化，与加以因应的喜悦——“冬曝其日，夏濯其泉”……得出自己所努力的生活为“勤靡余劳，心有常闲”的结论，并且有意终身持续此种生活：“乐天委分，以至百年。”这是一种以智慧接纳人生必然的种种限制后，所获得的精神上自由自在的生活——由外表看是庶民，其实却是高士的生活。因为“委分”而接受“勤靡余劳”的生活作息，更因“聊乘化以归尽”（陶潜，《归去来兮辞》）的自觉，而在“乐夫天命复奚疑”（陶潜，《归去来兮辞》）的“乐天”中，达到了无所奔竞，“心有常闲”的自在自得。

上述的生活情景，其实是他在归园田居之后的生活写照，他有意地忽略了他先前的仕宦生涯，于是他以负面辨异来加以处理：

> 惟此百年，夫人爱之。惧彼无成，愒日惜时。存为世珍，没亦见思。

这里反映了他早年亦曾“立善求我誉”（苏轼，《问渊明》），如《荣木》中所说，“先师遗训，余岂云坠，四十无闻，斯不足畏，脂我名车，策我名骥，千里虽遥，孰敢不至”，积极追求“闻达”，以至“不朽”。因而，他强调了他终于到达的生命体悟：

> 嗟我独迈，曾是异兹。宠非己荣，涅岂吾缁？捽兀穷庐，酣饮赋诗。识运知命，畴能罔眷？余今斯化，可以无恨。寿涉百龄，身慕肥遁。从老得终，奚所复恋？

他以异于世俗之“独迈”坚持自我的追求。首先他确立了道德的主体性，肯定自己生命的价值——“宠非己荣”，而人格的端直亦迥非外在环境可以污染——“涅岂吾缁”，反映出一种“清者自清；浊者自浊”的独立卓绝的高贵人格。因而即使徘徊盘桓于“穷巷隔深辙”的“吾庐”，（陶潜，《读〈山海经〉》其一）仍可以“酣饮赋诗”为乐，有足够的智慧，能“识运知命”，而“曾不吝情去留”（陶潜，《五柳先生传》），无所凝滞，无所牵挂，摆脱所有眷恋，“畴能罔眷？”，得到安时处顺的精神自由。

因而对于自己的“乘化归尽”“余今斯化”，“可以无恨”地全然接受。对于这种“知命”的接受，他补充了四句：“寿涉百龄，身慕肥遁。从老得终，奚所复恋？”他对于自己能够“从老得终”，在号称“百年”的人生中，已是得其天年。而且在长年欣羡“散逸”逍遥的生活中，终于可以释劳息逸，似亦可以无所眷恋：“正宜委运去，纵浪大化中，不喜亦不惧，应尽便须尽。”

在这一段临终再次言志之余，他在想象中描绘了自己的殡葬：

> 寒暑逾迈，亡既异存。外姻晨来，良友宵奔。葬之中野，以安其魂。窅窅我行，萧萧墓门。奢耻宋臣，俭笑王孙。廓兮已灭，慨焉已遐。不封不树，日月遂过。匪贵前誉，孰重后歌。人生实难，死如之何？呜呼哀哉！

他以超然的态度，既叙述了亲友——“外姻晨来，良友宵奔”，又叙及了自己——“窅窅我行，萧萧墓门”。他既交代了墓葬的方式——“奢耻宋臣，俭笑王孙”，只要“不封不树”即可，亦预见了葬礼完成之后的人事终结——“廓兮已灭，慨焉已遐”，终究归于淡远平静的日渐遗忘，而他对于身后的“荣名”、歌颂则全无悬念。因为“匪贵前誉”，在生前即已不以人们的称赞为贵，自然“孰重后歌”，对于后人的歌颂纪念也就不以为意了。但最经典的却是他最后对自己一生的感叹：“人生实难，死如之何？”虽然陶渊明迷途知返，弃官归田，实现了他所选择的“勤靡余劳，心有常闲”，可谓自适其志的生活，但在他整个漫长的人生过程中，不能说没有种种挣扎、矛盾与辛苦，所以，终要慨叹“人生实难”！死亡是一个永恒的未知，陶渊明不愿臆测，而只留下了“死如之何？”的存问。

## 八、结　语

王羲之《兰亭集序》在修禊觞咏之际，尚且要引《庄子·德充符》之言，曰："古人云：'死生亦大矣。'"做出"岂不痛哉！"的表白。当人们直接面对死亡与死者之际，其哀恸岂不更加迫促与强烈？但死者的身份、年岁、死亡的形态与彼我的关系，自亦引发种种不同的感受与反应。对"幼弱"者，发为"哀"辞，对"英烈"者，则因其强旺勇决之精神而交织无可回避之恶劣命运，遂产生了富于悲剧体验的"吊"文，因皆源自远古的"祭"典，后世亦渐渐统称为"祭"文。

"祭"作为一种文体，在其祭祀祝告中，永远留下的是对于天地神鬼的未知，但又不愿人类的生活仅只限于现实或自然的表象，于是遂有通往超自然以及死后世界的种种诉求与告白。若说文学原就是一种生命意识的表现，无疑"祭"文也正是这种表现的结果。由于出以仪式，因而"祭"文往往有不同的形式规范，以及由此而生的形式美感。而事涉死生、天人之际，往往更有哀感虔敬之情，足以感发人心。

# 第六章
# “碑”“铭”作为文学类型之美感特质

## 一、前　言

随着白话渐渐取代文言成为各种正式场合的文辞形态，加上随着科技的发展，许多比石头坚固耐久的材料纷纷出现，勒石刻铭的习惯，除了墓碑以外渐渐少见。但是“碑”“铭”显然攸关古人心目中的“不朽之盛事”。许多人虽然未必厕身史籍，亦得以“假良‘史’之辞”“托飞驰之势”，而希冀“声名”能够“传于后”，（曹丕，《典论·论文》）面对必然降临的死亡，他们可借“碑”“铭”以肯定一己曾经存在的事实。这似乎是人类临对“死生亦大矣，岂不痛哉！”（王羲之，《兰亭集序》）之永恒情境，所做的聊胜于无的补偿或反击。

假如我们同意曹丕、王羲之的看法，“文学”原就是出于对“终期于尽”这一人生情境的深沉意识或强烈感怀，换句话说，也就是对人我同具的“生命意识”之叙写与抒发，那么“碑”“铭”的制作，原就有其符应于“文学”本质的属性。它的特殊，若从语言传播的角度来看，则主要是其“载体”或说“媒介”（media）原是意在保存久远，或者足以呈示于众，因而它的受讯者显然不拘于某些特殊的对象，甚至其中还蕴含了“后之览者，亦将有感于斯文”（王羲之，《兰亭集序》）的期盼。因而永久记忆似乎就是它所预设的性质与功能。

中华文化为了记忆与提醒，本就有在器物上“铭”刻文字的习惯，如著名的汤之《盘铭》：“苟日新，日日新，又日新。”（《礼记·大学》）真的由“铭”言而成了“名”言。而钟鼎等青铜器的制作，主要皆出于“述德纪功”，更是不能不刻“铭”以叙其事，否则无以明白其制作的意义。所以蔡邕《铭论》诠释“铭”之种类：

> 春秋之论铭也，曰：“天子令德；诸侯言时计功；大夫称伐。”

并说明其性质，以至汉代的发展：

> 钟鼎礼乐之器，昭德纪功以示子孙。物不朽者，莫不朽于金石故也，故碑在宗庙两阶之间。近世以来，咸铭之于碑。

因而这种“昭德纪功”之举，亦渐见于“依仿刻铭”的勒石，乃是“因庸器（彝鼎之类）渐阙而后为之，所谓‘以石代金，同乎不朽’者也”（徐师曾，《文体明辨·序说》），所以“碑”与“铭”的称谓亦逐渐混用。

这种情形，如班固《封燕然山铭》，文中提及：“乃遂封山刊石，昭铭盛德，其辞曰……”，“刊石”实已立“碑”，而且其文则有“序”（即直至此句前的整篇叙述文字）、有“铭”（即“其辞曰”底下的骚体文字），但全篇仍称之为“铭”。同样，蔡邕《郭有道碑》亦提及：“于是树碑表墓，昭铭景行，俾芳烈奋于百世，令问显于无穷。其辞曰……”“其辞曰”以下的四言诗自然是“铭”文，其前文字本为其“序”，但全篇则习称为“碑”。

韩愈《平淮西碑》内容性质更近于《封燕然山铭》，在叙其事功之后，亦提及：“群臣请纪圣功，被之金石。皇帝以命臣愈，臣愈再拜稽首而献文曰……”然后继之以四言的“铭”文，则仍称之为“碑”。

因而除了镌诸器物或未必刻石的“座右铭”，如《文选》所收的崔瑗之作；或言志性质的居室铭，如刘禹锡《陋室铭》（这类作品往往只有“铭”文而无“序”，可以说与“碑”无涉），“碑”“铭”之称，总题其韵散文字时，往往有混通的现象。自然虽皆刻石，在“述德纪功”之间，《郭有道碑》自与《平淮西碑》，或如收入《文选》的王巾《头陀室碑》，以至梁简文帝《相官寺碑》等性质不同。因而总归其写作要旨或有传人昭德、叙事纪功，以及序地弘道等种类之不同，但皆出于颂扬之心而有传诸久远之意，这正是它们所以镌“碑”作“铭”的缘故。本章我们将先对刻石的“碑”“铭”依此基本分类，逐一探讨其文学表现与美感性质；然后再讨论未必刻石，而仅为言志、颂赞与品评（如鲍照《飞白书势铭》）之类的“铭”作。

## 二、传人昭德的“碑”“铭”

虽然在蔡邕《铭论》中，依铭之古义，以“周庙金人，针口以慎，亦所以劝导人主，勖于令德者也”，称“天子令德”。但“诸侯言时计功，大夫称伐”，其实“计功”“称伐”之际，亦未尝不具“昭德”的性质。因而曹丕《典论·论文》要求“铭诔尚实”。因为，诚如《文心雕龙·诔碑》赞所云，“写实追虚，诔碑以立；铭德慕行，文采允集”，“昭德”之际，若过度注重“文采允集”，结果流于虚辞溢美，则有失“铭德慕行”之义。所以陆机《文赋》亦云：“碑披文以相质。”

“碑”“铭”可分可合，如《文心雕龙·诔碑》所谓“夫属碑之体，资乎史才，其序则传，其文则铭”，“碑实铭器，铭实碑文，因器立名，事光于诔。是以勒石赞勋者，入铭之域；树碑述亡者，同诔之区焉”，不论称“其辞曰”或“献文曰”，作为总结其要旨之韵文部分的“铭”，由于须得“文采允集”，陆机《文赋》遂亦另行规定“铭博约而温润”，对此李善注为：“博约，谓事博文约也。铭以题勒示后，故博约温润。”也就是不但要能以简要的文字概括铭主生平性情重点而达到“博约”的效果，而且若欲“昭德”示后，亦需足令人产生“慕行”作用的“温润”文采，方能以“蔼如”之言，彰显此一“有德”之人。

在“碑”“铭”的“披文”与“相质”之间，若欲达成“尚实”，显然是有其基本困难，倒不纯粹是基于“艺增”或“文质”之不免相胜而难于彬彬相应，而是其目的既在“刊石树铭，光示来世”（蔡邕，《贞节先生范史云碑》），则“既私褒美，兴长虚伪”（晋武帝，《禁断立碑诏》）的情势，几乎就是无可避免的。因而，虽然刘勰以为“自后汉以来，碑碣云起，才锋所断，莫高蔡邕”（《文心雕龙·诔碑》），但郭林宗[1]卒——

> 同志者乃共刻石立碑，蔡邕为其文，既而谓涿郡卢植曰：“吾为碑铭多矣，皆有惭德，唯郭有道无愧色耳！”（《后汉书·郭太列传》）

---

〔1〕郭泰，字林宗。一作郭太，系《后汉书》作者范晔为避其父讳而改。——编者注

则其间虚实可知。但“碑铭”若不当作史料或实录看，其文学性与使人兴感之处，未必就应在其陈述真假或辞采表现的尺尺寸寸之间。就以摇荡情性、感动人心的文学表现而言，则“德行”“个性”与“命运”亦皆各有其令读者赞叹、惊异或歔欷之处，兹分别论述如下。

### （一）德行

冀图“死而不朽”，原即是“立碑”“制铭”的主要缘由；若依据穆叔所谓“大上有立德，其次有立功，其次有立言，虽久不废，此之谓不朽”（《左传》襄公二十四年），则“立德”或“立功”正是“碑”“铭”所要传扬于久远的重点。“德”往往本诸情性，可于个人的品行或人际的交感之中达成；但“功”则往往需要先有外界困窘的情境，如未遭洪水，自无大禹治水之功，而且往往亦皆出于指挥众人，而在众志成城之下，方能奏效。因而，“功”往往皆涉及众人之事，而必然为“史”书所著录。

秦始皇之刻石，大抵出自皇帝的虚荣、群臣的谀颂：“大矣口哉！宇县之中，承顺圣意，群臣诵功，请刻于石，表垂常式。”（李斯，《之罘刻石》）“群臣相与诵皇帝功德，刻于金石，以为表经。”（李斯，《议刻金石》）“从臣诵烈，请刻此石，光垂休铭。”（李斯，《会稽刻石》）……不俟史官之著录，立即自行表功，若非“性急”之至，则不免是“心虚”的表现。除非君主针对绝世大功之奖掖推崇，作为一种褒扬，自可有“叙事纪功”之树碑情事，否则常人之间，往往未能蒙此荣恩，亦未即有此种“碑铭”之撰述镌刻等事。

因而，以个人而论，“碑”“铭”最常见的形态，应该是生前德行昭著之人，死后他人为之立碑刻铭，作为崇德追思之用。蔡邕《郭有道碑》叙郭林宗卒，即继以：

> 凡我四方同好之人，永怀哀悼，靡所置念，乃相与维先生之德，以图不朽之事，佥以为先民既没，而德音犹存者，亦赖之于纪述也。今其如何而阙斯礼！于是树碑表墓，昭铭景行，俾芳烈奋于百世，令问显于无穷。

所以，针对深具德行的死者，加以“纪述”成“礼”，反而是“树碑”“昭铭”应有的常态——虽然其实行则不免浮滥，如蔡邕所谓“吾为碑铭多矣”，甚至大抵虚美失实，即所谓“皆有惭德”。我们以蔡邕自谓“无愧”之《郭有道碑》[1]的“颂”或“铭”，作为观察的切入点：

> 于休先生，明德通玄；纯懿淑灵，受之自天，崇壮幽浚，如山如渊。
>
> 《礼》《乐》是悦，《诗》《书》是敦；匪惟摭华，乃寻厥根，宫墙重仞，允得其门。
>
> 懿乎其纯，确乎其操：洋洋搢绅，言观其高；栖迟泌丘，善诱能教。
>
> 赫赫三事，几行其招；委辞召贡，保此清妙。
>
> 降年不永，民斯悲悼；爰勒兹铭，摛其光耀：嗟尔来世，是则是效！

这段“铭”文大约可分为五段，对于郭林宗：首段强调天性明

---

〔1〕〔南朝宋〕刘义庆编，〔南朝梁〕刘孝标注，《世说新语·德行篇注》引《续汉书》：“（林宗）及卒，蔡伯喈为作碑，曰：‘吾为人作铭，未尝不有惭容，唯为《郭有道碑》颂无愧耳。’”

善；次段强调好学有成；三段强调德能化众；四段强调其不受召辟；五段说明勒“铭”用意。这些“德行”只有不受召辟的“赫赫三事，几行其招；委辞召贡，保此清妙”是明显的外部事实，也就是“序”中所谓：“州郡闻德，虚已备礼，莫之能致。群公休之，遂辟司徒掾，又举有道，皆以疾辞。”而他“委辞召贡”的缘由，是为了“保此清妙”，就已经是以意逆志的结果，因而“序”中特别用了近于夸饰的诗意引申：“将蹈鸿涯之遐迹，绍巢许之绝轨；翔区外以舒翼，超天衢以高峙。”一方面以《神仙传》的洪涯先生是求，一方面以《高士传》的巢父、许由是继，进一步强调他的超然于世间，巍然高立，自由舒展，翱翔于天际。这自然只能是心中想象的意境表现而已。

至于好学有成的相关事实，在“序”中则为：“遂考览六经，探综图纬，周流华夏，随集帝学，收文武之将坠，拯微言之未绝。”这段文字的具体事迹，就《后汉书》本传所记则为：“就成皋屈伯彦学。三年业毕，博通坟籍。善谈论，美音制。乃游于洛阳。”所谓“就成皋屈伯彦学。三年业毕”，若据王先谦《后汉书集解》引《高士传》：“至京师从屈伯彦学《春秋》，博洽无不通”，所谓“博通坟籍”可能仍当以《春秋》为主。虽然“序”将其扩大为“遂考览六经，探综图纬”，但由“收文武之将坠，拯微言之未绝”，可知用的是《论语·子张》中“公孙朝问于子贡曰：‘仲尼焉学？’”时子贡的回答：“文武之道，未坠于地，在人……”，以及《汉书·艺文志》中“昔仲尼没而微言绝”等关于孔子的典故，尤其当是指孔子定以一字之褒贬所作的《春秋》而言。

因而“铭”特别以“匪惟摭华，乃寻厥根”来指其能掌握其微言，并且称赞其能入孔子之宫墙——“宫墙重仞，允得其门”。

这自然用的是《论语·子张》中子贡所谓“夫子之墙数仞；不得其门而入，不见宗庙之美，百官之富。得其门者或寡矣”的典故。至于“礼乐是悦，诗书是敦”，既合“考览六艺”之意，又用了《左传》赵衰称赞郤縠的典故，则亦不妨与“博通坟籍”皆视为泛指。

至于郭林宗受时人之尊重的情景，如本传所述：

> 游于洛阳，始见河南尹李膺，膺大奇之，遂相友善。于是名震京师。后归乡里，衣冠诸儒送至河上，车数千两。林宗唯与李膺同舟而济，众宾望之，以为神仙焉。……及党事起，知名之士多被其害；唯林宗及汝南袁闳得免焉。遂闭门教授，弟子以千数。

在“铭”中作：“洋洋搢绅，言观其高；栖迟泌丘，善诱能教。”在“序”中则为：“于时缨緌之徒，绅佩之士，望形表而景附，聆嘉声而响和者，犹百川之归巨海，鳞介之宗龟龙也。尔乃潜隐衡门，收朋勤诲，童蒙赖焉，用祛其蔽。”一曰“栖迟泌丘”，一曰“潜隐衡门”，皆用《诗经·陈风·衡门》中“衡门之下，可以栖迟。泌之洋洋，可以乐饥”的典故，反映的正是安贫乐道，自适自得的生命情态。闭门教授弟子则以“善诱能教”及“收朋勤诲，童蒙赖焉，用祛其蔽”做比较直接的表达。对于郭林宗“名震京师……后归乡里，衣冠诸儒送至河上，车数千两”的事迹，“铭”以“洋洋搢绅，言观其高”一笔带过，但“序”却不只做了“望形表而景附，聆嘉声而响和”的夸饰性形容，更做了“犹百川之归巨海，鳞介之宗龟龙也”等形象化的直喻。

有事迹可以形容，仅止于此。至于天生明善的性情特质，一方面来自印象，一方面则是来自臆测。所以“铭”既称其“明德通玄”，更强调其“受之自天”，“序”则直称其“诞应天衷”。接着只是堆垛深具德行意味的字词：“铭”作“纯懿淑灵”，“序”为“聪睿明哲，孝友温恭，仁笃慈惠”。既叙其资质之明慧——“淑灵”“聪”“明”而至“睿”“哲”；亦叙其秉性之纯良——“纯懿”，居亲则“孝友”，处世则“温恭”，性“仁”而“笃”实，心“慈”而能“惠”。随后从人物品鉴的角度，论其“器量”“姿度”：“铭”称其“崇壮幽浚，如山如渊”，而“序”则直言“夫其器量弘深，姿度广大，浩浩焉，汪汪焉，奥乎不可测已”。“浩浩焉”当指其“弘”“大”“崇壮”“如山”；“汪汪焉”则为“深”“广”“幽浚”“如渊”，正取林宗论黄叔度时所说：“叔度之器，汪汪若千顷之陂，澄之不清，扰之不浊，不可量也。”(《后汉书·郭太列传》)

至于由天性纯良而至操持应世，在“铭”中为“懿乎其纯，确乎其操”，在“序”中则为“若乃砥节厉行，直道正辞，贞固足以干事，隐括足以矫时”，强调的正是其德操不易，足以感化时俗。其中“贞固足以干事”直接引自《周易·乾卦·文言传》，为君子当行之元、亨、利、贞四德中贞德的说明。“确乎其操”，其实亦引用同篇中：

> 初九曰“潜龙勿用”，何谓也？子曰：“龙德而隐者也，不易乎世，不成乎名，遁世无闷。不见是而无闷，乐则行之，忧则违之，确乎其不可拔，潜龙也。”

虽然“铭”中没有明指，但“序”中已明白用了“犹百川之归巨海，鳞介之宗龟龙也”，加上“铭”文中“如山如渊”的比喻

（“如山”自与前文“昭铭景行”一样，用的是《诗经·小雅·甫田之什·车辖》“高山仰止，景行行止”的典故，所以后文就继以“言观其高”），这里的“如渊”似亦近于乾卦：

> 九四曰“或跃在渊，无咎”，何谓也？子曰：“上下无常，非为邪也；进退无恒，非离群也。君子进德修业，欲及时也：故无咎。”

所以接下去特别强调林宗的“若乃砥节厉行，直道正辞”，而至“贞固足以干事，隐括足以矫时”，反复强调的正是郭泰的深具“龙德”。诚如范滂形容“郭林宗何如人？”时所谓的“隐不违亲，贞不绝俗；天子不得臣，诸侯不得友，吾不知其他”（《后汉书·郭太列传》），其实用的都是《周易·乾卦·文言》的象喻与旨趣。

通过“如山如渊”“巨海”“龟龙”的象喻，“浩浩焉，汪汪焉”的形容；再加上对于经典之文辞的引用及对故实的转化，生动活泼地勾勒出一位在动乱的时代能够“砥节厉行，直道正辞”，可堪担当“足以矫时”之“隐括”的标杆人物，却又能够在党祸横流之际“无咎”地全身而退，确实是一位仁智兼备非凡人物的风貌。蔡邕的“碑铭”，正因能够镕经铸典，以多音复旨的各种弦外、弦内之音，直探郭林宗生命的本质：将其器量、姿度等，似“状难写之景，如在目前；含不尽之意，见于言外”（欧阳修，《六一诗话》）地加以勾勒，不仅深具文学兴味，甚至蕴含了诗、骚等体类才见的无尽神韵与意趣。

### （二）个性

在韩愈以古文作“碑”之前，“碑”“铭”的写作，“铭”大抵为四言诗，“序”虽未必为严格的骈文，除了必要的叙事用“单笔”之外，大体上还是多用“复笔”对句。因而虽称意在“纪述”，但其文学兴味主要还是在于“诗赋”的美感；只是文近“雅”“颂”，以典雅简约为主，一方面符应场合的严肃庄重的性质，一方面当亦受到材质局限与镌刻困难等因素的影响。“碑”序一旦用古文，则其叙事亦可近似于《史记》以降之列传；而文章前后以至行文之际，亦可穿插以“议论”，近于列传中之前叙或后赞等。因而徐师曾《文体明辨·序说》强调：“碑之体主于叙事，其后渐以议论杂之”，“其主于叙事者曰正体，主于议论者曰变体”。但是不论如何，其文学表现的兴味与重点，就逐渐由形式的整齐排比、譬喻象征的美感，转向了叙事的戏剧性表现与议论说理的机锋、理趣上来。

司马迁认为：“古者，富贵而名摩灭，不可胜记，唯倜傥非常之人称焉。”(《报任少卿书》)因而《史记》本纪、列传的叙事，往往掌握人物性格的基本特质，甚多情境中个性的表现。这种掌握人物之“倜傥非常”的性格，而做出戏剧情境式的呈现，遂成为中国叙事传统的典范。韩愈并未作“史”；但其“碑”传文往往以此为师法的对象，遂开“碑”体的另一种表现。

在中华文化的传统中，德行在精神上尽管是“道高明”，在行为上却往往要求“极中庸”，因而“温良恭俭让”等具自我节制性质的行为表现，就成了主要的典范，因而适合抽象地加以形容，或者利用其他意象来做人格本质的象喻，往往不出以具体行为的描摹，尤其那种令人印象深刻的特异行为，往往不是被忽略，就是在被诠释化约为德行的文辞之际，在蒸馏中丧失了它的感染力。但是韩愈继承司马迁的作意好奇，充分地利用单笔的表现力——宜于模拟人物在情境中的各种行动，以至直接以对话呈示人物的心理，往往能够呈现紧张而且戏剧性的情境，表现特异人物的生命姿彩。例如其《曹成王碑》记曹成王降以武冈叛使将国良之事：

> 良以武冈叛，戍众万人，敛兵荆、黔、洪、桂，伐之二年，尤张。于是以王帅湖南，将五万士，以讨良为事。王至则屏兵，投良以书，中其忌讳。良羞畏乞降，狐鼠进退。王即假为使者，从一骑踔五百里，抵良壁。鞭其门大呼："我曹王来受降！良今安在？"良不得已，错愕迎拜，尽降其军。

描述曹王胆识过人，以气势夺志，不战而屈人之兵的情景，虽寥寥数语而人物之"倜傥非常"却已表现得栩栩如生、淋漓尽致。在《给事中清河张君墓志铭》中写张彻中选御史，因其府之请求，遂虽迁殿中侍御史而仍归范阳府：

> 至数日军乱，怨其府从事，尽杀之，而囚其帅，且相约："张御史长者，毋侮辱轹蹙我事，毋庸杀。"置之帅所。居月余，闻有中贵人自京师至。君谓其帅："公无负此土人！上使至，可因请见自辩，幸得脱免归！"即推门求出。守者以告其魁。魁与其徒皆骇曰："必张御史！张御史忠义，必为其帅告此余人。不如迁之别馆。"即与众出君。君出门骂众曰："汝何敢反！前日吴元济斩东市。昨日李师道斩于军中。同恶者父母妻子皆屠死，肉喂狗鼠鸱鸦。汝何敢反！汝何敢反！"行且骂。众畏恶其言，不忍闻；且虞生变，即击君以死。君抵死，口不绝骂。众皆曰："义士！义士！或

收瘗之以俟。”事闻，天子壮之，赠给事中。

这一段的写作，不仅出以小说的笔法，而且采用的是全知观点。因而叛众之如何相约，如何因张君“推门求出”而“皆骇”，以至“畏恶其言，不忍闻；且虞生变……”，不但仿如亲见，甚至亦洞察其内心的种种盘算与思维。至于张君临出之前交代其帅，既关怀“此土人”，亦为其“幸得脱免归”做了筹划，可谓仁智兼备；而骂众人时义正词严，不仅可见其“忠义”，更可见其个性的刚烈。重复了三次的“汝何敢反！”，更是理直气壮、咄咄逼人，保持了御史的威严与立场，一点儿也没有被囚月余者常见的颓唐。其所詈骂，不仅举吴元济、李师道等谋叛的藩镇将领为例，甚至及于“同恶者”以及受株连的“父母妻子皆屠死”，说“屠死”还意犹未尽，竟要暴露其尸，“肉喂狗鼠鸱鸦”，其想象场景之恐怖，难怪“众畏恶其言，不忍闻”，充分显现了张御史——相对于其帅之“孤怯”，身为其“佐”之“强”劲及精神宏壮了。

这种智勇兼备、刚烈近于“狂”者的气性，事实上若不同时记叙彼此行动与直摹其声口的对话，不能充分表现人物个性，尤其是突出的个性往往亦由映衬而彰显，同时呈现其情境的戏剧性。这是古文与小说效果更为切近之处，而韩愈在“碑”传文中充分发挥了这种文体的特长。这种“倜傥非常”的个性，未必只是“宏壮”的（如曹成王），甚至是“悲剧性”的（如张御史），有时亦可深具“喜剧”意味，如韩愈《试大理评事王君墓志铭》所刻画的王适生平：

君讳适，姓王氏，好读书，怀奇负气，不肯随人后举

> 选。见功业有道路可指取，有名节可以戾契致，困于无资地，不能自出，乃以干诸公贵人，借助声势。诸公贵人既志得，皆乐熟软媚耳目者，不喜闻生语。一见辄戒门以绝。
>
> 上初即位，以四科募天下士。君笑曰："此非吾时邪？"即提所作书，缘道歌吟，趋直言试。既至，对语惊人，不中第，益困。
>
> 久之，闻金吾李将军年少喜事可撼。乃踏门告曰："天下奇男子王适，愿见将军白事。"一见语合意，往来门下。卢从史既节度昭义军，张甚，奴视法度士，欲闻无顾忌大语。有以君生平告者，即遣客钩致。君曰："狂子不足以共事。"立谢客。李将军由是待益厚，奏为其卫胄曹参军，充引驾仗判官，尽用其言。将军迁帅凤翔，君随往，改试大理评事，摄监察御史观察判官，栉垢爬痒，民获苏醒。
>
> 居岁余，如有所不乐。一旦载妻子入阌乡南山不顾。

写王适"好读书，怀奇负气"的个性，先写他"不肯随人后举选"，干谒却又不肯作"熟软媚耳目"语，结果"诸公贵人""一见辄戒门以绝"。这里以近乎滑稽的方式，点出王氏的与世相违。但他仍然坚守自己的信念，因而在君主"以四科募天下士"时，更是自信满满："笑曰：'此非吾时邪？'"其赴情景亦颇见性情："即提所作书，缘道歌吟，趋直言试。既至，对语惊人。""提所作书，缘道歌吟"刻画其因饱学多才而自负，颇为闲逸自信；心无旁骛，"趋直言试"，而且表现出格，"对语惊人"，结果反至"不中第"。

接着写他干谒金吾李将军："乃踏门"而告，自命"天下奇男子”，一点皆无卑颜乞求姿态，结果在“愿见将军白事”，“一见语合意”而成为“往来门下”的座上客。又因不值卢从史的“张甚，奴视法度士”，以为“狂子不足以共事”，而拒绝其“遣客钩致”。由“立谢客”可见其态度之坚决。因而“李将军由是待益厚”，奏请入其幕府，颇受信赖，“尽用其言”，因而甚利民瘼，“栉垢爬痒，民获苏醒”。但“居岁余”却飘然远引，“一旦载妻子入阌乡南山不顾”，反复勾勒出一位负气痛快的“天下奇男子”。碑文后段写王适求妻经过，更是谐趣横生。综观王适平生，客观成就不过偶与李将军合，因而有短暂的出仕并对民困有“栉垢爬痒”的小小贡献。但其生命姿彩却异趣横生，充满喜剧意味，是上好的文学人物。

当“碑”传文的重点由“德行”“事功”转向“个性”的表现时，人物行为的动机往往重于其结果，“立德”“立功”都有其外在的影响或客观的效果可以察识，其意义大抵无须议论争辩。但未发展为客观的“事功”，或人所皆知的“德行”表现时，“个性”表现的言行，其意义与价值则有赖于适切的议论，而在议论得失之际，作者为传主辩护与阐扬，不但显现出洞察世事的知人之明，往往更流露出作者的友于知己之情。于是抒己悼念之情，往往不仅见于“祭”文，而立“碑”撰“铭”之际，亦可寓其深情于叙事时事件、情景的选择与呈现的角度中；并且可以提供一个广大的观察脉络，以凸显其言行意蕴的议论或评述。柳宗元少入王叔文党，不仅坐贬而且为时人所诟病，韩愈写《柳子厚墓志铭》，叙事时只述其才思精敏，意气风发，而为诸公争相罗致：

子厚少精敏，无不通达。逮其父时，虽少年，已自成

> 人，能取进士第，崭然见头角，众谓柳氏有子矣。其后以博学宏词，授集贤殿正字，俊杰廉悍，议论证据古今，出入经史百子，踔厉风发，率常屈其座人，名声大振，一时皆慕与之交；诸公要人争欲令出我门下，交口荐誉之。

这一段写柳宗元少年得志，博学（“议论证据古今，出入经史百子”）且才思敏捷（“精敏，无不通达”），但是不知藏其锋芒，因而其“俊杰”少含蓄，而表现为“廉悍”，为“踔厉风发”而咄咄逼人——“率常屈其座人”。固然头角峥嵘，为“诸公要人”所争欲罗致使用，但亦隐含了对其过度率意露才扬己之意，在“常屈其座人”下，未尝不埋伏了遭人忌惮或怨恨的潜在危机。于是骤起骤落，遭致平生最大的挫折，转而致力于词章：

> 贞元十九年，由蓝田尉拜监察御史。顺宗即位，拜礼部员外郎。遇用事者得罪，例出为刺史；未至，又例贬永州司马。居闲，益自刻苦，务记览，为词章，泛滥停蓄，为深博无涯涘，而自肆于山水间。

对于柳宗元这段人生转折，韩愈特在“铭”中加了议论：

> 子厚前时少年，勇于为人，不自贵重顾藉，谓功业可立就，故坐废退；既退，又无相知有气力得位者推挽，故卒死于穷裔，材不为世用，道不行于时也。使子厚在台省时，自持其身，已能如司马刺史时，亦自不斥；斥时有人力能举之，且必复用不穷。然子厚斥不久，穷不极，虽有出于人，其文学辞章，必不能自力以致必传于后如今，无疑也。虽使子厚得所愿，为将相于一时；以彼易此，孰得孰失，必有能

辨之者。

这一段议论事实上是正言若反的。“卒死于穷裔，材不为世用，道不行于时也”，这样的陈述其实充满了惋惜之情。因出以知己的体认，韩愈才了解他的“材”之“俊杰”可贵，他所追求的“道”之正大高远。最终他“美志不遂，良可痛惜”，以“死于穷裔”终结。反复陈说，若“前时少年”，“自持其身，已能如司马刺史时”，或“斥时有人力能举之”，对其少年时的“踔厉风发”的“个性”有所微言，那么他的结局或将不同，对于其“斥时”未曾出现“相知有气力得位者推挽”之命运，亦深加惋叹。

所以借“文穷后工”的说法，来论其“失之东隅，收之桑榆”，所谓“然子厚斥不久，穷不极，虽有出于人，其文学辞章，必不能自力以致必传于后如今”，自有部分真实，但未必即是“无疑也”。因为“斥久”“穷极”的命运，并不必然造就文豪；文豪亦并不必然由“斥”“穷”中产生。反而是曹丕《典论·论文》所谓“志士”“强力”，“不以隐约而弗务，不以康乐而加思”，可能更近实际。因而所谓“虽使子厚得所愿，为将相于一时；以彼易此，孰得孰失，必有能辨之者”云云，其实只是慰情聊胜于无的遣悲怀之言。志在用材行道的柳子厚之“所愿”，岂只是“为将相于一时”而已？

表彰“个性”，尤其未必有实效的事迹，往往必须补以议论，借由推想来加以阐发；推想之际，则往往必须凭借个人对于世事人情之洞察，于是述及实事之余，亦会继以想象的虚笔，而成为最具文学兴味的表现。韩愈在“铭”文中阐扬柳宗元为刘禹锡家有老母，“愿以柳易播”一事：

> 其召至京师而复为刺史也；中山刘梦得禹锡，亦在遣中，当诣播州。子厚泣曰："播州非人所居，而梦得亲在堂，吾不忍梦得之穷，无辞以白其大人；且万无母子俱往理。"请于朝，将拜疏，愿以柳易播，虽重得罪，死不恨；遇有以梦得事白上者，梦得于是改刺连州。

"以柳易播"的事情尚未"拜疏"提出，即因"有以梦得事白上者，梦得于是改刺连州"，因而并未施行；但却一样反映出了柳宗元的"个性"，在"当诣播州"之际，"泣"者并非刘梦得而是柳子厚。他所"泣曰"的不仅是"吾不忍梦得之穷"，更在"无辞以白其大人"，真的是对朋友、朋友的母亲体贴入微、同情到了极点。

这一段直接以"泣"白表现的文字，本已极为动人。但韩愈意犹未尽，更以感叹的方式，做了世上虚伪浮表之"友道"的、"推想"式的想象描写：

> 呜呼！士穷乃见节义。今夫平居里巷相慕悦，酒食游戏相征逐，诩诩强笑语以相取下，握手出肺肝相示，指天日涕泣，誓生死不相背负，真若可信；一旦临小利害，仅如毛发比，反眼若不相识，落陷阱不一引手救，反挤之，又下石焉者，皆是也。此宜禽兽夷狄所不忍为，而其人自视以为得计；闻子厚之风，亦可以少愧矣！

极度夸张，正是这一段想象描写的基本趣味：不过只是"酒食游戏相征逐"的关系，竟然惺惺作态到"诩诩强笑语以相取下"；这还不够，还要加上"握手出肺肝相示，指天日涕泣，誓生死不相背负”，几乎是匪夷所思，近乎卡通化的、幻想式的表现。而“一旦临小利害”，“小”之不足，一定要“小”到“仅如毛发比”；讲翻脸不认人，则很生动地以“反眼若不相识”；以及“落阱下石”的“落陷阱不一引手救，反挤之，又下石焉”来表现，然后还要强调“皆是也”。

对于这类人，韩愈更老实不客气地批评道：“此宜禽兽夷狄所不忍为，而其人自视以为得计”，虽然是出以泛称的想象，但其实这里所刻意摹画的人情冷暖、世态炎凉，当然是意有所指的。在柳宗元“遇用事者得罪，例出为刺史”时，则前此“一时皆慕与之交”“交口荐誉之”“争欲令出我门下”的“诸公要人”，此时何在？又何所作为？“未至，又例贬永州司马”，是不是就是“不一引手救，反挤之，又下石焉”的结果？所以他“议论”柳宗元“坐废退”，要强调“既退，又无相知有气力得位者推挽”；所以他要借柳宗元对同坐王叔文党刘禹锡之友情而宣言：此辈“闻子厚之风，亦可以少愧矣！”。

在直接对传主言行的叙事之余，继之以想象的叙事，不但对比扩充了人物个性的表现，凸显了其中的意蕴，然亦何尝不是补足了人物所处的时代生命情境？而在其叙事，以及议论之际，寄寓的不正是写作者不能自已的深沉感慨？因而表现“个性”的“碑”传之文学极诣，不正是在于它往往是传主与作者的性情交感所焕发的生命光辉？在他们精神的回环互注中，我们看到彼此人格的相互辉映与同时升华。

### （三）命运

假如在以“德行”为表现重心的“碑”“铭”中，写作者对于传主是采取一种“仰之弥高”的尊崇“仰视”视角；在以“个性”为表现重心的“碑”“铭”中，则基本上是采取交感共鸣的“平视”视角；那么在“命运”为表现重心的“碑”“铭”中，作者（或者其委托者）基本上采取的则是悲悯怜惜的“俯视”视角。蔡邕《袁满来墓碑》写“年十有五”即“遭疾而卒”的袁满来：

> 茂德休行，曰袁满来。太尉公之孙，司徒公之子。逸才淑姿，实天所授。聪远通敏，越龀在阙。明习易学，从诲如流。百家众氏，遇目能识。事不再举，问一及三。具始知终，情性周备。夙有奇节，孝智所生。顺而不骄，笃友兄弟。和而无忿，气决泉达，无所凝滞，虽冠带之中士，校材考行，无以加焉。允公族之殊异，国家之辅佐；众律其器，士嘉其良。虽则童稚，令闻芬芳。

但终究年纪尚幼，一切仍在学习阶段，所谓“情性周备。夙有奇节”或“顺而不骄”“和而无忿”，只能算是性情和善，并未达到具有可以尊崇的“德行”；自然亦尚无明显可述的“个性”，所以“校材考行”只能以“冠带之中士”来比拟。因而其兴感的重点，其实仍在夭折之恸：

> 既苗而不穗，雕殒华英。呜呼悲夫！乃假碑旌于墓表，嗟其伤矣！唯以告哀。

强调对于“苗而不穗，雕殒华英”的悲哀，如华如英的美好生命骤然陨落，使其蕴含的生命潜质无法尽性以至完成，短短数句，反复以“呜呼悲夫！”“嗟其伤矣！”，甚至直陈“唯以告哀”来

“告哀”，真的是“心之伤矣！”“莫知我哀！”。

同样，蔡邕《童幼胡根碑》，因胡根七岁夭逝，则在称美其天性良好之外，尤其加强了这种“夙罹凶灾”，遭逢厄运的哀戚：

> 柔和顺美，与人靡争。忿不怨怼，喜不骄盈，当受永福，为光为荣。如何昊天，降此短龄！惜繁华之方晔兮，望严霜而凋零。嗟童孺之夭逝兮，伤慈母之肝情。从皇祖乎灵兆兮，庶神魄之斯宁。哀惨戚以流涕兮，念污轸之不停。顾永怀于不朽兮，乃托辞于斯铭。

“铭”中直接呼天：“如何昊天，降此短龄！”仍以未及盛开的花朵为喻——“惜繁华之方晔兮，望严霜而凋零”，这里“命运”以“严霜”的形象而显出其狰狞的面貌。因为尚为稚龄，离开母亲的怀抱未久，特别强调了母亲的悲伤——“嗟童孺之夭逝兮，伤慈母之肝情”，而直述其哀痛——“哀惨戚以流涕兮，念污轸之不停”。因“悲悼遗嗣”遂而“树碑刊辞，以慰哀思”。人类在“命运”面前，无法保护美好而幼弱的生命，只有“永怀于不朽”的“哀思”，不停无尽，正是这类作品所反映的心理机制及文学表现的重点。

韩愈《女挐圹铭》叙述的不只是单纯的“遭疾夭逝”；而其葬埋亦不立即就是“从皇祖乎灵兆兮，庶神魄之斯宁”，显现的正是“命运”更复杂的纠葛，而且由父亲亲自为亡女写“铭”，则内心之挣扎感慨伤痛，就在陈述因果之际，满溢出平直的叙事之外：

> 女挐，韩愈退之第四女也。惠而早死。

愈之为少秋官，言：“佛，夷鬼，其法乱治。梁武事之，卒有侯景之败。可一扫刮绝去，不宜使烂漫。”天子谓其言不祥，斥之潮州，汉南海揭阳之地。

愈既行，有司以罪人家不可留京师，迫遣之。

女挐年十二，病在席，既惊痛与其父诀，又舆致走道，撼顿失食饮节，死于商南层峰驿。即瘗道南山下。

五年，愈为京兆，始令子弟与其姆易棺衾，归女挐之骨，于河南之河阳韩氏墓，葬之。

女挐死，当元和十四年二月二日；其发而归，在长庆三年十月之四日；其葬在十一月之十一日。铭曰：汝宗葬于是，汝安归之，惟永宁。

这篇“圹铭”笔法简要，先叙挐为自己之四女，“惠而早死”一语，道尽其生平。底下叙述其致死之因由：韩愈谏迎佛骨被贬潮州。“佛，夷鬼”，“其法乱治”，寥寥数语，即已道出《谏佛骨表》的要旨，但将其置诸年仅十二之四女的“圹铭”，却成为女挐幼弱生命之不可承受的沉重——她竟成了这篇上书的牺牲品。韩愈为儒道极言直谏，“斥之潮州”，他还特别标注出此为“汉（代）南海揭阳之地”，以见其为海角天涯之遥远，尚可谓“求仁得仁”，但何预于此年仅十二的幼女？

“愈既行，有司以罪人家不可留京师，迫遣之”，下一“迫”字，而无限委屈流溢而出。而“年十二”的女挐，正“病在席”，因而身心皆无法安养，“既惊痛与其父诀，又舆致走道，撼顿失食饮节”，结果“死于商南层峰驿”，亡故于旅途之中，并且只能就地埋葬，“即瘗道南山下”，因而也就成了被弃置于异域的孤魂野鬼。这对身为父母之人是多大的伤痛！所以韩愈在《祭女挐女文》反复提及：“人谁不死？于汝即冤！”“死于穷山，实非其命”“不免水火，父母之罪。使汝至此，岂不缘我？”“既瘗遂行，谁守？谁瞻？魂单骨寒，无所托依”……引发韩愈痛心的，不仅是女挐的夭亡，还有其遗骸流落在外的惨状。

因而，当命运转变后——“五年，愈为京兆”，韩愈终于能够“始令子弟与其姆易棺衾，归女挐之骨，于河南之河阳韩氏墓，葬之”，也就是幼女得以重新归葬于韩氏祖茔。深有意味的是，韩愈明记其相关时日：“女挐死，当元和十四年二月二日；其发而归，在长庆三年十月之四日；其葬在十一月之十一日。”三个日期，自亡化至迁葬，前后长达五年。“其发而归”正是韩愈写《祭女挐女文》而致祭的时刻；“其葬”则为韩愈写《女挐圹铭》的时刻。因而“祭”文尽诉其哀伤与愧疚，但“铭”文已安“葬”于先人之墓，因而“铭”所强调的仅为愿其女之终能安息：“汝宗葬于是，汝安归之，惟永宁。”王文濡评此篇时说得好：“潮阳不贬，即女不至死。言下似尚有余慨。”〔1〕

即使不是幼弱者，世间死者中“倜傥非常之人”毕竟稀少，不论入“史传”或见于“碑铭”，其实机会皆甚渺茫；即使立碑镌铭，其事迹能引人向慕感动者亦不多。因而这些碌碌平庸的“碑铭”主，另一可以引发阅读时的文学感兴的，即是人类必须面对的死亡，所谓“自古皆有死，莫不饮恨而吞声”，以及因而滋生的“人生到此，天道宁论”的命运意识。（江淹，《恨赋》）

韩愈《唐河中府法曹张君墓碣铭》是一篇写法非常特殊的

〔1〕　见王文濡：《评注古文辞类纂》，第1127页。

“铭”文，因为“铭”文本身是散体古文的张直之“传”，略述祖、父之后，仅提及：

> 君尝读书，为文辞有气。有吏才，尝感激欲自奋拔，树功名以见世。

然后简述其并不顺遂的仕宦经过，以至死亡；终而及于其妻、子：“男一人，婴儿，汴也。是为铭。”“序”的部分则是他的妻、子求铭的经过：

> 有女奴抱婴儿来，致其主夫人之语曰：“妾，张圆之妻刘氏也。妾夫常语妾云：‘吾常获私于夫子。’且曰：‘夫子天下之名能文辞者，凡所言必传世行后。’今妾不幸，夫逢盗，死途中。将以日月葬。妾重哀其生志不就，恐死遂沈泯。敢以其稚子汴见。先生将赐之铭，是其死不为辱，而名永长存，所以盖覆其遗胤子若孙。且死万一能有知，将不悼其不幸于土中矣。”又曰：“妾夫在岭南时，尝疾病，泣语曰：‘吾志非不如古人，吾才岂不如今人？而至于是！而死于是邪？若尔吾哀，必求夫子铭。是尔与吾不朽也。’”
>
> 愈既哭吊辞，遂叙次其族世名字事始终而铭。

张圆死时“年四十有七”，“有事适东方，既还”，“逢盗，死途中”。其一生仕宦：“初举进士，再不第”，“去事宣武军节度使，得官至监察御史，坐事贬岭南，再迁至河中府法曹参军”，虽先后摄虞乡、河东等令，摄绛州事，但官阶若从唐之朝廷而言，终是仅止于河中府法曹参军，地位并不高。因而其妻刘氏遂有“妾重哀其生志不就，恐死遂沈泯”的感伤。“生志不就”，“死遂沈泯”，正是一篇“恨赋”的要旨所在，也可以说是所有抱恨而死者的共同处境。

张圆在贬岭南时，病中感泣：“吾志非不如古人，吾才岂不如今人？而至于是！而死于是邪？”反映的正是宦途不顺，毕生偃蹇于下僚的众多士人，在沉思一己之终身命运时感喟自伤，怨叹不能自已的心声。于是在“官应老病休”之际，竟由“名岂文章著”，（杜甫，《旅夜书怀》）而想到了“得夫子而名益彰”（《史记·伯夷列传》）一途，借“求夫子铭”，因“夫子天下之名能文辞者，凡所言必传世行后”，而得以“不朽”。

他在岭南得病时对妻子所做的交代因病愈而暂免；但没想到后来竟“逢盗，死途中”，命运再一次显现出神秘且残酷的面貌。多出一名抱中的“婴儿，汴也”，使他可以身为遗胤而前来求“铭”。于是这又成了另一种为幼童稚子所作的“铭”，一样反映了幼稚生命面对残酷命运的感伤。所以韩愈的反应是：“愈既哭吊辞，遂叙次其族世名字事始终而铭。”张圆交代刘氏求铭时说：“若尔吾哀，必求夫子铭。是尔与吾不朽也。”刘氏安排前来求铭时说：“妾重哀其生志不就……先生将赐之铭：是其死不为辱，而名永长存……死万一能有知，将不悼其不幸于土中矣。”这是刘氏之深知其夫而能成其遗志，力求能弥补其夫之“辱”与“不幸”，并能“盖覆其遗胤子若孙”，其夫妻情深，虽非表现重点，亦自有其感人之处。所以韩愈在“铭”中叙张圆至其死葬，遂叙“妻彭城人……”及于刘氏的世系，终于“男一人，婴儿，汴也”，以成全张圆“是尔与吾不朽也”的祈愿。

这篇“铭”，其序以“抱婴儿来”的告语为主体，包含了多重对话，而其命运之偃蹇、心志之挫伤、情意之殷切……都随之自然显现，颇有“静态戏剧”或“静态悲剧”的效果。

在《殿中少监马君墓志铭》中，因“墓志铭”体制，需先叙死者之祖、父，方才及于死者平生，韩愈则因亲炙而受恩于铭主马继祖其祖北平王、交亲于其父少傅，而感慨横生，虽然他对他们的叙述，就个人而论是采取了仰视或平视的角度。先叙他们交往的经历：

> 始余初冠，应进士贡，在京师，穷不自存。以故人稚弟，拜北平王于马前。王问而怜之，因得见于安邑里第，王轸其寒饥，赐食与衣。召二子，使为之主。其季遇我特厚，少府监赠太子少傅者也。姆抱幼子立侧，眉眼如画，发漆黑，肌肉玉雪可念，殿中君也。

在这一段叙述中，强调了北平王的恩遇——召其至家，“赐食与衣”，并使二子为之主，还有少傅的“遇我特厚”，都从情谊下笔。而殿中君尚在怀抱，则描述其眉清目秀，俊美可念：“眉眼如画，发漆黑，肌肉玉雪可念。”接着笔锋一转，继续以人物品鉴的方式，描述马家祖孙三代的神采丰姿：

> 当是时见王于北亭，犹高山深林巨谷，龙虎变化不测，杰魁人也。退见少傅，翠竹碧梧，鸾鹄停峙，能守其业者也。幼子娟好静秀，瑶环瑜珥，兰茁其芽，称其家儿也。

虽为当日一时所见，却印象深刻：北平王人格气象的博大深奥，风云渟蓄；少傅的人品高洁，志气恢宏；幼子的温文如玉，芬芳如兰，皆有非常诗意的文学性表现。在这里生命气质本性的相互交感，才是人之相与的要点，因而遂不再琐屑记事，而世系的繁衍——创业、守业、继业……恰如其分——才是他品鉴的要点，也是他的赞赏与歆羡之所在。

即使全家都具有如此美好的气性，命运的侵袭却格外严酷，并未为此“积善之家”保有较长的“余庆”：

> 后四五年，吾成进士，去而东游，哭北平王于客舍。后十五六年，吾为尚书都官郎，分司东都，而分府少傅卒，哭之。又十余年至今，哭少监焉。呜呼！吾未耄毛，自始至今，未四十年，而哭其祖子孙三世，于人世何如也？人欲久不死，而观居此世者何也？

亲见如此恢宏美好的家族，“未四十年”，而“祖子孙三世”相继凋陨，一再为之悲“哭”，真是情何以堪！不免感觉“久不死，而观居此世”，只是徒增悲伤，因而质疑起久活观世的意义，若于人世多所亲近赏爱，面对命运严酷的一再打击，感觉真是生命之不可承受的沉重。

本篇由“铭”之叙其祖、父的体制，而叙及对“年三十七以卒”的少监马继祖的“祖子孙三世”之初见的印象，而至他们的过早亡故，兴起的正是“繁华有憔悴，堂上生荆杞”（阮籍，《咏怀》其二）这种伟大家族陨落的深沉悲剧感。其间亦对照述及一己宦游的行迹，更令人兴起“碌碌因何？”的感喟。在“秋风吹飞藿，零落从此始”及“凝霜被野草，岁暮亦云已”（阮籍，《咏怀》其三）普世悲剧的命运之观照下，即使豪华如马氏一族，亦成为“俯视”中的悲剧人物了，这可能是“铭”中最具生命本质性“悲剧”的作品，令人幽思无限。而这种“自古皆有死，莫不饮恨而吞声”的感怀，原也就是传人“碑”“铭”，摇荡性情，感人至深的文学感兴与表现的基础。

但人间的悲剧，往往不仅仅是个人或家族的死灭，也可能是君王失位，国祚永绝，以及沦为臣虏，流离蒙尘。庾信身逢其事，遂在同为亡国之臣，羁縻北方的梁元帝之孙萧永亡故之时，写下了极为感人的《思旧铭》。

该篇之序始于：“岁在摄提，星居监德，梁故观宁侯萧永卒。呜呼哀哉！”萧永死于具“监临君德”含义的寅年正月，对已然沦为臣虏的萧永，自是倍极反讽，令人感伤之事。

但本篇却不以“祭”文为名，而称“思旧铭”，正因要“铭”记其恨，故开篇即云“人之戚也，既非金石所移；士之悲也，宁有春秋之异”，这可是暗指“铭”以“金石”，著于“春秋”之意欤？

首段所写，几乎就是等同于江淹《恨赋》的事例：

> 高台已倾，稷下有闻琴之泣；壮士一去，燕南有击筑之悲。项羽之晨起帐中，李陵之徘徊歧路。韩王孙之质赵，楚公子之留秦，无假穷秋，于时悲矣！

孟尝君闻“高台已倾”之琴曲，兴世久亡国之悲；荆轲刺秦王，高渐离击筑相送；项羽垓下被围，徒生悲慨；李陵送苏武，独叹家毁难归；韩、楚公子留质不归……以诸多往事书写面对绝望人生情境的悲哀。前两句以闻琴、击筑为对；次两句以帐中、歧路为偶，可谓工整而巧妙。

序中对国破梁亡的种种悲慨，更在下列引文的书写中发挥得淋漓尽致：

> 况复鱼飞武库，预有弃甲之征；鸟伏翟泉，先见横流之兆。星纪吴亡，庚辰楚灭；纪侯大去，郧子无归。原隰载驰，辒辌长别。甲裳失矣，余皇弃焉。河倾酸枣，杞梓与樗栎俱流；海浅蓬莱，鱼鳖与蛟龙共尽。焚香复道，讵敛游魂？载酒属车，宁消愁气？芝兰萧艾之秋，形殊而共瘁；羽毛鳞介之怨，声异而俱哀。所谓天乎？乃曰苍苍之气；所谓地乎？其实抟抟之土。怨之徒也，何能感焉？

此段先言“鱼飞武库”“鸟伏翟泉”的异象，正是兵败亡国的征兆；“星纪吴亡……纪侯大去”则是国灭人离；“原隰载驰……余皇弃焉”则写战场兵败，武备尽失；“河倾”“海浅”两句则言覆亡的结果。其惨境如黄河决堤，蓬海水枯，贵贱同遭流离与死亡。因而“焚香”无法返魂，“载酒”亦未能“消愁”，仿佛秋日已临，百草不分佳劣，尽皆凋零，鱼鸟形异，而临难同陷哀伤。最后甚至无法呼唤天地，申诉此一厄祸，因为“天地不仁”；甚至“天”“地”只是“苍苍之气”与“抟抟之土”的物质存在，何能感受人之“怨”恨，而有所回应？真是走投无路，绝望至极。连天地有情尽皆否弃，正是有情人性面对宿命最为深沉的悲剧意识。

本篇的序文已极事出翰藻，反复铺陈地表达了国亡之痛与斯人陨落之悲，含悲作“铭”，则更是感伤周至：

> 麟亡星落，月死珠伤；瓶罄罍耻，芝焚蕙叹。所望钟沉德水，声出风云；剑没丰城，气存牛斗。潸然思旧，乃作铭云……

此段全以诗意的意象与典故，强调对于萧永的仰望与感伤；所撰的四言体“铭”文更是深具以一国之事系乎一人之本的含义，将国亡与人逝深加联结，既伤斯人又恸国灭：

> 风云上惨，舟壑潜移。骎骎霜露，君子先危。纪侯大去，怀王不返。玉树长埋，风流遂远。荀伯旧县，庆封余邑。万里归魂，修门讵入？坟横武库，山枕卢龙。思归道远，返葬无从。徒留送雁，空靡长松。平陵之东，无复梧桐。松声萧瑟，长起秋风。畴昔隆贵，提携语默。托情嵇阮，风云相得。有酒如渑，终温且克。朝阳落凤，大野伤麟。佳城郁郁，流寓于秦。山阳相送，惟余故人。孀机嫠纬，独鹤孤鸾；闺深夜静，风高月寒。生平已矣，怀旧何期！匣中弦绝，邻人笛悲。昔为幕府，今成穗帷。

首四句将国运与君子个人的命运相联结；次四句写萧永羁縻，继之以死亡；再四句写即使归魂，亦无法返回故乡；又四句写坟筑北方，未能返葬；接着六句写即使天有去雁，墓有青松，终归徒然，唯余悲风。又六句写二人交往情同嵇阮，而萧永人品“终温且克”；再六句写萧永之陨落，仅只故人相送。次四句写其孀妻之孤寒，终于其人已逝，怀思无期。整篇“铭”文不言盛德而盛德自显，但借意象典故的排比对照，历数的反而是国破人亡的悲慨与怀思，以表现深广的悲剧命运而言，特具沉思远观，感伤悱恻之致。

## 三、叙事纪功的“碑”“铭”

诚如韩愈《进撰平淮西碑文表》所谓，“敕牒：以收复淮西，群臣请刻石纪功，明示天下，为将来法式”，叙事纪功的“碑”“铭”，不仅在“刻石纪功”以传久远，其实更有于当时“明示天下，为将来法式”的政教作用。用现在的话语来说，就是意在维护皇权，彰显法统，定为规范。因而，它们往往不只是单纯的叙事，这也就是韩愈所说的：“窃惟自古神圣之君，既立殊功异德，卓绝之迹，必有奇能博辩之士，为时而生，持简操笔，从而写之，各有品章条贯，然后帝王之美，巍巍煌煌，充满天地。”此种撰述的性质，其实近于“代圣立言”，尤其叙事有诚伪，撰次见条贯，计功得平允，凡此种种皆是考验。所以他亦指出：“向使撰次不得其人，文字暧昧，虽有美实，其谁观之？辞迹俱亡，善恶惟一。”韩愈身为行军司马，亲预淮西之役，可谓身临其境，有第一手经历与资料，撰述时已有以上自觉。但此篇“碑”文，仍因论功有异议而遭磨去，由段文昌重撰。由此可见，就宪宗而言，“淮西之功，尤为俊伟”，但“碑石所刻，动流亿年”，却未能“必得作者，然后可尽能事”，其中自有许多政治较力的考量。

同样，班固从窦宪出征匈奴，任中护军，参与机要，撰《封燕然山铭》，不论就其亲身的经历，还是一代文宗之地位，皆属允当。但后来窦宪与宦官倾轧，坐罪被杀，班固亦牵连下狱，死于狱中。此皆为老子所谓：“夫代大匠斫者，希有不伤其手矣？”《封燕然山铭》将光环集中在主帅窦宪身上，强调他“寅亮圣皇，登翼王室，纳于大麓，维清缉熙”，隐然以舜代尧执政之事来加称颂，同时述及执金吾耿秉，与参与之各外邦君长，统骁骑十万，各式兵车万有三千余乘，对其整饬壮盛之军容，则谓：“元戎轻武，长毂四分，雷辎蔽路，万有三千余乘。勒以八阵，莅以威神，玄甲耀日，朱旗绛天。”由现实“勒以八阵”的部署，进入了超自然的“莅以威神”，真的是杀气腾腾，神武非凡，而在“玄甲耀日，朱旗绛天”一句达到映塞天日、超凡入圣的华美璀璨表现的高潮。

接下去的军事行动，则以连续的三字短句，喻示势如破竹的快速进展与成果：“遂凌高阙，下鸡鹿，经碛卤，绝大漠，斩温禺以衅鼓，血尸逐以染锷。”此段充满了塞外的异国情调，高阙、鸡鹿是攻克的塞名，而碛卤、大漠则是塞外沙漠的地理景象，提示深入了另一绝异的世界。温禺为单于子弟的官名，尸逐则为匈奴异姓大臣，而斩、血、衅鼓、染锷，更是表现了杀敌的残酷与英武。

迅速的扫荡之后，驰骋在敌人已然肃清的大漠地区：“然后四校横徂，星流彗扫，萧条万里，野无遗寇。于是域灭区殚，反旆而旋，考传验图，穷览其山川。”描写的手法，依然是由现实的“四校横徂”，进入了天空中“星流彗扫”的象喻，而地域未现敌踪，则颇具情韵地用了“萧条万里”来形容“野无遗寇”，清除了匈奴原有聚落——“域灭区殚”后“反旆而旋”。归来以相关的记载与图籍，“考传验图”，“穷览其山川”，搜索其常年居住的地域，进一步攻入遥远匈奴的旧日根据地：“遂逾涿邪，跨安侯，乘燕然，蹑冒顿之区落，焚老上之龙庭。”

越过涿邪山，渡过安侯河，终于登了燕然山，已是追亡逐北的极点，重提大汉宿敌——自高祖、文帝以降不断困扰汉朝的冒顿单于、老上单于，扬眉吐气，一雪郁积之闷气。由“蹑”而“焚”，尤其是其祭天的龙庭，迹近断其国祚，使其无法再得天佑，真是空前的大胜利。所以称此一大胜为：“将上以摅高、文之宿愤，光祖宗之玄灵；下以安固后嗣，恢拓境宇，振大汉之天声。”并确信此一军事行动为“兹可谓一劳而永逸，暂费而永宁也”的安邦定国之举，功莫大焉，于是“乃遂封山刊石，昭铭盛德”。

这一段强调此次胜利的意义，是上抒开国以来历代帝王的“宿愤”，下安子孙后代，并且开疆拓境，足以光大汉朝的声威，亦即在国际上的政治影响力。所以要“封山刊石”，主要是筑基于确信此次的胜利具有绝对的决定性，等于是汉朝与匈奴征战的完美句点，“可谓一劳而久逸，暂费而永宁”。因而不仅立了不世之功，更是发扬了大汉的伟大文化光辉（盛德）。遂强调立碑的真意在“昭铭盛德”。

本篇“铭”辞为五句的七言骚体：

> 其辞曰：“铄王师兮征荒裔，剿凶虐兮截海外，夐其邈兮亘地界，封神丘兮建隆嵑，熙帝载兮振万世。”

第一句用《诗经·周颂·酌》“于铄王师”的典故；第二句用《诗经·商颂·长发》“海外有截”的典故，既回归经典，亦强调其事件符合圣贤的典诰，具严惩凶虐，远服荒裔之圣王作为；第三句强调了“亘地界”，颇有平天下，一统地界的意味，而第四句称燕然山为神丘，亦增封山的神圣性；末句仍用《书经·尧典》中舜所谓“有能奋庸，熙帝之载”的典故，照应了开篇对于窦宪隐约以舜比拟的称颂，而强调了其功之永久影响——“振万世”。本篇的“序”紧炼中有华丽的诗意，并且充满了异域之感；“辞”则恢宏而典雅，甚合获得决定性胜利者的身份，虽多称颂，仍亦表现了史家庄严崇高的手笔。韩愈的《平淮西碑》以史迹论，虽是唐室对于藩镇的一次重要胜利，但未必有那么大的决定性。但在伸张皇权的立场，韩愈势必要做夸张性的强调，因而他在写作策略上采用了李商隐《韩碑》诗所谓的“点窜《尧典》《舜典》字，涂改《清庙》《生民》诗”，在叙事上采用《书经》以古奥语言来对话的写法，在“铭”文上则以《诗经·周颂·大雅》等的典雅四言诗为典范，塑造出一种典重古雅、近于“经籍”的风格，借此凸显此役与胜利之合于“经典”与圣王事业的印象。全文既详且繁，在此仅录其所摹宪宗话语的两段：

> 睿圣文武皇帝既受群臣朝，乃考图数贡曰：“呜呼！天既全付予有家，今传次在予；予不能事事，其何以见于郊庙！”群臣震慑，奔走率职。……皇帝曰：“惟天惟祖宗，所以付任予者，庶其在此，予何敢不力！况一二臣同，不为无助。”……曰：“度！惟汝予同，汝遂相予，以赏罚用命不用命！”曰：“弘，汝其以节都统诸军！”曰：“守谦！汝出入左右，汝惟近臣，其往抚师！”曰：“度！汝其往，衣服饮食予士，无寒无饥，以既厥事，遂生蔡人！赐汝节斧、通天御带、卫卒三百。凡兹廷臣，汝择自从，惟其贤能，无惮大吏！庚申，予其临门送汝。”曰：“御史！予悯士大夫战甚苦，自今以往，非郊庙祠祀，其无用乐！”

这些模仿《尧典》发令任命的话语，充分反映了宪宗讨伐淮西的决心、指挥若定与设想周到。有意强调了因皇帝庙算之正确与知人善任，故乃得以制胜成功，间接喻示了宪宗才是此役的主角。臣子们不过如《诗经·周颂·清庙》所谓“济济多士，秉文之德……骏奔走在庙”的执行者而已。

因而对平淮战事，基本上是仿《左传》笔法，在长篇的庙议之后，仅以简笔紧凑地描绘了制胜过程而终于“淮西平”。在叙个人的册功、封赏后，随即进入长篇的重述征伐的“铭”文。文中先是“唐承天命，遂臣万邦；孰居近土，袭盗以狂”，皇权受到挑战，而追述其来由，终于定策讨伐，以致“贼遇败逃”，终于进入蔡州：“帝有恩言，相度来宣：‘诛止其魁，释其下人。’”重要的仍在于收拾民心、足以平定天下的政策，而非征伐，因此详述蔡民的反应：

> 蔡之卒夫，投甲呼舞，蔡之妇女，迎门笑语。蔡人告饥，船粟往哺；蔡人告寒，赐以缯布。始时蔡人，禁不往来；今相从戏，里门夜开。始时蔡人，进战退戮；今旰而起，左飧右粥。为之择人，以收余惫，选吏赐牛，教而不税。蔡人有言：“始迷不知；今乃大觉。羞前之为。”

以《诗经·大雅·绵》之排比铺陈的方式，刻画了归顺之后生活的改善与美好。然后再借蔡人之口，做出以下的政治号召：

> 蔡人有言：“天子明圣，不顺族诛，顺保性命。汝不吾信，视此蔡方。孰为不顺，往斧其吭。凡叛有数，声势相倚，吾强不支，汝弱奚恃？其告而长，而父而兄，奔走偕来，同我太平！”

最后，总结此次战役，以为：

> 淮、蔡为乱，天子伐之，既伐而饥，天子活之。始议伐蔡，卿士莫随。既伐四年，小大并疑。不赦不疑，由天子明。凡此蔡功，惟断乃成。既定淮蔡，四夷毕来，遂开明堂，坐以治之。

此段虽为韵语，但简明扼要，而结束在“遂开明堂，坐以治之”，则对化干戈为玉帛、平治天下，深具期许。

就以最为著名的，叙事纪功的两篇“碑”“铭”而论，刊石纪功，终究仍在维护皇权，重致太平，因而随同《诗》《书》的传统，往往不会张皇战争的细节与历程，反而以效法经典、先圣先贤，谋求平治天下、开万世太平为其义理之归趋。维护皇权，期致太平的金石作品，风格自然是严谨庄重，以典雅为事。但《封燕然山铭》为争战异域，以征服驱逐异族为重点，自不免带有某种“奇异”的空间色彩；而《平淮西碑》以失民得民为征战目标，因而多做治平之决断与民心人情之表现。它们正凸显出叙事纪功性质的不同如何影响到了它们表现风格的不同配合。

## 四、序地弘道的“碑”“铭”

《文心雕龙·铭箴》曰：“铭者，名也。观器必也正名，审用贵乎盛德。”铭原有“正名”“审用”之意，而其重点在掌握事物的“盛德”，因此也就是它久远的本质，以及可能具有的道德意义。当描写的对象不再是“事物”，而是地域时，其写作自然不同于一般的旅游纪录，而会着重于掌握其恒久的形势、相关的位置，以及由此衍生的历史发展与教训。

张载《剑阁铭》，首先掌握的正是“剑阁”的形势与得名之缘由：

> 岩岩梁山，积石峨峨。远属荆衡，近缀岷嶓。南通邛僰，北达褒斜。

狭过彭碣，高逾嵩华，惟蜀之门，作固作镇，是曰剑阁。

在交代了梁山远近南北的相关位置后，以彭门、碣石之狭，嵩山、华山之高来相比较，指其形胜有过之而无不及；因其为入蜀门户，是名“剑门”。

接着以具体形象写其路途之险——“壁立千仞，穷地之险，极路之峻”，以及因其险峻所产生的历史变化——“世浊则逆，道清斯顺。闭由往汉，开自有晋”。张载，晋人，“父收为蜀郡太守，载随父入蜀，作《剑阁铭》”（李善，《文选注》引臧荣绪《晋书》），因此他所能掌握的自是晋朝本位，由汉至晋的历史，所谓“逆”“顺”自以中原政权晋室为言。

进一步以春秋战国为言，指出：“秦得百二，并吞诸侯，齐得十二，田生献筹。”秦、齐原皆偏远小国，而皆能逐步扩张以至称霸，实由于各偏一隅，易守难攻。因而由剑门而进一步论及蜀中的地理形势险要：“矧兹狭隘，土之外区。一人荷戟，万夫趑趄。形胜之地，匪亲勿居。”“一人荷戟，万夫趑趄”正是极写其易守难攻；“形胜之地，匪亲勿居”则暗指形势险要，易致叛乱，反而多有争端。因此延伸向历史的智慧与教训：

昔在武侯，中流而喜。山河之固，见屈吴起。兴实在德，险亦难恃。洞庭孟门，二国不祀。

以魏武侯浮西河而下，曰：“美哉乎山河之固，此魏国之宝！”而引发吴起对曰“在德不在险”（《史记·孙子吴起列传》），因而指出三苗、殷纣，具有洞庭、孟门之险，皆以亡国的往事，作为一般性的历史智慧与教训；而返观蜀中形势，指出：“自古迄今，天命匪易。凭阻作昏，鲜不败绩。公孙既灭，刘氏衔璧。”以在蜀称帝的公孙述与蜀汉的败灭为说，引以为戒：“覆车之轨，无或重迹。勒铭山阿，敢告梁益。”勒铭古梁州山阿，极言剑阁形势险峻，却以恃险而亡的史事，加以警戒，则仍以一统天下的“天命”为念，既合传统“兴实在德”的政治思想，又为已然成立之皇权张扬。难怪《文选注》云“世祖遣使镌石记焉”，似以告诫梁州、益州的官民为主。但本篇的劝诫，亦不妨是双重的。因为“世浊则逆，道清斯顺”，能否“道清”，正如“兴实在德”，中央的皇权或许更必须沉思“天命匪易”。全篇多用对仗与排比，虽为“铭”体常例，但亦简要有力，明畅可喜。“岩岩梁山，积石峨峨”“壁立千仞”的形容，皆让人印象深刻。

王巾《头陀寺碑》著于六朝齐代，碑在鄂州。对于头陀寺所在之地，序文中明白做了以下的描写：

> 头陀寺者，沙门释慧宗之所立也。南则大川浩汗，云霞之所沃荡；北则层峰削成，日月之所回薄。西眺城邑，百雉纡余；东望平皋，千里超忽，信楚都之胜地也。

在南、北、西、东各向的描写中，首句为现实的指陈：“大川浩汗”“层峰削成”“西眺城邑”“东望平皋”，而皆接以夸饰引申的次句：“云霞之所沃荡”“日月之所回薄”“百雉纡余”“千里超忽”，颇有超凡入圣的华丽崇高感，颇类所宣扬的佛法，为世界外之世界。

叙述历来之兴建过程后，终抵完成时刻，则做出以下形容：

> 于是民以悦来，工以心竞，亘丘被陵，因高就远。层轩

> 延袤，上出云霓。飞阁逶迤，下临无地。夕露为珠网，朝霞为丹雘。九衢之草千计，四照之花万品。崖谷共清，风泉相涣，金资宝相，永藉闲安；息心了义，终焉游集。

虽然简约，其华美神秘却比王勃《滕王阁序》有过之而无不及。“铭”辞则更是尽力刻画，成为该篇最终的焦点：

> 惟此名区，禅慧攸托。倚据崇岩，临睨通壑。沟池湘、汉，堆阜衡、霍。膴膴亭皋，幽幽林薄。媚兹邦后，法流是挹。气茂三明，情超六入。眷言灵宇，载怀兴葺。丹刻翚飞，轮奂离立。象设既辟，晬容已安。桂深冬燠，松疏夏寒。神足游息，灵心往还。胜幡西振，贞石南刊。

仍然是地势——“倚据崇岩，临睨通壑。沟地湘、汉，堆阜衡、霍”；深入自然的茂盛风景——“膴膴亭皋，幽幽林薄”；寺庙建筑——“眷言灵宇，载怀兴葺。丹刻翚飞，轮奂离立”；内部的佛像陈设——“象设既辟，晬容已安”；还有舒适宜人的庭院——“桂深冬燠，松疏夏寒”；以及佛教的精神影响——“神足游息，灵心往还”……

若只以此部分而论，确实是“序地”之作，但本篇不论“序”或“铭”，前文人半都以论述的方式，说明佛学并非东十学问所及：“然爻系所筌，穷于此域，则称谓所绝，形乎彼岸矣。”佛教的“彼岸”“涅槃”“法身”俱非东土所熟知。接着叙“如来利见迦维，托生王室”，以“五衍”（五乘）、“八门”（八正道）度化众生，终于“拂衣双树，脱屣金沙”入灭；日后佛教分歧，“于是马鸣幽赞，龙树虚求，并振颓纲，俱维绝纽”，终至“方广东被，教肄南移”，传播于东土。南朝“澄什结辙于山西；林远肩随乎江左矣”——天竺佛图澄、鸠靡罗什、支道林、慧远皆为当时众望所归的代表人物云云，然后才引出开山的释慧宗，“以法师景行大迦叶，故以头陀为称首”；“为之剃草开林，置经行之室”，“复为崇基表刹，立禅诵之堂”，继以历代以至当今增建完成。虽云兴建佛事之缘起，但实亦深具简要的弘扬佛法之意。

“铭”辞部分如下：

> 质判玄黄，气分清浊。涉器千名，含灵万族。淳源上派，浇风下黩。爱流成海，情尘为岳。皇矣能仁，抚期命世。乃眷中土，聿来迦卫。奄有大千，遂荒三界。殷鉴四门，幽求六岁。亦既成德，妙尽无为。帝献方石，天开渌池。祥河辍水，宝树低枝。通庄九折，安步三危。川静波澄，龙翔云起。耆山广运，给园多士。金粟来仪，文殊戾止。应乾动寂，顺民终始。法本不然，今则无灭。象正虽阑，希夷未缺。于昭有齐，式扬洪烈。释网更维，玄津重枻。

“质判玄黄，气分清浊。涉器千名，含灵万族。淳源上派，浇风下黩”，刻画的其实是东土接近三玄的宇宙观。“爱流成海，情尘为岳”则已是佛教对于有生之苦的诠释。“乃眷中土，聿来迦卫”指佛陀降生。“殷鉴四门，幽求六岁”为出游四门，遇老病死等相而出家，修苦行六年求道。终于“亦既成德，妙尽无为”得成正觉，解无为法。“帝献方石，天开渌池。祥河辍水，宝树低枝。通庄九折，安步三危”，则为种种显现的神迹。“川静波澄，龙翔云起。耆山广运，给园多士。金粟来仪，文殊戾止”，则为人天相应，皈依受法。“应乾动寂，顺民终始”，则指微妙感应以度化众生。“法本不然，今则无灭”则涉及大小乘对于寂灭的辨别。终于“于昭有齐，式扬洪烈。释网更维，玄津重枻”，强调齐代重新弘法，渡化众生。“象正虽阑，希夷未缺”，因而正教虽衰，真如未灭。这一大段“铭”辞，还是企图将佛教的圣迹教义有意地引入东土的思想框架中加以宣扬，因而“序地”与“弘道”，始终是其宗旨。所弘的是释家的道理，对于“头陀寺”作为一另外的净土或佛域做了境义双阐的诠释。

## 五、刻石以外的“铭”文

### （一）器物铭

“铭”与“碑”相系连之前，原为独立的文体，性质近于“箴”，因而《文心雕龙》将两者合为一篇，只是“箴”的对象是他人，“铭”却是借外物劝诫自己。因而汤之《盘铭》“苟日新，日日新，又日新”，就由每日于盘中的盥洗，被引申为《大学》里的“克明峻德”的“自明”与“作新民”之意，所以强调“是故君子无所不用其极”。

《盘铭》若以文辞而论，近于后来所谓的“独木桥体”，但“日新”的反复申说却反映了追求“止于至善”的持续决心，因而自具感动人心的力量。

如《盘铭》所显示的，由于“盘”原作盥洗之用，因而就引申而作“日新”之惕厉。器物铭往往如同“咏物”之作，由其性能功用，而转为德行之隐喻或伦理之鉴戒。至如鲍照《飞白书势铭》则不然，它做出了艺术表现的美感品鉴。

首先描写书法之进行，从“秋毫精劲，霜素凝鲜，沾此瑶波，染彼松烟”由运用笔、纸（或绢），沾水上墨等书写行为开始，接着以“超工八法、尽奇六文”，强调精擅笔法书体。先以“鸟企龙跃，珠解泉分，轻如游雾，重似崩云”描写墨汁淋漓，随笔而注，继以“绝锋剑摧，惊势箭飞。差池燕起，振迅鸿归”，表现运笔的顿挫拉扫按收，而以“临危制节，中险腾机”强调飞白产生的险中求胜、似断而续的机制，终于产生“珪角星芒，明丽烂逸。丝萦发垂，平理端密”这一灿烂多变、中疏端密之飞白书势的特殊情状。最后则强调其珍异，“盈尺锦两，片字金溢”，而做出了“君子品之，是最神笔”的审美判断。

全篇文辞藻丽，符合“巧构形似之言”的特质，而风格以文体言，其实近于“体物”之精美小赋。全文出以四言对句韵语，而以“铭”称体，附丽于书法作品之后，或许亦是后世品评书画题跋之滥觞时期的作品。

### （二）“座右铭”

《文选》选录了崔瑗的《座右铭》：

> 无道人之短，无说己之长。施人慎勿念，受施慎勿忘。世誉不足慕，惟仁为纪纲。隐心而后动，谤议庸何伤？无使名过实，守愚圣所臧。在涅贵不缁，暧暧内含光。柔弱生之徒，老氏诫刚强。行行鄙夫志，悠悠故难量。慎言节饮食，知足胜不祥。行之苟有恒，久久自芬芳。

后世亦颇有作者，兹引陈子昂《座右铭》：

事父尽孝敬，事君端忠贞。兄弟敦和睦，朋友笃信诚。从官重公慎，立身贵廉明。待士慕谦让，莅民尚宽平。理讼惟正直，察狱必审情。谤议不足怨，宠辱讵须惊？处满常惮盈，居高本虑倾。诗礼固可学，郑卫不足听。幸能修实操，何俟钓虚声？白珪玷可灭，黄金诺不轻。秦穆饮盗马，楚客报绝缨。言行既无择，存没自扬名。

以及白居易的《续座右铭》：

勿慕富与贵，勿忧贫与贱；自问道何如，贵贱安足云？闻毁勿戚戚，闻誉勿欣欣；自顾行何如，毁誉安足论？无以意傲物，以远辱于人。无以色求事，以自重其身。游与邪分歧，居与正为邻；于中有取舍，此外无疏亲。修外以及内，静养和与真；养内不遗外，动率义与仁。千里始足下，高山起微尘；吾道亦如此，行之贵日新。不敢规他人，聊自书诸绅；终身且自勖，身没贻后昆。后昆苟反是，非我之子孙。

《座右铭》若自崔作观察，显然先以自诫为念，因而，先以“无”“勿”为言。同样的白居易的续作，诚如其序所谓，“崔子玉《座右铭》，余窃慕之，虽未能尽行，常书屋壁。然其间似有未尽者，因续为《座右铭》云”，白居易有所接受，也有所补充，因而也是从四个“勿”，两个“无”为言。而陈子昂的《座右铭》则从正面自勉，先落实于五伦，但省略了夫妻部分，这显然是传统男性不便公开言说的部分。“座右铭”虽作自诫自勉之用，但是仍然属于公开的应用文书，仍是政治上的“言志”“载道”之一环，亦由此可见一斑。

作为警诫勖励的文体，当然遵循的是曾参“吾日三省”或颜回“不二过”的典范，以为进德修业之标杆，因而文中处处可见孔门教诲之影响，如崔作的“惟仁为纪纲”“守愚圣所臧”“行行鄙夫志”“知足胜不祥”等；或如陈作的“诗礼固可学，郑卫不足听”；或如白作的“动率义与仁”等。有趣的是，老子等道家的智慧也未被忽略。如崔作的质言“柔弱生之徒，老氏诫刚强”，或陈作的“谤议不足怨，宠辱讵须惊”，“处满常惮盈，居高本虑倾”，或白作的“无以色求事，以自重其身”，“修外以及内，静养和与真”等都可见到老庄影响的痕迹。因而反映的仍是中古士人，依违于儒道两家思想的处世持身的考量，其实二者皆有足为从政处人考量的主张与智慧。崔瑗比较重视的是与人相处的私德：重言说、施受、毁誉，“慎言节饮食”，始终强调的是谨“慎”、“节”制、“和而不同”；“在涅贵不缁”，事实上正以“暧暧内含光”，而求“明哲保身”。陈子昂则由五伦的事父事君而偏向从政为官的考量，“从官重公慎，立身贵廉明。待士慕谦让，莅民尚宽平。理讼惟正直，察狱必审情”，皆与为官相关。由于唐代科举颇重声誉，而“死生从八议”，升迁贬谪亦往往与毁誉相关。“谤议不足怨，宠辱讵须惊”“幸能修实操，何俟钓虚声？”，虽强调自身的作为与操持，但其实亦与官场的浮沉息息相关。由“白珪玷可灭”强调微过可改，但“黄金诺不轻”不仅在重守信诺，似乎又隐隐牵涉政治上朋党派系之间的归属。而“秦穆饮盗马，楚客报绝缨”则强调宽大恕谅的作用。以言行关爱，而“无”所苛“择”，而自足以“扬名”为言，则强调了雅量与宽容之重要；但不论秦穆公、楚庄王皆为君主，因而仍是政治上的宽恕以待下，优容以驭民，也就是为政平缓而能于法外多所施恩之意，是对于“待士慕谦让，莅民尚宽平”的更进一步提升，也就是由“律法的伦理”进一步提升为“恩慈的伦理”。陈子昂终究是以伦理的修齐治平为其终极关怀的。

白居易在强调超越贵贱、毁誉、傲辱之余，主修外“动率义与仁”，修内“静养和与真”，融儒道为一的人生观。全篇增添了“道”“行”等“吾道”的考量，则由各别德目的自觉，提升到了生命准则与人格价值的全面反省与认同，甚至要以此为“家训”。而崔瑗“行之苟有恒，久久自芬芳”，与白居易的“千里始足下，高山起微尘”“行之贵日新”一样，都强调“有恒”与长久实践的重要，亦正是“铭”于“座右”的真谛。

“座右铭”之文体，重德不重色；其文辞之巧妙仍在两两对比，具骈俪与叶韵之形式美感，兼杂物色，如“在涅贵不缁，暧暧内含光”“久久自芬芳”“处满常惮盈，居高本虑倾”“白珪玷可灭，黄金诺不轻”“千里始足下，高山起微尘”，以及典故如“秦穆饮盗马，楚客报绝缨”等。虽以自勉为主，但仍有可观之处，但其风格实重于华，理胜于情，正是“座右铭”与五言诗可以区别之处。

### （三）“陋室铭”

刘禹锡的《陋室铭》是一篇很有意思的“铭”作，因为所“铭”并非“器物”而是“居室”。若从“序地弘道”的角度来看，它并不是公共空间，并无刊石立碑的需要与可能；但它又有异于“座右铭”，虽或有“言志”的意味，却不是理性的自我劝勉，而是颇有夸耀性的自我肯定与自我标榜。这篇趣味横生的

“铭”文如下：

> 山不在高，有仙则名；水不在深，有龙则灵：斯是陋室，惟吾德馨。苔痕上阶绿，草色入帘青。谈笑有鸿儒，往来无白丁。可以调素琴，阅金经；无丝竹之乱耳，无案牍之劳形。南阳诸葛庐，西蜀子云亭。孔子云：“何陋之有！”

这篇“铭”文开宗明义，因人杰故有地灵，所居者异，则居所的意味全然有别。他特别做了对比，以居室论则为“陋室”，但因为作者所居，故云“惟吾德馨”。篇中插入“苔痕上阶绿，草色入帘青”一联，突然使“陋室”意象鲜活，不但“序地”写景，隐含着“欣欣此生意，自尔为佳节”（张九龄，《感遇》其一）之意，内外一片天机流行。出入之宾客、所事之活动为“谈笑有鸿儒，往来无白丁”，以谈文论道为“晤言一室之内”（王羲之，《兰亭集序》）的主要活动与场景，“言笑无厌时”（陶潜，《移居》其二），正是知己往还，交相莫逆。然后自娱自广，则“可以调素琴，阅金经”，皆为慎独养真之举。“无”富贵人家的“丝竹之乱耳”，或宦吏文士的“案牍之劳形”，呈现出一种闲适散逸的生活情调。进一步则以隐居时的诸葛亮与扬雄自比，甚至以孔子称许居陋巷之颜回自况，径引《论语·子罕》：“子欲居九夷，或曰：‘陋，如之何？’子曰：‘君子居之，何陋之有？’”因而得出此室形质虽“陋”，精神却远超其上。称此篇为“陋室铭”，正是本篇诙诡滑稽之处，别饶趣味。一本正经，板重深刻的“铭”体，又有了别开生面的戏拟之作，颇有曾晰鼓瑟言志之致。“文”成破“体”或许正是探索“体类”发展最有意思的文学现象：文心，正如一切创造的精神，是格子里关不住的！

## 六、结 语

自上古结绳记事以降，人类即长期在遗忘与记忆中拔河，在文明的早期，绘画与书写无疑是记忆的重要利器，铭刻自然是对抗时移事易，尤其是世代变迁的重要手段。滋生为文体，既刻于金石、器物，则序其事，又转为韵语，以便讽诵记忆，是人们对于所珍爱的人物、事相、心志等等的不愿忘却。白居易的《座右铭》由自省而转为家训，正是记忆而转向世代传递的典型。但文学在本质上何尝不都是一种不愿忘却经验的记忆、追忆？不仅是追忆似水年华，对美好的人、事、物的冀图再现与表现；更是前事不忘、后事之师的借鉴。因而是融合了情感与世相的智慧的体悟。当这一融合的高度、深度与广度够大、够圆满时，它就是美好的文学，就是文学传统中不可泯灭的名文。

# 第七章
# “传”“状”作为文学类型之美感特质

## 一、前　言

陈世骧、高友工等学者，基于和西洋文学的对比，倡言中国文学是一“抒情传统”，并且也影响了一些晚一辈的学者的呼应；这些学者的论述自有其“发潜德之幽光”（韩愈,《答崔立之书》）的独到见地。但本质上却是建立在西方自古希腊起即有的“文”“史”分殊的“文学”（或者说“诗学”）理念上的，亚里士多德在其《诗学》中念兹在兹的，就是借与“历史”的区别而建构起的“悲剧”之“行动”与情节的理念。这自然是因古希腊在散文的“历史”著作之外，另有强而有力的史诗（epic）以及悲剧（tragedy）喜剧（comedy）的传统，抒情诗的地位相对薄弱。由于“文”“史”区分成为“文学”之为“文学”的本质性概念的基础，在西方文化中始终不免以“想象”“虚构”的“制作”，以及远离“实用”而纯为“美感”之欣赏，作为“文学”之所以为“文学”的要义。因而受此影响的西方与中国学者，在研究中国文学时只注意《诗经》《楚辞》以降的诗歌作品，忽略了广大的散体叙事作品，中国文学遂成为一个“抒情传统”。我们自然无法忽略，韵歌作品朝叙事的《伊利亚特》(*Iliad*)、《奥德赛》(*Odyssey*)发展或朝抒情的《诗经》《楚辞》发展所彰显的二者在诗歌发展方向上产生的分歧，及其所具的文化形态有别的深沉含义。但对于一个相信“《诗》亡然后《春秋》作”，“文”“史”不分的文化而言，使用“抒情传统”来为其“文学”定性，是否最为允当，则自然可有商榷的余地。

中国的“叙事传统”始于“左史记言，右史记事”——君主身侧“史官”的设置，由于所记的是“言”与“事”(通常不可能出以“韵歌”)，分别形成了《尚书》《春秋》这两部典范；而真正叙事文体的成形，则来自《左传》《国语》之糅合“言”“事”为一体，使读者对特定人物既可观其言，亦可观其行，达到对于人物身处情境中所表现之性格的体察。因而，《春秋》或许以“事”为主，但还是基于“一字定褒贬”的笔法；到了《左传》《国语》，对于人物性行的兴趣就远远大于事件、情节，相同的写作精神就发展为《史记》以“纪传”为主的叙事。“传”因此成为中国文言写作最基本的叙事文体，源出于“史传”，并且一直为二十五史写作的大宗；同时延展为私人作“传”，以至供史官采摭之“行状”，甚至旁及寓言及传奇小说等。[1]

那么，作为一种“文类”，“传”“状”是否具有某种共同而特殊的“美感”特质？

---

〔1〕　如阮籍《大人先生传》，虽名为“传”，但性质近于寓言，而唐人传奇，例如《南柯太守传》，则往往事涉神异与虚构，早经视为“小说”，自与欲以考信征实为立言之旨的“传”“状”性质有别，故本章暂不涉及。

## 二、对“传”“状”的传统理解

刘勰《文心雕龙·史传》由“古者，左史记事者，右史记言者。言经则《尚书》，事经则《春秋》”，而述孔子“闵王道之缺，伤斯文之坠”，“因鲁史以修《春秋》，举得失以表黜陟，征存亡以标劝戒”，由于“睿旨幽隐，经文婉约”，因而：

> 丘明同时，实得微言，乃原始要终，创为传体。

这几句话包含了几层重要的意思。其一，“传”体是左丘明所“创”。其二，“传”体包含两种同时并存的特质，一方面它必须能显示夫子褒贬“微言”的实际旨趣，也就是所有的“叙述”都在彰显“得失”“存亡”，以及借此表达的“黜陟”“劝戒”之意，也就是它们不能是随意偶记的闲笔墨，而都是为了呈现某种政教伦理主题的叙事；另一方面它的“叙述”必须呈现为“原始要终”，有头有尾，具内在关联的叙事。叙述之“始”，要能真正推“原”事件初起的相关状况；而叙述之“终”，则要能掌握事件终结的所有相关“要”点，达到事件真正告一段落的“结束”。因而用近代或西方的观念来说，一方面是它的叙事必须符合凸显某种思想“主题”的示意或寓意原则；另一方面是它的叙述要能形成头尾相衔之内在关联的情节结构。

自然，刘勰不能否定《公羊传》与《穀梁传》存在的事实，他又从三“传”共有的含义加以“释义”：“传者，转也。转受经旨，以授于后。”但他从“三传”共有的“实圣文之羽翮”之义，特别又强调了《左传》为“记籍之冠冕也”，作为“记”述之书

“籍”（亦即是文体）性质的特征。但是后世师法的“传”体，却另有典范与取义：

> 观夫左氏缀事，附经间出，于文为约，而氏族难明。及史迁各传，人始区详而易览，述者宗焉。

这里明白地指出，后世的“传”体，其实是师承司马迁《史记》的“列传”，最大的特色，就在于以人物为写作的主体，因而主从角色容易“区”别，而其主人公之性格、生平遭遇，亦能够有充分发展与比较“详”细的书写，对读者而言，其意旨亦“易览”而较能于叙事中立即掌握，所以就成了后世文言“传”体写作的典范。

自此之后，“传”体创于“史”迁，殆无异议，需要再加阐述的，反而是“史传”之外的“传”体的延伸与开展，如明代吴讷《文章辨体·序说·传》则谓：

> 太史公创《史记》列传，盖以载一人之事，而为体亦多不同。
>
> 迨前后两《汉书》、《三国》、《晋》、《唐》诸史，则第相祖袭而已。厥后世之学士大夫，或值忠孝才德之事，虑其湮没弗白；或事迹虽微而卓然可为法戒者，因为立传，以垂于世：此小传、家传、外传之例也。

稍后徐师曾之《文体明辨·序说·传》亦云：

> 按字书云：“传者，传也，纪载事迹以传于后世也。”自汉司马迁作《史记》，创为“列传”以纪一人之始终，而后

> 世史家卒莫能易。嗣是山林里巷，或有隐德而弗彰，或有细人而可法，则皆为之作传以传其事，寓其意，而驰骋文墨者，间以滑稽之术杂焉，皆传体也。

他们不约而同地强调太史公创“列传”，“以载一人之事”，“以纪一人之始终”。虽然《史记》的“列传”中有许多是合传，但“传”以“传主”一人之“事”或“始终”为写作的重点，则是无可置疑的；并且为后世史家所承袭：这是官方“史传”的系统。由于传统对修史权的重视，必须具有“史官”的职分方能撰写，因而“史传”并不是开放的文体，其意义近似于谥法，其实是一种官文书。

但“一人之事”“一人之始终”的“纪”“载”，作为一种“书写”，一旦出现，终究会使文士忍不住想“染指”，因此往往亦可以应用于“山林里巷”的“细人”，而成为所谓“小传”“家传”“外传”“自传”等体例。作为“传记”，这些体例自然包括了“纪载事迹以传于后世”“立传，以垂于世”这种冀望“传主”与“传者”同其“不朽”的愿望。在一个以儒家信仰为中心的“神圣”社会里，所以可“传”者，自然是属“忠孝才德之事”，为“可法”的“隐德”，而“卓然可为法戒者”，是以不但要“传其事”，更要“寓其意”。亦即是其人身份固为“隐”“细”，所发生的“事迹虽微”，但在伦理上仍可定褒贬，以成其“法戒”的作用。

但是“窃钩者诛；窃国者为诸侯”（《庄子·胠箧》），素朴的“忠孝”价值信仰，未必皆能在历史事实上得到印证，这是司马迁以“罔罗天下放失旧闻，略考其行事，综其终始，稽其成败兴坏之理”的立场写作“通古今之变”的《史记》时，仍不得不“欲以究天人之际”(《报任少卿书》)，所需面对的命运之神秘。于是在“传其事，寓其意”之际，“命运的沉思”之兴味就与“道德的劝诫”同样重要。司马迁生长于儒学尚未定于一尊之际，当他将注意由帝王列国“成败兴坏”的“古今之变”转向“列传”中个别的人物时，他发现且遵循了以下的原则：

> 古者，富贵而名摩灭，不可胜记，唯倜傥非常之人称焉。(《报任少卿书》)

当着重于“唯倜傥非常之人称焉”之际，则循规蹈矩、庸德庸行的“平常”之人，不论富贵贫贱，其实同在遗略之列。因而刘勰《文心雕龙·史传》，引括班彪的评论，谓：

> 尔其实录无隐之旨，博雅弘辩之才，爱奇反经之尤，条例踳落之失，叔皮论之详矣。

“条例踳落之失”，是就《史记》的体例而言，可以不论；但其他三点，则皆攸关“传”文的写作：因为“倜傥非常之人称焉”，所以司马迁被认为“爱奇反经之尤”，这使得其“列传”不仅具有“历史”的意义，而且充满了文学的兴味。影响所及，到了唐代士人仿“传”体作“小说”，即使其主角无关历史兴坏，但在“性行”上则往往皆“奇”特而有异于常人，遂以“传奇”为称。

“实录无隐之旨，博雅弘辩之才”，一方面似指“务欲以多闻广载为功”，“采获古今，贯穿经传，至广博也”，反映在其取材的“广博”之上；一方面则似指其“善述序事理，辩而不华，质而不俚，文质相称，盖良史之才也”，牵涉的是他的文体风格，即其表现力来自对于事件内在结构的掌握与对人物言行的适切再现。（王先谦，《后汉书集解》）其整体风格“文质相称”，文字本身虽“质”而“不华”，但“述序事理”妥“善”，故近于“实录无隐”的“事件”、人物，亦因其内在精神与事物情理的恰适呈现，而极具动人的说服力与文学的感染力——“辩”。他的书写能够呈现众多（不同个性与不同情境）的人物与事件，而一样能深具文学的兴味与感染力量，遂可称为“良史”，为“博雅弘辩之才”。

“实录无隐之旨”，似乎亦意指司马迁自己在《伯夷列传》中所提出的“夫学者载籍极博，犹考信于六艺”，“史传”必须征实的主张。即使必须“倜傥非常之人称焉”，但“史传”亦不应出于“艺增”而踵事增华或为贤者尊亲等而有所隐讳，否则即失其所以为“史”之正义而沦为“传说”之流了。自然，这一要求并不能阻止人们应用“传”体的形式，大作“传奇”之文，或如徐师曾所谓，“驰骋文墨者，间以滑稽之术杂焉，皆传体也”，也就是吴讷所指出的：“若退之《毛颖传》，迂斋谓以文滑稽，而又变体之变者乎！”（《文章辨体·序说·传》）

我们将自“史传”的文学性质，逐步地检视“传”体的发展与其美感类型的变化。但在分节讨论之前，我们仍需略为检视作为附属的“状”之文类特质。刘勰《文心雕龙·书记》云：

> 状者，貌也。体貌本原，取其事实，先贤表谥，并有行状，状之大者也。

吴讷《文章辨体·序说》则谓：

> 按行状者，门生故旧状死者行业，上于史官；或求铭志

于作者之辞也。

徐师曾《文体明辨·序说》则溯源于：

> 汉丞相仓曹傅胡干始作《杨元伯行状》，后世因之。盖具死者世系、名字、爵里、行治、寿年之详，或牒考功太常使议谥，或牒史馆请编录，或上作者乞墓志碑表之类皆用之。而其文多出于门生故吏亲旧之手，以谓非此辈不能知也。其逸事状，则但录其逸者，其所已载不必详焉，乃状之变体也。

姚鼐编《古文辞类纂》合“传状”为一类，并于“序目”上说明：

> 传状类者，虽原于史氏，而义不同。刘先生云：“古之为达官名人传者，史官职之。文士作传，凡为圬者、种树之流而已。其人既稍显，即不当为之传；为之行状，上史氏而已。”余谓：先生之言是也。……然则，史之传者，亦无几矣。

因而“行状”似可视为“史传”的原始资料或亲故代拟的初稿，亦可算是“传”体的次文类，历代的名篇并不多见。《文选》仅选了任昉《齐竟陵文宣王行状》一篇，《古文辞类纂》亦仅选了韩愈《赠太傅董公行状》、王安石《兵部员外郎知制诰谢公行状》两篇，附带于“史传”之下讨论而不另立一章。

## 三、史传表现的诸种面向

### （一）语言的模拟

“史传”的体制，虽然创自司马迁，但其写作的手法其实颇多承袭自《左传》《战国策》，因而颇多“记言”的表现。钱锺书《管锥编》以为：

> 吾国史籍工于记言者，莫先乎《左传》，公言私语，盖无不有。……盖非记言也，乃代言也，如后世小说、剧本中之对话独白也。左氏设身处地，依傍性格身分，假之喉舌，想当然耳。……史家追叙真人实事，每须遥体人情，悬想事势，设身局中，潜心腔内，忖之度之，以揣以摩，庶几入情合理。盖与小说、院本之臆造人物、虚构境地，不尽同而可相通；记言特其一端。[1]

史籍的叙事，自然“史传”亦是其中一部分，其实也充满了想象与虚构的成分，尤其在独白与对话的语言模拟上，因此也是作者表现其对历史人物之才识、性格、心理等的体会与诠释的关键。

司马迁踵事增华，镕铸《左传》《战国策》，不但颇多游说问答的文字，而且更增添了反映人物心理之语言与行为的戏剧性表现。例如《淮阴侯列传》写萧何劝刘邦拜韩信为大将一段，先写闻何亡，“上大怒……”，“何来谒上，上且怒且喜，骂何曰……”，“上复骂曰……”，然后一步一步，说服刘邦由“吾为公以为将”，“以为大将”，而至“择良日，斋戒，设坛场具礼”来拜将。刘邦心绪的逐步变化，以至两人讨价还价的过程，不仅深具戏剧性，更是充满了喜剧意味。

这一段充分反映了刘、萧、韩性格心理与互动关系的绝佳文

[1] 钱锺书：《管锥编》，香港：中华书局，1990年，第一册，第164—166页。

字，其实就史实而言，亦可以简记为：刘邦因萧何推荐，拜韩信为大将。它的文学性，正在于其揣摩性情，转化为人性戏剧的塑造。其中模拟再现的初看似是声口对应，其实更是情意交感，心情、思绪变化层层转折，终于达到了完全说服的圆满过程，完全呈露为一段欢快的喜剧韵律。

“记言”的重要，不仅在于彰显发言者的心理、个性，正如《尚书》所显示的，它们亦可以是治国平天下的“讦谟定命”或者往往见于《左传》《战国策》中家国面临危机时的“远猷辰告”，这些言辞关系的往往不仅是个人的命运，更是家国、天下的未来发展，也就是重要的历史走向。《淮阴侯列传》写韩信拜大将后的一段话：

> 请言项王之为人也。项王喑恶叱咤，千人皆废，然不能任属贤将，此特匹夫之勇耳。项王见人，恭敬慈爱，言语呕呕，人有疾病，涕泣分食饮；至使人，有功当封爵者，印刓敝忍不能予，此所谓妇人之仁也。项王虽霸天下而臣诸侯，不居关中而都彭城。有背义帝之约，而以亲爱王，诸侯不平。诸侯之见项王迁逐义帝置江南，亦皆归逐其主而自王善地。项王所过，无不残灭者；天下多怨，百姓不亲附，特劫于威强耳。名虽为霸，实失天下心，故曰其强易弱。
>
> 今大王诚能反其道，任天下武勇，何所不诛！以天下城邑封功臣，何所不服！以义兵从思东归之士，何所不散！

这一段分析项羽弱点与失策的话语，继之以“反其道”的建议，正是利用敌人自身的缺失来打败敌人的策略——历史的发展显示了它的有效性。但有趣的是，司马迁不但让它出现在拜将坛场上，而且在此之前还有“诸将皆喜，人人各自以为得大将；至拜大将，乃韩信也，一军皆惊”等深具戏剧性的众人心理的描写。这显示出司马迁的写作早已远远超出了历史记录而充分地在经营其文学效果。在此之前，韩信对刘邦阵营“必欲争天下”的重要性，只有萧何心知肚明，包括读者在内的其他人，其实都如刘邦一样被蒙在鼓里，直到此一对策的提出，众人方才真正信服。提出之前，更有一段有趣的对话：

> 信拜礼毕，上坐。王曰：“丞相数言将军，将军何以教寡人计策？”信谢，因问王曰：“今东乡争权天下，岂非项王邪？”汉王曰：“然。”曰：“大王自料勇悍仁强孰与项王？”汉王默然良久，曰：“不如也。”信再拜贺曰：“惟信亦以为大王不如也。然臣尝事之，请言项王之为人也……”

这段对话展开了“对敌”知己知彼的论述，直接指向刘邦尚在臣事的君主项羽是他们的敌人，并且在“汉王默然良久，曰：‘不如也。’”的反应中，确认了刘邦有接受客观现实的雅量。因而“信再拜贺曰……”，因为要讨论的正是在“善用兵者，不以短击长，而以长击短”的基本原则下，彼此的“短长”为何以及如何逆转彼此之“长短”的关键。在分析项王的弱点之后，接着从入手的步骤，分析了三秦王与刘邦王关中的“短长”，得出“今大王举而东，三秦可传檄而定也”的结论。因而：

> 于是汉王大喜，自以为得信晚，遂听信计，部署诸将所击。

以“信计，部署诸将所击”，本是拜信为大将的目的；但“大喜，自以为得信晚，遂听”的描写，就又成了心理变化、性情刻画的文学性表现。“史传”亦因此成了文学性的叙事文体。

（二）行动的模拟

就以史书基本的“记事”而论，《左传》记载了影响重大的秦晋殽之战中蹇叔、王孙满、弦高、皇武子、原轸、文嬴、孟明、秦穆公等人的言论。但对于战事的描写，则仅只：

> （先轸）遂发命，遽兴姜戎。子墨衰绖，梁弘御戎，莱驹为右。夏四月辛巳，败秦师于殽，获百里孟明视、西乞术、白乙丙以归。（《左传》僖公三十三年）

这是只针对战事结果的“历史”记录。但是到了《史记·李将军列传》中，战事的叙述则为：

> 后二岁，广以郎中令将四千骑出右北平；博望侯张骞将万骑与广俱。异道行可数百里。匈奴左贤王将四万骑围广。广军士皆恐。广乃使其子敢往驰之。敢独与数十骑驰，直贯胡骑，出其左右而还；告广曰：“胡虏易与耳！”军士乃安。
>
> 广为圜陈外向；胡急击之，矢下如雨。汉兵死者过半，汉矢且尽。广乃令士持满毋发；而广身自以大黄射其裨将，杀数人。胡虏益解。会日暮，吏士皆无人色，而广意气自如，益治军。军中自是服其勇也。
>
> 明日复力战，而博望侯军亦至。匈奴军乃解去。汉军罢，弗能追。

叙述了：双方的军力悬殊及军士的恐惧心理；李广如何借派其子

李敢主动驰迎敌军，令军士安心；在十一之比的军力下，采圜陈外向，虽然被围而无侧背的忧虑；在“矢且尽”之际，“令士持满毋发”形成威吓，令敌莫近；而以远射杀其裨将数人，作为攻击，威胁敌方……此外，描述“吏士皆无人色，而广意气自如”的将、士心态，以得出“军中自是服其勇也”的结论——这时人格特质就成为描写与表现的重点，而非战争胜败了。这一类的表现，由韩信忍受胯下之辱，以及李广射虎入石等轶事被写入他们的“列传”中，亦可见出端倪。

这类采摭轶事以见传主性情才德的写作手法，正使“史传”不再以集体历史之成败作为重心，而重视传主个人性情才德之“倜傥非常”的特质，因此所叙就无须与历史的发展相涉，充满了反映人性、表现个性的文学兴味。例如《曹瞒传》中记曹操少年轶事：

> 太祖少好飞鹰走狗，游荡无度，其叔父数言之于嵩，太祖患之。后逢叔父于路，乃阳败面喎口，叔父怪而问其故，太祖曰：“卒中恶风！”叔父以告嵩，嵩惊愕呼太祖，太祖口貌如故。嵩问曰：“叔父言汝中风，已差乎？”太祖曰：“初不中风，但失爱于叔父，故见罔耳。”嵩乃疑焉。自后叔父有所告，嵩终不复信，太祖于是益得肆意矣。[1]

这段“传”文中，作者采用全知视角，自由进入三人内心——“患之”“怪而问”“惊愕呼”“乃疑”；并且巧妙地使用对话配合

〔1〕 见〔西晋〕陈寿撰，裴松之注：《三国志·魏书·武帝纪》注引。此文所写的是知名的历史人物，自当以“史传”视之为宜。

曹操不同的面貌状态，紧张痛苦的短句——“卒中恶风！”，与平缓的解说——“初不中风，但失爱于叔父，故见罔耳”，二者皆假，却能配合情境适当演出；而曹嵩的询问——“叔父言汝中风，已差乎？”，亦颇能反映身为父亲因爱子惊忧而至舒喜的心理转变，因而也就“疑”其弟“所告”，终至“不复信”。以“阳败面喎口”一件小事即能离间父亲兄弟间的信赖，不仅显示了曹操自小的放荡不羁与足智多谋，而且将父、叔、子三人各自的性情刻画得栩栩如生。这样的文字，到底是“史传”还是“小说”，恐怕只是见仁见智的问题。

### （三）道德生命的抉择

当“倜傥”的人物，生逢“非常”的时代，则其言行往往是以其崇高的精神，见证时局的黑暗与险恶，这时即使只是简短的片言只字的对话，亦足以撼动人心。因为善与恶的交会反映的不仅是特殊的时代与人物而已，还呈现出一切严肃文学的永恒主题：在这个随时可能堕落的世界，人类终须长久面对的道德危机与生命抉择。例如《后汉书·党锢列传》所叙范滂的殉难：

> 建宁二年，遂大诛党人。诏下急捕滂等。督邮吴导至县，抱诏书，闭传舍，伏床而泣。滂闻之，曰：“必为我也。”即自诣狱。县令郭揖大惊，出解印绶，引与俱亡，曰：“天下大矣！子何为在此？”滂曰：“滂死则祸塞，何敢以罪累君？又令老母流离乎！”其母就与之诀。滂白母曰：“仲博孝敬，足以供养；滂从龙舒君归黄泉：存亡各得其所。惟大人割不可忍之恩，勿增感戚。”母曰：“汝今得与李、杜

> 齐名，死亦何恨？既有令名，复求寿考，可兼得乎？”滂跪受教，再拜而辞。顾谓其子曰：“吾欲使汝为恶，则恶不可为。使汝为善，则我不为恶。”行路闻之，莫不流涕。时年三十三。

这段范滂遇害前的简要叙述，由负责传诏逮捕的督邮“至县，抱诏书，闭传舍，伏床而泣”至县令的“出解印绶，引与俱亡”，立即呈现了时人对于范滂的敬爱：虽有责任在身，却皆不忍加害，甚至宁愿弃官，一起逃亡。三言两语而范滂的“少厉清节，为州里所服”可见一斑。但范滂自己的行动，却更显高贵——“滂闻之，曰：‘必为我也。’即自诣狱”，这里不但反映出一种《庄子·秋水》所谓“知穷之有命，知通之有时，临大难而不惧者，圣人之勇也”的智慧与道德所凝聚的勇气，其实更有对于必须执行乱命的督邮、县令等人员的宽谅与体贴。他所执守的是不累及他人的抉择：“滂死则祸塞，何敢以罪累君？”他亦不能不替母亲的生活着想：“又令老母流离乎！”

他与母亲的诀别，更反映出他对母亲之生存处境与情感反应的充分考虑与体会，所以才以“滂从龙舒君归黄泉”，于地下陪侍亡父而由弟弟侍奉母亲，“仲博孝敬，足以供养”，虚拟出一种“存亡各得其所”的家庭“愿景”，来安慰、恳求母亲“惟大人割不可忍之恩，勿增感戚”。他其实完全能体会母亲的痛苦是“不可忍之恩”，此一生离死别真的是“割”，不仅是“割其所爱”，更是“心如刀割”。他所能冀望的仅只是“勿增感戚”而已。

但他的母亲却显现出足以培育如此秀异人格的心灵高度，她完全展示了她对于这个“当桀纣而天下无通人”（《庄子·秋水》）之时代本质的深刻了解：在一个指鹿为马、滥用威权的年代，一旦“欲使善善同其清；恶恶同其污”[1]（《后汉书·党锢列传》），则“今得与李（膺）、杜（密）齐名”的“既有令名”，自当“死亦何恨？”而不能“复求寿考”。由于充分了解身处“鱼与熊掌”“可兼得乎？”的时局，所以勇敢“舍生取义”，自亦何恨？司马迁在《伯夷列传》中谓：“举世混浊，清士乃见，岂以其重若彼，其轻若此哉？”对于愿意“身死之日，愿埋滂于首阳山侧：上不负皇天，下不愧夷齐”的儿子，母亲“知命”的睿识、“成仁”的劝勉是多大的安慰与鼓舞！因而“滂跪受教，再拜而辞”。

但令人永远感伤的是，在这种“古之循善，自求多福；今之循善，身陷大戮”的价值颠倒、黑白混淆、欠缺正义的暴政下，我们如何面对善恶？如何以道德精神教育子弟？范滂“顾谓其子曰：‘吾欲使汝为恶，则恶不可为。使汝为善，则我不为恶。’”这真的是在人类堕落，邪恶当道的时代与社会里的永恒困境。“为善”者未必皆有“令名”，而“身陷大戮”者比比皆是，如何能不令人怃然，“行路闻之，莫不流涕”。虽然时隔世异，但我们“闻之”即等同于“行路”，岂能无感？读者不仅为会范滂，亦会为人类命运之可能的遭遇而战栗与恐惧。一旦面临此种境况，我们的“悲剧性”抉择又会是什么呢？

### （四）思想与气度的呈现

“史传”亦出现了一些特异人物，并无明显事迹，但其以识

---

〔1〕　此为范氏本传中之自白。

见知辨或胸襟气度使与其交往的人叹服其察慧或受其影响，至“移日不能去”或“罔然若有失也”(《后汉书·黄宪传》)。

以思辨识见为主者如何劭《王弼传》，[1]“传”中仅记裴徽“一见而异之”，“为傅嘏所知”；何晏“甚奇弼”，叹之曰：“后生可畏……可与言天人之际乎”；刘陶“每与弼语，常屈弼”，“弼与钟会善”，“然每服弼之高致”，“荀融难弼《大衍义》，弼答其意，白书以戏之”；王济“常云：‘见弼《易》注，所悟者多’”等的交往与感慨，而叙述他们彼此的思辨，则集中在孔老有、无，圣人无情、有情或“圣人之情，应物而无累于物”等的论难。该“传”中唯一叙及其仕宦之事的，仅及：

> 正始中，黄门侍郎累缺，(何)晏……又议用弼……(曹)爽用黎。于是以弼补台郎。初除觐爽，请间，爽为屏左右，而弼与论道移时，无所他及，爽以此嗤之。……爽用王沈代黎，弼遂不得在门下，晏为之叹恨。弼在台既浅，事功亦雅非所长，益不留意焉。

王弼见曹爽，“请间”欲密语，“爽为屏左右”，但“弼与论道移时，无所他及”，就王弼而言，或许他“论道”的个人心得，乃是“独得之秘”，只愿为知遇者道，雅不愿未见于著述，或正式之清谈辩难，即为人闻。但当曹爽屏退左右时，期待的却是政治上的谋略或人事上的建议，两人其实是不相交的平行线，因而“爽以此嗤之”，所以两人失之交臂：

> 正始十年，曹爽废，以公事免，其秋遇疠疾亡，时年

〔1〕 因见于史籍征引，仍列为“史传”。见《三国志·魏志·钟会传》注引。

二十四。无子，绝嗣。弼之卒也。晋景王闻之，嗟叹者累日，其为高识所惜如此。

这篇“传”写的是一个天资早慧、才思纵横的玄言家，以注《易经》、注《老子》而名留后世。他生于一个主要以参政仕宦论人的时代，此“传”的写法自是不能违拗当时读者的期待，但作者其实是充分认识到了王弼之才性的：

弼天才卓出，当其所得，莫能夺也。性和理，乐游宴，解音律，善投壶。其论道附会文辞，不如何晏；自然有所拔得，多晏也。颇以所长笑人，故时为士君子所疾。

此段一再出现的“当其所得，莫能夺也”，“自然有所拔得，多晏也”，强调的正是王弼多有独到而确切不移的见解；对于自己见解的确信，在问难辩论之际，往往就成了“颇以所长笑人”；“传”中亦引弼答“荀融难弼《大衍义》”，却谓“白书以戏之”，因而就以应对与仕宦的现实而言，则成了“弼为人浅而不识物情”，显然不以王弼之“露才扬己”为然；但是对一个二十四岁即英年早逝的玄理天才而言，要他放弃玄理的是非辨析，而只注重“士君子”们在官场上“党与共相进用”的攀附标榜，显然是违拗其本性的，表现在行为上，即所谓“弼通俊不治名高”。自然这亦可能是王弼在当时社会仕途蹭蹬的缘由。但作者对其才学与早夭其实是充满了同情的，遂以司马师的嗟叹作结，深致其惋惜之意。

王文濡选注《南北朝文评注读本》论本篇以为：

传状之体，最为难作：一病于敷叙不善；二病于繁杂寡

> 要，此传于与弼有关系者，迭出裴徽、何晏、刘陶、钟会、荀融、王济诸人，中又杂以何晏荐弼，曹爽舍弼而用王黎一事，或述其言，或叙其事，纵横穿插，反复照应，兔起鹘落，而略不见其痕迹，斯为难能可贵，末以晋景王语作结，尤有余波。[1]

这段评论，正指出了“传状”写作的一个关键：模拟言辞时，话语有其主旨；模拟行动时，事件有其始末；模拟抉择时，命运有其悲喜剧的韵律以及潜藏的因果。但面对欠缺明显事功与主要命运轴线，基本上反映的只是一种生命情调，或许可以称为“境界形态”的历史人物，要如何以未必相连续的众多“插曲”来呈现其识见与人格之“倜傥”卓越？

写作者所面临的困难，往往近于要以叙事的文体来呈现抒情或诗意的美感境界，最大的挑战就在于其写作“结构”的形塑：一方面要在材料的“敷叙”与“精要”间寻求平衡；一方面更要在“或述其言，或叙其事，纵横穿插，反复照应”的结构安排上，寻求胜义间出，在没有明显关联的事迹间，“兔起鹘落”地达到事别意连的紧密关联，同时更需要“密针线”的，以一气呵成甚至近于自然的发展与联结，使其精心缩成的事意“结构”达到“略不见其痕迹”的效果，而能“余波”荡漾，情韵不止。

同样，但写襟怀气度者如《后汉书·黄宪传》，书写的重点亦着笔于周围众人受其感召之状：荀淑“遇宪于逆旅，时年十四，淑竦然异之，揖与语，移日不能去。谓宪曰：‘子，吾之

---

〔1〕 见王文濡选注：《南北朝文评注读本》，台北：广文书局，1981年，卷二，第56页。

师表也！’”，见袁闳时以“颜子”称宪；戴良见宪“罔然若有失也”，曰：“既睹其人，则瞻之在前，忽焉在后，固难得而测矣”；陈蕃、周举常相谓曰：“时月之间，不见黄生，则鄙吝之萌，复存乎心。”而最有意味的则是郭林宗的品鉴：

> 郭林宗少游汝南，先过袁闳，不宿而退。进往从宪，累日方还。或以问林宗，林宗曰：“奉高之器，譬诸泛滥，虽清而易挹；叔度汪汪若千顷波，澄之不清，淆之不浊，不可量也！”

这里直接用了比兴的意象来形容其精神心量。所谓“汪汪若千顷波，澄之不清，淆之不浊”，一方面指他具有位居三公的器量，所以“及蕃为三公，临朝叹曰：‘叔度若在，吾不敢先佩印绶矣！’”；一方面指黄宪完全合于“君子不器”之义，“太守王龚在郡，礼进贤达，多所降致，卒不能屈宪”，“宪初举孝廉，又辟公府，友人劝其仕，宪亦不拒之，暂到京师而还，竟无所就。年四十八终，天下号曰征君”。他不求仕亦不拒仕，超然物外，不清不浊，自由自在。也就是范汪所谓“宪隤然其处顺，渊乎其似道；浅深莫臻其分，清浊未议其方”，因此范晔论曰：“将以道周性全，无德而称乎？”

这样的“传”记，自然都是玄言清谈与人物品鉴的产物，但只有玄言胜义或者尤有甚者“言论风旨，无所传闻，然士君子见之者，靡不服深远，去玼（疵）吝”的感悟，要成为叙事文体，并且表现人物的性情品格，相对而言自是困难。一方面，作者要有“涤除玄览”（《老子》第十章）的高致，方能体会传主的生命意境；一方面，作者的修辞策略要能够曲达其情，遥指其妙。吴讷

《文章辨体·序说·传》引：

> 《步里客谈》又云：“范史《黄宪传》，盖无事迹，直以语言模写其形容体段，此为最妙。”繇是观之，传之行迹，固系其人，至于辞之善否，则又系之于作者也。

确是有见之言。“传”作的成功，正来自作者对传主“倜傥非常”的人格特质与生命意境的“能感之”，以及能够以恰切的文辞来表现此感悟的“能写之”，遂使传主的精神风貌继续感动读者，千百代以下，犹如照面。

## 四、私传写作的诸种类型

史传之外，徐师曾谓：“嗣是山林里巷，或有隐德而弗彰，或有细人而可法，则皆为之作传以传其事，寓其意。”其实已指出了私人作“传”的基本类型：一是替“有隐德”的士人“传其事”；一是借“细人”之可法来“寓其意”；当然女性也继续成为写作的对象，因而我们可以分成三个重要的类型来加以分析。

### （一）隐逸与不偶

超越“年寿有时而尽，荣乐止乎其身”的必然限制，借“文章之无穷”使其人之“名”，“称”而不“磨灭”的意旨，曹丕在其《典论·论文》论之详矣：

> 古之作者，寄身于翰墨，见意于篇籍，不假良史之辞，不托飞驰之势，而声名自传于后。

此处的强调似乎正可抵消司马迁在《伯夷列传》中的概叹：“悲夫！闾巷之人，欲砥行立名者，非附青云之士，恶能施于后世哉！”假如没有“良史”来为“之辞”，那么作者是否可以自为“良史”，自为“之辞”？

陶渊明似乎是自力救济的典范：当他归田躬耕，“聊为陇亩民”（陶潜，《癸卯岁始春怀古田舍》其二），必然会走上“零落同草莽”（陶潜，《归园田居》其二），无人挽吊的命运，他就自挽而写《拟挽歌》，自祭而写《自祭文》。诚如萧统《陶渊明传》所谓，“渊明少有高趣，博学，善属文，颖脱不群，任真自得。尝著《五柳先生传》以自况……时人谓之实录”，他在生命的早期即已创造了符合隐逸生命形态的、以精神“境界”为中心的“自传”，否则既已隐逸不为人知，则谁当为其作“传”？[1]

之所以称为《五柳先生传》，则显然是因为既志在“隐逸”，就不该“浮游以求名”，故其“名”遂“隐”，只有别人，或假定是别人所称的“号”了：

> 先生不知何许人也，亦不详其姓字，宅边有五柳树，因以为号焉。

这里正有意摆落家世、地位，甚至历史、时空等，而绝缘孤立地观照其“惟吾德馨”的生活状态与其潇洒散逸的生命情调：“先

[1] 本章一位审查人提到：先此还有一种“虚构性的人物传”，如阮籍《大人先生传》，堪称《五柳先生传》这类“理想化的人物传”的序幕。同样，《五柳先生传》的成功，使得后来出现了不少模拟此文却又有创新的作品，如白居易《醉吟先生传》、陆龟蒙《甫里先生传》等。这一点确实很值得注意，可补本章未尽充分之处。

生”难寻的并不是居所，而是内在的独特精神，居所“宅边有五柳树”的环绕正为借喻（metonymy），反映了他飘逸自在的性情。

“传”中对于“先生”性情的掌握，专注在其闲适自得，因而先叙其“闲静少言，不慕荣利”：因为“不慕荣利”，所以“闲”；因为不求人知，所以“少言”，呈现的就是一种自在而“静”的生命形态。而“好读书”“性嗜酒”：一方面为其质性身份的表征；一方面则为其“适性”的表现。“好读书”指出了他虽然未仕，却是“士”，也就是“隐士”的身份；“性嗜酒”正明示他与竹林七贤俱有相类的“风标”，本性上是一位“名士”。但不只如此，更重要的是他有自在自得之趣。虽有“好”“嗜”，却不刻意追求；“读书”而不为书义所苦——“不求甚解；每有会意，便欣然忘食”；“饮酒”而不为酒癖所拘：

> 性嗜酒，家贫不能常得。亲旧知其如此，或置酒招之，造饮辄尽，期在必醉，既醉而退，曾不吝情去留。

充分地反映了他的“可饮则饮”，不求其“常得”。饮亦只求尽兴——“造饮辄尽”，正是“欲饮则饮”，既不掩饰，亦不作态，“尽”情于“饮”；而“期在必醉，既醉而退”，则显示其饮酒原本意在求“醉”，但“醉”不及乱，则其饮止实是深有节制的，因而能够“既醉而退”，“倏而来兮忽而逝”（《楚辞·九歌·少司命》），不留任何额外的行迹。这里反映的正是一种经由良好的自我操持，而达到“乘兴而行，兴尽而返”（刘义庆编，《世说新语·任诞》）之自然而然的生命情态，其“曾不吝情去留”，欲来则来，欲去则去，无所拘泥，无所牵挂，其实正是经由“修身”所达至的一种“任真”“自得”的表现。

相同的“修德”与自我操持，亦可由他虽平居乡野，却能够“贫而乐”(《论语·学而》)见出一斑：

> 环堵萧然，不蔽风日；短褐穿结，箪瓢屡空，晏如也。

这里显然辉映着颜回、原宪的影子：“一箪食，一瓢饮，在陋巷，人不堪其忧，回也不改其乐，贤哉回也！”(《论语·雍也》)“回也其庶乎！屡空。”(《论语·先进》)“原宪居鲁，环堵之室，茨以生草；蓬户不完，桑以为枢，而瓮牖二室，褐以为塞，上漏下湿，匡坐而弦。”(《庄子·让王》)“原宪终身空室蓬户，褐衣疏食不厌。死而已四百余年，而弟子志之不倦。”(《史记·游侠列传序》)这种安贫乐道的生活态度亦自有其深远的文化理想与精神传统。

但在这里，更重要的是他同时亦是一位文士：

> 尝著文章自娱，颇示己志。忘怀得失，以此自终。

既然五柳先生是连“姓字”皆“不详”的“隐士”，那么他所书写的自然不可能是“经国之大业”的“文章”，亦无法及于“声名自传于后”的“不朽之盛事”。(曹丕,《典论·论文》)因而非常具有自我指涉意味，就像本篇“传”一样，虽“传人”而不“传名”，仅是“自娱”的游戏之作。虽然是游戏之作，又仍然“颇示己志”，对自己生平的志向做了清楚的说明与表白。所谓“己志”，既云“不慕荣利”，自然只是“忘怀得失”的自得自适，也就是下文所谓的“衔觞赋诗，以乐其志”，以寄情诗酒，尽性终身。因而，“传赞”的总结正是“己志”的明“示”：

> 赞曰：黔娄有言：“不戚戚于贫贱，不汲汲于富贵。”其言兹若人之俦乎？衔觞赋诗，以乐其志，无怀氏之民欤？葛

> 天氏之民欤？

本传借赞以明志，“不汲汲于富贵”，其实还是“不慕荣利”之意；“不戚戚于贫贱”，正是“短褐穿结，箪瓢屡空”而仍然能够“晏如也”的说明。除了以与曾子同代“修身清节”、不求仕进的黔娄为“俦”，作为认同的对象，甚至还因为“忘怀得失”而以上古帝王的“无怀氏”“葛天氏”之民为比类。“无怀氏”与“葛天氏”是否真的存在姑且不论；但就一般的传说看来，二氏之民恐怕是不会“衔觞赋诗，以乐其志”的吧？尤其更不会为自己写“传”了！五柳先生终究还是以诗酒文章为“乐”的魏晋诗人或文人。当然，这种爱好亦无碍于他做一位真正的隐士。

当然隐逸者亦可以是作者友人，作者对其独特的生命情采，不免感动而“虑其湮没弗白”，“因为立传，以垂于世”于是下笔着墨之际，就往往在隐显之间有所逡巡闪烁，反而造就了文章“烟波生色”的趣味。苏轼《方山子传》，先是模仿《五柳先生传》，故意不著姓名而以其帽为称：

> 方山子，光、黄间隐人也。少时慕朱家、郭解为人，闾里之侠皆宗之。稍壮，折节读书，欲以此驰骋当世，然终不遇。晚乃遁于光、黄间，曰岐亭。庵居蔬食，不与世相闻。弃车马，毁冠服，徒步往来山中，人莫识也。见其所著帽，方耸而高，曰：“此岂古方山冠之遗像乎？”因谓之方山子。

但与“五柳先生”只显现其生活情状不同，这一小段的叙事已包含了方山子少时、壮岁及晚年等不同时期的生命情态，这已经是一个完整“传记”的雏形，所以不可能不“熟识”其人；而“见其所著帽，方耸而高”，即能曰“此岂古方山冠之遗像乎？”，自然不是“往来山中”的一般人，需是博雅多闻，如作者一般的人物。“因谓之方山子”，自然是作者给予的称谓。

若据《后汉书·舆服志》谓：“方山冠，似进贤（前高七寸，后高三寸，缨长八寸），[1]以五采縠为之。祠宗庙，《大予》《八佾》《四时》《五行》乐人服之。冠衣各如其行方之色而舞焉。”“进贤冠，古缁布冠也，文儒者之服也。前高七寸，后高三寸，长八寸。”强调其冠为“方山冠”，其人为“方山子”：是否借喻其人为“文儒”，若“进贤”亦足以参与“祠宗庙”？是否即是对他“折节读书，欲以此驰骋当世，然终不遇”之平生命运的惋叹？

作为友人，终究无法让他只隐逸于“方山子”之号，因而遂借述彼此偶然的重逢，表出其姓字：

> 余谪居于黄，过岐亭，适见焉。曰：“呜呼，此吾故人陈慥季常也，何为而在此？”方山子亦矍然，问余所以至此者。余告之故。俯而不答，仰而笑，呼余宿其家。环堵萧然，而妻子奴婢，皆有自得之意。

彼此皆以“何为而在此？”“所以至此者”为问，但一为“遁”，一为“谪”，其实自有主动与被动、自主与拘束之异。方山子并未作答，却对作者的“余告之故”，先是“俯而不答”，低回沉吟，继之以“仰而笑”，反映的正是由同情悲悯而豁然理解，而以“呼余宿其家”作为此番邂逅的回应，既重叙旧日的友情，亦展露当前的生涯，正是“何为而在此？”的最好回答。“环堵萧

[1] 王先谦引惠栋以为脱此十二字，见《后汉书集解》。

然”似乎是隐者标准的生活情状；但不论是五柳的“晏如也”或此处的“有自得之意”，反映的皆是承袭颜回、原宪或黔娄等贤人以降的精神境界。方山子由“俯而不答”而“仰而笑”，未尝不是经由作者之横遭贬谪，再次确认了“天地闭，贤人隐”（《周易·坤卦》）之时局与易理，以及由此而展示出来的“遁世无闷”（《周易·乾卦》）之德操。令人“耸然异之”的，则是“妻子奴婢，皆有自得之意”。

但作者并不因身遭横逆贬谪即失去其用世之心，因而在耸异之余，仍然怀念方山子少壮时驰骋当世的豪情：

> 余既耸然异之，独念方山子少时，使酒好剑，用财如粪土。前十有九年，余在岐山，见方山子从两骑，挟二矢，游西山。鹊起于前，使骑逐而射之，不获。方山子怒马独出，一发得之。因与余马上论用兵及古今成败，自谓一世豪士。今几日耳，精悍之色，犹见于眉间，而岂山中之人哉？

这一段写往昔方山子由少年任侠而精研用兵，马上畅论“古今成败”，以“一世豪士”自许的行径，虎虎生风。尤以“鹊起于前”，“方山子怒马独出，一发得之”的情景，具体呈现了他独特的生命情致，可谓韵味十足。正因为栩栩如生，如在目前，作者不免在时间感觉上产生错乱：他追述往事时清楚记得发生于“前十有九年”；但在感慨时则云“今几日耳”。以古人的寿命而论，十九年几乎是一个人的大半生了，而竟然强调“今几日耳”，则真有“不知老之将至”之慨。作者所不能接受的是方山子“精悍之色，犹见于眉间”，竟然成了归居山中的隐士：“而岂山中之人哉？”

这一篇“传”到“因谓之方山子”之前，似乎还是典型的“传”体写法，以客观的笔调叙其生平的变化。接着借偶然邂逅宿其家，点出“此吾故人陈慥季常也”，接下来的情境，其实近于故友重逢，如杜甫《赠卫八处士》或李白《下终南山过斛斯山人宿置酒》等诗意，却在对其“环堵萧然，而妻子奴婢，皆有自得之意”的“耸然异之”中，戛然而止。更由实返虚，由“独念”进入了往昔交往时对方所呈现豪士情态的回忆，因而引发了“岂山中之人哉？”的疑问与感慨，而进入了典型“传”体，以“赞曰”对于传主生命形态诠解的部分：

> 然方山子世有勋阀，当得官。使从事于其间，今已显闻。而其家在洛阳，园宅壮丽，与公侯等。河北有田，岁得帛千匹，亦足以富乐。皆弃不取，独来穷山中。此岂无得而然哉？

但这一诠解却只是徒增疑问，以原可“得官”的身世，足以“显闻”的才能，或“亦足以富乐”的园宅岁入，反衬其“独来穷山中”，其实不仅是“不慕荣利”“不汲汲于富贵”而已，而几乎是将富贵等同敝屣，“皆弃不取”！但仅以“此岂无得而然哉？”作解，其实只是个相信必然有解的无解之解。最后类似“太史公曰”的“余闻”，更是闪烁其词：

> 余闻光、黄间多异人，往往佯狂垢污，不可得而见，方山子傥见之欤？

强调方山子傥见光黄间之异人，其意云何？是因“同明相照，同类相求”（《史记·伯夷列传》）而解释其所以卜居隐于此间？是说明方山子因受此类异人影响而弃富贵如敝屣？或者谓方山子傥见此类异人，亦可代为“招隐士”？如韩愈《送董邵南序》所谓“观于其市复有昔时屠狗者乎？为我谢曰：‘明天子在上，可以出而仕矣！’”云云。“异人”何以需要“佯狂垢污”以求“不可得而见”？是法网日密，不如此无以远害全身？说得如此欲言又止，迷离恍惚……终究反映的是作者在或仕或隐、或用世或出世这一人生抉择上的犹疑心情。遂使本篇“传”文中“传论”几达“传记”之半，风格颇类司马迁的《伯夷列传》，借叙传主之事而抒作者隐衷之情。

所以茅坤论本篇以为“烟波生色”；刘大魁亦曰“鹿门‘烟波生色’四字，足尽此文之妙”；[1]而王文濡《宋元明文评注读本》则直言“此谪居后借题发挥之作，文境亦演迤萦漾，令人把玩不尽”[2]。“传”体亦可超越叙事的局限，而议论抒情……

隐逸者可借“尝著文章自娱”的方式，撰写“自传”来“颇示己志”，不偶者亦可借撰写“自传”来抒情与言志。晚明杨廷桢《自状文》首谓：

> 岁在戊辰，杨子年三十二于兹矣。多病无赖，无有名誉，又无妻子，怆然朝露之溘至也！乃自为状，略述其概，庶几当世之人，感而吊之，虽死之日，犹生之年，或未即云没尔。

“多病无赖，无有名誉，又无妻子”而觉死之将至的“怆然”感，

---

〔1〕 以上两评俱引自王文濡：《评注古文辞类纂》，第993页。
〔2〕 见王文濡选注：《宋元明文评注读本》，台北：广文书局，1981年，第二册，第5页。

正是他的书写动力。这篇《自状文》先述家世与一再更易的名号，借此肯定自己，“吾自信坦易，诚然无欺，高尚其志，虽功名富贵，弗易吾故”；很特殊的则是“别号五奇山人；方十龄，自称僻生”；并举其仰慕的古人，以见其志趣，尤其形容自己：

厥形苍异，望若虬松，不衫不履，飘飘乎遗世之逸民，独行之高士，所以心醉神怡，梦寐怀思，尤必曰晋处士陶靖节先生也。

但与其高蹈理想不偶的是，现实中他“年十九，补博士弟子员；而试辄不利”，因“其为文……自达性情，违厥世好”，书法、诗句亦皆如此，“倘所谓僻者非耶？”，所以自认“杨子不求名，人亦鲜以名予之，士之达观者耶？”，似乎面对试途不利，“无有名誉”，他尚能以“达观”化解；但真正致命的却是“又无妻子”，以至“多病无赖”的情境：

娶妇徐氏，孝谨令淑，二年而终，哭之恸。未几所生子复殇。杨子遂寝疾，动履乖错，濒危而生，父母幸之。越四年，乃卜贤如徐，始继焉，姓汤氏。又五年而汤氏复殁。

也就是作者两度婚姻，二十一岁时娶徐氏，二十三岁时徐氏亡故，接着稚子亦殇。二十七岁再娶汤氏，三十二岁汤氏复殁。九年之间，亡二妻一子。而作者所经历的婚姻生活，亦仅只七年而已。因而作者饱受打击，痛苦不堪，无法自拔：

杨子曰：“吾盖惧无后之不孝也，故勉为之。新妇备德，先后之间，相得益彰，今亡矣！”仰天呼奈何者不绝声，嗒

> 焉似丧，无涕无泪。性固嗜酒，日以痛饮为事。醉则垂首沉睡，呓呓自语，如吟韩致尧《哭花词》，醒复饮，饮复醉，如是者殆不可得而药焉。

这一段借叙事以抒情，只从外观举止下笔，而其内心的痛苦不言而喻，其哀毁之状，写得实在是惊心动魄。（这亦是作者选择写《自状文》而非“悼亡诗”的原因吗？）但接着不直抒内心，却反以旁观的角度议论其行为，既加以诠解，亦做了评价：

> 嗟乎！夷跖同归，彭殇齐致。杨子曾不一达观，而颓废若此，几于灭性，将无古人所云：“太上忘情，其次不及情，情钟我辈。”固应尔耶？抑世所谓落寞之韵，挟萧疏之致者，亦深情使然耶？

针对自己因丧妻而“颓废若此，几于灭性”，他虽知道“夷跖同归，彭殇齐致”的“达观”思维，却完全不接受。因为这种“颓废”情状，乃是“情钟我辈”“固应尔耶？”的自然反应。他甚至品赏起了“落寞之韵”“萧疏之致”的性情表现的“美感”意韵，因为如此则是类痛苦的反应，正是可以赞赏的人性表现，是优点而非缺陷——因为这一切都是“人性的，太人性的！”。

但是他进一步以《中庸》“天命之谓性，率性之谓道，修道之谓教。……致中和”（朱熹，《四书章句集注·中庸章句》）等“中和之性”的思想，来沉思生命存在的意义：

> 夫天畀人以中和之性，喜怒哀乐要于中节。苟为不然，梦梦而生，梦梦而死，譬若蜉蝣。天之全人者甚多也，而萃其僻于一人者何耶？岂有情无情，人自为之，天亦不能

强耶？

这段论述中，最重要的是没有明白引述的“中也者，天下之大本也；和也者，天下之达道也。致中和，天地位焉，万物育焉”（朱熹，《四书章句集注 · 中庸章句》）的信念；在此信仰下，生命的价值因为人的生命能与“天地合德”而有了真实与永恒的意义。若偏离于此，则如文中所谓“苟为不然，梦梦而生，梦梦而死，譬若蜉蝣”，只有朝生暮死，如梦如幻而已。

但是这种“天界人以中和之性”的信仰强调“喜怒哀乐之未发谓之中；发而皆中节谓之和”（朱熹，《四书章句集注 · 中庸章句》），只是说明了人在“有情无情”之际控制情感的重要性——“喜怒哀乐要于中节”，或许可免于为情灭性，但是能否就此超越“梦梦而生，梦梦而死，譬若蜉蝣”的处境，则并非无可置疑之处：因为“徐氏，孝谨令淑，二年而终”，“新妇备德，先后之间，相得益彰，今亡矣！”，她们可曾违背“中和之性”？而皆红颜薄命，未立而亡，岂非命如蜉蝣，梦梦生死？安在其“天地位焉，万物育焉”？

因而提出了“天之全人者甚多也，而萃其僻于一人者何耶？”的“天问”来。喜怒哀乐之起，既来自“天命之谓性”，亦来自天所施予之境遇，天可曾施予他足以“全人”保性之境遇？既云“君子之道，造端乎夫妇，及其至也，察乎天地”（朱熹，《四书章句集注 · 中庸章句》），但妻子一再中道夭亡，如何“造端乎夫妇”？所以，怨怪天之“萃其僻于一人者何耶？”而又以“岂有情无情，人自为之，天亦不能强耶？”自解：既然“钟情我辈”，因无法或不愿“太上忘情或其次不及情”而自致于“无情”之域，则因“深情”而“几于灭性”，亦可视为“人自为之”，“天亦不能强耶”，如此则亦不必怨天，而终于达到了一种悲剧性的“知命”：

> 嗟乎！天不为之哀而冀人之哀之，人又莫之哀而自哀之！庶乎读是状者，知杨子之以僻故生，而且以僻故死，悲夫！

既然《自状文》作者的“深情”“灭性”是“人自为之”而“天亦不能强”，则“天”亦必“不为之哀”；但写《自状文》其实是“冀人之哀之”，但又同理推知“人又莫之哀”，因而剩下的就只有“自哀之”了。作者并未真正冀望别人“哀”之。他所期待的是“读是状者”庶乎能够了解作者的生命本质——“知杨子之以僻故生，而且以僻故死”，也就是他生命的价值与意义之所在。这里所强调的正是一种偏执的深情，它贯穿了作者生死的终极真实，正因如此，作者的生命不再“譬若蜉蝣”，“梦梦而生，梦梦而死”；它是悲剧性的，因而传达的正是一种深沉的“生命的悲剧意识”（the tragic sense of life）[1]：“悲夫！”

“自传”不但可以叙事，可以借叙事以抒情，还可以在类似“传赞”的部分施加议论，更可以经由作者的现身说法展示一种“对我为真”的生命哲学。“传”体原即事兼“叙”“议”，一旦出以“自传”，若是情深事奇理察，则往往可以达致“情、事、理”兼备的“世事洞明，人情练达”的高度。

---

〔1〕 参见 Miguel de Unamuno, *Tragic Sense of Life*, New York: Dover Publications, 1954。

南宋亡于元兵之后，郑思肖为了表达他对宋室的忠贞，自号一是居士，作《一是居士传》。在这篇深具寓言意味的“自传”里，他所要表达的不过是：

一是居士，大宋人也。生于宋，长于宋，死于宋。

正如一切“境界”型的传记，这篇“自传”里没有现实社会中的姓字籍里——在元朝统治的年代，若拘执于种种现实的社会关系，那么他只能是“死于元”。作者虽然未在宋亡之际殉国，但采取了一种特殊的认同策略，他超越历史现实而在精神上遁入了一种“对我为真”的、由其主体真理所形成的形上世界：

今天下人悉以为非赵氏天下，愚哉！尝贯古今六合观之，肇乎无天地之始，亘乎有天地之终，普天率土，一草一木，吾见其皆大宋天下，不复知有皇帝王霸盗贼夷狄诸蛮介于其间。大宋粹然一天也，不以有疆土而存，不以无疆土而亡，行造化迈历数，母万物而未始有极焉。

作者将“大宋天下”重新形而上化，将“大宋”推高到或为“道”或为“天”的位置。在“母万物而未始有极焉”的强调中，他其实是诉诸《老子》首章的“有名万物之母”的理念，巧妙地利用了“道可道，非常道；名可名，非常名”（《老子》第一章）的玄理，因而既否定了“今天下人悉以为非赵氏天下”，亦反过来肯定“吾见其皆大宋天下”。因为只要“有‘大宋’之名”，“大宋”即“粹然一天”，然后由此“道”此“天”，再以“道生一，一生二，二生三，三生万物”（《老子》第四十二章）的方式，滋生“万物”而成其“大宋天下”。“大宋”亦因其“粹然一天也”，而足以“行造化迈历数”，为其“天下”之“母”，“而未始有极焉”地生长、亭育其下的“万物”……

接着他以孝子尽孝于其父为喻，强调其全心于父，不以存亡为异，其实他所指涉的是对于君国的认同，以及他至死不移的决心：

> 譬如孝子于其父，前乎无前，后乎无后，满眼惟父与天同大。宁以生为在，死为不在耶？又宁见有二父耶？此一是之所在也。未死书死，誓其终也。故曰死于宋。

通过“父子”名分，这里真正想要表达的是：“宁见有二父耶？”因为对孝子而言，即使父“死”，亦不以“为不在”；因而不致如不孝子之即可认贼作父。不以生死、有无而异心，即“此一是之所在”。所谓“一是”，意为父“一”为“是”；父“二”为“非”，表明的是不做“贰臣”的心志。自称“居士”亦强调其远离混浊红尘，向往远引出世的情怀。所谓“死于宋”，乃“誓其终”，强调自己坚持不改个人出处与认同的初衷。他更进一步诠释“一是”为“纲常”之本：

> 一是者何？万古不易之理也。由之行，则我为主：天地鬼神咸听其命。不然，天地鬼神反诛之。断古今，定纲常，配至道，立众事，自天子至于庶人，一皆不越于斯。苟能深造一是之域，与天理周流，明而不惑。杀之亦不变，安能以伪富伪贵刍豢之。

在这段话里与现实相关的是“杀之亦不变，安能以伪富伪贵刍豢之”，这是宁死不做贰臣的直接明志。“身无二父”，故而“忠臣不事二朝”，二者共同的基础，正是以“一”为“是”的“万古不易之理”；而以忠孝为核心之“纲常”确立其上，因而宣称：“断古今，定纲常，配至道，立众事，自天子至于庶人，一皆不越于斯。”

他很明白儒家的伦常关系其实是终生不渝的名分，它是一种类血缘的，无法更易的关系：“父”即是“父”，“子”即是“子”，无可选择，亦不会变化。它是一种必然的律令或天命。因为社会的构成是从“有父子然后有君臣”推廓而来，因而广义的“孝”就成了社会及一切德行的基础。这也是《孝经》所谓“故自天子至于庶人，孝无终始”的另一种说法。

因而他强调若有此体会——“苟能深造一是之域，与天理周流，明而不惑”，甚至可以“惊天地，动鬼神”，“由之行，则我为主：天地鬼神咸听其命。不然，天地鬼神反诛之”。这一段说理，似乎充满了“浩然正气”，“虽千万人吾往矣”的气魄。但他实际的生活状况却是：

> 每弃忘生事，尽日遂幽闲之适，遇痴浊者则急去之。多游僧舍，兴尽，即飘然；惬怀，终暮坐不去。寡与人合，间数月，竟无至门者，独往，独来；独处，独坐；独行，独吟；独笑，独哭。抱贫愁居，与时为仇雠。或痴如哆口不语，瞠目高视而僵立，众环指笑，良不顾。常独游山水间，登绝顶，狂歌浩笑，气润霄碧，举手掀舞，欲空其形而去。

基本上是一种“抱贫愁居，与时为仇雠”的自我放逐、泰半孤独的状态，短短的一小段文字，就用了九个“独”。他的“曾不吝情去留”，也只是“多游僧舍”与“常独游山水间”，大半时刻如痴——“哆口不语，瞠目高视而僵立，众环指笑，良不顾”，似狂——“狂歌浩笑……举手掀舞，欲空其形而去”，正与隐士的自得大相径庭。其实他满怀悲愤，“癖于诗……一兴动，达旦不寐，作讽咏声，辞多激烈意。诗成章数，高歌辄泪下，若不能以一朝自居”，虽以遗民为身，却近似以殉国为心。

这篇“自传”的特殊之处在于，前半皆为议论，或者可以说，皆在阐发“一是”之理，后半则为以其“一是”之心，处于异族统治之世，所仅余可为之事，即使是在如下情况下：

> 或告人以道，俗不耳其说，反嫌迂谬，率耻与之偕。破衣垢貌，昼行呓语，皇皇然若有求而弗获。坐成废物，尚确持一是之理，欲衡古今天下事，咸归于正，愚又甚众人，宜乎举世之人不识之。

但这篇“传”记不致沦为仅是“言志”与其“持行”，而另具文学趣味，亦在于仍有人物个性的描绘：

> 性爱竹，嗜餐梅花，又喜观雪；遇之，过于贫人获至宝为悦。不饮酒，嗜食菜。荐饭得菜，欣然，饭速尽。有招之者，拒而不从，决不妄以足迹及人门。

经由竹、梅、雪的爱好，反映的仍是冰清玉洁，甚至近于寒素耿介的情操，“食菜”“拒招”，间接地仍在明志。终究他作“传”的目的，原在明心：

> 有识者非之。识之识其人，不识其人非识也。能识一是之理，则真识一是居士矣。奚以识其精神笑貌，然后谓识一是居士也与？故作《一是居士传》。

本篇是“传记”，还是“寓言”？亦颇有耐人寻味之处。

才华横溢，但与世不偶，遂使声名湮没无闻的文士，作品偶为慧眼独具的读者发现，读者不免心生爱慕，即使未曾亲见亲识，亦会有有心人愿意为其作“传”，如袁宏道《徐文长传》所谓：

> 一夕坐陶编修楼，随意抽架上书，得《阙编》诗一帙，恶楮毛书，烟煤败黑，微有字形。稍就灯间读之，读未数首，不觉惊跃，急呼石篑：“《阙编》何人作者？今邪？古邪？”石篑曰：“此余乡先辈徐天池先生书也……”两人跃起，灯影下，读复叫，叫复读，僮仆睡者皆惊起。……盖不佞生三十年而始知海内有文长先生。噫！是何相识之晚也。因以所闻于越人士者，略为次第，为《徐文长传》。

这一段序言，极为生动地刻画了传主的湮没无闻与作者发现传主作品的惊喜。作者心生“相识恨晚”之情，遂为之作“传”。徐渭后入《明史·文苑传》，显然多少受到此“传”的影响，因为《文苑·徐渭传》中直叙：“后二十年，公安袁宏道游越中，得渭残帙，以示祭酒陶望龄，相与激赏，刻其集行世。”

袁宏道《徐文长传》中，徐渭虽“为山阴诸生声名藉甚”，“有国士之目”，“然数奇，屡试辄蹶”；入胡宗宪幕，作得“永陵（世宗）喜”的《白鹿表》。“自负才略，好奇计谈兵多中”，“然竟不偶”，“不得志于有司，遂乃放浪曲蘖，恣情山水”。诗“匠心独出，有王者气”，“文有卓识，气沉而法严”，“作书笔意奔放”，“苍劲中姿媚跃出”，画“花鸟皆超逸有致”，等等。此外，他“疑杀其继室，下狱论死”，“得出”；“晚年愤益深，佯狂益甚”：

或自持斧击破其头，血流被面，头骨皆折，揉之有声。或以利锥锥其两耳，深入寸余，竟不得死。

“晚岁诗文益奇”，“然文长竟以不得志于时，抱愤而卒”。既写其才华出众，亦叙其屡遭轗轲，更生狂疾，抱愤而卒；因而致意于论其才命相妨：

石公曰：“先生数奇不已，遂为狂疾；狂疾不已，遂为囹圄，古今文人牢骚困苦，未有若先生者也。……先生诗文崛起，一扫近代芜秽之习，百世而下，自有定论。……梅客生尝寄余书曰：‘文长吾老友，病奇于人，人奇于诗。’余谓：文长无之而不奇者也。无之而不奇，斯无之而不奇也，悲夫！”

这里的评论似乎集中在“奇”之一字双音两义的绾合上，其实正凸显了“传”体所能引发文学感兴的两面性上，一面是其才性，一面是其遭遇，或许这亦是我们关切个人或人类命运的必然切入点吧！——假如我们的兴趣是在于传主本身，而不仅是借由其事迹来说理或获得教训上。

（二）庶民的启示

由于“传”原本是“史”书的一部分，入“列传”总要有其特出之点，一般庶民总是无缘涉入，但司马迁《史记》中列传的范围极广：滑稽、日者、龟策、货殖、游侠、刺客与儒林、循吏、酷吏一起并有“列传”，已经预示了庶民亦可因“或事迹虽微而卓然可为法戒者”，“则皆为之作传以传其事，寓其意”，这类以“细人而可法”所作的“传”，自以韩愈的《圬者王承福传》最具典型意义。文章相当扼要地叙述了王承福的生平：

> 问之，王其姓，承福其名。世为京兆长安农夫。天宝之乱，发人为兵。持弓矢十三年，有官勋，弃之来归，丧其土田，手镘衣食，余三十年。舍于市之主人，而归其屋食之当焉。视时屋食之贵贱，而上下其圬之佣以偿之。有余，则以与道路之废疾饿者焉。

虽然在“传”名中特别加上了“圬者”，但由其曾“有官勋”，亦不妨视其为隐于市的“隐者”。此外，文前一开始即强调：“圬之为技，贱且劳者也。有业之，其色若自得者。听其言，约而尽。”——操贱业而自得之；并且言谈简约而尽理，出言不凡；以及“视时屋食之贵贱，而上下其圬之佣以偿之”，颇有严君平卖药的意味；而“有余，则以与道路之废疾饿者焉”，更似陶朱公散财之意。

虽然其生平颇有起伏，当时之年纪应在六十上下，但此“传”记“言”的部分远远多于记“事”的部分。他的言说之不凡，在于他能够以一套社会分工的论述来定位自己的工作，呼之欲出的是一种“各在其位，各事其能”的社会责任意识，或者说一种政治伦理学。首先指出人类必须通过劳动工作，才有生活的各种必需品，因而文明的生活建立在互相依赖的分工上：

> 粟，稼而生者也。若布与帛，必蚕绩而后成者也。其他所以养生之具，皆待人力而后完也，吾皆赖之。

因而形成各种的社会地位与角色：

然人不可遍为，宜乎各致其能以相生也。故君者，理我所以生者也；而百官者，承君之化者也。任有小大，惟其所能，若器皿焉。食焉而怠其事，必有天殃……

这一段话论述的是“各致其能以相生”，却仍以政治性的君主与百官为中心，一方面反用“君子不器”的理念，指出百官或百姓“若器皿焉”，以强调其“任有小大”；一方面却指出了“食焉而怠其事，必有天殃”的现象，这未必是一种迷信式的诅咒，更明显的意指可能是“养生之具，皆待人力而后完”，若“人力”不继，则“养生”之具必然不足，就社会整体而言，必然会如《荀子·天论》中所说：“物之已至者，人祆则可畏也。”

楛耕伤稼，耘耨失秽，政险失民，田秽稼恶，籴贵民饥，道路有死人，夫是之谓人祆。政令不明，举错不时，本事不理，夫是之谓人祆。……其说甚迩，其灾甚惨。

以上一段也就是“本荒而用侈，则天不能使之富”的另一种说法。因而在这一政经论述架构中，找到自己工作的定位：

食焉而怠其事，必有天殃，故吾不敢一日舍镘以嬉。夫镘易能，可力焉，又诚有功。取其直，虽劳无愧，吾心安焉。夫力，易强而有功也；心，难强而有智也。用力者使于人，用心者使人，亦其宜也。吾特择其易为而无愧者取焉。

这一段明白区分了百姓庶民为“用力者使于人”，君主百官为“用心者使人”；但是“力，易强而有功也；心，难强而有智也”，并非人人都能具有“用心者”所需之“智”，而能愉快地胜任其职。在似乎甚具自知之明的“吾特择其易为而无愧者取焉”之生涯抉择的说明中，隐含了对应是无智而当有愧之用心使人者的婉讽。

因而再以其见闻，证成“金玉满堂，莫之能守；富贵而骄，自遗其咎。功成，名遂，身退，天之道”（《老子》第九章）的智慧：

> 嘻！吾操镘以入富贵之家有年矣。有一至者焉，又往过之，则为墟矣。有再至、三至者焉，而往过之，则为墟矣。

皆因宅第原主人，各为“噫，刑戮也”，“身既死，而其子孙不能有也”，“死而归之官也”等的结果。他又特别由“得天殃者”，再做感慨式的“天问”：

> 吾以是观之，非所谓食焉而怠其事而得天殃者邪？非强心以智而不足，不择其才之称否而冒之者邪？非多行可愧，知其不可而强为之者邪？将富贵难守，薄功而厚飨之者邪？抑丰悴有时，一去一来而不可常者邪？吾之心悯焉……

但是他的推想不外乎“怠其事”“才不称”“行可愧”“薄功而厚飨”，以至“丰悴有时”——其中有“怠事”的成分，亦有各种“强为”的成分，甚至想到了非人力可及的“富贵难守”“丰悴有时”的普遍命运。他在同情之余，不免要生发近乎“甚爱必大费，多藏必厚亡；知足不辱，知止不殆，可以长久”（《老子》第四十四章）的智慧的抉择：“吾之心悯焉，是故择其力之可能者行焉。乐富贵而悲贫贱，我岂异于人哉！”因而韩愈在论赞中强调：

> 盖贤者也，盖所谓独善其身者也。……其贤于世之患不得之而患失之者，以济其生之欲，贪邪而亡道，以丧其身者，其亦远矣！又其言可以警余者，故余为之传而自鉴焉。

“警余”“而自鉴焉”正是“可为法戒者”之意，“故余为之传”，则用以解说为“细人”，为“事迹虽微”者作“传”的缘由与辩解。但是“传”所记之“事”往往有超出所记之“言”，以及作传者之“论”述的丰富含义，足资读者玩味，而引发比“言”“论”更多的文学感兴。

在这篇“传”文的“论”中，韩愈似乎斤斤计较于王承福对于无“妻与子”的自我辩解：

> 功大者，其所以自奉也博。妻与子，皆养于我者也。吾能薄而功小，不有之可也。又吾所谓劳力者，若立吾家而力不足，则心又劳也。一身而二任焉，虽圣者不可能也。

他由“愈闻而惑之，又从而思之”得出以下结论：

> 然吾有讥焉，谓其自为也过多，其为人也过少。其学杨朱之道者邪？杨之道，不肯拔我一毛而利天下。而夫人以有家为劳心，不肯一动其心以畜其妻子，其肯劳其心以为人乎哉？

这里韩愈对王承福的批评，其实有近于子路对“隐者”荷蓧丈人家所谓“不仕无义”“君子之仕也，行其义也”“君臣之义，如之何其废之？欲洁其身而乱大伦”（《论语・微子》）这一主张出仕的儒者立场。

但他自己叙王承福事迹，终于自给屋食后，“有余，则以与道路之废疾饿者焉”，则王承福的行径，未必违背韩愈自己在《原道》中所谓“博爱之谓仁，行而宜之之谓义。由是而之焉之谓道，足乎己无待于外之谓德”的仁义道德。他明显忽略了，王承福自言：“乐富贵而悲贫贱，我岂异于人哉！”他只是安于贫贱而未求富贵，不过“择其力之可能者行焉”。

所以当他说：“妻与子，皆养于我者也。吾能薄而功小，不有之可也。”则未必不可说他“欲有妻与子，我岂异于人哉？”，他的“不有之，可也”的说法终究不是出于本心，而是来自“吾能薄而功小”的限制，其中自有其无法明言的悲慨。

接着说“若立吾家而力不足，则心又劳也”，这里明白地指出，他作为一个“使于人”的庶民，“吾所谓劳力者”，以当时的社会情势并“不足”以“立吾家”；“则心又劳也”的“心劳”其实并不等于“使人者”的“用心”，反而当如前文谓“夫镘……取其直，虽劳无愧，吾心安焉”之“心安”的对立面。突然指出“一身而二任焉，虽圣者不可能也”，未能有家室，为何需要举出“圣者”亦不可能？除了强调其绝对没有可能之外，当“一身而二任”指的若是力劳又兼心不安，则其情境是否即如司马谈所谓“神大用则竭，形大劳则敝，形神离则死……故圣人重之”（《史记·太史公自序》）云云的困境？

韩愈在以杨朱之道“讥”王承福时，浑然忘却了王承福原为“农夫”，但身遭“天宝之乱”，经“发人为兵。持弓矢十三年”，中岁“来归”时已“丧其土田”。（而土田上的家居与亲属呢？是否一皆荡然无存？如此则王承福经历的是“新婚别”还是“无家别”？）他无处可安身，遂得“舍于市之主人”，虽有镘为业，其实是属于当“悲贫贱”的游民，一身糊口或者有余，又何能再“立吾家”？所能者只以“无愧”“心安”，不再“必有天殃”自慰自勉，而以其“有余”周济“道路之废疾饿者”而已。

其身经乱离之悲哀，不在韩愈“警余”“自鉴”的主题范围内，因而他视而不见，叙而不察，真实的“传”记，遂永远比“寓言”丰富。而柳宗元的《种树郭橐驼传》《梓人传》，虽皆以“传”为名，其实与其《捕蛇者说》类似，“寓言”的成分居多。

### （三）女性的英姿

女性进入史书，自《左传》《国语》即已屡见，司马迁《史记》更撰有《吕太后本纪》与《外戚世家》，继刘向《列女传》之后，范晔也在《后汉书》撰有《列女传》，因而女性早亦已在“史传”之列。历代私撰之女性“传”文亦屡见不鲜，大抵可分为“烈妇”与“节妇”二大类型。“节妇”之“传”文，往往伦理教训之意味较浓，事虽艰难罕异，但未必皆具文学兴味。本节但取唐代李翱《杨烈妇传》、元代王恽《烈妇胡氏传》，及清代李良年《廖氏传》，以略见呈现于“传”文中之女性英姿。

《杨烈妇传》首叙背景：

> 建中四年，李希烈陷汴州，既又将盗陈州，分其兵数千人，抵项城县。盖将掠其玉帛，俘累其男女，以会于陈州。

遂因面对大军压境，“县令李侃不知所为”，而引出传主杨烈妇的种种作为：

> 其妻杨氏曰：“君，县令也。寇至，当守；力不足，死焉，职也。君如逃，则谁守？”侃曰：“兵与财皆无，将若何？”杨氏曰：“如不守，县为贼所得矣！仓廪皆其积也，府库皆其财也，百姓皆其战士也。国家何有？夺贼之财而食其食，重赏以令死士，其必济。”

首先，决定基本方针，杨氏劝其夫力守，继之以死，因为这是县令的职责；其次，则提议执行方式，起用仓廪府库之财，重赏以令百姓为死士，作为防守之具。

> 于是召胥吏百姓于庭。杨氏言曰：“县令，诚主也。虽然，岁满则罢去，非若吏人百姓然。吏人百姓，邑人也，坟墓在焉。宜相与致死以守其节，忍失其贞而为贼之人耶？”众皆泣许之。

接着，聚众于庭，晓以作战之大义，实为众人乡邑坟墓所在，劝喻吏人百姓为家乡致死守节。除借情理，晓之以义之外，更喻之以利，待之以周：

> 乃徇曰：“以瓦石中贼者，与之千钱；以刀矢兵刃之物中贼者，与之万钱。”得数百人，侃率之以乘城。杨氏亲为之爨以食之。无长少，必周而均。

以上是组织民众以抗贼的部分，接着是对贼表明死守之决心，以及劝说对方亟去的喊话经过：

> 使侃与贼言曰：“项城父老，义不为贼矣！皆悉力守死。得吾城不足以威。不如亟去，徒失利，无为也。”贼皆笑。有蜚箭集于侃，侃伤而归。

由“贼皆笑”，可见数千人之贼，目中固无视数百县民之抵抗。“有蜚箭集于侃”，采取的正是“斩首”的行动策略。而杨氏亦完全了解这一策略的意义，因而当“侃伤而归”，杨氏固劝李侃重回城上：

杨氏责之曰："君不在，则人谁肯固矣？与其死于城，不犹愈于家乎？"侃遂忍之，复登陴。

作者接着重述敌我对抗的态势与战事的发展：

项城小邑，无长戟、劲弩、高城、深沟之固，贼气吞焉，率其徒将从超城而下。有以弱弓射者，中其帅，堕马死。其帅，希烈之婿也。贼失势，遂相与散走。项城之人无伤焉。刺史上侃之功，诏迁绛州太平县令。杨氏至兹犹存。

结果项城县方面，正因反过来对敌方采取了"斩首"行动，而得到了保全。

这篇"传"记言、记事交相为用，充分地彰显了事由言决的效果与过程。杨氏虽以女子而未乘城守御，但实为整个守城行动的灵魂人物，她的智慧与决心，都通过她的言辞与丈夫及群众的行动而得到贯彻。虽然"杨氏亲为之爨以食之。无长少，必周而均"，真正能够采行的还是妇女职分的行动，但实质上她所扮演的其实是"军师"的角色。因而作者李翱接着大发议论：

人之受气于天，其何不同也！妇人女子之德，奉父母舅姑尽恭顺，和于娣姒，于卑幼有慈爱，而能不失其贞者，则贤矣。至于辨行阵，明攻守勇烈之道，此固公卿大臣之所难。厥自兵兴，朝廷宠旌守御之臣，凭坚城深池之险，储蓄山积，货财自若，冠胄服甲，负弓矢而驰者，不知几人！其勇不能战，其智不能守，其忠不能死，弃其城而走者有矣！彼何人哉？若杨氏者，妇人也。孔子曰："仁者必有勇。"杨氏当之矣！

这一段议论，一方面指出杨氏远远超出贤妇之德，甚至能为公卿大臣之所难；另一方面其实正借以嘲讽那些“勇不能战”“智不能守”“忠不能死”的守御之臣，而以“仁”而“有勇”誉之。终而在“赞”中强调虑其事迹湮没的作“传”旨意：

> 赞曰：凡人之情，皆谓后来者，不及于古之人。贤者自古亦稀，独后代耶？及其有之，与古人不殊也。若高愍女、杨烈妇者，虽古烈女，其何加焉！予惧其行事湮灭而不传，故皆序之，将告于史官。

一方面强调“贤者”古今不殊，间接地再一次肯定杨烈妇为不可多得的“贤者”与“烈女”；另一方面则亦以“序”其“行事”作“传”，由“将告于史官”一语，则亦可以窥见其时“私传”与“史传”的潜在关联。

假如说杨烈妇是智勇双全的贤者，那么王恽《烈妇胡氏传》中的胡氏，反映的则是事起仓促之际的勇毅——为救夫而竟能毙虎：

> 刘平妻胡氏，滨州渤海县秦台乡田家子。至元庚午，平挈胡洎二子南戍枣阳。垂至，宿沙河岸。夜半有虎突来咥平左臑，曳之而去。胡即抽刀前追。可十许步，及之。径刺虎，划肠而出，毙焉。趣呼夫，犹生，曰：“可忍死去此。若他虎复来，奈何！”委装车，遂扶伤携幼，涉水而西。黎明，及季阳堡。诉于戍长赵侯，为救药之。军中聚观，哀平之不幸，咤胡之勇烈也。信宿，平以伤死。赵移其事上闻，得复役终身。

这段叙述简短而精练，多用短句，全无废词，节奏紧凑而情景历历，近于动作片电影的剪辑，胡氏之勇毅果决，种种匆骤而智勇兼备的行动，刻画得栩栩如生。王恽继之以感慨的论赞：

> 嘻！胡柔懦者也。非不惧兽之残酷，正以援夫之气激于衷，知有夫而不知有虎也。平虽死，其志烈言言，方之太山虢妇，何壮毅哉！

作者对传主的心理做了解释，正是“援夫之气激于衷，知有夫而不知有虎也”。就“传”作而言，极有意味的是，本篇“传”文只写行动而不做任何心理描写，却在“论赞”的部分做了心理分析，成为由外而内、由观而照的绝妙搭配。篇幅虽短，而意味隽永。

一般“私传”因为篇幅较短且主题集中，通常从小说艺术之人物塑造角度而言，较多集中在人物性格的单面，因而人物大抵为“平面人物”（flat character）；以前文各例，仅《方山子传》中之方山子为具有多重面向与性格转变的“立体人物”（round character）。[1]我们很意外地发现，在实际的“传”作（而非传奇小说）中，对女性的描写，亦可以呈现出“立体人物”，因而李良年仅题传主之名“廖氏传”，而未加上“节妇”或“烈女”之类名，因为传主廖氏由色艺而慈惠而清节，正自在不同时节呈现了多重的面向与性情的豹变：

> 廖氏者，开封某县人。流寓东南，嫁沈大谊。美容仪，工挟弹走马及秋千蹴鞠高絙诸技，所至人遮道观。往时吾见

---

〔1〕 参见 E. M. Foster, *Aspects of the Novel*, New York: Harcourt Brace & Co., 1927。

之乌程道上，群少年方逐射，顾见纸鸢起，一人出锦织，成约曰：“即中，与若锦；不中，罚如直。”于是少年皆不中。廖氏行而前曰：“妾请为君弹之。”一发而得。载其锦以去。其后，复见之吾里，呼之园舍中，使尽其技。邻比从屋上窥之，皆叹绝。自是不复相闻。

首段叙廖氏“美容仪”“工诸技”，以乌程道上的邂逅，写其善弹射；以邀至里园中“使尽其技”而亲自验证其技艺巧妙，令人“叹绝”，略见“所至人遮道观”“从屋上窥之”的盛况。接着叙十年后移居同郡所见：

后十年，移家吾郡之南村。值岁大旱，村人多绝食。廖氏为给一月糜，赖以全者数家。

这次的印象近于“豪华落尽见真淳”，她成了一位在饥旱中施粥活人的慈善人士。而后面的变化则更具戏剧性：

亡何，大谊死；慨然曰：“吾少之所为，长而悔焉。所为浮沉者，婿非此不活也。今婿死，宁复为辱人贱行哉！”遂着比邱尼服，邀其邻一老妪，俱入皋亭山，结茅屋，恶衣粝食，焚香诵佛，见者不能狎也。山有猛虎，常杀人。过其门，辛驯扰而去。山中人益异之。妪归述其事。

作者很巧妙地以“妪归述其事”来交代他所不能亲闻亲见的转变，廖氏不但成了隐居守节的准出家人，她的“焚香诵佛”更能化及猛虎，事颇奇异。同时更直接说明了她以色艺娱人原是为养活夫婿，既然“悔”其“少之所为”，则自可在“婿死”之后，从其真实的心志，清苦自适。其后“见者不能狎也”，正与她自视“少之所为”，不免“为辱人贱行”相呼应，反映的是她内心自尊自重的终于实现。因而廖氏其实经历了犹如克尔凯郭尔所谓的“美感的”“伦理的”，而至“宗教的”之人生三阶段的变化。[1]这几乎是个卓越艺术家所可能的在人格展开上的各种变化了。因而作者要忍不住自叹未能真知其人了：

> 予盖自叹其昔之浅于窥氏也。或谓廖氏生长江湖之上，嬉戏跃冶久矣，岂能作苦居深山终其身？然彼既美颜色，负绝世之技，不幸而夫死，使不自爱其身，则土豪侠少，且争致之。顾舍此不为，远蹈荒山虎穴中，其所挟持，未可量也！天下太平，一二英杰，无以自见，往往托于艺术，而流俗不察，谓之无人，观廖氏可知矣！

李良年反复论述，廖氏能弃繁华而就枯淡，弃市集之平易而就虎穴之险峻，而无反顾，则“其所挟持，未可量也”，也就是显然具有一种未可常情度量的胸襟与丰富强旺之精神内涵，方才能够自得自适。他甚至用“英杰”一词来形容可以通过“廖氏”而“可知”的人物，则在他的心目中，“廖氏”已不是平常的妇人女子所可形容与限范的了——从精神气性看，远远超越了男女之别。“传”中这些女性的英姿，所以引起作“传”者的津津乐道，正在于她们精神、技艺、行动、智谋等，已明显地超越了她们所具的“柔懦者”之形躯。

---

〔1〕 参见 Søren Kierkegaard, *The Point of View for My Work as an Author*, New York: Harper, 1962。

## 五、结 语

传统的“传”体除了叙事之外，往往继之以议论性质的“论赞”，当“论赞”亦可“感慨系之”时，自亦深具抒情意味，尤以“自传”和为亲友作“传”之际为然。因而“传”体可视为该备多重文学的功能与兴味之文体。加上了想象与虚构，以及深具纠葛发展的情节，就被应用于“传奇”小说，唐人以下已优为之，早已蔚为大国。此外，如韩愈的《毛颖传》，则可视为借“传”体来“咏物”，亦深具谐拟的趣味，但因只袭用其体式，其内容则远超必须出以“信而有征”的“征实”精神，故此仍当视为“异”类，方能合理地加以考察，请俟他日另篇再述。

# 第八章
# 游览“记”与山水“记”作为文学类型之美感特质

## 一、前　言

曾国藩在《经史百家杂钞·序例》中论“杂记类”谓：“后世古文家，修造宫室有记，游览山水有记，以及记器物、记琐事皆是。”虽云“游览山水有记”，却并未将游览“记”与山水“记”加以区别。但若以柳宗元《始得西山宴游记》《游黄溪记》题中皆著一“游”字，显然《钴鉧潭记》与《袁家渴记》似有不同。王安石作《游褒禅山记》以“游”字始题，苏轼《石钟山记》不著“游”，但亦有《游白水》《记承天寺夜游》等著有“游”字的作品。可见两类虽然密切相关，似亦仍有微妙区别。本章固然要处理两者的共同性，亦将兼顾二者的殊异性。两者自然同时包含了游览者的主体活动与被游览的山水之客体状态，然后有种种的“记”的书写。而山水有其空间性，游览则亦有其时间性。写作的方式，或专意于空间性山水客体状态的描写，往往近于“写物”之作；或聚焦于时间性游览者主体活动的记叙，往往近于叙事之作；而作品所生发的精神状态亦可以有或以“兴情”为主或以“悟理”为主之别。以上种种辨析将为本章据以分析各别引述文本例证，来做游览“记”与山水“记”之美感特质探讨的基本概念架构。

## 二、从游览“记”到山水“记”

吴讷《文章辨体·序说》谓：“记之文，《文选》弗载。后之作者，固以韩退之《画记》，柳子厚游山诸记为体之正。”因而就“游览山水有记”的范围，或许柳宗元的作品是一个很好的切入点。

《游黄溪记》中，他首叙在晋、豳、吴、楚越之间“名山水而州者以百数，永最善”，“名山水而村者以百数，黄溪最善”。接着叙其由永州州治出发，一路寻方计步：“由东屯南行六百步至黄神祠”；“黄神之上，揭水八十步，至初潭”；“南去，又行百步，至第二潭”；“自是又南数里”；“又南一里至大冥之川……有土田，始黄神为人时，居其地”。再解释黄神立祠之由，并点明“今祠在山阴溪水上”。然后明著出游日期“元和八年五月十六日”，而说明写作的意图——“既归为记，以启后之好游者”。

这里首先值得注意是，他不断前进与移动的历程，反映的正是“游”字的本义；虽然这种前进与移动是以“黄溪”为范围，因而“移动性”与“区位性”正是“游”记必要的两面性。其次，他注明了日期，强调这是特殊的一次性的行为，而非常时性的活动。由于是一次性的行为，因而“游”之际，环顾所“览”，就可以有极短暂、极偶然的景观：

> （初潭）最奇丽，殆不可状。其略若剖大瓮，侧立千尺，

溪水积焉。黛蓄膏渟，来若白虹，沉沉无声。有鱼数百尾，方来会石下。

（第二潭）石皆巍然，临峻流，若颏颔龂腭。其下大石离列，可坐饮食。有鸟赤首乌翼，大如鹄，方东向立。

两段的描写皆先始于较为固定的景致，“略若剖大瓮，侧立千尺”“石皆巍然”“若颏颔龂腭。其下大石离列”；然后接以柔波流水，“溪水积焉。黛蓄膏渟，来若白虹，沉沉无声”“临峻流”，表现的是动荡不已、向前流漾的态势；最后都结束于可以用“方”字表达的短暂景象，“有鱼数百尾，方来会石下”“有鸟赤首乌翼，大如鹄，方东向立”。鱼群的会石下，作者或许看到了它们的动态的聚集（是作者投食引来的吗？），所以用了“方”。如鹄大鸟的“东向立”之“方”绝对是一极短暂、极偶然的景象。

因为只是某日某次的游览“记”，它方才可能着重这种一次性或暂时性的主体观览与客体状态的遭逢，而有令人惊喜讶异的体验与经历，并且顺着经历而形成体验的心绪发展与变化。因而所描写之实际的空间行程，亦同时就是人物体验的心理历程之表现，这正是这类“游览记”潜蕴的戏剧效果之所在。

在“记”文末尾提到“既归为记，以启后之好游者”，则间接暗示了“游伴”的因素——独游、同游、与何人同游……其间的不同，正亦足以影响游历的经验与风味；于是标出同游者亦往往成为这类游览“记”的必要，未必皆是赘笔。

柳宗元《至小丘西小石潭记》，以“至”代“游”，但其实是一篇极写某次游览经历与体验的作品。这一篇一开始就以游览者的行动以及行动中的感知入手：

> 从小丘西行百二十步，隔篁竹，闻水声如鸣佩环，心乐之。伐竹取道，下见小潭。水尤清冽，全石以为底。近岸卷石底以出，为坻，为屿，为嵁，为岩。青树翠蔓，蒙络摇缀，参差披拂。潭中鱼可百许头，皆若空游无所依。日光下澈，影布石上，佁然不动，俶尔远逝，往来翕忽，似与游者相乐。

这一段先计行步，由视觉的"隔篁竹"而转入听觉的"闻水声如鸣佩环"，而产生"心乐之"的感应，描写的其实是"游者"的经验历程与结构。接着叙述进一步行动，"伐竹取道"，发现"下见小潭"。然后才是对"小潭"的描摹：先是视点向下所得的"水尤清冽，全石以为底"；转而上升视点所看到的"近岸卷石底以出，为坻，为屿，为嵁，为岩"，先是浮出水面同为石质的坻屿嵁岩，次及周遭的林木纷披——"青树翠蔓，蒙络摇缀，参差披拂"。

又再下视"潭中"，见"鱼可百许头"，而以"皆若空游无所依"，描写因"水尤清冽"所形成的视觉错觉，仍然侧重经验的真实而非客体的真实。再转而惊觉这种景象亦是因"日光下澈"，又见群鱼之"影布石上，佁然不动"，以及偶或"俶尔远逝，往来翕忽"的动态，而直认其为"似与游者相乐"。虽有种种山水景物的情状摹状，其实是"以我观物，物皆着我之色彩"的主体经验的呈现。

接下来是寻源远望与静坐其间的整体感受：

> 潭西南而望，斗折蛇行，明灭可见，其岸势犬牙差互，不可知其源。坐潭上，四面竹树环合，寂寥无人，凄神寒

骨，悄怆幽邃，以其境过清，不可久居，乃记之而去。同游者吴武陵龚古，余弟宗玄，隶而从者，崔氏二小生，曰恕己，曰奉一。

饶有意味的是水流“斗折蛇行，明灭可见”，这是呈现在眼前的客体情状，但游者显然不以此为满足，他更想“知其源”；虽然因“其岸势犬牙差互”，竟而“不可知其源”。在前文闻水声“心乐之”，见潭鱼“似与游者相乐”之余，“坐潭上，四面竹树环合”，竟因“寂寥无人”而感觉“凄神寒骨，悄怆幽邃”，甚至得出“以其境过清，不可久居”的结论，而“乃记之而去”。

所谓“寂寥无人”并非指涉现实，其实同游者另有四人，作者并不孤单；只是益发凸显了所谓“凄神寒骨，悄怆幽邃”，以至认定“以其境过清，不可久居”，主要是来自作者（或游者）主观的感受与此刻心理反应的认定。因而它所反映的正是游者的主体体验，未必即是山水的客体境况。

游览“记”作为游者主体体验的书写，我们还可以在柳宗元《始得西山宴游记》中见到。该文先从“自余为僇人，居是州，恒惴栗，其隙也，则施施而行，漫漫而游……”的个人情境与行径写起，到“未始知西山之怪特”而转入其探寻发现之游历：

今年九月二十八日，因坐法华西亭，望西山，始指异之。遂命仆过湘江，缘染溪，斫榛莽，焚茅茷，穷山之高而止。

首记日期，接续以行进开辟的过程，而将焦点集中从西山下望的景象：

攀援而登，箕踞而遨，则凡数州之土壤，皆在衽席之

> 下：其高下之势，岈然洼然，若垤若穴，尺寸千里，攒蹙累积，莫得遁隐。萦青缭白，外与天际，四望如一。

这段是由西山之上纵览四顾，所见外在景观的唯一描写，却立即转入作者的主观认知：

> 然后知是山之特出，不与培塿为类：悠悠乎与灏气俱而莫得其涯；洋洋乎与造物者游而不知其所穷。

然后呼应“宴游”之标题，进入宴饮忘归的描写：

> 引觞满酌，颓然就醉，不知日之入，苍然暮色，自远而至，至无所见，而犹不欲归。

因为他体验到了“心凝形释，与万化冥合”，人在自然中完全消融，感受到与自然合体而无尽自由自在的精神境界。因而领悟到这才是游历于山水之间，回归于自然的真谛。经由这种顿悟，“然后知吾向之未始游”，因而决心“游于是乎始”。终于以此为写作动机，“故为之文以志”，并标记了年份，“是岁元和四年也”。这篇文章因而是在表达一种由前此“恒惴栗”，以我观物、物皆着我之色彩的“意有所极”的游览。因上西山之巅，“目击”天地之境，终于体认到万物万化皆有“道存”，遂能宠辱皆忘，不以物喜，不以己悲，真正以物观物，达到“心凝形释”，以自由的精神去“神与物游”，甚至进一步进入自觉“与造物者游”的超越境界。用庄子的话语来说就是“游无穷”之“逍遥游”境界的体悟。西山的客体状态，以及由其高而下顾四望的景象，未必即是写作的重点，它们只是助缘或启示的端点；作者攀登西山高峰之际，所经历的主体境界之跃升与彻悟，才是这篇游“记”的主题。因为以物观物，柳宗元才渐有以山水为主题的山水“记”之作。如《钴鉧潭记》就先叙潭的位置、形成而至景象：

> 钴鉧潭在西山西，其始盖冉水自南奔注，抵山石屈折东流，其颠委势峻，荡击益暴，啮其涯，故旁广而中深，毕至石乃止，流沫成轮，然后徐行，其清而平者且十亩，有树环焉。有泉悬焉。

加以整治之后，遂成山水胜景：

> 崇其台，延其槛，行其泉于高者坠之潭，有声潀然，尤与中秋观月为宜，于以见天之高，气之迥。

山水景象遂成四时可以玩览的纯粹美感经验之场域或对象，甚或为艺术性生活之一环——“尤与中秋观月为宜”。当然，这样的以山水为主题的写作，亦可能因它已成写作者所购得的产业，故而其写作手法近于器物“记”或修造“记”，侧重于客体的状态。《钴鉧潭西小丘记》亦有类似的情境与写法，先是溪流、竹树与各种形状的奇石，它们是立即使人印象深刻的独特景象：

> 潭西二十五步，当湍而浚者为鱼梁，梁之上有丘焉。生竹树，其石之突怒偃蹇，负土而出，争为奇状者，殆不可数。其嵚然相累而下者，若牛马之饮于溪，其冲然角列而上者，若熊罴之登于山。

然后一样是购买整治，成为可赏可居的艺术性生活空间：

> 即更取器用，铲刈秽草，伐去恶木，烈火而焚之。嘉木立，美竹露，奇石显。由其中以望，则山之高，云之浮，溪之流，鸟兽鱼之遨游，举熙熙然，回巧献技，以效兹丘之下。枕席而卧，则清泠之状与目谋，瀯瀯之声与耳谋，悠然而虚者与神谋，渊然而静者与心谋。

从“枕席而卧”以下，充分地描绘出一种宁静清虚的休闲空间。虽然它的写法有点别致，出现了“与目谋”“与耳谋”“与神谋”“与心谋”等似与主体相关的叙述，事实上它描写的重点仍是小丘作为山水客体的情状，“清泠之状”“瀯瀯之声”“悠然而虚”“渊然而静”等的描述，亦即是对前叙“嘉木”“美竹”“溪之流”“云之浮”与“山之高”等之美感效应的强调。因而主题乃是“兹丘之胜”。《袁家渴记》中的袁家渴虽非柳宗元所有，但因其“山水之可取”，为“永中幽丽奇处也”，他仍为之作“记”，“出而传于世”，全篇除篇首叙及永中山水佳处，以引出“袁家渴”外，主要皆在其位置、景象以至动荡情状的描写：

> 渴上与南馆高嶂合，下与百家濑合。其中重洲小溪，澄潭浅渚，间厕曲折，平者深黑，峻者沸白。舟行若穷，忽又无际。有小山出水中，山皆美石。石上生青丛，冬夏常蔚然。其旁多岩洞，其下多白砾；其树多枫柟石南，楩槠樟柚；草则兰芷，又有异卉，类合欢而蔓生，轇轕水石。
>
> 每风自四山而下，振动大木，掩苒众草，纷红骇绿，蓊葧香气，冲涛旋濑，退贮溪谷，摇扬葳蕤，与时推移，其大都如此，余无以穷其状。

这里的描写其实是多重视点，衔接得却畅顺自然，先以“上与……”“下与……”做整体的鸟瞰，然后进入“其中……”的平远泛视，进而展示“舟行若穷，忽又无际”的“见与不见”，突然转折的戏剧性；再由水面上望而见其“出”小山，然后聚焦于“山”，做面面的考察——“皆美石”“上生……”“其旁……”“其下……”，再做分析式的辨识——“其树……”“草则……”，而定格于“异卉”，又绕回到“缪辖水石”的整体关联。

描写的最后，将具体的景象以“风自四山而下”而转成“振动”“掩苒”“纷”“骇”“蓊葧”“冲”“旋”“摇扬”等一片动荡纷扰的高潮。全篇巧妙“着色”——“平者深黑，峻者沸白”“上生青丛”，以及完全抽象化的“纷红骇绿”，呈示的是一片多彩多姿、多样多种的景象，具体而微地象征着充满生机的、行健不息的宇宙真意。

文中特用“每……”“与时推移”“其大都如此”，正是要强调所有的描写并非游览者的“一次性”经历，而是山水客体的“常时性”状态，蕴含了众多美感潜能的恒久素质。至此山水“记”已自游览“记”中分出，因为“山水”已经完全成为写作的主题。

## 三、山水“记”与游览“记”的界限与表现

苏轼《石钟山记》标题似山水“记”，但文中却明言“元丰七年六月丁丑，余自齐安舟行适临汝，而长子迈将赴饶之德兴尉，送之至湖口，因得观所谓石钟者”，完全是游览“记”的写法。先叙“寺僧使小童持斧，于乱石间择其一二，扣之，硿硿

焉；余固笑而不信也”，然后描述了他们的一次夜游：

> 至暮夜，月明，独与迈乘小舟至绝壁下。大石侧立千尺，如猛兽奇鬼，森然欲搏人；而山上栖鹘闻人声，亦惊起，磔磔云霄间；又有若老人咳且笑于山谷中者，或曰：“此鹳鹤也。”余方心动，欲还，而大声发于水上，噌吰如钟鼓不绝，舟人大恐。

这段夜游有意地塑造恐怖气氛，已是“小舟至绝壁下”的对比；却对“侧立千尺”的“大石”，故作“森然欲搏人”之“猛兽奇鬼”的联想。接着怪声大作：栖鹘惊起，“磔磔云霄间”，山谷中有“若老人咳且笑”的“鹳鹤”鸣，以至“噌吰如钟鼓不绝”，“发于水上”的“大声”，似乎充满了威胁与警告，所以作者“心动”，“舟人大恐”。但情境却急转直下：

> 徐而察之，则山下皆石穴罅，不知其浅深；微波入焉，涵澹澎湃而为此也。舟回至两山间，将入港口，有大石当中流，可坐百人，空中而多窍，与风水相吞吐，有窾坎镗鞳之声，与向之噌吰者相应，如乐作焉。因笑谓迈曰：“汝识之乎？噌吰者，周景王之无射也；窾坎镗鞳者，魏庄子之歌钟也：古人之不余欺也。”

结果却反而解开了“石之铿然有声者，所在皆是也，而此独以钟名，何哉？”的谜团。虽然此番夜游写来亦饶有趣味。但本篇主旨终在印证郦道元《水经注》，对“彭蠡之口，有石钟山焉”的解释——“下临深潭，微风鼓浪，水石相搏，声如洪钟”，因而本篇终以“石钟山记”而不以“游石钟山记”或“夜游石钟山记”为题，因为重点在于诠解“石钟山”而不在其“游”历。全篇因而在“事不目见耳闻而臆断其有无，可乎？”的反省中，在“叹郦元之简，而笑李渤之陋也”下结束。王安石《游褒禅山记》，虽为定点记游，除了交代山名缘由，写景却极省笔墨：

> 华阳洞……距洞百余步，有碑仆道，其文漫灭，独其为文犹可识，曰花山。……其下平旷，有泉侧出，而记游者甚众，所谓前洞也。由山以上五六里，有穴窈然，入之甚寒，问其深，则其好游者不能穷也，谓之后洞。

平平叙来，几乎没有任何文采或刻画。文章的焦点反而是在于入洞游历（或者说未充分游历）的经过：

> 余与四人拥火以入。入之愈深，其进愈难，而其见愈奇。有怠而欲出者，曰：“不出，火且尽。”遂与之俱出。

但即使这一焦点经验亦极简略，只用了“愈深”“愈难”“愈奇”三语概括；因是“拥火以入”，有人提到“火且尽”，大家“俱出”，似有其合理性。但这篇“游”记的主题，并不在记其游，反而是在记其“未游”，亦即未曾竟游的后悔情状：

> 盖予所至，比好游者尚不能十一，然视其左右，来而记之者已少。盖其又深，则其至又加少矣。方是时，予之力尚足以入，火尚足以明也。既其出，则或咎其欲出者，而予亦悔其随之，而不得极夫游之乐也。

一方面仍然强调入深则至少，一方面则反过来强调自己“力尚足以入”，“火尚足以明”，因而悔随欲出者出，而以“不得极夫游之乐”为憾。这里的反应是“真诚”的，但并不必然是“明智”的。因为在这平直的描述中，被简单省略的是：需不需要“极夫游之乐”？五人同游，好不好分道扬镳？火、力是否“尚足”，未经测试，如何预知？入深则至少，困难固是常态，但“愈深”则“愈难”的结果会是“愈奇”还是愈险？在“极乎游之乐”的追求下，若知进不知止，万一火尽力乏，受困其间，若其中有人或众人皆遭遇凶险，是否会有更大的悔恨？但“游”的主要表现仍是主体的感受，这种“不得极夫游之乐”的懊悔，甚至可以因“于是予有叹焉”而发展出一番思维与议论：

> 古人之观于天地、山川、草木、虫鱼、鸟兽，往往有得，以其求思之深而无不在也。夫夷以近，则游者众；险以远，则至者少。而世之奇伟、瑰怪、非常之观，常在于险远，而人之所罕至焉。故非有志者不能至也。有志矣，不随以止也，然力不足者，亦不能至也。有志与力，而又不随以怠，至于幽暗昏惑，而无物以相之，亦不能至也。然力足以至焉而不至，于人为可讥，而在己为有悔。尽吾志也，而不能至者，可以无悔矣。其孰能讥之乎？此予之所得也。

这番与“游”有关的议论，自属王安石之“所得”，但可否成为一种“观”“游”美学，或“观”“游”艺术的论述呢？恐怕不能。因为他讲求“有得”，讲求“至”与“不至”，过于目的化，甚至带有功利的意味。此外，他念念不离“于人为可讥”“其孰能讥之乎？”，其注意已远离“观”“游”或“观”“游”之“乐”；而不免堕入不屑成为“游者众”，而坚持追求成为“至者少”的强者或精英的心态，是以再三强调“非有志者不能至也”，

“有志矣……”。这只是一种很好的励志思维，可以跟下一段感想相阐发、相补充：

> 余于仆碑，又以悲夫古书之不存。后世之谬其传而莫能名者，何可胜道也哉？此所以学者不可以不深思而慎取之也。

“学者”的必须“深思”与“古人”的“求思之深”故“有得”，以及“后洞”因其“深”而“其至又加少矣”的话语与描述，显然皆有相互转注互喻之处，是亦开发了“游”的另一层隐喻了。行万里路往往与读万卷书相提并论，它们都成了“求学”的法门与象喻。“深入”求至，反而成了全篇的宗旨。苏、王两篇在标题上或为“山记”或为“游山记”，写作焦点或偏客体状态，或偏主体情态，但其实都反映了一种“即物穷理”的精神。亦可略见此种“记”体精神的另一种方向与发展。晁补之《新城游北山记》或许是反映“游”乃是在“时空中移动”，同时体验不同空间以至不同时间之情境景观的绝佳范例：

> 去新城之北三十里，山渐深，草木泉石渐幽。初犹骑行石齿间。旁皆大松，曲者如盖，直者如幢，立者如人，卧者如虬。松下草间，有泉沮洳伏见。堕石井，锵然而鸣。松间藤数十尺，蜿蜒如大蚖。其上有鸟，黑如鸲鹆，赤冠长喙，俯而啄，磔然有声。

这里先用“山渐深，草木泉石渐幽”双重的“渐”字勾勒出游者的行进状态。“初犹骑行石齿间”，则明示游者行进的方式是“骑行”，而“石齿间”既指出山的深幽，又强调了人与空间状态的互动。林中“大松”曲、直、立、卧各具其态。然后是“松下草间”“沮洳伏见”的“泉”水。由“堕石井，锵然而鸣”，既显人的动态，亦示水之深度。由“蜿蜒”的“松间藤数十尺”，而定格在“黑如鸲鹆，赤冠长喙”的异鸟，神态悠闲地“俯而啄”，鸣叫却“磔然有声”。接着转入另一行程：

> 稍西一峰高绝，有蹊介然，仅可步，系马石觜，相扶携而上。篁筱仰不见日。如四五里，乃闻鸡声。有僧布袍蹑履来迎，与之语，愕而顾，如麋鹿不可接。

遇一峰高绝，系马行步，入其蹊径，竹林覆盖，密不见日。由“仅可步”“相扶携而上”亦可见其艰困难行。“闻鸡声”知有人家；遇僧人，以为可以对话，结果没有回应。这都是罕遇少见的经验。终于到达峰顶：

> 顶有屋数十间，曲折依崖壁为栏楯，如蜗鼠缭绕，乃得出，门牖相值。既坐，山风飒然而至，堂殿铃铎皆鸣，二三子相顾而惊，不知身之在何境也。

峰顶显然建有寺庙，因为“依崖壁”而建，“栏楯”颇为曲折、缭绕；但“门牖”却“相值”，似乎甚为迫促。“山风”强烈，一旦“飒然而至”，则“堂殿铃铎皆鸣”，令同游者“相顾而惊”，而竟“不知身之在何境也”，则心目中似乎已认定此处非寻常人境了。这样的“惊异感”延续到夜晚：

> 且莫皆宿，于时九月，天高露清，山空月明；仰视星斗，皆光大如适在人上。窗间竹数十竿，相摩戛，声切切不已。竹间梅棕森然，如鬼魅离立突鬓之状。二三子又相顾魄动而不得寐。迟明皆去。

先是开阔空灵，清明一片，“天高露清，山空月明”，甚至感觉与天为近，“仰视星斗，皆光大如适在人上”。“窗间竹数十竿”既“相摩戛，声切切不已”颇为令人不安；而“竹间梅棕森然”，更因联想到“如鬼魅离立突鬓之状”，同游者“又相顾魄动而不得寐”，因而“迟明皆去”。整个描写都是朝向有别于日常所见的、充满令人惊异甚至恐惧的景致，颇有“别有天地非人间”（李白，《山中问答》）的意态与暗示，因而留下强烈的印象：“既还家，数日，犹恍惚若有遇。”所谓“恍惚若有遇”正是暗指如入桃花源等“异境”；“因追记之，后不复到，然往往想见其事也”，则近于《桃花源记》以“迷不复得路”“后遂无问津者”作结之机趣，反过来喻示了此“游”着实奇绝，对自己而言，已成了可思而不可复做的追忆了。

本篇的特色是，文章只集中在行路、住宿历程，沿途景物客体之勾勒刻画，而略及行进、抵达状态，以及同游者的一些反应；对于叙述者之主体感受却压抑不加以表现，直到最后才画龙点睛地道出：“恍惚若有遇”，“往往想见其事”。此“游”之精神，正反映在其时空移动与连续性描叙所呈现的“不停留”与“不粘着”的经验历程。因而不必“悟理”，甚至几乎没有“兴情”，亦可以是极好的“游”记。

## 四、山水“记”与世情的辩证

当所游历与所要描绘的山水是临近都会的名胜时，正如王安石所谓，“夫夷以近，则游者众”，为此类名胜作“记”亦往往不能免于众多游人情态之描摹。例如袁宏道《虎丘记》开篇即谓：

虎丘去城可七八里。其山无高岩邃壑；独以近城，故箫鼓楼船，无日无之。凡月之夜，花之晨，雪之夕，游人往来，纷错如织，而中秋为尤胜。

这类“记”作的游览或写作重点，往往会集中在“月之夜，花之晨，雪之夕”这类特具胜景的美好时刻，以及游人的聚会活动状态。该篇即以中秋赏月的情景为写作主体，但既为山水“记”，自亦有其山水的描写与观赏：

剑泉深不可测，飞岩如削千顷云，得天池诸山作案，峦壑竞秀，最可觞客，但过午则日光射人，不堪久坐耳。文昌阁亦佳，晚树尤可观。

但其“尤可观”则已是文昌阁“晚树”，而“峦壑竞秀”的风景，竟是“最可觞客”，则自然渐成背景，宾客、游人转成观察与关心的主题，因而他描叙的中秋胜景如下：

每至是日，倾城阖，连臂而至。衣冠士女，下迨蔀屋，莫不靓妆丽服，重茵累席，置酒交衢间。从千人石上至山门，栉比如鳞。檀板丘积，樽罍云泻，远而望之，如雁落平沙，霞铺锦上，雷辊电霍，无得而状。

首先叙述由虎丘山半而至虎丘寺山门，人们“靓妆丽服，重茵累席，置酒交衢间”的盛况，有趣的是对于士女聚集觞燕的情景，竟是全以自然景象来譬况——“栉比如鳞。檀板丘积，樽罍云泻”，消失的“丘”“云”似乎在此比喻中以人文现象取代而复活了；远望的景观，更以少见的自然物态来呈现——“雁落平沙，霞铺锦上，雷辊电霍”，还要加上“无得而状”的评断。人文现象的自然化或自然景观化，就是此处写作的重点。然后描写歌讴与时俱进，以及它们月夜间的同步变化，相互映照，因而形成情韵之渐次精一，以至化境的妙趣：

布席之初，唱者千百，声若聚蚊，不可辨识，分曹部署，竟以歌喉相；雅俗既陈，妍媸自别，未几，而摇手顿足者，得数十人而已。

整个过程近乎音乐的淘汰赛；但只有精妙者才能进入“我歌月徘徊”（李白，《月下独酌》）的境地：

已而明月浮空，石光如练。一切瓦釜，寂然停声。属而和者，才三四辈：一箫，一寸管，一人缓板而歌。竹肉相发，清声亮彻，听者魂销。

月出之际，“石光如练”，似乎将人声淘洗，使得俗韵村调——“一切瓦釜，寂然停声”。只容许三四辈，箫管属和，一人缓板来达到“高歌转清”的境界：“清声亮彻，听者魂销。”但真正的化境却在其后：

比至夜深，月影横斜，荇藻凌乱，则箫板亦不复用；一夫登场，四座屏息，音若细发，响彻云际；每度一字，几尽一刻，飞鸟为之徘徊，壮士听而下泪矣。

在“月影横斜，荇藻凌乱”的深夜，于“生公说法，顽石点头”的神圣处所，以“音若细发”、渐近自然的歌声而“响彻云际”，令“飞鸟为之徘徊”；不只感人至深，“壮士听而下泪”，事实上达臻的正是“天地为之久低昂”（杜甫，《观公孙大娘弟子舞剑器行》）的天人合一境界。是以该“记”，以“吏吴两载，登虎丘者六”昔曾誓言“他日去官，有不听曲此石上者如月！”而谓“虎丘之月，不知尚识余言否哉？”作结。山水与世情，艺术与自然，于此熔融为一。这种刻画特殊时刻的山水名胜，转以世情为观赏的主题，亦见张岱《西湖七月半》。该篇以“西湖七月半，一无可看，止可看看七月半之人”开篇，而加以分门别类：

> 看七月半之人，以五类看之。其一，楼船箫鼓，峨冠盛筵，灯火优傒，声光相乱，名为看月而实不见月者，看之。其一，亦船亦楼，名娃闺秀，携及童娈，笑啼杂之，还坐露台，左右盼望，身在月下而实不看月者，看之。其一，亦船亦声歌，名妓闲僧，浅斟低唱，弱管轻丝，竹肉相发，亦在月下，亦看月而欲人看其看月者，看之。其一，不舟不车，不衫不帻，酒醉饭饱，呼群三五，挤入人丛，昭庆断桥，嘄呼嘈杂，装假醉，唱无腔曲，月亦看，看月者亦看，不看月者亦看，而实无一看者，看之。其一，小船轻幌，净几暖炉，茶铛旋煮，素瓷静递，好友佳人，邀月同坐，或匿影树下，或逃嚣里湖，看月而人不见其看月之态，亦不作意看月者，看之。

这样的分类，依身份——楼船峨冠、名娃闺秀、名妓闲僧、人丛小民，以及雅士佳人等，各有反映其生命形态的活动——箫鼓盛筵、露台盼望、浅斟低唱、嘄呼嘈杂、煮茶邀月……但重点更在于“看月”的态度：“名为看月而实不见月者”“身在月下而实不看月者”“亦在月下，亦看月而欲人看其看月者”“月亦看，看月者亦看，不看月者亦看，而实无一看者”“看月而人不见其看月之态，亦不作意看月者”等等，而一概加以简洁的“看之”二字，则颇有“凡物皆有可观”的意趣。

饶有意味的是，作者又站在何种位置？他其实是接近后两类，既是“看月而人不见其看月之态，亦不作意看月者”，又兼“月亦看，看月者亦看，不看月者亦看”，只是并非“实无一看者”。接着他加以诠释：

> 杭人游湖，已出酉归，避月如仇。是夕好名，逐队争出，多犒门军酒钱。轿夫擎燎，列俟岸上。一入舟，速舟子急放断桥，赶入胜会。以故二鼓以前，人声鼓吹，如沸如撼，如魇如呓，如聋如哑；大船小船一齐凑岸，一无所见，止见篙击篙，舟触舟，肩摩肩，面看面而已。少刻兴尽，官府席散，皂隶喝道去；轿夫叫船上人，怖以关门，灯笼火把如列星，一一簇拥而去。岸上人亦逐队赶门，渐稀渐薄，倾刻散尽矣。

这正是杭人“是夕好名”，群聚游西湖的“世情”本相；但仍另有少数雅士佳人，名妓闲僧等，是真正游湖赏月的。在人群散去之后：

> 吾辈始舣舟近岸，断桥石磴始凉，席其上，呼客纵饮。此时月如镜新磨，山复整妆，湖复颓面。向之浅斟低唱者出，匿影树下者亦出；吾辈往通声气，拉与同坐。韵友来，名妓至，杯箸安，竹肉发。月色苍凉，东方将白，客方散去。吾辈纵舟，酣睡于十里荷花之中，香气拍人，清梦甚惬。

本篇虽然想说明夜深人静，得见湖山明月清景，方为真正游湖赏月行径，但对自然景象的描绘亦不过“此时月如镜新磨，山复整妆，湖复颓面”与“月色苍凉，东方将白”寥寥数语，从中其实亦难窥见作者对山水月景有多大的措意或用心。终是要凸显自己身为名士的清怀雅韵，因而结束在“吾辈纵舟，酣睡于十里荷花之中，香气拍人，清梦甚惬”的卧游，又或是梦游、睡游之中了。

山水美学于是沾染世情，形成既相因亦相别的辩证。游览的艺术，亦往往溢出自然的色相，反而在其取境与用心了！

## 五、游览“记”中的游览美学

游览山水或名胜，一个不能忽略的因素是时序不同，景象亦异。袁宏道《晚游六桥待月记》，首谓：

> 西湖最盛，为春为月。一日之盛，为朝烟，为夕岚。

季节、昼夜、晨昏都影响山光水色；另外更不能忽略的是花木的开落，以及扩大来说的“风花雪月”所构成的诗意与美景：

> 今岁春雪甚盛，梅花为寒所勒，与杏桃相次开发，尤为奇观。石篑数为余言：“傅金吾园中梅，张功甫玉照堂故物也，急往观之。”余时为桃花所恋，竟不忍去。

花有花期，因而游赏必须及时，而因年岁有异，季候亦往往不同，遂可能有“梅花为寒所勒，与杏桃相次开发，尤为奇观”的情景。游赏亦往往有赖于同好之分享与提醒。因而，陶望龄（石篑）的告语，竟然入“记”。西湖既为名胜，游人如织，亦不妨桃花人面相映，并为可观：

湖上由断桥至苏公堤一带，绿烟红雾，弥漫二十余里；歌吹为风，粉汗为雨，罗纨之盛，多于堤畔之草，艳冶极矣。

但这终究是渲染了世情的游赏。名士高人则往往必须有所超越，因此续写“朝烟”“夕岚”：

然杭人游湖，止午、未、申三时；其实湖光染翠之工，山岚设色之妙，皆在朝日始出，夕舂未下，始极其浓媚。

山光水色亦待特殊时辰的日照而有不同的工妙，因而固定“空间”区位的风景其实是具“时间性”的。名士高人的游览美学，首先正在于这种“时间性”的特殊美感：

月景尤为清绝，花态柳情，山容水意，别是一种趣味，此乐留与山僧游客受用，安可为俗士道哉！

能够以此“俗士”视为不急之务的“清绝”景象为要事，而享有山水之“花态柳情，山容水意”的别有“趣味”，体验游览的真“乐”的，或者是原居其间的“山僧”，或为禀性风雅，“性本爱丘山”的“游客”；因而虽有山水之“良辰”“美景”，亦需有具“赏心”之“高尚士”之“欣然规往”或“兴来每往”，方才有游览之真正“乐事”。山水常在，但其间风花雪月、朝烟夕岚的美景，却随良辰的流光变化而稍纵即逝，因而游览美学之首要在具“赏心”，能以“天地大美”取境而真正前往观赏，并且视此为“乐事”。苏轼《记承天寺夜游》之所以隽永，正在其发挥了此意：

元丰六年十月十二日夜，解衣欲睡，月色入户，欣然起

> 行，念无与乐者，遂至承天寺，寻张怀民，怀民亦未寝，相与步于中庭。庭下如积水空明，水中藻荇交横，盖竹柏影也。何夜无月，何处无竹柏，但少闲人如吾两人耳。

本文首记日期，反映了作者对此夜游一事的肯定，以为是生活中值得纪念或记录的事件，而且该日期因此对他是重要的。整个事件发生在“解衣欲睡”，即将结束一日的活动之际，他发现了“月色入户”，因而延缓了就寝，“欣然起行”，重行起身，出外行走，以便更充分地玩赏月色。“兴来每独往，胜事空自知”（王维，《终南别业》），他不免遗憾无人分享此一“乐事”——“念无与乐者”，或许“赏心”必须分享，方才成其为“乐事”吧！

“遂至承天寺，寻张怀民，怀民亦未寝”，因而两人“相与步于中庭”，沐浴在皎洁的月光中，“庭下如积水空明”，映出“竹柏影”，更觉“水中藻荇交横”，更类进入了水晶宫式的水底世界。在月下，他们静静分享了一个迥异日常的神秘时空。但事后的反省却是：“何夜无月，何处无竹柏，但少闲人如吾两人耳。”用当代的话语来说，可能就是：美感经验的客体与环境，随处皆有，但必须要有超越功利心的美感态度来进行美感观照，然后才能真正形成美感经验，体验醇美的秘境。观物如此，游览又何尝不是如此！“闲人”之闲，正在于其不以功利心观物游览。

这种美感态度、游览行径及其形成的分享与乐趣，不必全赖友朋亦往往可以有“同明相照，同类相求”的现象，我们已在张岱《西湖七月半》中略见端倪；但其《湖心亭小记》则更具戏剧性与诠释性：

> 崇祯五年十二月，余住西湖，大雪三日，湖中人鸟声俱

> 绝。是日，更定矣，余拿一小舟，拥毳衣炉火，独往湖心亭看雪。
>
> 雾凇沆砀，天与云、与山、与水，上下一白。湖上影子，惟长堤一痕，湖心亭一点与余舟一芥，舟中人两三粒而已。
>
> 到亭上，有两人铺毡对坐，一童子烧酒，炉正沸。见余，大惊，喜曰："湖中焉得更有此人！"拉与同饮，余强饮三大白而别。问其姓氏，是金陵人，客此。及下船，舟子喃喃曰："莫说相公痴，更有痴似相公者。"

"大雪三日，湖中人鸟声俱绝"的情境，入夜"更定矣，余拿一小舟，拥毳衣炉火，独往湖心亭看雪"的行径，颇有寻求王安石所谓"世之奇伟、瑰怪、非常之观，常在于险远，而人之所罕至焉"之好奇访胜的意味。其写西湖雪景，"雾凇沆砀，天与云、与山、与水，上下一白"，或为舟中所亲历亲见；但是其后的"湖上影子，惟长堤一痕，湖心亭一点与余舟一芥，舟中人两三粒而已"，则是置身天外，远望成景的想象画面；且必须借此画面，才能凸显其"奇伟、瑰怪、非常之观"。为求奇伟之观而不避险远寒冷，正是舟子所谓的"痴"。不求功利，因而不寐以玩观月夜的自然美景，已经可谓是"闲人"行径；至于不避险远而有志以求，于大雪深夜游湖，则更属"痴"人作为。"闲"与"痴"，正是山水游览的美学基础。由于天候气象、时节辰序种种的"时间性"变化，山水清景亦因而颇多各异的姿彩风貌，是以一次性的游览"记"亦不妨一再重作，于是谭元春遂有《初游乌龙潭记》《再游乌龙潭记》《三游乌龙潭记》等作。《初游》写景寥寥数笔，并不惊人：

友人茅子止生适轩其上，轩未壁，阁其左方。阁未窗未栏，亭其湄，甃其矶，皆略有形，即与予往观之。登于阁，前冈倒碧，后阜环青，潭沉沉而已。有舟自邻家出，与阁上相望者，宋子畝、傅子汝舟往来秋色上。

但《再游》则先论：

潭宜澄，林映潭者宜静，筏宜稳，亭阁宜朗，七夕宜星河，七夕之客宜幽适无累。

这是典型的以“优美”为核心的游观美学。但作者以一句“然造物者岂以予为此拘拘者乎？”加以推翻。因为自然中另有“奇伟、瑰怪、非常之观”的“壮美”“动力美”。遂叙写七夕遇大风雨雷电之景况：

家童善篙楫，至中流，风妒之，不得至河荡，旋近钓矶，系筏垂下，下雨霏霏湿幔，犹无上岸意。已而雨注下，客七人，姬六人，各持盖立幔中，湿透衣表。风雨一时至，潭不能主。

首段叙潭中遇风雨，因而舍筏登轩；次段叙风雨加剧，更遭雷电：

姬惶恐求上，罗袜无所惜。客乃移席新轩，坐未定，雨飞自林端，盘旋不去，声落水上，不尽入潭，而如与潭击。雷忽震，姬人皆掩耳欲匿至深处。雷与电相后先。电尤奇幻，光煜煜入水中，深八丈尺，而吸其波光以上于雨，作金银珠贝影，良久乃已。

风吹“雨飞”而“声落水上”，其声已“如与潭击”；而“雷忽震”，“雷与电相后先。电尤奇幻”，极写电光穿透潭水之际。因雷已叙及姬人反应，接着叙众人的初步反应，以及“客之有致者”的反向欣赏：

> 潭龙窟宅之内，危疑未释。是时风物倏忽，耳不及于谈笑，视不及于阴森，咫尺相乱，而客之有致者反以为极畅，乃张灯行酒，稍敌风雨雷电之气。

但更加诡异的是潭外并无风雨：

> 忽一姬昏黑来赴，始知苍茫历乱，已尽为潭所有，亦或即为潭所生。而问之女郎来路，曰：“不尽然。”不亦异乎？

《再游》所写的正是“奇伟、瑰怪、非常之观”。《三游》则回顾两度前游，而潭四周景致有较周详之叙写，对游伴之心志亦有较多着墨，在此仅录其末段，以见其观景取境之别开生面：

> 是时残阳接月，晚霞四起，朱光下射，水地霞天。始犹红洲边，已而潭左方红，已而红在莲叶下起，已而尽潭皆赪。明霞作底，五色忽复杂之。

这一段写“晚霞四起，朱光下射”，逐步晕染深潭的景象；接着则是“残阳接月”的景象转化：

> 下冈寻筏，月已待我半潭。乃回篙泊新亭柳下，看月浮波际，金光数十道，如七夕电影，柳丝垂垂拜月。无论明宵，诸君试思前番风雨乎？相与上阁，周望不去，适有灯起荟蔚中，殊可爱。或曰：“此渔灯也。”

这里巧构形似地描写月潭光影之际，很自然地用了《再游》的印象与记忆，因而景观永远不仅是“眼前景”，亦往往叠合“心中思”，是以形成重层交辉的丰富意韵。在“月”下，而“适有灯起荟蔚中，殊可爱”，不仅是“灯”“月”的对照，亦是人文与自然的交会相融，这一切皆成为游览山水之际，各种“殊可爱”美景之一体。这里反映的不仅是山水的清景无限，瞬息万变，还有同游者的情谊与共同回忆，都提供了“游览记”无尽表现的主题与写作的潜能。因为它们亦可包容各种不同类型的美感，甚至种种不同的游览美学。

## 六、结　语

山水美感或相关的兴感、思辨进入文学，早在“记”体之前；但“记”体多了从容叙述的结构长度，与容许多方表现以至各有偏重的写作自由，是以它成为唐宋古文以至明清小品的重要体类。而“游览”作为文学主题则早自《文选》即于赋、诗皆列有“游览”一类，亦可见其繁盛。它的范围甚至比“山水”还宽阔，本章以山水“记”入手而扩及游览“记”，大抵从“记”体着眼，探索的仍以二者重叠之处为主。山水以外的游览“记”之讨论，当俟他日。

# 第九章
# 修造"记"与器物"记"作为文学类型之美感特质

## 一、前 言

由于古今中外文学观念的分歧，一些学者基于《诗经》《楚辞》的诗歌传统，视中国文学为一种"抒情传统"。但若从《春秋》《左传》《国语》《史记》以降，经历六朝志怪，唐人传奇、变文、话本，以至说部，如《三国演义》《水浒传》《红楼梦》经典小说等，中国虽无采取韵文形式的史诗（epic），但不能说它就没有自己的"叙事传统"。由于诗歌与小说是当今最为通行的文学类型，以此而论中国之文学传统，大抵不会有严重的异议。

但是就中国历代的书写观察，我们另有两类性质的写作与阅读，亦往往不局限于"立意为宗"而兼有"能文为本"的意味，[1] 如先秦诸子与唐宋而下，古文中归结于议论表现之作品等所形成的"说理传统"；还有自汉代以降，以京都、宫殿、江海、物色、鸟兽为题材之赋作，[2] 历代的咏物诗词，以及古文中侧重

〔1〕《文选·序》中谓老庄管孟"盖以立意为宗，不以能文为本"，此处借其词，而"文"之取义不同。

〔2〕以上列述为《文选》之分类。

于描写事物作品等所形成的“写物传统”。这两大类作品未必皆能归约为抒情与叙事的两种主流性质，但事实上仍被历代文人以“文章”的角度来写作与欣赏。或许我们仍该尊重其性质的不同，而径自视为各异的“传统”；当我们纳入了这样的两种“传统”概念，显然能更全面地掌握中华文化与中国文学。

即使我们不去讨论泰半的赋作，当《岳阳楼记》《醉翁亭记》等修造“记”成为千古名文，《木假山记》《核舟记》等器物“记”亦世所知名，似乎亦证明了谈中国文学，恐怕亦无法排除“写物传统”而不论；而《宜黄县学记》《尊经阁记》等作，亦显现了它们涉及“说理传统”，不宜轻忽。因而，我们将正视修造“记”与器物“记”的文类特质，探讨它们的美感性质，自然亦会涉及它们与这两种“传统”的关系。

## 二、对“记”的传统理解

刘勰《文心雕龙》有《书记》一篇，其中区分“书”体，谓：“公府奏记”，“记之言志，进己志也”。并谓：

> 夫书记广大，衣被事体，笔札杂名，古今多品。……并述理于心，著言于翰，虽艺文之末品，而政事之先务。

在风格上则强调：

> 或全任质素，或杂用文绮。随事立体，贵乎精要，意少一字则义阙，句长一言则辞妨，并有司之实务，而浮藻之所忽也。

刘勰似乎是将一切与“政事”“有司之实务”的书写，都总称为“书记”；未必强调“记”在写作内容形式上的特别素质，因而只强调了“随事立体，贵乎精要”的基本需求，自然亦未如后世所发展的，成为某些特殊功能与特殊题材的一种次文类，或一些次文类的综合。因而，我们所熟悉的“记”，其实是唐宋古文兴起之后，所特别开展出来的新文类。因而，吴讷《文章辨体》以为：

窃尝考之：记之名，始于《戴记》《学记》等篇。记之文，《文选》弗载。后之作者，固以韩退之《画记》、柳子厚游山诸记为体之正。然观韩之《燕喜亭记》，亦微载议论于中。至柳之记《新堂》《铁炉步》则议论之辞多矣。迨至欧苏而后，始专有以论议为记者，宜乎后山诸老以是为言也。

强调的正是“记”与唐宋古文的关系，由他的示例，一方面是“游记”；一方面则是修造“记”（如《燕喜亭记》）、器物“记”，（如《画记》），强调其初始，如其所引《金石例》：“记者，纪事之文也。”但后来亦发展为“专有以论议为记者”，亦如其所引：“后山亦曰：‘退之作记，记其事耳；今之记，乃论也。’”因而或记事，或杂以议论，或至专以议论，皆在“记”之体例之内，而加以说明：

大抵记者，盖所以备不忘。如记营建，当记日月之久近，工费之多少，主佐之姓名，叙事之后，略作议论以结之，此为正体。至若范文正公之记《严祠》、欧阳文忠公之记《昼锦堂》、苏东坡之记山房藏书、张文潜之记《进学斋》、晦翁之作《婺源书阁记》，虽专尚议论，然其言足以垂

> 世而立教，弗害其为体之变也。学者以是求之，则必有以得之矣。

则正说明了"记"之由"写物传统"而逐渐亦可转入"说理传统"，及此二传统之交相互涉的情状。

对于"记"或称"杂记"的传统理解，徐师曾《文体明辨》、姚鼐《古文辞类纂》、曾国藩《经史百家杂钞》大抵意见近似。仅姚鼐强调了"记则所纪大小事殊，取义各异"；曾国藩则加以如下的分殊：

> 杂记类：所以记杂事者……后世古文家，修造宫室有记，游览山水有记，以及记器物，记琐事皆是。

本篇以修造"记"与器物"记"为题，主要亦以此为据。更详细的分类则见于林纾《春觉斋论文》：

> 勘灾、浚渠、筑塘、修祠宇、纪亭台，当为一类。记书画、记古器物，又别为一类。记山水，又别为一类。记琐细奇骇之事，不能入正传者，其名为书某事，又别为一类。学记则为说理之文，不当归入厅壁。至游宴、觞咏之事，又别为一类。……勘灾、浚渠、筑塘，语务严实，必举有益于民生者，始矜重不流于佻。祠宇之记，或表彰神灵，及前贤之宦迹隐德。亭台之记，或伤今悼古，或归美主人之仁贤，务出以高情远韵，勿走尘俗一路，始足传之金石。书画古器物之记，务尚考订，体近于跋尾。韩昌黎之《画记》专摹《考工》，后人仿效，虽语语皆肖，究同木偶。记古器物固须刻划，必一一摹拟，又似凿矣。……综之，体物工者，作记匪

不工。中惟学记一种，非湛深于经学儒术者，不易至也。

林纾的讨论，其实是根据“大小事殊，取义各异”的原则，就更细的题材性质，略做风格的提点。重点则归于“体物”为“记”之根本，因而其“工”否则为优劣的关键。至于其属“议论”之部分，则依赖其学术思理的精深或通达了。

## 三、修造“记”的基本写作特质

修造“记”以建筑物的修造为写作主题，因而诚如吴讷所谓：“如记营建，当记日月之久近，工费之多少，主佐之姓名，叙事之后，略作议论以结之，此为正体。”这一段叙述自然是这类文体写作的原初目的或重点，但使它们成为美文或千古名文的，显然别有所在：首先是写作者的介入，即使他未必是修造者，他仍然主导了“记”文，转而以他的认识、感受，甚至志意，作为文章的主体。因而，《岳阳楼记》，大家只注意范仲淹的仁者襟怀，《新修滕王阁记》，大家记得的也是韩愈的无缘一至。其次，则是建筑的性质，它或有实用教化的目的（则议论自然聚焦于此一目的），或由此延伸或引申的议题。例如曾巩《宜黄县学记》，以兴“学”为其要旨，王守仁《尊经阁记》，则以“经”之本质为其论述重点。

但修造“记”之所以成为美文或千古名文，往往正在于该建筑与山水美学的结合。若以宋代郭熙《林泉高致集》中“世之笃论，谓山水有可行者，有可望者，有可游者，有可居者。画凡至此，皆入妙品。但可行可望，不如可居可游之为得”的意见，则

“可行”似是游记写作的重点。建筑的修造，目的往往是使周遭的山水景物“可望”“可游”或“可居”：苏轼的《超然台记》取其“可望”；欧阳修的《醉翁亭记》取其“可游”；苏舜钦的《沧浪亭记》则取其“可居”。因其性质、功用的不同，呈现的山水景观自然会有差异，其作品的精神表现亦各有取向。另外，则建筑营构时的建筑美学亦往往成为美感表现的特点：所用的材质，如王禹偁的《黄冈竹楼记》；内外的布置，如白居易的《庐山草堂记》，等等。除了山水美学、建筑美学的美感性质，由于修造记往往诉诸修造者或作“记”之个人遭遇与人格倾向，因而亦富含“究天人之际”的命运沉思与存在伦理之精神表现，不仅反映出“尽美”的纯粹美感经验，还包含了“尽善”的进退出处与动心忍性的人性抉择，颇饶叙事文学之兴味。兹分以下数端，以论其“美感”情状。

### （一）公共空间与个人际遇

一般而言，名胜古迹虽兴建有人，原有独特目的，如滕王阁原为滕王所居的旧馆，但到了王勃写《秋日登洪府滕王阁饯别序》时，已因“物换星移”，早成了另一种意义上的公共空间了。在王仲舒两度重修之际，韩愈受命作《新修滕王阁记》时，首谓：

> 愈少时，则闻江南多临观之美，而滕王阁独为第一，有瑰伟绝特之称。及得三王所为序、赋、记等，壮其文辞，益欲往一观而读之，以忘吾忧，系官于朝，愿莫之遂。

一方面强调了滕王阁在江南“临观之美”中“独为第一”，从公共游观的美感空间立论；另一方面则如其自注：“王勃作游阁序，王绪作赋，今中丞王公（仲舒）为从事日，作修阁记。”这一实体的建筑，已因“得三王所为序、赋、记等”而文辞化，而其文辞又因题在阁中，反过来又成了该建筑历史沿革精神所寄，而成为建筑内涵与景观之一部分，因而“壮其文辞，益欲往一观而读之”，文辞不仅与建筑相得益彰，其吸引力甚至亦可取建筑而代之成为往观的主因。这里值得注意的是，虽然王勃的《滕王阁诗》仍是以滕王为歌咏的中心，但《滕王阁序》则自“时维九月，序属三秋”写王勃登临所见、所感，到了“关山难越，谁悲失路之人？”之后，写的已是王勃自身之“多舛”的“命途”以及自己“不坠”的“青云之志”了，于是滕王阁遂亦成为王勃才命不逢的铭刻之所，成为其毕生志意，“愿莫之遂”的象征。因而，仿此精神的韩愈此“记”，表面虽如曾国藩曰“反复以不得至彼为恨”，其实却是借此以为通款曲之资。“十四年，以言事斥守揭阳”以降，包括“移刺袁州”等，而至王仲舒观察江南西道，韩愈仍然无由“出意见，论利害，听命于幕下”，也就是未受青睐，不免仕途悒悒。直到“公以众饮，而以书命愈曰：‘子其为我记之。’”，因而“窃喜载名其上，词列三王之次，有荣耀焉”，视之为宦途的否极泰来，而祈求“如获从公游，尚能为公赋之”。于是滕王阁遂亦成为韩愈偃蹇仕途的铭记与一线希望。范仲淹《岳阳楼记》，虽一开始即提及重修者滕宗亮于“庆历四年春”“谪守巴陵郡”，但他的行文扣紧岳阳楼，并未直接提及背景：他本人方才经历短暂的拜相，因“攻者益急，仲淹亦自请罢政事”，而“知邠州，其在中书所施为，亦稍稍沮罢，以疾请邓州”。（《宋史·范仲淹传》）但文中描绘的“去国怀乡，忧谗畏讥，满目萧然，感极而悲者”，以及“心旷神怡，宠辱皆忘，把酒临风，其喜洋洋者矣”，虽亦情由景生，但主要还是反映在政争阴影中力求超拔的心情。因而，接着就是直陈其志的这段名文了：

> 嗟夫！予尝求古仁人之心，或异二者之为。何哉？不以物喜，不以己悲。
>
> 居庙堂之高，则忧其民；处江湖之远，则忧其君。是进亦忧，退亦忧，然则何时而乐耶？其必曰：“先天下之忧而忧，后天下之乐而乐欤！”噫！微斯人，吾谁与归？

虽然借“古仁人之心”为言，但夫子自道的意味不言而喻。“记”文最后“噫！微斯人，吾谁与归？”的感叹，正亦深沉地反映了他“知音世所稀”（孟浩然，《留别王维》）的寂寞。岳阳楼这一公共空间，遂因此“记”而成范仲淹个人际遇与志意之传世久远的纪念碑了。

### （二）宦游与贬谪

唐宋由于迁调制度，宦游本属常事，加上政争频仍，贬谪外放之举无时不有，如王禹偁《黄冈竹楼记》中所谓：

> 噫！吾以至道乙未岁，自翰林出滁上。丙申，移广陵。丁酉，又入西掖。戊戌岁除日，有齐安之命。己亥闰三月到郡。四年之间，奔走不暇，未知明年又在何处？

影响所及，必须时时修造居所，或者对前人之建设“嗣而葺之”，以为己用。《黄冈竹楼记》中的竹楼就是以“予城西北隅，雉堞圮毁，蓁莽荒秽。因作小楼二间，与月波楼通”。由于初临异地，就地取材，因而就有了陌生的美感，一方面是不同的山水景观——“远吞山光，平挹江濑，幽阒辽夐，不可具状”；另一方面是由于修造竹楼的材质特异而产生的独特的居室生活美感：

> 夏宜急雨，有瀑布声；冬宜密雪，有碎玉声。宜鼓琴，琴调和畅；宜咏诗，诗韵清绝；宜围棋，子声丁丁然；宜投壶，矢声铮铮然：皆竹楼之所助也。

但是这种美感其实是建立在诗意的联想或想象上的；真正的情况，或许只是居室简陋，而心情泰半亦是孤寂落寞而已。因而，以暂时想象自己是隐居的高士来自我安慰：

> 公退之暇，被鹤氅衣，戴华阳巾，手执《周易》一卷，焚香默坐，消遣世虑。江山之外，第见风帆沙鸟，烟云竹树而已。待其酒力醒，茶烟歇，送夕阳，迎素月，亦谪居之胜概也。

一句“亦谪居之胜概也”，道尽了其中的无奈与不得已而为之的苦涩。终究，所有的“胜概”不过只是苦中作乐，强作欢笑或潇洒而已。山水美感、道家美学以及它们与隐逸高士的历史关联，无疑在唐宋士人的“谪居”或外放岁月中给他们提供了一个可以“消遣世虑”的重要出口。因而他们往往于城隅、“雉堞圮毁，蓁莽荒秽”的废弃地，修造出足以远望遐观，遂可作高引出尘之想的“楼”“台”类的建筑。苏轼亦于改知密州期年：

> 于是治其园圃，洁其庭宇，伐安丘、高密之木，以修补破败，为苟完之计。而园之北，因城以为台者旧矣，稍葺而新之。时相与登览，放意肆志焉。

所谓“放意肆志焉”，其实正是“世虑”“消遣”后的状态，所以要有这番修造。苏轼亦自知，“余自钱塘，移守胶西”，在职位上由通判而知州，不算贬谪；在生活的现实上，却是“释舟楫之安，而服车马之劳；去雕墙之美，而蔽采椽之居；背湖山之观，而行桑麻之野”，其实形同谪居。因而遂有自行超拔之必要，遂因苏辙名其台曰超然，而作《超然台记》，而力阐“游于物之外”与“天下皆知美之为美，斯恶已”（《老子》第二章）的思想，而主张：

> 凡物皆有可观，苟有可观，皆有可乐，非必怪奇伟丽者也。餔糟啜醨，皆可以醉，果蔬草木，皆可以饱。推此类也，吾安往而不乐？

他发展出一种游“观”，以美感观照的态度来面对生活与人生，追求因美感态度所产生的美学乐趣，以此来取代对于美好生活之追求。但这终究只是在此身如寄、不断迁移的游宦生涯中别无选择之“态度”的“理论化”罢了；否则连“修补破败”“稍葺而新之”皆可不必，更不必谈“相与登览”，然后“放意肆志”了！世所知名的公共建筑，修造者与作“记”者，自可以“记文”而丽名其上；但对于尚不知名的公共建筑，则修造者或作“记”者就具有了命名权，而“记”文往往亦在阐扬其命名的旨趣，因而就成了修造者或作“记”者个人“言志”与“留名”的一种途径。当修造者为地方官时，其建筑往往就具有公共性质或半公共性质，是以王禹偁以材质而称其小楼为“竹楼”；但仍可期望，“幸后之人与我同志，嗣而葺之，庶斯楼之不朽也”。但身属迁谪的作者，若当时之身份仅为僚佐，自然只能在谪迁之地卜居，兴建纯属个人空间的“草堂”，即或冠以其他名称，如“雪堂”之类。因为已是贬罪之身，往往只能强调自己的谦退隐逸之意与居住的“外适内和，体宁心恬”。如白居易《庐山草堂记》，着力描写的是一种“居住美学”，包括建筑、庭园、周遭的四时景观与居止方式……白居易甚至强调：“司马岁秩满，出处行止，得以自遂，则必左手引妻子，右手抱琴书，终老于斯，以成就我平生之志。”

这类修造“记”中，所描绘的幽人雅士之“居住美学”的栩栩如画，以及所蕴诗意的高情远韵，固令读者玩味流连，但其中亦往往另有寄意。苏舜钦《沧浪亭记》记作者——“予以罪废，无所归，扁舟南游，旅于吴中”，购得“钱氏有国，近戚孙承祐之池馆”，“构亭北碕，号沧浪焉”。强调自己居处其间，“尤与风月为相宜”“鱼鸟共乐”“形骸既适，则神不烦”……因而，以为“予既废而获斯境，安于冲旷，不与众驱，因之复能于内外失得之原，沃然有得。笑闵万古，尚未能忘其所寓目，用是以为胜焉”。王文濡所评“放废之余，借此自遣，极冲旷语，正是极牢骚语”，则是知言之论。[1]

### （三）治理与教化

事实上，在任官的处所构筑建筑，自然不必只是标志迁移。韩琦，“公，相人也”，“至和中，尝以武康之节，来治于相。乃作昼锦之堂于后圃，既又刻诗于石，以遗相人。其言以快恩仇、矜名誉为可薄。盖不以昔人所夸者为荣，而以为戒”。欧阳修《相州昼锦堂记》不仅以此“见公之视富贵为何如，而其志岂易

---

〔1〕 见王文濡选注：《宋元明文评注读本》，第二册，第 40 页。

量哉！”，几乎视同于将“其丰功盛烈，所以铭彝鼎而被弦歌者”的“彝鼎”了。

欧阳修《丰乐亭记》《醉翁亭记》等篇，皆以“辟地以为亭”，而叙及其治滁见功与民共同乐的事宜。《醉翁亭记》以描摹山水、刻画游况为主；《丰乐亭记》却寓教于乐，直指“滁于五代干戈之际，用武之地也”，“太祖皇帝，尝以周师破李景兵”，“遂以平滁”。因而以为“今滁介于江淮之间，舟车商贾四方宾客之所不至，民生不见外事，而安于畎亩衣食，以乐生送死。而孰知上之功德，休养生息，涵煦百年之深也”，这样的溯源推恩，其实不无勉强之处，但显然是因不便宣言一己之治绩，因而只有归诸“太祖皇帝”等的“上之功德”了。

近代以降，《丰乐亭记》所受到的注意不如《醉翁亭记》，显然是因它在情韵上远不如后者生动，充满了自然与人事上的各种美感与谐趣的表现。但传统的选本，往往选《丰乐亭记》而不及后者，可能不仅来自忠君崇上一念，或多或少亦可能是因认定此类修造“记”原本就应具宣化致治的性质使然：

> 修之来此，乐其地僻而事简，又爱其俗之安闲。既得斯泉于山谷之间，乃日与滁人仰而望山，俯而听泉，掇幽芳而荫乔木，风霜冰雪，刻露清秀，四时之景，无不可爱。又幸其民乐其岁物之丰成，而喜与予游也。因为本其山川，道其风俗之美，使民知所以安此丰年之乐者，幸生无事之时也。夫宣上恩德，以与民共乐，刺史之事也。遂书以名亭焉。

欧阳修因“其上丰山耸然而特立，下则幽谷窈然而深藏，中有清泉滃然而仰出。俯仰左右，顾而乐之”而生山水美感之兴味，

“于是疏泉凿石，辟地以为亭，而与滁人往游于其间”。当强调“夫宣上恩德，以与民共乐，刺史之事也”之际，显然他未必会将此行为视为理所当然。但名以“丰乐亭”，并且为之作“记”，赋予了其政教上为“宣上恩德”，事实上是“与民共乐”的意义，那么这一行为就脱离了废弛正务之讥，而遂为正经的“刺史之事”了。

因而此番修造，遂因此“记”而成为“治滁”之要务了！因而，他的“日与滁人仰而望山，俯而听泉”之休闲举止，以及“掇幽芳而荫乔木，风霜冰雪，刻露清秀，四时之景，无不可爱”的山水美感，遂亦只成了显现“宣上恩德，以与民共乐”之前景，而成了寓教于乐的手段而已。

以“游”“观”为主要功能的“亭”“台”之类的公共建筑，往往必须赋予历史借鉴、政教意义，才具兴建的“合理性”或“合法性”。因而，苏轼的《喜雨亭记》《凌虚台记》亦皆着眼于此而落笔，即使《超然台记》另有取义，所“望”亦皆“隐君子”“卢敖之所从遁”“师尚父、齐威公之遗烈”与“思淮阴之功，而吊其不终”等深具政教意义的历史遗迹，则其意亦不仅是“超然”了。

至于“县学”这一原就具教化育才作用之机构的兴建，曾巩《宜黄县学记》自亦不仅叙其事：

> 皇祐元年，会令李君详至，始议立学……其成也，积屋之区若干，而门序正位，讲艺之堂，栖士之舍，皆足。积器之数若干，而祀饮寝食之用，皆具。其像孔氏而下，从祭之士，皆备。其书经史百氏，翰林子墨之文章，无外求者。

全文的重点，反而在阐明古来立学以教育士子的内容与程序：

> 学有《诗》《书》六艺，弦歌洗爵，俯仰之容，升降之节，以习其心体、耳目、手足之举措。又有祭祀、乡射、养老之礼，以习其恭让。进材、论狱、出兵授捷之法，以习其从事。师友以解其惑；劝惩以勉其进，戒其不率，其所以为具如此。

并且阐明其教学之精义，在于人格器识的养成与应世治事能力的锻炼：

> 而其大要，则务使人人学其性，不独防其邪僻放肆也。虽有刚柔缓急之异，皆可以进之于中，而无过不及。使其识之明，气之充于其心，则用之于进退语默之际，而无不得其宜。临之以祸福死生之故，而无足动其意者，为天下士，而所以养其身之备如此。则又使知天地事物之变，古今治乱之理，至于损益废置，先后终始之要，无所不知。其在堂户之上，而四海九州之业，万世之策皆得。及出而履天下之任，列百官之中，则随所施为，无不可者。何则？其素所学问然也。

这一段由明识、养气，以至不动心的心性修养起，达到知变理乱的各种知识，既有治四海谋万世之策，亦有任天下列百官之能。对一个小小的宜黄县学而言，未免陈义甚高，而早已是个人对于“学”与“政教”之理想关系的大“议论”了。

因而方苞以为：“观此等文，可知子固笃于经学，颇能窥见先王之礼乐教化之意，故朱子爱而效仿之。”朱熹亦谓：“《宜黄》、《筠州》、二《学记》好，说得古人教学意出。”[1]结果“宜黄县学”“筠州州学”两处所，就传世而言，反而只是成了曾巩之名文、名论，借以区别标志的“篇”名了。

因此，即使“记”是为具教化性质之建筑而作，亦足以远超其特殊事物，而以“入道见志”的方式达到万世之理则，抒陈个人志向与见解。王守仁为稽山书院尊经阁所作的《尊经阁记》，力阐“六经者，吾心之记籍也；而六经之实，则具于吾心”之心学精义，最终强调：“呜呼！世之学者，得吾说而求诸其心焉，其亦庶乎知所以为尊经也矣！”因而教化与哲理亦可经修造之建筑，借其修造“记”传扬。

### （四）亲情与记忆

私人建筑，因由个人所拥有，既可辟建居住而求颐养，如陆游《居室记》，以种种居室设施与生活方式的调节，以为安度晚年之养生为重点；亦可如朱熹《名堂室记》中所记，以“盖听事、寝堂，家之正处，今皆以先君子之命命之”为“韦斋”，而借以纪念其父朱松，强调：“呜呼！熹其敢不夙兴夜寝，陟降在兹，无或不虔，以忝先训！”另外则以“晦堂者，燕居之所也”，以志刘屏山等先生之教，并以《易》之“敬以直内，义以方外”为为学之要，“因以敬义云者名吾二斋”。遂作“记”：

> 历叙所以名夫堂室之意，以见熹之所以受命于父师，与其区区讲学之所逮闻者如此，书之屋壁，出入观省，以自诏云。

---

〔1〕 王文濡：《评注古文辞类纂》，第1364、1366页。

因而将日常居处的空间转化为追念父师教训，以及一己进德修业的空间，颇有追思之意。在父权文化里，“三年无改于父之道”，是“孝”的基本考量。(《论语·里仁》)因而，虽然“熹生十有四年，而先君子弃诸孤”，他对父亲的追思仍以“先训”为主。

但传统上称为“哀”的文体中，致哀的对象大抵以妇女与未成年的子女为主。造化弄人，归有光竟为我们留下甚具“哀”情意味的两篇修造“记”类的文字。在他后有增记的《项脊轩志》中，首段叙述了他“稍为修葺”，以增幽胜外。随后却笔锋一转，叙起“然余居于此，多可喜，亦多可悲”的往事，由家中乳二世老妪的追述，叙及早逝的母亲与长期相依而当时方才出嫁未久的姊姊，以及曾在此房中发生之昔日情景，即尚在妪怀抱之幼姊在此房中哭泣而其母如何叩门问询，结果是“语未毕，余泣，妪亦泣”。又及抚养他长大之祖母，以她祖父的象笏相赠，而曰“他日汝当用之”的关怀鼓励之旧事，遂致“瞻顾遗迹，如在昨日，令人长号不自禁”。这个他“读书”的“轩”中，充满了他已然死别或生离的女性亲长的情感记忆，成为“纪念”她们的情感空间。

十三年后，归有光更追记了妻子于归后“时至轩中，从余问古事，或凭几学书”，“其后六年，吾妻死，室坏不修”，于二年后“久卧病无聊”之余重修，而终以：

> 庭有枇杷树，吾妻死之年所手植也，今已亭亭如盖矣。

言简意赅地志念其妻不克永年，无法偕老的深沉哀伤与长久无尽的思念。该文巧妙地将原本属于女性空间的“南阁子”，转化为以“项脊生”自命之作者昧昧进修的场所——“项脊轩”；而所志的却都是对自己生命中最重要之女性的思念，以至悼念。难怪他用“志”，而不用“记”，[1]因为这一切都太亲密且又太伤感了。

归有光在长子夭折后，修造“思子亭”且作《思子亭记》永志他的思念与伤痛，这真是纯粹的亲情与悼念的空间，其表白不详于经历而深情款款：

> 嘉靖壬寅，余始携吾儿来居（吴淞）江上……江至此欲涸，萧然旷野……独自有屋数十楹，中颇弘邃，山池亦胜，足以避世。余性懒出，双扉昼闭，绿草满庭，最爱吾儿与诸弟游戏穿走于长廊之间。儿来时九岁，今十六矣！诸弟少者，三岁、六岁、九岁。此余平生之乐事也。

先叙筑亭所在，为乡居之所；而追忆亡儿与诸弟游戏景象，为平生最大的喜悦，以反衬当今的丧子之痛。接着叙述失子经过，并强调此一乡居中充满了亡儿的行止回忆，因而早已成了追思的情感空间：

> 十二月己酉，携家西去。余岁不过三四月居城中，儿从行绝少。至是去而不返。每念初八之日，相随出门，不意足迹随履而没。悲痛之极，以为大怪，无此事也！盖吾儿居此，七阅寒暑，山池草木，门阶户席之间，无处不见吾儿也。

终因葬埋之后的灵异事件而建亭作记刻石：

> 葬在县之东南门。守冢人俞老，薄暮见儿衣绿衣，在享堂中。吾儿其不死耶？因作思子之亭，徘徊四望，长天寥

〔1〕 姚鼐《古文辞类纂》与曾国藩《经史百家杂钞》选录时都将它改题为《项脊轩记》。

阔，极目于云烟杳霭之间，当必有一日见吾儿翩然来归者。于是刻石亭中，其词曰……

这里反复吟味的，乃生前死后“兆儿之死？”与“人棺已失！儿今起矣，宛其在室！”等是耶非耶的灵异之事，而刻画的终究是其万般的不舍之情。因而王文濡识以：“篇中不明言其死法；死后又何以人棺俱失？种种不甚可解！就文论文，一种缠绵悲切之情，却令人一读一泪下。”〔1〕

因为修造的建筑本身已成了抒情的空间，这类“记”文表现自然类于抒情文体——“徘徊四望，长天寥阔，极目于云烟杳霭之间，当必有一日见吾儿翩然来归者”，这种话语自是痴情之极，亦是悲痛之极的表现，真的是“悠悠苍天，此何人哉”！（《诗经·王风·黍离》）

## 四、器物“记”的基本性质

相对而言，器物“记”的作者与名文都少于修造“记”。因为修造建筑，不论大小终是耗心费力之事，而完成之后，不论出入的是个人还是公众，人们是被建筑所环绕包容以至于形塑，无法避免会受到它的影响，容易注意到它，也觉得有必要对它有所反应，需要叙述修造始末与阐明其兴建的作用与意义，尤其将修造“记”书录于建筑之上的习俗亦使得它的写作有其必然的需求，自然名家名文辈出。

〔1〕 王文濡：《评注古文辞类纂》，第1423页。

但是重视进德修业的儒家文化一向反对“玩物丧志”，器物除非别有寓意，大抵不会见诸文字，而即使见诸文字，则亦原有器物“铭”一类的文体存在，除非更有曲折，必须夹叙夹议，否则大抵不作器物“记”。以韩愈《画记》而言，他详述“杂古今人物小画共一卷”的内容，然后强调“皆曲极其妙”。接着叙其得画，以及即将赠画之因缘：

> 贞元甲戌年，余在京师，甚无事。同居有独孤生申叔者，始得此画，而与余弹棋。余幸胜而获焉。意甚惜之，以为非一工人之所能运思，盖藂集众工人之所长耳。虽百金不愿易也。
>
> 明年，出京师至河阳，与二三客论画品格，因出而观之。座有赵侍御者，君子人也。见之戚然若有感然，少而进曰：“噫！余之手模也，亡之且二十年矣！余少时，常有志乎兹事。得国本，绝人事而摹得之。游闽中而丧焉。居闲处独，时往来余怀也。以其始为之劳而夙好之笃也。今虽遇之，力不能为已。且命工人存其大都焉。”余既甚爱之。又感赵君之事，因以赠之，而记其人物之形状与数，而时观之，以自释焉。

因为此事包含了得画始末，以及偶为原摹写者得见，又为其睹失画之情态所感动；既要割爱赠予，自己亦又甚爱之，遂“记其人物之形状与数”以“时观”“自释”。此一经过自非“铭”体所能叙清，遂以“记”为之。因而器物“记”往往事兼写物与叙事，遂成另一类之“记”体。苏洵《木假山记》先议论“木假山”之形成，以至“为好事者取去，强之以为山”的困难与幸运。因而就家中“木假山”所或可经历的遭遇，做出命运的沉思：

> 余家有三峰，余必思之，则疑有数存乎其间。且其蘖而不殇，拱而不夭，任为栋梁而不伐，风拔水漂而不破折，不腐；不破折，不腐，而不为人所材，以及于斧斤；出于湍沙之间，而不为樵夫野人之所薪，而后得至乎此，则其理似不偶然也。

苏洵由前段之“幸”与“不幸”的讨论，进而指出“家有三峰”的“疑有数存乎其间”，“其理似不偶然也”，既以藏于家中为幸，亦以其幸全为命之“有数”，更加认定其中亦有必因其材质状态而有必然遭逢的道“理”。如此，则“木假山”不仅是“幸”运而已，亦有其本身之所以能够存为“木假山”之“理”。如此，则其遭遇既来自外铄的他力，更亦来自内蕴的自性。而“有数”“其理似不偶然”，强调的则是“自性”“自力”的重要性；其比喻的则是一己的内在修为了！

然后刻画“三峰”形状，并且由此引申而出彼此关系的象喻：

> 然予之爱之，非徒爱其似山，而又有所感焉；非徒爱之，而又有所敬焉。余见中峰魁岸踞肆，意气端重，若有以服其旁之二峰；二峰者庄栗刻削，凛乎不可犯；虽其势服于中峰，而岌然无阿附意。吁！其可敬也夫！其可以有所感也夫！

呈现的是中峰之足以服其旁之二峰；但二峰虽服于中峰，却决无阿附意——似乎仿佛圣君与贤臣以道义相感的关系。他由此而产生了可敬、可感的赞叹。

加入了议论而阐其理；由其体物而生赞叹心。由理观象，因象生思，因思成感，由爱生敬，玩物而悟德……如此回环往复，似乎非“记”体不足以曲尽其情。以观物味象之心，作体物摹象之文：或叙其事，或阐其理，或抒其情……器物虽小，亦足以寄寓远大，展现多层次的美感。这或许是器物“记”可观可赏之处吧！

## 五、结　语

“记”可以自由写物、抒情、叙事、说理，无疑具有极大的写作潜能，足以展现多重多种的美感。修造建筑的性质，以及与器物相关的情、事、理，亦足于调配成多种多类的次文类或次次文类，篇幅所限，本章所论终究只是荦荦大者而已，更加细密的分析当俟来日。

若专就文类的美感特质而言，修造“记”中，与建筑外在环境相关的“山水美学”和建筑本身结构设施相关的“居住美学”无疑应是讨论重点之一，本章却着墨较少，主要是因笔者早已撰有《从“亭”“台”“楼”“阁”说起——论一种另类的游观美学与生命省察》[1]一文，对此已有相关的分析可供参照。由于目前暂无其他重大新意，因而此处不拟重复而略加简省。

〔1〕　收入笔者论集《中国文学的美感》，台北：麦田出版 / 城邦文化事业股份有限公司，2000 年，第 275—349 页。

# 总　结

我们快速地检视了十八种古典实用文类，体系未及全备；但我们是否能因这些文类中的某些作品另具实用的目的，就否认它们在写作时未具美感的知觉，而未有艺术在形式安排上的匠心与内容呈现上足以令人感动的意境？答案恐怕是否定的。此一事实令我们不得不重新省视萧统的《文选·序》：

> 颂者，所以游扬德业，褒赞成功，吉甫有穆若之谈，季子有至矣之叹。舒布为诗，既言如彼；总成为颂，又亦若此。次则箴兴于补阙，戒出于弼匡，论则析理精微，铭则序事清润，美终则诔发，图像则赞兴，又诏、诰、教、令之流，表、奏、笺、记之列，书誓、符檄之品，吊祭、悲哀之作，答客、指事之制，三言、八字之文，篇辞、引序，碑碣、志状：众制锋起，源流间出。譬陶、匏异器，并为入耳之娱；黼、黻不同，俱为悦目之玩。作者之致，盖云备矣。

他首先指出《诗经》的“风”“雅”“颂”之别中，“颂”即具有“游扬德业，褒赞成功”的实用目的与性质。因而即使是当今学者所谓“抒情传统”根源的《诗经》，即不能说它们全是“抒情写意，摛风裁兴”，纯粹出于美感兴味或情性流露之作。然后萧统就《文选》中出现的次文类，一一做了简明扼要的实用目标与美感性质的描述，归结到“陶、匏异器，并为入耳之娱；黼、黻不同，俱为悦目之玩”，它们都可以当作艺术品，成为美感欣赏的对象。而且“作者之致，盖云备矣”——这些作品都反映了作者的创造旨趣与艺术匠心。

那么，我们必须为这些表面上都可以归类于实用文类的古典作品，找到一个作为“艺术”的适当位置。我们甚至必须重新检讨界定艺术、界定文学的基本假设，以及将美感与实用、艺术与生活加以区隔的专业化倾向。

当巴赫金（Bakhtin）指出，长篇小说具有众声喧哗的“复调性”，也就是应用了不同社会阶层，以至不同场合、不同功能专用的语言之现象时，他正是在说明可以对原具特殊实用目的的语言加以模拟，整合到艺术表现的整体设计之中，而发挥更大的美感效应。因此“文体”反而不是问题，重要的是如何利用种种特殊的“文体”做艺术与美感的表现。

对“文学是什么？”“艺术是什么？”的问题，本书虽然未曾提出任何明确的理论，但仍然指出它们的边界尽有许多暧昧未明的区域，因而对于流行的观念提出了某种质疑。我始终相信关于文学、艺术之类的文化现象，直接地诉诸定义与推理，不如列举实例，加以剖析，这样或许更易找到深入探讨的施力点。我已列举了若干实例，读者们如何“神而明之”地获致自己的判断与自己的结论呢？让我们期待后续的讨论。

# 附　录

## 怀念柯庆明兼论《古典中国实用文类美学》

台湾大学中文系教授柯庆明2019年4月在家跌倒后不治逝世，足岁七十三，用古人的眼光看已经很长寿了，听说他一个星期之前还在一个会议上谈笑风生。他走得那么干脆，是他的福气，这世界上倒少了一份光、一份热，少了一个内外一致，有广阔的眼界又能照顾到细节，能欣赏文学艺术又能办事的人。

柯庆明只大我三岁，但我一直感到他是我的长辈，一来他虽然为人爽朗而幽默，却有一种令人肃然起敬的风骨，二来他五十年前曾是我的老师。

我在加州大学圣塔芭芭拉分校念大学时，本来专修英美文学，必修外语选择了学汉语，有幸遇到白先勇恰恰开始教书，竟成了我的第一位汉语老师。他劝我转系读中国文学，暑假还带我到台湾，找几位台大的年轻助教替我补习。那时候台湾街上的人讲的是普通话还是闽南语我都还分辨不出，柯庆明每星期给我上三堂课，却很认真地教我《诗经》和唐诗，我还能听懂的恐怕不到一半，但他讲得那么兴奋，我竟能从他的神情和语气中感受到这些诗传递的意思，这让我对中国诗更着迷，发愤研读更多中国诗。当年加大圣塔芭芭拉分校开的中文课很少，我都选修过后便转学到西雅图的华盛顿大学，在卫德明（Helmut Wilhelm）教的中国文学史课上结识了同班的陈毓贤，婚后我跟她到菲律宾探亲，途经台湾，便带她去探访柯老师。记得那天到了庆明家，他母亲和他用日语交谈，她沏了茶招待我们。

人生就是那么奇怪，令人不得不相信“缘”这个字。十多年后，我在哈佛读完研究生留校教书期间，庆明的妻子张淑香到哈佛念博士，他也同去哈佛做研究，我们又相聚了。记得美国国庆日（7 月 4 日）他们带了儿子来我们家后院吃烤肉，另外一对夫妇做了个长方形蛋糕，用草莓和蓝莓装饰成一枚美国国旗来庆祝。现在再看这张小照片，才发现那天我们这五个大人来自五个不同的地方。柯庆明来自台湾，张淑香来自香港，艺术史学家约翰·海伊（John Hay）来自英国，秋明来自马来西亚，毓贤来自菲律宾，只有我是美国出生的。我们之间没有隔阂，小孩们更不用说了。

转眼又过了二十年，2008 年，王德威和我当时在加大圣塔芭芭拉分校的同事白睿文（Michael Berry）举办了个“《现代文学》与现代主义国际研讨会”，庆明翩翩而至，看上去还是那么潇洒，只增添了一份成熟男人的魅力。

再过了八年，我们又因白先生的缘故，有了经常见面的机会。2016 春，我受台湾大学“白先勇文学讲座”的邀请到台大讲课一个学期，此时研究诗词曲的张淑香在白先生复兴昆曲的大业上，已成了他多年合作的伙伴，专门编剧，庆明恰安排了白先生到中文系讲《红楼梦》不久，这些年他们夫妇两人成了白先生各种文化活动的志愿支援大军中的核心人物，我和毓贤只在旁摇旗助阵，于是又走在一起了。

到达台北，我们见庆明遭受一种不知名的病折磨，苍老了许多，而且行动不便，须坐轮椅，相当吃惊难过，可是庆明豪情依旧，思想敏捷丝毫不减。每次和他们在一起，我们总能增加许多学识和见闻，而且必尽兴而归，只是辛苦了淑香，她百忙之中却常在炎日下骑了车来带毓贤到处玩。

庆明送了他刚出炉的《古典中国实用文类美学》给我们，厚厚的一本，毓贤有空便坐在沙发上看，一边看一边叫好，提了铅笔在书上圈圈点点，轮到我看时，发现差不多每一页都有她的笔迹。庆明主要研究现代文学，他 70 年代初曾主持《现代文学》三年，2004 年又创办了台大的台湾文学研究所，然而他在中国古书里毕竟浸淫了半个多世纪，他别的著作我们不敢说，但这部书应是传世之作！

庆明在导言中说："晚清以降，整个东亚、华夏文明，以吸收效仿西欧、北美为务，积渐成习，我们渐渐忽略了，'文学'与'literature'不但分属两种语言系统，而且是两个不同文化传统的产物……因而中国文学的领域，就不知不觉遭到大幅的删汰……于是《昭明文选》里的泰半作品，除了诗赋之外，都成了'形迹可疑'的存在；更别提汉唐以降，众多的古文写作了……西方并无所谓'以软笔写硬字'的书法，我们是否就得否定书法是一种艺术？……我们亦不妨考虑，重新将它们纳为'文学'之一部分。"

这部书把"论""说""序""跋""书""笺""表""奏""吊""祭""碑""铭""传""状"以及各种"记"分别研讨，探究这些文类的特征，在什么世代兴起，什么情况下使用，并引经据典地谈论古人何以视其中一些作品为美文，以现代的眼光看又有什么妙处。

譬如谈论“表”“奏”的第四章，庆明先引了《昭明文选·序》、曹丕《典论·论文》、陆机《文赋》、刘勰《文心雕龙·章表》以及蔡邕《独断》，又写道：面对天子的生杀之威，这种文类必须毕恭毕敬，不可放任自己的信念与文采而节外生枝；即使节略了“诚恐诚惶”（心情的不安）、“顿首顿首”（姿态上卑屈）、“死罪死罪”（对自己言行采取自我否定的立场）等字眼，奏议的语境也是富有戏剧性的，何况议论的事往往影响国家兴亡。

此章所举的例子包括：西汉贾山《至言》用赋体笔法描绘秦始皇各种工程的奢华，凸显秦朝的悲惨下场，以劝皇帝不要奢侈；路温舒上奏宣帝的《尚德缓刑书》诉诸历史，指出一般治狱之吏往往揣摩上意，对无辜者加以迫害，劝皇帝对诽谤之罪宽容处理；如今广为传诵的诸葛亮《出师表》，其实是要后主不私自赏罚，让“宫中”遵循“府中”之法，却说得很含蓄，更做了自传性的表白，强调他身份上虽是“臣子”，却是受“先帝”（提及十三次）的遗命——文中“陛下”成了虚位，而“先帝”乃为实际的权威；西晋刘琨与徐陵两人各作的《劝进表》，因继位的合法性不足，帝位却又不可虚悬，故受“表”的人虽然未俱皇帝的身份，文中却咸称“陛下”，以强调危机的迫切感；曹植的《求自试表》反映他壮志未酬的焦虑，虽为宗室亲王，却以自贬自抑的卑辞求皇帝重用；隋末唐初李密的《陈情表》感人处在于叙述作为孤儿的他如何受祖母之抚育，刻画一老一少相依为命的情景，征服者征招亡国官吏具有安抚民心的作用，他的辞不赴命具有不肯归顺挑战皇权的意涵，于是利用孝道作为不仕的堂而皇之的理由；苏轼《乞常州居住表》以“举家重病，一子丧亡”“而资用罄竭”“二十余口，不知所归。饥寒之忧，近在朝夕”为由，请求皇帝让他到常州栖身，这篇可和他的《谢量移汝州表》《到昌化军谢表》一起看，文中对“皇帝陛下”的歌颂，古代读者也许视为理所当然，今日读来却不免成了反讽。

另外还有西晋羊祜以及东晋庾亮的“让表”，是为辞让尊位写的，在以谦让为美德的文化里，作者可借此抬高自己的身价。东汉孔融的《荐祢衡表》，因祢衡才二十四岁，集中在其才思敏捷，恐说服力仍不足，用绚丽雄浑的辞藻把他比作异常自然现象与历代弱冠异才。《三国志注》里的桓温荐谯秀，强调的居然是他的节操以及他内心的孤绝。西晋张悛的《为吴令谢询求为诸孙置守冢人表》虽出于政治的需求表扬了孙权开国前父兄的勋德，却又进一步评论了他们的功过。南朝傅亮的《为宋公求加赠刘前军表》与任昉的《为范始兴作求立太宰碑表》，都将表中人的性格描绘得栩栩如生。梁简文帝萧纲的《上昭明太子集别传等表》与唐代王缙的《进王右丞集表》，同是以弟弟身份为兄长整理文集，心情在惊喜与感伤之间，拿捏得很好。南朝傅亮另一篇《为宋公至洛阳谒五陵表》充分地掌握了他由悲转慰而不免愤慨的心理历程，并恰如其分地压低自己的情绪。至于指责他人行为不当的“奏弹”表，任昉的《奏弹曹景宗》是篇范例；规谏帝王本身的表，司马相如的《上书谏猎》、魏征的《谏太宗十思疏》、韩愈的《论佛骨表》都是有名的佳作。

这一章的结语说，“表”和“奏”虽是已成了陈迹的文体，但有不少作品用巧妙的文辞反映了人性的挣扎，理当视为文学 。

若说此书有什么弱点，即是文字大可简明些。他多年前送给我的一本怀念师友的文集（题为《昔往的光辉》）中，谈及他的大一国文老师叶庆炳批评他作文有堆砌的毛病，而且文法趋于欧化（相信有时是日语化），为改进他的风格，规定他稿纸上每行至少有个句号；庆明这种行文习惯似乎尚未完全改过来。

这本文集中还提及白先勇，写道："在初识他的当晚，他情不自禁，滔滔不绝地左一句'identity'，右一句'identity'，说个不停。对于没有发生过认同问题的我来说，真的是一个新奇的经验。"

庆明的父亲柯源卿战时在日本东京帝国大学学医，1947 年回到台大医学院执教，对台湾的公共卫生很有贡献。庆明在东京出生，在此文集的序里说："自解人事以来，我们家一直居住在现在已经成为'教育部'停车场之一部分……所配给父亲居住的宿舍，家里摆置着'研究第一'父亲得学术奖的银盾……但同时也摆设着母亲喜爱的'藤娘''七重笠'等以歌舞伎为题材所作的人形，以及布袋和尚笑指明月，绘在绢上的水墨画。"

他成长于一个文化这么复杂的环境里，居然从来没有经历过自我认同危机，可见他胸襟宽宏，为人治学都兼容并包。以他的才具和人缘，相信他本来可以成为一位杰出的医师或显赫的实业家，但他选择了文学，是我们这个领域的福。

艾朗诺

（本文原载于 2019 年 8 月 8 日《上海书评》）